Nicolás Obregón

# Schatten der schwarzen Sonne

W0325096

GOLDMANN
Lesen erleben

Nicolás Obregón

# Schatten der schwarzen Sonne

Kriminalroman

Aus dem Englischen
von Thomas Stegers

GOLDMANN

Die englische Originalausgabe erschien 2017 unter dem Titel
»Blue Light Yokohama«
bei Michael Joseph, Penguin Random House, London.

Sollte diese Publikation Links auf Webseiten Dritter enthalten, so übernehmen wir für deren Inhalte keine Haftung, da wir uns diese nicht zu eigen machen, sondern lediglich auf deren Stand zum Zeitpunkt der Erstveröffentlichung verweisen.

Dieses Buch ist auch als E-Book erhältlich.

MIX
Papier aus verantwortungsvollen Quellen
FSC® C083411

Verlagsgruppe Random House FSC® N001967

1. Auflage
Deutsche Erstveröffentlichung März 2018
Copyright © der Originalausgabe 2017 by Nicolás Obregón
Copyright © der deutschsprachigen Ausgabe 2018
by Wilhelm Goldmann Verlag, München,
in der Verlagsgruppe Random House GmbH,
Neumarkter Str. 28, 81673 München
Redaktion: Friederike Arnold
Umschlaggestaltung: UNO Werbeagentur, München
Umschlagmotiv: ARCANGEL/ Miguel Angel Munoz Pellicer
und ARCANGEL/ Benjamin Harte
Th · Herstellung: han
Satz: Buch-Werkstatt GmbH, Bad Aibling
Druck und Bindung: CPI books GmbH, Leck
Printed in the Czech Republic
ISBN: 978-3-442-31475-1
www.goldmann-verlag.de

Besuchen Sie den Goldmann Verlag im Netz

*Für meine Mutter, für Lela.*
*Hasta el cielo de la calle.*

Am Fuß des Leuchtturms herrscht Finsternis.
(Japanisches Sprichwort)

# 1996

Die Seilbahn ratterte los und trug eine letzte Fuhre Touristen hinauf in den warmen Dunst über der Bucht. Sie kletterte höher und höher, während sich unter ihr der Küstenstreifen entfaltete. Im Osten sah Hideo Akashi die schmutzigen Hafenanlagen, wo Mikrochips, Fisch und Bleichmittel auf Lastwagen verladen wurden. Japans Städte waren unersättlich.

Akashi drehte sich zu seiner Frau um. Yumi hielt die Augen geschlossen und kniff die Lippen zusammen. Er nahm ihre Hand und drückte sie zärtlich.

»Ich mag große Höhen nicht«, flüsterte sie.

»Ich weiß. Es ist gleich vorbei.«

Um sie herum bestaunten die älteren unter den Touristen das Panorama. Frisch Vermählte auf Hochzeitsreise posierten für Fotos. Der Seilbahnführer spulte einige amüsante Fakten über die Höhe und die Stadt unter ihnen herunter. Und Akashi küsste Yumi auf die sommersprossenübersäte Schulter. Im selben Moment sah er die Frau. Still saß sie ganz hinten in der Kabine, zu dick angezogen für die Jahreszeit, und die Kleider waren schmutzig. Sie nahm den Ausblick nicht wahr, machte auch keine Fotos, starrte nur zu Boden. Neben ihr stand ein kleines Mädchen, vielleicht ihre Tochter, doch hatte die Frau nichts Mütterliches an sich. In ihrem ausgemergelten Gesicht lag eine Teilnahmslosigkeit, die Akashi verunsicherte und beunruhigte. Hinter ihrem jugendlichen Äußeren verbarg sich etwas, was ihn in den Bann zog.

»Hideo?«, flüsterte Yumi.

»Ja?«

»Du zerquetschst meine Hand.«

»Oh, entschuldige.«

Akashi zwang sich, den Blick abzuwenden, und griff nach seinem Fotoapparat. Er trat einen Schritt zurück und erfasste im Sucher das Gesicht seiner Frau. Yumi lachte, blinzelte in den Sonnenuntergang.

Klick.

Gerade wollte er noch ein Foto machen, als ihn etwas im hinteren Teil der Kabine ablenkte. Irgendetwas ging da vor. Der Seilbahnführer sprach flehentlich auf die Frau ein und hielt abwehrend die weiß behandschuhten Hände hoch.

»Bitte, Madam. Treten Sie von der Tür zurück.«

Die Frau in der dicken Kleidung stellte sich vor den Seilbahnführer.

Zack.

Ein spritzendes Geräusch, und die Frau hielt ein Messer hoch, ihre ganze Hand schimmerte blutig. Der Seilbahnführer wand sich zu ihren Füßen, lallte wie ein Baby. Zitternd hielt sie das Messer vor sich und fixierte Akashi.

»Kommen Sie mir nicht zu nahe.«

Die Menschenmenge, vereint in dumpfer Angst, wich taumelnd zurück. Die Frau wischte sich die Hand am Mantel ab und zerschlug mit dem Messergriff die Glasscheibe des Notschalters. Die Förderseile ächzten und quietschten, dann kam die Kabine mit einem Ruck zum Stehen. Im Westen ging die Sonne unter und verschluckte den Tag endgültig. Über die Lautsprecheranlage kam eine automatische Ansage.

*Sehr geehrte Damen und Herren, aufgrund einer geringfügigen technischen Störung verzögert sich die Weiterfahrt. Unsere Ingenieure sind bereits instruiert. Bewahren Sie Ruhe. In der Kabine sind Sie absolut sicher.*

Gespannte Stille trat ein. Der Seilbahnführer war verstummt, sein Gesicht blass. Die Frau stieg über ihn hinweg und stellte sich vor die Tür. Sie schloss die Augen, legte die Hand an den Griff und holte Luft. Hideo Akashis Instinkte erwachten zum Leben. Yumi wollte ihn zurückhalten, doch er hatte sich bereits losgerissen und kämpfte sich zwischen den Menschenleibern hindurch.

»Platz da! Polizei!«

Die Frau zog an dem Griff, die Türen flogen auf, und ein ohrenbetäubender Wind wehte herein. Akashi spürte eine Schwäche in den Beinen, als er auf die Frau zustolperte. Im Mund hatte sich zu viel Speichel angesammelt, in seinem Kopf gab es keinen Platz für Gedanken. Die Frau kickte die Schuhe von den Füßen, streifte ihre Jacke ab und ließ sie zu Boden fallen. Sie sagte etwas, das Akashi bei dem Wind nicht verstand. Er schubste das kleine Mädchen beiseite und streckte der Frau die Hand entgegen.

Die Frau fiel.

Im ersten Moment Stille.

Sein Leben flog nicht im Zeitraffer vorbei, es herrschte nur Stille.

Dann beugte sich Akashi aus der Kabine und bekam ihr Handgelenk zu fassen. Als ihr Gewicht ihn zu Boden riss, spürte er ein überwältigendes Brennen in den Muskeln. Der Schmerz setzte ein, lange bevor er ihn bewusst wahrnahm. Nur an ihrem blutigen Handgelenk hielt er die Frau über dem Abgrund fest. Ihre Haare wirbelten im Wind. Unter ihnen die klaffende Tiefe, unendlich und blau.

Sie hob den Kopf und blinzelte. Ihr Mund öffnete sich, dürre Worte kamen heraus, die letzten Tropfen eines zugedrehten Wasserhahns.

»Ich sehe Elefantenwolken …«

Akashi brüllte, doch er hatte das Gefühl, als zerreiße es seine Muskeln. Galle stieg ihm die Kehle hoch. Das Gewicht brach ihm den Arm. Da bemerkte er das Tattoo an ihrem blutigen Handgelenk. Eine große, schwarze Sonne. Er sah sie an. Sie erwiderte den Blick. Und Hideo Akashi ließ los.

Fünfzehn Jahre später

1. KAPITEL

# Kartons

Iwata erwachte aus einem Falltraum. Wieder einmal. Schweißgebadet rang er nach Luft. Er ging zum Fenster. Unter ihm dehnte sich die Landschaft von Tokio aus, Städte über Städte, unendliche Fluchten. Fünfunddreißig Millionen Existenzen, eingepfercht in einen betonierten und verkabelten Tag- und Nachtrhythmus. Immense Infrastruktur, wuchernde Geflechte, und alles so fragil wie ein Kolibriherz.

*Die Lichter der Stadt leuchten so schön.*

Iwata ging zur Kochnische in seiner kargen Wohnung und goss sich ein Glas Wasser ein. Sein Blick fiel auf die großen Pappkartons in der Ecke, und er schaute schnell wieder weg. Er wickelte sich in eine Decke, hockte sich vor die Stereoanlage und setzte sich einen Kopfhörer auf. Schuberts *Impromptu Opus 90 Nummer 3* in G-Dur stillte seine Unruhe, und der Albtraum löste sich in der Musik auf.

Grauer Morgendunst sickerte durch die Gardinen, als Iwata beschloss aufzubrechen. Er trank in Ruhe seinen Kaffee, duschte kräftig und zog sich Jeans und einen dicken Cashmere-Pullover an. Er griff sich die Zeitung, fuhr mit dem Aufzug hinunter zum Parkhaus und schloss seinen Isuzu 117 Coupé, Baujahr 1979 auf. An der Windschutzscheibe klemmte ein Zettel mit einem Kaufangebot, er zerknüllte ihn und steckte ihn in die Tasche. Die Ledersitze waren rissig, der Wagen nicht garagengepflegt, dennoch fand Iwata nahezu alle zwei Wochen solche Angebote. Bestimmt ein neidischer Nachbar.

Er startete den Motor, ließ das Radio ausgeschaltet und genoss die seltene Stille in den Straßen von Tokio. Am Südeingang des Bahnhofs Shibuya hatten sich die ersten Straßenhändler eingefunden, eine verschworene Gemeinschaft, die Tüten mit heißen Nüssen und Thermosflaschen mit Tee herumreichten. Kleinkreditgeber und Handyanbieter öffneten ihre Fensterläden. Auf einem Kaufhausdach ein gigantischer LED-Schirm, über den Nachrichten flimmerten. Mina Fong, eine berühmte Schauspielerin, war tot in ihrer Wohnung aufgefunden worden. Eine bekannte Millionenerbin hatte sich von einem vielversprechenden Pitcher der Yomiuri Giants getrennt. Eine beliebte Kochshow war abgesagt worden. Und eine neue Single hatte es auf Platz eins der Popcharts geschafft. Die Nachrichten endeten mit dem Slogan einer Versicherung: *Japan, wie es sein sollte.*

Iwata bog von der Hauptverkehrsstraße ab und fand einen Parkplatz auf einem freien Grundstück hinter einer Ladenpassage. Er steckte die Hände in die Taschen und stapfte die zugigen Seitenstraßen entlang. Der Frühling hatte sich dieses Jahr nicht nur verspätet, sondern anscheinend bereits aufgegeben.

Iwata ging ins nächste Kaufhaus und verbrachte eine Stunde, um Leuchtstifte, Notizbücher und Trennblätter zu kaufen. In der Cafeteria bestellte er einen Kaffee mit Zuckersirup und einen Obstsalat. Es gab hier kein WLAN, aber Iwata mochte die Aussicht. Er saß zwischen erschöpften Nachtschichtarbeitern, schlürfte seinen Kaffee und blickte hinunter auf die Hauptstraße. In Shibuya wimmelte es jetzt von gehetzten Pendlern und übernächtigten Studenten. Polizisten regelten hektisch den zähen Autoverkehr, Fußgänger reagierten gereizt auf rote Ampeln.

Iwata schlug die Zeitung auf und widmete sich als Erstes dem Anzeigenteil. Er ignorierte die versteckten Angebote von Frauen mittleren Alters für diskrete Massagen, Begleitservice zum Essen und Französischunterricht. Bei der Rubrik Lagerraum hielt er inne. Nach wenigen Minuten umkringelte er eine Anzeige. Dann faltete er die Zeitung zusammen, klemmte sie unter den Arm und verließ die Cafeteria.

Draußen hatte sich der Nebel vorübergehend gelichtet, und der Himmel erstrahlte in einem kalten exquisiten Blau. Iwata ging zurück zu seinem Auto und rief die in der Anzeige angegebene Nummer an. Eine verschlafene Stimme meldete sich.

»Matsumoto hier«, sagte der Mann, hustete und zündete sich eine Zigarette an. »Ihr Lagerproblem ist meine Leidenschaft.«

Iwata brachte sein Anliegen vor, und Matsumoto leierte eine Adresse herunter. Sie verabredeten ein Treffen in einer Stunde.

Er fuhr Richtung Norden, durch Harajuku, parkte unweit des U-Bahnhofs und ging die Takeshita Straße mit ihren Läden für gefälschte Marken-T-Shirts, Hello-Kitty-Produkten und Plastiknippes entlang. Touristen begafften die grellen Neonreklamen und das affektierte Gehabe. Poster der neuesten Idole klebten an jeder verfügbaren Fläche. Aus billigen Lautsprechern plärrte Happy Pop, und schulschwänzende Teenager verglichen Preise. Iwata war dieser Ort verhasst, doch in der Nähe gab es eine Nudelbar, die zum Frühstück leckere Tamagoyaki anbot. Meistens war sie nur halb voll, doch aus irgendeinem Grund hatte sich heute eine lange Schlange rauchender Büroangestellter vor dem Eingang gebildet. Fluchend kehrte Iwata zu seinem Auto zurück.

Er fuhr Richtung Südosten, die breite, von Bäumen gesäumte Omotesando Allee entlang, wo sich in den Flagship-Stores italienischer Designer-Marken betuchte Hausfrauen tummelten, bog in die Aoyama Dori und fünfzehn Minuten später in die Meguro Dori. Auf einem unbebauten Grundstück zwischen zwei Häusern fand er einen freien Parkplatz. Er stieg aus und sah zum Himmel. Heute Abend würde es regnen.

An einem Imbiss bestellte er Gemüse mit Garnelenklößchen, und der Koch reichte ihm durch eine Luke in der Mauer einen Pappteller. Der alte Mann schimpfte über das gestrige Spiel, Iwata nickte und versprach wiederzukommen.

Am Ende der Straße, vor einem schmuddeligen Laden, dessen Schaufenster mit vergilbtem Zeitungspapier zugeklebt waren, stand ein gedrungener, dicker Mann mit einem Pferdeschwanz. Er zog gierig an einer Zigarette und sah die Straße auf und ab. Als er Iwata erblickte, klemmte er den Stummel zwischen die Lippen und streckte Iwata die Hand entgegen.

»Sind Sie meine Verabredung?« Die Zigarette wippte auf und ab. Iwata nickte, und sie gaben sich die Hand.

»Dann wollen wir den Laden mal für Sie aufmachen.«

Matsumoto stieg über einen Haufen Werbepost. Der Raum war schmal, aber Iwata gefiel die Düsternis. Die Wände säumten unterschiedlich große Schließfächer, hinten standen mehrere kleine Tresore.

»Was meinen Sie, Mister? Passt es Ihnen?«

»Sehr sogar.«

»Wofür brauchen Sie den Platz?«

»Für meine Kartons. Sechzehn Stück. Fünfundvierzig mal fünfundvierzig mal fünfzig.«

Matsumoto pfiff.

»Ich könnte Ihnen den ganzen hinteren Raum zur Verfügung stellen, aber das würde mehr kosten.«

»Wie viel?«

Er musterte Iwata.

»Warum wollen Sie die Kartons nicht in Ihrer Wohnung aufbewahren, Mister, wenn ich fragen darf?«

»Dürfen Sie nicht. Wie viel?«

»Also gut. Fünfunddreißigtausend im Monat.«

Iwata schüttelte den Kopf.

»Ich mache Ihnen ein Angebot: Achtzigtausend für drei Monate. Wenn Sie akzeptieren, zahle ich im Voraus.«

»Achtzig?« Matsumoto blies Rauch aus und kniff die Augen zusammen. »Im Voraus?«

»Ganz genau.«

»Wer sind Sie? Ein Kredithai?«

»Ich brauche nur Lagerraum für meine Kartons.«

»Warum bei mir? Warum lagern Sie sie nicht in einem der großen Häuser ein? Ist billiger.«

»Ich mag keine Formulare.«

Matsumoto zuckte die Schultern. »Scheiß drauf. Wir sind im Geschäft.«

Der Kassierer in der Bank machte Iwata darauf aufmerksam, dass nur noch eine geringe Deckungssumme übrig bliebe, doch Iwata hörte nicht auf ihn. Draußen übergab er Matsumoto den dicken Umschlag, der ihn einsteckte und ihm im Gegenzug einen Schlüsselbund zuwarf.

»Dann sehen wir uns also in drei Monaten wieder«, sagte Matsumoto augenzwinkernd.

Er wandte sich ab. Sein Pferdeschwanz baumelte beim Gehen hin und her. Iwata kehrte zu seinem Auto zurück. In der Ferne hörte er Donnergrollen.

Kurz nach ein Uhr erreichte Iwata das Labyrinth des Bahnhofs Shinjuku, der die Ausmaße eines Flughafens hatte. Er kaufte eine Fahrkarte für den Shinkansen nach Nagano und bestieg den Asama 573. Die Sitze waren sauber, die Temperatur optimal eingestellt für menschliche Bedürfnisse, die Zugbegleiter verbeugten sich beim Betreten und Verlassen der Waggons, und der Ruhebereich war tatsächlich sehr ruhig.

Der Zug fuhr los, und Tokio schwand aus Iwatas Blickfeld. Trabantenstädte mit künstlichen Seen flogen vorbei. Hier lebten junge Berufstätige, die sich gesund ernährten und viel Sport trieben. Auch Iwata hatte einmal zu ihnen gehört, als die Notwendigkeit für diese Reise noch nicht bestand. Er konnte sich nicht erinnern, wann er das letzte Mal mit diesem Zug gefahren war. Wollte sich auch nicht erinnern.

*Die Lichter der Stadt leuchten so schön.*

Als die grauen Schlafstädte endlich hinter ihm lagen, folgten nur noch Felder und Strommasten. In der Ferne wogten Hügel wie liebeskranke Seufzer.

Nach der Ankunft im Bahnhof Nagano kaufte Iwata eine Abendzeitung und eine Lunchbox, obwohl er nach beidem kein Bedürfnis verspürte, und bestieg einen klapprigen Zug, der auch als Nostalgiezug nichts getaugt hätte. In gemächlichem Tempo ging es zunächst durch grünes Flachland, dann bewaldete Hänge hinauf in die Berge.

Iwata beobachtete durchs Fenster banale Dinge einer banalen Welt. Eine Frau an einer Ampel kratzte sich am Ellbogen. Schulkinder übermalten eine graffitibesprühte Wand. Eine alte Dame auf einer Bank schaute einer vom Wind getriebenen Zellophanverpackung hinterher. Ein einzelnes Auto in einem Reisfeld, die Alarmanlage blinkte.

Kurz vor fünf Uhr erreichte er sein Ziel, ein nichtssagendes Städtchen in der Nähe des Nojiri-Sees. Er setzte sich in das einzige bereitstehende Taxi am Bahnhof und bat den Fahrer, ihn zur Nakamura-Anstalt zu bringen. Es ging vorbei an verfallenen Fabriken und für den Abriss freigegebenen Produktionsstätten, die letzten übriggebliebenen Schandflecken des alten Systems. Der Fahrer lauschte einem Radiobericht über ein Unternehmen für Tiefseebohrungen, das eine mittelgroße Bank betrogen hatte. Seine weiß behandschuhten Hände bewegten sich kaum auf dem Lenkrad.

Iwata schaute durch das Schiebedach, die Dämmerung setzte ein. In der Ferne ragten regungslos Baukräne empor, eine einträgliche Zukunft wartete darauf, errichtet zu werden. Er las einen Werbeslogan: *Gemeinsam das Morgen gestalten.*

In dem einzigen Geschäft in der Nähe der Anstalt kaufte Iwata frisches Obst und mehrere Paar Strümpfe. Die alte Kassiererin lächelte ihn an.

»Zu Besuch?«

Iwata nickte. Der Fußweg zur Anstalt war lang und steil. Trotz der Kühle schwitzte er, als er den Haupteingang erreichte. Die Empfangsdame erkannte Iwata und verbeugte sich. Während sie ihn den gesicherten Korridor entlangführte, blickte sie auf den desinfizierten Boden.

»Entschuldigen Sie, dass ich es anspreche, aber Sie sind sieben Wochen mit den Zahlungen im Rückstand.«

»Mein Versehen. Ich muss mich verrechnet haben. Ich korrigiere das, sobald ich wieder in Tokio bin.«

Die Krankenschwester nickte ergeben.

»Sie ist draußen, um sich den Sonnenuntergang anzusehen. Bitte, gehen Sie.«

Iwata bedankte sich und betrat einen weitläufigen, gepflegten Garten. Weiter hinten pflanzten Patienten Blumen. Flamingos und Elefanten aus Pappmaché schaukelten im Wind. Bunte Rädchen drehten sich. Aus einem offenen Fenster hörte er eine Frau Tonleitern üben. Am anderen Ende des Gartens, vor der Baumreihe, sah Iwata sie. Cleo lag zugedeckt auf einer Sonnenliege.

*Die Lichter der Stadt leuchten so schön.*

Wie immer, wenn er sie sah, gab es ihm einen Stich ins Herz. Heute besonders.

*Ich bin glücklich mit Dir. Bitte, ich möchte sie hören.*

Er setzte sich auf einen weißen Plastikstuhl neben sie. Cleo war wie Iwata Mitte dreißig. Jüngst hatte sie sich das blonde Haar zu einem sehr kurzen Bubikopf schneiden lassen. Ihre Haut war blasser, als er es in Erinnerung hatte. Die dunkelblauen Augen stierten in die Ferne.

»Hallo«, sprach er sie auf Englisch an.

Vogelgezwitscher brauste in den Ästen über ihnen.

*Ich gehe und gehe, schaukle wie ein Boot in Deinen Armen.*

Schüchtern ergriff er ihre Hand, seine Lippen bebten. Die Hand war klein, ihre Wärme schwand wie aus einem vom Strand aufgesammelten Kiesel.

*Ich bin glücklich mit Dir. Bitte, ich möchte sie hören.*

Iwata ließ ihre Hand los, als er merkte, dass er ihr weh tat.

»Ich habe dir Obst mitgebracht. Und auch Strümpfe. Deine gehen hier immer verloren.«

Er stellte die Tüte neben sie, Cleo erwiderte nichts.

»Die Schwestern sollen deinen Namen einnähen. Dann kann man sie nicht mehr verwechseln.«

Unbeirrt betrachtete sie den Horizont, als hätte sie beschlossen, ihr restliches Leben nichts anderes zu tun.

»Du bist zu Kräften gekommen, Cleo. Du siehst … gut aus.«

*Ich bin glücklich mit Dir. Bitte, ich möchte sie hören. Die Worte der Liebe von Dir.*

Iwata fing an zu weinen.

»Du Miststück! Du Miststück. Du Miststück.«

Weit nach Mitternacht kehrte Iwata in seine Wohnung in Motoyoyogicho zurück. Im Flur stolperte er über Dreiräder, Zeitungsbündel und umgefallene Wischmopps. Die Uhr seiner Mikrowelle tauchte den Raum in ein schwaches Grün. Als er die gestapelten Kartons in der Ecke sah, schaute er wieder schnell weg. Er musste sie so bald wie möglich wegbringen. Nur nicht morgen.

Iwata machte seine Rumpfbeugen und sah sich dabei eine englischsprachige Fernsehshow an. Die unsäglich aufgekratzte Moderatorin beglückwünschte die Teilnehmer zu ihrer furchtbaren Aussprache. Das Wort des Tages lautete: unexpected.

Iwata schaltete den Fernseher aus und entrollte seinen billigen Futon. Er schob die Gardine etwas zur Seite. Unter ihm Tokios Neon-Aurora. Unendlicher Eifer, hektische Betriebsamkeit, jeder Quadratmeter verplant für Expansion und Neuentwicklung. Die dichte Wolkendecke hing tief, nur ihre Farbe konnte er nicht erkennen. Iwata schloss die Augen, versuchte, nicht an Cleo zu denken, und hoffte auf einen traumlosen Schlaf.

2. KAPITEL

# Mord macht hungrig

*»Ich sage ja nur: Vier Premierminister in vier Jahren, das würde in jedem anderen Land eine Krise auslösen.«*

*»Noch ist er im Amt.«*

*»Pah! Eine Frage der Zeit. Aber in Japan löst das keine Krise aus. Das ist die traurige Wahrheit. Der nächste Rücktritt, einer von vielen, und danach dreht sich das Politkarussell munter weiter im Leerlauf. Wen kümmert es?«*

*»Also Politikverdrossenheit?«*

*»Ja, genau. Bei den letzten Wahlen lag die Beteiligung unter fünfzig Prozent. Wie wollen wir jemals etwas verändern, wenn es die Mehrheit der Japaner nicht interessiert?«*

*»Dagegen kann man einfach nichts tun, Verdrossenheit hin oder her.«*

Iwata schaute durch einen Spalt in der Jalousie in den Morgendunst und stellte sich vor, wie in ganz Tokio gerade alle Lautstärkeregler heruntergedreht wurden. Zwar stellten die Moderatoren gelegentlich interessante Fragen, aber ihre Selbstzufriedenheit nervte. Besonders einer kreischte jetzt förmlich vor Wut, weil ein Teilnehmer – obwohl so vorgesehen – anderer Meinung war.

*»Warum sollte es sie auch interessieren? Nehmen wir nur unsere Schulkinder. Man bringt ihnen nicht bei, nach dem Warum zu fragen, zu widersprechen oder durch Diskussionen Erfahrungen zu sammeln. Man bringt ihnen bei, alles brav aufzusaugen und sich anzupassen. Und was macht man mit denen,*

*die das nicht tun? Die steckt man ins Baseballteam. Sollen sie da lernen, wo ihr Platz ist. Jeder zweite Japaner lernt im Laufe seines Lebens zu akzeptieren um des Akzeptierens willen.«*

Iwata wechselte zu einem Lokalsender.

*»Es ist Punkt fünf, und falls Sie gerade erst eingeschaltet haben: Unser heutiges Thema heißt Theta. Die religiöse Organisation in Japan mit dem größten Zulauf. Während die einen in Theta einen neuen und bereichernden Lebensstil sehen, nennen andere sie eine gewinnbringende Betrugsmasche. Manche gehen noch weiter und nennen Theta eine Sekte. Was meinen Sie? Haben Sie Fragen an unsere Expertenrunde? Dann rufen Sie an.«*

Iwata suchte so lange, bis er einen Nachrichtensender fand.

*»In dem Bemühen, die wachsende Zahl der Selbstmorde unter den Passagieren der Yamanote-Linie in Tokio einzudämmen, wurden in der vergangenen Nacht über den Bahnsteigen speziell angefertigte LED-Strahler installiert. Obwohl es keinen hinreichenden wissenschaftlichen Beweis für eine unmittelbare Auswirkung der blauen Strahler auf diesen erschreckenden Trend gibt, glauben Fachleute, dass blaue Farbe ganz allgemein einen beruhigenden Effekt hat. Es berichtet für Sie Sumiko Shimosaka.«*

Das Signalhorn des Zuges erscholl, gefolgt vom Fußgetrappel der Pendler und den schrillen Ansagen des Personals. Iwata wusste gute Produktionsergebnisse zu schätzen.

*»Japans ohnehin hohe Selbstmordrate ist in den vergangenen Jahren, bedingt durch das Wirtschaftsklima, noch einmal sprunghaft angestiegen.«* Shimosakas Stimme klang kindlich, aber trotzig. *»Auf den Bahnsteigen der stark frequentierten Yamanote-Linie stellt dies tragischerweise immer wieder ein Problem dar. Wie reagiert die East Japan Rail Company darauf? Laut Professor Hiroyuki Harada vom nationalen Forschungsinstitut, welches maßgeblich an diesem Projekt beteiligt war, as-*

*soziieren viele Menschen mit den blauen Leuchten Himmel und Meer, was den von innerer Unruhe Getriebenen Entspannung verschafft. Doch es existiert so gut wie kein Hinweis darauf, und angesichts der hohen Kosten müssen wir uns fragen: Funktioniert das auch in der Praxis? Dazu habe ich heute Morgen den Sprecher der japanischen Eisenbahngesellschaft befragt.«* Schnitt, es folgte ein Interview. *»Herr Tadokoro, es ist nicht nachgewiesen, dass die LED-Leuchten tatsächlich helfen. Wenn man außerdem bedenkt, dass die Kosten für das Projekt fünfzehn Millionen Yen betragen – befürchten Sie dann nicht, dass das Ganze als reiner Schnickschnack abgetan werden könnte?«*

Gedämpftes verlegenes Lachen. *»Eins ist klar: Menschen sterben. Und wir haben die Verantwortung, ihnen zu helfen. Deswegen haben wir das System an allen neunundzwanzig Stationen der Yamanote-Linie installiert. Das ist erst der Anfang. Fünfzehn Millionen sind ein Klacks, wenn sich die Situation dadurch verbessern lässt.«*

Shimosaka meldete sich erneut. *»Eine selbstbewusst vertretene Unternehmensstrategie. Doch mit dem herannahenden Ende des Finanzjahrs werden sich die Tokioter gewissen Realitäten – und Verlusten – stellen müssen. Vielleicht kein Zufall, dass März traditionell der Monat mit der höchsten Selbstmordrate ist. Nach vorläufigen Schätzungen der nationalen Polizeibehörde ist 2011 auf dem besten Weg, das vierzehnte Jahr in Folge mit über dreißigtausend Selbstmorden zu werden. Was die blauen Leuchten betrifft, bleibt abzuwarten, wie sie sich auf die Pendler in Tokio auswirken werden. Es berichtet für Sie Sumiko Shimosaka.«*

Iwata schaltete das Radio aus. Er duschte, rasierte sich oberflächlich und zog einen dunklen Anzug an, schlang sich noch eine alte schwarze Krawatte um den Hals und verließ die Wohnung.

Eingepfercht im 51er-Bus beobachtete Iwata die anderen Fahrgäste, die Spiele auf ihren Handys spielten. Eine Station vor dem Bahnhof Shibuya stieg er aus und ging einen namenlosen Kanal entlang, der sich zwischen engen überteuerten Wohnblöcken versteckte. In diesen Nebenstraßen gab es Restaurants, die nur von den einsamen Mittagspausen der Büroangestellten lebten. Graffitiübersäte Hauswände und Werbetafeln, die unbestimmte Botschaften verkündeten.

*DVD. Gedeck. Heilmittel.*

Der Regen spülte den Gestank der Abwässer nach oben. Sonst roch man nur Sojasoße und Abgase.

Iwata trat auf die Meiji Dori, und die Polizeizentrale des Stadtbezirks Shibuya kam in Sicht, ein fünfzehngeschossiger beiger, V-förmiger Block, der eher wie die Hauptniederlassung eines multinationalen Versicherungskonzerns und nicht wie eine Polizeibehörde aussah. Zusammen mit einem Schwarm Pendler überquerte Iwata die regennasse Straße und lief die Stufen zum Haupteingang hinauf.

In dem schmutzigen Wartebereich saßen Tokioter Bürger mit ausdruckloser Miene. Elternpaare kauten auf den Fingernägeln, junge Frauen zeigten Grapscher an, Pendler meldeten den Diebstahl ihres Fahrrads – das täglich Brot der Polizei. Iwata schob sich an der Schlange vorbei zum Empfangstresen und wies sich aus. Ein Polizist stellte ihm einen Tagespass aus.

»Die Aufzüge sind ganz hinten. Zwölfte Etage.«

Die Aufzugkabine war tapeziert mit Fotos von Verbrechern und Vermissten. Es lief keine Hintergrundmusik. Ein großes Plakat erklärte Touristen, wie sie sich im Notfall zu verhalten hatten.

*1. 110 wählen.*

*2. Was: Sagen Sie, was geschehen ist.*
*Raubüberfall – Dorobo Desu*

*Verkehrsunfall – Kotsu Jiku Desu*

*3. Wo: Genaue Bezeichnung der Örtlichkeit*

*4. Wer: Nennen Sie Ihren Namen und Ihre Adresse*

Die Aufzugtüren öffneten sich zu einem Großraumbüro, die Luft war erfüllt von Zigarettenqualm und lautem Stimmengewirr. Die Halogenfluter an der Decke verliehen den Gesichtern eine hässliche Blässe. Die gesamte hintere Wand nahm ein digitaler Stadtplan von Tokio ein, und überall, wo gerade etwas geschah, blinkte ein Lämpchen. Die Stadt war schwarz, die Lichter rot. Darunter flimmerten reihenweise grüne Monitore wie müde Augen. Iwata nahm den Geruch von Luftauffrischern wahr, der zum Scheitern verurteilte Versuch einer Kinmokusei, der Süßen Duftblume, den beißenden Schweißgeruch zu übertünchen.

Alle arbeiteten. In der Mitte des Raums stand eine Meute Männer in schlecht sitzenden Anzügen und werteten gemeinsam Tatortfotos aus. Der größte unter ihnen, Hände in den Taschen, spitzte die Lippen und schnaubte.

»Lüg uns bloß nicht an, Horibe.« Er sprach mit näselnder, gefasster Stimme. »Du würdest noch die kleinste Gelegenheit nutzen.«

Die anderen lachten sich krank, während Horibe gute Miene zum bösen Spiel machte. Iwata blieb vor einer Tür am anderen Ende des Großraumbüros stehen. Auf dem Schild stand: *Isao Shindo, Polizeioberkommissar.*

Iwata klopfte an und trat ein. Es war ein gesichtsloser Raum, die Jalousie heruntergezogen. Shindo, ein großer Mann in den Fünfzigern, Halbglatze, hatte offenbar seit Tagen nicht geduscht, sich seit Wochen nicht rasiert und seit Jahren keinen Sport mehr getrieben. Iwata verbeugte sich und räumte einen Papierstapel von einem der beiden Besucherstühle. Shindo rieb sich die gebrochene Nase, während er den Neuankömmling musterte. Iwata tat so, als bemerkte er es nicht, und sah sich um.

Es fanden sich hier keine persönlichen Gegenstände, keine Fotos, keine Urkunden, keine Kinderzeichnungen. Nur Aktenschränke, Ermittlungsunterlagen und Kaffeeflecken. Iwata respektierte das.

»Sie sind also mein neuer Kommissar.« Shindo klang heiser und müde.

»Ja.«

»Iwata?« Er blätterte in der Personalakte.

»Richtig.«

»Sie haben in Amerika studiert?«

»Politische Wissenschaften an der Universität von Kalifornien in Los Angeles. Danach Aus- und Fortbildung zum Polizeioffizier am San Diego Miramar College.«

»Für die Polizeiarbeit in Amerika mag das reichen. Was können Sie für den Dienst bei uns vorweisen?«

»Eine Ausbildung und Zusatzqualifikation bei der nationalen Polizeibehörde in Funchu.«

»Kein Studium in Japan?«

»Nein. Nicht nach der Oberschule. Es steht alles in der Akte.«

»Ich kann lesen, Iwata. Aber jetzt unterhalten wir uns ja.«

»Ja.«

»Mal ehrlich, betrachten Sie sich als Japaner?«

»Ich bin hier geboren. Meine Eltern sind Japaner. Auf meinem Pass ist eine Chrysantheme, so wie auf Ihrem. Ich bin Japaner, ganz egal, als was ich mich persönlich betrachte.«

Shindo knurrte und lehnte sich in seinem Stuhl zurück. »Erfahrung im Polizeidienst?«

»Vier Jahre Präfekturpolizei Chiba, Kommissariat Chōshi.«

»Ein ruhiges Leben am Meer, was?«

»Ich war drei Jahre bei der Mordkommission.«

»Und? Irgendwelche Mordfälle? Ich spreche nicht von Selbstmorden oder Verkehrstoten.«

»Einige. Unter anderem die Hinuma-See-Morde.«

»Ach, das waren Sie?«

Iwata nickte.

»Ja, ich glaube, ich habe davon gehört. Ein paar Zeitungen haben darüber berichtet.« Shindo riss sich zusammen und blätterte weiter in der Akte. »Und Sie wurden von der Arbeit freigestellt. Wie lange? Vierzehn Monate?«

»Ja.«

»Es geht mich nichts an, aber es geht mich was an. Haben Sie verstanden?«

Iwata nickte. Shindo klappte die Akte zu. Er hatte genug gelesen.

»Ich muss Sie das fragen: Glauben Sie, dass Sie Tokio gewachsen sind? Man muss hart im Nehmen sein. Es wäre nicht bloß eine Rückkehr in den einfachen Polizeidienst, die Abteilung eins ist etliche Stufen höher angesiedelt, kapiert?«

»Ich bin bereit. Das kann ich Ihnen versichern.«

Shindo trommelte mit den Fingern eine stumme Melodie auf seinen Lippen.

»Okay. Ich sage es Ihnen ganz ehrlich: Ich habe Vorbehalte gegen Leute, die sich hierher versetzen lassen. Jeder, der sich für die Abteilung eins stark machen will, sollte sein Metier beherrschen und nicht nur klug daherreden können.« Shindo zuckte mit den Schultern. »Aber Sie haben gute Noten. Gute Zeugnisse vom Kommissariat Chōshi. Sie sprechen Englisch. Sie haben Fälle gelöst. So was zählt, nehme ich an.«

Iwata sah den Stapel dicker Fallakten auf dem Schreibtisch. In einem Tupperware-Behälter lag eine Rolle Küchenkrepp. Sein einziges Besteck schien ein Messer zu sein.

»Also gut«, sagte Shindo wie zu sich selbst und griff zum

Telefon. »Sakai? Ja, kommen Sie.« Er legte auf und seufzte, als hätte er einen Fehlkauf getätigt.

Es klopfte an die Tür, und eine Frau Ende zwanzig trat ein. Grauer Anzug, frische weiße Bluse. Sie strahlte eine nichtssagende Schönheit aus und lächelte teilnahmslos. Sakai war nur wenige Zentimeter kleiner als Iwata und trug eine goldene Halskette mit einem Schmetterlingsanhänger. Zackig verbeugte sie sich, doch Shindo tat die Förmlichkeit ab.

»Setzen Sie sich.«

Iwata nahm einen Hauch von ihrem Parfum wahr. Keine blumige, eher eine unauffällige Note.

»Sakai? Das ist der neue Kommissar Iwata. Er wird die Ermittlungen leiten, und Sie werden ihm assistieren. Willkommen im Morddezernat, Leute.«

Sie sah ihn kurz von der Seite an. Wenn sie beeindruckt war, zeigte sie es jedenfalls nicht.

»Was ist mit dem Fall Takara Matsuu?« Ihre Stimme war erstaunlich tief.

»Sie sind soeben vom Vermisstendezernat aufgestiegen. Die Ratte wird früher oder später schon aus dem Schlamm auftauchen. Noch Fragen, Sakai?« Es war rein rhetorisch gemeint.

»Nein. Danke, dass Sie mir diese Chance geben.«

Shindo nahm die oberste Akte vom Stapel. Sie trug einen nüchternen, in großen Buchstaben geschriebenen Titel.

MORDFALL FAMILIE KANESHIRO.

Bevor er sie übergab, zeigte er mit dem Finger, der aussah wie eine faule Banane, auf die Akte.

»Ich erwarte Feingefühl von Ihnen. Der Fall lag bei Hideo Akashi, bis er sich vor drei Tagen von einer Brücke gestürzt hat. Der Mann war hier eine Institution, nur damit Sie wissen, in wessen Fußstapfen Sie treten. Hinzu kommt, dass uns der Fall Mina Fong einen wahren Shitstorm beschert hat. Versuchen Sie also Ihr Bestes, aber erwarten Sie keine Hilfe von den anderen Abteilungen. Die Familie kam aus Korea, also keine Topmeldung wert. Schon gar nicht, wenn gleichzeitig ein Sexsymbol tot in ihrer Wohnung aufgefunden wird.«

Er schleuderte die Akte über den Tisch, und Iwata schlug sie auf. Nachdem er kurz darin gelesen hatte, blickte er auf.

»Die ganze Familie?«

Shindo lachte und entblößte seine schlechten Zähne.

»Wie gesagt, Kollege, Abteilung eins ist etliche Stufen höher. Und jetzt an die Arbeit. Die Morde sind um den Valentinstag herum passiert, der Fall ist überreif.«

»Wir versuchen unser Bestes!«, bellte Sakai.

»Das hoffe ich doch.«

Sakai öffnete die Tür und schritt voraus, ohne ihren neuen Partner auch nur anzusehen. Zielsicher steuerte sie auf den Aufzug zu und ignorierte die nach Iwatas Eindruck gewohnheitsmäßigen Blicke von den Schreibtischen im Großraumbüro. Die Gruppe der Männer am Wasserspender verstummte, als sie vorbeiging. Ein paar Meter weiter, und ein Gummiband zischte an Iwatas Ohr vorbei und traf Sakai im Rücken. Sie verlangsamte ihr Tempo nicht, doch Iwata sah, dass sie rot wurde. Er drehte sich um, und der größte der Männer grinste. Teigiges Gesicht, frischer Igelschnitt, feuchte dunkle Lippen. Als er Iwata erkannte, verzog sich sein Mund zu einem Lächeln – ein Omen oder nur ein Spiel? In seinem Mund blitzten zwei Reihen Fangzähne auf.

*Der Herr ist mein Licht und mein Heil; vor wem sollte ich mich fürchten.*

»Einen schönen Tag noch!«, rief er.

Iwata wandte sich ab.

Sakai wartete mit verschränkten Armen vor dem Aufzug. Die Türen glitten zur Seite, und Iwata ließ seiner Kollegin den Vortritt.

Auf dem Parkplatz der Polizei ging Sakai zum Sicherheitsposten, zeigte ihre Marke und unterschrieb für einen kastanienbraunen Toyota Crown.

»Er ist auf Ihren Namen.« Sie warf ihm die Schlüssel zu. »Fahren Sie also vorsichtig.«

Auf der Meiji Dori schüttete es wie aus Kübeln. Sakai drückte einen Knopf, und die Polizeileuchte überflutete die Straße mit blauem Licht. Die Sirene heulte los, und die Autofahrer bildeten eine Gasse. Iwata fuhr Richtung Westen nach Setagaya.

Obwohl einer der beliebtesten Bezirke Tokios, zeigte sich Setagaya heute von der ruhigen Seite, nur das Prasseln der Regentropfen auf die Zelkovenblätter war zu hören. Regenschauer hatten die Straßen leergefegt. In der Ferne ratterte langsam ein Zug auf die Stadt zu.

Auf einem fast leeren Parkplatz, eingequetscht zwischen dem Fluss Tama und einer Baumreihe, die als natürliche Grenze zum benachbarten Universitätsgelände diente, hielten sie an. Sakai zog den Reißverschluss ihrer Regenjacke hoch und ging voraus zu einer Betontreppe, die zum Flussufer hinunterführte. Iwata blieb stehen.

»Sakai?«

»Ja?«

»Die Polizei hätte längst das Gelände sichern müssen. Zeugen suchen. Autos überprüfen.«

»Ja, ja. Sie haben gehört, was Shindo gesagt hat. Personalmangel.«

Iwata holte sein neues Notizbuch hervor und schrieb sich die Nummernschilder der drei Fahrzeuge auf. Danach folgten sie dem Wasserlauf in südliche Richtung, die Oberfläche war übersät mit Kirschblüten, obwohl es dafür eigentlich noch zu früh war. Ein paar Hundert Meter den Fußweg hinauf kamen sie erneut an eine Treppe, die zu einem eingezäunten Komplex führte.

Ein mürrischer Polizist stand mit hochgezogenen Schultern im Regen. Weiße Atemwölkchen stiegen unter seiner Schirmmütze empor.

»Tut mir leid, keine Presse.«

Verlegen lächelnd zeigte Sakai ihre Dienstmarke. Der Polizist entschuldigte sich, hob das Absperrband hoch und schloss das Tor für sie auf. Die Wohnanlage versank in einem matschigen Sumpf. In liegengebliebenen Schutzhelmen sammelte sich Regenwasser. Zwischen grünlichen Pfützen standen verlassene Baufahrzeuge. Auf einem großen Bauschild war zu lesen: *Vivus Construction – Das gute Leben.*

Von dem Gebäudekomplex war nicht viel übrig. Alle Häuser waren dem Erdboden gleichgemacht worden, nur das Haus am hinteren Ende stand noch. Sakai schimpfte, als sie die Schlammwüste überquerten, wollte aber auch nicht langsamer gehen.

»Kommen Sie«, rief sie Iwata über die Schulter zu. »Trödeln Sie nicht.«

Von der Größe abgesehen war das Haus der Familie Kaneshiro ein unscheinbarer zweigeschossiger Betonbau, umgeben von blickdichten Trennwänden, die die Abrissfirma zur Verfügung gestellt hatte. Das Haus wirkte gepflegt, mit einer Garage und einem Balkon im ersten Stock. Früher vielleicht eine gute Adresse, doch die Entfernung zur Straße und die bedrohlich aufragenden Bäume dahinter verliehen ihm etwas Abgeschiedenes. Alle Vorhänge waren zugezogen, alle Fenster geschlossen, außer einem.

Unter dem Vordach standen zwei Polizisten in leuchtenden Regenmänteln und blätterten in einem reißerischen Bericht über den Todesfall Mina Fong.

»Selbstmord? Gruselmord? Sensationelle Details!«

Der Größere der beiden war dünn und kinnlos, der Kleinere hatte orange gefärbtes Haar und ein Muttermal über einer Augenbraue.

»Wer sind Sie?«

Sakai wies sich aus und untersuchte ihre Hose nach Schlammspritzern.

»Machen Sie die Tür auf«, sagte sie kalt.

Der kinnlose Polizist grinste nur und widmete sich wieder seiner Zeitung. Muttermal bemerkte das und wurde rot. Er leckte sich die Lippen, bevor er antwortete.

»Soll das heißen, dass Sie die Ermittler sind?«

Sakai blickte auf und sah Muttermal zum ersten Mal direkt in die Augen. Sofort erkannte er seinen Fehler.

»Dachten Sie, wir sind die Pizzaboten, Arschloch?«

»Nein, ich dachte nur …«

»Wie heißen Sie?«

»Hatanaka, aber …«

»Hören Sie, Hatanaka. Ich habe Ihnen gesagt, Sie sollen die Tür aufmachen, aber anscheinend gibt es Gesprächsbedarf. Ich warne Sie. Und damit Sie mich nicht missverstehen: Meine Warnung hat keine Folgen fürs Protokoll. Nur für Sie und Ihren widerlichen Fettarsch. Ein Raum voller schwuler Stecher. Inkontinenzwindeln auf absehbare Zeit. Ich hoffe, Sie verstehen mich. Ich glaube nämlich nicht, dass es Windeln in Ihrer Größe gibt.«

Hatanaka erblasste und nickte. Sakai wandte sich an den Größeren und riss ihm die Zeitung aus der Hand.

»Jetzt zu Ihnen! Wenn ich hier fertig bin, haben Sie den Parkplatz gesichert und die Namen der Fahrzeughalter ermittelt, oder Sie finden sich im Rollstuhl wieder. Ich kenne viele, die mir zuliebe und mit Hochgenuss Ihren Rücken mit einem Vorschlaghammer bearbeiten würden. Haben wir uns verstanden?

Beide Männer verbeugten sich.

»Super. Danke, meine Herren. Und jetzt verdrücken Sie sich.«

Kinnlos begab sich umgehend zum Parkplatz und kramte nach seinem Funkgerät, während Hatanaka die Hausschlüssel aus seiner Tasche holte. Iwata biss sich auf die Wangen, um sich ein Lachen zu verkneifen, und zeigte auf die Haustür.

»War die abgeschlossen, als die Leichen gefunden wurden?«

»Ja.«

»Wer hat die Leichen gefunden?«

»Die Großmutter mütterlicherseits.«

»Wo befinden sich die Leichen jetzt?«

»In der Gerichtsmedizin.«

Hatanaka schloss die Tür auf. Sakai trat ohne zu zögern ein und folgte dem durch ein blaues Klebeband auf dem Boden markierten Pfad. Sie zog eine Duftfahne hinter sich her, Räucherstäbchen. Zunächst nur ein Hauch, doch plötzlich umgab Iwata der erdige Geruch. Es war, als hätte er einen Klumpen Moos aus dem Waldboden herausgerissen und seine Nase hineingedrückt.

*Ich bin glücklich mit Dir. Bitte, ich möchte sie hören.*

»Kommissar?« Hatanaka sah verunsichert aus.

»Was?«

»Ich habe Sie gefragt, ob Sie mich noch brauchen.«

Iwata räusperte sich und sammelte seine Gedanken. »Geben Sie mir zuerst Ihre Telefonnummer. Dann möchte ich, dass Sie die Umgebung gründlich absuchen. Ich möchte wissen, ob die Familie hier Streit hatte, Schulden, Feinde et cetera. Und vergessen Sie Leidenschaft als Motiv nicht. Die Morde geschahen in der Nacht vom Valentinstag. Also fragen Sie nach Affären, alten Flammen, Sie wissen schon.«

»Ja.« Hatanaka schrieb seine Nummer auf ein Blatt Papier, verbeugte sich und schloss hinter sich die Tür. Im Flur war es duster und still. Der Genkan war voll mit Schuhen. An den Wänden Fotos. Ein normales Einfamilienhaus.

*Der ist am glücklichsten, er sei ein König oder ein Geringer, dem in seinem Hause Wohl bereitet ist.*

Iwata stand im Flur neben Sakai, die in der Akte blätterte.

»Soll ich?«, fragte sie.

»Ja.«

»Also: Fred Feuerstein wurde oben im Elternschlafzimmer gefunden. Alle anderen lagen dort.« Sie deutete mit dem Kopf zum Wohnzimmer.

»Hatanaka bestätigt, dass die Haustür verschlossen war.«

»Vielleicht besaß der Mörder ja einen Schlüssel. Oder er kannte seine Opfer.«

»Aber das Fenster im ersten Stock ist offen, und in der Akte steht, an der Haustür hätten sich keine Spuren gefunden.«

»Möglicherweise ein Handschuhträger. He, was sagen Sie dazu? Unsere erste Spur. Und? Sollen wir?«

»Ja, Frau Kollegin.«

»Ladies first«, sagte sie und hielt ihm die Wohnzimmertür auf.

Er schloss die Augen für einen Moment, atmete durch und trat ein.

*Ich gehe und gehe, schaukele wie ein kleines Boot in Deinen Armen.*

Starke Scheinwerfer erleuchteten den Raum. Die Leichen der Familienmitglieder waren nicht mehr da, nur ein süßlich klebriger, stickiger Geruch hing in der Luft. Iwata kannte ihn gut. Von Mikroorganismen zerlegte Kohlehydrate, Proteine und Fettsäuren. Von den Leichen emittierte Gase. Abgebautes Bindegewebe und, je weiter der Zersetzungsprozess fortschreitet, sich verflüssigende Eingeweide. Das täglich Brot der Abteilung eins.

»Hübsche Blutspritzer.« Sakai deutete auf das rote Bergpanorama an der Wand. »Ist der Kerl ein Möchtegern-Picasso, oder was?«

»Pollock, wenn schon.«

»Wer?«

»Egal.«

Iwata stieg über blutgetränkte Schulhefte. Ein Blutfleck war auf der Nase der lächelnden Titelblattschönheit einer Ausgabe der Zeitschrift *Good Housekeeping* gelandet. Das Bonsaibäumchen auf der Fensterbank hatte seine Blätter abgeworfen und starb einen langsamen Tod. Sakai wies auf die drei dunklen Blutlachen auf dem Teppich.

»Darf ich vorstellen: Wilma, Bamm-Bamm und Pebbles.«

Sakai reichte ihm mehrere Fotos aus der Akte. Die Mutter, ausgeweidet, die Kehle durchtrennt, alle viere von sich gestreckt, lag in der Mitte des Raums. Ihr halbwüchsiger Sohn lehnte tot an der Wand, verendet, eine tiefe Wunde verlief quer über den Unterleib, die rechte Augenhöhle lag offen. Zuletzt war das Mädchen in der Ecke ermordet worden; sie hatte die Schultern hochgezogen, als hätte der Tod sie völlig verblüfft.

*Die Lichter der Stadt leuchten so schön.*

»So hat es sich abgespielt.« Sakai knackte mit den Fingern. »Der Mörder droht den Kindern, die Mutter hält das nicht aus, sie wird auf der Stelle getötet. Der Sohn eilt ihr zu Hilfe. Ein großer starker Junge, teilt wahrscheinlich ein paar Fausthiebe aus. Deswegen ist seine erste Stichwunde ein Defensivschlag. Zum Schluss ist das Mädchen dran. Ihr wird die Kehle durchgeschnitten. Sie bleibt die ganze Zeit in Deckung.«

Iwata nickte. Tote Kinder, verwesendes Fleisch, gehört alles zum Job, so wie man vor roten Ampeln warten oder Berichte schreiben muss.

»Sie haben ein scharfes Auge, Sakai.«

Sie überhörte das Kompliment und las in der Akte.

»Picasso hat auch hier keinen einzigen Abdruck hinterlassen.«

»Machen wir weiter.«

Sie durchsuchten das Erdgeschoss, fanden aber nichts Außergewöhnliches. Als sie fertig waren, gingen sie nach oben. Auf dem Absatz blieben sie vor der Badezimmertür stehen. Das Fenster über der Toilette stand offen, ein kalter Wind wehte herein. Iwata klappte den Toilettensitz herunter, ein undeutlicher schlammiger Fußabdruck war zu erkennen.

»In der Akte steht davon nichts, oder?«

Sakai zuckte mit den Schultern.

»Jedenfalls wissen wir jetzt, wie er hineingekommen ist.«

Sie gingen zurück in den Flur und durchsuchten die Kinderschlafzimmer. In der Akte gab es zu beiden keinen Vermerk, und sie fanden auch nichts Ungewöhnliches. Danach waren der Balkon und die Garage dran. Die Kaneshiros besaßen offenbar ein Auto, einige Ölflecken und eine alte Flasche Frostschutzmittel deuteten darauf hin.

»Wo ist das Auto?«, fragte Sakai.

»Hat schon lange nicht mehr in der Garage gestanden.«

»Verkauft?«

»Einen Moment«, sagte Iwata und rief Hatanaka an. »Ja, ich bin es. Noch eine Sache. Überprüfen Sie bitte das Fahrzeug, das auf den Namen der Familie Kaneshiro zugelassen ist. Vielleicht hatten sie Geldsorgen und haben es verkauft. Oder es ist als gestohlen gemeldet. Sagen Sie mir Bescheid, wenn Sie was herausgefunden haben.«

Iwata legte auf, und Sakai zwinkerte ihm zu.

»Gut mitgedacht.«

»Was fehlt noch?«, fragte er.

»Das Arbeitszimmer und das Elternschlafzimmer.«

»Okay, in der Reihenfolge.«

Sie kehrten in den ersten Stock zurück. Die Tür zum Arbeitszimmer stand sperrangelweit offen. Der Familien-PC war noch eingeschaltet, und neben der Tastatur verschimmelte ein Becher flüssige Mint-Eiscreme.

»Seltsam«, sagte Iwata leise.

»Könnte von ihm sein. Mord macht hungrig.«

»Den Löffel hat er nicht dagelassen.«

Sakai gab ihm die Akte, setzte sich an den Computer und streifte sich Gummihandschuhe über. Sie öffnete die Suchchronik.

»Sehen Sie sich das an.« Sie kratzte sich am Kopf. »Der Kerl war stundenlang online.«

»Muss nicht unbedingt der Mörder gewesen sein.«

»Die Seiten wurden alle erst nach dem Tod der Familie aufgerufen. Theatergruppen, Baseballnachrichten, Flugverbindungen nach Korea. In der Akte steht davon nichts, aber unsere Techniker könnten doch sicher mal zwanzig Minuten hierfür erübrigen, oder?«

Iwata schüttelte den Kopf.

»Das ergibt doch keinen Sinn, Sakai. Er bringt eine ganze Familie um, ohne eine einzige Spur zu hinterlassen, aber gewährt uns Einblick in seine Browser-Chronik?«

»Meinen Sie, es steckt Absicht dahinter?«

Iwata zuckte mit den Schultern.

»Hinter allem steckt eine Absicht.«

Sakai dachte darüber nach.

»Kann sein. Unser Picasso ist also schlau aus Eigeninteresse.«

Iwata blätterte die Akte durch.

»Finden Sie nicht auch, dass die Akte ein bisschen dürftig ist, Sakai? Alles viel zu vage.«

»Kein Wunder, wenn man die besonderen Umstände bedenkt, was Kommissar Akashi betrifft. Kommen Sie, ein Raum fehlt noch.«

Sie verließen das Arbeitszimmer und blieben bei den Blutspritzern vor dem Elternschlafzimmer stehen.

»Also.« Sakai zeigte auf die Schlafzimmertür. »Fred ist im Bett, fühlt sich nicht wohl. Er hört Geräusche aus dem Badezimmer und geht nachgucken. Warum? Warum verlässt er das Schlafzimmer? Warum kommt er nicht auf den Gedanken, dass vielleicht seine Frau gerade auf dem Klo ist?«

»Vielleicht sind die Geräusche sehr laut. Der Fußabdruck ist etwas verwischt. Der Mörder könnte ausgerutscht und gefallen sein.«

»Ja, das ist möglich. Wie auch immer, jedenfalls tritt Fred auf den Flur, sieht Picasso, und sie rasseln aneinander. Der Killer setzt ihn außer Gefecht, der Hauptfeind ist neutralisiert, danach hat unser Mann freie Hand, sich den anderen zu widmen.«

»Der Vater war schwer verwundet, aber gestorben ist er im Schlafzimmer, so viel steht fest.«

»Und?«

»Wenn er hier oben gelegen hat und noch bei Bewusstsein war, hat er mitbekommen, wie seine Familie unten getötet wurde.«

»Ich liebe meine Arbeit, echt.« Sakai kratzte sich an der Nase. »Soll ich?«

Iwata nickte. Sie öffnete die Tür zum Elternschlafzimmer, und beider Blick fiel auf das Blut von Tsunemasa Kaneshiro.

*Die Lichter der Stadt leuchten so schön.*

Iwata kannte sich mit der Praxis des Mordens aus. Auch mit der Praxis des Todes. Den Vater zu kremieren würde neunzig Minuten dauern. Seinen Sohn etwa genauso lang. Seine Frau fünfundvierzig Minuten. Ihr sechs Monate altes Kind Hana gut zwanzig Minuten. Die Arbeit eines Nachmittags.

Iwata sah einen Sonnenuntergang über Klippen. Er sah Felsen darunter. Kurz schwankte er.

*Ich bin glücklich mit Dir. Bitte, ich möchte sie hören.*

»Alles okay, Iwata?«

»Ja, ja.« Er hatte sich wieder gefangen. »Wir brauchen Licht.«

Sakai betrachtete die Blutlache auf dem Bett. Iwata schob die Vorhänge beiseite, worauf der Raum in grelles Licht getaucht wurde.

In dem Moment bemerkte er es.

Sakai war es noch nicht aufgefallen. Sie betrachtete versunken ein Foto des toten Vaters.

»Eindeutig der brutalste Mord. Überall Stichwunden, abgesehen von der ersten, die ihm im Flur zugefügt worden ist. Vermutlich war Fred Picassos Muse.«

Auf dem Foto klaffte neben Kaneshiros Rippen ein großes Loch.

»Er hat ihm das Herz entnommen«, flüsterte Iwata wie zu sich selbst, er blickte noch immer zur Decke. »Das sind Ritualmorde, Sakai. Das hat etwas zu bedeuten. Sehen Sie. Er hat nur beim Vater das Herz entnommen. Bei den anderen nicht.«

»Ritualmorde? Ist das nicht ein bisschen übertrieben? Vielleicht war der Killer auf Geld aus oder wollte sich rächen. Oder wir haben es mit einem Irren zu tun, der ein offenes Fenster entdeckt, und alles Weitere hat sich spontan ergeben. Sie sagen ja gar nichts. Was ist?«

Iwata zeigte nach oben. Sakai hielt sich die Hand vor den Mund.

»Ach, du Scheiße.«

An der Decke hatte jemand eine gezackte schwarze Sonne hingeschmiert.

3. KAPITEL

# Ich bin da

Mittagspause, das Café Doutor war brechend voll. Tratschende Hausfrauen mit Kaffeetassen in der Hand echauffierten sich, einsame Büroangestellte kauten geistesabwesend ihre Donuts. Sakai schüttelte den Kopf und trank eine heiße Schokolade. Auf dem Tisch lag der Ausdruck des Suchverlaufs des Kaneshiro-PCs.

»Dass er die Flüge nicht gleich auch gebucht hat, muss nichts bedeuten. Vielleicht hat er es später gemacht oder übers Telefon. Glauben Sie wirklich, dass sich das Arschloch zwanzig Minuten Zeit nimmt, um Flüge nach Seoul rauszusuchen, wenn er gar nicht vorhat zu fliegen?«

»Ja, das glaube ich.« Iwata biss sich auf die Fingernägel, wippte mit dem Fuß und starrte auf die Zeichnung, die er von der schwarzen Sonne angefertigt hatte.

»Warum?«

»Vielleicht weiß er, dass wir uns auf solche logischen Ermittlungsansätze mit Vorliebe stürzen.«

Sakai lachte.

»Sie sind wirklich durch und durch Polizist.«

»Bei einer Flugreservierung vom Computer der Kaneshiros aus hätte er seinen Namen preisgeben müssen. Ein Todesurteil.«

Sie leckte sich die Schokolade von der Oberlippe.

»Vielleicht konnte er nicht mehr klar denken, nachdem er die ganze Familie abgeschlachtet hatte. Vielleicht hat er einen Rückzieher gemacht, weil er Schiss hatte.«

Iwata schüttelte den Kopf.

»Die Familie hat er gegen zehn Uhr abends umgebracht, und bis acht Uhr morgens isst er ihren Kühlschrank leer, löst die Sudokus in ihrer Zeitung, hört sich ihre CDs an und sucht Flüge nach Korea auf ihrem Computer heraus. Glauben Sie, ein Mann, der ein Kind ersticht und einem Opfer das Herz entnimmt, kriegt beim Geräusch einer zufallenden Tür Schiss?«

Sakai dachte darüber nach und bestellte noch einen heißen Kakao. Iwata schüttelte wieder den Kopf.

»Vielleicht hat die Oma ihn mit ihren dauernden Anrufen wahnsinnig gemacht«, sagte sie.

»Kann sein. Aber überlegen Sie doch mal. Er hat das Haus am helllichten Tag verlassen. Er fühlte sich absolut sicher, dass man ihn nicht erkennen würde.«

»Nur weil er Handschuhe getragen und irgendein Symbol hinterlassen hat, muss er noch lange kein Genie sein. Mehr sage ich doch gar nicht.«

Ihr Kakao kam, und sie tunkte ein paar Butterkekse in die Tasse.

»Davon fallen Ihnen die Zähne aus, Sakai.«

Aus Trotz kniff sie beim Trinken genüsslich die Augen zusammen. »Machen Sie nur weiter. Sagen Sie mir, warum er angeblich so blitzgescheit ist.«

»Die Chance, auf ein Genie des Bösen zu treffen, besteht statistisch gesehen eins zu einer Million. Aber immerhin könnten wir es mit einem überdurchschnittlich intelligenten Menschen zu tun haben.«

»Na und? Sie sind auch nicht minderbemittelt und ich nicht auf den Kopf gefallen.«

»Seine Intelligenz ist mir egal, Sakai. Viel mehr beunruhigt mich, dass er nach bisherigem Stand keinerlei Spuren hinterlassen hat. Obsession, minuziöse Planung und die Bereitschaft, eiskalt seine Fantasie auszuleben, ohne Rücksicht auf Verluste. Der Mann hat das Zeug zu einem effizienten Serienmörder.«

»Ein Serienmörder? Wie kommen Sie darauf? Abgesehen von der Familie.«

»Laut Definition des FBI muss ein Täter vier oder mehr Menschen getötet haben, um als Serienmörder zu gelten. Diese Voraussetzung hat er bereits erfüllt.«

»Waren Sie beim FBI?«

»Nein. Es ist eine gebräuchliche Definition. Das lernt man dort in der Polizeiausbildung.«

»Warum sind Sie so sicher, dass er noch nicht fertig ist?«

»Das Symbol. Er hat es nicht einfach so aus Spaß hingemalt. Es soll etwas ausdrücken. Es steht für seine Arbeit, seine Welt. Es ist eine Art Manifest. Sie haben ihn Picasso genannt. Ein Künstler signiert seine Bilder deswegen, weil es sie nur ein einziges Mal gibt.«

»Na gut. Und was bedeutet das Symbol?«

»Keine Ahnung. Ich kenne nur seine Botschaft.«

»Und die lautet?«

»Ich bin da. Ich bin noch nicht fertig.«

Sakai trank ihren Kakao aus und kratzte mit dem Löffel die letzten Krümel aus der Tasse. Iwata kippte den Kaffee hinunter, bezahlte und ließ sich den Bon für seine Spesenabrechnung geben. Er hoffte, dass er das Geld schnell zurückerstattet bekam. Draußen rannte Sakai zum Auto, obwohl der Regen längst in ein Nieseln übergegangen war. Iwata stieg auf der Fahrerseite ein, fuhr aus der Parklücke und schlug den Weg zum Institut für Rechtsmedizin ein. Während er auf die Schnellstraße zusteuerte, blätterte Sakai wieder in der Akte. Nach ein paar Minuten klingelte ihr Handy, und sie nahm den Anruf grußlos entgegen.

»Alles klar. Vielen Dank.« Kopfschüttelnd klappte sie ihr Handy zu. »Das war der achte Stock. In der Eiscreme lassen sich unmöglich DNA-Spuren nachweisen. Und der Fußabdruck auf der Toilette ist zu undeutlich, um was zu erkennen. Eins allerdings haben sie herausgefunden. Der Mörder hat große Füße. Achtundzwanzig Zentimeter lang.«

Iwata sah sie an.

»Achtundzwanzig?«

Sie grinste. »Offenbar suchen wir nach einem Riesen.«

Das Institut für Rechtsmedizin der Stadt Tokio zählt zu den größten Gebäuden im Bezirk Bunkyo. Es ist ein weißer L-förmiger Bau, der dem Kinderspielplatz auf der anderen Straßenseite die Sonne nimmt. In der Eingangshalle verkündet eine Tafel an der Wand stolze Zahlen:

*20 % aller Verstorbenen in Tokio werden bei uns eingeliefert*
*13 000 medizinische Untersuchungen im Jahr*
*2650 Autopsien*

Iwata rechnete aus, dass das Institut heute bereits vier Autopsien durchgeführt hatte.

Sakai zeigte am Empfang ihre Dienstmarke, und sie wurden durch die Sicherheitsschleusen geleitet. Sie nahmen den Aufzug in den Keller, die Türen glitten zur Seite, und vor ihnen stand, im Laborkittel, eine kleine Frau mittleren Alters, die leise *Greensleeves* vor sich hin pfiff. Die Haare trug sie zu einem Pferdeschwanz zusammengebunden, auf beide Handrücken hatte sie sich etwas als Gedächtnisstütze notiert. Ihre Fingerspitzen waren vom Tabak gelb verfärbt.

»Dr. Eguchi. Sie sind wegen der Familie gekommen, richtig?«, fragte sie mit rauchiger Stimme.

»Ja. Ich bin Sakai, das ist Kommissar Iwata.«

»Sie sind früh dran. Die meisten, die hierherkommen, verspäten sich.«

Sakai und Iwata sahen sich an.

»Nichts für ungut«, sagte Eguchi. »Pathologenhumor.«

Sie lächelte.

»Der Mord liegt drei, vier Tage zurück. Ich dachte schon, es würde sich keiner mehr für die Leichen interessieren.«

»Ein Personalwechsel bei der Polizei von Tokio hat zu einem Stau geführt.«

Neugierig zog Eguchi die Augenbrauen hoch, sagte aber nichts.

Sie führte sie in einen großen, blitzblanken Sektionsraum mit beigen Wänden und fünf Metalltischen.

*Die Lichter der Stadt leuchten so schön.*

Die Halogendeckenstrahler erwachten flackernd zum Leben und tauchten den Raum in grelles Licht. Die Oberflächen aus rostfreiem Stahl glänzten makellos. Auf vier Sektionstischen lagen die Leichen der Familie Kaneshiro.

»Also«, setzte Eguchi an, »es ist eindeutig Mord. Alle sind erstochen worden. Manche haben mehr Stiche als andere.«

Hoffnungsvoll lächelnd blickte sie auf.

»Ihr Vorgänger hatte mehr Humor.«

Eguchi wies auf Tsunemasa und Seiji Kaneshiro, als würde sie den neuen Mietern die Verteilerkästen in ihrer Wohnung zeigen.

»Vater und Sohn haben sich gegen den Angreifer gewehrt, aber wir haben kein Blut gefunden, nichts unter den Fingernägeln.«

Die Verletzungen von Vater und Sohn ähnelten sich sehr, allerdings war der Vater weit schlimmer zugerichtet und wie ein Fisch aufgeschlitzt worden. Im unteren Brustkorb, dort, wo das Herz gesessen hatte, klaffte ein gewaltiger Schnitt. Die Augenlider waren abgerissen. Cremefarbene Schädelteile ragten aus der Stirn hervor.

»Der Mörder ist Linkshänder, darauf lassen die Wunden

schließen. Und außerdem vermutlich sehr kräftig, bedenkt man, auf welche Weise das Herz entnommen wurde, und angesichts der Schäden am darunterliegenden Knochen.« Die Mutter und das Mädchen, die sie eindeutig weniger interessierten, tat Eguchi mit einer wegwerfenden Handbewegung ab.

»Ich sollte noch hinzufügen, dass keines der Opfer sexuell missbraucht wurde.«

Die Wimpern des Mädchens waren lang, die Wangen wachsbleich, ihr Mund stand offen. An der Kehle verlief ein langer, tiefer Schnitt, als würde sie von einem Ohr zum anderen grinsen.

»Können Sie uns etwas zur Mordwaffe sagen?« Iwata wandte den Blick von der reglosen weißen Hülle des Mädchens ab.

Eguchi lächelte geheimnisvoll.

»Das ist ein interessanter Punkt, Kommissar. Normalerweise können wir recht genaue Angaben über die Art der Klinge und die Form des Messers machen. Jedes Messer oder Skalpell hinterlässt verräterische Hinweise auf Schwachstellen.«

»In diesem Fall nicht?«

»Wir verfügen über ein umfangreiches Archiv, doch womit diese Familie getötet wurde, ist mir ehrlich gesagt schleierhaft.«

»Entschuldigen Sie die Nachfrage. Wie meinen Sie das?«

»Alle sind erstochen worden, das steht fest. Aber nicht mit einem Messer, das in Japan erhältlich ist. Dafür sind die Schnitte zu perfekt, zu scharf.«

»Könnte es ein Skalpell gewesen sein?«, fragte Iwata.

»Dafür wiederum sind die Wunden zu groß. Sie lassen eher auf eine Machete oder Ähnliches schließen. Ein kleines Schwert möglicherweise.«

Iwata und Sakai sahen sich erneut an. Die Ärztin fuhr fort, und Sakai machte sich Notizen.

»Morgen früh sind die Untersuchungsergebnisse für Blut, Urin und Mageninhalt da. Alle Leichen wiesen auch schwarze Rußspuren auf. Bei dem Vater fanden sich die meisten auf dem Zeigefinger der linken Hand. Obwohl er Rechtshänder war. Vielleicht hat man ihn gezwungen, den Ruß zu berühren.«

»Die schwarze Sonne«, sagte Iwata leise zu sich selbst. »Kaneshiro wurde gezwungen, das Symbol an die Decke zu malen.« Dr. Eguchi ging wieder mit ihnen hinaus.

»Noch etwas. Wie formuliere ich es möglichst taktvoll? Die Leichen …«

»Die Oma mütterlicherseits kümmert sich um die Angelegenheit«, kam Sakai ihrer Frage zuvor. »Die Leichen werden bis morgen Nachmittag abgeholt.«

»Sehr schön. Wir sind morgens ab halb neun da. Bis dahin liegen auch die Untersuchungsergebnisse vor.«

»Hier ist meine Nummer.« Sakai riss eine Seite aus ihrem Notizbuch und gab sie der Ärztin.

Die beiden verbeugten sich und eilten zum Ausgang. Kaum saßen sie im Auto, klingelte Sakais Handy.

»Ach, Sie … Ja? Gut. Haben Sie auch den Namen?« Sie klemmte das Handy zwischen Schulter und Kinn und notierte sich etwas. »Okay. Was haben Sie noch für mich? 2010? Gut. Was ist mit Ihrem Freund? Hat er die Kennzeichen der Autos auf dem Parkplatz? Ja. Das interessiert mich nicht. Wir haben jetzt zwei Uhr. Ich rufe um fünf Uhr nochmal an, und dann möchte ich die Namen. Ihr Freund ist aus dem Schneider. Sie haben ihn soeben beerbt und übernehmen seinen kleinen Auftrag. Haben Sie mich verstanden?«

Iwata bemerkte aus den Augenwinkeln, wie ein vergnügliches Grinsen über Sakais Gesicht huschte.

»Ach, noch etwas, Hatanaka. Denken Sie daran, was ich Ihnen gesagt habe. Ich bin eine Frau, die meint, was sie sagt.«

Sie legte auf.

»Das war der Bulle mit dem Muttermal.«

»Hatanaka?«

»Genau der. Zwei Infos. Erstens: Die Familie besaß ein Auto. Einen Honda Odyssey, Baujahr 2010. Ob verkauft oder gestohlen ist unklar.«

»Wer immer das Auto jetzt hat, ein Gespräch mit ihm könnte sich lohnen.«

»Das denke ich auch. Zweitens: Hatanaka hat von den Bewohnern vor Ort einen Namen erfahren.« Sie hielt ihr Notizbuch hoch.

»Kodai Kiyota?«, las Iwata laut vor.

»Nachbarn haben ausgesagt, es sei allgemein bekannt, dass er mit der Familie Kaneshiro im Clinch lag. Anscheinend hat er Verbindungen zu der Entwicklungsgesellschaft, die die Abrissarbeiten in der Nachbarschaft durchgeführt hat.«

»Er wollte sie rausekeln, und sie wollten nicht gehen?«

Sie zuckte die Schultern. »Sehr wahrscheinlich. Aber jetzt halten Sie sich fest. Der Typ stand früher als Vollstrecker im Dienst der Yakuza. Und nicht nur das. Laut Polizeiakte ist er eins neunundachtzig groß.«

»Dann müssen wir diesen Mann suchen, Sakai. Ich setze Sie an der Polizeiwache Setagaya ab. Sie melden sich, wenn Sie ihn gefunden haben.«

»Wohin fahren Sie?«

»Der Vater hat in einem Call-Center in Keiotamagawa gearbeitet, die Mutter an einer Universität in der Nähe. Ich will mir mal ihre Kollegen vornehmen, vielleicht erfahre ich ja was.«

Sakai gähnte und sah Iwata unmittelbar an.

»Woher kommen Sie eigentlich?«, fragte sie.

»Miyama. Tiefste Provinz. Nicht weit von Kyoto.«

»Ich habe gehört, Sie seien Amerikaner.«

»Ich habe ein paar Jahre dort gelebt, als ich jung war, mehr nicht. College. Und Sie?«

»Kanazawa.«

Iwata lachte.

»Was ist daran komisch?«

»Gar nichts. Ich kann mir Sie nur schlecht als Spaziergängerin im Kenroku-en-Garten vorstellen. Daher kommen Sie also.«

»Da habe ich nur meine Dienstmarke her.«

Iwata warf ihr einen Blick zu. Sie schien sich auf die Zunge zu beißen und sah aus dem Fenster. Billige Hotelketten und anonyme Konzerne flankierten die graue Schnellstraße. Versteckt dahinter Stundenhotels und von den jahrelangen Abgasen verschmutzte, überteuerte Wohnblöcke.

*Ich bin glücklich mit Dir.*

»Wer war das heute Morgen? Auf dem Weg zum Aufzug?«, fragte Iwata.

Sie schaute weiter aus dem Fenster. »Wen meinen Sie?«, sagte sie geistesabwesend.

»Der mit dem Gummiband auf Sie geschossen hat.«

Sie wandte ihm ihr Gesicht zu und suchte seinen Blick, bevor sie antwortete.

»Er heißt Moroto.«

»Was ist mit ihm?«

»Moroto ist ... Ach, am besten gehen Sie ihm aus dem Weg.«

Als er das Schild Setagaya-Zentrum sah, fuhr Iwata von der Schnellstraße herunter.

»Klar, man kann sich täuschen, aber nach meinem Eindruck ist Moroto ein Arschloch.«

Sie sah wieder aus dem Fenster.

»Wissen Sie was, Iwata? Für einen aus der Region Kansai sind Sie gar nicht mal so blöd.«

Zum ersten Mal lächelten sie sich an, und der Rest der Fahrt zum Polizeirevier in Setagaya verlief schweigend.

Happy Cloud Communications befand sich im ersten Stock eines gedrungenen Gebäudes im Schatten eines mehrstöckigen Parkhauses. Iwata ging an einem koreanischen Restaurant und einer kleinen Zahnklinik vorbei, bis er den Seiteneingang fand. Er drückte die Türklingel, und ein übergewichtiger Mann in einer schmutzigen Strickjacke öffnete ihm. Iwata wies sich aus.

»Sie sind sicher wegen Kaneshiro hier.«

Iwata nickte.

»Ich bin Niwa, der Geschäftsführer. Ich zeige Ihnen seinen Schreibtisch.«

Iwata folgte ihm in einem fensterlosen Raum mit gelben Wänden und Kunstpflanzen. Dreißig Telefonplätze, alle besetzt mit munter in den Hörer plappernden Angestellten. Ein junger langhaariger Mann mit Milchgesicht hob den Kopf. Als er Iwata sah, wandte er sich hastig ab, stand auf und verließ den Raum.

»Hatte Herr Kaneshiro Probleme am Arbeitsplatz?«

Niwa blickte über die schuppenberieselte Schulter und schmunzelte.

»Probleme? Der Mann hat ja kaum je ein Wort gesprochen. Er hat die ganze IT für mich gemacht, hatte wenig Kontakt zu den Angestellten. Ein knappes ›Hallo‹ am Morgen und ›guten Abend‹, wenn er wieder ging, mehr nicht. Hier war sein Büro.«

Niwa klopfte zum Spaß an die Tür.

»Keiner da.«

»Sie können mich allein lassen, Herr Niwa.«

Iwata prägte sich ein paar Sachen ein, während er sich umsah. Der enge Raum war etwas zurückgesetzt vom Hauptraum und durch eine Tür mit Niwas Büro verbunden, die Jalousie vor dem Fenster war geschlossen. Es ging auf eine Gasse auf der Rückseite des Gebäudes hinaus, unten lag nur Abfall und merkwürdigerweise ein altes Megafon. Eine Katze streifte umher.

Iwata zog sich Gummihandschuhe an und schaltete Kaneshiros Computer ein. Minutenlang durchforstete er seine E-Mails, entdeckte jedoch nichts, das auch nur im Entferntesten auf eine Auseinandersetzung, geschweige denn einen Mord an einer Familie hinwies. Er durchsuchte die Festplatte, auch hier nur Arbeitsmaterial. Iwata schaltete den Computer wieder aus und betrachtete das Familienfoto auf dem Schreibtisch. Vier lächelnde Menschen bei Sonnenuntergang, die ein Picknick veranstaltet hatten.

*Bitte, ich möchte sie hören.*

Auch in den Schreibtischschubladen nichts Interessantes. Auf dem Boden, neben dem Drehstuhl, verblasste Blutspritzer.

Vielleicht Nasenbluten. Vielleicht etwas anderes.

Am Haken auf der Rückseite der Tür ein Regenmantel, die Taschen leer. An der Wand ein kleiner Kalender des koreanischen Restaurants in der Nähe. Iwata überflog die Wochenblätter, nichts als Routinetermine, Schulkonferenzen und Familienzusammenkünfte. Er blätterte zurück zum Jahresanfang, wo ihm eine Eintragung auffiel. Am vierten Januar hatte Kaneshiro eine ganze Stunde nach Feierabend geblockt.

*Treffen mit I.*

Iwata trat aus Kaneshiros Büro, bedankte sich bei Niwa und verließ das Call-Center. In einem 7-Eleven gegenüber kaufte er zwei Reisbällchen und einen Bananengeleedrink, setzte sich in den Toyota, aß und trank und rief dann Sakai an.

»Ja?« Sie klang ungeduldig.

»Sakai? Ich bin es. Ich bin im Büro von Kaneshiro. Hören Sie, es hat vielleicht nichts zu bedeuten, aber ich möchte, dass Sie etwas für mich herausfinden.«

»Sekunde.« Er hörte sie in ihrer Tasche kramen. »Okay.«

»Am vierten Januar diesen Jahres hat sich Tsunemasa Kaneshiro mit jemandem namens ›I‹ getroffen.«

»Mehr haben Sie nicht?«

»Kiyota ist als Mörder ein heißer Kandidat, aber ich möchte nicht alles auf ein Pferd setzen. Hatanaka soll weiter Klinken putzen. Melden Sie sich, wenn Sie irgendwas zu ›I‹ gefunden haben.«

Sakai stöhnte.

»Apropos Kiyota. Bislang noch keine Adresse. Scheint von der Bildfläche verschwunden. Aber das hier wird Ihnen gefallen. Er wurde wegen Gewaltdelikten im Zusammenhang mit Yakuza-Erpressungen verurteilt. Und er hat Verbindungen zur Nippon Kumiai. Schon mal von gehört?«

»Ist das nicht eine nationalistische Partei?«

»Genau. Anscheinend strebte Kiyota eine Karriere als Aktivist an. Einer der Vivus-Bauarbeiter hat ausgesagt, er habe an dem Morgen nach den Morden einen Mann in der Nähe des Hauses beobachtet. Einen Mann, der humpelte und Selbstgespräche führte.«

»Sehr gut. Aber ich brauche noch etwas. Besorgen Sie sich eine Vollmacht, die uns Einblick in Kaneshiros Bankkonto gewährt. Erstaunlicherweise ist in der Akte davon keine Rede. Sowieso gilt, irgendwas Ungewöhnliches, und Sie rufen mich an.«

»Was ich über Sie gesagt habe, dass Sie für einen aus Kansai gar nicht so blöd seien – das war voreilig.«

»Wir treffen uns in einer Stunde auf dem Revier in Setagaya.«

Iwata legte auf.

Gerade wollte er aus der Parklücke fahren, da klopfte jemand ans Fenster. Iwata zuckte zusammen. Es war der Langhaarige aus dem Büro. Iwata kurbelte das Fenster herunter.

»Ja?«

»Sind Sie von der Polizei? Sind Sie wegen Tsunemasa Kaneshiro hier?«

Iwata nickte.

Der junge Mann sah die Straße auf und ab.

»Niwa hat Ihnen bestimmt gesagt, es hätte keine Probleme im Büro gegeben, oder?«

»Warum fragen Sie?«

»Es gab da ein Mädchen, sehr jung, ich kenne ihren Namen nicht. Sie hatte irgendwas gegen Kaneshiro. Stand oft stundenlang vor seinem Büro und schrie obszöne Beleidigungen durch ein Megafon. ›Kakerlaken. Kakerlaken. Tötet die Kakerlaken‹, brüllte sie.«

»Warum?«

»Sie wusste, dass Kaneshiro Koreaner war. Sie gab hauptsächlich rassistisches Zeug von sich. Ich habe noch nie jemanden erlebt, der so wütend war. Ein paarmal wurde die Polizei geholt, aber die Frau kam immer wieder. Vor einigen Wochen schließlich hat Niwa Kaneshiro angewiesen, runterzugehen und das Mädchen ein für alle Mal zur Raison zu bringen. Als er kurz darauf wieder nach oben kam, hatte er eine tiefe Schnittwunde am Arm.«

»Wie alt schätzen Sie das Mädchen?«

»Sechzehn, höchstens achtzehn. Ungefähr eins fünfzig groß. Gefärbte Haare.«

»Name und Telefonnummer, bitte.« Iwata riss eine Seite aus seinem Notizbuch. »Vielleicht komme ich auf Sie zurück.«

Der Mann sah wieder die Straße auf und ab und kritzelte rasch etwas hin.

»Kaneshiro war ein guter Mensch«, sagte er, gab Iwata den Zettel zurück und war im nächsten Moment verschwunden.

4. KAPITEL

# Schwertlilien

Iwata parkte in der Nähe des alten Olympiastadions und lief zu Fuß zum Campus der Komazawa-Universität. Es war halb vier. Das Steinrelief am Eingang war von 1590, unter dem Namen der Universität stand das Motto: *Wahrheit. Offenheit. Respekt. Liebe.*

Auf dem Spielfeld trainierte das Rugby-Team, auf deren Shirts eine Elster prangte, das Uni-Maskottchen.

*Kommt ein Vogel geflogen …*

Iwata erklärte der Frau am Empfang, er ermittle im Mordfall Takako Kaneshiro, worauf sie umgehend den Hausmeister informierte. Nach wenigen Minuten erschien ein älterer dicklicher Mann in Arbeitskleidung. Iwata wies sich aus, und der Mann verbeugte sich tief.

»Ich bin der Hausmeister. Wie kann ich Ihnen helfen, Herr Kommissar?«

»Frau Kaneshiro hat für Sie gearbeitet. Ist das richtig?«

»Ja. Sie war Putzfrau. Hauptsächlich in den Abteilungen Radiologie und Betriebswirtschaft.«

»Hatte sie einen Arbeitsplatz?«

»Nein. Nur einen Spind.«

»Zeigen Sie ihn mir bitte.«

Der Hausmeister führte Iwata über gebohnerte Flure und mehrere Geschosse hinunter zur Umkleidekabine der Angestellten. Im hinteren Teil des schmuddeligen Raums deutete er auf einen Spind, vor dem sich Blumenkränze türmten.

*... setzt sich nieder auf mein' Fuß*

Der Spind war mit einem Vorhängeschloss gesichert, doppelt so groß wie die anderen Schlösser.

»Hatte Takako jemals Probleme hier?«

»Nein. Sie war eine Angestellte, wie man sie sich nur wünschen kann. Kam nie zu spät, war nie krank. Eine wunderbare Kollegin, ein wunderbarer Mensch. Was passiert ist ... ist schrecklich.«

»Verzeihen Sie die Frage. Sie sagen, sie hatte keine Probleme. Können Sie mir verraten, warum dann so ein großes Schloss an der Spindtür hängt?«

»Es gab einen Zwischenfall, Anfang des Jahres. Takako beschwerte sich, ihr Spind sei aufgebrochen worden.«

Über ihnen bebten und ächzten Rohrleitungen.

»Wurde etwas gestohlen?«

»Nur ihre Arbeitsuniform, das war das Seltsame. Irgendwie widersinnig, denn die Uniformen werden von der Universität ausgegeben. Sie sind billig, und man kann sie leicht ersetzen.«

»Takako hatte also keine Feinde?«

»Sie war ein stiller Mensch. Ich kann mir nicht vorstellen, dass sie Feinde hatte. Wer würde so eine schon hassen?«

»Haben Sie den Schlüssel zu dem Spind?«

»Einen Moment.«

Der Schlüsselbund rasselte, als er den Masterschlüssel suchte. Er löste ihn vom Ring. Iwata schloss auf, und quietschend öffnete sich die Tür. Der Spind war leer.

*Hat ein' Zettel im Schnabel*

*Von der Mutter ein' Gruß*

»Sie sagten, der Diebstahl sei Anfang des Jahres gewesen.«

»Ja.«

»Könnten Sie mir sagen, wann genau?«

»Das Protokoll ist in meinem Büro.«

Er führte Iwata einen unbeleuchteten Flur entlang, der nach

Desinfektionsmitteln stank. Ein Lüftungsblech klapperte leise in der Dunkelheit. Das Büro bestand nur aus einem Schreibtisch, einem Stuhl, Regalbrettern und Akten. Mit einem Stöhnen zog der Hausmeister die Mappe hervor.

»Da haben wir es.«

Er nahm eine Seite vom Januar 2011 heraus.

*Takako Kaneshiro, Beschwerde über Diebstahl aus dem Spind.*

Iwata notierte sich das Datum.

»Wurde die Polizei informiert?«

»Nein. Es wurde intern geregelt.«

»Hat man die verantwortliche Person gefunden?«

»Eine junge Iranerin, die erst seit Kurzem für uns gearbeitet hatte. Sie wurde entlassen.«

»Hat sie den Diebstahl zugegeben?«

Der Hausmeister lachte verlegen.

»Das Verfahren war eher ... informell, Herr Kommissar.«

»Sie hat ihre Arbeit informell verloren?«

»Einige Kolleginnen brachten die Sorge zum Ausdruck, das Vertrauensverhältnis könnte gestört sein, und die betreffende Frau hat keinen Aufstand gemacht.«

Iwata nickte.

»Eine iranische Immigrantin würde wohl kaum wagen, einen Aufstand zu machen, meinen Sie nicht?«

Der Hausmeister lief rot an, Farbe: kandierte Kirsche.

»Herr Kommissar, ich kann Ihnen versichern, dass ...«

Iwata winkte ab.

»Ich möchte nur den Namen der Frau. Mehr nicht.«

»Saman Gilani. Ich weiß nicht, ob das die korrekte Schreibweise ist.«

Iwata fuhr mit dem Finger über die Schriftzeichen und prägte sie sich ein.

»Sind unter Ihren Angestellten auch welche vorbestraft?«

Der Mann überlegte.

»Durchaus möglich. Ich habe nur mit den niedrigen Angestellten zu tun. Derartige Überprüfungen führen wir hier im Haus nicht mehr durch. Heute ist alles outgesourct.«

»Na gut. Vielen Dank, dass Sie sich Zeit genommen haben.«

Der ältere Mann verbeugte sich und begleitete ihn aus dem Büro. Iwata ging allein durch die langen dunklen Flure, das Klappern hatte aufgehört und war einem Kreischen in den Rohrleitungen und dem pfeifenden Geräusch von Dampf gewichen. Am Fuß der Treppe angekommen, rief er Sakai an.

»Was denn jetzt schon wieder?«, schnaubte sie.

»Ich hätte da noch ein paar andere Pferde, auf die wir setzen können. Sitzen Sie gerade vor einem Computer?«

»Ja. Nennen Sie mir die Namen.«

»Als Erstes Saman Gilani. Ich habe allerdings wenig Hoffnung, dass sich was findet.«

Iwata buchstabierte den Namen, es folgte eine kleine Pause.

*Lieber Vogel flieg weiter*

»Okay. Iranische Nationalität. Wurde vor ein paar Wochen abgeschoben. Sie kam aufgrund des Beschäftigungsabkommens in den Neunzigern nach Japan und ist offenbar nie zurückgekehrt. Hat ein Kind mit einem japanischen Staatsbürger. Das Kind wurde anscheinend in Pflege gegeben. Was hat sie mit unserem Fall zu tun?«

»Nichts. Für die nächste Suche machen Sie bitte im Strafregisterverzeichnis die Gegenprobe. Es betrifft alle gegenwärtigen Beschäftigten der Komazawa Universität.«

Iwata hörte ihre Finger über die Tasten gleiten, wenig später einen Schnalzlaut.

»Okay, zwei Treffer. Ein Mann, der vor zehn Jahren einige Male straffällig geworden ist, seitdem nicht mehr, nur noch

Bußgelder fürs Falschparken. Und dann wäre da noch Masaharu Ezawa. Die ganze Bandbreite sexueller Belästigungen, Spionieren auf Damentoiletten, Diebstahl von Unterwäsche. Seit drei Jahren keine Adresse.«

*Bring ein' Gruß mit und ein' Kuss*

Iwata rannte bereits zum Büro des Hausmeisters. Er riss die Tür auf, und der alte Mann zuckte zusammen.

»Masaharu Ezawa, arbeitet der hier!?«

»Jaaa ...«

»Adresse?«

»Ja, aber ...«

»Ich brauche sie sofort.«

Aus einer Plastikhülle zog er ein einzelnes Aktenblatt mit Masaharu Ezawas Adresse, Sozialversicherungsnummer und seinem Schichtplan hervor. Iwata blickte auf.

»Er hat jetzt gerade Dienst?«

Der Hausmeister nickte mit besorgter Miene.

»Bringen Sie mich zu ihm.«

Der alte Mann setzte sich in Bewegung, und Iwata scheuchte ihn vor sich her bis hinauf ins Erdgeschoss. Sie liefen über einen Rasen, durchquerten andere Gebäude, bis er schließlich stehen blieb und auf einen Mann zeigte. Hinter einer Baumreihe, in einem stillen Winkel, kniete Masaharu Ezawa auf dem Boden und pflegte bedächtig und liebevoll ein Beet Schwertlilien.

Bei ihrem Anblick richtete sich Ezawa auf, ein kleiner Mann mit weiblich wirkender Wuschelfrisur, die ein Auge verdeckte. Seine Arbeitsklamotten hingen an ihm herab wie bei einem Kind, das die Kleider seines Vaters trägt. Volle Lippen, kleine Zähne, Boxernase; ein Junge, der für die Arbeit eines Erwachsenen herangezogen worden war. Iwata gab dem Hausmeister zu verstehen, sie allein zu lassen.

»Herr Ezawa?«

»Wer sind Sie?« Seine Stimme klang sympathisch, aber gereizt.

Iwata hielt ihm seine Marke hin, und Ezawa sah zu Boden.

»Oh.«

Iwata wandte sich kurz ab, um seinen Ausweis wegzustecken. Als er aufblickte, nahm er eine plötzliche Bewegung wahr, Ezawas Hand, die in die Hosentasche fuhr.

»He, Moment …«

Ein Stein, an dem noch Erde klebte, traf Iwata ins Gesicht. Er schwankte, wischte sich den Dreck aus den Augen, da holte Ezawa zum nächsten Schlag aus und ließ die Pflanzschaufel auf seinen Schädel niedersausen

»Scheiße!«

Ezawa rannte, so schnell er konnte, doch etwas hinderte ihn. Sein Gang wirkte träge, seine Füße gehorchten ihm nicht. Iwata hatte sich wieder berappelt, stand fluchend und blutend auf und hatte den humpelnden und kraftloseren Ezawa mit wenigen Schritten eingeholt.

»Stehen bleiben!«

Ezawa warf einen verzweifelten Blick über die Schulter.

*Denn ich kann dich nicht begleiten*

Iwatas Polizeigriff war unerbittlich.

*Weil ich hierbleiben muss*

Iwata saß draußen vor dem Verhörraum im sechsten Stock des Polizeireviers Setagaya und presste sich den Verband an seinen Kopf. Durch den Einwegspiegel beobachtete er Ezawa, der allein an einem Metalltisch saß.

»Sie müssen den Verband wechseln.« Sakai reichte Iwata einen Automatenkaffee.

»Ist schon gut. Der Kaffee ist gefährlicher als der Kerl da drin.«

»Eine Verhaftung und Prügel von einem Zwerg an Ihrem ersten Tag – das muss Ihnen erst mal einer nachmachen.«

»Gehen Sie nach Hause, Sakai.«

Sie lachte leise in ihren Kaffeebecher.

»Ich habe Neuigkeiten, die Sie aufheitern werden.«

»Ach, tatsächlich?«

»Klingt nicht überzeugend.«

Iwata stützte sich mit einer Hand an der Wand hinter ihm ab und schloss die Augen.

»Berufsrisiko. Haben Sie Kiyota aufgespürt?«

»Das nicht, aber erinnern Sie sich an den Vermerk in Kaneshiros Kalender? Es könnte sein, dass wir Ihren ›I‹ gefunden haben. Ein Mann, der Ijiri heißt. Geldverleiher hier im Viertel.«

»Hat er Kaneshiro Geld geliehen?«

»Er will nicht mit uns reden. Ich habe ihn wegen Verweigerung der Zusammenarbeit herbringen lassen.«

Sakai deutete mit dem Plastikbecher auf den zweiten Verhörraum. Ein großer Mann mit einem Bart und in einem roten Anzug schritt nervös rauchend auf und ab.

»Ein echter Charmebolzen.«

»Ich mag Männer mit extravagantem Stil. Sollen wir?«

Iwata stöhnte. Sakai schmiss ihren Kaffeebecher in den Papierkorb und stand auf, nickte dem wachhabenden Polizisten zu, und die Tür öffnete sich. Iwata beobachtete, wie sie mit schwungvollen Schritten den Raum betrat, in dem nichts so makellos war wie ihre weiße Bluse. Ijiri verzog das Gesicht zu einem Lächeln.

»Mach dich auf was gefasst«, flüsterte Iwata.

Er schloss die Augen und wartete, bis der pochende Schmerz im Kopf nachließ. Er schaute in seinen Becher und erblickte sein Gesicht in dem schwarzen Kreis.

»Scheiß drauf!«

Er warf seinen Becher ebenfalls in den Papierkorb, den rot und gelb verfärbten Verband hinterher, und nickte dem Wachhabenden vor dem anderen Verhörraum zu. Die Tür flog mit einem Knall auf, und Hitze schlug ihm entgegen. Ezawa blickte nicht einmal auf. Er hatte die Arme um sich geschlungen, ein trauriger Clown in einer Zelle, der mit dem Stuhl vor- und zurückschaukelte.

Iwata schaltete das Aufnahmegerät ein und ratterte seinen Namen, das Datum und den Namen der Verhörperson herunter. Er nahm Ezawa gegenüber Platz, spreizte die Hände auf dem Tisch und sagte eine Zeit lang nichts.

»Kaffee?«, fragte Iwata schließlich.

Ezawa schüttelte den Kopf.

»Zigarette?«

Wieder Kopfschütteln.

»Also gut, Herr Ezawa. Ich muss Ihnen einige Fragen stellen, und bitte, antworten Sie ehrlich. Es ist sehr wichtig. Haben Sie mich verstanden?«

Ezawa hielt seine Augen weiter auf den Tisch gerichtet.

»Ja.«

Iwata nickte.

»Also gut. Wollen Sie mir bitte erklären, warum Sie vor mir weggerannt sind. Geschah es aus Panik?«

Ezawa blickte auf.

»Ich weiß es nicht.«

»Haben Sie meine Dienstmarke gesehen?«

»Nicht richtig. Ich hatte Angst.«

»Warum?«

»Ich weiß es nicht.«

Iwata lehnte sich zurück.

»Sie hatten früher schon mal Ärger mit der Polizei, nicht wahr?«

Ezawa schreckte zurück, atmete schwer durch die Nase und machte ein Gesicht wie ein gescholtener Junge.

»Ja. Aber das ist nicht …«

»Sie sind weggerannt, weil Sie dachten, ich wollte Sie verhaften, Ezawa.«

»Ich habe nichts Unrechtes getan.«

Iwatas Kopf pochte unablässig.

»Sie kannten Takako Kaneshiro, stimmt's?«

Ezawa schaute zur Seite, als hätte Iwata faules Obst vor ihn auf den Tisch gelegt. »Jeder kannte sie.«

»Sie wissen, was ihr zugestoßen ist.«

Er nickte.

»Trotzdem, Sie haben einen Polizisten gesehen und angenommen, ich würde Sie verhaften.«

Keine Antwort.

»Es ist Ihnen doch klar, dass es nicht gut für Sie aussieht, Ezawa.«

Achselzucken.

»Kennt der Hausmeister Ihre Vorgeschichte?«

Ezawa kaute jetzt heftig auf den Lippen, schüttelte den Kopf.

»Okay. Etwas anderes. Kannten Sie die Iranerin Saman Gilani?«

»Nicht so richtig.«

»Sie hat ein Kind. Wussten Sie das?«

Ezawa wandte den Blick ab.

»Sie hat ihre Arbeit verloren. Weil sie keine Arbeit hatte, wurde sie abgeschoben. Ihr Kind ist noch hier. Bei Pflegeeltern. Überlegen Sie mal, was das mit einem Kind anrichtet, wenn es ohne Mutter aufwächst. Können Sie das verstehen?«

Enzawa schaukelte wieder vor und zurück, energischer als vorher.

Iwata schlug mit der flachen Hand auf den Tisch.

»Antworten Sie, Ezawa. Begreifen Sie, was Sie dem Kind angetan haben? Sagen Sie mir, warum die Iranerin ihre Arbeit verloren hat?«

»Ich weiß es nicht.«

»Lügen Sie mich nicht an! Und jetzt sagen Sie mir, warum sie ihre Arbeit verloren hat.«

»Weil sie gestohlen hat«, flüsterte er.

»Ja.« Iwata lehnte sich wieder zurück und sah die Flügel des Deckenventilators über sich die heiße Luft aufwirbeln wie ein leeres Karussell. Er brachte seine Wut unter Kontrolle. »Weil sie gestohlen hat.«

»Kann ich jetzt bitte gehen?«

»Sie sind vor mir weggerannt, weil Sie die Sachen aus Takakos Spind genommen haben, Ezawa. Das ist die Wahrheit, habe ich recht? Sie wollten ihren Slip. Deswegen sind Sie vor mir weggerannt. Raus mit der Wahrheit.«

Ezawa hatte die Augen geschlossen, seine Lippen waren feucht, er zitterte am ganzen Körper.

»Nun reden Sie schon, Masaharu, damit wir Sie von jedem weiteren Verdacht entlasten können. Übernehmen Sie Verantwortung für das, was Sie der Iranerin angetan haben, und ihrem kleinen Kind. Sagen Sie, dass Sie Takakos Kleider an sich genommen haben. Sie haben sie doch genommen, oder?«

Ein knappes kindliches Nicken.

»Und jetzt sagen Sie mir, warum Sie es getan haben. Warum haben Sie ihren Slip gestohlen? Wollten Sie sich damit einen runterholen?«

Ezawa schaute wieder auf, rot im Gesicht, der gleiche versteckte Vorwurf wie eben.

»Nein!«

»Warum dann?«

»Ich ... ich wollte einfach nur etwas haben, was ihr gehört.

Aber sie hat nie etwas vergessen, hat nie etwas liegen gelassen, so wie die anderen.«

»Die anderen? Für die Sie heimlich geschwärmt haben?«

»Nein!«

»Sie war mehr als nur ein Schwarm. Antworten Sie mir ehrlich, Masaharu. Sie haben sie geliebt, oder? Sie haben Takako geliebt.«

Er sah zur Seite, das Gesicht schmerzverzerrt.

»Deswegen haben Sie sie getötet. An ihren Slips zu schnüffeln hat Ihnen nicht mehr gereicht. Ihre Fantasie musste Wirklichkeit werden. Es ist bloß nicht dazu gekommen. Takako hat Sie abgewiesen. Sie hat Sie abgewiesen, weil Sie ein kleiner hässlicher Krüppel sind, und danach waren Sie am Boden zerstört. Sie wollten sich an ihr und ihrer Familie rächen. Deswegen haben Sie sich besonders an ihrem Mann vergangen, stimmt das?«

Tränenüberströmt sprang Ezawa auf und schrie: »Nein! Nein!«

»Setzen Sie sich.«

Ezawa gehorchte. Sein Gesicht hatte sich vor Abscheu zu einer Grimasse verzerrt.

»Wo waren Sie vom vierzehnten auf den fünfzehnten Februar?«

»Auf der Arbeit, zu Hause. Ich weiß es nicht mehr.«

»Sie wollen mir weismachen, dass Sie nicht mehr wissen, wo Sie vor ein paar Tagen gewesen sind? Masaharu! Wir haben einen Zeugen, der beobachtet hat, wie ein Mann den Tatort verlassen hat. Ein Mann, der humpelt. So wie Sie. Sie haben ein Motiv, Sie haben kein Alibi, und Sie wissen, dass wir bei einer Durchsuchung Ihrer Wohnung genug Beweise dafür finden werden, dass Sie sich schon früher an einem der Opfer vergangen haben. Ich kann diesen Raum auf der Stelle verlassen und meine Hände in Unschuld waschen. Und wie, glauben Sie, wird es dann wohl für Sie ausgehen?«

Iwata packte seine Krawatte und zog sie nach oben wie einen Galgenstrick. Ezawa sah ihn an, bebend vor Grauen.

»Ich hätte sie niemals verletzt. Ich könnte nie einem Menschen etwas antun.«

»So wie mir?« Iwata präsentierte ihm seine Fleischwunde am Schädel. »Sie haben einen Polizisten angegriffen. Sie sind vor der Polizei davongerannt. Sie horten den Besitz einer verstorbenen Frau in Ihrem Haus.«

Ezawa weinte leise, ließ die Gliedmaßen hängen wie verdorrte Blätter.

»Ich habe sie nicht angerührt.«

»Wenn Sie sie nicht getötet haben, was haben Sie dann mit ihr gemacht?« Iwata beugte sich vor und strich Ezawa über den schweißüberströmten Kopf. Der junge Mann schloss – angewidert oder dankbar – die Augen.

»Masaharu«, flüsterte Iwata. »Sagen Sie mir, was Sie mit ihr gemacht haben. Was haben Sie gemacht?«

»Ich habe Fotos gemacht … Oh, Gott. Ich habe Fotos von ihr gemacht …«

»Wo? Wo, Masaharu?«

»In der Universität … manchmal im Fitness-Studio … manchmal vor ihrem Haus.«

Iwata lehnte sich zurück und sah auf die Uhr.

»Sie haben sie nicht getötet? Sie haben der Familie Kaneshiro nichts angetan?«

Ezawa war auf die Knie gefallen, der Rotz lief ihm aus der Nase über Lippen und Kinn.

»Niemals, niemals, niemals. Ich hätte Takako niemals verletzt.«

Iwata schaltete das Aufnahmegerät aus.

»Okay, Masaharu. Sie sind uns noch einige Antworten schuldig. Sie werden für Ihre Taten die Folgen tragen. Aber für heute ist es genug.«

Iwata zeigte auf seinen Kopf. Masaharu, noch immer auf den Knien, weinte und murmelte nur immer wieder Takatos Namen.

»Das muss Ihr Glückstag sein«, sagte Iwata und stand auf.

5. KAPITEL

# Eine Million Städte

Sakai stand rauchend vor dem Polizeirevier und schaute auf die sich verdunkelnde Skyline. Iwata trat aus dem Haupteingang und folgte dem blauen Dunst mit dem Blick. Sie bemerkte ihn aus den Augenwinkeln und betrachtete wieder den Mond.

»Sie sehen beschissen aus, Boss.«

»Sie haben ein scharfes Auge, Frau Kommissar.«

»Das sagten Sie bereits. Hat der Kleine gesungen?«

»Wie eine Amsel. Aber er ist kein Killer. Und Ijiri?«

»Eins steht fest, er ist nicht zum ersten Mal auf einem Polizeirevier. Ich habe ihn trotzdem hart rangenommen.«

»Davon bin ich überzeugt. Auf Ihre Sozialkompetenz konnte er sich bestimmt verlassen.«

Als sie den Rauch ausblies, formten sich ihre Lippen zu einem Lächeln, und sie hielt Iwata die Schachtel hin. Iwata nahm eine Zigarette, zündete sie an ihrer an, und in der kalten Nachtluft vereinte sich ihr Rauch.

»Er sagte, er hat von der Familie gehört, der Vater ist sogar vor einigen Jahren mal bei ihm gewesen, aber er hat ihm nie auch nur einen einzigen Yen geliehen.«

»Und das kaufen Sie ihm ab?«

»Ja, schon. Er führt genau Buch, davon können wir uns überzeugen, wenn wir uns die Genehmigung besorgen. Allerdings habe ich mir auch Einblick in Herrn Kaneshiros Bankkonto verschafft. Am fünften Januar hat er über anderthalb Millionen Yen eingezahlt.«

»Einen Tag nach seinem Termin mit ›I‹. Interessant.«

»Ein Haufen Geld. Hat er das Auto verkauft?«

»Könnte sein.«

»Jedenfalls reicht es, um die Baufirma von ihrem Haus fernzuhalten.«

»Auch, um eine ganze Familie zu töten?«

Sakai drückte achselzuckend ihre Zigarette aus.

Iwata warf seine auf den Boden. »Kommen Sie«, sagte er, »ich bringe Sie nach Hause.«

»Können Sie in Ihrem Zustand fahren?«

»Das Rennen von Le Mans würde ich nicht gewinnen, aber für eine Spritztour reicht es.«

»Dann bitte nach Nishi-Azabu.«

Iwata fuhr in gemächlichem Tempo Richtung Osten und folgte den Hinweisschildern zur Stadtautobahn 3.

»Ach, übrigens.« Sakai verstellte ihren Sitz nach hinten. »Ich habe heute mit Shindo gesprochen. Er wollte einen Bericht von uns, weil vom Revier in Setagaya nichts kam. Er schien ganz zufrieden mit dem, was ich ihm erzählt habe.«

»Shindo zufrieden?«

»Na gut, jedenfalls ist er nicht sauer auf uns. Sie könnten sich Ihre neue Dienstmarke und Ihre Waffe morgen abholen. Anscheinend will er Sie noch nicht gleich wieder loswerden.«

»Mann, habe ich für diese Marke geblutet.«

Sakai lachte müde.

»Ein Zwerg hat Sie mit einer Kinderschippe geschlagen.«

Sie schloss die Augen, und Iwata schaltete das Radio ein, beide hatten keinen Bedarf mehr an weiterer Unterhaltung.

*Bereits vor einer Woche verstarb die junge Schauspielerin Mina Fong, und noch immer ranken sich um ihren Tod Geheimnisse. Nur wenige Details sind bis jetzt an die Öffentlichkeit gedrungen, angeblich hat ihre Agentur um Schutz der Pri-*

*vatsphäre gebeten. Vor ihrem Tod waren die Klatschspalten voll mit Gerüchten über Drogenmissbrauch und einem angeblichen Vertragsbruch mit ihrer Produktionsfirma im Zusammenhang mit ihrer Rolle in der beliebten Soap Opera* Cherry Generation. *Ihr ehemaliger Freund, das Idol Riki Noda nennt Fongs Tod eine ›schockierende Tragödie‹. Ihre sterblichen Überreste sollen verbrannt und die Urne Freitag auf dem katholischen Friedhof Fuchu beigesetzt werden.*

Als Nächstes wurde gemeldet, dass der Rücktritt des Premierministers immer wahrscheinlicher und das ungewöhnlich kalte Wetter andauern werde.

»Wer bearbeitet eigentlich den Fall Mina Fong, Sakai?«

»Moroto ist der leitende Ermittlungsbeamte.«

»Der Platzhirsch.«

»So was in der Art. Akashis Nachfolger. Die da oben lieben ihn heiß und innig.«

Für neun Uhr abends herrschte erstaunlich wenig Verkehr. Das Auto glitt die Straße entlang, folgte ihrem Auf und Ab. Beleuchtet von weißen und roten Lampen wanden sich die Abzweigungen und Kreuzungen wie graue Tentakel. Zu beiden Seiten, halb verschwommen, Glas und Beton. Endlos viele Werbetafeln, endlos viele Fenster, endlos Feuerleitern, endloses Tokio.

»Wissen Sie, was manche Menschen über diese Stadt sagen?«, murmelte Sakai. »Tokio, das sind Millionen Städte in einer.«

»Ja.«

»Haben Sie sich schon mal gefragt, ob es wohl unter diesen Städten gute und schlechte gibt?«

»Da könnte was dran sein. Darf ich Ihnen mal eine Frage stellen?«

»Mhm.«

»Was ist mit Kommissar Akashi passiert?«

Sakai schlug die Augen auf und musterte Iwata streng.

»Akashi ist von der Regenbogenbrücke gesprungen. Mehr gibt es dazu nicht zu sagen.«

»Standen Sie ihm nahe?«

Sie sah aus dem Fenster.

»Ich habe ihn gekannt. Mehr nicht.«

Er schaute sie an.

»Was ist?«

»Nichts.«

»Warum gucken Sie mich dann an?«

»Ich gucke Sie nicht an.«

»Was interessiert Sie an Akashi?«

»Ich habe das ungute Gefühl, dass ihm schon früh etwas aufgefallen ist. Etwas, was wir übersehen haben.«

»Was immer ihm aufgefallen wäre, es stünde in der Akte.«

Schweigend fuhr Iwata die Gaien Nishi Dori entlang und bog kurz vor der Kreuzung Nishi Ecke Azabu nach links in eine Seitenstraße. Sie kamen an diversen Botschaften vorbei. Vor den Nachtbars bildeten sich die ersten Schlangen. Prostituierte zündeten sich lässig Zigaretten an. Touristen versammelten sich vor einem Restaurant, das in einem Tarantino-Film vorkam.

Vor einem weißen sechsgeschossigen Wohnhaus hielt Iwata an. Die Apartmentanlage sah wie ein billiges Strandhotel aus, eher unpassend für Sakai. Aber sich Sakais Wohnung vorzustellen hieß, sich den Heimatplaneten eines Außerirdischen vorzustellen. Sie stieg aus und drehte sich noch einmal zu ihm um. Sie stand im Licht der Scheinwerfer, der Regen zischte, und es war, als würde sie sich nach einem enttäuschenden Rendezvous erleichtert von ihm verabschieden.

»Na dann«, sagte sie. »Holen Sie Ihren Schlaf nach, Kommissar.«

Und weg war sie, klackerte davon, ihre Heels waren noch immer dreckverschmiert.

*Ich bin glücklich mit Dir, bitte, ich möchte sie hören,*

*Die Worte der Liebe von Dir.*

Wieder erwachte Iwata aus einem Falltraum. Durch das offene Fenster hatte es in der Nacht hereingeregnet, doch der graue Himmel wirkte noch viel bedrohlicher. Der Schmerz in seinem Kopf glich nicht mehr einem lauten Hupen, aber als er aufstand, musste er die Zähne zusammenbeißen. Er stellte sich vor den Spiegel, strich das Haar zurück und betrachtete die klaffende Wunde. Dabei bemerkte er die ersten grauen Strähnen.

Auf einmal musste er an Cleo denken, ihm wurde schwindlig, und er musste sich am Beckenrand festhalten.

*Sie fährt ihm mit den Fingern durch das Haar, kratzt ihn mit den Nägeln über den Kopf.*

*Dein Haar ist so dunkel.*

Iwata schlug sich ins Gesicht, spuckte ins Waschbecken und atmete tief durch. Aus seiner bescheidenen Garderobe wählte er ein weißes Hemd und einen grauen Anzug. Er zog sich an, kochte sich einen starken Kaffee und suchte in der Zeitung nach Berichten über den Mord an der Familie Kaneshiro. Die Titelseite beherrschten die trotzigen Reaktionen des Premierministers auf Forderungen nach seinem Rücktritt und der Tod Mina Fongs. Unter den Berichten über Kriminalität und Verbrechen entdeckte er einen kurzen Artikel, der ganz allgemein die Morde behandelte. Nur Tsunemasas Name fiel, und die Altersangaben der Kinder waren falsch. Er konnte keine Empörung oder Dringlichkeit aus den Zeilen herauslesen, nur die Fakten wurden routinemäßig aufgelistet, als würde der Autor über den Anstieg des Thunfischpreises und nicht über eine ermordete

Familie schreiben. Iwata klappte die Zeitung zu, als das Telefon klingelte.

»Dr. Eguchi hier.«

Er sah auf die Uhr, 8:32 Uhr.

»Dr. Eguchi, ah, ja. Danke für Ihren Rückruf.«

»Blut, Urin und Mageninhalt der Opfer sind laut Untersuchung unauffällig. Es gibt keine Spuren irgendwelcher Stoffe im Körper, die dort nicht hingehören. Nur bei dem Blut auf der Leiche des Vaters. Es ist das Blut eines Truthahns.«

»Truthahnblut?«

»Genau!«

»Sie sind ja ganz aufgeregt, Doktor.«

»Das ist doch rätselhaft, finden Sie nicht?«

»Sonst noch etwas?«

»Ja. Alle Opfer haben den Rauch von Räucherstäbchen oder Ähnlichem eingeatmet.«

»Interessant.«

»Ach so, und der Ruß unter den Fingernägeln des Vaters, von dem ich gesprochen habe, ist normale Holzkohle. Fragen Sie nochmal bei Ihrem Kriminaltechniker nach, aber vermutlich ist es die gleiche Substanz wie die an der Decke des Raums.«

»Vielen Dank.«

»Eine Sache noch, Herr Kommissar. Ich weiß nicht, ob sie überhaupt erwähnenswert ist. Der Vater hat eine achtzehn Zentimeter lange Schnittwunde am linken Unterarm, die nicht ins Bild passt. Zum Zeitpunkt des Todes war sie bereits am Verheilen.«

»Ich glaube, das kann ich erklären. Ein Kollege von Tsunemasa Kaneshiro hat ausgesagt, ein junges Mädchen habe sich über ihn geärgert. Anscheinend hatten sie vor einigen Wochen einen heftigen Streit, und danach sei er mit einer Schnittwunde am Arm ins Büro zurückgekehrt.«

»Ah, ja, das passt. Die Wunde ist zwei bis drei Wochen alt und wurde dem Opfer mit nicht annähernd so roher Gewalt wie bei den Morden zugefügt. Aber eins beschäftigt mich dennoch. Warum wurde die Stichwunde nicht der Polizei gemeldet? Kommt Ihnen das nicht verdächtig vor, Kommissar?«

»Nicht, wenn die Polizei einen wie Dreck behandelt.«

»Hm. Na gut, jedenfalls wäre das erst einmal alles.«

»Vielen Dank. Sie haben mir sehr geholfen.«

»Bitte, gerne.« Sie klang beschwingt. »Viel Erfolg.«

Iwata legte auf und ergriff die Schlüssel. Der Toyota stand auf einem Parkplatz hinter dem Apartmenthaus. Als Iwata den Zündschlüssel drehte, rief Sakai an.

»Iwata. Sie leben also noch.«

»Ist das nicht ein herrlicher Morgen?«

»Jeder Tag bei der Polizei von Tokio ist ein herrlicher Tag.«

Iwata informierte sie über die Räucherstäbchen, das Truthahnblut und die Holzkohle.

»Okay«, schnaubte sie. »Jetzt ist es also amtlich. Picasso ist ein Spinner.«

»Das ist noch nicht alles, Sakai. Der Vater hatte eine drei Wochen alte Stichwunde am Arm.«

»Scheiße. Glauben Sie, dass das unser Mann war? Muss doch wohl, oder?«

»Dr. Eguchi sieht das anders. Ich auch. Ein Arbeitskollege hat mir gegenüber von einem jungen Mädchen gesprochen, das irgendetwas gegen Herrn Kaneshiro gehabt hat, vielleicht sogar gegen Koreaner ganz allgemein. Anscheinend hat sie ihn vor einigen Wochen angegriffen. Das sollten wir überprüfen.«

Sakai lachte bitter.

»Ein Riese und ein kleines Mädchen. Ein Scheiß-Kriminalfall. Übrigens sind die Halter der Fahrzeuge auf dem Parkplatz in der Nähe des Hauses ermittelt. Nichts Interessantes dabei, alles brave Bürger mit braven Alibis. Aber Folgendes wird Ihnen gefallen: Heute Morgen hat sich die Bank bei mir gemeldet. Diesmal eine etwas kompetentere Person. Tsunemasa Kaneshiro hat sich nach Angeboten von diversen Anwaltsbüros erkundigt. Nicht nur das, er hat sogar einen der besten Anwälte für Immobilienrecht in Tokio engagiert.«

»Dann war Kaneshiro also doch gut bei Kasse.«

»Ich habe den Anwalt gleich angerufen, und er hat unmissverständlich klargemacht, dass er nicht die Absicht hat, mit uns zu reden. Aber er hat mir einen Tipp gegeben.«

»Tsunemasa hatte keine Lust, an Vivus zu verkaufen.«

»Bingo!«

»Gute Arbeit, Sakai. Ich bin schon unterwegs.«

Das rhythmische Quietschen der Scheibenwischer verursachte Iwata Kopfschmerzen, und er fluchte über die häufigen roten Ampeln. Die Fahrt zum Polizeirevier von Shibuya dauerte erheblich länger als sonst.

In der Tiefgarage präsentierte er seine vorläufige Dienstmarke. Der Mann in der Kabine winkte ihn durch, und schnarrend gingen die Sicherheitstore auf. Dahinter öffnete sich ein schmaler Gang, an dessen türkisblauen Wänden zahllose Verbrecherfotos, Personenbeschreibungen und Warnungen hingen. Iwata schritt den schmalen Tunnel entlang immer tiefer hinein in den Bau. Er kam an noch mehr Aufzügen und Toiletten vorbei, hörte das derbe Lachen aus den Umkleideräumen und folgte dem Klang einer Melodie von Beethoven. Am Ende des Korridors gelangte er in die Waffenkammer. Hinter dem schusssicheren Glas schaute ein alter weißhaariger Mann mit wettergegerbtem Gesicht von seiner Zeitung auf.

»Sind Sie Iwata?«

»Ja. Siebte Symphonie?«

Ein Lächeln erschien auf dem Gesicht des Aufsehers.

»Ein Mann mit Kultur. Ich bin Nakata. Einen Moment, bitte.«

Der alte Polizist verschwand in einem hinteren Raum und kehrte kurz darauf zurück. Er öffnete das Schiebefenster und schob seinem Gegenüber ein schwarzes Lederetui, ein Paar Handschellen, ein Schulterhalfter und eine kleine schwarze SIG Sauer P232 hin. Iwata schnallte sich das Halfter um und prüfte das Gewicht der Pistole.

»Sieben Schuss«, sagte Nakata. »Liegt gut in der Hand.«

»Wenn mich das nächste Mal jemand mit einer Kelle angreift, bin ich vorbereitet.«

Iwata steckte die Pistole in das Halfter unter seinem Jackett. Es war wie die Stimme Gottes in seiner Tasche, und doch war es nicht mehr als ein angenehmes Gewicht an seinem Oberkörper.

»Haben Sie schon mal auf jemanden geschossen?«

»Nur im Training.«

»Sagen Sie mal, Kommissar. Woher kommt Ihr Akzent? Sind Sie auch aus Kyoto?«

»Ich bin aus Miyama, einer Kleinstadt in der Nähe von Kyoto.«

»Gut zum Wandern und Angeln?«

Iwata sah Etagenbetten vor sich, kahle Felder und Krähen, die auf Stromleitungen saßen. Und irgendwo tief im Wald einen wispernden Wasserstrudel.

»Ich ... ich war schon lange nicht mehr dort.«

Nakata lächelte höflich und deutete kopfnickend auf die Pistole unter Iwatas Jackett.

»Sagen Sie mir Bescheid, wenn sich die Kleine SIG danebenbenimmt.«

»Danke. Das mache ich.«

»Noch etwas. Lassen Sie sich von den Kanto-Fuzzies nicht unterkriegen.«

Er lächelte und verbeugte sich. Nakata kehrte zu seiner Zeitung und seinem Beethoven zurück, Iwata zu den Aufzügen. Er drückte den Knopf und öffnete das Lederetui. Auf der einen Seite Name, Dienstgrad und Foto. Auf der anderen eine glänzende Marke mit einem goldumrankten silbernen Emblem und zwei goldenen Balken. Das Symbol der Polizei von Tokio. Das Zeichen der Gerechtigkeit. Als der Aufzug sich mit einem Klingelton meldete, hörte Iwata Rufe aus dem Umkleideraum.

*Die Lichter der Stadt leuchten so schön.*

Dazwischen immer wieder Sakais Stimme. Instinktiv rannte er den Flur zurück zum Umkleideraum und riss die Tür auf. Der ätzende Geruch von Schweiß und Pisse schlug ihm entgegen. Horibe und Morotos Gorillas hatten Sakai umringt. Moroto hielt ihre Sporttasche hoch. Sakais Gesicht war rot vor Wut.

Iwata trat ein. »Geben Sie die Tasche her.«

»Was geht dich das an, Mickey Mouse?« Moroto lachte, und seine geschmeidige Stimme hallte von den Wänden des engen Raums wider.

Iwata trat näher. »Geben Sie die Tasche her.«

Gespielt gekränkt sah Moroto in die Runde seiner Vasallen. »Sakai albert nur mit ihren Kollegen rum, Kumpel. Geh lieber Verbrecher verhaften.«

»Lassen Sie ihn, Iwata.« Sakai klang flehentlich.

Iwata stand jetzt dicht vor Moroto. »Zum letzten Mal. Geben Sie ihr die Tasche zurück.«

Moroto rührte sich nicht, die anderen schauten sich lachend an. »Zum letzten Mal, sagt er. Und auch noch mit diesem Scheißkyoto-Akzent. Weißt du, was mir an dir gefällt, Yankee?«

Iwata schlug ihm in die Magengrube. Moroto krümmte sich vor Schmerz, die Augen traten hervor, seine Lungen implodierten. Iwata entriss ihm die Tasche und stieß ihn zu Boden. Die drei Männer – Tatsuno, Yoshida und Horibe – waren starr vor Schreck. In einem zaghaften Versuch, seinen Anführer zu verteidigen, trat Horibe vor. Iwata sah ihm in die Augen und schüttelte den Kopf. Horibe zögerte. Iwata reichte Sakai die Tasche und kniete sich neben den röchelnden Moroto.

»Hören Sie, Moroto«, sagte er ruhig. »Kommen Sie ihr nicht noch einmal zu nahe. Ich hoffe, Sie haben mich verstanden.«

Moroto blickte ihn ungläubig an und hustete. Noch immer hielt er sich den Bauch. »Sie wissen nicht, mit wem Sie sich anlegen.«

Iwata tippte Moroto an die Schläfe, kleine schwarze Bartstoppel pieksten ihn in den Finger.

»Doch, Moroto. Mit Ihnen.«

Er stand auf und musterte Morotos Männer nacheinander. Dann ging er hinaus, Sakai dicht hinter ihm. Schweigend fuhren sie in den elften Stock. Die Aufzugtüren glitten zur Seite und gaben den Blick auf haargenau die gleiche Szene wie gestern frei. Die lauten Telefongespräche, das eklige Licht, der Zigarettenrauch, der unter der niedrigen Decke hing. Vor der Toilettentür blieb Sakai stehen.

»Iwata?«

»Ja?«

»Das hätten Sie nicht tun sollen.«

»Ist das Ihre Art, sich zu bedanken?«

Sie seufzte und ließ die Türklinke los. Iwata durchquerte das Großraumbüro, klopfte an Shindos Tür und trat ein. Mit starrem Gesicht schaute Shindo hinaus in die graue Suppe vor seinem Fenster.

»Kommen Sie herein, Kommissar.«

Iwata räumte einen Stapel vom Stuhl und setzte sich.

»Ich habe gerade mit dem Chef von Setagaya telefoniert.

Er sagt, den Geldverleiher hätten sie gehen lassen, aber diesen Ezawa würden sie dabehalten. Was meinen Sie?«

»Ich glaube nicht, dass Ijiri mit den Morden in Verbindung steht, außerdem hat er ein wasserdichtes Alibi. Ezawa dagegen hat sich in vieler Hinsicht strafbar gemacht. Er hat kein richtiges Alibi, vielleicht sogar ein vages Motiv und sowieso eine Menge Dreck am Stecken. Trotzdem, er hat die Familie nicht getötet. Da bin ich mir sicher.«

»Und der Zeuge, der einen humpelnden Mann beobachtet hat?«

»Das Humpeln beweist gar nichts. Für mich zählt allein, dass Ezawa gar nicht die Kraft dazu hätte, eine ganze Familie auszulöschen. Und selbst wenn er körperlich dazu in der Lage gewesen wäre, geistig hätte es nicht gereicht. Er hätte bestimmt Spuren am Tatort hinterlassen.«

»Also gut. Laut Gesetz dürfen wir ihn noch zweiundzwanzig Tage ohne Anklage einsperren. Gehen wir auf Nummer sicher und behalten wir ihn vorerst hier.«

»Nichts dagegen.«

Sakai trat ein und verbeugte sich. Sie trug eine marineblaue Kostümhose und eine hellblaue Bluse, die Haare hatte sie hastig zu einem Pferdeschwanz zusammengebunden.

»Setzen Sie sich, Sakai. Ihr Partner hat mir gerade erklärt, warum er den Geldverleiher und Ezawa für unschuldig hält, so interessant die beiden Figuren auch sein mögen. Sind Sie auch der Meinung?«

»Ja.«

»Gibt es noch was, das ich wissen sollte?«

Iwata nickte.

»Ein Kollege von Tsunemasa Kaneshiro hat mich darüber informiert, dass ein junges Mädchen Kaneshiro am Arbeitsplatz belästigt, ihn über ein Megafon obszön beschimpft haben soll.

Vor ein paar Wochen hat es dann wohl eine direkte Konfrontation gegeben, worauf Kaneshiro blutend ins Büro zurückgekehrt sein soll. Das würde die andere Schnittwunde erklären. Von dem Mädchen haben wir nur eine ungenaue Beschreibung. Ich würde gerne Hatanaka damit beauftragen, der Geschichte nachzugehen, wenn das möglich wäre.«

»Den Jungen aus Setagaya, den Sie Klinkenputzen geschickt haben?«

»Ja.«

Achselzuckend gab Shindo sein Einverständnis.

»Habe ich das richtig verstanden, dass Sie beide nach diesem Kiyota suchen wollen?«

Sakai nickte.

»Er ist bis jetzt noch nicht aufgetaucht. Gestern Abend habe ich allerdings mit einem leitenden Mitarbeiter der Zivilluftfahrtbehörde gesprochen und ihm unsere Verdachtsperson beschrieben, groß, männlich, Sohlenlänge achtundzwanzig Zentimeter, vermutlich alleine unterwegs, humpelt. Man hat mir gesagt, dass wir in einem Zeitraum von zwei bis drei Tagen mit bis zu fünfundsiebzig Flügen von Seoul nach Bangkok rechnen müssten.«

Shindo stieß einen Pfiff aus.

»Wie wollen Sie jetzt weiter vorgehen, Iwata?«

»Die Polizei von Setagaya klappert bereits Kaneshiros Wohnviertel ab. Da sollten wir dranbleiben. Am besten wir verfolgen Kiyota weiter. Er hat Verbindungen zur Nippon Kumiai, da könnte man ansetzen. Wenn einer weiß, wo er sich aufhält, dann sie. Und nach allem, was ich bisher mitbekommen habe, wäre unsere angehende Kommissarin Sakai durchaus in der Lage, diese Aufgabe zu übernehmen.«

Sakai sah ihn finster an.

»Ich würde lieber ...«

Shindo hob die Hand und brachte sie zum Schweigen.

»Und Sie, Iwata?«, fragte er.

»Ich fahre nach Kyoto. Ein alter Bekannter von mir ist dort an der Universität, ein Fachmann für Symbole.«

Der alte Polizist legte Daumen und Zeigefinger ans Kinn.

»Warum?«

»Es handelt sich um Ritualmorde. Das Symbol, das der Mörder im Haus der Kaneshiros hinterlassen hat, soll die Tat untermauern. Da bin ich mir ganz sicher.«

»Wir sind hier nicht in Hollywood, Kommissar. Wie schon gesagt, unsere Mittel sind begrenzt.«

»Ich habe heute Morgen die Gerichtsmedizinerin gesprochen. Die Leiche Kaneshiros war mit Truthahnblut besudelt. In den Lungen findet sich seltsamerweise Weihrauch. Hinzu kommt das bereits erwähnte Symbol. Außerdem wurde dem Vater das Herz entnommen. All das deutet auf einen rituellen Mord hin. Vielleicht auf einen Serienmörder. Je eher wir seine Motive verstehen – wie er seine Opfer auswählt –, umso schneller können wir den Kreis der Verdächtigen eingrenzen. Eigentlich hätte ich dem Symbol als Erstes nachgehen sollen.«

Shindo rieb sich die gebrochene Nase.

»Sie sind Morgen früh wieder da. Es gibt keine Spesen.«

»Danke, Herr Oberkommissar.«

»Und Sie, Sakai, nehmen sich zwei Beamte mit, wenn Sie zur Nippon Kumiai gehen. Sollen die Arschlöcher mal Uniformierte zu Gesicht kriegen.«

»Okay«, antwortete Sakai mit zitternder Stimme.

Sie verließen Shindos Büro. Moroto und sein Schlägertrupp hatten sich verzogen. Sie durchquerten Abteilung eins und drückten den Knopf für den Aufzug. Kaum hatten die Aufzugtüren sich geschlossen, zischte Sakai ihn an.

»Sie hätten jeden Blödmann losschicken können, um sich die

Hacken abzulaufen. Warum schließen Sie mich aus? Nach nur einem Tag? Habe ich Ihnen nicht alles geliefert, was Sie von mir verlangt haben?«

»Ja, doch. Aber Blödmänner übersehen Details, Sakai. Sie dagegen haben ein scharfes Auge und eine freche Zunge. Genau deswegen sollen Sie Kiyota aufspüren.«

»Quatsch!«

Sie streckte die Hand nach den Autoschlüsseln aus, und Iwata gab sie ihr. Im Parkhaus ging sie wortlos auf den Toyota zu. Iwata nahm die Treppe nach oben zum Erdgeschoss, verließ das Revier, überquerte die Straße und ging zur U-Bahn.

6. KAPITEL

# Liebe macht blind

Die Zentrale der Nippon Kumiai, ein unscheinbares dreigeschossiges Gebäude, das genauso gut ein Reisebüro oder eine Schule hätte sein können, befand sich in einer Nebenstraße im Bezirk Takadanobaba. Sakai bat die beiden sie begleitenden Polizisten, draußen zu warten. An der Rezeption zeigte sie dem jungen Mann ihre Dienstmarke und überhörte seinen lautstarken Protest, als sie zielstrebig auf das Büro im hinteren Teil zuging. Sie klopfte einmal und öffnete die Tür zu einem Raum, an dessen Wänden in einem gitterartigen Muster Schwarzweißfotos hingen. Es roch nach Zigarrenrauch, Aftershave und Schweißfüßen. Ein kleiner lächelnder Herr in den Fünfzigern saß an einem überdimensionalen Schreibtisch. Sein dichtes schwarzes Haar hatte er nach hinten gegelt, die Brille, die er trug, war zu klein für sein breites, rundes Gesicht.

»Ja?«

Er klang neugierig und schien angenehm überrascht über den Besuch der jungen Frau. Auch als Sakai ihm ihren Ausweis präsentierte, änderte sich seine Miene nicht.

»Kommissaranwärterin Sakai. Abteilung eins.«

»Goro Onaga. Bitte, setzen Sie sich.«

Auf Onagas Schreibtisch standen, dem Gast zugewandt, gerahmte signierte Autogrammkarten von Jean-Marie Le Pen und Saddam Hussein. Ein anderes Foto zeigte Onaga in inniger Umarmung mit dem ehemaligen Sicherheitsminister. Über seinem Stuhl ein riesiges Porträt; Yukio Mishima, hübsch, sportlich, schaute auf Sakai herab. Unter den verschränkten Armen stand in strenger schwarzer Schrift ein Zitat von ihm.

*Perfekte Reinheit ist möglich, wenn man sein Leben in eine mit Blut geschriebene Gedichtzeile verwandelt.*

Onaga räusperte sich.

»Abteilung eins?«

»Mordkommission, Herr Onaga.«

Die Augen des Mannes weiteten sich, und er lehnte sich zurück.

»Womit kann ich dienen, Frau Kommissarin?«

Sakai machte eine ausladende Geste.

»Was treiben Sie hier eigentlich?«

»Nippon Kumiai hat es sich zur Aufgabe gemacht, unsere nationale Identität zu bewahren.«

»Verstehe.«

Ihr Blick fiel auf einen großen Kleiderständer in einer Ecke, auf dem T-Shirts und Windjacken in allen Größen und mit dem Logo von Nippon Kumiai hingen.

»Sind Sie deswegen hier? Um mir diese Frage zu stellen?«

»Sie wissen sehr genau, warum ich hier bin, Herr Onaga. Ich bin nur neugierig, was Ihre … Organisation betrifft. Mehr nicht. Man hört so einiges.«

»Was denn, wenn ich fragen darf?«

»Dass Sie die Rolle Japans im Zweiten Weltkrieg rechtfertigen. Dass Sie seine Kriegsverbrechen bestreiten.«

»Selbsthass lehne ich ab. Diese Selbstgeißelung, die unseren Kindern in der Schule beigebracht wird. Ich lehne die pazifistische Ausrichtung unserer Verfassung ab, die Amerika uns aufgezwungen hat. Ich bedaure den Mangel an Patriotismus unserer verweichlichten Jugend. Und ich bin nicht der Einzige, der die gängige Meinung, was unsere Geschichte betrifft, infrage stellt.«

»Verstehe.«

»Das hört sich nicht gerade überzeugt an, Kommissarin.«

»Berufsrisiko.«

Onaga lachte, doch sein Augenzucken konnte über sein Missfallen nicht hinwegtäuschen.

»In jeder x-beliebigen Buchhandlung finden Sie Literatur, die unsere Rolle im Krieg und die angeblichen Kriegsverbrechen hinterfragt. Im Westen wäre das schockierend, ja inakzeptabel. Aber wir sind für den Westen unsichtbar. Warum sich ihm also anbiedern? Warum sollen andere über uns bestimmen? Ich nehme mir das Recht heraus, selbst über die Identität meiner Nation zu urteilen.«

Sakai beugte sich vor, nahm eines der gerahmten Fotos vom Schreibtisch und sah es sich an. Eine große Gruppe lachender Nippon-Kumiai-Mitglieder vor einem Baseballfeld. Offenbar eine teambildende Maßnahme.

»Das ist interessant, Herr Onaga. Denn Ihre Ideologie wird von derselben Verfassung geschützt, die Sie gerade so leichthin abgelehnt haben.«

Onaga lachte unangenehm, das Lachen klang wie Glaskugeln, die in einem Beutel aneinanderschlugen.

»Wir leben unter einer Marionettenregierung, Kommissarin Sakai. Nippon Kumiai dagegen verlangt Unabhängigkeit von einer Regierung. Der Irrtum der Nachkriegsdemokratie ist unverzeihlich.«

»Sie glauben doch nicht im Ernst, das jemals erreichen zu können.«

Onaga schnaubte.

»Ist Ihnen bewusst, dass unsere Gruppe auf über fünfzehntausend Mitglieder gewachsen ist? Allein im letzten Jahr haben wir im ganzen Land über einhundert Demonstrationen organisiert. Und online sind noch sehr viel mehr Menschen aktiv.

Japan steht vor einem Wendepunkt, Kommissarin. Ich werde es noch erleben, dass unser Land zu seiner alten Lebensweise zurückkehrt.«

Sakai holte ihr Notizbuch hervor und signalisierte damit das Ende der Debatte.

»Vorher verraten Sie mir nur eins, Herr Onaga.« Sakai drehte das Foto um und zeigte auf Kodai Kiyotas Gesicht. »Wo hält sich dieser Mann auf?«

Zum ersten Mal, seit sie den Raum betreten hatte, sanken die Mundwinkel von Onaga herab.

»Warum fragen Sie mich nach ihm?«

»Ich werde nicht dafür bezahlt, *Ihre* Fragen zu beantworten. Ich habe Sie gefragt, wo sich Kodai Kiyota aufhält. Mehr nicht.«

Onagas Miene verfinsterte sich.

»Das weiß ich nicht. Der Mann gehört sowieso nicht mehr zu unserer Organisation.«

»Warum nicht?«

»Weil er sie verlassen hat.«

»Warum?«

Onaga dachte nach. Sakai kannte diese Pause, die Suche nach den richtigen Worten, die Suche nach den sauberen Antworten.

»Herr Kiyota war ein vielversprechendes Mitglied unserer Organisation. Er hätte noch Großes erreichen können. Er besaß die Gabe, andere Menschen für sich einzunehmen. Aber am Ende hat es dann doch nicht gereicht.«

Sakai hielt inne und blickte von ihren Notizen auf. Onaga seufzte und lehnte sich zurück.

»Sie sind wegen der toten koreanischen Familie hier, stimmt's? Ihre sture Haltung gegenüber dem Bauprojekt hatte sich zu einem echten Problem ausgewachsen. Das Vivus-Projekt hätte Arbeitsplätze, Infrastruktur und Aufschwung nach Setagaya gebracht. Wenn nur diese Familie nicht so dickköpfig und egoistisch gewesen wäre.«

Sakai tat sein Gerede mit einer Handbewegung ab.

»Schweifen Sie nicht ab. Wann kommt Kiyota ins Spiel?«

»Herr Kiyota hatte sich uns gerade erst angeschlossen und gute Leistungen erbracht. Er hat mich gefragt, ob er sich persönlich um die Familie kümmern solle. Natürlich habe ich ihm zu verstehen gegeben, dass das nur mit friedlichen Mitteln und im Rahmen des Erlaubten geschehen darf.«

»Aber die Kaneshiros ließen sich nicht umstimmen.«

»Sie haben gerichtliche Schritte eingeleitet, die für uns extrem teuer geworden wären. Daraufhin habe ich Herrn Kiyota klargemacht, dass man wissen müsse, wann es sich lohnt zu kämpfen und wann nicht. Aber er ließ nicht locker. Das hat zu Spannungen in der Gruppe geführt. Gleichzeitig haben mich vertrauenswürdige Mitglieder auf seine … nun ja, unappetitlichen Vorlieben aufmerksam gemacht.«

»Warum so zaghaft? Nur zu.«

»Er hatte keine Kontrolle über sein Trinkverhalten, und seine kriminelle Vergangenheit wurde zunehmend zu einem Problem. Wir gerieten dadurch ins falsche Licht. Es bot der linken Presse Gelegenheit, uns mit Schlamm zu bewerfen.«

»Kiyota! Sprechen Sie über Kiyota. Er hat also getrunken und war vorbestraft. Was noch? Sie haben unappetitliche Vorlieben erwähnt.«

Onaga blickte Sakai an.

»Er hatte eine Freundin. Aber sie war … sehr jung.«

»Name?«

»Sie war ebenfalls ein Mitglied von Nippon Kumiai. Ich kann veranlassen, dass man Ihnen die näheren Personenangaben aushändigt, wenn Sie gehen.«

»Ich hätte sie gerne jetzt, bitte.«

Es folgte eine lange Pause, bevor er telefonisch die betreffende Akte anforderte.

»Es dauert nur eine Minute, Kommissarin.«

»Danke.«

»Ich muss sagen, ich habe höchsten Respekt vor Ihnen. Ich meine, vor der Polizei. Eine ehrenwerte Arbeit. Nicht unbedingt nötig in diesem speziellen Fall, wenn Sie verstehen. Sie vergeuden hier Ihre Zeit. Aber im Allgemeinen eine löbliche Arbeit.«

»Sie meinen, der Mord an einer koreanischen Familie hätte keine Aufklärung verdient?«

Er lächelte.

»Das habe ich nicht gesagt. Ich meine, Sie vergeuden *hier* Ihre Zeit. Aber andererseits war es vielleicht auch Vorsehung, die Sie hierhergeführt hat. Vielleicht kommen Sie ja wieder. Dann können wir unser Gespräch fortsetzen.«

»Ich befasse mich mit Mord. Das ist alles. Ich glaube ehrlich gesagt, der Einzige, der hier seine Zeit verschwendet, sind Sie.«

Onagas Lächeln verblasste.

»Über eine Million dieser Kakerlaken leben in meinem Land, Kommissarin. Sie sagen, Sie befassen sich mit Mord. Lassen Sie mich ganz offen sein – Nippon Kumiai befasst sich mit Hass, nichts anderem. Niemand unternimmt etwas gegen Ungerechtigkeit. Und Hass? In ihrem Hass kennen die Menschen keine Grenzen.«

»Sehr anrührend. Aber ich bin wegen Kodai Kiyota hier.«

»Ich kann Ihnen nicht sagen, wo sich Kodai Kiyota aufhält, noch, was er getan hat oder was er nicht getan hat. Wenn er an diesen Morden beteiligt war, verurteile ich das natürlich. Aber eins kann ich Ihnen sagen, Kommissarin Sakai. Wer immer die Familie getötet hat, wird seinen Grund gehabt haben.«

Der Herr vom Empfang kam mit der Personalakte herein. Sakai entriss sie ihm und schlug sie auf. Sie enthielt ein einzelnes maschinengeschriebenes Blatt mit Informationen über eine Frau namens Asako Ozaki. In roter Tinte war ein Stempel aufgedrückt: *Ausgeschlossen.*

Onaga schüttelte gravitätisch den Kopf.

»Ihr Vater hat sich umgebracht, als sie noch sehr jung war. Man hatte ihn aus seinem Wäscherei-Unternehmen verdrängt. Raten Sie mal, wer es übernommen hat, um abzuräumen und ihm die Kunden für die Hälfte des Preises wegzuschnappen? Ihre Mutter heiratete einen anderen Mann, und Asako blieb mehr oder weniger sich selbst überlassen. Sie hat die Koreaner, die damals das Geschäft übernommen haben, niemals vergessen. Als sie zu uns stieß, war sie hasserfüllter als viele unserer leidgeprüften Mitglieder. Ehrlich gesagt, sie war der Traum jedes PR-Beraters. Ich war traurig, als sie ging. Sie war sehr engagiert. Aber was soll ich sagen? Liebe macht blind.«

»Warum wurde sie ausgeschlossen, Herr Onaga?«

»Sie hat unseren Verhaltenskodex missachtet. Ständig geriet sie in Konflikt mit Behörden, und dann noch die Beziehung mit Kiyota, na ja, da mussten wir sie ausschließen.«

Sakai fuhr mit dem Finger über die Seite.

*Bist du Iwatas Mädchen?*

»Kommissarin, Sie halten uns für Rassisten, nicht wahr? Ich sehe es Ihnen an. Aber dieses Wort tut uns einen schlechten Dienst. Primitiver Rassismus setzt eine irrationale Abneigung oder Angst voraus. Er beraubt den Menschen der Logik und Integrität. Rassismus ist nicht das richtige Wort. Nein, wir haben uns entschieden, in aller Konsequenz gegen diese kleine, doch mächtige Minderheit anzukämpfen. Und wenn wir deswegen Rassisten sind, dann ist das eben so. Wenn wir deswegen in den liberalen Medien verurteilt werden, dann ist das eben so. Wir kämpfen bereits an breiteren Fronten.«

Sakai beachtete ihn nicht. Am Ende der Seite stand, dass Asako Ozaki in Shin-Okubo wohnte. Sie war vierzehn Jahre alt.

Sie stand auf.

»Ich hoffe, unsere Wege kreuzen sich noch einmal, Herr Onaga. Wirklich.«

Onaga erhob sich lächelnd und reichte ihr die Hand.

»Oh, ja, Kommissarin. Es war mir ein Vergnügen.«

»Nein, ich glaube, Sie haben mich missverstanden«, erwiderte sie und ging hinaus.

7. KAPITEL

# Lob des Schattens

Ziellos streift Iwata durch die kalifornische Dämmerung. Am Strand unter den aufgehenden Sternen kauern Menschen, in Decken gehüllt. Schlanke Palmen rascheln im Wind. Goldene und schwarze Wellen schlagen gegen die schimmernde Küste, hinterlassen glitzernde Bläschen im Kies. In der Ferne funkelt der Santa Monica Pier auf der Wasseroberfläche, das Riesenrad dreht sich langsam. Iwata hört jetzt Musik, sie klingt traurig, aber auch aufmüpfig.

*Die Lichter der Stadt leuchten so schön.*

Er verlässt den Strand und folgt der Melodie.

*Ich bin glücklich mit Dir.*

Aus der offenen Tür eines Geschäfts an der nächsten Straßenecke strömt zur Unterhaltung der Passanten Musik nach draußen.

*Bitte, ich möchte sie hören, die Worte der Liebe von Dir.*

Iwata geht hinein und sieht sie.

»Hallo«, sagt sie.

Er erwidert: »Hallo.«

Die Frau lacht.

*Ich gehe und gehe, schaukele wie ein kleines Boot in Deinen Armen.*

»Ich kenne das Lied«, sagt er.

»Es ist schön. Verstehen Sie, was sie singt?«

Iwata nickt.

»Und, was singt sie?«

»Sie singt über traurige Dinge.«

Sie mustern sich.

»Ich bin Cleo«, sagt sie.

Sie hat einen weichen Teint, ihre geflochtenen Freundschaftsbänder sind zerfranst.

*Ich höre Deine Schritte. Gib mir noch einen zärtlichen Kuss.*

Bald werden sie nackt in ihrem kaputten Bett liegen, umgeben von frischen Blumen und Musik.

Sie wird sein Englisch korrigieren und morgens meistens Eier kochen. Sie wird immer auf ihrer Seite schlafen. Vor der Dämmerung gleitet Iwata mit der Hand über ihren Bauch wie eine Brise über Sanddünen.

*Wie habe ich Dich gefunden?*

In diesem schwülen Halbtraum kann er das nur mit einem geflüsterten »durch ein Wunder« beantworten.

Aus Tagen werden Jahre – Autoreisen, Streitigkeiten, ganze Wochenenden im Bett. Cleo spielt Schallplatten, lässt Toasts anbrennen. Morgens spricht sie leise ihrem Auto gut zu, abends schimpft sie über die Nachrichten. Nur sie allein darf ihre Regeln brechen. Cleo wird die einzige Autorität in Iwatas Leben. Spaziergänge am Meer, Stöckchen für einen imaginären Hund werfen.

*Hybris. Hybris. Hybris.*

Cleo, im Licht der untergehenden Sonne, sieht über die Schulter und lächelt.

»Es ist so schön hier.«

Eine andere Sonne, ein anderes Land und, strahlend weiß über ihr, der Leuchtturm. Wirft endlose Schatten.

Iwata fuhr an den befestigten Seitenstreifen und stieß die Tür auf. Hastig sprang er über die Leitplanke der Schnellstraße, lief zum nächsten Baum und übergab sich. Er blinzelte die Tränen weg.

»Miststück. Miststück. Miststück.«

Er trat und boxte gegen den Baum und hörte erst auf, als er seine blutigen Hände nicht mehr spürte. Vertrocknete Kirschblüten fielen auf seine Schultern herab, blieben einen Moment liegen und rieselten dann zu Boden.

»Die Universität von Kyoto ist eine der ältesten und angesehensten Bildungseinrichtungen Asiens.« Der schon etwas ältere Wachmann, die Hände auf dem Rücken, führte Iwata durch das prächtige Tor und lächelte stolz, als hätte er beim Bau selbst mit angepackt. »Acht Nobelpreisträger, zwei Fields-Medaillen und einen Gauss-Preis. Und jedes Jahr zweiundzwanzigtausend neue Studenten.« Er wies auf die Informationstafel. »Wir sind hier. Und Sie wollen zum Fachbereich Psychologie.«

Iwata bedankte sich und überquerte den Campus. Es war ein sonniger Nachmittag, Studenten saßen auf dem Rasen. Der alte Kampferbaum, das Wahrzeichen der Universität, stand im Schatten des Uhrturms der Jahrhunderthalle aus rotem Backstein. Das Terrassencafé war voll mit jungen Menschen, die in der Sonne Eistee tranken und schwatzten.

Iwata machte einen Bogen um das Team der trainierenden Seilspringer und ging zu dem achtgeschossigen Gebäude hinter der alten Halle. Beim Betreten erregten dumpfe Schläge und Stöhnen seine Aufmerksamkeit. Er folgte dem Geräusch und spähte um die Ecke. Auf einem schattigen Stück Rasen hinter dem Seminarbau boxten zwei Männer gegeneinander. Der Jüngere, athletisch und untersetzt, hielt Schlagpratzen hoch, während der andere, groß und kräftig und um die vierzig, einen Hagel von Schlägen darauf niedergehen ließ. Der Jüngere hatte Mühe, die Pratzen zu halten, als würde er sich mit einer Zeitung gegen eine Wasserpistole abschirmen.

Iwata bemerkte, dass der Ältere Linkshänder war. Dann

war es auch schon vorbei. Der Jüngere lachte, sein Gesicht puterrot.

»Ihre Seitwärtshaken sind brutal, Professor Igarashi«, keuchte er.

Gönnerhaft schlang der Professor den Arm um seine Schultern.

»Sie sind längst nicht mehr das, was sie mal waren.«

»Trotzdem beeile ich mich besser mit den Hausaufgaben.«

Igarashi lachte.

»Kommen Sie, ich schulde Ihnen ein Bier.«

Ehe er auffiel, verließ Iwata seinen Platz. Er stieg die Treppe in den zweiten Stock hinauf und klopfte an die Tür mit dem Schild: *Forensische Psychologie / Semiotik.*

Eine Frauenstimme rief: »Herein.«

Iwata öffnete die Tür und stand in einem engen Raum mit vier Schreibtischen und halb verdorrten Topfpflanzen. Eine Frau, ungefähr in Iwatas Alter, schaute von ihren Papieren auf. Sie hatte ein herzförmiges Gesicht und ein starkes Kinn. Ihr fransiges Haar war mittellang. Sie trug silberne und türkisfarbene Ohrstecker und eine weite grüne Strickweste.

»Kann ich Ihnen helfen?« Sie hatte eine warme, feste Stimme.

»Ich möchte zu Professor Schultz.«

»Der müsste gleich zurück sein. Darf ich fragen, wer Sie sind?«

Iwata zeigte ihr seinen Ausweis. Sie sah ihn erstaunt an.

»Wenn wir die Polizei im Haus haben, will sie meistens zu mir, nicht zu David.«

»Ach so?«

Die Frau zeigte auf das Schild an ihrem Schreibtisch.

*Dr. Emi Hayashi – Kriminalpsychologie.*

»Vielleicht das nächste Mal«, sagte Iwata.

»Bitte, setzen Sie sich.«

Als sie eine Geste vollführte, fiel ihm die Mickey-Mouse-Uhr an ihrem Handgelenk auf. Sie registrierte seinen Blick, doch er schaute aus dem Fenster. Der Rasen, wo Igarashi mit seinem Sparringspartner trainiert hatte, war jetzt leer.

»Kann ich Ihnen einen Kaffee anbieten, Kommissar?«

»Nein, danke.«

»Ganz sicher? Wir haben eine schicke Espressomaschine im Personalraum.«

»Es geht schon, danke.«

»David muss jeden Augenblick hier sein.«

Iwata bemerkte das übliche Chaos aus Zeitschriften und Büchern auf dem Schreibtisch seines Freundes. Am Computer klebte ein Wimpel der Pittsburgh Steelers, neben dem Telefon stand ein gerahmtes Foto einer schmächtigen Frau mit roten Haaren, in den Armen hielt sie ein kleines Kind.

Die Tür wurde aufgestoßen, und David Schultz, mit einem Stapel Papier kämpfend, rauschte herein. Sein rotweiß kariertes Hemd hatte dunkle Schweißflecken, die Jeans war zwei Nummern zu eng.

»Ach, du Scheiße. Kosuke?«

Die beiden Männer umarmten sich zur Begrüßung.

»Du bist ganz schön rund geworden«, sagte Iwata auf Englisch zu ihm.

»Mann, ja. Das japanische Essen.«

Dr. Hayashi raffte ihre Unterlagen zusammen und stand auf.

»Nein, Emi. Bleiben Sie sitzen. Ich komme später zurück«, sagte Schultz.

Sie lächelte liebenswürdig und widmete sich wieder ihrer Arbeit. Schultz nahm sein Portemonnaie aus der Schreibtischschublade und führte Iwata in das Terrassencafé am Uhrturm. Er grüßte freundlich mehrere Studenten in einem beinahe fehlerlosen Japanisch und suchte einen abgelegenen Tisch, weit weg von dem allgemeinen Geplapper. Er bestellte zwei Kaffee, und umgehend vertieften sich die beiden in ein Gespräch über Schultz' berufliche Karriere, seine kürzliche Scheidung und die Fernbeziehung zu seinem Kind.

Als der Redefluss versiegte, sah Schultz in den dämmrigen Himmel, und seine Miene wurde ernst. Stille, durchsetzt von Vogelgesang und jugendlichem Lachen.

»Iwata, ich weiß, ich habe dich lange nicht gesehen, seit dem … was passiert ist. Ich möchte dir nur sagen, wie leid es mir tut. Ach, Scheiße, es tut mir so leid. Mehr gibt es nicht zu sagen.«

Schultz legte seine Pranke auf Iwatas Schulter. Iwata schaute weg. Goldene Sonnenbalken schimmerten durch die Äste des Kampferbaums. Unter dem Baum saß ein Mädchen, das in einem Buch las und genüsslich ihre nackten Füße in den Wind streckte.

»Wir müssen nicht darüber reden, Dave.«

Schultz nickte energisch.

»Nein, natürlich nicht. Ich freue mich einfach nur, dich wiederzusehen, Kos.«

Iwata holte die Plastikmappe aus seiner Tasche und legte sie auf den Tisch, wartete aber, bis die Kellnerin die beiden Kaffeetassen vor sie hingestellt hatte, bevor er sie aufschlug. Schultz blickte ihn erschrocken an.

»Jetzt sag nicht, dass du wieder arbeitest.«

»Ich möchte dich um einen Gefallen bitten.«

»Warum habe ich mir gleich gedacht, dass du dich nicht auf die weite Reise gemacht hast, nur um einen alten Freund wiederzusehen?«

»Weil du eben ein schlaues Kerlchen bist.«

Das Lächeln schwand aus Schultz' Gesicht.

»Im Ernst. Bist du sicher, dass du das alles wieder auf dich nehmen willst? Vielleicht wäre es besser, wenn du eine Zeit lang …«

Das Foto der schwarzen Sonne brachte Schultz zum Schweigen. Sein Freund war sogleich gefesselt.

»Gemeiner Kerl.«

Iwata grinste. Die gezackte schwarze Sonne an der Decke war mit einem kalten Blitzlicht aufgenommen worden, die Umgebung blieb dunkel.

»Womit wurde das gemalt?«

»Mit Holzkohle. Der Mörder hat sein Opfer dazu gezwungen, die Sonne zu malen, bevor er ihm das Herz entnommen hat. Seine Frau und beide Kinder hat er auch getötet. Ich möchte dir gerne noch mehr Fotos zeigen.«

Schultz stöhnte.

»Was möchtest du wissen?«

»Erstens: Ist das ein Symbol oder ein Zeichen? Zweitens: Was bedeutet es?«

Schultz verdrehte die Augen.

»Ich bin Semiotiker, Kos. Nicht Hercule Poirot.«

»Ich habe mich ganz schön ins Zeug gelegt, um die weite Fahrt hierher machen zu können. Ich kann nicht mit leeren Händen zurückkommen, Dave.«

»Dein Problem.«

Schultz sah sich nochmal kurz das Foto an und gab sich kopfschüttelnd geschlagen.

»Also gut.«

»Du bist ein feiner Kerl, David.«

»Und du bist ein gemeiner Kerl, aber das liegt in deinen Genen.«

Hoch oben, in den grünen und roten Bergen, setzten sich Iwata und David Schultz auf eine Bank. Kyoto unter ihnen flirrte, als würde die Stadt Wärme abstrahlen.

*Die Lichter der Stadt leuchten so schön.*

»Hübscher Platz«, sagte Iwata.

»Ich ziehe mich immer hierher zurück, wenn ich klar denken muss.«

»Und, funktioniert es?«

»Manchmal.«

»Besser als in Pittsburgh?«

Schultz lachte.

»Hast du jemals was von Jun'ichirō Tanizaki gelesen?«

Iwata nickte.

»Emi hat mir mal ein Buch von ihm geliehen. Darin gibt es eine Zeile, die mir seitdem im Kopf herumspukt. ›Schönheit liegt nicht in den Dingen, sondern in dem Wechselspiel von Licht und Schatten, das sie erzeugen.‹«

»*Lob des Schattens*«, sagte Iwata.

»Ich muss ständig daran denken. Ich weiß auch nicht, warum.«

»Ja, das kenne ich.«

Schultz lächelte matt und streckte die Hand aus.

»Na los. Zeig mir nochmal das blöde Foto.«

Iwata übergab ihm die Plastikmappe. Mit ausdruckloser Miene schob Schultz die Bilder hin und her. Er betrachtete die schwarze Sonne aus verschiedenen Blickwinkeln, auch ihre Position im Verhältnis zu der geschändeten Leiche Tsunemasa Kaneshiros. Schultz steckte die Fotos wieder in die Plastikmappe und gab sie Iwata mit spitzen Fingern zurück.

»Wie kannst du dich bloß an solche Bilder gewöhnen?«

»Meine Augen gehen einfach darüber hinweg.«

»Kos«, sagte Schultz, »glaubst du wirklich, dass es gut ist, sich dem wieder auszusetzen? Wenn man bedenkt, was dir widerfahren ist …«

»Dave, bitte.«

Schultz nickte.

»Okay«, seufzte er. »Okay.«

»Danke.«

»Du hast mich gefragt, ob es ein Symbol oder ein Zeichen ist. Ich würde sagen, ein Symbol.« Schultz zeigte auf das Gefahrenschild an dem felsigen Steilhang vor ihnen.

»Ein Zeichen bedeutet etwas – Stehenbleiben, Weitergehen et cetera. Das Zeichen denkt für dich. Es gibt dir einen Befehl. Ein Symbol dagegen repräsentiert eine Idee, einen Prozess oder ein physisches Gebilde. Der Begriff des Repräsentierens ist hier das Entscheidende. Ein Symbol repräsentiert etwas anderes, welches über das, was man unmittelbar vor sich sieht, hinausweist. Das Zeichen bedeutet nur sich selbst, das Zeichen. Wohingegen zum Beispiel das christliche Kreuz nicht allein bedeutet, dass hier ein toter Mann an einem Kreuz hängt, es steht auch für Opferbereitschaft, für Glaube, Hoffnung, für eine ganze Religion. Während das Zeichen das Denken für dich übernimmt, bittet dich das Symbol, selbst zu denken. Man könnte sagen, abstrakt versus wortwörtlich.«

»Demnach wäre die schwarze Sonne also nicht als eine direkte Aufforderung oder Warnung zu verstehen?«

»Nein. Aber das ist alles Spekulation. Ich denke, die Morde an sich werden schon etwas zu bedeuten haben. Was immer der Täter damit erreichen wollte – ich halte es für möglich, dass der Tod der Familie nicht das eigentliche Ziel war. Das Symbol könnte besagen, dass die Morde nicht das Endresultat waren. Sie könnten für etwas anderes stehen.«

»Willst du damit sagen, dass die Morde zweitrangig sind? Und die Sonne das Entscheidende ist?«

»Ich glaube, dass die Morde schon irgendwie dazugehören, Kos. Vielleicht auch der Mörder. Man kann nie wissen. Wie heißt es so schön: Die Wirklichkeit, um zu überleben. Die Fantasie, um zu leben.«

Die Dämmerung war in eine kalte Nacht übergegangen, und am Himmel stand eine Mondsichel.

»Du möchtest wissen, *was* das für ein Symbol ist«, sagte Schultz und blähte die Backen. »Das ist die Tausend-Dollar-Frage, oder? Genauso gut könntest du einen Mathematiker nach dem Sinn der Zahl Null fragen. Wo soll ich anfangen?«

»Egal. Was dir sinnvoll erscheint.«

»Na gut. Du suchst einen Mörder, nehme ich an. Jemand, der von diesem finsteren Symbol fasziniert ist. Vielleicht lässt es sich als Abwesenheit von Licht deuten, was ihn antreibt – die schwarze Sonne als das Ende allen Lebens, ewige Finsternis, Satan, bla bla bla. Das Symbol der schwarzen Sonne ist tief verankert im Bereich des Okkulten, vom esoterischen Nazismus ganz zu schweigen.«

»Esoterischer Nazismus?«

»Wir hätten irgendwo hingehen sollen, wo es Bier gibt. Ich weiß ja nicht, wie sehr du in die Materie einsteigen willst, aber wir haben es hier mit einer Quasi-Religion zu tun, einer mystischen Interpretation des Nazismus, die ihren Anfang in den fünfziger Jahren nahm. Die schwarze Sonne wurde als eine Energiequelle zur Wiedergeburt der arischen Rasse angesehen. In der Literatur wird die arische Rasse seit Langem mit der schwarzen oder mystischen Sonne in Verbindung gebracht. Helena Blavatsky spricht in *Schlüssel zur Theosophie* von einer zentralen Sonne. Thule oder Hyperborea, wie es bei den alten Griechen heißt, war ein Ort, wo die Menschen jenseits des Nordwindes lebten. Andere Interpretationen sehen darin den Ur-Sitz der ursprünglichen arischen Rasse. Übrigens war Himmler ein begeisterter Leser der Oera-Linda-Chronik, die gelegentlich auch als die nordische Bibel bezeichnet und auf die bei Diskussionen über Esoterik und in der Literatur über Atlantis häufig verwiesen wird. Jedenfalls hat Himmler für einen

Mosaikboden in der Wewelsburg ein altes arisches Symbol in Auftrag gegeben. Dreimal darfst du raten, was er genommen hat. Na ja, alles akademisches Zeug.«

Schultz knöpfte sich den Mantel zu und betrachtete den Horizont.

»Du hast erwähnt, dass die Familie aus Korea stammt, *Zainichi*, also hast du sicher auch in Betracht gezogen, dass Rassenhass oder Reinheitswahn im Spiel sind. Ich kann dir nicht erklären, worin genau die Verbindung zur schwarzen Sonne besteht, aber es könnte sich lohnen, dem Nazi-Bezug nachzugehen. Doch könnte dein Mörder auch einfach bloß ein satanistischer Spinner oder Fundamentalist sein.«

Schultz kratzte sich die Bartstoppeln, bevor er fortfuhr. »Wir haben jetzt nur über die Bedeutung im letzten Jahrhundert gesprochen, Kos. Aber du musst wissen, dass die schwarze Sonne in beinahe jeder alten Kultur auftaucht, in der ganzen Welt, im Grunde genommen von Anfang an. Bei den Ägyptern, den Sumerern, den Azteken. Es war ein heiliges Symbol im Zusammenhang mit Schöpfungsgeschichten, apokalyptischen Legenden und Ähnlichem. Wenn du diese Schiene weiterverfolgen willst, musst du dich an einen Historiker wenden. Mehr kann ich dir im Moment nicht bieten. Mich höchstens für das nächste Mal besser vorbereiten.«

»Du bist ein kluger Kopf, David Schultz.«

Sie brachen auf, folgten schweigend der Serpentine die dunklen Berghänge hinab, während sie mit halbem Ohr einem Radiobericht über die aufstrebende Altenpflegeindustrie in Japan und den Rückgang der Geburtenrate lauschten. Iwata fuhr in einem gemächlichen Tempo, gefangen in seinen Gedanken. Am Tor zum Campus öffnete Schultz die Beifahrertür.

»Ich melde mich, wenn mir noch was einfällt, okay? Bring das nächste Mal lieber keine Leichen mit.«

Sie umarmten sich kurz, Schultz stieg aus, drehte sich noch einmal um und beugte sich hinunter.

»Max Weber hat mal gesagt, ›der Mensch ist ein Wesen, das in selbstgesponnene Bedeutungsgewebe verstrickt ist‹. Ganz aus dem Bauch heraus: Der, den du suchst, ist verstrickt in dieses System der schwarzen Sonne. Es ist nicht seine Visitenkarte. Ich glaube, es ist sein ganzes Gewebe. Er lebt und atmet damit.«

Schultz klopfte auf das Autodach und knallte die Beifahrertür zu, die mit einem metallischen Klack ins Schloss fiel.

8. KAPITEL

# Honig

Iwata wechselte von der Meishin-Schnellstraße auf die Tomei-Autobahn nach Tokio. Sein Blick war stur auf die Fahrbahn vor sich gerichtet. Obwohl sein Kopf höllisch schmerzte und er dringend Schlaf brauchte, spürte er eine sich anbahnende Veränderung. Er schaltete das Radio ein und hörte einen jungen Mann bescheiden lachen.

*»Nein, so sehe ich mich überhaupt nicht. Ich betrachte mich nicht mal als einen besonders wertvollen Menschen. Ich möchte mich nur weiterentwickeln. Wenn ich etwas angestoßen habe, was anderen Menschen zu persönlichem Wachstum verhilft, dann bin ich schon sehr zufrieden. Aber bin ich deswegen ein Guru? Ganz sicher nicht. Ich beobachte einfach nur eine große innerliche Leere bei vielen Menschen. Eine nagende Unsicherheit. Bedrückende Zweifel. Darüber möchte ich sprechen. Mich interessiert Klarheit und Wohlbefinden. Aber in erster Linie interessieren mich ganz einfach Menschen.«*

*»Für alle, die sich erst jetzt zugeschaltet haben: Unser heutiger Gast ist Akira Anzai, einstweiliger Leiter der umstrittenen spirituellen Gruppe Theta. Wie immer wollen wir unsere Hörer mit einbeziehen. Herr Anzai beantwortet gerne Ihre Fragen. Unsere Nummer lautet …«*

Iwata schaltete das Radio aus und wählte aus einer Eingebung heraus die Nummer der Waffenkammer des Polizeireviers Shibuya. Nach einiger Zeit meldete sich leicht verunsichert der alte Mann.

»Ja?«

»Ich bin's, Herr Nakata. Iwata, von heute Morgen.«

»Ach, Sie. Ja, ich erinnere mich. Ich bekomme hier unten in der Waffenkammer nicht viele Anrufe.«

»Darf ich Sie um einen Gefallen bitten? Ich brauche die Adresse eines Kollegen.«

»Ich habe Zugang zu den Akten. Wen suchen Sie denn?«

»Kommissar Akashi«, sagte Iwata beiläufig.

Nakata unterbrach das Gespräch, im Hintergrund hörte er Musik von Mahler.

»Hideo Akashi?«

»Genau.«

»Einen Moment, bitte.«

Iwata vernahm das metallische Scheppern eines Aktenschranks, bevor der alte Mann ans Telefon zurückkehrte.

»Haben Sie etwas zu schreiben?«

Iwata notierte sich die Adresse und bedankte sich herzlich bei Nakata. Er gab sie in sein Navi ein und stellte fest, dass Akashi fast eine Stunde von Tokio entfernt gelebt hatte, in Chiba. Iwata kehrte um, und kurz darauf klingelte sein Handy.

»Sind Sie zu Hause?«

»Ich bin mit dem Auto unterwegs, Sakai.«

»Wo?«

»Nur so. Eine Spazierfahrt.«

»Eine Spazierfahrt? Na dann. Ohne bestimmtes Ziel, nehme ich an.«

»Was ist los? Sind Sie einsam?«

»Träumen Sie weiter. Außerdem gibt es schon einen Mann in meinem Leben.«

Iwata beugte sich vor.

»Kiyota?«

»Sie haben es erfasst. Endlich eine brauchbare Spur. Bei Nippon Kumiai ist er seit Wochen nicht aufgetaucht. Das Arschloch hat eine vierzehnjährige Freundin, Asako Ozaki. Das könnte gut das Mädchen sein, das laut Aussage seines Kollegen Tsunemasa Kaneshiro belästigt haben soll. Wenn wir sie finden, finden wir auch Kiyota.«

»Tolle Arbeit, Sakai.«

»Oh, danke.«

Ein trüber nebliger Tag dämmerte heran, als Iwata in Chiba ankam. Sein Navi hatte ihn zu einem großen vermüllten Platz geführt. Die Baustellen am anderen Ende lagen verlassen da. Richtung Süden verlief eine halb fertige Autobahnüberführung. An der Ostseite standen mehrere verfallene Gebäude. Durch eine ausgeräumte Pachinko-Halle pfiff der Wind. Ein verwaistes Geschäftszentrum drohte zu zerfallen, aufgegebene, von Unkraut fast überwucherte Häuser standen zum Verkauf. Einst war hier menschliches Leben geplant gewesen, aber es hatte keine Wurzeln geschlagen. Im Norden, einige Kilometer entfernt, erkannte Iwata verrostete Eisenbahnschienen. Das Land war flach und braun und ging in eine kahle Ebene über. Krähen flogen vom matschigen Boden in den dichten Nebel auf.

Iwata überprüfte nochmal die Adresse. Er stieg aus und entdeckte einen Schotterweg, der von der Straße abging und mitten auf ein ödes Feld führte. Er spähte durch den Nebel und konnte einen gezackten Umriss ausmachen. Vorsichtig ging er darauf zu. Am Ende des Wegs lichtete sich der Nebel, und er erblickte die ausgebrannte Ruine eines kleinen Landhauses. Das einfache Backsteinfundament stand noch, doch der Holzbau war ein Raub der Flammen geworden. Nur kümmerliche schwarze Balken ragten auf wie versengte Gerippe. Iwata hatte Brandgeruch in der Nase, einen Gestank, der niemals weichen würde.

Ein Hinweisschild warnte Passanten vor dem Betreten. Doch er wusste, dass die Polizei Zuwiderhandlungen nur als Ordnungswidrigkeit ahnden würde.

Er stieg über die Schwelle, wo sich der Eingang befunden und das Haus die Luft zum Atmen geschöpft haben musste. Durch das zerstörte Dach fielen Lichtbalken, Regenwasser lief die Wände herab. Unter Iwatas Füßen knirschten verkohlte Reste von Haushaltsgeräten. Bei der geringsten Berührung stieben Ascheflöckchen auf. Seltsame Gegenstände bedeckten den Boden, verdrehte, entstellte Gebilde, die ihre ursprüngliche Form in den Flammen verloren hatten.

Iwata suchte die Haustür und die Außenwände nach einer möglichen Brandquelle ab. Er überprüfte die Steckdosen und suchte nach Resten entflammbarer Flüssigkeiten. Doch der Ursprung des Feuers blieb unklar. Auch fanden sich keine Hinweise auf Drogenmissbrauch.

*Der ist am glücklichsten, er sei ein König oder ein Geringer, dem in einem Hause Wohl bereitet ist.*

Schwermut lag über dem Ort. Leise ächzte das Haus im Wind, als wäre es froh, dass es niedergebrannt war. Iwata versuchte, sich hier ein Heim vorzustellen, Leben zwischen all der Verlassenheit, den Trümmern, dem Deformierten. Er konnte sich kein Bild machen von Hideo Akashi, hier, unter der Autobahnüberführung, in einer alten Hütte, in dieser matschigen Trostlosigkeit. Wie hatte sich der Mann am Ende seines Lebens gefühlt?

*Ist der Nebel durch die dünnen Wände gekrochen? Ist er in dein Haus eingedrungen und hat dir an den Tagen vor deinem Tod den Verstand geraubt? Hast du mechanisch gehandelt? Hast du gesagt, was du sagen musstest? Warst du erleichtert, als du gesprungen bist?*

Iwata spürte die Einsamkeit des Mannes und empfand Sympathie für ihn. Er musste in die Hocke gehen, um wieder zu Atem zu kommen.

*Wer die Einsamkeit liebt, ist entweder ein wildes Tier oder ein Gott.*

Entschlossen füllte Iwata seine Lungen. Als er sich aufrichtete, entdeckte er tief im verkohlten Holz vergraben, zwischen verbogenen Nägeln, verbrannten Planken und geschmolzenem Plastik, etwas Glänzendes. Er tauchte die Hände in den Müll und griff danach. Es war ein kleiner, glatter Klumpen Bernstein. Er blies die Asche weg und hielt ihn gegen das Licht. Im Stein waren goldene Luftblasen eingeschlossen, winzige Termiten und Staubteilchen, konserviert für alle Ewigkeit.

»Was machen Sie hier?«

Iwata schloss die Augen. Er hörte, dass jemand im Anmarsch war.

*Wenn die Übeltäter an mich wollen, um mich zu verschlingen, meine Widersacher und Feinde, sollen sie selber straucheln und fallen.*

Er steckte einen Stein in die Tasche und trat nach draußen in den wabernden Nebel. Ein Rumpeln kam näher. Iwata ging ein paar Schritte weiter und vernahm ein jaulendes Quietschen.

*Der Herr ist mein Licht und mein Heil; vor wem sollte ich mich fürchten.*

Der Nebel färbte sich rosa, rote Lichter durchstachen den Dunst. Ein schwarzes Auto kam in Sicht, setzte rasant zurück, steuerte direkt auf ihn zu. Iwata schwankte, drehte sich um und rannte zurück ins Haus. Das Auto war nur noch einige Meter von ihm entfernt. Er rettete sich mit einem Sprung durch das Fenster und vernahm nur noch, wie das Blech knirschend gegen den Ziegelsteinsockel stieß.

Blink. Blink. Blink.

Iwata lag auf dem Boden. Aus der aufgeplatzten Kopfwunde

sickerte Blut in die Augen, ein geborstenes scharfkantiges Rohr schnitt ihm in die Seite. Er rappelte sich auf und stürzte gleich wieder, dann ein stechender Schmerz im Fußknöchel, ein Aufschrei entfuhr seiner Kehle. Aus der Nase tropfte Blut in seinen Schoß. Die Ruine war in rotes Licht getaucht, Abgase mischten sich mit dem Nebel. Ein Auto versucht, in ein Haus einzudringen, fast ein Slapstick. Die Gangschaltung krächzte schrill, Iwata zog seine Pistole und zwang sich, stehen zu bleiben.

»Aussteigen! Hände hoch! Rücken zu mir!«

Stille und Zittern.

Dann schoss das Auto davon, die roten Lichter verblassten in der grauen Suppe. Iwata humpelte aus der Ruine. Ein warmes Blutrinnsal lief ihm über den Brustkorb, der Knöchel pochte vor Schmerz, die Entfernung zu seinem Isuzu schien unüberwindlich. Eine Serie von Aussetzern und kleinen Ohnmachtsanfällen unterbrach immer wieder den langen Weg zum Auto. Dann lag er auf dem Rücksitz und mühte sich mit seinem Handy ab. Er wählte Sakais Nummer, doch Sakai ging nicht ran. Er rang nach Atem und wählte den internen Notruf und gab seinen Identifizierungscode durch.

»Schwarzer Honda, Baujahr 2010, Modell Odyssey. Blechschaden am Heck.«

»Hallo? Kommissar? Hallo?«

»Hat gerade versucht, einen Polizeikommissar zu überfahren …«

»Hallo? Kommissar? Sind Sie das, Iwata?«

Iwata sah nur noch die Uhr am Armaturenbrett, Sternschnuppen, dann senkte sich Dunkelheit über ihn.

Er schloss die Augen.

Verneblung.

9. KAPITEL

# Galater 6:9

Kälte.

Der erste Tag des Jahres 1986.

Der Busbahnhof ist groß und belebt.

Die Uhr zeigt 8:20, leicht zu erkennen.

Kosuke hält sich an der Hand der Mutter fest, kann aber nicht mit ihr Schritt halten.

Sie blickt sich um, Schweiß steht ihr auf der Stirn.

Das hat Kosuke bei ihr noch nie erlebt.

Er blickt sich ebenfalls um, weiß jedoch nicht, wonach er Ausschau hält.

»Was suchst du? Ich kann dir helfen«, sagt er und schaut zu dem Gewirr aus schwarzen Haaren hinauf. Sie hört ihn nicht.

Ihr Kiefer bewegt sich, sie knirscht mit den Zähnen.

Kosuke weiß, dass er rücksichtsvoll sein muss und besser keine Fragen stellt. Busse fahren in den Bahnhof und wieder hinaus.

Familien warten auf ihre Angehörigen.

Kosuke weiß, dass er keine Angehörigen hat.

Seine Mutter bringt ihn zu dem Parkplatz, wo die Busse warten.

Es riecht streng nach Benzin.

Sie setzt ihn neben einen defekten Getränkeautomaten und stellt seinen Captain-Tsubasa-Rucksack neben ihn.

Sie schaut sich um, ihre Augen huschen hin und her.

Die Fältchen in den Augenwinkeln glänzen feucht.

»Deine Mutter muss mal eben etwas erledigen, Kosuke. Hast du mich verstanden?«

Kosukes Mutter sagt niemals »ich«.

Er nickt, obwohl ihm schlecht ist, aber er weiß nicht, warum.

»Pass auf deinen Rucksack auf, hörst du?«

Kosuke nickt wieder.

Seine Mutter wendet sich zum Gehen.

Sie hält inne.

Sie dreht sich um.

Sie hockt sich vor ihn, und er riecht ihren Schweiß.

»... schön in Sichtweite bleiben, Kosuke. Hast du auch den Kinderreim nicht vergessen?«

Kosuke schüttelt den Kopf.

»Sag ihn auf.«

»Kommt ein Vogel geflogen, setzt sich nieder auf mein' Fuß ...«

»Braver Junge. Mach weiter.«

Sie lächelt und beißt sich auf die Lippen.

Sie ist sehr schön. Kosuke ist aufgefallen, dass manche den Blick nicht von ihr abwenden können.

So wie andere Menschen nicht von einem Verkehrsunfall.

Oder von einem Verrückten auf der Straße.

Sie nimmt Geld aus ihrem Büstenhalter und steckt es Kosuke in die Gesäßtasche seiner Jeans.

»Sei anständig, mein Junge. Sei anständig.«

Dann steht sie auf und geht mit gesenktem Kopf fort.

Er sieht ihr hinterher, bis sie zwischen den vielen Menschen verschwunden ist.

Kosuke spielt mit dem Reißverschluss seines Rucksacks, ritsch, ratsch.

Er schaut hinein, Butterbrote und Kleidung.

Er lässt die Beine baumeln und wartet darauf, dass seine Mutter zurückkommt.

Sie mussten früh aufstehen, und Kosuke ist müde.

Es war noch dunkel, als sie ihn geweckt hat.

*Hat ein' Zettel im Schnabel …*

Er reibt sich die Augen und legt den Kopf auf den Rucksack.

Er schläft ein.

Als Kosuke erwacht, spürt er, dass etwas nicht stimmt.

Es ist zu viel Zeit vergangen, und es sind kaum Familien auf dem Parkplatz zu sehen.

Seine Mutter hat ihm gesagt, er soll in Sichtweite bleiben.

Hier kann ihn niemand sehen.

Kosuke nimmt seinen Rucksack und geht durch den Bahnhof.

Menschen sehen ihn lächelnd an, doch er weicht ihren Blicken aus.

Draußen vor dem Bahnhof wird es dunkel, obwohl die Uhr erst vier Uhr zeigt.

Es ist sehr kalt, und Kosuke wünscht sich, er hätte Handschuhe dabei.

Ein Mann in einem langen schwarzen Mantel kniet sich vor ihn.

»Hallo.« Er tätschelt Kosuke den Kopf. »Du siehst aus, als hättest du Hunger. Isst du gerne Pflaumen?«

Kosuke sieht den Mann nicht an und sagt keinen Ton.

Das hat ihm seine Mutter eingeschärft.

Der Mann schaut sich um und entfernt sich.

Kosuke geht zurück zu seinem Platz auf der Bank.

Vielleicht hätte er nicht herumspazieren sollen.

Wenn sie nun in der Zwischenzeit zurückgekommen ist?

Kosuke weiß, dass er Rücksicht auf sie nehmen muss.

Weil es kalt ist, kann er an nichts anderes denken.

Kosuke legt den Kopf auf den Rucksack und schließt wieder die Augen.

Nach langer Zeit stupst ein Mann ihn an.

Er ist groß und alt und trägt eine Uniform.

Ein Polizist.

Kosuke hat Polizisten immer vertraut, doch jetzt, da einer vor ihm steht, sieht er nur einen Mann.

»Wie heißt du?«

Kosuke murmelt seinen Namen.

»Hast du dich verlaufen?«

»Meine Mutter hat gesagt, ich soll hier warten.«

»Wann hat sie dir das gesagt?«

»Die Uhr zeigte zwanzig nach acht.«

Der Polizist schürzt die Lippen.

»Wie alt bist du?«

»Zehn.«

»Stimmt das?«

Kosuke sagt nichts.

»Bist du schon mal in einem Polizeiauto gefahren?«

Kosuke schüttelt den Kopf.

Der Polizist nimmt ihn an die Hand und geht mit ihm aus dem Bahnhof.

In dem Polizeiauto riecht es nach Zitronen und Zigaretten.

Der Polizist schnallt Kosuke auf dem Sitz an und sagt etwas über Funk.

Es ist kühl, und der Polizist stellt die Heizung an.

Kosuke bläst warme Luft entgegen.

Je schneller sie fahren, desto kleiner wird der Bahnhof im Spiegel.

Die Straßen sind dunkel, und die Bäume rauschen im Scheinwerferlicht vorbei.

Sie fahren einen Berg hinauf, immer höher.

Das Funkgerät krächzt, und eine undeutliche Stimme spricht sehr schnell.

Der Polizist nimmt das Funkgerät und sagt nur: »Verstanden.«

Kosuke sieht hinaus auf das Meer von Bäumen. Sie sind knorrig und scheinen den Berg hinabzukriechen.

Der Anblick der lautlos vorbeifliegenden Bäume macht ihn schläfrig.

Von der warmen Luft bekommt er rote Backen.

Nach einer langen Fahrt hält das Polizeiauto vor einem kleinen Haus am Rand eines bewaldeten Steilhangs. Der Polizist macht ihm die Tür auf und legt ihm die Hand auf die Schulter.

»Heute Abend bleibst du hier. Morgen sehen wir weiter.«

Die Stufen zur Veranda ächzen, Insekten umschwirren die Glühlampe.

Der Polizist schließt die Haustür auf und hängt seine Mütze an einen Haken.

»Warte hier.«

Der Polizist verschwindet für kurze Zeit, und Kosuke nimmt die häuslichen Gerüche fremder Menschen wahr. Der Polizist kommt mit Steppdecken zurück und führt Kosuke in einen Nebenraum.

In einer Ecke breitet er die Steppdecken aus.

Der Polizist streicht ihm über den Kopf, es riecht nach Brennholz.

Dann geht der Mann.

Kosuke ist nicht mehr müde.

Er flüstert: »Von der Mutter ein' Gruß.«

Er setzt sich auf und spielt mit dem Reißverschluss seines Rucksacks.

Der nächste Tag ist grau und feucht.

Kosuke begreift, dass die Tage in den Bergen wesentlich kürzer sind als in der Stadt.

Die Tür öffnet sich, und eine Frau mit einer zerzausten grauen Haarmähne blickt wütend ins Schlafzimmer.

Sie schließt die Tür wieder und marschiert davon.

Kurz darauf vernimmt Kosuke die Stimme des Polizisten, leise und betrübt.

»Er ist doch nur ein kleiner Junge.«

Die Frau flüstert sehr laut.

Eine Reibeisenstimme.

»Für wie lange, Eiji?«

Kosuke versteht nicht, was der Polizist antwortet, die Frau übertönt ihn.

»Und? Er braucht trotzdem was zu essen, oder nicht? Er braucht Kleidung. Er braucht alles Mögliche. Du bist viel zu hilfsbereit, Eiji. Das kriegst du nicht bezahlt, wenn du dich um ihn kümmerst. Es ist grausam, aber so ist es nun mal. Du denkst, du bist gütig, aber in Wahrheit ist es das Gegenteil.«

Die Tür gleitet zur Seite, und ein pummeliges Mädchen, etwas älter als Kosuke, kommt herein. Sie schließt die Tür hinter sich und setzt sich vor den Fernseher.

»Meine Oma«, sagt sie über die Schulter. »Jammert immer nur rum.«

Das Mädchen schaltet ihre Videospielkonsole SEGA-Mega-Drive ein, und in der Dunkelheit leuchtet das kleine blaue Logo auf. Kosuke setzt sich hinter sie.

Sie klickt sich durch die Optionen des Menüs und den Vorspann, doch Kosuke kennt das Spiel schon. *Bare Fist 2.*

*Metro City war einst eine friedliche Stadt, bis eines Tages … ein böses, von dem geheimnisvollen Mister Z angeführtes Verbrechersyndikat die Macht übernimmt. Überrollt von einer Welle der Kriminalität, versinkt die Stadt im Chaos der Gewalt, und der Polizeiapparat wird korrupt. Niemand kann sie mehr retten, nur du allein … mit deinen* BLOSSEN FÄUSTEN!

Das Mädchen entscheidet sich für Flame – den Judokämpfer –, und Runde 1 beginnt.

Sie spielt gut, kommt selbst kaum zu Schaden, während sie die Angriffswellen der Bösen eine nach der anderen niederschlägt.

Durch den Bildschirm leuchten ihre Wangen blau.

Kosuke beobachtet sie den ganzen Tag, wie sie mit ihren Mash Buttons die Dreckskerle wegputzt und Metro City zurückerobert.

Erst am späten Nachmittag sieht er den Polizisten wieder.

Der Streit im Flur hat längst aufgehört.

Der Polizist steht in der Tür, er hat die Mütze auf dem Kopf.

Kosuke nimmt seinen Rucksack und winkt dem Mädchen zum Abschied.

»Wiedersehen«, sagt sie, ohne sich umzudrehen.

Der Polizist setzt Kosuke in das Polizeiauto und schnallt ihn an.

Sie fahren den Berg wieder hinunter.

»Suchen wir meine Mutter?«

Der Polizist sieht Kosuke im Rückspiegel an, sagt aber nichts.

Das einzige Geräusch kommt von der Heizung.

Kosuke hofft, dass er nichts falsch gemacht hat, und gelobt, achtsam zu sein.

Hinter den Bergen versinkt das letzte Stückchen Sonne.

Kosuke wünscht sich einen Pilz zum Essen, damit er doppelt so groß würde.

Kosuke wünscht sich eine Powerblume zum Essen, damit er Feuer werfen könnte.

Kosuke wünscht sich, er könnte dem Mädchen ewig bei ihrem Videospiel zuschauen.

Die Fahrt ist lang, und als der Polizist anhält, ist es stockfinster.

Hinter einem gewaltigen Tor steht ein großes Gebäude mit hohen Fenstern allein auf einem freien Feld.

Auf einem Schild ist zu lesen: *Christliches Waisenhaus Sakuza – Distrikt Kitakuwada.*

»Wo sind wir?«

»Der nächste Ort heißt Miyama. Warte hier, mein Junge.«

Der Ledersitz knarzt, als der Polizist aussteigt.

Er leuchtet im Licht der Scheinwerfer, so wie das Sega-Logo.

Dann verschwindet er in dem Haus.

Kosuke wartet und wartet und verspürt großen Hunger.

Er isst die Sandwichs aus seinem Rucksack.

Er hat Durst, und er muss auf die Toilette.

Er denkt an seine Mutter, aber das tut ihm nicht gut, also sieht er wieder zu dem großen Haus.

Dahinter ragt ein Berg auf, der aussieht wie eine erstarrte Welle.

Um das Haus herum erstreckt sich Wald.

Der Polizist kehrt mit einer Frau in einer schwarzweißen Tracht zurück.

Sie trägt eine schwarze Kapuze, und ein langes Silberkreuz baumelt auf ihrem Bauch hin und her.

Der Polizist öffnet die Autotür, und Kosuke spürt die Kälte.

»Komm, mein Junge.«

Kosuke steigt aus und setzt sich den Rucksack auf. Er hört in der Nähe einen Fluss rauschen.

»Danke, Tamura.«

Die Stimme der Frau ist seltsam.

Die Frau ist groß, ihre Haut sehr blass.

Der Polizist nickt und steigt ohne ein weiteres Wort ins Auto.

Er setzt zurück, sieht dabei über die Schulter.

Als die Dunkelheit das Auto verschluckt hat, nimmt die Frau Kosukes Hand.

»Ich bin Schwester Mary Josephine. Ich bin die Oberschwester hier.«

Sie geleitet ihn durch das feuchte Gras zu dem großen Haus.

Sie treten ein, sie lächelt zu ihm herab und verschließt die Tür.

Kosuke hat ein komisches Gefühl im Magen, wie ein Tier, das sich in die Erde eingräbt.

Der Flur ist lang und gesäumt mit Bildern von einem sterbenden Mann.

Auf manchen trägt er einen hübschen blauen Yukata.

Auf anderen ist er beinahe nackt, er blutet überall, die Augen sind verdreht.

In der Dunkelheit schimmert der Fußboden wie ein zugefrorener Fluss.

Ihre Schritte sind laut.

Die Frau räuspert sich leise.

»Du bist bestimmt sehr müde, Kosuke.«

Kosuke weiß nicht, ob er müde ist.

Sie führt ihn eine knarrende Treppe hinauf.

Durch die Fenster scheint der Mond auf ihr blasses Gesicht.

Sie sieht nicht zu Kosuke herab, sondern stur geradeaus.

Auf ihren Lippen liegt ein leises Lächeln.

Kosuke kann ihre Haare und ihre Füße nicht sehen.

Sie ist wie ein Schatten mit dem Gesicht einer Frau.

Am Ende des Flurs bleibt sie stehen und holt Schlüssel hervor.

Sie geht mit Kosuke in einen Raum, der nach Schweißfüßen, kaltem Rotz und unruhigem Schlaf riecht.

Sie zeigt auf ein leeres unteres Etagenbett, und Kosuke zieht sich die Schuhe aus.

Er steckt den Rucksack unter sein Kissen und steigt ins Bett.

Als die Nonne sich zum Gehen wendet, wird Kosuke mit einem Mal klar, dass seine Mutter ihn verlassen hat.

Dass seine Mutter nicht zurückkommen wird.

Dass der Polizist nicht nach ihr suchen wird.

Kosuke schreit.

Köpfe heben sich, verschlafene Gesichter, einige lachen, andere sind verärgert.

Sie sind wie graue Flecken in diesem milchigen Licht.

Kosuke hält das Geld, das seine Mutter ihm gegeben hat, fest in beiden Händen.

Er umklammert es wie einen Schatz.

»Bitte nicht! Bitte nicht! Bitte geh nicht! Bitte!«

Kosuke ringt nach Atem.

Die Angst frisst ihn auf.

Jetzt sind Stimmen auf dem Flur zu hören.

Lichter gehen an.

Kosuke greift nach dem Fußgelenk der Nonne.

»Lass los, Kind.«

Kosuke kann nicht loslassen.

»Ich war nicht rücksichtsvoll genug. Nicht rücksichtsvoll genug. Es tut mir leid! Es tut mir leid!«

Die anderen Jungen sind über das Geldbündel hergefallen, das Kosukes Mutter ihm gegeben hatte.

Die Nonne versucht, sich von ihm zu befreien.

Jemand reicht seine Sandwichs herum.

Der Mond feixt hinter seinen Wolkenfingern.

Herr Uesugi streift zwischen den Bankreihen umher, lässt seinen Blick über die kleinen Köpfe gleiten.

Kosuke spürt den kalten harten Stein an seinen Knien.

Er legt die Hände zusammen, so wie die anderen.

Die Stimme erklingt, und er schließt die Augen.

Es sind seltsame Worte.

»Lasset uns aber!«

Herr Uesugis Stimme dröhnt wie ein erwachender Vulkan.

Seine Schritte hallen laut in der Kirche, und Kosuke schielt hinüber zu seinen großen Schuhen. Sie glänzen wie Auberginen.

»Lasset uns aber Gutes tun und nicht müde werden …«

Herr Uesugi prüft, ob seine Kinder auch brav knien, die Rücken durchdrücken, die Hände richtig falten. Er korrigiert alle, die sich nicht fügen, mit einem Fußtritt.

»Denn zu seiner Zeit«, die letzten Worte triefen vor Abscheu, »werden wir ernten ohne Aufhören. Galater 6:9.«

Vor Kosuke halten Herrn Uesugis Schritte inne.

Er legt seine Hand auf Kosukes kleinen Kopf.

»Oh, meine Jungen«, seufzt er glücklich. »Schaut aus dem Fenster.«

Alle Köpfe drehen sich zum Fenster.

»Seht, was Gott der Herr uns gegeben hat. Denkt an diese Worte, Jungen. Unsere Triumphe schweben zwischen Himmel und Erde, wie Wolken, Sonnenpavillons gleich.«

Ein kalter Wind pfeift, und die Holzwände der Kirche spannen sich an.

Kosuke stellt sich vor, der Wind blicke auf sie herab.

Eine kleine angemalte Schachtel im Schnee und Gras, umgeben von kahlen Bäumen.

»Und denkt daran!« Er grinst hinauf zu Christus im Buntglasfenster. »Wir sind hier zusammen. Wir sind zusammen, und daher sind wir fröhlich. Denn wer die Einsamkeit liebt, ist entweder ein wildes Tier oder ein Gott. Aristoteles.«

Herr Uesugi sieht über die frisch geschorenen Köpfe der reglos knienden Kinder, stumm wie Steine am Boden eines Brunnens.

Nachts weint Kosuke.

Die anderen Jungen haben es sich angewöhnt, nicht auf die Tränen anderer zu achten, und halten sich die Ohren zu.

Ein paar Nächte nach seiner Ankunft baumeln überraschend zwei Füße vom oberen Etagenbett herab.

Ein Junge namens Kei springt herunter und landet wie eine Katze auf dem Boden.

Kosuke erstarrt, erstickt sein Schluchzen im Kissen.

Kei stupst ihn an rüberzurutschen, und Kosuke dreht sich mit dem Gesicht zur Wand.

Er spürt, wie sich warme Arme um seine Schultern schlingen.

Er versucht, sich herauszuwinden, doch Kei lässt ihn nicht los, er ist stärker.

»Ganz ruhig!«

Kosuke verstummt, atmet dreimal kurz hintereinander ein und aus, dann zweimal und wieder aus, dann regelmäßig.

10. KAPITEL

# Ein großer weißer Hai

Iwata konnte nicht durch die Nase atmen.

Er schlug die Augen auf.

Ein Krankenhauszimmer.

Wo war er?

Er sah an sich herab und entdeckte die Patientenkennung an seinem Handgelenk, Universitätskrankenhaus Chiba.

Neben dem Fenster lagen trockene Blätter von längst entsorgten Blumen. Draußen schlängelte sich die Kanalröhre nach Osten. Es regnete.

»Raus aus den Federn, Kommissar!«

Sakai saß ihm gegenüber und hatte Zeitungen um sich herum ausgebreitet.

»Wie lange bin ich schon hier?«

»Vierundzwanzig Stunden. Leichter Blutverlust. Fußknöchel verrenkt. Nasenbeinbruch. Ein paar Nähte, nur so, zu Ihrem Vergnügen. Können Sie mir verraten, wozu das alles gut war?«

»Haben Sie den schwarzen Honda aufgetrieben?«

»Nein.«

Iwata hörte einen Unterton heraus.

»Was ist los, Sakai?«

Sie blickte auf die Zeitungen.

»Er hat wieder zugeschlagen.«

»Er?«

»Sieht so aus.«

Iwata schwang sich aus dem Bett. Sein Kopf dröhnte wie eine

Glocke, sein Fußknöchel fühlte sich wie zersprungenes Porzellan an.

Sakai warf einen Plastikbeutel mit billiger Kleidung und Unterwäsche aus einem Supermarkt aufs Bett.

»Ihre alten Klamotten sind hinüber. Ich habe sie weggeworfen.«

Iwata humpelte hinter die Stellwand und zog sich an. Als er fertig war, öffnete Sakai die Tür; ihre Absätze klackten laut auf dem belebten Gang. Iwata konnte nur mit Mühe Schritt halten.

»Irgendwas ist faul an der Sache«, murmelte er.

»Wie meinen Sie das?«

»Jemand hat versucht, mich umzubringen. Am helllichten Tag.«

Sie blieb stehen und drehte sich zu ihm um.

»Jemand? In einem schwarzen Honda Odyssey?«

»Ich verstehe nicht, warum Sie daran zweifeln, Sakai.«

Sie ging weiter.

»Sie haben nicht vernünftig geschlafen und nichts Vernünftiges gegessen, Iwata. Und vorgestern haben Sie einen schweren Schlag auf den Kopf bekommen.«

Er lachte schrill. »Wirklich lieb von Ihnen, Sakai, aber ich weiß, was ich gesehen habe. Hätte ich eine halbe Sekunde gezögert, dann hätte ich jetzt größere Probleme als einen schlechten Schlaf.«

Sie kamen zu den Aufzügen, Sakai drückte den Knopf.

»Haben Sie den Fahrer gesehen? Haben Sie das Autokennzeichen?«

»Nein.«

»Dann kann es weiß Gott wer gewesen sein.«

»Sie wissen so gut wie ich, wer am Steuer gesessen hat, Sakai.«

»Sie glauben, dass es der Mörder war. Aber das können Sie

nicht beweisen. Sie können nicht mal ausschließen, dass es irgendein Betrunkener war, der Sie im Suff übersehen hat.«

»Als er rückwärtsgefahren ist? Mitten in der Pampa? Was hatte er da überhaupt zu suchen?«

»Das wollte ich Sie auch gerade fragen.«

Sie sahen sich wütend an.

»Wie Sie wollen, Iwata. Aber eins kann ich Ihnen sagen, Shindo ist extrem sauer. Es dürfte ihm nicht entgangen sein, dass Sie das Haus eines toten Kollegen ausspionieren, statt an unserem Fall zu arbeiten. Bestimmt können Sie ihm nachher irgendwelchen Scheiß auftischen, aber mich auch noch hinzuhalten, dazu haben Sie keinen Grund.«

Der Aufzug kam.

»Na gut. Scheiß drauf. Ich glaube, dass Akashi mehr gewusst hat, als in der Akte steht.«

Sakai schüttelte den Kopf, wie ein Ehemann, der dieses Klagelied leid ist.

»Selbst wenn es stimmt – was würde es ändern?«

»Überlegen Sie doch mal, Sakai. Warum hat Akashi sich plötzlich umgebracht? Warum wurde sein Haus niedergebrannt? Und warum will mich jemand töten, während ich dort im Dreck wühle?«

»Das Polizeidezernat Chiba sagt, dass jugendliche Randalierer dort gern kiffen, was vermutlich die Ursache für das Feuer war. Und bei Ihrem Fahrerflüchtigen könnte es sich um einen von dieser Bande handeln.«

Sie gelangten in die Tiefgarage, und Sakai ging zu dem Isuzu.

»Könnten Sie sich bitte ans Steuer setzen.« Iwata deutete auf seinen Fußknöchel.

»Sie fahren sowieso wie die letzte Oma.«

»Ich habe das Haus bis in den letzten Winkel durchsucht, Sakai. Spuren von Drogenkonsum gibt es dort keine. Und jugendliche Randalierer, das ist nur eine bequeme Ausrede, um sich zusätzliche Arbeit zu ersparen. Das Haus wurde niedergebrannt. Und jemand hat mir nachgestellt, als ich hingefahren bin.«

Sakai fuhr die Wendelauffahrt hinauf zur Straße und wartete auf eine Lücke im Verkehr.

»Okay. Angenommen, Akashi wusste mehr, als in der Akte steht. Was beweist das? Es ging ihm nicht gut. Ein Mensch, der klar bei Verstand ist, stürzt sich nicht von der Regenbogenbrücke.«

»Vielleicht ja doch.«

»Was soll das denn heißen?«

Iwata zuckte mit den Schultern. Regen trommelte aufs Autodach. Eine Zeit lang schwiegen sie sich an. Iwata hielt die Augen geschlossen und versuchte, die Schmerzen zu ignorieren.

»Wohin fahren wir eigentlich?«

»Zur Sagami-Bucht«, antwortete sie. »Das Opfer heißt Yuko Ohba. Witwe, Ende siebzig. Kinderlos. Soweit bisher bekannt, auch keine anderen Familienangehörigen. Ihr wurde das Herz entnommen, so wie Tsunemasa Kaneshiro. Die Polizei von Kanagawa hat den Tatort für uns abgeriegelt.«

»Steht der Zeitpunkt des Todes schon fest?«

»Vor zwei Tagen. Von Kiyota allerdings bis jetzt keine Spur, wenn Sie das meinen.«

Sakai bog in die Auffahrt zur Schnellstraße.

Sie fuhr südwärts, Yokohama umgehend, Richtung Halbinsel Miura. Sagami-Bucht, Halbinsel Boso, Uraga-Kanal. Iwata kannte die Ortsnamen aus dem Geschichtsunterricht. Vor fast hundert Jahren hatte es direkt unter der Insel Izu Oshima im Süden das Große Kanto-Erdbeben gegeben. Es hatte Tokio, Yokohama und die umgebenden Präfekturen verschlungen. Über hunderttausend Menschen waren ums Leben gekommen.

Heute war die See eine spielgelglatte aluminiumgraue Fläche. Entlang der Küste wogte das Gras im Wind. An den Sandhängen, die zum Wasser abfielen, wuchsen Hakenlilien, die wie kleine weiße Sterne aussahen. Weiter die Küste hinauf wachten japanische Schwarzkiefern über brütende Kormorane. Kreischend flogen sie ins kalte Wasser und drängten sich im Wind aneinander.

6082 Misakimachi Moroiso lag hinter diesen Kiefern, fast vollständig umgeben von Sträuchern und Efeu. Schmutz bedeckte die Fenster, und von den Außenwänden blätterte die Farbe. Die Telefonkabel hingen wie grüne Lianen von den Masten. Zu beiden Seiten des Hauses haufenweise Müll und kaputte Möbel. Man hätte eine herrliche Aussicht aufs Meer gehabt, doch das Gestrüpp war seit Jahren nicht zurückgeschnitten worden. Zum Nachbargrundstück mit seinem großen, modernen weißen Haus war es nicht weit, aber durch die Dornenbüsche und das Gerümpel lag es wie isoliert da. Heute war die Straße abgeriegelt.

Sakai parkte, stieg aus und musste die Augen zusammenkneifen, so heftig blies ihr der Meereswind ins Gesicht. Iwata hopste auf einem Fuß heraus und knöpfte sich den Mantel bis oben hin zu. Ein rundlicher Mann Mitte fünfzig löste sich von der Gruppe Polizisten und kam auf sie zu.

»Polizeimeister Nakata. Sagen Sie mir, was Sie brauchen. Ich kümmere mich darum.«

»Ich bin Iwata. Und das ist Kommissaranwärterin Sakai. Abteilung eins.« Er deutete mit einem Kopfnicken auf das Haus. »Keine Zeugen, nehme ich an.«

»Leider nicht.«

Sakai unterbrach sie.

»Haben Sie die Nachbarn befragt?«

Nakata schien irritiert über den scharfen Ton, doch er nickte.

»Sie sind heute Morgen für das Wochenende hergekommen.

Sie machen seit zehn Jahren Urlaub hier und haben das Opfer nie gesehen. Sie dachten, das Haus stünde leer.«

»Einbruchsspuren?«

»Nein. Aber das Küchenfenster hinten war offen.«

»Wer hat die Leiche gefunden?«

»Der Lieferbote. Er war ihr einziger Kontakt zur Außenwelt. Aber der Junge sagt aus, auch er hat sie kaum je zu Gesicht bekommen. Sie hat ihm das Geld draußen hingelegt, er hat ihr das Essen hingestellt und ihren Müll weggebracht.«

»Junge?«, fragte Iwata und ließ den Blick zum Haus schweifen.

»Er ist fünfzehn.«

»Hat er ein Alibi?«, fragte Sakai.

Nakata, der ihre Frage für einen Witz hielt, lächelte verlegen. Doch er bemerkte seinen Irrtum umgehend und räusperte sich.

»Er war den ganzen Abend zu Hause. Bei seinen Eltern.«

Als sie zur Haustür gelangten, machte Sakai eine Handbewegung und bedankte sich knapp bei dem Mann. Nakatas Miene verfinsterte sich, doch er ging, wie ihm befohlen. Iwata bückte sich seufzend unter dem Absperrband durch. Große Scheinwerfer beleuchteten einen trostlosen Flur, vergilbte Zeitungsstapel, Telefonbücher und Lebensmittelverpackungen. Der Shōji auf der linken Seite stand offen und gab den Blick auf ein leeres Zimmer frei. Nur in der Ecke stand der geschmückte Butsudan, ein Hausaltar. Daneben hing ein altes Schwarzweißfoto eines Mannes mit weißen Haaren und dicken Augensäcken. Er trug die Berufskleidung eines Richters, eine schwarze Robe mit weißem Kragen, und am Handgelenk eine teure goldene Uhr.

Es roch nach Räucherstäbchen im Zimmer, aber es war nicht die gleiche Duftnote wie in Kaneshiros Haus. Zu blumig, zu süß. Sakai wandte sich nach links in die Küche und würgte. Der Raum war vollständig verwahrlost.

»Sakai? Alles in Ordnung?«

Sie hielt sich die Hand vor den Mund.

»Wahrscheinlich nur verdorbene Lebensmittel.«

Iwata humpelte die Treppe hinauf. An den Wänden hingen zahllose Fotos des alten Ehepaars.

Die Tür zum Schlafzimmer stand offen, im Rahmen waren zwei nackte Beine zu sehen, die Haut wie durchsichtiger Papyrus, mit violetten Venen und fleckigen Verfärbungen. Hinten schimmerte silbriges Licht, das durch das Erkerfenster hereinströmte. Es stank nach menschlichen Exkrementen, doch Iwata nahm noch etwas anderes wahr, den rauchigen, zitronigen, erdigen Geruch, der auch im Haus der Kaneshiros in der Luft gehangen hatte. Du schon wieder.

Von der Schwelle aus überblickte er die ganze Szene. Die Frau lag, alle viere von sich gestreckt, mitten im Zimmer. Die Falten in den Laken und Decken unter ihr deuteten darauf hin, dass man sie hierhergezerrt hatte. Ihre Augen, zwei alte Glasmurmeln, blickten starr aufs Meer. Im Brustkorb der gleiche offene Tunnel zum Herzen wie bei Kaneshiro. An der Wand hinter ihr das mannshohe Symbol der schwarzen Sonne.

Iwata hörte das sanfte Ticken der goldenen Uhr, die er auf dem Foto gesehen hatte. Frau Ohba hatte sie auf den Nachttisch gelegt.

»Ist ja todschick, was sie mit der Tapete gemacht haben.« Sakai stellte sich neben Iwata und hielt ihm ein Paar Gummihandschuhe hin. Er stieg über die Blutlachen und hockte sich neben die Leiche, wobei er sich mit einer Hand abstützte. Er spähte in die Öffnung unter dem Brustkorb der alten Frau, nahm seine Taschenlampe und leuchtete in das blutige Loch.

»Kein Herz.«

Iwata stand auf und betrachtete das Symbol an der Wand aus der Nähe.

»Größe und Form sind anders, was auf eine zitternde Hand beim Malen zurückzuführen sein könnte, aber sonst ist es das gleiche Symbol.« Er trat noch näher und schnupperte. »Hat er auch wieder Kohle benutzt?« Sakai stand neben ihm und roch an der Wand.

»Es ist etwas anderes«, murmelte sie.

Sie betrachteten den Boden. Eine ausgekippte Urne, daneben ein graues Häufchen.

»Wetten, dass an der Wand der verstorbene Herr Ohba klebt?«, sagte Iwata.

Sakai hockte sich naserümpfend neben die Leiche. Vorsichtig hielt sie den linken Zeigefinger der alten Frau hoch. Er war schwarz vor Kohle und Asche.

»Er hat sie gezwungen, das Symbol mit der Asche ihres Mannes an die Wand zu malen.« Sakai kaute auf der Unterlippe. »Danach hat er ihr Herz entnommen. So wie bei Tsunemasa Kaneshiro. Warum nicht auch bei den anderen?«

»Es ging ihm um den Vater, um sein Herz. Die anderen mussten sterben, weil sie im Weg waren.«

Sakai verschränkte die Arme.

»Besteht zwischen Tsunemasa Kaneshiro und Frau Ohba ein Zusammenhang?«

»Vergessen Sie Herrn Ohba nicht.« Iwata lächelte.

»Sie können doch einen Toten nicht auf die Liste der Mordopfer setzen.«

»Ich nehme ihn in die Liste der Menschen auf, die damit im Zusammenhang stehen. Er ist auch Teil des Rituals.«

Sakai klopfte sich mit ihrem Stift auf die Wange und schnalzte mit der Zunge.

»Ich hasse den Kerl.«

»Heben Sie sich Ihren Charme für die örtliche Polizei auf, Sakai, und sorgen Sie dafür, dass sie die Vergangenheit der alten

Dame gründlich durchleuchtet. Auch die des Mannes. Wenn er Richter war, gäbe es das ertragreiche Feld des Rachemotivs zu beackern.«

Sakai grinste vor Aufregung.

»Der Täter kommt nach dreißig Jahren aus dem Knast und will seine Wut an dem Mann auslassen, dem er das zu verdanken hat. Es stellt sich heraus, dass die alte Nebelkrähe gestorben ist, also macht er sich über dessen Frau her.«

»Und wie passt die Familie Kaneshiro ins Bild?«

»Ehemalige Zeugen?«

Iwata nickte. Ergebnis offen.

»Wenden Sie sich an die Justizverwaltung von Tokio. Schauen Sie nach, ob es da entsprechende Informationen gibt. Und danach durchforsten Sie die Archive, Sakai.«

»Was suchen Sie?«

»Antworten. Waren die Familie Kaneshiro und die Ohbas jemals Nachbarn? Haben sie im selben Viertel gewohnt? In derselben Stadt. Hatten sie denselben Autohändler? Hausarzt. Haben sie jemals im selben Supermarkt eingekauft? Dasselbe Geldinstitut benutzt. Handydaten, einfach alles.«

Sakai nickte.

»Was ist los, Iwata? Warum ziehen Sie so ein Gesicht?«

»Weil das alles keinen Sinn ergibt. Die Frau hat seit Jahrzehnten ihr Haus nicht verlassen. Woher wusste der Mörder, dass sie hier ist? Befreundet können sie jedenfalls nicht gewesen sein.«

Sakai zuckte mit den Schultern.

»Vielleicht hat er es ja doch gewusst. Vielleicht hat er gedacht, das Haus steht leer, er bricht ein, und am Ende liegt sie tot da.«

Iwata schüttelte den Kopf.

»Was wollte er dann in diesem Haus?«

»Geld.«

Iwata deutete auf den Nachttisch.

»Die antike goldene Armbanduhr lässt er liegen, und das größere Haus nebenan übersieht er? Nein. Er hat gewusst, dass die Frau zu Hause ist. So wie er auch gewusst hat, wo die Familie Kaneshiro wohnt.«

Sakai nickte nachdenklich.

»Zwei abgeschiedene Häuser ...«

»Beide, Herr Kaneshiro und Frau Ohba, wurden genötigt, eine schwarze Sonne zu malen. Beiden hat er das Herz entnommen. Warum? Wenn wir zwischen den beiden eine Verbindung herstellen können, haben wir schon viel erreicht.«

Sakai sah aus dem Fenster. Eine Menschenmenge hatte sich gebildet.

»Oh, Scheiße.«

»Was ist?«

»Shindo ist da.«

»Gehen Sie, Sakai. Ich melde mich später.«

Sie nickte knapp, rang nach Worten, entfernte sich dann lediglich mit einem Seufzer. Iwata hörte, wie sie Shindo am Eingang des Hauses begrüßte. Keine Antwort. Schwere Schritte auf den Treppenstufen. In dem düsteren Flur trafen die beiden Männer aufeinander. Nur Shindo, der vernehmlich durch die Nase atmete, war zu hören.

»Liegt das Opfer in dem Zimmer?«

»Ja.«

Shindo ging am Schlafzimmer vorbei und öffnete die Tür zu einem kleinen, vollgestellten Nebenraum. Die juristischen Fachbücher, akademischen Zeitschriften und Zeitungsausschnitte legten nahe, dass es sich hier um Herrn Ohbas ehemaliges Arbeitszimmer handelte. Eine Ecke hatte seine Frau okkupiert, Sudoku-Hefte lagen zu ordentlichen Stapeln geschichtet, auf dem überfüllten Schreibtisch wand sich ein halb fertiger Strickschal. Shindo wies auf einen alten Ledersessel. Iwata setzte sich, und Shindo machte die Tür zu. Er sprach leise.

»Haben Sie die Lokalreporter draußen gesehen?«

»Nein.«

Shindo hieb mit der Faust gegen die Wand über Iwatas Kopf, und Putz rieselte herab.

»Die haben ihre Stifte schon gewetzt, sind ganz heiß auf die erste richtige Story seit 1923. Und glauben Sie mir, es wird nicht bei den Lokalreportern bleiben.«

»Es ist noch nichts durchgesickert.«

»Durchgesickert?« Shindo ging in dem kleinen Zimmer auf und ab. »Von wegen durchgesickert. Gestern Morgen hat mich so ein schnöseliger Scheißer von einem der überregionalen Blätter angerufen und mir gedroht, die Abendzeitung heute mit einer Titelstory über die Unfähigkeit der Polizei aufzumachen, wenn ich ihn nicht ein bisschen anfüttere. Wie sich das gehört, sag ich ihm, er kann mich mal, und lege auf, in der Gewissheit, dass unser Superhirn Iwata an dem Fall dran ist. Trotzdem, der Anruf hat mich nervös gemacht. Und nur so, um mich aufzumuntern, rufe ich unsere zuverlässige Anwärterin Sakai an. Sie können sich meine Verwunderung vorstellen, als ich erfahre, dass Iwata, statt zu tun, was ich ihm gesagt habe – unverzüglich Ermittlungen einzuleiten –, doch tatsächlich einen alten Kumpel besucht und es fertigbringt, auch noch in einen verdammten Verkehrsunfall verwickelt zu werden. Es muss doch einen Grund für dieses seltsame Verhalten geben, sag ich mir. Und dann werde ich darüber informiert, dass einer meiner leitenden Kommissare wegen eines Missverständnisses tätlich angegriffen wurde, angegriffen von niemand anderem als …«

Iwata rutschte auf die Sesselkante. »Warten Sie, Shindo.«

»Da kommen mir doch ernsthafte Zweifel. Ich frage mich, wie die Tokioter Polizei es schaffen will, Vertrauen zu gewinnen. Ich zähle zwei und zwei zusammen und komme auf einen retardierten Perversen in Handschellen, einen verirrten Trinker und irgendein bescheuertes Graffiti.«

Beredtes Schweigen.

»So ein Fall lässt sich nicht innerhalb einer Woche lösen. Und was Moroto betrifft, der ist ein Lügner.«

»Scheiß auf Moroto. Er ist ein Arschloch. Aber Sie, Kommissar, Sie haben alle Fleißkärtchen verdient. Bravo.«

»Was soll ich machen, Chef?«

»Vor zwei Stunden hat mich derselbe Journalist angerufen, er habe gehört, in der Sagami-Bucht habe sich ein grausiger Mord ereignet. So was spricht sich schnell rum, extern und intern. Wissen Sie, wer Fujimura ist?«

Iwata reckte den Zeigefinger nach oben.

»Ganz genau. Polizeipräsident Fujimura. Er bestellt mich zu sich. Will wissen, wie lange es dauert, bis die Presse einen Zusammenhang zwischen dem Mord an der Frau des Richters und dem an der koreanischen Familie herstellt. Er fragt mich, wie wir seiner Meinung nach die Situation verbessern können, jetzt, da der Fall Mina Fong die internationale Presse beschäftigt, wir aber bisher keine einzige heiße Spur gefunden haben. Und ich denke so bei mir: Vielleicht ist ja Kommissar Iwata an allem schuld? Vielleicht ist er ja gar nicht so genial. Da liegt die Lösung auf der Hand: Entlass ihn.«

Abwehrend hielt Iwata die Hand hoch, der Kopf pochte, die Luftwege waren blockiert.

»Ich verstehe, dass Sie unter Druck stehen, Shindo. Aber Titelstorys kann man nicht verhindern.«

Der Ältere lachte ungläubig.

»Wollen Sie mich verarschen?«

Iwata bebte.

»Shindo, bitte. Hören Sie mir zu. Der Killer der Schwarzen

Sonne hat in fünf Tagen fünf Menschen getötet, und er hat nichts hinterlassen, was er nicht hinterlassen wollte. Er ist ein großer weißer Hai, Shindo. Größer als Mina Fong oder jede Medienaufmerksamkeit. Sie müssen mir eine Chance geben.«

Shindo zeigte auf das Schlafzimmer nebenan.

»Und mir noch mehr von dem da einhandeln? Nein, Iwata. Ich scheiß auf Ihre schlagfertigen Antworten. Sie wollen mir was von Haien erzählen? Ich habe ein ganzes Büro voller Haie, die nach Arbeit gieren.«

»Ich kann den Mörder kriegen.«

Shindo seufzte und zupfte sich Putzbröckchen von den Fingern.

»Wenn das Arschloch so ein Spezialfall ist, dann nennen Sie mir einen Grund, warum ich glauben soll, dass Sie ihn kriegen.«

Iwata versuchte, das Brennen in der Stirn und das leere Gefühl im Magen zu bezwingen. Shindo tippte ihm mit dem Finger an die Brust.

»Einen einzigen Grund.«

»Die Schwarze Sonne arbeitet zügig«, stieß Iwata zitternd hervor. Er wusste, dass es ums Ganze ging. »Das bedeutet, dass die Spur nicht erkaltet. Außerdem hat er keine Angst vor uns. So viel steht fest. Und das ist eine Schwäche, die wir ausnutzen können. Früher oder später wird er einen Fehler machen. Ich bin klug, und ich bin flexibel, Shindo. Geben Sie mir die Chance.«

Shindo strich sich heftig über seine Bartstoppeln, lehnte sich dann an den Schreibtisch und schüttelte den Kopf.

»Ich bin gekommen, um Sie zu feuern, junger Mann.«

»Bitte.«

»Ich bin da ganz leidenschaftslos.«

Iwata vergrub das Gesicht in den Händen.

»Ich brauche das hier.«

»Was?«

»Ich brauche das hier«, rief er.

Shindo sah seinen Untergebenen an. Wie er kämpfte. Er war schwach, aber schlau. Er atmete schwer aus. Verfluchte Iwata.

»Also gut. Aber eins rate ich Ihnen. Finden Sie ihn, Kommissar. Finden Sie ihn. Ich will Fortschritte, jeden Tag.«

»Danke«, sagte Iwata leise.

»Ich muss verrückt sein.«

Shindo blies den letzten Rest Mörtel von den Fingerknöcheln.

»Hören Sie, Iwata. Es gibt gewisse Leute in der Abteilung, die unzufrieden sind mit Ihrem ... Ansatz.«

»Wie meinen Sie das?«

»Tun Sie mir einen Gefallen«, seufzte er. »Passen Sie auf sich auf.«

»Was soll das heißen?«

Shindo verließ den Raum, und Iwata lauschte, als er die ächzende Treppe hinunterstieg. Es regnete. Über ihm hing ein Foto der Ohbas, Urlaub in Pompeji. Sie lächelten inmitten der Ruinen. Sakai erschien in der Tür.

»Alles in Ordnung?«

Iwata nickte.

»Kopf hoch. Es gibt gute Nachrichten«, sagte sie grinsend. »Man hat das Mädchen gefunden. Asako Ozaki.«

11. KAPITEL

# Wasserstrudel

Das Tsukuba Kita Polizeirevier liegt an einem einsamen Abschnitt der Nationalstraße 125, im Schatten des gleichnamigen Berges. Auf dem Parkplatz hockt ein übergroßer blauer Frosch aus Pappmaché, das Maskottchen des Reviers. Auf dem Dach weht die japanische Fahne. Ohne die Streifenwagen könnte man das Gebäude auch für einen Gebrauchtwagenhandel halten. Hinter dem Bau erstrecken sich, unterbrochen von Strommasten, grüne Reisfelder bis zum Horizont.

In den Eingeweiden des Gebäudes, in einer Arrestzelle, kauerte Kodai Kiyota. Er hielt den Kopf zwischen den knotigen Händen. Sein langes Gesicht erinnerte an ein Pferd, und er hatte ausgeprägte Wangenknochen. Wenn er den Mund verzog, kamen seine großen, eckigen Zähne zum Vorschein. An den Schläfen kämpften sich Venen wie Würmer an die Oberfläche. Für einen Mann von seiner Gestalt war Kiyota viel zu dünn.

Seit zwei Tagen saß er in der Zelle, ohne den Grund zu kennen. Vor Schmerz keuchend stand er auf, hüllte sich in die durchnässte Decke. Von dem vergitterten Fenster aus konnte er ein Straßenschild erkennen: *Tsukuba – Ibarakis berühmtester Sohn.*

Er schloss die Augen und dachte an die Sage, die ihm sein Großvater erzählt hatte.

*Einst vor Tausenden von Jahren stieg ein Gott vom Himmel herab und bat den Berg Fuji um eine nächtliche Bleibe, versprach ihm im Gegenzug seinen Segen. Der stolze Fuji aber, mit seinem hohen Gipfel und seinem perfekt geformten Kegel, wies ihn ab. Sodann wandte der Gott sich an unseren Berg, den Tsukama. Dieser hieß ihn demütig als Ehrengast willkommen, bot ihm sogar zu essen und zu trinken an. Heute ist der Fuji ein einsamer und kahler Ort, während unser Berg eine überbordende Pflanzenwelt und eine im Jahreslauf wechselnde Farbenpracht zu bieten hat.*

Kiyota übergab sich in die Toilettenschüssel. Als er fertig war, zwang er sich, nicht zu weinen. Der wachhabende Polizist hörte ihn und schlug mit seinem Gummiknüppel gegen die Tür.

*Wir haben dir gesagt, dass du eines Tages wieder hier landen wirst.*

*So sieht man sich wieder, nach all der Zeit.*

*Willkommen zu Hause.*

Die ersten Straßenbahnen ratterten durch die Straßen von Setagaya. Aus den Bäckereien fiel warmes Licht auf die regennassen Bürgersteige. Regenschirme blühten auf wie Seeanemonen. Vor dem Polizeirevier Setagaya wartete Hatanaka mit mürrischem Gesicht.

»Wen haben wir denn da?«, rief Iwata.

Hatanaka grüßte die beiden Kommissare mit gesenktem Blick.

»Wo haben Sie das Mädchen aufgegriffen?«, fragte Sakai.

»Vor dem Haus der Familie Kaneshiro«, antwortete Hatanaka leise. »Sie hat gestern Abend die Wände besprüht. Rassistische Beleidigungen.«

Iwata und Sakai sahen sich an.

»Hat jemand die Polizei gerufen?«, fragte Iwata.

Hatanaka schüttelte den Kopf.

»Ich bin noch ein paarmal zu dem Haus gefahren, einfach so. Und einmal hatte ich eben Glück.«

»Wo ist sie jetzt?«, fragte Sakai.

»In der Mensa. Ich wollte sie nicht in eine Arrestzelle sperren.«

Sakai hastete an ihm vorbei, doch Iwata klopfte ihm auf die Schulter.

»Gute Arbeit, Hatanaka.«

Selbst zu dieser frühen Stunde war die Mensa eine Kakophonie aus klapperndem Geschirr und rauem Gelächter, die Decke verhüllt von Zigarettenqualm. Polizisten vor Dienstantritt tranken Kaffee und lasen Zeitung. Niemand fand daran etwas Merkwürdiges, dass ein vierzehnjähriges Mädchen unter ihnen saß.

Asako Ozaki hockte in einer Ecke, die Augen zu Boden gerichtet. Sie trug rosa Make-up, grellgrüne Kontaktlinsen, ein Babymetal-T-Shirt und Kniestrümpfe mit Schottenmuster. Die ausgelatschten Converse waren das Einzige, was sie wie ein Kind und damit verletzlich aussehen ließ. Ansonsten strahlte sie eine ironische Süßlichkeit aus. Iwata und Sakai ließen sich links und rechts von ihr nieder. Sakai stellte einen heißen Kakao auf den Tisch.

»Asako.« Sakai räusperte sich. »Ich weiß, dass du nicht mit uns reden willst. Wir haben also zwei Möglichkeiten. Wir können deine kleine Nummer von gestern Abend als jugendliches Rowdytum abtun, und du bist in zehn Minuten wieder draußen. Oder wir können es als ein Verbrechen aus Hass einstufen, was, wie du sicher weißt, Konsequenzen haben wird. Es liegt an dir. Überleg es dir. Eine niedliche vierzehnjährige Ultranationalistin schändet das Haus einer ermordeten Familie. Dann werden sich die Nachrichtensender auf dich stürzen. Das wird kein Vergnügen. Jedes noch so winzige Geheimnis, das du jemals hattest, wird an die Öffentlichkeit gezerrt. Glaub mir, Asako. Ich will das nicht. Ich will, dass du mit uns redest.«

»Worüber?«

»Kodai Kiyota.«

Das Mädchen verschränkte die Arme.

»Es ist riskant, über ein Glück zu sprechen, für das es keine Worte gibt.«

Iwata schnaubte.

»Mit Mishima-Zitaten kannst du uns nicht beeindrucken, Mädchen. Wenn du meinst, mit einem Mann zusammenzuleben, der dein Vater sein könnte, wäre das Paradies auf Erden – von mir aus. Aber du tust Kiyota keinen Gefallen damit, wenn du schweigst. Du schadest dir nur selbst.«

Sakai warf ihm einen Blick zu.

»Wir wollen uns nur mit ihm unterhalten«, sagte sie lächelnd. »Ein paar Sachen klären.«

Ozaki lachte bitter.

»Alles klar. Ich weiß nichts von einer ermordeten Familie.«

»Ach, wirklich?« Iwata runzelte die Stirn. »Du kennst die Familie Kaneshiro nicht?«

»Doch, ich kenne sie. Und?«

»Du willst mir erzählen, dass du Tsunemasa Kaneshiro nicht angegriffen hast?«

Ozaki sah Iwata verächtlich an.

»Diese Scheiß-Kakerlake hat Kodai gedemütigt. Deswegen hat er Tokio verlassen. Glauben Sie, ich würde ihn dafür ungestraft davonkommen lassen? Ich bin vielleicht keine große Schönheit, aber das Zainichi-Schwein hat mich unterschätzt. Kodai hat damit nichts zu tun.«

Iwata schüttelte den Kopf.

»Und das sollen wir dir abnehmen? Dass du eine ganze Familie ermordet hast? Tut mir leid.«

»Wer spricht hier von Mord? Ich habe ihn nur angegriffen, mehr nicht.«

»Du willst mir weismachen, dass du nichts von dem Mord an der Familie Kaneshiro gewusst hast?«

Ozaki sah erst Iwata an, dann Sakai.

»Nein, wusste ich nicht. Ich dachte, die Familie hätte das Haus endgültig verlassen.«

»Wo hast du Kaneshiro angegriffen? Und wann?«, hakte Iwata nach.

»Vor seinem Büro. Vor einigen Wochen. Das wissen Sie doch längst.«

Sakai schaltete sich ein.

»Du hast gesagt, Kiyota habe die Stadt verlassen. Wo ist er hin?«

Iwata runzelte die Stirn über Sakais Strategiewechsel.

»Nach Ibaraki. Seine Eltern leben in der Nähe vom Tsukuba. Suchen Sie ihn ruhig. Mir egal. Ich bin aufgewacht. Er wird sterben, wenn ihm klar wird, dass er mich nicht so einfach hätte verstoßen sollen. Wissen Sie, was der einzige Unterschied zwischen denen und uns ist?« Ozaki reckte das Kinn und schaute Iwata an. »Wir sind beide Arschlöcher, aber die anderen triefen nicht so vor Selbstmitleid. Also scheiß auf Kodai. Ich hoffe, er fällt in einen Brunnen. Aber er hat niemanden umgebracht. Das können Sie mir glauben.«

Sakai unterdrückte ein Lächeln, als sie die Handschellen des Mädchens aufschloss. Ozaki legte ihre Plastikarmbänder wieder an, um die roten Striemen zu verdecken, und Sakai beugte sich über sie.

»Wenn du mich angelogen hast, werde ich stinksauer.«

Ozaki grinste.

»Mein Gefühl sagt mir, dass ich das lieber nicht erleben möchte.«

»Raus hier. Und hör auf, das Dummerchen zu spielen.«

Asako Ozaki schlurfte davon, als hätte sie gerade eine langweilige Unterrichtsstunde hinter sich gebracht und machte sich auf den Weg zur nächsten.

Sakai trank einen Schluck von dem Kakao, den Ozaki nicht angerührt hatte.

»Sie starren mich so an.«

»Was sollte das?«, fragte er.

»Prioritäten setzen.«

»Keine Gefühlsduselei?«

»Jetzt kommen Sie schon, Iwata. Sie hat uns geliefert, was wir brauchen.«

»Sie hat zugegeben, dass sie die Opfer gehasst hat. Sie hat zugegeben, dass sie versucht hat, den Vater niederzustechen. Sie gehört einer ultranationalistischen Gruppe an. Ist das Graffiti ihr einziges Vergehen?«

»Wenn Sie meinen. Verklickern Sie Shindo, dass Sie ein Kind verdächtigen. Ich mache mich auf die Suche nach Kiyota.«

Iwata fluchte leise und stand auf. Er folgte Sakai zum Auto und stieg auf der Beifahrerseite ein. Geflissentlich ignorierte er Sakais Pfeifen, stellte die Sitzlehne zurück und war nach wenigen Sekunden eingeschlafen.

Nach der Andacht hat Kosuke den Nachmittag frei. Es ist Sonntag. Die anderen Jungen spielen draußen Tischtennis oder Kartenwetten unten in der Haupthalle. Kosuke liegt auf seinem Bett im Schlafsaal und liest. Er ist seit zwei Jahren in dem Heim.

Kei, Hände in den Taschen, kommt pfeifend herein.

»Soll ich dir mal was zeigen?«

»Was?

»Willst du nun oder nicht?«

Kosuke versteckt das Buch unterm Kopfkissen und folgt ihm. Sie klettern über die niedrige Begrenzungsmauer und rennen auf den Wald zu.

Sobald sie ihn erreicht haben, sind sie in Sicherheit. Sagt jedenfalls Kei, und Kosuke vertraut ihm. Die anderen Jungen reden nicht mit Kei, aber ihm ist das egal.

Er sieht Kei zu, der mit ausgebreiteten Armen wie ein Seiltänzer auf einem umgestürzten Baum balanciert.

»Warum darfst du nicht in den Wald?«

»Ich?« Kei sieht lachend über die Schulter und springt von dem Baumstamm. »Du meinst, wir, Iwata.«

»Na gut, also wir.«

»Wegen dem Bären. Sagen sie jedenfalls.«

»Was für ein Bär?«

Kei bleckt die Schneidezähne. Die dünnen Zweige ächzen unter dem Gewicht des Schnees der vergangenen Nacht. Der Berg ist bedeckt mit braunen Blättern und Steinen. Weiße Atemwölkchen steigen auf. Ihre Wangen gleichen leuchtenden roten Pilzen. In der Nähe plätschert ein Bach.

»Kei? Glaubst du, dass es hier Bären gibt?«

»Vielleicht.« Er zuckt mit der Schulter. »Die dumme Nonne spricht andauernd davon, nur damit wir kein Theater machen.«

Sie erreichen den Gipfel. Zu dem silbrigen sprudelnden Gewässer fällt der Hang steil ab. Kosuke bekommt weiche Knie angesichts der Höhe. Er stellt sich vor, wie schmerzhaft ein Sturz wäre.

Sie gehen den Grat entlang, folgen dem Flusslauf. Kei führt, löst Blätterlawinen aus, die zischend den Hang hinunterrutschen. Kosuke tritt in seine Fußstapfen, riecht den Duft, der vom matschigen Boden aufsteigt. Der Himmel verdunkelt sich, Regen tröpfelt.

»Sollen wir nicht lieber umkehren?«, ruft Kosuke.

Kei dreht sich um. Er verschränkt die Hände auf dem Rücken und geht mit großen Schritten im Kreis. Wenn auch unbeholfen, so ahmt er unverkennbar Herrn Uesugi nach.

*Der Herr ist mein Licht und mein Heil; vor wem sollte ich*

*mich fürchten?* Er wirft die Beine in die Luft, zieht eine irre Fratze. »Der Herr ist meines Lebens Kraft; vor wem sollte mir grauen?!«

Lachend fällt Kosuke ein, marschiert ebenfalls im Kreis der Gerechten.

»So die Bösen, meine Widersacher und Feinde, an mich wollen, mein Fleisch zu fressen, müssen sie anlaufen und fallen«, stimmt er fröhlich an.

Kei steigt auf einen Stein und schaut sich im Wald um, als wäre es seine Kirche.

»Lasset uns ... nicht fürchten den Bären! Denn wer vertraut auf Den Herrn, den frisst niemals ein ungläubiger Bär.«

Kosuke lehnt sich an einen Baum und hält sich den Bauch vor Lachen.

Kei blickt stolz und erhaben.

Dann kauern sie sich unter einen Felsvorsprung und warten still ab, bis der Regen vorüberzieht.

Als er aufhört, ist der Tag fast um.

Sie gehen weiter den Grat entlang, der jetzt nur noch halb so schmal ist.

Kei hält sich an Ästen fest.

So tief im Wald ist es kalt, und es ist düster.

Kosuke hört ein seltsames Geräusch, es wird lauter und lauter, ein Donnern, unterlegt von einem Murmeln.

Grrr! Grrr! Grrr!

»Kei?«, ruft Kosuke.

Kei dreht sich nicht um.

»Wir sind fast da«, sagt er.

Das Ende des Grats ist sehr schmal, gerade so breit, dass sie beide nebeneinander Platz haben.

Kei bleibt stehen. Er zeigt nach unten, und Kosuke schaut über seine Schulter.

Das Auge des Strudels blinzelt zu ihnen hinauf.
Iwata will wegrennen und niemals zurückkehren.
Gebannt starrt Kei hinunter.
»Manchmal«, flüstert er, »träume ich davon.«
Er dreht sich.
Er dreht sich.
Er lächelt.

12. KAPITEL

# Orange

Um achtzehn Uhr betraten Iwata und Sakai das Polizeirevier von Tsukuba Kita. Der Beamte an der Empfangstheke sah von seinem Manga auf.

»Shibuya, Abteilung eins«, sagte Iwata. »Wir brauchen die Adresse der Eltern von Kodai Kiyota.«

»Nicht nötig. Er ist unten. Wir haben ihn wegen Hausfriedensbruch bei seinen Eltern aufgegriffen.«

Iwata und Sakai grinsten sich an.

Kiyota saß in einem winzigen unterirdischen Vernehmungsraum, er zitterte am ganzen Leib. Kleine Schweißperlen hingen ihm an den Stoppeln. Er war mit Handschellen gefesselt. Wie ein Jaguar vor der Fütterung ging Sakai im Raum auf und ab. Iwata, der müde Zoowärter, saß Kiyota gegenüber, zündete sich eine Zigarette an und drückte die Taste am Aufnahmegerät.

»Freitag, der 25. Februar 2011, 18:09 Uhr. Befragung von Kodai Kiyota, fünfundvierzig Jahre alt. Ohne die Vertretung eines Anwalts.«

Nur das Knistern von Iwatas Zigarette war zu hören. Kiyota hatte die Schultern hochgezogen und barg den Kopf in den Händen.

»Alles okay mit Ihnen?«, fragte Sakai.

»Bestens«, knurrte er durch die zusammengebissenen Zähne.

»Sie sehen aus wie ein Haufen Scheiße.«

»Herr Kiyota.« Iwata lächelte gezwungen. »Was machen Sie in Ibaraki?«

»Ich komme aus dieser Stadt.«

»Sie leben in Tokio.«

»Ich habe meine Eltern besucht. Den Ausblick vom Berg genossen. Jetzt sagen Sie mir schon, was eigentlich los ist.«

Sakai trat kräftig gegen die Rückenlehne von Kiyotas Stuhl. Kiyota zuckte zusammen.

»Als wüsste er es nicht«, sagte sie.

Kiyota drehte sich zu ihr um, seine roten Augen glänzten.

Iwata schnippte mit den Fingern.

»Gucken Sie *mich* an. Nicht sie.«

»Scheiße. Hat Ihre Kollegin ein Problem?«

»Ich will mich nicht wiederholen, Kiyota. Wir werden uns jetzt manierlich und respektvoll miteinander unterhalten. Was wissen Sie über Nippon Kumiai?«

Kiyota winkte ab.

»Ich gehöre nicht mehr zu denen. Ist sowieso Schwachsinn.«

»Warum?«

»Nur Gerede, keine Action, alles muss gemeinsam entschieden werden. Spenden verschwinden irgendwo in schwarzen Löchern. Reine Zeitverschwendung.«

Sakai schnaubte.

»Kumiai sagt über Sie genau das Gleiche. Mit dem Hinweis, dass Sie außerdem ein Trinker und ein Perverser sind.«

Kiyota versteifte sich, antwortete aber nicht.

Iwata räusperte sich.

»Kennen Sie eine Yuko Ohba? Oder ihren Mann Terai Ohba?«

»Nein.«

»Kennen Sie die Familie Kaneshiro?«

»Ja. Die Zainichis. Und?«

Sakai knallte ihre Dienstmarke auf den Tisch.

»Lesen Sie mir vor, was da steht.«

Kiyota schlug das schwarze Mäppchen auf.

»Noriko Sakai. Kommissaranwärterin.«

»Und was steht darunter?«

»Kriminalpolizei Tokio.«

»Korrekt. Kriminalpolizei Tokio. Das steht auch für ›Kiyota ist am Arsch‹.«

»Ich kann Ihnen das gerne verdeutlichen.« Iwata riss ihm die Dienstmarke aus der Hand und polierte sie rasch mit dem Hemdsärmel, bevor er sie Sakai zurückgab. »Wir können Sie wegen Behinderung von Polizeiarbeit verklagen, Sie also nochmal dreiundzwanzig Tage hierbehalten …«

»Ich behindere Sie nicht.«

»… zusätzlich zu den einundzwanzig Tagen im Zusammenhang mit dem Hausfriedensbruch bei Ihren Eltern. Welcher normale Mensch will das schon? Aber Sie? Bei Ihrem Tatterich …«

Kiyota trat gegen das Tischbein.

»Ich behindere Sie doch gar nicht! Sagen Sie, was Sie von mir wollen!«

Sakai setzte sich auf den Tisch.

»Kommen Sie, Kiyota«, provozierte sie ihn grinsend. »Jetzt sagen Sie es uns doch schon.«

»Was soll ich Ihnen sagen?!«

»Sie haben sie getötet, nicht?«

Kiyota lachte.

»Wen! Diese Scheiß-Familie? Ja, genau, ich habe sie in Stücke gehackt. Sperren Sie mich bis an mein Lebensende ein.«

Iwata drückte seine Zigarette aus.

»Es scheint Sie nicht zu überraschen, dass die Familie tot ist, Herr Kiyota. Zeitung lesen Sie wohl nicht.«

»Sie sind von der Mordkommission. Sie fragen nach der Familie. Mann, so blöd bin ich nun auch nicht.«

»Sie bestreiten also, dass Sie etwas mit den Morden zu tun haben?«

»Natürlich bestreite ich das.«

Sakai stieß sich vom Tisch ab und umkreiste ihn.

»Ich will Ihnen eine Geschichte erzählen. Lügnern schlagen wir manchmal vor, sich einem Lügendetektortest zu unterziehen. Diese Geräte sehen hochoffiziell aus, mit den vielen Kabeln, den Technikern, die extra kommen müssen, um sie zu bedienen und so weiter. Aber wissen Sie, was einen Lügner verrät?«

Kiyota sagte nichts.

»Wir belügen ihn. Wir sagen ihm, dass Schweiß das Testergebnis beeinträchtigt, und bitten ihn, sich die Hände zu waschen. Und dann gehen wir alle in den Raum mit den Bildschirmen der Überwachungskameras und lachen uns schlapp. Unser Lügner dreht den Wasserhahn auf, benutzt den Handtrockner, macht ein Riesentheater. Aber natürlich wäscht er sich nicht die Hände. Ich will damit sagen, dass wir einen Lügner erkennen. Wir können ihn von Berufs wegen förmlich riechen. Und Sie, Sie stinken drei Meilen gegen den Wind.«

Blanker Hass spiegelte sich in Kiyotas Gesicht wider, und er hatte Mühe, seine Stimme zu kontrollieren.

»Sie kennen mich nicht.«

»Nein?« Sakais Lächeln war bezaubernd. »Mit neunzehn werden Sie wegen diverser minderer Vergehen auf dieses Revier gebracht. Das erste Mal von insgesamt vier. Beim letzten Mal wegen Vergewaltigung. Sie sitzen eine achtjährige Haftstrafe ab, was mir ein bisschen hart erscheint. Als Sie rauskommen, ziehen Sie sofort nach Tokio, ein Landei wie Sie, und trotzdem schlagen Sie sich durch in Shinjuku. Dank Ihrer neuen Gangsterfreunde verschwinden Sie für zehn Jahre von der Bildfläche. Als Sie das nächste Mal ans Licht der Öffentlichkeit treten, tragen Sie einen Anzug und halten ein Megafon in der Hand. Sie merken, dass in der Politik Ihre Talente endlich richtig zum Tragen kommen und dass Sie sogar noch etwas bewirken. Außerdem waren Sie immer ein glühender Nationalist, warum also nicht was gegen diese ausländischen Arschlöcher im Land tun. Sie probieren verschiedene Gruppen aus, bis Sie am Ende bei der einigermaßen angesehenen Nippon Kumiai landen. Zur gleichen Zeit wird in Setagaya, wo Sie mit Ihrer Frau – Entschuldigung, Exfrau – leben, das Vivus Construction Project ins Leben gerufen. Das Projekt ist gut für die lokale Wirtschaft, gut für Setagaya, gut für Japan. Aber wie üblich stellen sich diese Scheiß-Zainichi-Elemente mal wieder quer. Die Familie Kaneshiro will nicht verkaufen. Nippon Kumiai muss demonstrativ Härte zeigen, und deswegen bieten Sie an, die Sache zu regeln. Dafür setzen Sie Ihren Ruf aufs Spiel. Auf den guten alten Kodai Kiyota ist Verlass. Der wird diesen Schweinen einen gehörigen Schrecken einjagen und sie aus Setagaya vertreiben. Bloß, die Kaneshiros lassen sich keinen Schrecken einjagen. Sie verkaufen nicht. Ja, am Ende stehen Sie als der Gearschte da. So viel zum Ex-Yakuza-Nimbus. Nippon Kumiai wird die Geschichte peinlich, und mit Ihrer Frau wird es ungemütlich. Besonders, als sie herausfindet, dass Sie mit einem Teenager rumvögeln. Habe ich recht?«

Kiyota wandte sich an Iwata.

»Das muss ich mir nicht anhören.«

»Vielleicht ist das der Moment, in dem Sie entscheiden, die Sache selbst in die Hand zu nehmen. Aber dieser verdammte Dickkopf Kaneshiro will einfach nicht auf Sie hören. Ihre ganze Hilflosigkeit und Impotenz bricht sich schließlich Bahn, und Sie schlachten den Kerl ab, nur weil er sein Haus und seine Familie beschützen wollte. Ein beschissener vorbildlicher Bürger.«

Ungläubig schüttelt Kiyota den Kopf.

»Sie ist verrückt.«

Konzentriert klopft Iwata wie ein Komponist auf den Tisch.

»Kiyota! Kannten Sie Herrn und Frau Terai und Yuko Ohba?«

»Nein! Das habe ich doch schon gesagt.«

Iwata holte einen alten Zeitungsartikel aus der Innentasche hervor. *Junger Einheimischer wegen Vergewaltigung verurteilt.* Daneben ein unscharfes Foto: *Richter Terai Ohba.*

Iwata beugte sich vor.

»Jetzt erinnern Sie sich an ihn, oder?«

»Na gut, ich habe mich eben nicht an den Namen des Richters erinnert. Und? Sie dürfen mich nicht hierbehalten, ohne ...«

Sakai trat erneut gegen Kiyotas Stuhl, und er zuckte zusammen.

»Hören Sie auf damit!«

»Erst wenn Sie mit uns reden.«

»Was wollen Sie!?«

»Acht Jahre für eine Vergewaltigung. Das kam Ihnen doch sicherlich etwas happig vor. Mehr als happig. Acht Jahre sind eine lange Zeit, die kann einen Menschen verändern.«

Kiyota heulte beinahe vor Wut.

»Was soll der Scheiß, Mann? Was hat das alles mit mir zu tun?«

»Viel. Nachdem Sie die Familie Kaneshiro ausgelöscht hatten, sind Sie ja vielleicht ins Grübeln gekommen, wie Ihr Leben verlaufen wäre, wenn man Sie von Anfang an gerecht behandelt hätte. Und was hatten Sie zu dem Zeitpunkt schon groß zu verlieren? Warum es denen also nicht gleich heimzahlen, ein bisschen Gerechtigkeit walten lassen? Leider müssen Sie feststellen, dass Sie zu lange gewartet haben, der alte Knacker ist tot. Nur noch die Witwe ist da. Aber Sie kochen vor Wut. Die ganze Mühe, die Sie sich gemacht haben. Nach alldem wollen Sie Rache nehmen. Rache ist das Einzige, was Ihnen geblieben ist, Kiyota, oder?«

»Blödsinn!«

»Sie haben die Familie Kaneshiro getötet. Sie haben sie getötet, und es war Ihnen ein Genuss. Danach, von allen Hemmungen befreit, sind Sie zur Sagami-Bucht gefahren und haben Frau Ohba umgebracht. Vergewaltiger, Kinderschänder und Gangster. Und jetzt noch Mörder. Deswegen sind Sie hier gelandet, zurück auf Los, und trinken sich ins Koma. Weil Ihnen sonst nichts geblieben ist und Sie nirgendwo hingehen können. Hab ich recht?«

Kiyota verdrückte eine schmierige reuevolle Träne. Seine Lippen bebten vor Wut. Iwata sah zu Sakai.

»Sehen Sie, Kiyota. Sie hatten unrecht«, endete Sakai und lehnte sich an die Wand. »Ich kenne Sie doch. Und ich brauche gerade mal zwei Minuten, um Ihr jämmerliches, chaotisches Leben zu erfassen.«

»Wo waren Sie am vierzehnten und fünfzehnten Februar?«, fragte Iwata mit leiser Stimme.

Kiyota blickte auf.

»Ich bin froh! Ich bin verdammt froh, dass sie tot sind!«

Er rang mit den Handschellen und spuckte auf den Boden.

»Haben Sie sie getötet?«

»Ich habe niemanden getötet.«

»Warum dann das Theater, Kiyota?«, höhnte Sakai.

»Weil ich sterbe, kapiert! Sie blöde Kuh. Ich sterbe.«

Sie blickte zu Iwata. Kiyota fing den Blick auf.

»Rufen Sie meinen Onkologen an. Der kann Ihnen sagen, ob ich lüge.«

Er wandte sich an Iwata.

»Noch etwas, Kommissar. Tun Sie mir einen Gefallen, wenn Sie den Mörder gefunden haben. Jemand soll ihm ordentlich von mir auf die Schulter klopfen. Sorgen Sie dafür.«

Iwata schaltete das Aufnahmegerät aus, und Sakai blinzelte,

als hätte sie jemand mit einem Fingerschnipsen aus einer Hypnose geholt.

Sie rief nach dem Wärter, damit er ihnen öffnete. Er löste Kiyotas Handschellen vom Tisch und führte ihn fort.

Es war Nacht geworden. Regenwolken umhüllten den Berg wie ein trüber Saturnring. Gelegentlich beleuchteten Autoscheinwerfer die Straße, von hohlen Händen geschützte Kerzen in einem dunklen Korridor.

*Schönheit liegt nicht in den Dingen, sondern in dem Wechselspiel von Licht und Schatten, das sie erzeugen.*

Über ihre Schalen mit Soba-Nudeln gebeugt, saßen Iwata und Sakai in einem abgeschiedenen Ramen-Nudelrestaurant gegenüber dem Polizeirevier. Die Kellnerin füllte ihre Plastikbecher mit grünem Tee nach und kehrte zurück zu ihrer Gameshow auf einem flackernden TV-Bildschirm. Iwata trank die Brühe aus und schaute sich um. Ausschließlich Polizisten und Fahrer, jeder für sich, alle nur vorübergehend hier versammelt, niemand freiwillig.

»Beinahe hätten Sie mich überzeugt«, sagte Iwata.

»Es passte einfach vieles zusammen.« Sie schob die Schüssel von sich.

»Vieles aber auch nicht. An beiden Tatorten kein Spurenmaterial von Kiyota. Zudem ist er Rechtshänder.«

»Aber physisch wäre er durchaus in der Lage, die Morde zu begehen, und er ist wegen Gewaltverbrechen vorbestraft. Spurenmaterial kann immer noch an den Tatorten auftauchen. Ich rufe den Onkologen an, um mir seine Geschichte bestätigen zu lassen. Könnte erstunken und erlogen sein.«

Sakai steckte die Rechnung ein, sie verließen das Restaurant und liefen über die Straße zum Parkplatz des Reviers.

»Könnte mal gewaschen werden«, sagte Sakai und klemmte

sich hinter das Steuer des Isuzus. »Eigentlich brauchen Sie ein neues Auto. Das hier ist eine Schrottkarre, Iwata.«

»Es ist ein Klassiker.«

»Mit anderen Worten, Sie klammern sich an die Vergangenheit.«

Im Spiegel sah er den Berg in die weite wie lackiert wirkende Ferne rücken.

Heute wird Kosuke dreizehn. Er trägt seine beste Kleidung und sitzt auf einer Bank in der Einfahrt. Seine Mutter hat angerufen, sie möchte mit ihrem Sohn ausgehen.

*»Freust du dich, mich wiederzusehen?«*

*»Ja.«*

*»Klingt aber nicht so.«*

*»Doch.«*

*»Es ist lange her. Ich kann verstehen, wenn es komisch für dich ist.«*

*»Wo wohnst du?«*

*»Darüber unterhalten wir uns später. Dein neuer Vater kommt auch mit. Er ist ein wunderbarer Mensch. Sehr angesehen. Ein Amerikaner.«*

*»Ein Amerikaner?«*

*»Du musst dich hübsch anziehen, Kosuke. Hast du mich verstanden?«*

Sein Magen rumort vor Aufregung, und er verspürt eine unterschwellige Angst.

Es ist ein wunderschöner Tag. Blütenstaub treibt wie ein Feenschleier über die Felder. Bis jetzt hat Kosuke Besuchstage ignoriert. Alle ignorieren sie. Sie enden immer gleich: ein heulendes Kind, davonstürmende Eltern und Uesugi, der ihnen jammernd hinterherrennt. Niemand im Waisenhaus Sakuza denkt gerne an das Vergangene. Nur das Hier und Jetzt zählt.

Ein Kieselstein fliegt an die Wand hinter ihm, und er blickt auf. Kei balanciert mit ausgebreiteten Armen wie ein Seiltänzer auf der Mauer des Waisenhauses.

»Ich wollte es mit eigenen Augen sehen«, sagt er und deutet auf Kosukes schlecht sitzenden Anzug.

Kei wankt, fängt sich wieder und springt dann herunter. Er setzt sich neben Kosuke, teilt eine Apfelsine in zwei Hälften und reicht ihm eine.

»Wie hast du es geschafft, den Unterricht zu schwänzen?« Kosuke zerhackt die Wörter beim Kauen, Saft läuft ihm übers Kinn. Kei blinzelt in die Sonne. Er schluckt, grinst und zuckt mit den Schultern.

»Wie ist deine Mutter so?«, fragt er.

Kosuke leckt sich die Finger sauber, spielt mit der weißen Pelle.

»Eigentlich ganz normal. Andererseits hat sie ihr Kind auf einem Busbahnhof einfach zurückgelassen.«

Kei lacht und wirft die Schale fort.

»Ich hätte dich auch zurückgelassen.«

Sie schauen den Wolken zu, wie sie heranrollen und sich über dem blauen Panorama teilen. Auf die roten Tischtennisschläger auf dem Tisch gegenüber setzen sich Fliegen und schwirren wieder davon.

»Und deine?«, fragt Kosuke.

»Die ist tot. Ich habe ein paar verschwommene Erinnerungen an sie. Eigentlich sind es bloß Bilder. Aber ich glaube, dass sie ganz nett war.«

Kosuke weiß nicht, was er sagen soll, deswegen schaut er auf die Uhr. Seine Mutter ist eine Stunde zu spät.

»Was hat denn Uesugi gesagt?« Kei lässt einen Schuh an den Zehen baumeln.

»Nichts Besonderes.«

»Wenn sie dir in der Stadt was kauft, wehe, du gibst nichts von der Schmuggelware ab, Arschloch.« Kei steht auf. Kosuke nickt und richtet seinen Blick wieder auf die Straße. Er will seine Mutter sehen, bevor sie ihn sieht.

»Sie kommt schon noch«, ruft Kei, bevor er im Waisenhaus verschwindet.

Der Wind weht.

Stunden später ruft Mary Josephine Kosuke ins Haus, schlingt ihre Arme um ihn. Sie wiederholt immer wieder, er brauche sich keine Sorgen zu machen, doch Kosuke zeigt keine Gefühlsregung.

Sie führt ihn in die Kirche und bittet ihn, Psalm 27 aufzusagen. Er kniet sich hin, und die Worte fließen aus seinem Mund.

*»Der HERR ist mein Licht und mein Heil; vor wem sollte ich mich fürchten? Der HERR ist meines Lebens Kraft; vor wem sollte mir grauen? So die Bösen, meine Widersacher und Feinde, an mich wollen, mein Fleisch zu fressen, müssen sie anlaufen und fallen. Wenn sich schon ein Heer wider mich legt, so fürchtet sich dennoch mein Herz nicht; wenn sich Krieg wider mich erhebt, so verlasse ich mich auf Ihn. Denn mein Vater und meine Mutter verlassen mich; aber der HERR nimmt mich auf. HERR, weise mir Deinen Weg und leite mich auf richtiger Bahn um meiner Feinde willen. Gib mich nicht in den Willen meiner Feinde; denn es stehen falsche Zeugen gegen mich und tun mir Unrecht ohne Scheu. Ich glaube aber doch, dass ich sehen werde das Gute des HERRN im Lande der Lebendigen. Harre des HERRN! Sei getrost und unverzagt und harre des HERRN!«*

Die Nonne legt ihm die Hand auf den Kopf.

»Gut«, sagt sie herzlich. »Mit den Jahren werden dir diese Worte beistehen.«

Kosuke hat das untrügliche Gefühl, dass diese Worte absolut nichts bedeuten.

13. KAPITEL

# Schwarze Schmierflecken

Iwata stand mit einem Kaffee am Fenster und sah hinunter auf die Straße. Wie ein torkelnder Betrunkener war die Nacht über Motoyoyogicho hereingebrochen. Israelis verkauften gefälschte Designeruhren. Eine Prostituierte schaute auf die Uhr, als wartete sie auf einen speziellen Kunden. Nur noch die ganz verzweifelten Geschäftsleute, die den letzten Zug nach Hause verpasst hatte, eilten vorüber. Iwata beobachtete, wie sich ihre Lippen bewegten, wie sie murmelnd verschiedene Entschuldigungen auf ihre Glaubwürdigkeit hin ausprobierten.

*Die Lichter der Stadt leuchten so schön.*

Bevor er seine Tasse ins Spülbecken stellte, fiel sein Blick in die Ecke, wo die Kartons gestanden hatten. Er war froh, dass sie weg waren. Der Kühlschrank brummte in der Dunkelheit wie ein Mönch in seiner Zelle.

*Ich bin glücklich mit Dir.*

Vorsichtig, um seine Verletzungen zu schonen, zog er sich die Sachen aus, die Sakai für ihn gekauft hatte. Er stellte sich vor, wie sie die Kleiderständer durchgegangen war, seine Größe geschätzt hatte. War es eine Geste der Zuneigung gewesen? Oder einfach nur praktisches Denken? Sakai war eine Frau, die ihre Liebe durch Taten beweisen würde, nicht durch Worte. Sie würde sich aus pragmatischen, unpersönlichen Gründen für einen Mann entscheiden. Ihre Schönheit zeigte sich ihm in der einfachen Komposition aus weichen und kantigen Linien. War ihr gutes Aussehen eher ein lästiges Beiwerk für sie? Oder hatte sie gelernt, es im Lauf ihres Lebens anzunehmen und zu ihrem Vorteil zu nutzen? Was hatte sie wohl zu der gemacht, die sie heute war? Offenbar wurde sie von einer tief sitzenden Wut angetrieben. Das machte sie so überzeugend, gab ihr die Bereitschaft, zu leiden und anderen Leid zuzufügen, um ihr Ziel zu erreichen. Er hatte diese Wut überschäumen sehen, und sie machte ihm Angst. Niemals würde er erfahren, was Sakai zu der gemacht hatte, die sie heute war. Warum auch.

*Bitte, ich möchte sie hören. Die Worte der Liebe von Dir.*

Iwata kickte die Schuhe von den Füßen, zog sich die Hose aus und warf die Jacke auf einen Stuhl, wo sie an der Lehne hängen blieb. Er ließ sich auf seinen Futon fallen und streckte sich vorsichtig aus. Rumpfbeugen kamen jetzt nicht mehr infrage, doch er merkte, dass der Schmerz erträglicher geworden war, er brauchte einfach nur Schlaf.

Am Rand der Wahrnehmung vernahm er ein leises dumpfes Geräusch.

Er wusste, was es hervorgerufen hatte, und zwang sich aufzustehen. Seine Jacke war auf den Boden gefallen. Er kramte in den Taschen und holte den Bernstein hervor. Er ließ sich wieder aufs Bett fallen und hielt den Stein hoch, zwischen Daumen und Zeigefinger, konnte aber in der Dunkelheit nicht erkennen, welche Farbe er hatte. Iwata stellte sich die schwarze Sonne an der Wand vor, wie sie wanderte. Er dachte an das Auto im Nebel, die roten Schlusslichter, die ins Nichts abgetaucht waren. Seine Hand schloss sich um den Stein.

»Ich kriege dich.«

Am nächsten Morgen untersuchte Iwata seine Verletzungen. Die Schnittwunden und die Nase waren geschwollen, und unter dem linken Auge hatte sich ein grüner Bluterguss gebildet. Alles schien entzündet, doch er fühlte sich fit genug, um zu arbeiten. Er wechselte die Verbände und wischte das getrocknete Blut ab, was ihm nur leidlich gelang. Im Spiegel fielen ihm dabei deutlicher als sonst seine grauen Haare auf. Die Fingerknöchel waren aufgeschürft und wund, er konnte sich nicht erinnern, wovon.

Als er sich die Zähne putzte, klopfte es an der Tür, und er hörte eine gedämpfte Stimme.

»Kommissar?«

Iwata wartete einen Moment. Dann klingelte das Telefon, und die Mailbox sprang an.

*»Kommissar Iwata? Sind Sie da? Ich bin Kommissar Yoji Yamada von der Abteilung Sekten und Religionen. Ich stehe vor Ihrer Tür.«*

Trotz seiner Munterkeit lag in den Worten des Mannes ein besorgter Unterton.

*»Warum ich anrufe ... Zufällig habe ich Ihre Akte über den Mordfall Schwarze Sonne in die Hände bekommen ...«* Er seufzte. *»Ich möchte Ihnen meine Hilfe anbieten. Ich könnte zum besseren Verständnis der kultischen oder rituellen Aspekte beitragen. Sie finden mich im Kellergeschoss der Tokioter Polizei, oder Sie erreichen mich unter dieser Nummer. Auf Wiederhören.«*

Eine Visitenkarte wurde unter der Tür durchgeschoben, und Iwata hörte leise Schritte, die sich entfernten.

»Hilfe?«, wiederholte Iwata. »Gerne doch.«

Er löschte die Nachricht, warf die Karte in den Papierkorb und rief seine Kollegin an.

»Sakai, ich bin es. Gerade stand ein Mann namens Yamada vor meiner Tür, behauptete, er sei von der Abteilung Sekten und Religionen. Kennen Sie ihn?«

»Natürlich. Er ist unser schwarzes Schaf.«

»Könnte er was mit Moroto und den anderen zu tun haben?«

»Unwahrscheinlich. Er ist harmlos. Ehrlich gesagt habe ich eine Schwäche für ihn.«

»Hätte ich nicht gedacht, dass Sie so was haben.«

»Es gibt ja auch nicht viele, für die es sich lohnt.«

»Gut gekontert. Suchen Sie weiter nach Verbindungen zwischen den Ohbas und der Familie Kaneshiro.«

»Soll das heißen, dass Sie meiner Kiyota-Rachethese nicht folgen?«

»Terai Ohba hat in seiner Zeit als Richter Tausende Männer verurteilt. Warum sollte sich ausgerechnet Kiyota für seine Verurteilung rächen? Er hat eine Straftat begangen, hat seine Zeit abgesessen und ein neues Leben angefangen. Was hätte das für einen Sinn, nach so langer Zeit Rache zu üben? Hinzu kommt, dass wir keinen einzigen Beweis gegen ihn haben.«

»Dann erwartet mich heute wohl die aufregende Welt der Behördenarchive«, seufzte sie. »Und was haben Sie vor?«

Er hielt den Bernsteinklumpen gegen das schwache Morgenlicht und roch zärtlich daran.

»Meiner Nase folgen.«

Iwata zog eine Jeans an, einen grauen Pullover und eine Wildlederjacke. In der Küche kramte er in einer Schublade und holte ein altes Adressbuch hervor.

Er fand die gesuchte Seite und klopfte mit dem Finger auf die Zeile in Cleos kleiner, schräger Handschrift.

»Da bist du ja.«

*Junzaburo Hyuga, Räucherwerk.*

Iwata riss die Seite heraus, schnappte sich den Schlüsselbund und verließ die Wohnung. Am Steuer des Isuzus trat er zur Probe zuerst auf die Pedale, bevor er losfuhr. Der Schmerz war erträglich.

Es waren nur zehn Autominuten nach Aoyama, aber der morgendliche Verkehr lief zäh. Die niedrige Wolkendecke über der Stadtlandschaft war an manchen Stellen aufgerissen, und endlich kamen wieder Fetzen von blauem Himmel zum Vorschein.

Um zehn nach neun stellte Iwata seinen Wagen auf einem kleinen Parkplatz unweit einer Kreuzung ab. Über einem kleinen Tordurchgang hing ein dezentes Holzschild, *Hyuga Incense.* Das Dach des Hauses bestand aus den traditionellen blauen glasierten Tonziegeln, von denen es in Tokio nur noch wenige gibt. Auf den Holzregalen im Innern reihten sich Pflanzen und jede Menge Nippes. Die Glastheke war zugestellt mit bunten Räucherstäbchen-Schachteln. Die Wände schmückten gerahmte Kalligraphien und traditionelle japanische Aquarell-Landschaften. Eine grinsende Glückskatze winkte rhythmisch. In der Luft hing ein zarter Laubgeruch.

»Kann ich Ihnen helfen, mein Herr?«

Iwata zeigte der jungen Frau hinter der Theke seine Polizeimarke. Er kannte Polizisten, die es genossen, Unruhe zu stiften, weil sich die kleinen Leute dann wichtig vorkamen. Er gehörte nicht zu ihnen.

»Polizei. Ist Herr Hyuga da?«

»Einen Moment, bitte.«

Sie griff zum Telefon und kündigte ihn an.

»Bitte, gehen Sie durch.«

Iwata betrat ein erstaunlich großes Büro, in dem eine wilde Duftmischung in der Luft hing. Hinter einem Schreibtisch schaute ein vogelähnlicher älterer Herr mit hellen Augen auf. Als er lächelte, verzog sich sein unregelmäßig getrimmter, weißer Schnurrbart nach oben. Erneut präsentierte Iwata seine Marke und nahm auf Bitte Hyugas ihm gegenüber Platz.

»Herr Hyuga. Ich bin Kommissar Iwata, Mordkommission, Revier Shibuya. Ich brauche Ihre Hilfe.«

»Ich werde mir Mühe geben.«

Iwata holte den Bernstein aus der Jackentasche und schob ihn wie eine Schachfigur über den Schreibtisch.

»Darf ich?«

Hyuga setzte sich eine vorsintflutliche Brille auf die Nase, schaltete die Schreibtischlampe ein und kniff die Augen zusammen. Das Licht leuchtete das kristalline Innenleben des Steins aus. Er besah ihn sich ein paar Sekunden lang und nickte dann.

»Ich nehme an, dass der Stein mit Ihren Ermittlungen zusammenhängt.«

»Richtig.«

»Tja, fünfzig Jahre im Geschäft, aber das hier ist eine Premiere.«

»Ist es Bernstein?«

»Nein, es ist Copal. Auch noch die billigere Sorte. Die teurere Sorte ist milchig weiß. Sie wird manchmal auch mexikanischer Weihrauch genannt oder junger Bernstein. Aber dank der helleren, gelben Quarzfärbung des Bernsteins kann man sie sehr leicht unterscheiden. Und mit einem Tropfen Chloroform oder Aceton wird die Oberfläche klebrig.«

»Interessant. Bitte fahren Sie fort.«

»Es ist ein Baumharz, das in präkolumbianischen oder mesoamerikanischen Kulturen Verwendung fand. Später wurde daraus Firnis hergestellt, ideal für den Waggonbau, teure Porträts, solche Dinge.«

»Herr Hyuga, an meinem Tatort war ein beißender, erdiger Geruch wahrzunehmen. Könnte der Ihrer Meinung nach von verbranntem Copal herrühren?«

»Wenn Sie einmal den Geruch von Copal in der Nase gehabt haben, Kommissar, werden Sie ihn niemals mit anderen Gerüchen verwechseln. Ihrer Beschreibung nach klingt es tatsächlich sehr nach Copal. Eine kleine Demonstration gefällig? Der Geruch verflüchtigt sich allerdings ein bisschen.«

»Das würde mir helfen. Ja, bitte.«

Hyuga tat Kohletabletten und Sand in eine steinerne Räucherschale und legte das Copal darauf. Durch die Flamme wurde der Klumpen erst weich, dann geleeartig und verwandelte sich schließlich in eine goldene, speichelähnliche Flüssigkeit. Iwata erkannte sofort den Geruch, den der Killer der Schwarzen Sonne am Tatort hinterlassen hatte.

»Vielen Dank, Herr Hyuga. Gibt es viele Verkaufsstellen in Japan, die so etwas anbieten?«

Der alte Mann löschte achselzuckend die Flamme.

»Eine Handvoll, schätzungsweise. Nicht mehr als drei oder vier. Natürlich gibt es noch das Internet. Aber Copal wird eigentlich in diesem Land eher selten verkauft. Der Geruch ist nach japanischem Empfinden zu stark.« Er schmunzelte.

»Haben Sie hier jemals Copal verkauft?«

»Ich glaube ja. Vor einigen Jahren.«

»Führen Sie Buch über den Verkauf an Großabnehmer, Stammkunden oder dergleichen?«

»Nein, leider nicht.«

Iwata erhob sich und verabschiedete sich. Hyuga hatte einen erstaunlich festen Händedruck.

»Sind wir uns schon mal begegnet, Kommissar? Ihr Name kommt mir bekannt vor.«

»Meine Frau war Kundin bei Ihnen.«

»Ah.« Hyuga freute sich wie einer, der ein Geheimnis gelöst hatte. »Ist sie nicht Amerikanerin? Kam immer aus Chōshi angereist, wenn ich mich recht erinnere.«

»Ja, stimmt.«

»Ihr Japanisch ist ausgezeichnet. Geht es ihr gut?«

»Ja, danke. Ich werde Ihre Grüße ausrichten.«

»Ihre Bestellungen waren immer sehr exquisit. Und es war eine Freude, sich mit ihr zu unterhalten.«

»Vielen Dank für Ihre Hilfe, Herr Hyuga.«

Als sie sich nochmal die Hand gaben, tippte der alte Mann sich plötzlich an den Kopf.

»Gerade ist mir etwas eingefallen. Es war doch jemand hier, der nach Copal gefragt hat, ein Mann … ja, jetzt erinnere ich mich. Ich bin ihm öfter auf Handelsmessen und Kongressen über den Weg gelaufen. Er hat sich auf alte südamerikanische Kulturen spezialisiert, wie er sagte. So was in der Art.«

»Kennen Sie seinen Namen?«

Hyuga hob den Zeigefinger, kramte in seinem Büro und förderte eine Visitenkarte zutage.

»Sie können sie behalten. Ich brauche keine neuen Geschäftskontakte.«

»Vielen Dank.«

»Darf ich Ihnen einen Rat geben, Kommissar?« Hyuga lächelte. »Folgen Sie immer Ihrer Nase. Die Nase lügt nie.«

Es war ein heller, windiger Morgen, ein Tag im Aufbruch. Iwata ging zurück zum Auto und roch das Copal an seinen Fingern. Dabei fiel sein Blick auf die Visitenkarte, die Hyuga ihm gegeben hatte, und ihm stockte der Atem. Iwata kannte den Namen. Er hatte ihn schon mal gehört. Die Aufregung schlug ihm auf den Magen, während er mit quietschenden Reifen vom Parkplatz jagte und Sakais Nummer wählte.

»Ich brauche Sie für eine Observation, Sakai. Ich habe da jemanden, den wir uns näher ansehen sollten.«

»Gut. Name?«

Iwata sah auf die Visitenkarte, ein schlichter schwarzer Text, eine geschmackvolle Type. *Prof. Yohei Igarashi – Kurator / Professor für alte Kulturen.*

Iwata näherte sich dem Ueno-Park von Süden, über die Chuo Dori, und stellte sein Auto in einer Tiefgarage am Shinobazu-

Teich ab. Er musste sich im Zaum halten, denn sein Instinkt sagte ihm, dass er dem Mörder dicht auf den Fersen war. Einem Mörder, der so gut wie keine Spur hinterlassen hatte. Einem Mörder, der wusste, wonach die Polizei suchen würde. Einem Killer, der alle Eventualitäten bedacht hatte. Außer einer: Pures Glück.

Dennoch, Iwata musste sich zügeln, durfte Igarashi gegenüber auf keinen Fall etwas durchblicken lassen. Er wollte die Gewohnheiten des Mannes nicht durcheinanderbringen. Es musste wie eine Routineüberprüfung aussehen, als wäre Igarashi nur einer mehr, den man von der Liste streichen konnte. Igarashis Routine war ab jetzt Iwatas Routine. Wie ein Schauspieler die Zeilen eines Drehbuchs lernt, würde er die Existenz dieses Mannes studieren und nach Fehlern suchen. Falls Igarashi sich als der Mörder entpuppte, wäre seine Lage aussichtslos; seine Anonymität war seine einzige Chance gewesen. Sobald Iwata die Fährte aufgenommen hätte, würde er nicht mehr lockerlassen.

Sein Handy brummte.

»Ich brauche gute Nachrichten, Sakai.«

»Okay. Eine Verbindung zwischen den Kaneshiro und den Ohbas haben wir noch nicht gefunden. Aber ich habe Zivilfahnder vor Igarashis Haus postiert, und zwei Männer sind auf dem Weg zu dem Museum. Man gewährt uns vier Tage Zeit. Außerdem habe ich die Rechtsabteilung kontaktiert, wegen der Telefon- und Bankdaten, die sollten wir bis heute Abend haben. Ohne eine Anzeige oder gar einen Beweis können wir wohl auf mehr nicht hoffen.«

»Sie sind fantastisch.«

»Sie mussten an den Eintrag in Kaneshiros Terminkalender denken, ja?, Treffen mit ›I‹.«

»Der kam mir in den Sinn.«

»Soll ich kommen?«

»Nicht nötig.«

»Ich bin keine blöde Sekretärin, Iwata. Sie wissen genau, dass Sie mich brauchen können.«

»Ich bin doch schon da. Ich rufe Sie an, wenn ich fertig bin.«

»Hoffentlich liegen Sie mit dem Kerl richtig. Uns bleibt nicht mehr viel Zeit.«

Er legte auf und schloss den Isuzu ab. Über einer Baumreihe im nordöstlichen Teil des Ueno-Parks zeichnete sich das Nationalmuseum Tokio ab. Touristenbusse drängten sich auf der Straße davor wie Fischdampfer, die ihren Fang verkaufen wollen. Iwata ging an der Warteschlange der Sicherheitsschleuse vorbei und wies sich bei dem Wachmann aus. Er ignorierte sein Spiegelbild in dem großen Wasserbecken vor dem Museum und eilte zum Eingang.

Die Eingangshalle war ganz in cremefarbenem Marmor gehalten, eine große Treppe teilte sich auf dem ersten Absatz. Gleich links passierte er die nächste Warteschlange vor dem Informationsschalter. Der junge Mann hinter der Theke wollte schon protestieren, als Iwata wieder seine Polizeimarke zückte und nach Professor Igarashi fragte. Der Mann nickte und griff zum Telefon, doch Iwata hielt ihn mit einem dünnen Lächeln davon ab.

»Wissen Sie, wir sind eigentlich alte Freunde. Ich möchte ihn gerne überraschen.«

Der Mann druckte Iwata einen Tagesausweis aus und erklärte ihm den Weg zur Sonderausstellung Azteken und Maya im zweiten Stock.

Iwata ließ die Nationalschätze, graeco-buddhistische Kunst und ausgestorbene Zivilisationen links liegen, heute galt sein Augenmerk den Lebenden. Er suchte einen großen, vermutlich linkshändigen und kräftig gebauten Mann mit einer Sohlenlänge von achtundzwanzig Zentimetern. Denselben Mann, den er an der Universität Kyoto beobachtet hatte, wie er auf seinen Sparringsgegner einhämmerte.

Er kam an eine Tür, auf der nur ein Wort stand: *Kurator.*

Darunter klebte Igarashis Visitenkarte. Iwata wappnete sich, indem er sich eine Reihe Bilder in Erinnerung zurückrief: die Kaneshiro-Kinder auf dem Seziertisch, die blassen Beine der Witwe, die schwarze Sonne in den schummrigen Schlafzimmern. Sie wirkten wie verzerrte Radiowellen.

Iwata klopfte einmal und drückte die Klinke herunter, die jedoch nicht nachgab. Er hörte schwere Schritte, die Tür wurde aufgerissen, und Igarashi sah auf Iwata herab.

»Wer sind Sie?«

Iwata wies sich aus und achtete auf ein Zucken im Gesicht seines Gegenübers. Igarashis Blick verriet Überraschung, vielleicht sogar Neugier, doch Angst konnte Iwata nicht herauslesen. Seine Augen lagen weit auseinander. Er hatte eine lange Nase und ein ansprechendes Gesicht. Das mittellange Haar war erst kürzlich geschnitten worden. Die dichten Wimpern verliehen ihm eine Sanftmütigkeit, der Iwata misstraute. Und er roch ein dezentes Aftershave. Es enthielt vermutlich Zitrone. Und Vitalität. Gewürze. Wohlstand.

»Professor Yohei Igarashi?«

Der Mann verzog seinen Mund zu einem mokanten Lächeln.

»Richtig.«

»Darf ich hereinkommen?«

Igarashi trat zur Seite und bot Iwata einen Platz auf einer Sofaecke an. Das Arbeitszimmer war geräumig, Bücherregale vom Boden bis zur Decke. Das große Fenster bot Aussicht auf den Ueno-Park. Auf einem eleganten weißen Schreibtisch lagen ordentliche Papierstapel, ein spanisch-japanisches Wörterbuch und Fotos von Igarashi, irgendwo in einem Dschungel. Unter dem Schreibtisch lag ein kleiner Koffer, der zusammengefaltete Kleidung und Plastikmappen enthielt.

»Schönes Büro«, bemerkte Iwata. »Dagegen kommt meins im Polizeirevier Shibuya nicht an.«

Igarashi lachte, scheinbar ungerührt von dem Wort Polizeirevier.

»Ich würde Ihnen gerne Tee anbieten, aber ich bin leider etwas in Eile. Sie entschuldigen.«

Er deutete auf den Koffer.

»Das macht nichts. Es wird nicht lange dauern.«

»Selbstverständlich helfe ich gerne. Sagen Sie, Kommissar, habe ich Sie nicht schon mal irgendwo gesehen?«

»Ich glaube, in der Universität Kyoto. Ich war kürzlich dort, um einen alten Freund zu besuchen.«

Igarashi grinste.

»Ach ja, ich habe Sie mit David zusammen herumspazieren sehen.«

»Ich habe Sie auch gesehen. Mit Ihrem Sparringspartner. Sie haben eine beeindruckende Linke unter dem vornehmen Tweed, Professor.«

Igarashi fegte das Kompliment beiseite.

»Weit schwächer als meine Rechte.«

Obwohl er nicht vorhatte, sich viele Notizen zu machen, holte Iwata seinen Block hervor. Für einen Moment heftete sich Igarashis Blick auf ihn.

»Also kein natürlicher Linkshänder?«

»Nein.« Igarashi lachte. »War das nicht offensichtlich?«

Iwata erwiderte das Lachen, jedoch fielen ihm die angespannten Muskeln im Gesicht des Mannes auf. Oberflächlich betrachtet gab es keinen Hinweis auf die Schlagkraft, die unter dem englischen Maßanzug lauerte.

»Nicht im Mindesten.«

»Sie sind zu freundlich. Was ist mit Ihnen, Kommissar? Boxen Sie?«

»Zuletzt habe ich auf der Polizeiakademie geboxt.«

»Und das da?«

Igarashi deutete auf das blaue Auge und die Verletzungen an den Fingerknöcheln.

»Berufsrisiko.«

Die Männer lachten. Vogelgezwitscher drang durchs Fenster herein.

»Professor, ich habe ein paar Fragen, und ich werde Ihre Zeit nicht über Gebühr in Anspruch nehmen.«

»Entschuldigen Sie mein Geplapper. Womit kann ich Ihnen dienen?«

»Copal«, antwortete Iwata unvermittelt.

Igarashi erwiderte seinen Blick, und Iwata musterte seinen Gesprächspartner. Aus seinen großen Augen sprach Intelligenz. Er konnte nur Neugier darin erkennen, keine Unehrlichkeit.

»Copal?«

»Genau, Professor. Ich habe ein bisschen zu Copal recherchiert, und in dem Zusammenhang fiel Ihr Name.«

»Früher habe ich bei Ausstellungen schon mal Copal verbrannt, zu Demonstrationszwecken. Ich glaube, den Museumsbesuchern war es letztlich egal, außer dass sie sich vielleicht über den komischen Geruch gewundert haben.«

»Ich will ganz offen sein. Ich ermittle in einer Serie von Mordfällen, bei denen Copal am Tatort verbrannt wurde.«

Igarashi kniff die Lippen zusammen, und Iwata fuhr fort: »Den Opfern wurde das Herz entnommen. Truthahnblut verspritzt. Die Schnittwunden müssen mit einem ungeheuer scharfen Messer ausgeführt worden sein. Ich dachte, Sie könnten mir vielleicht Aufschluss über die Verwendung von Copal geben.«

Igarashi sah aus dem Fenster, und ihm schien mit einem Mal unbehaglich zumute zu sein. Seine Augen verdunkelten sich.

»Ist Ihnen nicht gut, Herr Professor?«

Nach ein paar Sekunden nickte Igarashi.

»Doch, doch. Ich habe nur manchmal Verdauungsprobleme, das ist alles. Aber zurück zu Ihrer Frage. Copal wurde vornehmlich in mexikanischen und präkolumbianischen Kulturen zur Reinigung verwendet. Manchmal auch als Heilmittel oder um eine Gabe für eine Opferung vorzubereiten.«

»Eine Opferung?«

»Ja. Was Sie beschreiben, klingt für mich wie ein grausames Opferritual. Das Truthahnblut, die entnommenen Herzen, das Copal, all das sieht aus wie eine Nachahmung eines Menschenopfers nach dem Vorbild südamerikanischer Kulturen.«

»Wer macht denn so etwas? Und warum?«

»Heutzutage? Keine Ahnung. Historisch betrachtet waren Menschenopfer über lange Zeit weitverbreitet. Bei alten Völkern häufig ein Blutzoll für die Götter, um Seuchen und Naturkatastrophen fernzuhalten. Auch Tiere wurden geopfert. Und natürlich das eigene Blut.«

»Also eine Art Sühne.«

»So könnte man es ausdrücken. Die aztekische Legende der Fünf Sonnen besagt, dass die Götter sich geopfert haben, um der Menschheit das Fortleben zu ermöglichen. Leben kann gewissermaßen nur existieren, wenn es vom Tod gespeist wird. Unter den mesoamerikanischen Völkern herrschte der weitverbreitete Glaube, dass das gesamte Universum nur erhalten wird, wenn man beständig opfert. Alles ist *tonacayotl,* eine Art spirituelle Fleischlichkeit auf Erden. Und die Erde, die Feldfrüchte, der Mond, die Sterne und alle Menschen, einfach alles, entspringt diesen Göttern, die sich geopfert haben. Die Menschheit ist *macehualli*, das sind die, die durch verdiente Buße zurück ins Leben geholt wurden.«

»Sie leben, um ihre Schuld zurückzuzahlen.«

»Einfach ausgedrückt, ja. Es wurde als eine Metapher für das menschliche Opfer benutzt, ein Opfer war jemand, der sich anerbietet.«

»Und wenn die Schuld nicht beglichen wurde?«

»Dann würde sich die Sonne verdunkeln, und die Erde würde untergehen. Aber sind diese Dinge für die Ermittlungen in Ihrem Mordfall überhaupt von Bedeutung, Kommissar?«

»Anscheinend schon«, sagte Iwata und holte die Tatortfotos mit der schwarzen Sonne aus der Tasche.

Igarashi betrachtete das Symbol mit zusammengekniffenen Augen. »Eine schwarze Sonne. Hm. Vielleicht auch eine Sonnenfinsternis.«

»Sie wurden im Verlauf der Tat an die Wand gemalt.«

»Sehr seltsam.« Igarashi sah auf die Uhr. »Kommissar, ich muss jetzt leider aufbrechen, wenn ich meinen Flug noch erwischen will.«

»Selbstverständlich. Fliegen Sie in exotische Fernen?«

»Nach Peking. Nur für eine Vortragsreihe. Ich bin ein paar Tage weg. Wir können uns gerne danach verabreden und unser Gespräch fortsetzen.«

»Das Angebot nehme ich gerne an. Soll ich Sie zum Flughafen bringen?«

»Danke, ich habe ein Taxi bestellt.«

»Ich begleite Sie.«

Igarashi packte seinen Koffer zu Ende und verließ mit Iwata das Büro. Gemeinsam schritten sie durch die Museumsräume, vorbei an Schüler- und Touristengruppen.

»Können Sie mir sagen, was für eine Klinge bei diesen Ritualen benutzt wurde?«

»In der Regel eine Obsidianklinge.«

»Obsidian?«

»Obsidian schneidet mit unglaublicher Präzision. In der Chirurgie werden Obsidianskalpelle heute wieder bei bestimmten Eingriffen verwendet. Die Schärfe ist, mir fällt kein besseres Wort ein, perfekt.«

Iwata dachte kurz darüber nach.

»Das ist doch sehr anspruchsvoll für so eine primitive Kultur, finden Sie nicht?«

Igarashis Miene verfinsterte sich für den Bruchteil einer Sekunde, die Augen flackerten.

»Mesoamerikanische Kulturen waren keineswegs primitiv, Kommissar.« Er räusperte sich und erlangte seine Leichtigkeit wieder. »In vieler Hinsicht waren sie sogar hoch entwickelt. Metallurgie jedoch war nicht ihre Stärke. Was hauptsächlich an den reichen Obsidianvorkommen in Mexiko und Guatemala liegt. Es fand in vielen Bereichen des täglichen Lebens Verwendung: Werkzeuge, Waffen, Dekoration.«

»Und um Herzen aus menschlichen Körpern herauszuschneiden.«

Igarashi grinste.

»Auch das.«

Vor der Marmortreppe, die hinunter in die Eingangshalle führte, blieben sie stehen.

»Professor, könnte es sein, dass sich der Mörder ein Obsidianmesser selbst angefertigt hat? Wäre das möglich?«

Der Professor überlegte und stieg die Stufen hinab, wobei die Sohlen seiner großen Mokassins quietschten.

»Ich denke, ja. Aber die Sorte Obsidian, die sich zur Herstellung von Klingen eignet, kommt nur in Mexiko, Guatemala und Armenien vor.«

Sie traten hinaus in den Regen. Aus den Bussen auf der

Hauptstraße ergoss sich eine Flutwelle von Poloshirts, Kameras und Fett. Igarashi winkte seinem Taxi, das an den Straßenrand fuhr, und die hintere Tür öffnete sich automatisch. Bevor er einstieg, wandte sich der Professor noch einmal zu Iwata um.

»Kommissar, ich halte es für sehr unwahrscheinlich, dass in den Straßen von Tokio ein Psychopath mit einem Obsidianmesser herumläuft und anderen Menschen das Herz aus dem Leib reißt.«

Iwata lächelte schief.

»Gute Reise, Professor.«

Igarashi reichte ihm seine große Hand, und sie verabschiedeten sich herzlich. Nachdem das Taxi im Meer der roten Schlusslichter verschwunden war, schaute Iwata zum rußig grauen Himmel. Er spürte etwas Seltsames an der Hand. Auf der Innenfläche prangte ein großer schwarzer Schmierfleck.

14. KAPITEL

# Papierstapel

La Fleur war ein schickes Café im Bezirk Nishi-Azabu, beliebt bei Hausfrauen und *gaijin*, westlichen Ausländern. Gewöhnlich drängten sich hier gegen fünf Uhr nachmittags mehr Gäste, doch der schwere Regen hatte das verhindert. Im Hintergrund liefen leise französische Liebeslieder. Iwata und Sakai saßen in der Ecke am Fenster, das beschlagen war. Er trank seinen ersten Cappuccino, sie rauchte ihre zweite Zigarette.

»Ich verstehe diese Logik nicht.« Sakai nahm einen tiefen Zug von ihrer Zigarette. »Warum gibt er sich so hilfsbereit, wenn er der Mörder ist? Um den Verdacht von sich abzulenken?«

»Er weiß, dass wir nichts gegen ihn in der Hand haben. Vielleicht hat er es aus Spaß gemacht.« Iwata seufzte. »Ich habe mich nicht verraten. Ich hatte nur den Eindruck, dass er mich auch aushorchen wollte.«

»Warum wohl«, sagte Sakai. »Die verdeckten Ermittler haben jedenfalls bestätigt, dass unser Professor nach Peking geflogen ist. Ich bin noch mit seiner Vorgeschichte beschäftigt, aber bis jetzt scheint er sauber zu sein.«

»Und wieso überrascht mich das nicht?«

»Weil Sie nicht der Typ sind, der sich leicht überraschen lässt, Iwata.«

»Wirklich? Sie kennen meinen Typ?«

»Sie wollen nicht, dass ich Sie durchschaue.«

»Nein, machen Sie nur. Ich bin neugierig.«

»Na gut. Sie sind geschieden, ja? Sie müssen geschieden sein, es steht Ihnen praktisch ins Gesicht geschrieben. Was war der Grund? Eine andere Frau? Nein. Ich wette, es war ein anderer Mann. Sie hat Sie verlassen. Überstunden, Blutflecken, Gefühlsmauern. Und offensichtlich hat man Ihnen nicht die Kinder zugesprochen. Mit dem Umzug nach Tokio haben Sie sich noch mehr isoliert. Schließlich arbeiten Sie nicht in der Industriebranche, wo man seine Chefs zu Drinks oder Karaoke einlädt. Nein. Ich würde sagen, dass Sie vollkommen allein sind. Sich mit anderen verabreden kommt auch nicht infrage. Sie haben nichts zu bieten, nichts zu geben. Sie sind der Typ Mensch, der lieber sich selbst enttäuscht, bevor er vom Leben enttäuscht wird. Und Sie können auch nicht einfach alles hinter sich lassen und in irgendeinem Büro neu anfangen, oder? Sie sind nicht der langweilige, aber pflichtbewusste Typ. Nein, nein. Sie hassen Ihren Job, aber Sie brauchen ihn auch, so wie die Luft zum Atmen. Wenn ich raten müsste, würde ich sagen: Wer immer Iwata gewesen ist, bevor er zur Mordkommission stieß: Er ist schon lange tot.«

Iwata trank seinen Cappucino aus und nickte.

»Was Sie alles sehen mit Ihren Augen.«

»Sie haben mich gefragt.«

»Ja. Sind Sie immer so zuvorkommend zu Ihren Partnern?«

»Nein.« Sie lachte. »Normalerweise bin ich nicht so gesellig.«

Das Liebeslied aus dem Lautsprecher verklang, und Sakai drückte ihre Zigarette aus.

»Und?«, wechselte sie brüsk das Thema und stieß ein letztes Mal den Zigarettenqualm aus. »Was wollen Sie nun mit Professor Igarashi machen?«

»Ich möchte wissen, wo er sich zum Zeitpunkt der beiden Morde aufgehalten hat. Er hätte das Zeug dazu. Hinzu kommt der rituelle Aspekt.«

»Okay.«

»Und wenn sich nur ein minimaler Hinweis findet, lasse ich ihn vorladen.«

Sakai holte einen Notizblock aus ihrer grünen Lederhandtasche.

»Apropos Hinweis. Die Kollegen von der Präfektur Kanagawa haben mich wegen der Finanzauskunft kontaktiert. Demnach war Frau Ohba sehr reich. Sie hätte sich noch die nächsten dreihundert Jahre mit Essen beliefern lassen können. Aber im Gegensatz zu den Kaneshiros gab es auf ihrem Konto keine Bareinzahlungen, und die Auszahlungen waren auch nicht bedeutend.«

»Hm. Vielleicht wusste die Schwarze Sonne, dass Geld Frau Ohba nicht interessiert, anders als die Kaneshiros.«

»Das bleibt wohl eines der vielen kleinen Geheimnisse des Lebens. Warum gehen Sie nicht nach Hause, Iwata? Sie sehen beschissen aus.«

»Für Sie sehen alle Menschen beschissen aus, was?«

»Ich habe scharfe Augen, schon vergessen?«

Iwata fiel auf, dass sie heute ein anderes Parfum benutzte, einen blumigen Duft, nach Geißblatt. Zum ersten Mal seit ihrer Bekanntschaft hatte sie sich ihre Lippen rot geschminkt und violetten Lidschatten aufgelegt. Sie trug enge, ausgebleichte Jeans und einen weiten schwarzen Pulli, der ihre eine Schulter entblößte. Eine Lederjacke hing ordentlich gefaltet über der Armlehne.

»Ja, ich werde wohl nach Hause fahren. Was haben Sie vor, Sakai?«

»Treffen mit einem Freund.«

»Dann gehen Sie ruhig schon. Ich übernehme das hier.«

Sakai winkte zum Abschied und marschierte aus dem Café. Iwata sah noch, wie sie ihren Regenschirm mit einem Schütteln öffnete. Er schob seine leere Kaffeetasse von sich. Als er seine Zigarettenschachtel aus der Tasche holte, entdeckte er das Schild: *Rauchen verboten!* Er packte die Schachtel wieder weg, und auf einmal spürte er eine große Leere. Er wünschte, Sakai wäre geblieben, obwohl er nicht ergründen konnte, was er für sie empfand. Dumpfe Lust, Neugier, Skepsis.

Es war nicht die Unfähigkeit, seine Gefühle gegenüber Sakai genauer zu benennen, was ihm Sorgen machte. Vielmehr schockierte ihn, dass er nicht allein sein wollte. Er dachte an die Menschen, die er im Laufe seines Lebens kennengelernt hatte, grübelte darüber nach, wen er jetzt erreichen konnte, der ihm wenigstens etwas bedeutete. Es fiel ihm niemand ein.

Er zahlte und ging.

Sakai ging um die kahlen Birken auf der Waseda Dori direkt hinter dem Bahnhof Iidabashi herum und blieb vor einem braunen Mehrzweckgebäude stehen. Über einem FamilyMart hing ein verwittertes Schild. *Boxstudio Oshino*

Schon als sie die Treppe hochstieg, vernahm sie die unablässigen Schläge auf die schweren Leder-Nylon-Säcke. Das Studio war hell, ein Hauch von Ammoniak hing in der Luft. Auf der linken Seite hüpften, dehnten und streckten sich die Jüngeren, im Ring in der Mitte boxten zwei Männer gegeneinander. Niemand beachtete Sakai. An der Wand über dem Ring hing ein Schild auf Englisch: *Never quit. Suffer now. Live the rest of your life as a champion.*

Am anderen Ende des Raums öffnete sich eine Tür, und ein großer, muskulöser Mann mit Igelschnitt und Schmetterlings-Tattoos auf den Armen trat ein. Er begrüßte einige der Trainierenden herzlich, dann erblickte er Sakai. Seine vernarbten Lippen verzogen sich zu einem breiten Grinsen.

»Noriko?«

Ihr Mundwinkel zuckte.

»Oshino!«, rief sie. »Der Champ ist da!«

Einige der Jüngeren lachten und klatschten Beifall, andere pfiffen ihr hinterher. Oshino wurde rot und winkte ihr zu. Als sie ihm folgte, bewunderte Sakai seine athletische Figur und seinen kraftvollen Gang und musste an sich halten, ihm nicht in seine Pobacken zu kneifen. Das kleine, aufgeräumte Büro überblickte den Koraku-Park im Osten und den Kanda-Fluss im Süden. Sie setzten sich an seinen Schreibtisch und lächelten sich eine Weile an, nahmen fasziniert die Veränderungen des anderen wahr, wie die Zeit ihren Körper verändert hatte. Die Verluste, die Gewinne.

»Lange her«, sagte er leise mit tiefer Stimme.

»Du hast es ganz schön weit gebracht, Oshino.«

Er sah schüchtern zur Seite. »Danke.«

»Mit deiner Erfahrung kannst du jeden Preis verlangen.«

»Ich verlange kaum etwas. Ich habe mein Auskommen.«

»Geld hat dich nie interessiert.«

»Und du? Hast du deinen Abschluss an der Akademie gemacht?«

Sakai reichte ihm ihre Polizeimarke. Respektvoll nahm Oshino sie, ohne Sakai direkt zu berühren.

»Mordkommission?« Erstaunt hob er die Augenbrauen.

Sie lachte. »Überrascht dich das?«

»Nein.«

»Sieht aber so aus.«

»Na ja, nicht deswegen. Ich wusste, dass du es weit bringen wirst.«

»Weswegen dann überrascht?«

Sein Lächeln verblasste. »Ich hätte … nicht gedacht, dass ich dich jemals wiedersehe.«

Abrupt stand Sakai auf und wandte das Gesicht ab. Sie betrachtete die Fotos an der Wand – der junge schweißüberströmte Oshino, böse zugerichtet, aber siegreich. Sie selbst war nicht auf den Fotos zu sehen, aber sie war dort gewesen, in jenen Nächten. Sie erinnerte sich an die Kämpfe, die Gerüche und die Musik, den warmen Schweißregen in der ersten Reihe. Sie erinnerte sich an den Stolz, den sie empfunden hatte.

»Landesmeister«, sagte sie ehrfürchtig.

»Landesjugendmeister«, korrigierte er sie. »Und die Kids von heute sind alle mindestens so gut wie ich, wenn nicht besser.«

»Du bist bescheiden geworden im Alter.«

»Nein. Nur ehrlich. Wie auch immer, Vergangenheit ist Vergangenheit.«

Sakai, die ihm den Rücken zukehrte, lächelte traurig.

»Ja, Vergangenheit ist Vergangenheit«, murmelte sie.

»Was führt dich zu mir?«

»Ich wollte dich um deine Hilfe bitten, Oshino.«

»Es freut mich, dass du an mich gedacht hast. Was immer du willst. Das weißt du.«

»Hast du noch Kontakt zu deinen alten Freunden?«

»Mit denen habe ich seit Jahren nichts mehr zu tun.« Er blickte sie ernst an. »Aber sag mir doch einfach, was du brauchst, und ich verspreche dir, ich werde versuchen, dir zu helfen.«

»Ich suche eine bestimmte Person. Ich brauche ihre Geburtsurkunde, Schulzeugnisse, solche Sachen. Sie dürfte jetzt etwa in meinem Alter sein.«

Sakai malte in sauberen Schriftzeichen einen Namen auf seine Schreibtischunterlage.

»Wäre es nicht einfacher, du guckst in den Polizeiakten nach?«

»Das würde Spuren hinterlassen. Spuren führen zu Nachfragen. Außerdem glaube ich nicht, dass derjenige eine kriminelle Handlung begangen hat.«

»Brauchst du die Auskunft für deine Arbeit, oder ist es dein Privatvergnügen?«, fragte Oshino.

»Wo ist der Unterschied?«

Sie lachten. Sakai holte ein kleines Bündel Geldscheine und ihre Visitenkarte aus ihrer Handtasche.

»Genügt das für deine Freunde?«

»Das ist mehr als genug. Ich melde mich, wenn sie fündig geworden sind.«

»Und du, Oshino? Was willst du?«

Er leckte sich die Lippen und sah zu Boden. »Wonach fragst du?«

»Ich spreche von Geld.«

»Wie du schon gesagt hast, ich habe mir nie was aus Geld gemacht.«

Sakai lachte. »Du hast schon damals in einer höheren Liga gespielt.«

»Mit dir zusammen würde das jeder wollen.«

»Hier. Das sollte reichen.« Sie zählte noch mehr Geldscheine ab und schob ihm das Bündel hin.

»Wofür?«

»Was wohl?«

Er stand auf und lachte. »Du bist wirklich einmalig.«

»Ein Arsch wie der andere, Oshino.« Sie machte die Tür auf und zwinkerte ihm zu. »Du musst mir nur das Gewünschte liefern.«

Er sah auf die Schreibtischunterlage. *Midori Anzai.*

Als Oshino mit dem Finger über die Zeichen strich, breitete die Tinte sich wie Blut über das Papier aus.

Mehrere Tage vergingen ereignislos. Iwata sprach mit entfernten Verwandten der Kaneshiros und Ohbas, immer in der Hoffnung auf ein Detail, das sie übersehen, einen Aspekt, den sie außer Acht gelassen hatten, doch er traf nur auf freundliche Worte und Mitleid. Dafür konnte er sich nichts kaufen. Danach widmete er sich Professor Igarashi, fand ebenfalls nichts Ungewöhnliches, keine Verbindung zu den Opfern. Sakai ihrerseits durchforstete jedes öffentliche Archiv und zapfte jede nur erdenkliche Informationsquelle an, auf der Suche nach einer Verbindung zwischen den Opfern. Ergebnislos.

Iwata blickte über die Schulter, ob er ungestört war, und rief von einem freien Schreibtisch in der Abteilung eins aus seine Kollegin an.

»Es muss einen Zusammenhang geben, Sakai. Ich glaube einfach nicht, dass der Mörder der Schwarzen Sonne nur zufällig auf diese Leute gestoßen ist. Nach allem, was wir bisher wissen, ist er ein Pedant.«

»Ich würde eher sagen, nach dem Wenigen, was wir bisher wissen.« Sakai klang erschöpft. »Aber Sie haben mich in eine Bücherei geschickt, um nach zwei identischen Punkten zu suchen, Iwata.«

»Suchen Sie weiter.« Er knallte den Telefonhörer auf und rieb sich die Augen. Als er aufblickte, sah er Moroto hämisch grinsen.

»Oh je, Mickey Mouse ist traurig«, spottete er. »Kauft ihm doch mal einen Hotdog.«

Abteilung eins brach in Lachen aus.

Am Morgen des zweiten März, zwei Wochen nach den ersten Morden, fuhr Iwata zur Gartenstadt Den-en-chōfu dreißig Autominuten südlich von Shibuya. Er hatte nichts zu tun, keine Verabredung. Auf den von Bäumen gesäumten Straßen herrschte kaum Verkehr, die großen Häuser waren in unterschiedlichen Stilen erbaut. Außer den ganz normalen Reichen wohnten in diesem Viertel Ausländer, Baseballstars, Sänger, Mangakünstler und Politiker.

Die Adresse, die Iwata von dem Observationsteam erhalten hatte, lag in einer Seitenstraße unweit des Tamagawadai Parks. Er setzte Basecap und Sonnenbrille auf und bestellte sich an einem Stand einen schwarzen Kaffee mit Agavensirup. In der grauen Limousine gegenüber von Igarashis Haus erkannte er sofort die beiden Zivilfahnder, der eine las Zeitung, der andere war eingenickt. Jedem noch so oberflächlichen Beobachter hätte diese Situation verdächtig vorkommen müssen, und Iwata konnte nur hoffen, dass Igarashi nicht besonders aufmerksam war.

Er schlenderte an dem Haus vorbei, schlürfte beiläufig seinen Kaffee und blickte hinauf. Das Haus war leer. Der Sportteilleser schaute ihn kurz an und las weiter. Iwata schlenderte an dem Haus noch ein paarmal vorbei und kehrte dann zu seinem Auto zurück. Obwohl nicht in bester Verfassung, war er wenigstens den pochenden Schmerz im Fußknöchel losgeworden. Er sah zu der grauen Limousine und empfand fast so etwas wie Zuneigung zu den beiden Beschattern. Sie gehörten zu einem System, das unter seinem Befehl stand. Beschränkt, aber loyal, sie waren seine Hunde, er brauchte nur »Fass!« zu sagen.

Iwata nahm die Basecap und die Sonnenbrille ab, bevor er aus einer Laune heraus Igarashis Nummer wählte.

»Ja?« Derselbe ungeduldige Unterton, mit dem er ihn in seinem Büro im Museum empfangen hatte.

»Professor? Kommissar Iwata hier.«

»Ah. Gutes Timing. Ich habe grade die Passkontrolle in Narita hinter mich gebracht.«

Igarashis leise, ruhige Stimme feuerte ihn geradezu an. Seltsam.

»Wie war Ihre Reise?«

»Nicht so produktiv wie gewünscht. Und haben Sie Fortschritte erzielt?«

»Ein wenig. Falls Sie morgen im Museum sein sollten – könnte ich vorbeikommen und Ihnen noch ein paar Fragen stellen?«

»Ich bin ab zwölf Uhr da.«

»Bis dann, Professor.«

»Diesmal gibt es auch Kaffee.«

Iwata drückte das Gespräch weg, als würde er ein Streichholz auspusten, das ihm sonst die Finger verbrannt hätte. Er sah sein Handy an. *Kaffee.*

»Bis dann, du eingebildeter Affe.«

Er blickte auf. Irgendwas stimmte nicht. Der Sportteilleser und die Schlafmütze nahmen die Stöpsel aus den Ohren und packten ihre Kameras ein. Letzterer stieg mit einer Tüte Abfall aus dem Auto. Bevor er den Mülleimer erreichte, packte Iwata ihn von hinten am Kragen.

»He? Wo gehen Sie hin?«

Der Polizist drehte sich um.

»Passen Sie auf, mit wem Sie reden«, raunzte er Iwata an.

Iwata hielt ihm die Dienstmarke unter die Nase.

»Ich habe Ihnen nicht den Befehl dazu gegeben. Setzen Sie sich wieder ins Auto und observieren Sie ihn. Verstanden?«

Misstrauisch musterte der Polizist Iwatas Dienstmarke und versuchte, den humpelnden blassen Mann, dem sie gehörte, abzuwimmeln.

»Was wollen Sie?«

»Observieren Sie ihn.«

Die Schlafmütze sah verunsichert aus. Die Dienstmarke und die Autorität passten nicht zu diesem halb Verrückten vor ihm.

»Beruhigen Sie sich, Sir.«

»Ich beruhige mich erst, wenn Sie Ihre verdammte Arbeit tun.«

»Der Abteilungsleiter hat gerade angerufen. In der Zeitung … Haben Sie nicht gelesen, was …«

Iwata stutzte, und das plätschernde Geräusch einer Berieselungsanlage in der Nähe erstarb.

»Welche Zeitung?«

Der Sportteilleser, im Begriff, ebenfalls aus dem Auto auszusteigen, warf ihm seine Zeitung zu. Sie landete vor seinen Füßen, was ihn in die Wirklichkeit zurückholte. *Mörderischer Wahnsinn bricht über Tokio herein: erst der Superstar, jetzt die Witwe.*

Im Leitartikel war von wild gewordenen Killern die Rede, die in den Straßen der Stadt lauerten, und von der inkompetenten Tokioter Polizei. Gleichzeitig sprach der neue Justizminister von Einsparungen bei der Polizei und von Rationalisierungsmaßnahmen. Das Titelfoto zeigte Mina Fongs lachendes Gesicht, das große Heiterkeit und Liebe für ihr Publikum ausstrahlte. Darunter ein unscharfes Foto von Iwata beim Betreten von Frau Ohbas Haus.

»Ich gehe jetzt besser«, sagte die Schlafmütze.

Iwata zeigte auf Igarashis Haus.

»Dieser Mann wird weitermorden.«

»Sie wissen, wie es ist. Die da oben ordnen was an, und unsereins gehorcht.«

Der Polizist kehrte zum Auto zurück, strich sich dabei sein Jackett glatt und fuhr sich durchs Haar.

»Er ist noch nicht fertig«, rief Iwata.

Der Motor startete, lautlos glitt die Limousine davon und hinterließ eine kleine Abgaswolke. Aus Iwatas Stimme war der Zorn gewichen.

»Selbst wenn wir es sind.«

Eine Schar Tauben gurrte in den Ästen über ihm. Nachbarn beobachteten ihn hinter doppelverglasten Fenstern und teuren

Gardinen. Heftig atmend ging Iwata zu seinem Auto. Er kniff die Augen fest zusammen und biss sich auf die Lippe, rang die Wut nieder. Er brauchte Stille, stattdessen brummte sein Handy.

»Iwata.« Shindo sprach langsam, mit ausdruckloser Stimme. »Sind Sie dran?«

»Ja.«

»Sie wissen, warum ich anrufe.«

Nur mit Mühe vermochte Iwata seine Stimme zu kontrollieren.

»Sie haben versprochen, mir Zeit zu geben.«

»So etwas kann kein Mensch versprechen. Sie sind in einer halben Stunde hier. Der Wind hat sich gedreht.«

Iwata legte auf und versuchte, sich zu sammeln.

*Haben Sie sich schon mal gefragt, ob es wohl unter diesen Städten gute und schlechte gibt.*

Wütend unterdrückte er die Tränen und schlug wiederholt auf das Steuerrad. Die blökende Hupe zerriss das eintönige Grau der friedlichen Nebenstraße. Der kalte Morgen zog still vorbei.

In Shindos Büro hing noch immer der gleiche säuerliche Gestank, doch die Welt draußen hatte sich seitdem bewegt. Gestresst und schwitzend kam er herein und hielt gleich abwehrend die Hand hoch.

»Sagen Sie nichts, Iwata.«

Die Tür fiel scheppernd zu, Shindo ließ sich auf den laut knarrenden Drehstuhl hinter seinem Schreibtisch sinken. Er hielt diverse Zeitungen hoch. Mord, Hysterie, der blanke Horror in Fettdruck.

»Der Mord an der Fong konnte unmöglich lange geheim gehalten werden, aber der an der Witwe hätte unter Verschluss bleiben sollen. Ehrlich, ich weiß nicht, wie das an die Öffentlichkeit gelangt ist. Die Polizei von Kanagawa schwört, dass es keiner aus ihren Reihen war. Aber so oder so, es ist egal.«

Shindo wies auf den Zeitungsstapel, als wäre es Hundekot, dem es auszuweichen gilt.

»Seit Wochen nur solches Zeug in den Zeitungen. Satsuki Eda hat heute Morgen Polizeipräsident Fujimura angerufen. Satsuki Eda! Klingelt da was? Satsuki Eda, der Justizminister. Wissen Sie, was das bedeutet, Iwata?«

»Druck.« Iwata bedeckte die Augen mit der Hand.

»Korrekt. Druck. Und das bedeutet Probleme. Was wiederum Arbeitsplätze gefährdet.« Er leckte sich über die Zähne, suchte nach den richtigen Worten. Am Ende stand er mit leeren Händen da. »Schauen Sie, Iwata. Es ändert sowieso nichts, aber wider besseres Wissen habe ich darum gebeten, Ihnen in diesem Fall nochmal eine Chance zu geben. Aber Fujimura ...«

»Ersparen Sie sich die Samariternummer. Warum haben Sie mich herbestellt?«

»Also gut. Es ist so. Gegen Sie liegt eine offizielle Dienstaufsichtsbeschwerde vor. Das ist ein Problem, Iwata. Sie befinden sich noch immer in der Probezeit, und sehr bald wird Ihre Stellung hier beurteilt. Bis dahin sind Sie beurlaubt. Damit das klar ist, es wird Ihr Verhalten beurteilt, nicht Ihr Fallmanagement überprüft. Wenn Sie das überstehen, können Sie die Ermittlungen immer noch leiten.«

»Was ist mit meinem Fall, Shindo?«

»Der Fall Kaneshiro ist gelöst und abgeschlossen. Also, diese Überprüfung ist keine Einbahnstraße. Sie haben das Recht zu ...«

»Wie bitte?«

Shindo atmete schwer aus und schaute zur Seite. »Ich kann Sie nicht verteidigen, Iwata. So nicht. Es gab schon Nachfragen über Sie, bevor Sie in unsere Abteilung gekommen sind.

Ihre lange Abwesenheit. Ihre Vorgeschichte. Sie müssen sich überlegen …«

»Gelöst und abgeschlossen? Wie meinen Sie das?« Iwata klopfte das Herz bis zum Hals.

»Der Krüppel, Masaharu Ezawa. Er wurde wegen Mordes an den Kaneshiros angeklagt.«

»Das verstehe ich nicht. Wieso können wir ihn anklagen wegen etwas, was er nicht getan hat?«

»Konzentrieren Sie sich auf Ihre eigenen Probleme, Iwata.«

»Aufgrund welcher Beweise?«

»Bei der Durchsuchung seiner Wohnung haben wir Gegenstände des Opfers gefunden, und er besaß Videomaterial über sie.«

Iwata machte eine abschätzige Handbewegung.

»Das hat er alles in dem ersten aufgezeichneten Verhör zugegeben. Das ist nebensächlich.«

»Der Kerl hat gestanden, Iwata«, entgegnete Shindo.

»Bullshit!«

»Gestern Morgen. Er hat die Tat gestanden.«

Iwata beugte sich vor, steckte den Kopf zwischen die Knie, als würde sein Flugzeug abstürzen. Er schloss die Augen, ballte die Fäuste, und die Schürfwunden an den Fingerknöcheln platzten auf.

»Das Geständnis ist fingiert, Shindo. Ezawa ist ja nicht mal körperlich zu so einer Tat in der Lage.«

»Es ist nun mal so.«

Iwata haute mit der Faust auf den Tisch. Einige Gestalten draußen vor dem Büro sahen in ihre Richtung.

»Mann, das hilft Ihnen auch nicht weiter.«

»Dann erklären Sie mir mal, wie Ezawa den Mord an Frau Ohba begangen haben soll, wenn er die ganze Zeit über in Polizeigewahrsam in Setagaya war?«

»Der Fall wurde von den Ermittlungen im Fall Kaneshiro abgekoppelt. Die Untersuchungen dauern noch an.«

»Wer hat den Fall?«

»Iwata ...«

»Wer den Fall hat!?«

»Horibe.«

Iwata drückte die Fäuste tief in die Augenhöhlen, bis es schmerzte, und schüttelte den Kopf. Er verlor die Kontrolle. Er brauchte eine Kneipe. Er brauchte die Nestwärme. Sie hatte ihn immer beschützt, warum es länger leugnen.

»Hören Sie doch, Kommissar. Kümmern Sie sich lieber um sich selbst.«

»Nein. Ich rede mit Ezawa. Er kann sein Geständnis immer noch widerrufen.«

»Das können Sie nicht.«

»Und ob. Sie wissen doch genau, dass Ezawa unschuldig ist. Sie *wissen* es.«

»Wissen ändert gar nichts. Was Fujimura betrifft – Sie hatten Ihre Chance, und Sie haben es vergeigt.«

»Ihr wollt den Jungen also ans Messer liefern? Oh nein, Shindo. Er ist vielleicht ein bisschen seltsam, aber er wird nicht etwas gestehen, was er nicht getan hat. Nicht, wenn er klar bei Verstand ist.«

»Ezawa ist tot. Er hat sich in seiner Wohnung erhängt, nachdem er gegen Kaution freigelassen wurde.«

Iwata erhob sich abrupt, fühlte sich erschöpft. Auf einmal begriff er. Ezawa war nun der perfekte Täter. Tot. Das System funktionierte einwandfrei. Dem Verbrechen folgt die Gerechtigkeit. Der Wind bläst, die Bäume biegen sich.

Als er kopfschüttelnd die Tür aufriss, drängte sich die Geräuschkulisse der Abteilung eins herein.

»Wer hat ihn verhört?«

»Sie hängen sowieso schon am seidenen Faden, Mann. Bleiben Sie locker.«

»Wer!?«

Shindo seufzte. »Moroto. Auf Befehl von Fujimura.«

»Und was haben Sie dagegen unternommen?«, herrschte Iwata ihn an.

»Was hätte ich tun sollen?«

»Papier«, brüllte Iwata angewidert. »Mehr haben Sie nicht im Kopf, Shindo. Papier. Stapel von Papier.«

Ohne sich noch einmal umzuschauen, verließ er das Büro. Als er durch die Abteilung eins zu den Aufzügen marschierte, warf er einen Blick hinüber zu Fujimuras Büro. Durch eine Lücke in der Jalousie sah er alte wässrige Augen, die ihm folgten.

15. KAPITEL

# Spiele

Mit kreischenden Bremsen kam Iwata vor dem Institut für Rechtsmedizin zum Stehen. Zielstrebig lief er durch die Eingangshalle, ohne sich die Mühe zu machen, dem Mann am Schalter seinen Ausweis zu zeigen, der prompt protestierte. Iwata stieg in den Keller hinab, brodelnd vor Zorn, ein Kabel unter Strom.

Als die Türen zur Seite glitten, erblickte er Dr. Eguchi in ihrem Büro auf der rechten Seite des Flurs, die sich über einige Papiere beugte. Sie blickte kurz zu ihm auf, hob einen Finger – einen Moment, bitte –, doch Iwata beachtete sie nicht und stieß die Tür links auf, in die desinfizierte Düsternis. Eine Wand aus Metallschubladen, Ablageschränke für die Toten. Iwata zog eine nach der anderen auf.

»Kommissar!«

»Was ist?«

»Was machen Sie da?«

Ezawas kleines kindliches Gesicht tauchte in dem blaugrünen Dämmerlicht auf.

»Sagen Sie mir, was mit ihm passiert ist.« Iwatas Stimme klang belegt.

»Ihr Verhalten ist unannehmbar, Herr Kommissar. Sie können hier nicht einfach hereinplatzen und …«

Er packte sie an den Schultern.

»Jetzt sagen Sie schon, verdammt!«

Eguchi rang nach Luft, und Iwata ließ sie los.

»Entschuldigen Sie. Entschuldigen Sie. Sagen Sie mir einfach, was los ist, und ich bin in zwei Minuten wieder draußen.«

Eguchi betrachtete Ezawas bleiches Gesicht und seufzte. Sie ging hinaus und kehrte wenig später mit einem OP-Kittel, Gesichtsschutz, Chirurgenmaske und Schuhüberzügen zurück. Dann schaltete sie die Deckenbeleuchtung ein und zog die Schublade mit Ezawas schmalem Körper ganz heraus.

Mit dem kleinen Finger wies sie auf die dunklen Druckstellen an der Kehle und die geplatzten Kapillare.

»Selbststrangulation. Eindeutig. Sehen Sie die Abdrücke des Seils? Aber da wäre noch etwas.«

Sie schlug das Laken zurück, sodass Ezawas Leiche bis zur Taille frei lag. Der Brustkorb war stark verfärbt. Zwei Finger der linken Hand waren gebrochen. Beide Handgelenke wiesen tiefe Einschnitte von den Fesseln auf, von denen er versucht hatte, sich zu befreien.

»Es hat ursächlich nicht zum Tod geführt, aber er wurde schwer misshandelt. Er war in einer äußerst schlechten Verfassung, bevor er sich erhängt hat.«

Eguchi ging um die Leiche herum und wies wieder mit dem kleinen Finger auf bestimmte Stellen am Körper.

»Die Strangulationsmale erklären natürlich auch das Fehlen jeglicher defensiven Verletzungen, die sich typischerweise hier ... und hier befinden müssten. Ach so, das hier steckte bei seiner Einlieferung in seinem Mund.«

Eguchi zeigte auf einen durchsichtigen Plastikbeutel mit Damenunterwäsche, der mit Speichel bedeckt war.

Iwata hatte den Raum bereits verlassen.

»Kommissar?«

Es herrschte Stille, Totenstille. Eguchi wartete noch einen Moment, bevor sie Ezawa behutsam mit dem Laken zudeckte und ihn auf Nimmerwiedersehen zurück in die finstere Kammer schob.

Zwei Häuserblocks vom Polizeirevier Shibuya entfernt, zwischen einem Sexshop und einem Stand mit Billig-Handtaschen, stand eine fünfstöckige Spielhalle. Auf einem Neonschild über dem Eingang prangte ein einziges Wort: *Spiele.*

Die Automatiktüren glitten zur Seite, und Iwata schaute sich in dem Raum um. Angestellte, verliebte Paare und Teenager, die Schultaschen neben sich auf dem Boden. Alle waren vollkommen absorbiert, fromme Gläubige vor ihren selbst gewählten Altären. Zigarettendunst hing unter der blauen Decke, und der rosa Teppich dünstete den Gestank vertaner Stunden aus.

Langsam ging Iwata durch die Halle, von dem elektronischen Gebimmel und hektischen Geschepper der Plastikchips sausten ihm die Ohren. Im obersten Stock tief hängende Lampen über Pooltischen, Büroangestellte, die sich vorbeugten, um ihre Stöße auszuführen, Kaugummis an den Schuhsohlen. Über den Lärm der aneinanderknallenden Kugeln und das schrille elektrische Keckern hinweg hörte er angestrengtes Männerlachen. Horibe, Yoshida und Tatsuno standen um eine elektronische Dartscheibe herum. Gestresste Kellner in rosa Uniformen und mit gelben Mützen eilten mit Snacks und Bier herbei. Bei ihnen saßen noch andere Männer in grellbunten Seidenanzügen und offenen Seidenhemden. Auf einem Tisch zwischen den beiden Gruppen hatte sich ein kleiner Stapel Zehntausend-Yen-Scheine angesammelt. Moroto machte sich daran zu werfen.

»He, wen haben wir denn da? Setzen Sie sich zu uns, Iwata.«

»Ich muss Sie sprechen.«

»Eins nach dem anderen.« Moroto warf seine Pfeile.

20. 20. 19.

Begeisterter Jubel bei der einen Hälfte der Männer, wüste Beschimpfungen von Tatsuno und Yoshida. Sie warfen Geld auf den Tisch.

»Wir spielen Killer, Iwata.« Moroto zwinkerte ihm zu. »Sind Sie eine Spielernatur? Klar sind Sie ein Spieler.«

Iwata stand am Rand der Gruppe, alle Gesichter hatten sich lächelnd ihm zugekehrt.

»Ich muss Sie sprechen.«

»Immer locker bleiben, Kommissar. Wie wäre es? Fünfzigtausend zum Einstieg. Was meinen Sie? Schaffe ich es?«

Ehe Iwata etwas erwidern konnte, hatte ihn jemand von hinten mit einem festen Würgegriff gepackt und auf das Sofa gezerrt. Tatsuno, nach dem Grunzen zu urteilen. Einer der Yakuza-Soldaten mit Sonnenbrille im Katzenaugenstil und halb offenstehendem Ledershirt klappte grinsend ein Messer auf und hielt es Iwata an die Oberschenkelvene. Das vielsagende Tattoo auf seiner Brust zeigte vier Drachen, die mit offenen Mäulern über eine Frau herfielen. Sie saß mit übereinandergeschlagenen Beinen und geschlossenen Augen ergeben lächelnd vor ihnen.

Moroto wandte sich wieder der Dartscheibe zu.

»Die Regeln sind ganz einfach, Iwata. Drei Runden, drei Würfe. Mit jeder neuen Runde muss ich eine höhere Punktzahl erzielen als vorher, und mein Endergebnis muss das meiner Gegner übertreffen. Yoshida hat beeindruckende hundertvierundsiebzig erreicht.«

Double 11. Double 11. 20.

Erneut Jubel und Beschimpfungen.

»Aber es ist nicht zu leugnen. Ich hole auf.«

20. 18. Triple 11.

Die Gruppe feierte ihn lautstark, und er verbeugte sich. Horibe teilte die Wetteinsätze auf, und Moroto ließ sich in dem neontrüben Licht auf dem schmutzigen Kunststoffstuhl Iwata gegenüber nieder. Er lächelte.

»Lass ihn los.«

Tatsuno gehorchte widerwillig. Luft strömte in Iwatas Lungen, schwarze Punkte tanzten durch sein Blickfeld. Katzenauge hielt weiter seine Klinge an Iwatas Oberschenkel. Niemand vom anderen Ende der Halle sah in ihre Richtung. Moroto leerte mit zwei Schlucken sein Bierglas zur Hälfte und leckte sich den Schaum von den Lippen wie ein Kind seinen eiscremeverschmierten Mund. Sein Hals war ein Telefonmast, seine Augen zwei Flüche.

»Das klingt jetzt vielleicht komisch, aber ich muss sagen, ich freue mich sehr, Sie wiederzusehen. Ich habe oft an Sie denken müssen, Kommissar Iwata.«

Dartpfeile blieben mit einem dumpfen Geräusch im Brett stecken, gefolgt von neuerlichen Anfeuerungsrufen. Scherzhaft winkte Moroto ihm mit seiner Krawatte zu, wie eine Katze, die mit dem Schwanz wedelt.

»Gefällt sie Ihnen? Ich überlege, ob ich sie nächste Woche tragen soll. Ich will mich doch fein machen für Ihr Disziplinarverfahren.«

»Sie sind derjenige, den man aus dem Job entfernen sollte.« Iwatas Stimme war ein schmerzhaftes Krächzen.

Morotos großer Mund verzog sich zu einem Lachen. »Sie hatten ganz recht, bei Killer nicht einzusteigen, Iwata. Es ist nicht Ihr Spiel. Sie würden in der ersten Runde zu hoch pokern, und dann? Dann säßen Sie fest. So wie jetzt.«

»Ezawa ist kein Mörder. Aber Sie wussten, dass er sich umbringen würde. Oder haben Sie nachgeholfen?«

Katzenauge mokierte sich und erinnerte an eine meckernde Großmutter. Gespielt gekränkt legte Moroto den Finger auf die Lippen.

»Aber Kommissar.«

»Sie sind krank, Moroto.«

»Was ist daran so schlimm? Macht die Sonne krank? Eher als Cholera? Vielleicht bin ich krank. Aber ich bin nicht Gott.

Ich bin für die Ezawas dieser Welt nicht verantwortlich. Ich vernichte sie nur.«

»Sie werden im Gefängnis landen.«

Moroto lachte dröhnend.

»Wer, glauben Sie wohl, hält die Gefängnisse am Laufen? Außerdem behagt mir Ihre Unterstellung nicht. Herr Ezawa hat sich seiner Verhaftung widersetzt, das machte ein bestimmtes Vorgehen erforderlich. Er hat sich auch widersetzt, als Sie ihn verhaften wollten, oder etwa nicht? Der Mann war gewalttätig. Er war vorbestraft. Wir durften kein Risiko eingehen.«

»So nennen Sie das? Einen gefesselten, behinderten Jungen schlagen?«

Moroto öffnete zischend das nächste Bier und trank genüsslich. Er sah zu Tatsuno und verdrehte die Augen, als telefonierte er mit einer nörgelnden Ehefrau.

»Wissen Sie was? Sie klammern sich zu sehr an Details.«

»Bringen Sie Ihre Beschwerden gegen mich vor, das ist mir egal. Aber ich versichere Ihnen, dass Sie damit nicht durchkommen.«

»Ach, tatsächlich?«

»Das schwöre ich.«

Moroto lächelte und fuhr sich mit der Hand über seinen Igelschnitt.

»Ich verstehe Sie nicht, Iwata. In wenigen Tagen kehren Sie ins Zivilleben zurück. Was hat das für einen Sinn, die Schlachten der Toten zu schlagen?«

»Dazu sind wir da. Die Polizei. Schon vergessen?«

Tatsuno gluckste, Moroto und Katzenauge schmunzelten mitleidig.

»Ist ja goldig. Leider nur hat die Polizei von Tokio dringend einen Frühjahrsputz nötig. Veränderung ist angesagt, mein Freund.«

*Die Lichter der Stadt leuchten so schön.*

Ein Klick, tief im Innern.

»Sie waren das also. Sie haben die Ohba-Geschichte durchsickern lassen.«

Moroto klatschte in die Hände, und Tatsuno beugte sich vor und zerzauste Iwata die Haare.

»Wissen Sie, was ich an Ihnen mag, Iwata? Sie haben mich ja nie ausreden lassen. Deswegen sage ich es Ihnen jetzt. Sie sind zu blöd, um zu begreifen, dass Sie mich fürchten sollten. Nicht weil ich Ihrer Karriere ein Ende machen könnte, sondern weil ich Sie *kenne*, Iwata. Ich habe Ihr Geheimnis gelüftet. Ich weiß alles über Sie. Ihre verrückte amerikanische Frau und Ihr verdammtes totes Mischlingskind. Ihre kleine Auszeit im Entzug. Und das war nicht Ihr einziges Problem. Was war Ihre Spezialität? Alkohol und verschreibungspflichtige Medikamente. Sie scheinen mir eher der Typ zu sein, der einen ganz normalen Kollaps erleidet.«

Moroto beugte sich vor und klopfte ihm behutsam auf das Knie, als würde er eine Ware begutachten.

»Ich kenne Sie, Iwata. Und wissen Sie, was nächste Woche bei dem Disziplinarverfahren passieren wird? Man wird über Ihre Eignung befinden. Sie müssen vor einer psychologischen Evaluierungskommission erscheinen. Und der Arzt wird sagen: ›Hm … vielleicht hat der Druck Ihnen zu stark zugesetzt. Verständlich, nach allem, was Sie durchgemacht haben.‹ Vielleicht kommt auch nochmal Ihr Alkoholproblem zur Sprache. Vielleicht wird eine Verbindung zu Ihren Gewaltausbrüchen hergestellt. Wirklich bedauerlich, wenn man Ihr Talent als Ermittler bedenkt, aber die Risikoeindämmung hat Vorrang. Leider, leider.«

Iwata wehrte sich, doch Tatsuno packte ihn wieder, und Katzenauge hielt die Klinge an sein Ohr. Morotos Lächeln wirkte beinahe traurig.

»Wissen Sie, was ich mir wünsche, Iwata? Ich wünsche mir, dass Sie ehrlich zu mir sind. Das ist alles. Sagen Sie mir die Wahrheit. Sie sind kein Polizist. Sie sind nur hier, um eine Lücke zu füllen. Eine Leere. Damit Sie nicht trinken. Sie sind nicht hier, um sich Ihren Lebensunterhalt zu verdienen, so wie wir. Ich kenne Sie, Iwata. Ich weiß, dass Sie sonst nichts haben, wofür es sich zu leben lohnt. Und wissen Sie, was ich machen werde? Ich werde Ihnen das alles wegnehmen. Einschließlich ihrer kleinen Freundin Sakai.« Moroto spazierte mit zwei Fingern Iwatas Brustkorb bis zur Oberlippe hinauf. »Nicht böse sein, es wäre früher oder später ohnehin so gekommen. Wenn es ein Gegenteil zur Liebe auf den ersten Blick gibt, dann sind wir das. Ihre Klasse und meine Klasse. Wir hassen einander, und wir brauchen keine Begründung dafür. Wir haben uns schon immer gehasst. Es liegt im Blut.«

Moroto winkte seinen Männern, von ihm abzulassen, und Iwata wich vor ihnen zurück. Ihm war schwindelig, vor den Augen verschwamm alles und war in grelle Farben getaucht.

»Disneyland liegt in weiter Ferne, Mickey Mouse. Tokio gehört mir.«

Iwata torkelte davon, schwankte um die Pooltische herum. Moroto hatte sich auf seinen Stuhl gestellt, sein triumphierendes Gesicht war gerötet.

»He, Kommissar!« Er prostete ihm mit dem Bier zu. »Schönen Tag noch!«

Iwata stieg die Treppe zu einer tristen Kellerbar hinunter. Ganz hinten stand die eigentliche Attraktion: fünf schmutzige Pinguine, die auf einer Betonscholle in einem trüben Wasserbecken kauerten. Vor Jahren, in einem anderen Leben, war Iwata öfter hierhergekommen, aber daran wollte er sich nicht erinnern. Enttäuschte amerikanische Touristen vermieden den Blick auf die Pinguine, während der Kellner ihnen in gebrochenem Englisch die Specials von heute erklärte. Iwata zweifelte, dass sie irgendwie spezieller waren als die von gestern.

Er ließ sich an der Theke nieder und bestellte Wodka-Tonic. Am anderen Ende saß ein junger Angestellter, der angestrengt über die Witze seines Kunden lachte, obwohl sein errötetes Gesicht Verlegenheit verriet. Iwata trank drei Wodka-Tonic hintereinander, genoss die Wärme, die sich in Kopf und Brust ausbreitete. Gleichzeitig machte sie ihm Angst. Er führte ein leeres Leben, aber wenigstens hatte er versucht, wieder von vorne anzufangen. Wie ein Mann, der nach einem Autounfall aufsteht und mit blutigen Händen trampt. Doch tief in ihm steckte ein cholerischer Suchtkranker, der gar nicht von vorne anfangen wollte. Ein Suchtkranker, dem man nicht mit Vernunft kommen durfte. Die Wärme würde ihn wie eine gewaltige Flutwelle fortspülen und ihn woanders wieder ausspucken, Hunderte Kilometer entfernt, Strandgut eines unerwünschten Lebens.

Iwata trank noch drei weitere Wodka. Seine Ohrläppchen brannten, sein Magen zog sich zu einem Klumpen zusammen. Das Trinken würde es ihm leichter, ihn unempfindlich machen. Er würde über den Abgrund schauen, tief ins lachende Auge seiner eigenen Welt blicken. Er wollte von einer Kälte umschlungen werden, so allumfassend, dass sie jede Empfindung auslöschte.

Iwata trank, bis kein Unterschied mehr zwischen Schweben und Sinken existierte, und versuchte, den Gedanken an Cleo zu ersticken.

Irgendwo, unter oder über ihm, flüsterte die Schwarze Sonne.

*Hallo? Bist du da, Iwata?*

Iwata schlug die Augen auf und blickte in das trübe Neonlicht.

»Geh nach Hause, mein Freund. Du kannst hier nicht schlafen«, sagte der Barkellner auf Englisch, ohne zu stocken.

Die Pinguine waren erwacht. Aus einem umgekippten Plastikeimer glitten glänzende Fische über die Beckenkante. Rosa und silbrige Körper versuchten, den Schnäbeln zu entkommen, und die Pinguine schnappten lustlos nach ihnen. Ein Pinguin beachtete die Fische nicht weiter, erklomm die Betonscholle, tauchte in das trübe Wasser, nur um erneut herauszupaddeln und den Vorgang wenige Sekunden später zu wiederholen.

Die schwarzen Köpfe und die weißen Brüste waren mit Dreck und Fischblut besudelt. In der Ecke stand eine leere, ungenutzte Hundehütte mit einem aufgemalten lachenden Pinguingesicht an der Seite.

Schlagartig, wie in einem herannahenden Albtraum, erinnerte sich Iwata, woher er diesen Ort kannte. Er war mit Cleo hier gewesen, vor Jahren, in seinem früheren Leben. Hier waren sie gerne nachts, nachdem sie mit Freunden gefeiert hatten, auf einen Kaffee und Toast hergekommen.

Wer waren die Freunde von damals?

Iwata konnte sich nicht an sie erinnern. Nur daran, dass Cleo über diese alberne kleine Bar gelacht hatte. Sie liebte Tokios skurrile Details, die karikaturhafte Schrillheit, ein Gegensatz zur grauen eintönigen Realität.

Iwata war vom Hocker aufgestanden, warf Geld auf die Theke, verfehlte sie, musste raus hier, obwohl es für ihn keinen Ausweg gab. Ein letzter Blick zu dem tauchenden Pinguin, gefangen in einem ewigen Kreislauf, immer in der Hoffnung, woanders aufzutauchen.

Draußen übergab sich Iwata, wich vor der Pfütze seines Erbrochenen zurück und stützte sich an moosbewachsenen Mauern ab, um nicht das Gleichgewicht zu verlieren. Er torkelte durch die Nebenstraßen des Viertels Ikebukuro, dann weiter in südliche Richtung. Seine Wohnung war über zehn Kilometer von hier entfernt, doch er hatte jedes Gefühl für Zeit und Raum verloren.

Er kam an der Universität Gakushuin vorbei, deren alte Trauerweiden weit über die Straße hingen, die parallel zur Yamanote-Linie verlief. Er verdrängte eine Kindheitserinnerung an eine Fahrt mit der Linie. Vor dem Eingang zum Krankenhaus Takadanobaba lungerte eine Gruppe Raucher, und dann kam der gigantische Klotz des Bahnhofs Shinjuku in Sicht, der seine Tagesdosis von dreieinhalb Millionen Passagieren schon beinahe verdaut hatte.

Iwata ging nach Westen, Hochhäuser schossen auf, Monumente der Ordnung und des Profits. Firmenzeichen nahmen seltsame Bedeutungen an, zwei Katzen, die für ein Kurierunternehmen standen, ein Adler, der für Autoreifen warb, eine rote Blume, die Reklame für Joghurt machte. Vor einem Luxushotel reihten sich beige und gelbe Taxis, darin schlafende Fahrer, die auf Gäste hofften, die Hunger auf das Fleisch von Tokio hatten. Iwata unterquerte die Herzkammer der Stadtautobahn Nr. 4, über ihn rauschte stoßweise der Verkehr hinweg. Er schaute auf zu den Sternen, aber sah nur Hochhäuser und eine graue Suppe.

Um halb zwei war Iwata zu Hause, erbrach sich erneut und wurde ohnmächtig, als er sich Sakai nackt vorstellte.

Die Sterne hängen am Himmel von Chōshi wie silbrig schimmernde Schweißperlen. Das Meer ist heute Abend ruhig und sacht. Cleo ist in der Küche, wartet, dass Kosuke nach Hause kommt. Sie fragt nicht, woher die Schürfwunden an den Fingerknöcheln stammen. Woher die Flecken. Sie geht nicht ans Telefon, obwohl sowieso immer nur ihre Mutter anruft. Wenn nicht ihre Mutter, dann der Schweigsame. Cleo verlässt kaum noch das Haus. Sie denkt nicht daran, was aus ihrem Leben geworden ist. Lieber denkt sie an früher. In der Ferne hört sie die Nebelhörner sehnsüchtig tuten. Sie sieht aus dem Fenster. Der Leuchtturm blinkt schwach. Als er ihr den Leuchtturm zum ersten Mal zeigte, hatten sie ihn lange angeschaut, ein einsames launisches Wesen im maulbeerfarbenen Zwielicht. *Sie machen mich traurig*, hatte sie gesagt. *Sie sorgen für dich, aber sagen dir eigentlich nur, halte dich fern.* Kosuke hatte nichts darauf erwidert.

Wieder kommt er spät, und obgleich es eine absurde Zeit ist, um zu Abend zu essen, holt sie das Gemüse aus dem Kühlschrank. Sie krempelt die Ärmel hoch, wäscht sich die Hände und fängt an, Karotten zu schnippeln. Sie tut es langsam, um sich das Gefühl zu geben, sie könnte Teil seines Alltags sein.

Tschack. Tschack. Tschack.

Cleo hält inne und betrachtet das Messer. Über das Babyfon hört sie Nina friedlich atmen. Dennoch löst das Geräusch ihres Kindes in Cleo nichts aus. Gar nichts. Es hätte sie beunruhigen können, doch wenigstens war es besser als die schlimmen Gedanken. Die Gedanken, über die man nicht sprechen konnte.

Cleo schließt die Augen und denkt an früher.

Sie denkt sich zurück in die Zeit, als sie und Kosuke nackt in ihrem Nest lebten, trunken vom warmen Glanz der Jugend und Liebe. Zuerst küssten sie sich nur zögerlich, nervöse Gäste, die sich von einem unbekannten Tisch bedienten. Zwischendurch schliefen sie. Cleo erzählte von den Auslagen in der Konditorei, die sie als Kind im Schaufenster gesehen hatte. Von ihrem Vater, der sie auf den Schultern trug wie ein Elefant eine Königin. Kosuke gefielen diese Geschichten. Sie sprachen, als hätte alles nur existiert, um sie in dieses Bett zu lotsen. Die Fenster in Cleos alter Wohnung beschlugen von ihrem Atem, und sie malte Herzen auf die Scheiben. In der Nähe gab es eine Kirche, deren Glocken an Namenstagen von Heiligen und zu anderen, belangloseren Gelegenheiten läuteten. Sie lachten über das Geläut, wie man über einen Betrunkenen lacht, der Witze erzählt. Sie sah hinunter auf die Straße, durch die der Wind Sand vom nahe gelegenen Strand blies. Tagelang zogen sie sich gegenseitig immer wieder aus und ernährten sich wie Überlebende in einer verlassenen Stadt. Cleos Körper war wie eine Schar aufflatternder Gänse, die geräuschlos der Wintersonne entgegenflog.

Sie lebten voneinander, sie nährten einander, sie teilten alles. Sie erforschten all die Orte, wo sich echte Gefühle verbergen – dunkle Mineralien unter Moos. Kosuke küsste ihren Nabel, während sie sich krankmeldete. Cleo küsste sein Knie, während er Gedichte rezitiert.

Erinnerungen.

Trauer.

Staubkörner.

Die Tür geht auf, und Kosuke wirft seine Schlüssel auf den Tisch.

»Entschuldige«, sagt er und kratzt sich im Gesicht.

Cleo hat aufgehört, nach Gründen zu fragen. Sie fragt sich, ob er weiß, wofür er sich entschuldigt.

»Hast du Hunger?«

»Mach keine Umstände.«

Tsckack. Tschack. Tschack.

»Wie war dein Tag?«, fragt er sie, riecht an seinen Achseln.

Tsckack. Tschack. Tschack.

»Gut.« Cleo lächelt.

Tschack. Tschack. Tschack.

»Wie geht es Nina?« Er fragt ohne Anteilnahme.

»Alles in Ordnung.« Sie lächelt. »Sie schläft.«

»Gut.«

»Wie kommt ihr mit dem Fall voran?«

Tsckack. Tschack. Tschack.

»Geht so«, stöhnt er. »Du weißt ja, wie es läuft.«

Cleo weiß es.

Eine einsame Insel, bewohnt von einsamen Menschen, begeistert von Bergen und sterbenden Dingen.

»Oh«, sagt sie, spült das Messer unter laufendem Wasser.

Kosuke schaut in den Kühlschrank und scheint etwas zu merken.

»Cleo?«

Es bricht ihr das Herz vor Liebe, die Wahrheit, alles, was jemals in ihr war, zerbricht. Kosuke ist nicht mehr derselbe; das, was sie einst miteinander verband, ist dahin; aber dennoch braucht sie ihn. Braucht ihn, damit er ihr sagt, dass er sie liebt. Braucht eine Erinnerung an ein menschliches Gefühl.

Auch wenn es eine Lüge ist.

»Ja?«

»Wie sehen die grünen Paprika aus?«

Iwata fuhr schreiend aus dem Schlaf hoch, er lag in seinem Erbrochenen. Für eine Schrecksekunde stand er im Schatten des Leuchtturms, um ihn herum brachen sich die Wellen, izzitt, izzitt, izzitt, es hörte sich an wie der Reißverschluss an einem Kinderrucksack. Er lief in die Küche, riss die Schränke auf.

Nein. Nein. Nein.

Er stieg in seine Schuhe, warf sich den Regenmantel über und rannte hinunter auf die Straße. Der starke Regen durchnässte ihn umgehend, und er merkte, dass er keine Hose anhatte. Es war ihm egal. Er lief zur nächsten Kreuzung und spähte in die Auslage des FamilyMarts, als die Tür sich öffnete. Die Uhr zeigte 03:04. Das Geschäft war leer und trist. Wie das romantische Lied, das im Hintergrund lief.

Iwata hielt den Blick gesenkt und griff sich eine Literflasche Wodka. Wortlos steckte die Kassiererin an der Theke die Flasche in eine Tüte. Am Display der Kasse erschien der Preis. Iwata kramte nach Geld. Er würde dafür nach Hause laufen, wenn nötig, doch in der Innentasche des Mantels fand er eine alte Kreditkarte. Die Kassiererin las sie ein, und Iwata zitterte, als das Kartengerät sie akzeptierte.

»Vielen Dank.«

Bevor sie sich verbeugen konnte, war Iwata schon draußen. Er schraubte den Deckel ab, setzte die Flasche an den Mund und trank, als hätte er sich dafür durch eine Wüste schleppen müssen. Feuerwellen schwappten durch seine Eingeweide, ihm drehte sich der Magen um, doch wenigstens spürte Iwata danach Ruhe.

Er überquerte die Straße zu einem Kinderspielplatz, legte sich auf die Metallrutsche, sein Rücken wurde klatschnass. Er trank aus der Flasche und sah zum Himmel empor, Regen klatschte ihm ins Gesicht. Er blieb, bis die Dämmerung durch die graue Wolkendecke tröpfelte.

Am anderen Ende des Parks ging eine Frau mit ihrem Hund spazieren und blickte geflissentlich nicht in Iwatas Richtung. Auf seiner Brust klebte getrocknete Kotze, und sein Rücken schmerzte. Iwata schlang den Mantel enger um die Schultern und ging los. Er befand sich unweit des Bahnhofs Yoyogi, der jetzt einen steten Strom von Pendlern schluckte und entließ. Es war 06:20 Uhr. Iwata passierte die Eisenbahnkreuzung, schlängelte sich zwischen den Radfahrern hindurch, die darauf warteten, dass die Züge sich leerten, unterquerte die Überführung und bog nicht wie sonst nach links, sondern folgte dem schmalen Weg entlang der eingezäunten Bahngleise. Ein paar hundert Meter weiter, versteckt hinter einem Bambusstrauch, war ein Türdurchgang. Darüber hing ein Schild: *Soap*.

Iwata stieg eine von kahlen Glühbirnen erleuchtete Treppe hinab und stand in einem kleinen Warteraum. Der Teppich war gespickt mit Brandlöchern, die Wände mit billigen Sperrholzplatten bedeckt. Eine ältere Frau mit Rosazea öffnete die Tür. Sie hatte eine Decke um die Schultern geschlungen und lächelte durchtrieben, Iwata wäre am liebsten davongerannt.

Vier junge Frauen tauchten hinter ihr auf, alle sahen zu Boden und lächelten ergeben.

»Ich habe großen Hunger«, sagte er.

Unbeeindruckt griff die Alte zum Telefon und flüsterte etwas in den Hörer. Die vier jungen Frauen gingen, und Iwata wurde gebeten, Platz zu nehmen. Man reichte ihm ein Tablett mit kalten Soba-Nudeln und grünem Tee. Er schlang alles hinunter, fast ohne zu kauen, obwohl es nach nichts schmeckte. Als er fertig war, wollte er gehen, doch die Alte erschien wieder.

»Besser?«

»Ja. Ich muss los. Was schulde ich Ihnen?«

»Aber nicht doch. Man muss sich um Sie kümmern.«

Iwata sagte nichts, nickte nur mechanisch. Ein junger Mongole stand jetzt hinter der Alten. Sie wandte sich an ihn.

»Bring den Herrn bitte nach unten, er braucht ein Bad.«

Der junge Mongole lächelte und geleitete Iwata die nächste Treppe hinunter. Er wurde in einen Baderaum mit alten grünen Kacheln geführt. Es roch nach Chlor. In der Ecke stand ein Plastikstuhl und eine urtümliche Badewanne.

»War wohl eine lange Nacht«, sagte der Junge leise in einem gebrochenen Japanisch.

»Ich bin Polizist«, antwortete Iwata, ohne zu wissen, warum.

»Nicht der erste hier.«

Der Junge nahm Iwatas Mantel und hängte ihn sorgfältig auf einen Bügel. Er bückte sich und zog Iwata die Schuhe aus. Scheinbar wunderte er sich nicht darüber, dass er keine Hose trug. Er knöpfte Iwatas Hemd auf, ohne ihm in die Augen zu sehen. Er faltete die Kleider ordentlich zusammen und legte sie draußen in ein Regal. Dann schob der Junge die Milchglastür zu, damit die Wärme nicht entwich. Als er Iwata die Boxershorts auszog, sprang seine Erektion hervor. Der Junge zeigte keine Reaktion und führte Iwata zu dem Plastikstuhl.

»Setzen Sie sich.«

Iwata setzte sich und schloss die Augen. Zischend sprang eine Dusche an, heißes Wasser ergoss sich über seinen Rücken. Iwata zitterte, als es ihm zwischen die Pobacken und über die Brust lief. Unendlich lange seifte der Junge ihn ein, wusch ihn mit einem Lappen. Iwatas Penis hüpfte wie ein nach Luft schnappender Fisch, und der Junge hielt ihn fest.

»Soll ich?«

»Moment.«

Iwata stellte sich vor die Wand, lehnte die Stirn an die heißen Rohre und atmete den Dampf ein. Die Kacheln kühlten seine Brust. Der Mongole stand hinter ihm. Iwata spürte ein Gesicht zwischen seinen Schulterblättern, Küsse auf seinem Rücken.

Eine Hand fuhr seine Taille entlang und fing an, ihn zu masturbieren.

*Ich gehe und gehe, schaukle wie ein Boot in deinen Armen.*

Iwata kam auf den Kacheln.

Der Mongole spritzte sie ab, und die Samenfäden glitten schlängelnd in den Abfluss.

Iwata stand da, ihm war übel, er war müde.

»Soll ich gehen?«, fragte er.

Der Junge schüttelte den Kopf.

Er stellte sich wieder hinter Iwata und hielt ihn fest, während er in dem heißen Dampf stand.

Iwata fing an zu weinen.

»Entschuldigung. Entschuldigung. Entschuldigung.«

*Ich komme mir vor wie einer, der allein auf einem Fest zurückgeblieben ist, die Lichter sind erloschen, die Blumen verwelkt.*

16. KAPITEL

# Andere Orte

Zu Hause, um neun Uhr, betrachtete Iwata sich im Spiegel. Selten so alt ausgesehen. Eine biologische Tatsache, die natürlich für alle Lebewesen galt, doch heute offenbarte sich diese Wahrheit in jeder schimmernden Hautfalte, in jeder aufgeplatzten Pore. Er duschte und rasierte sich sorgfältig, kämmte die Haare nach hinten und suchte einen sauberen Anzug heraus. In seinem Kopf eine Stille wie nach einem Beben.

Er kochte Kaffee, legte eine CD mit Glenn Goulds Einspielung der Goldberg-Variationen, BWV 988, ein, hörte nur die Aria da capo an, und gestattete sich exakt zwei Minuten und acht Sekunden Musik. Als sie vorbei war, spülte er die Tasse aus und verließ die Wohnung.

Der Himmel war edelstahlgrau, aber es regnete nicht mehr. Iwata fuhr mit der Chiyoda-Linie zum Bahnhof Meiji-jingumae und stieg dort in die Fukutoshin-Linie um. Er saß zwischen einem Teenager, der über mathematischen Gleichungen brütete, und einem Mann, der ein Schreiben an einen medizinischen Gerätehersteller verfasste. Iwata fiel wieder ein, was Sakai während der Autofahrt gesagt hatte.

*Tokio, das sind Millionen Städte in einer. Haben Sie sich schon mal gefragt, ob es wohl unter diesen Städten gute und schlechte gibt?*

Iwata sah wieder Hana Kaneshiros kleinen grauen Kopf auf dem Seziertisch vor sich. Er schloss die Augen, legte eine Hand an die Stirn und wartete, bis die Bilder verschwunden waren.

Außer einem dumpfen Schmerz und einem Kater spürte Iwata nichts. In Ikebukuro stieg er aus und ging die zehn Minuten zu dem kleinen Parkplatz an dem Wohnblock, wo er sein Auto abgestellt hatte. Zweimal versuchte er, Sakai zu erreichen. Ohne Erfolg. Er ließ den Motor an, das Radio blieb ausgeschaltet.

Möwen kreisten über dem dunklen Türkis der Sagami-Bucht. Auf der Wasseroberfläche schwamm ein einzelnes Holzbrett, um das sich Blätter geschart hatten, als suchten sie Gesellschaft. Die Straße, in der sich Ohbas Haus befand, war immer noch abgesperrt, ein Polizist bewachte den Zugang. Iwata parkte in der Haltebucht und wies sich aus.

Noch einmal durchsuchte er gründlich jeden Raum, vielleicht fand sich ja doch ein neuer Hinweis. Er war hierher und nicht zu Kaneshiros Haus gefahren, weil er wusste, dass sich Mörder aus reiner Selbstüberschätzung beim zweiten Mal in der Regel sicherer fühlten als beim ersten Mal. Die Tötung einer zurückgezogen lebenden alten Witwe erforderte weniger Konzentration als der Mord an einer ganzen Familie. Rein statistisch traf das zu, doch Iwata wusste, dass die vermutete Selbstüberschätzung beim Mörder der Schwarzen Sonne reines Wunschdenken war. Andererseits waren Spekulationen das Einzige, was ihm blieb.

Als er das Haus zum ersten Mal betreten hatte, meinte er, etwas von der Anwesenheit des Mörders gespürt zu haben, so wie man die letzten Momente eines Traums erlebt, bevor er sich einem erschließt. Doch was immer das gewesen sein mochte, jetzt wäre es längst verschwunden.

Im ersten Stock hörte man nichts anderes als den fernen Atem der Wellen und das leise Ticken der goldenen Armbanduhr auf dem Nachttisch. Iwata ging zurück in den Flur und betrachtete die Urlaubsfotos an der Wand, die alternden Gesichter von Herrn und Frau Ohba, ihre zunehmend gebeugte Haltung, die Chronik des Verfalls. Auf weißen Schildchen unter den gerahmten Fotografien waren jeweils Ort und Jahreszahl vermerkt. *Paris 1988, Guam 1994, Italien 1979, London 2000, Okinawa 1973, Ägypten 1992.*

Erinnerungsfotos von jedem Urlaub seit Anfang der Siebziger, jedes Jahr eins. Fremde Menschen in der ganzen Welt waren gebeten worden, diese Bilder zu knipsen, diese lächelnden Gesichter vor Sehenswürdigkeiten und Sonnenuntergängen aufzunehmen. Mehr hatten die Ohbas nicht hinterlassen. Iwata notierte sich die Orte und Jahreszahlen.

Wieder unten, suchte er nach Plätzen, von denen aus der Mörder Frau Ohba aufgelauert haben könnte. Erfahrungsgemäß beobachteten Serienmörder ihre Opfer eine Zeit lang, bevor sie zuschlugen, doch in diesem Fall waren die Bedingungen erschwert. Die Witwe hatte das Erdgeschoss kaum genutzt, außer für den Hausaltar, der sich in einem fensterlosen Raum befand. Unten waren alle Fenster verhängt, und oben gab es zwar große Fenster, doch das Haus war relativ hoch, und auf der Rückseite fand sich keine Stelle, die Einblick geboten hätte. Vor dem Haus lag das Meer. Der Mörder hätte die Witwe von einem Boot aus mit einem Fernglas beobachten können.

Konnte es womöglich so gewesen sein?

Iwata schüttelte den Kopf.

»Der Mörder hat gewusst, dass Sie zu Hause waren. Er ist extra wegen Ihnen gekommen. Aber warum?«

Ein Müdigkeitsanfall überkam ihn, er setzte sich auf den Boden. Er stellte sich Frau Ohbas molligen, brutal zugerichteten Körper vor, der an der Stelle neben ihm gelegen hatte. Er war entfernt worden wie eine unbeliebte Attraktion auf einem Rummelplatz.

Kei schnippt Asche in Richtung des Mädchens.

»Guck dir die Fette da an. Das meinte ich vorhin. Diese Stadt hat kein Format.«

Kosuke sieht dem Mädchen hinterher. Ihre Pobacken wackeln hin und her, und ihr schwarzes Haar schimmert in der Herbstsonne. Unwillkürlich verspürt er Lust.

Das Schulmädchen eilt an ihnen vorbei, wundert sich darüber, dass zwei Jungen in ihrem Alter an einem Dienstagmorgen hier herumlungern, rauchen und Cola trinken.

Sie sitzen vor dem nicht ganz so armseligen der beiden Cafés in der Stadt. Kei ist fünfzehn, aber schon haben sich einige individuelle Merkmale herausgebildet – vorlautes Mundwerk, Flaum am Kinn, widerspenstige schwarze Haare. Kosuke ist noch nicht so weit, in seinem Gesicht spiegelt sich die unschlüssige Sanftheit des Heranwachsenden. Während aus der Jukebox die ersten Takte von Billie Holidays *Gloomy Sunday* erklingen, kehrt er an den Tisch zurück. Kei verdreht die Augen und schnippt mit dem Finger nach dem Kellner.

»Noch eine Cola für meinen Freund.«

»Hast du diesmal auch wirklich Geld dabei, Kei? Ich will nicht wieder wegrennen.«

Kei blinzelt mit einem Auge und bläst ihm den Zigarettenrauch ins Gesicht. »Weißt du, was dein Problem ist, Kosuke?«

»Wen ich mir als Freund aussuche?«

»Du hast kein Vertrauen.«

Kei lehnt sich zurück, krempelt sein Hemd hoch und legt ein beeindruckendes Haargestrüpp frei, das von seinem Nabel an aufwärts wuchert. Im Hosenbund steckt ein Geldbündel.

»Gehen wir. Der Laden ödet mich an.«

Kei hebt die Stimme bei den letzten Worten, im selben Moment kehrt der Kellner mit der Cola zurück. Verächtlich wirft Kei ihm eine Münze zu.

»Nimm sie mit, und jetzt komm«, fordert er Kosuke auf.

Sie treten auf die Straße, Kei wippt beim Gehen auf den Absätzen. Kosuke folgt ihm, die Cola schwappt ihm über die Finger. Er sieht hinter sich.

»Wo hast du das Geld gefunden, Kei?«

»Ich habe es nicht gestohlen, wenn du das wissen willst.«

»Ich frage dich, wo du es gefunden hast. Von gestohlen war nicht die Rede.«

»Das ist dein Fehler: Du sagst nie, was du meinst.«

»Und du hast an allem was auszusetzen.«

Kei lacht.

»Habe ich mich jemals geirrt?«

Kosuke leert die Cola bis auf den letzten Tropfen und schmeißt die Flasche weg. Sie rollt einen Steilhang hinunter und wird von dem langen verdorrten Gras verschluckt. Sie überqueren die Betonbrücke. Kei spuckt in den Bach. Der Ort besteht eigentlich aus zwei unspektakulären Weilern, die nichts Besseres zu tun hatten, als zusammenzuwachsen. Ein Hund hebt den Kopf über das Gras hinweg, aber bequemt sich nicht einmal zu bellen.

»Wohin gehen wir?«, fragt Kosuke.

Kei zuckt mit den Schultern.

»Irgendwohin, Mann. Ich weiß auch nicht. Wo soll man schon hingehen an so einem Scheiß-Ort?«

Kosuke sieht auf die Uhr, Kei lacht höhnisch.

»Hast du einen besseren Vorschlag?«

»Unterricht. Uesugi macht uns zur Schnecke, wenn wir schon wieder schwänzen.«

»Soll er doch.«

Der Berg am Horizont gleicht einer blassblauen Pyramide. Beiderseits der Straße erstrecken sich Bauernhöfe, ein Flickenteppich aus eintönigen Farben. Von jedem Punkt aus kann man das Ende des Städtchens sehen.

»Weißt du, woran ich nichts auszusetzen hätte?« Kei hat sein Lachen wiedergefunden.

»Was?«

»Das Yakitori im Fuchsbau. Was meinst du, Kosuke-kun? Du darfst sogar deine blöden amerikanischen Liebeslieder spielen.«

»Kei ...«

»Nein, hör auf, Mann. Wir sitzen bei Grillhähnchen und Bier vor dem Fuchsbau und gucken den hässlichen Weibern dieser Stadt wie die Kings beim Schaulaufen zu. Jetzt lass dich nicht bitten.«

»Uesugi ...«

»Du immer mit deinem Uesugi. Was soll er schon machen? Dich rauswerfen? Was Besseres kann dir gar nicht passieren.«

Verächtlich blickt Kosuke zum Himmel und versucht, sich andere Orte vorzustellen.

Der Fuchsbau ist zu dieser Tageszeit leer, und von ihren Logenplätzen aus beobachten sie den Strom der Schulmädchen auf dem Nachhauseweg. Kosuke wirft den abgenagten Grillspieß weg und leckte sich die Finger sauber.

»Eins sage ich dir.« Kei tätschelt seinen Bauch. »Dieser blöde Berg lohnt sich nur wegen dem verdammten Hühnchen.«

»Dann geh doch weg.«

»Du wirst schon sehen. Noch ein paar Jahre, und ich haue ab nach Tokio. Ab dann nur noch Stadtleben, mit allem Komfort.« Kei reckt das Kinn zur Straße. »Guck dir die Titten an. Aber ein Gesicht wie ein Aal, schade.«

Kosuke schaut das Mädchen an, das einfach nur schön ist, und wundert sich, dass sein Freund ganz andere Dinge in ihm sieht als er. »Und wenn sich Tokio auch nur als ein Haufen Scheiße entpuppt?«

Kai lässt die Bierflasche zwischen Daumen und Zeigefinger baumeln und trinkt sie dann aus.

»Gehe ich eben woanders hin. Aber wenigstens ist es nicht jeden Tag dieselbe Scheiße, Mann.«

»He, guck mal, die da.«

»Pferdegebiss?«

»Nein, die Kleinere.«

Kei hat nur Spott übrig und säubert seine Zähne mit einem Grillspieß.

»Allmählich glaube ich, dass du was für Dicke übrighast, Kosuke.«

»Die kann man nun beim besten Willen nicht als dick bezeichnen.«

»Bestimmt ein liebes Mädchen, und deinen Eltern, wenn du welche hättest, würde sie auch gefallen. Aber sie ist eindeutig zu fett.«

»Weißt du was, Kei? Ich kann mich nicht erinnern, dass du auch nur ein einziges Mal auf ein Mädchen gezeigt und gesagt hättest, ›die finde ich okay‹.«

»Stimmt. Nicht dass ich mich für was Besseres halte. Ich habe nur keine Lust, mein ganzes Leben hier in den Bergen zu verbringen, mit irgendeinem Bauerntrampel, das nur darauf wartet, dass ich ihm wieder einen dicken Bauch mache.«

»In dem ganzen Tal? Keine Einzige?«

»Keine. Zeig mir ein Mädchen in diesem verdammten Kaff, für die es sich lohnt, seine Zeit zu opfern.«

Iwata schüttelt den Kopf.

»Sag schon. Nur eine.«

Kosuke trinkt sein Bier aus, wischt sich die Finger an den Schenkeln ab und gibt das Zeichen zum Aufbruch. Sie überqueren leere, halb überflutete Reisfelder bis zur karamellfarbenen und kupferroten Baumgrenze. Die verkrüppelten Bäume im Schatten des Berges stehen dicht nebeneinander und haben nie genug Sonne abbekommen. Die beiden Jungen bahnen sich einen Weg durch dicke Brombeersträucher, ducken sich unter freiliegenden Wurzeln hindurch und gelangen zu einem Wildpfad.

Sie schweigen, und nach einem Kilometer kommt ein Gelände in Sicht, das von einer mannshohen Ziegelmauer umgeben ist. Kosuke und Kei gehen um die Mauer herum. In der Mitte des Anwesens steht ein Haus, umgeben von einem Garten, der einen unvergesslichen Anblick bietet. Plätscherndes Wasser, Kiesel, zu Mustern geharkt, Pflanzen und Steine in einem harmonischen Miteinander.

Sie hören ein leises Knacken. Kosuke blickt als Erster über die Mauer, dann Kei. Kastanien in ihren stacheligen Schalen liegen auf dem Boden, von einem Laubfeuer steigt dünner Rauch auf. Neben dem Feuer türmt sich ein kleiner Haufen geschälter Edelkastanien, über den Flammen hängt ein Leinenbeutel, und der Rauch dringt durch das Leinen.

Kosuke sieht all das nicht, er ist ganz gebannt von dem Mädchen. Sie sitzt neben dem Haufen, liest in einem Buch und facht hin und wieder das Feuer an. Ihr hochgestecktes Haar ist unter einem Kopftuch verborgen, damit es, wie Kosuke vermutet, nicht nach Rauch stinkt. Das Mädchen ist sehr schön, und das schwache goldene Licht lässt sie noch unwirklicher erscheinen. Ihre Lippen sind zwei rote Apfelstücke, und Kosuke möchte so gerne wissen, warum sie sich so schminkt. Und für wen?

»Da«, sagte Kosuke. »Da ist sie.«

Kei bemerkt, dass Kosukes Penis sich gegen die Ziegel drückt. Seine Unterlippe bebt, sein Blick ist starr.

»Also gut«, erwidert er flüsternd und wendet seinen Blick wieder dem Mädchen zu. »Du hast recht.«

Das Mädchen schlägt ihr Buch zu, schließt die Augen und schaut in die Sonne. Die Zuschauer bemerkt sie nicht.

17. KAPITEL

# Gefälligkeiten

Iwata ging durch die erleuchteten Straßen von Roppongi, vorbei an ausländischen Botschaften, internationalen Schulen, Designerboutiquen und Kunstgalerien. In der Ferne erhob sich der Turm der Luxusherberge Park Residences. Er nahm eine Abkürzung durch den Hinokicho-Park mit seinen Steingärten und Zypressen. Die Kirschbäume, die den künstlichen See umstanden, waren kahl.

Iwata kämpfte sich durch die Medienmeute vor den Park Residences und zeigte den Beamten an der Tür seine Dienstmarke. Nur ein makellos gekleideter Portier stand an der Empfangstheke, ansonsten war die Lobby menschenleer. Der Weg zu den Aufzügen führte durch einen gepflegten Korridor mit hochglanzpoliertem rosa Marmorboden. Zu beiden Seiten standen moderne Stühle und Tische mit teuren Lampen. An der Wand hing eine große Reproduktion von Henry Moores *Pink and Green Sleepers*.

Iwata fuhr hoch zu den Penthaus-Suiten und betrat einen dezent erleuchteten Flur. Es roch nach Holz und Zitrone, ein Teppich war aus reiner Schurwolle, an den Wänden hingen merkwürdige Ölgemälde, Seelandschaften, Tänzer an dunklen Stränden. Die erste Suite gehörte einem Fernsehstar, und Iwata ging bis zum Ende des Gangs. Die Tür zu Mina Fongs Wohnung stand offen.

Innen herrschte eine Mischung aus Dunkelgrün und Champagnergelbtönen vor, alle Möbel, Wände und Teppiche ergänzten sich farblich. Eigentlich eine ruhige Wohnung, wäre da nicht das zwanzigköpfige Team der Gerichtsmedizin gewesen.

Im hintersten Zimmer bauschten sich die Vorhänge. Sakai stand am Fenster und sah auf Tokio hinab. Gegen die Kälte hatte sie die Arme um sich geschlungen, und ihr Haar flatterte im Wind.

»Sakai.«

»Iwata.«

»Schon gehört, was passiert ist?«

Sakai nickte.

»Wissen Sie auch, dass Ezawa sich umgebracht hat?«

»Ich habe heute Morgen mit Shindo gesprochen.« Sie sah über die Schulter. »Sie sollten sich hier besser nicht blicken lassen, Iwata. Wenn Moroto zurückkommt …«

Der Autoverkehr unter ihnen verlief entlang schnurgerader Linien, die Züge beschrieben Kurven. Millionen Stadtbewohner ergossen sich in alle verfügbaren Räume. Unzählige Existenzen. Dahingleitende Blattläuse auf einem grauen Meer.

»Was ist hier abgegangen, Sakai?«

Sie blies die Backen auf.

»Ein anderer Mörder, das gleiche Ohnmachtsgefühl. Das Opfer heißt Mina Fong, wie Sie und das ganze Sonnensystem bereits wissen. Erschlagen. Keine verwertbaren Spuren. Die Ermittlungen werden ausgeweitet. Viel mehr können sie nicht ausrichten.«

»In so einer Wohnung muss es doch Videomaterial von Überwachungskameras geben.«

»Reichlich. Parkhaus, Aufzug, Lobby, nur nicht von den Fluren hier oben und den Privatwohnungen. Wir haben Aufnahmen von einem unbekannten Mann in der Mordnacht. Er war zwanzig Minuten hier, danach erst wieder Bilder im Aufzug. Keine Nahaufnahme vom Gesicht.«

Sakai goss sich Kaffee aus einer Thermoskanne ein.

»Was sagt der Portier?«

»Der Kerl hat das Hotel durch das Parkhaus betreten, der Portier hat ihn gar nicht gesehen.«

»Demzufolge muss er berechtigten Zugang gehabt haben.«

Sakai zuckte zusammen, als sie den Kaffee trinken wollte und sich die Gerichtsmediziner gerade um eine blutverschmierte Wand versammelten. Sie machte eine Handbewegung, und sie setzten sich an einen langen, schwarz lackierten Esstisch – eine perverse Honeymoon-Frühstücksszene.

»Die Telemetrie hat nichts ergeben. Der Wachschutz führt keine Daten darüber, wer das Haus wann betreten und wieder verlassen hat, die Bewohner ausgenommen. Die letzte messbare Aktivität ist der Zutritt mit einem Kartenschlüssel, als Fong nach Hause kam.«

»Besucher?«

»Alle beim Portier angemeldet. Sie hatte nicht viele. Der letzte Besucher war Kommissar Akashi.«

»Akashi? Er hat Mina Fong gekannt?«

»Er hat gegen einen Stalker ermittelt, der ihr Todesdrohungen geschickt hat.«

Sie deutete mit dem Kopf zu dem Stapel grellbunter Fanpost auf dem Tisch.

»Das kann ja heiter werden.« Sie blies sich eine Haarsträhne aus dem Gesicht.

Iwata schüttelte den Kopf.

»Nur damit ich das richtig verstehe, man geht also davon aus, dass ein geistesgestörter Fan Mina Fong dazu bringt, ihm die Tür zu öffnen, worauf er sie tötet.«

Sakai hielt ein paar Blätter mit den Todesdrohungen hoch.

»Ja, Iwata. Genau.« Sie zeigte ihm ein Standbild, auf dem ein Mann mit einer Kapuzenjacke zu sehen war. »Sie wollen vor lauter Bäumen den Wald nicht sehen.«

»Haben Sie eine Kopie von dem Material?«

»Nein. Schauen Sie, am vierzehnten Februar kommt er um 12:02 Uhr mit einem Fahrrad …«

»Am vierzehnten? An dem Tag wurde die Familie Kaneshiro ermordet.«

»Muss eine Vollmondnacht gewesen sein. Er kommt also mit einem Fahrrad ins Parkhaus, stellt es in einem toten Winkel ab. Er fährt mit dem Aufzug in die oberste Etage. Um 02:31 Uhr sieht man ihn wieder im Parkhaus, und dann ist er weg. Er blickt nie in die Kamera. Anscheinend weiß er, wo sie angebracht sind. Und selbst wenn er auf einem Bild zu sehen ist, dann nur unscharf.«

»Was ist mit dem Fahrrad?«

»Dunkelblau oder schwarz. Aber in diesem Land gibt es über siebzig Millionen Fahrräder.«

Nachdenklich kaute Iwata auf der Unterlippe.

»Wie heißt die Wachschutzfirma?«

»Hawk Security.«

»Keine Anzeichen für ein gewaltsames Eindringen?«

Sakai verdrehte die Augen.

»Schon abgeklärt. Und Ihre nächste Frage wäre dann, warum Mina Fong freiwillig die Tür aufmacht, wenn sie Todesdrohungen bekommt.«

»Und was würden Sie darauf antworten?«

»Vielleicht hatte sie die Schnauze voll und ist durchgedreht. Vielleicht hatte sie eine Pizza bestellt. Vielleicht haben die Barbiturate sie so zermürbt, dass sie die Tür aufgemacht hat.«

»Hat sie die Mittel regelmäßig genommen?«

»Sie war ein echter Junkie. Ihre Assistentin hat uns gesagt, dass die Studios damit gedroht hätten, sie rauszuschmeißen, wenn sie sich nicht zusammenreißt.«

»Erschlagen, sagten Sie?«, fragte Iwata.

Sakai holte die Tatortfotos hervor. Mina Fong lag auf dem Rücken, nackt, blutüberströmt, die Fäuste geballt, die Augen geschlossen wie ein schreiendes Baby. Von den Blutergüssen war das Gesicht geschwollen, die Nase ein einziger rot glänzender Matsch, die schwarzen Augenlider sahen aus wie verkohlt.

Iwata gab ihr die Fotos zurück. »Todeszeitpunkt?«

»Der Gerichtsmediziner hat sich nur unklar geäußert. Zwischen vier und acht Uhr morgens. Der Unbekannte aus dem Videomaterial jedenfalls war in den Frühstunden des vierzehnten hier. In dem Zeitfenster bewegt sich das Ganze.«

»Was ist mit der Strafanzeige gegen den Stalker?«

»Vor ein paar Wochen hat Mina Fong Kontakt mit der Polizei aufgenommen, war sich ihrer Sache aber nicht hundertprozentig sicher. Sie meinte, sie werde verfolgt, vielleicht aber auch nicht. Genauere Angaben konnte sie nicht machen. Bis ihr Hund entführt wurde. Die Assistentin geht im Park Gassi mit ihm. Ein Mann kommt auf sie zu, schlägt ihr ins Gesicht und packt den Hund und ist auf und davon, ehe sie noch begreift, was los ist. Sie konnte uns keine Beschreibung des Täters geben.«

Sakai reichte Iwata noch ein Foto. Der Rumpf eines enthaupteten Hundes lag auf Fongs Gesicht.

Sakai trank einen Schluck Kaffee und wackelte mit den Augenbrauen.

»Wenigstens ist der vermisste Hund wieder aufgetaucht, was?«

Iwata legte das Foto auf den Tisch und rieb sich die Augen. Seine Hilflosigkeit vermischte sich mit einem Déjà-vu-Erlebnis.

»Irgendwas ist hier faul, Sakai.«

»Ist Ihnen der Mordfall zu langweilig?«

»Im Gegenteil. Er ist crazy. Wie nach dem Lehrbuch.«

»Jetzt machen Sie mal halblang, Iwata.«

»Pathologische Bindungen folgen einem gängigen Muster. Dieser Fall könnte auf verschiedene Typen von Stalkern zutreffen. Es könnte ein liebeskranker Stalker sein, der Fong aus der Ferne idealisiert. Oder ein Stalker aus dem persönlichen Umfeld, mit dem sie in der Vergangenheit mal ein sexuelles Verhältnis hatte und der nicht loslassen kann. Das ist statistisch gesehen die wahrscheinlichste Variante. Vielleicht ist es auch nur ein Fall von Erotomanie. Aber das hier …«

Sakai trank ihren Kaffee aus und stellte den Becher etwas zu laut auf den Tisch.

»Kein Schwein interessiert sich für Ihr FBI-Lexikonwissen, Iwata. Sie sind ja nicht mal mehr bei der Polizei.«

»Kann schon sein, aber Sie wollen doch nicht bestreiten, dass hier alles ein bisschen zu harmonisch ineinandergreift.«

»Und Sie doch wohl nicht, dass es einen Zusammenhang gibt zwischen einer Todesdrohung und dem Tod eine Woche später.«

»Das ist genau das Problem. Selbstverständlich gibt es einen Zusammenhang. Aber der ist zu perfekt. Ein Mann, der Briefe schreibt, Hunde enthauptet und sich Namen in seinen Arm ritzt, so einer hinterlässt Spuren, Sakai.«

Er tippte auf den Kapuzenmann von dem Foto.

»Aber *der* hier hat gar nichts hinterlassen. Ihr rückt mit einem ganzen gerichtsmedizinischen Team an und findet keinen Krümel. Wo ist da der Zusammenhang?«

Sakai rieb sich die Schläfen.

»Okay, wir haben noch nichts gefunden. Ein Paar Handschuhe und eine Kapuzenjacke machen aus ihm aber auch kein Genie. Wir kriegen ihn schon noch.«

Iwata verzog den Mund.

»Na gut.«

»Aber Sie sind doch nicht hergekommen, um mir Ratschläge zu geben. Was wollen Sie hier?«

Abwesend schüttelte Iwata den Kopf.

»Jetzt rücken Sie schon mit der Sprache heraus, Iwata.«

Er stützte sich mit gespreizten Händen auf dem Tisch ab.

»Ezawa hat sich umgebracht, und Fujimura hat unseren Fall abgeschlossen.«

»*Ihren* Fall.«

»Nach Einschätzung der Polizei von Tokio ist die Schwarze Sonne tot, und mich haben sie so gut wie aus dem Dienst gedrängt. Aber wir beide wissen, dass der Kerl immer noch frei herumläuft.«

»Was wollen Sie?«

»Ich brauche Ihre Hilfe.«

Sie schnaubte.

»Hilfe?«

»Wir haben gut zusammengearbeitet.«

»Nein, Iwata. Ich habe Aufträge für Sie erledigt, das ist etwas anderes. Wobei soll ich Ihnen denn behilflich sein? Es ist doch alles gelaufen.«

Iwata strich sein feines strubbeliges Haar nach hinten und fuhr sich mit Daumen und Zeigefinger über die Oberlippe.

»Sie wissen, dass Moroto eine offizielle Dienstaufsichtsbeschwerde gegen mich eingereicht hat. Das Disziplinarverfahren ist kommende Woche.«

»Ich weiß.«

»Ich möchte Sie darum bitten, eine Beschwerde gegen ihn einzureichen. Sie müssen nichts erfinden, einfach nur die Wahrheit sagen. Es würde zumindest verdeutlichen, dass ich allen Grund hatte, ihn zu schlagen.«

Sakai lachte höhnisch.

»Sie haben mir nie richtig vertraut, Iwata. Und jetzt verlangen Sie von mir, dass ich mich für Sie aus dem Fenster lehne. Warum sollte ich das tun? Haben Sie sich das schon mal gefragt? Weil ich Ihnen wegen Moroto dankbar sein soll? Um der alten Zeiten willen? Oder weil Frauen eben so sind?«

Iwata kniff sich in den Nasenrücken.

»Ich bitte Sie nur, die Wahrheit zu sagen. Mehr nicht.«

Wütend starrte sie ihn an und ging zu dem improvisierten Kaffeestand. Iwata sah auf die Mina-Fong-Akte und folgte ihr.

»Ohne Ihre Hilfe ist der Fall am Arsch.«

»Nein. Sie sind am Arsch.«

»Und wenn die Schwarze Sonne wieder zuschlägt? Dann sind *Sie* dran.«

Sakai ging mit ihrem Kaffee in den Flur, überall von den Wänden starrte sie Mina Fong an.

»Zugegeben, ich glaube auch nicht, dass Ezawa die Morde begangen hat. Aber was soll's, wir sind bei unseren Ermittlungen schließlich keinen Millimeter vorangekommen. Was geschehen ist, ist geschehen. Damit müssen wir leben.«

»Ezawa konnte nicht damit leben.«

»Was Sie verlangen, ist gar nicht so einfach. Sie verlangen von mir, dass ich mich Moroto in den Weg stelle. Und was ist mit meiner beruflichen Karriere?«

»Geht es hier um Ihre Karriere? Oder geht es um Moroto?«

Sakai bohrte ihm den Finger in die Brust.

»Sie mich auch.«

»Entschuldigen Sie, ich wollte nur …«

»Mir Feigheit vorzuwerfen bringt Ihnen gar nichts. Hören Sie auf, so zu tun, als hätten Sie mir einen Gefallen getan. Sie wollten sich mit Moroto messen. Wer hat den Größeren. Sie haben es nicht für mich getan.«

»Wir arbeiten gut zusammen. Das wissen Sie. So etwas habe ich noch nie erlebt. Und jede Wette, Sie auch nicht. Wir können den Mörder kriegen.«

»Die Schwarze Sonne hat uns zusammengeschweißt, sonst gar nichts.«

»Sakai, bitte. Ich brauche Ihre Hilfe.«

Sie senkte die Stimme.

»Fujimura wird nicht ewig leben. Und wer, glauben Sie, wird nach ihm den Thron besteigen? Denken Sie vielleicht Shindo, nur weil er der Älteste ist? Wachen Sie auf, Iwata. Es stimmt, Moroto ist ein Arschloch. Aber zeigen Sie mir drei Polizisten in Tokio, die keine sind.« Sie schüttelte den Kopf und atmete schwer durch die Nase. »Ich habe ihn heute Morgen im Gespräch mit dem Staatsanwalt gesehen. Ich muss Ihnen das nicht weiter erklären, Iwata, aber der Mann hat mächtige Freunde, in der Polizeibehörde und außerhalb.«

»Sie wollen mir also nicht beistehen?«

»Was zählt mein Wort schon? Ihr Ende stand fest in dem Moment, als Sie durch die Tür in die Abteilung eins gekommen sind. Aber ich gehe meinen eigenen Weg, Iwata. Das ist *meine* Karriere. Und die will ich nicht riskieren. Für niemanden. Auch nicht für Sie. Für Ihr Handeln sind ganz allein Sie verantwortlich.«

Iwata beugte sich vor und flüsterte Sakai ins Ohr.

»Ich bin der Einzige, der die Schwarze Sonne finden kann. Das wissen Sie doch, oder?«

Sie schob ihn zur Seite.

»Alles Gute, Iwata.«

Er blieb stehen und starrte in das Gesicht der zehnjährigen Mina Fong, die mit einem ihr sehr ähnlichen Mädchen zusammen Geburtstagskerzen ausblies. Sie blickte direkt in die Kamera, damit auch garantiert jeder mitbekam, was für einen tollen Tag sie hatte. Das andere Mädchen, vermutlich ihre ältere Schwester, sah den Fotografen an. Iwata eilte zur Wohnungstür. Doch auf einmal stutzte er.

Ein Foto hing schief, als wäre es kürzlich ausgewechselt worden. Mina Fongs strahlende Schwester mit ihrem Schulabschlusszeugnis, etwas schüchtern, aber offensichtlich stolz. Sie war nicht so hübsch wie ihre jüngere Schwester, größer, molliger, ihr Lachen nicht so geschmeidig, dafür wärmer. Iwata betrachtete die Wand. Es war das einzige Foto, das aus der Art fiel. Unwahrscheinlich, dass die Gerichtsmediziner es so hängen gelassen haben, dachte er.

Wer dann?

Iwata fuhr über den oberen Rahmenrand und hatte dunkles, rußiges Pulver an der Fingerspitze. Als er sich den Finger unter die Nase hielt, registrierte er einen leichten Brandgeruch.

»Merkwürdig.«

Er überprüfte die Rahmen der anderen Fotografien, fand aber nur Staub. Unvermittelt kehrte er zum Esstisch zurück und nahm in einem unbeobachteten Moment die Mina-Fong-Akte an sich. Bevor er die Wohnung verließ, steckte er auch das Foto der beiden Schwestern ein.

Von seinem Auto aus rief er die Wachschutzfirma der Park Residences an.

»Hawk Security.«

»Polizei Tokio, Kommissar Iwata.«

»Geht es um die Schauspielerin?«

»Genau.«

»Einen Moment, bitte.«

Ein Klick.

»Ja?«, sagte eine Frau barsch.

»Kommissar Iwata hier. Ich …«

»Sagen Sie mir einfach, was Sie brauchen.«

»Das Videomaterial der Überwachungskameras in den Park Residences vom dreizehnten Februar früh morgens bis zum Abend des vierzehnten Februar. Von Mina Fongs Etage, alle

Ein- und Ausgänge. Ich hätte auch gerne Ausdrucke von Standfotos. Wie lange brauchen Sie dafür?«

»Sie können sich das Material in einer Stunde abholen.«

»Ich bin schon unterwegs.«

Er nahm Mina Fongs Akte zur Hand und blätterte darin, bis er auf die richtige Seite stieß.

*Mina Fong, nächste Angehörige: Vater – Shoei Nakashino, japanische Nationalität, verstorben, natürlicher Tod. Mutter – Mary Fong, Nervenheilanstalt Green Peak, Hongkong.*

*Geschwister – Jennifer Fong, verstorben, Selbsttötung/Unglücksfall, Cathay Pacific Medical Office, Hongkong.*

Iwata betrachtete das Foto von Jennifer Fong, das er aus der Wohnung mitgenommen hatte. Er blickte in ihre glücklichen Augen.

»Was ist mit dir passiert?«

Regen prasselte gegen die Windschutzscheibe. Iwata brauchte einen Moment, bevor er sich entschied und in seinem Adressverzeichnis bis zu dem Namen »Taba« scrollte.

Iwata wog das Handy in der Hand, als wollte er sein Gewicht schätzen.

Es musste sein.

Er atmete tief durch und wählte die Nummer. Nach fünfmaligem Klingeln hörte er eine vertraute Stimme.

»Polizei Chōshi.«

»Taba?«

»Ja. Wer spricht da bitte?«

»Ich bin es.«

»… Iwata?«

»Ja.«

Es verging ein ungewöhnlich langes Schweigen. Iwata fragte sich schon, ob Taba auflegen würde.

»Was willst du?«

»Ich wollte dich um einen Gefallen bitten.«

Taba lachte laut.

»Nach allem, was du getan hast, bittest du mich um einen Gefallen?«

»Es tut mir leid, aber ich kann nicht anders. Ich weiß, dass ich kein Recht dazu habe. Aber mir bleibt nichts anderes übrig.«

Er hörte Taba an einer Zigarette ziehen, den Rauch ausblasen, ungläubiges Staunen in seiner Stimme.

»Du hast vielleicht Nerven, Kosuke Iwata.«

»Hör zu, Taba. Entschuldige, wenn ich dich anrufe. Das meine ich ernst. Aber hier geht es nicht um dich oder mich. Ich arbeite an einem Fall. Ein Serienmörder. Etwas Vergleichbares ist mir noch nicht untergekommen. Deswegen bitte ich dich dies eine Mal noch um Hilfe. Danach wirst du nie wieder von mir hören.«

Erneuter Zug an der Zigarette. Iwata stellte sich Taba an seinem Schreibtisch vor. Wenn er sich in seinem Bürostuhl herumdrehte, konnte er von seinem Fenster aus den Sonnenuntergang über dem Meer sehen.

*Die Lichter der Stadt leuchten so schön.*

»Ein Serienmörder?«

»Den schlimmsten, den ich je erlebt habe.«

Taba seufzte.

»All die Hilfe, die du mir gewährt hast, als ich auf dich zugekommen bin, ist damit abgegolten. Verstanden? Ich will nichts mehr von dir hören. Lass mich und meine Frau in Ruhe.«

»Natürlich.«

»Was willst du?«

»Arbeitet dein Schwager in Hongkong immer noch bei der Polizei?«

18. KAPITEL

# Aus dem Meer geborgen

Der Flug vom Haneda Airport nach Hongkong um 06:20 Uhr dauerte gute fünf Stunden. Iwata vertiefte sich in die Mina-Fong-Akte und die Standfotos, die Hawk Security ihm zur Verfügung gestellt hatte. Als er am Hongkong International Airport landete, hatte er sich eine Erkältung zugezogen. Er setzte sich mit einem Kaffee, der nach nichts schmeckte, in die Ankunftshalle und wartete. Nach einer halben Stunde kam ein schlanker Herr mit markanten Augenbrauen, Hände in den Taschen, auf ihn zu.

»Sie?« Er sprach ihn auf Englisch an. »Iwata?«

»Ja.«

»Übermorgen, acht Uhr, Cathay Pacific Medical Office. Dr. Wai wird Sie empfangen.«

»Vielen Dank.«

»Ich weiß nicht, was Sie vorhaben. Ich weiß nicht, warum Taba Ihnen helfen sollte. Ich weiß nur, was Sie ihm und meiner Schwester angetan haben. Ich an Ihrer Stelle würde aufpassen, dass sich unsere Wege nicht nochmal kreuzen.«

Mit diesen Worten verschwand der Mann. Iwata schluckte ein paar Halstabletten und begab sich zum Taxistand.

Das Taxi bahnte sich einen Weg durch die nebelverhangenen Straßen von Lantau Island, dann über die Brücke nach Tuen Mun. Es war zwei Uhr nachmittags, als es vor der Nervenheilanstalt Green Peak hielt. Iwata klemmte sich seine Tasche unter den Arm und stieg aus. Er sah hinauf zu dem alten Gebäude, das auf einem grünen Berg oberhalb von Butterfly Beach thronte. Es stammte von den Engländern, aus einer Zeit, als Friede und der Blick aufs Meer die einzigen wahren Heilmittel für die seelisch Gequälten waren.

Auf den Eingangsstufen des Krankenhauses wartete ein korpulenter Mann in einem beigen Leinenanzug. Unter einem teuren Regenschirm schaute ein rundes aufgeräumtes Gesicht hervor.

»Mr Iwata? Ich bin Mr Lee, der Anwalt der Familie Fong.«

»Danke, dass Sie sich Zeit für mich genommen haben, Mr Lee.«

»Willkommen in Hongkong.« Sein Händedruck war kalt und weich. »Ich muss sagen, Ihr Englisch ist ausgezeichnet. Ich meine, für einen Japaner.«

Sein Lachen schwoll in einem Bogen schrill an. Iwata folgte ihm in den Empfangsbereich, und die Schwester hinter dem Tresen lächelte und winkte sie durch.

»Mrs Fong bekommt keine Besucher mehr. Sie wird sich freuen. Auch wenn sie nicht viel sagt, hört sie genau zu.«

Lee führte Iwata in einen großen Raum mit bodentiefen Fenstern. Ältere Patienten lasen in Zeitungen oder dösten vor sich hin. Der Fernseher war ohrenbetäubend laut. Vor der Terrassentür zum Garten blieb Lee stehen.

»Ich glaube, es ist das Beste, Sie sprechen alleine mit ihr, Mr Iwata. Wenn sie mich sieht, denkt sie nur, ich würde wieder schlechte Nachrichten bringen. Wie Sie wissen, waren die letzten Jahre schrecklich für sie.«

Iwata bedankte sich bei dem Anwalt und betrat die ausgedehnte Rasenfläche mit Blick auf die Skyline von Hongkong. Mary Fong saß in eine Decke gewickelt unter einem weißen Leinen-Sonnenschirm, die Augen waren hinter einer Sonnenbrille verborgen. Er sah Cleo als verhutzelte alte Frau vor sich, stumm sabbernd, den Blick starr auf den immer gleichen Horizont gerichtet.

*Ich bin glücklich mit Dir.*

Er wehrte sich gegen das Gefühl, schon einmal hier gewesen zu sein, und kauerte sich neben die alte Frau.

»Guten Tag, Mrs Fong. Ich bin Kosuke.«

Sie drehte ihm den Kopf zu, sagte jedoch nichts, dann schaute sie wieder in die Weite.

»Ich weiß, dass die Polizei Sie schon oft zu Ihren Töchtern befragt hat. Dürfte ich Sie trotzdem nochmal belästigen? Ich bin aus Tokio angereist.«

*Ich bin glücklich mit Dir. Bitte, ich möchte sie hören.*

»Oh. Tokio?«

»Ja. Wie Sie wissen, Mrs Fong, ist bis jetzt noch niemand wegen des Mordes an Mina verhaftet worden. Ich hoffe, es ist nur noch eine Frage der Zeit. Aber nicht deswegen bin ich hier.«

In der Ferne schwebten Möwen im grauen Dunst. Sie sahen nicht anders aus als die Möwen in der Sagami-Bucht. Über ihnen Flugzeuge im Landeanflug. Iwata holte das Foto aus Minas Wohnung hervor und hielt es Mary Fong vors Gesicht. Sie erschauderte, sah zur Seite.

»Ich brauche Ihre Hilfe, Mrs Fong.«

»Natürlich.« Ihr Englisch hatte einen leichten Akzent. »Sie sind extra angereist.«

»Soviel ich weiß, ist Jennifer vor einigen Jahren bei einem Schiffsunglück umgekommen.«

Mary Fong lachte abwehrend.

»Sie müssen jemand anderen meinen, junger Mann. Danke, aber Jennifer erfreut sich bester Gesundheit. Sie haben sie gerade verpasst.«

»Hat sie Sie besucht?«

»Gerade eben.«

»Mrs Fong, soweit mir bekannt ist, wurde Jennifers Leiche aus dem Meer geborgen. Sehr weit draußen. War unter ihren Bekannten jemand, der ein Boot besaß? Vielleicht ein Freund.«

*Bitte, ich möchte sie hören, die Worte der Liebe von Dir.*

Mrs Fong lachte glucksend und sah ihn über den Rand ihrer Sonnenbrille an. Ihre Augen waren gerötet und wässrig.

»Jennifer ist ein braves Mädchen. Auf so etwas würde sie sich nicht einlassen.«

»Anscheinend haben die Behörden es als Unfalltod eingestuft, möglicherweise Selbstmord. War ihr Verhalten vorher irgendwie auffällig? Haben Sie sich jemals Sorgen gemacht? Kam sie Ihnen unzufrieden vor?«

Mrs Fong schaute zur Seite und schlang die Decke enger um ihren zerbrechlich wirkenden Körper.

»Jennifer ist ein braves Mädchen.«

»Entschuldigen Sie, wenn ich nochmal nachfrage, Mrs Fong, aber ich muss genau wissen, was passiert ist.«

Sie runzelte leicht die Stirn.

»Es tut mir leid, dass Sie extra gekommen sind. Aber ich glaube, Sie meinen jemand anderen. Ich bin unendlich müde, mein Gedächtnis ist nicht mehr …«

Iwata stand auf und nahm sich einen Stuhl, der an einem Gartentisch stand.

»Darf ich rauchen, Mrs Fong?«

»Bitte. Sagen Sie, sind die Kirschen in Beppu schon reif?«

Iwata blies Rauch aus.

»Beppu?« Die Zigarette in seinem Mund wippte auf und ab.

»Ein wunderbarer Ort für eine Hochzeitsreise. Wie ist dort das Wetter?«

»Das weiß ich nicht. In Tokio jedenfalls ist es noch zu früh für die Kirschblüte.«

»Ach, Tokio.« Sie atmete tief ein, als spazierte sie gerade durch den von Blütenduft erfüllten Yoyogi-Park.

»Sie kennen Tokio? Haben Sie Mina dort besucht?«

»So ein hübsches Kind. Stellen Sie sich vor, sie will nach der Schule Schauspielerin werden.«

Eine Zeit lang rauchte Iwata schweigend und drückte dann seine Zigarette aus. Der Himmel verdunkelte sich, als sich Wolken über Hongkong bildeten. Er sah auf die Uhr.

»Manchmal habe ich Angst um das Mädchen«, seufzte die alte Frau. »Sie besucht mich nie.«

»Sagen Ihnen die Namen Yuko und Terai Ohba etwas?«

»Die Namen habe ich noch nie gehört.«

»Und eine Familie mit dem Namen Kaneshiro?«

»Leider auch nicht.«

»Danke, dass Sie mich empfangen haben, Mrs Fong.«

»Auf Wiedersehen, Darling. Richten Sie Jennifer doch bitte aus, ich müsste dringend zum Frisör, wenn Sie so freundlich sind.«

Iwata ging und überließ Mary Fong ihren Erinnerungen.

Vor dem Krankenhaus wartete Mr Lee auf ihn und schaute in den Regen.

»Hat sie Ihnen helfen können?«

»Leider nicht.«

Der Anwalt fasste in seine Innentasche und holte einen Schlüsselbund hervor.

»Die Adresse steht auf dem Anhänger.«

»Danke für Ihre Hilfe, Mr Lee.«

»Ich hoffe, Sie finden, wonach Sie suchen, Kommissar.«

Iwata stieg den Berg hinunter zum Meeresufer.

Eine Fähre tuckerte durch die Bucht, während Iwata Reisbällchen aß und das Spiel der Wellen beobachtete. Er spürte, dass die Erkältung erst noch schlimmer werden würde, bevor sie wieder abklang.

Nach dem Anlegen erkundete er Discovery Bay, ein exklusives, an der Küste liegendes Viertel am Fuß der aus dem Meer aufragenden bewaldeten Berge. Er ging vorbei an modernen Wohnhäusern, Luxusvillen, exklusiven Restaurants und diversen Clubs und Vereinshäusern, Zutritt nur für Mitglieder. Die einzigen Fußgänger zu dieser Tageszeit waren Mütter, die zwei Monatsgehälter teure Kinderwagen schoben, und sportlich gekleidete Senioren auf dem Weg zum Tennisplatz.

Nach gut einer Stunde fand Iwata die gesuchte Adresse, ein Betonbau am Ende der Bucht, ein Wurmfortsatz in der Reihe der Hochhäuser. Er fuhr mit dem Aufzug in die oberste Etage und schloss die Tür zu Mrs Fongs Wohnung auf, Apartment Nummer 912. Der Geruch verwelkter Blumen schlug ihm entgegen. Er ließ die vergoldeten Spiegel, regungslosen Windspiele und verblassten Tuschmalereien von Vögeln auf sich wirken. Rechts lag Mrs Fongs Zimmer und das Bad, links die Zimmer der Mädchen.

Minas Zimmer war geräumig, eine Wand in Orange gestrichen und mit Stickern und dem Schriftzug ihres Namens aus aufgeklebten Muscheln geschmückt. Das Fenster, vor dem ein weißer Schminktisch stand, ging zum Meer hinaus. An den anderen Wänden hingen unzählige Zeitschriften- und Teenager-Bilder. Eine geschlagene Stunde lang durchsuchte Iwata das Zimmer, förderte jedoch außer den Reminiszenzen von Minas altem Leben nichts zutage. In ihren Verstecken war nichts Interessantes, in ihrem Kleiderschrank nur Kleider. Nichts in diesem Zimmer ließ sich mit ihrem neuen Leben in Japan in Verbindung bringen.

Die Zeugnisse wurden im Laufe der Jahre immer schlechter, ihr wurde eine natürliche Intelligenz, gepaart mit einer scharfen Zunge bescheinigt. Iwata stellte sich vor, wie Mina und ihre Mutter am Elternabend ihrer Lehrerin gegenübersitzen und ihre Mutter, erschöpft von den Langstreckenflügen, nur stumm zuhört und nickt.

*Wenn Mina sich nur Mühe gäbe, könnte sie studieren, wo sie wollte. Die Welt stünde ihr offen.*

Mit achtzehn hatte Mina die Immatrikulation an der London School of Economics zurückgezogen, um in Tokio als Modell zu arbeiten. Es folgten Ruhm und Reichtum und dann Einsamkeit und Betäubungspillen. Am Ende war sie in ihrer eigenen Wohnung ermordet worden.

Müde und erkältet nahm Iwata die nächste Halstablette, die er mit einem Schluck Leitungswasser aus dem Badezimmer hinunterspülte. Er öffnete die Tür zu Jennifers Zimmer, einem sehr viel kleineren Raum mit fliederfarbenen Wänden. Der Flieder war entweder Jennifers Lieblingsfarbe oder stellte den Protest gegen die Vorherrschaft des grellen Orange ihrer jüngeren Schwester dar. Hier hing nur ein einziges Poster von Bon Iver. In eine Ecke verbannt lag ein fast lebensgroßer Stoffhund in einer durchsichtigen Plastiktüte. Iwata stellte sich Jennifer zusammen mit dem Hund vor, die in seinen Plüsch geweinten Tränen und gehauchten Geheimnisse. Die Glasaugen, das Dauerlächeln.

Iwata setzte sich auf Jennifers Bett und holte den Fahrplan der Fähre aus seiner Tasche. Er rechnete nach, dass Mina und Jennifer jeden Morgen um halb sechs aufgestanden sein mussten, um die Fähre und den Schulbus zu erwischen. Ihr Vater hatte regelmäßig Unterhalt gezahlt. Doch Mrs Fongs Gehalt bei der Cathay Pacific Airline war dürftig gewesen, und nach Abzug des Schulgelds und der Miete war wohl nicht mehr viel übrig geblieben zum Leben.

Systematisch durchsuchte Iwata das Zimmer, wühlte in Schubladen, schaute unterm Bett nach und zwischen gefalteten

Kleidungsstücken. Nichts, auch nicht unter der Matratze, außer einem Kassenbon für ein billiges Sommerkleid. Er schraubte die Lautsprecher der Musikanlage auf, innen fanden sich nur Kabel. Er schlug Bücher auf. Fasste hinter den Spiegel, berührte aber nur Glas.

Als er schließlich eine Schublade mit Unterwäsche aufzog, fand er zwischen den Strümpfen Tagebücher. Jennifer Fong hatte in ihrem kurzen Leben fünf Kladden vollgeschrieben. Die Einträge waren undatiert und alle auf Englisch. In den nächsten beiden Stunden tauchte Iwata ein in die Lebenswelt des verstorbenen Mädchens, ihre Hoffnungen und Ängste, ihre Lust und ihren Hass.

Als Kind wurde ihr von allen Seiten bestätigt, wie hübsch sie sei. Doch sie wurde größer und fülliger, und die Komplimente bekam Mina. Jennifer litt wegen ihrer Figur. Sie überragte ihre Freundinnen, hatte breite Hüften und üppige Brüste. Die alten Kleider passten ihr nicht mehr, woraus sie den Schluss zog, dass sie dick sei. Die Beziehung zu ihren Freundinnen war kompliziert. Hin und wieder überschüttete sie sie mit Liebe und hoffte, die Verbindung werde ewig halten. Meistens jedoch sah sie in ihnen nur eine weitere Verpflichtung, ja, schien sie nicht einmal besonders zu mögen. Nur ihrer Schwester und ihrer Mutter stand sie sehr nahe, obwohl sie häufig stritten.

Ihre Freundinnen gingen mit der Zeit Beziehungen ein, doch immer wenn Jennifer sich zu einem Jungen hingezogen fühlte, fand sie sich viel zu unattraktiv. Als sie mit sechzehn auf einer Klassenfahrt war, sprach Neil, ein englischer Schulkamerad, sie an. Er sagte ihr wiederholt, wie hübsch sie sei. Er selbst war dünn, kleiner als sie, trug eine Zahnspange und wirkte unbeholfen. Noch nie zuvor hatte jemand Interesse an ihr gezeigt, und aus irgendeinem Grund sagte sie zu, als er sie fragte, ob sie sich am nächsten Tag treffen könnten.

Drei Stunden schlenderte er ziellos mit ihr durch die Stadt, bevor er sie schließlich zum Strand führte. Der Himmel war schlachtschiffgrau, in der Ferne braute sich ein Sturm zusammen. Sie setzten sich in den feuchten Sand und tranken wortlos Cola aus einer Dose. Als sie alle war, gab Neil ihr einen Kuss. Jennifer schmeckte die metallische Süße in seinem Speichel, und im selben Moment sträubte sich etwas in ihr.

Sie weinte den ganzen Heimweg über und wusste nicht, warum. Als Jennifer ihren Freundinnen davon erzählte, veranstalteten sie solch einen Wirbel, dass sie das Gefühl hatte, ihr Leben würde – endlich – interessanter werden. Schon sehr bald würden ihr wichtige Dinge widerfahren. Sie trug keine Brille mehr und nahm die Pille. Mit Neil sprach sie jahrelang kein Wort mehr, erst später entwickelte sich zwischen ihnen eine dauerhafte Freundschaft.

Bei den Lehrern war Jennifer schon immer beliebter gewesen als ihre jüngere Schwester, vielleicht weil Mina zu Wutausbrüchen neigte. Jennifer zeigte zwar nicht den gleichen Lerneifer, war aber dafür freundlich und liebenswürdig. Ja, die einzige erkennbare Feindseligkeit in all ihren Tagebüchern richtete sich gegen ihren japanischen Vater, Shoei Nakashino.

Mina und ihr Vater hänselten Jennifer häufig, nannten sie Elefantenbaby, auf Japanisch, trampelten mit imaginären Koffern durchs Zimmer, warfen dabei Sachen um. Es war eines der wenigen »Spiele«, an denen der Vater Gefallen fand. Die Tränen hob sich Jennifer für später auf.

Wenn er mit den Mädchen an den Strand ging, schaute er ihnen von ferne in Anzug und Krawatte zu; seine Baseballmütze zum Schutz der zunehmenden Glatze bildete die einzige sportliche Note. Jennifer rief ihm zu, er solle auch ins Wasser kommen, doch er tat so, als wäre er in seine Zeitung vertieft und höre sie nicht.

Iwata blätterte bis zur Pubertät.

*Vater hat Kontakt aufgenommen. Er kommt für drei Tage zu Besuch, und ich soll wie üblich einen Tisch für drei Personen bestellen. Er sagt »wie üblich«, aber in Wahrheit ist es nur einmal im Jahr. Ich habe vorgeschlagen, unsere Mutter einzuladen, aber er fand das natürlich lächerlich. Ich sehe keinen Sinn mehr in diesen Treffen. Regelmäßig verschiebt er sie zwei- bis dreimal, und wenn wir dann doch endlich zusammensitzen, hört er nur halb zu und guckt alle paar Minuten auf die Uhr. In die Augen schaut er mir auch nicht mehr. Seit mir Brüste wachsen, guckt er mich nicht mehr an. Denkt er, weil ich kein kleines Mädchen mehr bin, sind seine Pflichten als Vater erfüllt?*

Zwei Wochen vor seinem sechsundfünfzigsten Geburtstag starb Shoei Nakashino; ein Herzinfarkt im Londoner Büro eines Windelherstellers und Mischkonzerns. Jennifer, Mina und Mary Fong waren zur Beerdigung gefahren, wurden aber von Nakashinos zweiter Familie geschnitten.

Jennifers Betrachtungen über den Tod waren kurz und traurig. Sie wollte nicht einsehen, warum sie ein ganzes Jahr warten sollte, bevor ihr Studium begann. Sie wünschte sich verzweifelt, dass etwas oder jemand in ihr Leben trat.

Und am Ende der Tagebucheintragungen schien genau das zu passieren.

Zwischen den Seiten lagen Kinokarten und ein gepresstes Hibiskusblatt. Darunter die schlichten Worte: *Ich habe noch nie so einen Menschen wie ihn kennengelernt.*

Keine Beschreibung, keine Erklärung, keine Liebesergüsse. Nur diese Äußerung. Iwata fing wieder von vorne an zu lesen, dieser »ihn« wurde jedoch kein weiteres Mal erwähnt.

Iwata sah auf die Uhr, legte die Tagebücher wieder in ihr Nest und betrachtete die Fotos, die im Spiegelrahmen klemmten. Die meisten zeigten Mary und Mina, die natürlich und fotogen wirkten. Von Jennifer gab es nur ein einziges Bild, wie sie am Strand sitzt und die Augen gegen die Sonne mit der Hand abschirmt. Ihr Haar ist nass vom Schwimmen, und in dem goldenen Licht kommen ihre Oberarmmuskeln zur Geltung.

Jennifer war eine gute Schwimmerin gewesen; es gab Dankesschreiben von der Strandwacht für ihre ehrenamtliche Tätigkeit als Rettungsschwimmerin.

*Ich liebe das Meer. Das Einzige, was mir nächstes Jahr fehlen wird.*

Das nächste Jahr kam und ging.

Iwata setzte sich an den Schreibtisch und schlug ihr Schuljahrbuch auf. Er betrachtete die Gesichter, überflog die Namen und fragte sich, wer Jennifer wohl gekannt, wer sie gehasst oder gar von Weitem geliebt hatte. In Jennifers Tagebuch war er nur auf drei bekannte Namen gestoßen.

Kelly Ho, Susan Cheung und Neil Markham.

Er schlug das Jahrbuch zu und fuhr mit dem Finger über den goldenen Schriftzug auf dem Deckel.

North Point International School.

19. KAPITEL

# Wenn es ihn gibt

Unterwegs im Taxi akzeptierte Iwata die angekündigten Roaminggebühren und suchte die Internetseite der Schule. Mit einer Schülerschaft von tausendfünfhundert und einem Lehrer-Schüler-Verhältnis von 1:9 feierte die North Point International School das dreißigste Jahr ihres Bestehens. Das Schulgeld betrug für die Anfängerjahrgänge fünfzehntausend, für die Jahrgänge sieben bis elf vierundzwanzigtausend Dollar. Schuldirektor war ein Schweizer, promovierter Ökonom mit Erfahrung im Bereich Bildungsmanagement in ganz Europa, den USA und Asien.

Die Auffahrt zur Schule war gesäumt mit Eukalyptusbäumen. Chauffeure standen rauchend und lachend in Gruppen beisammen unter Regenschirmen. Sobald ihre Schützlinge auftauchten, traten sie hastig ihre Zigaretten aus und setzten ihr eingeübtes Lächeln auf.

Das Taxi hielt an, und Iwata schaute zu, wie die letzten Schüler aus dem Eingang strömten. Keine rebellischen Frisuren, kein Gesichtspiercing, keine küssenden Paare. Er schloss die Augen und sah ein großes Gebäude mit hohen Fenstern mitten auf einem leeren Feld vor sich.

*Du bist bestimmt müde, Kosuke.*

Iwata spürte einen aufkommenden Brechreiz und schüttelte die Erinnerung ab. Er bezahlte das Taxi, erklomm die Eingangsstufen und zeigte dem Wachmann seine Tokioter Polizeimarke.

Auf den leeren Fluren roch es schwach nach Fußschweiß und Linoleum. Die Schule glich in nichts dem Waisenhaus Sakuza, nur der Geruch war der gleiche. Iwata sah auf den Übersichtsplan und fuhr mit dem Aufzug in die obersten Etage. Am Ende des Flurs klopfte er an eine Tür mit dem Messingschild: *Dr. Guillaume Rossetti.*

Ein blässlicher, kahlköpfiger Mann mit randloser Brille öffnete die Tür. Er trug einen hellbraunen Anzug, in der Brusttasche ein rotes Seidentuch, am Finger einen Goldring. Er hatte Sommersprossen auf der Nase und sah ihn neugierig an. Iwata wies sich noch einmal aus.

»Dr. Rossetti? Ich bin Kommissar Iwata von der Polizei Tokio. Hätten Sie vielleicht ein paar Minuten Zeit für mich?«

»Bitte. Kommen Sie herein.«

Das bodentiefe Fenster rahmte die Silhouette von Hongkong mit seinen türkisgrünen Wasserflächen ein, als wäre sie eine Leinwand. Iwata setzte sich in einen komfortablen Ledersessel vor Rossettis Schreibtisch. Die Tischplatte war aus Muranoglas.

»Eine weite Anreise, das muss ich sagen. Sie wollen sich doch sicher nicht nach unseren Aufnahmebedingungen erkundigen.« Er gluckste verschämt.

»Ich wollte mich nach zwei ehemaligen Schülerinnen erkundigen. Mina und Jennifer Fong.«

»Ach ja, natürlich.« Rossettis Lachen erstarb. »Wir haben mit großem Bedauern erfahren, was geschehen ist. Ein schrecklicher Vorfall. Sind Sie der Ermittler?«

Iwata nickte unverbindlich.

»Dr. Rossetti, wissen Sie, ob Jennifer als Schülerin damals eine Beziehung zu jemandem hier hatte?«

»Jennifer? Nein. Sicher nicht. Davon hätte ich gehört.« Rossetti zupfte an seinem Kinn, als wäre es ein Stück Obst.

»War irgendetwas auffällig an ihr?«

»Ehrlich gesagt, Herr Kommissar …«

»Iwata.«

»Ja, Iwata. Hat der Name eine Bedeutung, wenn ich fragen darf?«

»Steiniges Reisfeld. Sie wollten sagen …«

»Jennifer schien mir eher der schüchterne Typ zu sein. Ich würde sie mit solchen Dingen nicht in Verbindung bringen.«

»Ich brauche die Kontaktdaten von drei ehemaligen Schülern, Dr. Rossetti.«

»Das dürfte kein Problem sein. Aber eigentlich wollte ich gerade gehen. Reicht es, wenn wir Ihnen die Informationen morgen zuschicken?«

»Ich halte Sie nicht lange auf, Herr Direktor. Ich hätte die Angaben gerne jetzt gleich. Der erste Name ist Susan Cheung.«

Leise seufzend begab sich Rossetti zu einem grauen Aktenschrank. »Wahrscheinlich haben Sie Glück. Wir versuchen, unser Adressverzeichnis ständig zu aktualisieren, für Spendenaktionen und Ehemaligentreffen. Also, schauen wir mal. Susan Cheung. Ziemlich eigensinnig, wenn mich meine Erinnerung nicht täuscht. Da haben wir sie … Nein, ich habe leider nur noch eine alte Adresse von ihr. Muss wohl umgezogen sein.«

»Was ist mit Kelly Ho?«

»Kelly? Ah, ja. Der Name sagt mir was. Sie hat hier ein Jahr gearbeitet.«

»Ist sie Lehrerin?«

»Ja. War.«

»Warum ist sie weggegangen?«

Rossetti war sichtlich verlegen. »Miss Ho war eine sehr gute Lehrerin. Aber dann hat sie ihren Mann kennengelernt, und, na ja, Sie wissen ja, wie das ist. Wie war der dritte Name?«

»Neil Markham.«

Rossetti blickte von der Aktenschublade auf.

»Hat das was mit dem zu tun, was in den Zeitungen gestanden hat?«

»Ich weiß nicht, was über Neil Markham in den Zeitungen gestanden hat.«

»Wenn Sie das sagen.«

Rossetti setzte sich wieder an seinen Schreibtisch, schrieb die beiden Adressen auf einen Notizblock und riss den Zettel ab wie ein Rezept.

»Die erste ist von Kelly Ho. Die zweite von Neil Markham. Bitte richten Sie ihnen meine Grüße aus, wenn Sie sie sehen.«

Iwata stand auf und verbeugte sich unwillig.

Um sieben Uhr hielt das Taxi vor einer gepflegten, mit hohen weißen Mauern und Metallbarrieren umgebenen bewachten Wohnanlage. Iwata nieste und tupfte sich die tränenden Augen mit einem Papiertaschentuch ab, während er unter Palmen und über knallgrüne Rasenflächen schritt. Es war, als hätte man auf einem Golfplatz ein kleines Dorf für Wohlhabende errichtet. Vor den Eingängen hielten Löwenstatuen aus Kunstmarmor Wache. Abgesehen von fernem Flugzeugdröhnen und einem kläffenden Hund war es still.

Vor der Hausnummer 14 blieb Iwata stehen und schellte. Eine kleine Frau mit einem weichen, aber müden Gesicht öffnete ihm. Kelly Ho war gerade dabei, einen Ohrring anzulegen, und ihr Make-up hatte sie offenbar hastig aufgetragen. Ihre Lippen glänzten, und ihr Haar war aufwendig zurechtgemacht, doch die Haut unter den Augen schimmerte rötlich, und der Duft von Babymilch umgab sie.

»Bitte, treten Sie ein, Kommissar.«

»Vielen Dank, dass Sie mich so kurzfristig empfangen.«

»Ich bitte Sie. Kommen Sie herein.«

Der dunkle Holzfußboden war gewachst, und auf praktisch jeder freien Fläche standen frische Blumen. Die Lampen im Haus verbreiteten ein sanftes Licht. Sie bedeutete Iwata, auf einem großen weißen, mit Kissen überladenen Sofa Platz zu nehmen. Auf dem Sofatisch lag aufgeschlagen der Roman *Die geheime Geschichte*, in der Ecke lag ein eingeschaltetes Babyfon.

»Darf ich Ihnen einen Kaffee anbieten?«, fragte sie.

»Das wäre sehr nett.«

Wenige Minuten später kam sie mit einer Kaffeekanne, zwei Gläsern und einem Honigglas zurück. Sie schenkte Iwata den Kaffee ein und gab einen Löffel Honig hinzu.

*Honig für meine Honigbiene.*

»Ist Ihnen nicht gut, Kommissar?«

»Doch, doch«, presste er zwischen zusammengebissenen Zähnen hervor. »Flugreisen bekommen mir nicht, das ist alles.«

Sie setzte sich Iwata gegenüber, schlug die Beine unter und zog die Strickjacke enger um ihren schmalen Körper.

»Mein Mann fliegt andauernd. Ihm geht es genauso.«

»Was macht er beruflich?«

Sie umfasste mit einer ausladenden Geste das große Haus.

»Investmentbanker.«

Iwata lachte und musste husten.

»Er besucht gerade seine Mutter in Dänemark. Sie ist unpässlich.«

»Das tut mir leid. Ist Ihr Mann Däne?«

Sie nickte.

»Und Sie, Kommissar? Sind Sie verheiratet?«

Iwata trank den heißen Kaffee, schmeckte jedoch nichts.

»Ja.« Er lächelte matt. »Was machen Sie, Mrs Ho?«

»Lund. Ich heiße jetzt Kelly Lund. Es ist schon einige Jahre her, aber ich muss mich immer noch daran gewöhnen. Und was ich mache?« Sie deutete mit dem Kopf hinter sich. »Ich kümmere mich um das Baby. Lese. Empfange fremde Kommissare.«

Freundlich lächelten sie einander an, und sie stellte leise ihr Glas ab.

»Kommissar. Sie sagten am Telefon, dass Sie in dem Mordfall Mina Fong ermitteln. Warum macht sich ein Kommissar vom Morddezernat in Tokio auf die lange Reise hierher, um mich zu befragen? Ich habe sie kaum gekannt.«

Iwata trank seinen Kaffee aus.

»Aber Sie kannten Jennifer.«

Kelly Lund sah auf einmal traurig aus, und unwillkürlich warf sie einen Blick auf das Zimmer hinter sich, wo das Kind schlief, unschuldig und noch ahnungslos von der Welt, die es erwartete.

»Warum möchten Sie mit mir über Jennifer sprechen?«

»Weil ich herausfinden möchte, wie sie zu Tode gekommen ist. Ob durch Unfall, Selbstmord oder etwas anderes.«

Sie blickte ihn kurz an.

»Ich glaube nicht, dass sie sich umgebracht hat.«

»Warum sagen Sie das?«

»Weil ich Jennifer gekannt habe. Die Vorstellung, Jennifer könnte sich umgebracht haben, ist abwegig. Es passt einfach nicht zu ihr. Erklären kann ich das nicht.«

»Sie würde so etwas also nicht tun?«

»Nein, niemals. Und dass Jen an einer Überdosis auf dem Boot eines Fremden gestorben ist, ist genauso absurd. Es sieht ihr absolut nicht ähnlich.«

Iwata zeigte ihr das Standbild aus den Park Residences mit dem unbekannten Mann in Kapuzenjacke.

»Erkennen Sie zufällig diesen Mann wieder? Oder die Kleidung?«

»Nein. Wie soll man darauf etwas erkennen?«

»Das Bild stammt aus dem Hochhaus, in dem sich Minas Wohnung befindet. Aufgenommen am Tag des Mordes.«

Lund sah sich den Mann auf dem Foto an, dann schaute sie wieder zu Iwata.

»Glauben Sie, dass ihr Mörder auch für Jennifers Tod verantwortlich ist?«

»Diese Möglichkeit kann ich nicht ausschließen.«

Iwata steckte das Foto wieder ein und zeigte ihr den Zeitungsausschnitt über die Ausstellung mesoamerikanischer Kulturen im Nationalmuseum Tokio.

»Kennen Sie diesen Herrn? Dr. Igarashi?«

Kelly Lund kniff die Augen zusammen, aber schüttelte den Kopf. Iwata änderte seine Befragungstaktik.

»Hat sich Jennifer in dem Jahr vor ihrem Tod mit jemandem getroffen?«

»Nein, ich glaube nicht. Wir haben gelegentlich telefoniert, uns zum Kaffee verabredet. Aber von einem Mann war nie die Rede.«

»Hat sie überhaupt etwas von sich erzählt?«

»Natürlich. Zwar hörte sie lieber zu, das schon, aber es gab keinen Grund, warum sie so etwas vor mir verheimlicht hätte.«

»Hatte sie Freunde, die ein Boot besaßen?«

»Mehrere. Auf unserer Schule waren viele Kinder aus wohlhabenden Familien. Aber warum sollte jemand wollen, dass Jennifer ertrinkt? Es leuchtet mir nicht ein.«

Iwata dachte darüber nach und sah auf den Zettel, den Rossetti ihm gegeben hatte.

»Können Sie mir etwas über Neil Markham sagen?«

»Lieber Kerl. Er und Jennifer hatten mal kurz was miteinander, als sie noch jung waren, aber ich kann mir nicht vorstellen, dass er etwas damit zu tun hat.«

»Besaß er ein Boot?«

»Nicht dass ich wüsste. Aber er hat vor ein paar Jahren mit einer Website für Autoexporte ein Vermögen gemacht. Es ist also gut möglich, dass er jetzt eins hat.«

Eine plötzliche Erschöpfung erfasste ihn wie eine Welle, und kurz lehnte Iwata sich auf dem Sofa zurück. Über ihm hing ein Gemälde, eine rosa Dämmerung, Klippen in orangefarbenem Licht, die Felsen am Fuß der Klippe glichen einem gebrochenen Kiefer.

*Ich bin glücklich mit Dir.*

»Ist irgendetwas?«

»Nein, nein. Ich bin nur ein bisschen erschöpft.«

*Bitte, ich möchte sie hören, die Worte der Liebe von Dir.*

»Ich bringe Ihnen ein Glas kaltes Wasser.«

*Ich gehe und gehe, schaukele wie ein kleines Boot in Deinen Armen.*

Iwata schüttelte den Kopf.

»Lassen Sie, ich gehe besser.«

Er stand auf, hustete. Er fror innerlich, Schweiß trat ihm auf die Stirn, lief ihm den Nacken und den Rücken hinunter.

»Vielen Dank, dass Sie sich die Zeit genommen haben. Und für den Kaffee.«

Kelly Lund zuckte mit den Achseln.

»Ich glaube nicht, dass ich Ihnen weiterhelfen konnte. Aber falls Ihnen noch etwas einfällt – ich bin hier.«

Als Lund ihm die Tür öffnete, war das zischende Geräusch von Regen zu hören.

»Ja, tatsächlich, da wäre noch etwas. Haben Sie Susan Cheungs Adresse?«

Lund zögerte kurz, bevor sie nickte. Sie ging ins Haus und kam kurz darauf mit einem Blatt Papier wieder.

»Wahrscheinlich ist sie jetzt nicht zu Hause, erst morgen. Und Sie sollten vorsichtig sein.«

»Sind Sie nicht mehr befreundet?«

»Wir … verkehren in unterschiedlichen Kreisen.«

»Nochmals vielen Dank für Ihre Hilfe, Mrs Lund.«

»Ich hoffe, Sie kriegen ihn, Kommissar Iwata. Falls es *ihn* gibt.«

20. KAPITEL

# Eine einsame Klippe

Iwata parkte den gemieteten Volkswagen Golf vor einem Luxusapartmentkomplex in einem wenig befahrenen Abschnitt der South Bay Road. Er überquerte die Straße und drückte die Klingel von Neil Markham. Eine müde weibliche Stimme meldete sich.

»Ja?«

»Ich hätte gerne Mr Markham gesprochen, wegen der …«

»Meine Güte, macht ihr Zeitungsleute denn nie mal Pause?«

Iwata vernahm eine gedämpfte männliche Stimme im Hintergrund, dann meldete sich die Frau wieder.

»Sie vergeuden Ihre Zeit. Mein Mann wird nicht mit Ihnen sprechen.«

»Aber …«

»Hauen Sie ab.«

Der Lautsprecher verstummte, und Iwata bemerkte, dass er nicht allein war.

»Sie habe ich hier noch nicht gesehen.«

Ein Mann mit Raucherstimme saß im Schneidersitz links neben dem Haupteingang im Schatten. Er trug eine Windjacke, hörte Musik aus einem Kofferradio und trank Kaffee aus einer Thermoskanne.

»Wie bitte?«

»Von welcher Zeitung sind Sie?«

»Von keiner. Ich bin Polizeikommissar und komme aus Tokio.«

Der Mann schürzte die Lippen.

»Japan? Wieso interessiert sich die japanische Polizei für den Mann?«

»Das kann ich Ihnen leider nicht sagen.«

»Das kann ja noch heiter werden.«

»Wieso?«

»Sie sind wirklich nicht von hier. Neil Markham war so was wie ein VIP unter den lokalen Geschäftsleuten – die vierzig einflussreichsten Menschen unter vierzig, diese Schiene. Vor ein paar Jahren gründete er eine Exportfirma für Luxusautos, und die hat geboomt. In den letzten Tagen ist ans Licht gekommen, dass das IRD hinter ihm her ist.«

»Die Steuerbehörde?«

»Ja. Und mein Chefredakteur liebt nichts so sehr wie *big shots*, die tief fallen. Deswegen mein Picknick.« Der Journalist deutete auf die Thermoskanne und die Tupperdose.

»Danke.« Iwata kehrte zu seinem Mietwagen zurück und verbrachte die nächsten beiden Stunden niesend und frierend.

Um kurz nach elf öffnete sich das Rolltor des Parkhauses, und ein lindgrüner Sportwagen kam heraus. Iwata erkannte den Fahrer sofort von dem Foto aus Jennifers Schuljahrbuch wieder. Neil Markham beschleunigte, und Iwata ließ den Motor an.

Die schmalen Straßen wanden sich durch Waldstücke, die sich mit kahlen Felswänden abwechselten. Markham hielt sich dicht an der Küste, fuhr doppelt so schnell wie erlaubt.

Erst an einer roten Ampel kam er zum Stehen.

Iwata zog gleichauf und sah kurz hinüber zu der in blaues, schummriges Licht getauchten Fahrerkabine des Sportwagens. Ungeduldig schaute Markham zu der Ampel. Iwata konnte erkennen, dass aus dem einst hübschen Jungen ein unscheinbarer Mann geworden war, die weichen Gesichtszüge aufgedunsen und von Stress gezeichnet, das schüttere Haar ungepflegt, der Nacken speckig.

Die Ampel sprang auf Grün, und Markham schoss los; bogenförmig wischte das Licht der Straßenlaternen über die Windschutzscheibe. Er raste auf die Island Road, wo wütendes Hupen ertönte, dann auf den Abzweig zur Route 1. In der Ferne Baukräne, wie Flamingos, und silberne Hochhäuser, hinter denen sich zerklüftete schwarze Berge verbargen. Die Route 1, flankiert von Baustellen und Warnkegeln, je näher man der Innenstadt kam, wurde schmaler, und Markham verlangsamte das Tempo.

Auf der Lyndhurst Terrace bog er unerwartet in eine enge Durchfahrt. Iwata hielt gut hundert Meter hinter ihm an einem gebührenpflichtigen Parkplatz und lief zurück. Er betrat die Gasse, ging vorbei an Notausgängen, Müllhaufen und Belüftungsschächten, aus denen kalte Luft strömte. Markhams Sportwagen parkte vor einer Treppe, über der in roten Leuchtbuchstaben *The Green Carnation* stand.

Iwata stieg in eine beengte verrauchte Bar hinab. Auf der rechten Seite reihten sich sechs kleine Sitznischen aneinander, an den Wänden hingen Schwarzweißfotos vom alten Hongkong, darüber rosa blinkende Lichterketten. Aus unsichtbaren Lautsprechern erklang eine Kriegsschnulze. Markham saß für sich in der hintersten Nische, trank Bier aus der Flasche und ließ den Blick durch den Raum schweifen.

Iwata setzte sich an die Theke, bestellte einen Drink und beobachtete Markham, bis klar war, dass er hier nicht auf jemanden wartete. Stattdessen blickte er, jedes Mal wenn jemand an seinem Tisch vorbeiging, hoffnungsvoll auf. Iwata glitt von seinem Hocker und setzte sich zu Markham.

»Hallo«, sagte Neil lächelnd.

Iwata erwiderte sein Lächeln.

»Ohne Eis.« Markham deutete mit dem Kopf auf Iwatas Whiskey. »Ein Mann, der die volle Würze vorzieht.«

»Ich bin Kosuke Iwata, und …«

»Nur die Ruhe.« Markham trank genüsslich einen Schluck aus der Flasche. »Aber wenn Sie es lieber auf die altmodische Art wollen, ich bin Neil.«

»Ja, ich weiß, wer Sie sind, Mr Markham. Ich bin polizeilicher Ermittler aus Tokio.«

Markham sah sich um. Sein Lächeln war zwanglos, sein Ton jedoch steif.

»Warum sind Sie hier?«

»Sie waren mit Jennifer Fong befreundet. Ich würde Ihnen gerne ein paar Fragen stellen.«

Markham fuhr sich mit Daumen und Zeigefinger über die Lippen.

»Gut. Aber nicht hier.«

»Wo dann?«

Es war bereits nach Mitternacht, als Iwata und Markham ihre Autos an einer einsamen Klippe unweit vom Victoria Peak abstellten. Markham stieg aus seinem Sportwagen und stellte sich mit dem Rücken zum Wind, um sich eine Zigarette anzuzünden. Iwata stand neben ihm am Abgrund, und seine Augen füllten sich mit Tränen, als er die Stadtlandschaft betrachtete. Zwischen den Hängen der schwarzen Berge sah Hongkong aus wie ein funkelnder Diamant.

Markham bot ihm eine Zigarette an, doch Iwata lehnte ab. Er bückte sich und hob einen Kieselstein auf, der kühl und weich in der Hand lag.

»Ich habe vor Ihrem Haus mit einem Journalisten gesprochen, Neil.«

»Nur mit einem? Das wäre doch mal was. Es war eine ganze Horde. Eine geschlagene Woche haben sie mich belagert.«

»Weiß Ihre Frau, dass Sie schwule Bars aufsuchen?«

»Wahrscheinlich. Und wenn nicht, dann nur deswegen, weil sie es nicht wissen will.«

»Verstehe.« Iwata warf den Kieselstein in die Finsternis. »Es steht mir nicht zu, über andere zu urteilen, aber sollten Sie so etwas nicht lieber lassen? Bei dem ganzen Medienrummel.«

»Mitgefangen, mitgehangen.« Nervös zog Markham an seiner Zigarette, die er schon fast vergessen hatte. »Sie sagten, Sie wollten mich wegen Jennifer sprechen.«

Iwata nickte.

»Waren Sie auf der Schule ein Paar?«

»Nicht so richtig.« Markham lächelte vage. »Eher gut befreundet.«

»Eng?«

»Ja, eng. Wir haben irgendwie den Kontakt verloren, in dem Jahr vor ihrem Tod. Ja, ich würde sagen, wir waren eng befreundet.«

»Wieso haben Sie dann den Kontakt verloren?«

»Ich war vollauf damit beschäftigt, meine Firma auf die Beine zu stellen. Dann die Heirat. Und sie bereitete sich auf das Studium vor. Es passierte eher unbewusst.«

»Wissen Sie, ob sie jemals eine richtige Liebesbeziehung hatte?«

»Eigentlich nicht. Außerhalb ihres kleinen Bekanntenkreises gab sie sich nicht sonderlich gesellig. Überhaupt war Jen kein sehr selbstsicherer Mensch.«

»Denken Sie nach, Neil. Gab es wirklich niemanden? Wenn schon keine Liebesbeziehung, dann vielleicht einen männlichen Freund. Jemand, der herausstach, jemand, der ihr vielleicht mehr bedeutet hat als alle anderen.«

»Na ja, es gab einen Mann, der in diese Kategorie fallen könnte. Ob es eine Liebesbeziehung war, weiß ich nicht, aber ich habe sie ein paarmal zusammen gesehen. Und was mir gerade einfällt: Ich bin mir ziemlich sicher, dass er Japaner war.«

Iwata stutzte.

»Wissen Sie, wie er heißt?«

»Nein, tut mir leid.«

»Beschreiben Sie ihn.«

»Groß. Gut gebaut. Viel älter als sie.«

Iwata holte den Zeitungsausschnitt über Igarashi aus seiner Tasche.

»War es der hier?«

»Es ist kein gutes Foto, aber der war es ganz bestimmt nicht.«

»Was war das für ein Mann?«

»Ich traf Jen zufällig in einem Nachtclub, was mich damals erstaunt hat, weil es überhaupt nicht ihre Welt war. Ich habe sie gefragt, was sie hier macht, und sie sagte, sie sei mit einem Freund da.«

»Wie kam sie Ihnen vor?«

»Sie sah irgendwie anders aus. Mager, aufgetakelt, aber, ich weiß nicht, sie wirkte weggetreten. Jedenfalls haben wir uns ein paar Minuten unterhalten. Sie sagte, sie ruft mich an. Aber dann ist sie einfach verschwunden. Ich habe mir nicht viel dabei gedacht, nur, zwei Minuten später, ich bin auf der Toilette, kommt der Mann rein und bedrängt mich. Zuerst dachte ich, er will mich ausrauben.«

»Was hat er denn gemacht?«

»Er stieß mich in eine Ecke und hat mir ins Ohr geflüstert. Wenn ich mich dem Mädchen noch einmal nähere, schlitzt er mir das Gesicht auf.«

»›Das Mädchen‹. ›Ihr Gesicht aufschlitzen‹. Diese Worte hat er benutzt? Sind Sie sicher?«

Markham lächelte schief und trat seine Zigarette aus.

»So ein Satz bleibt einem im Gedächtnis haften.«

Der Regen nahm zu, und sie setzten sich in Iwatas Mietwagen.

»Sprach er Englisch?«

»Gebrochen. Aber man hat es verstanden.«

»Und Sie haben auch bestimmt keinen Namen gehört?«

»Ich habe vergessen zu fragen. Ich habe nur gedacht, was für ein Arschloch der Kerl ist und dass die arme Jen es wahrscheinlich noch am eigenen Leib erfahren wird.«

Iwata betrachtete die Regentropfen auf der Windschutzscheibe, die wie Quecksilber im Scheinwerferlicht schimmerten.

»Sie sagten, sie wirkte weggetreten. Was meinen Sie damit?«

»Ich weiß nicht. Nicht bekokst, irgendwie schwebend. Als hätte sie einen Trip eingeworfen. Es passte absolut nicht zu ihr. Als wäre sie nicht sie selbst. Aber es war Jen, die vor mir stand.«

»Haben Sie sie danach nochmal getroffen?«

»Ja. Ich glaube, das war ein paar Wochen später. Ich konnte sie überreden, sich auf einen Kaffee mit mir zu verabreden. Sie wirkte zerstreut. Sie sollte mit dem Studium anfangen, aber sie gab zu, dass sie noch nichts auf die Reihe gekriegt hatte. Stipendium, Unterkunft. Ich weiß nicht einmal, ob sie überhaupt offiziell eingeschrieben war. Ich war geschockt. Das sah ihr überhaupt nicht ähnlich. Da hätten alle Alarmglocken schrillen müssen.«

»Hat sie den Mann erwähnt?«

»Ja. Sie traf sich noch mit ihm. Ich habe sie darauf angesprochen. Dass ich mir Sorgen mache, er könnte sie davon abhalten, sich eine Zukunft aufzubauen. Sie meinte, ich verstehe das nicht. Die Beziehung zu ihm sei ihr sehr wichtig, er sei so eine Art Verbindung zu ihrem japanischen Erbe, irgendwas in der

Art. Ich war wie vor den Kopf gestoßen. So hatte sie noch nie jemanden angeblafft. Mich schon gar nicht.«

»Was geschah dann?«

»Ich sagte, ich würde mich mit Männern auskennen, und bat sie, ehrlich zu sich selbst zu sein. Was denn für ihn dabei herausspringen würde. Gut, er ist wichtig für sie, aber woher sie weiß, dass für ihn das Gleiche galt. Da wurde sie sauer und ist aufgestanden und gegangen. Danach habe ich sie nicht wiedergesehen.«

Iwata rieb sich die Augen, und nach einer Weile nickte er leicht.

»Gut, Neil. Vielleicht melde ich mich, sollte mir noch was einfallen.«

Markham stieg aus.

»Sagen Sie Bescheid, wenn ich etwas für Sie tun kann. Viel Glück, Kommissar.«

Iwata startete den Motor, fuhr zurück zur Discovery Bay und kam erst nach drei Uhr in Mary Fongs Wohnung an. Er ließ sich aufs Bett fallen und schaute aufs Meer.

21. KAPITEL

# Die Arbeit ruft

Iwata wird von Alltagsgeräuschen geweckt. Die Wohnung ist klein, durch das geöffnete Fenster dringt das Rauschen des Pazifischen Ozeans. Iwata wälzt sich auf Cleos Seite, sie ist noch warm. Er hört Geschirr in der Küchenspüle klappern und unbefangenes Singen. Wenn sie fertig ist, wird sie die Pflanzen gießen und ihnen dabei gut zureden.

Cleos Schmuckstücke liegen auf dem Toilettentisch, ihre Kleider auf dem Boden. Das morgendliche Sonnenlicht strömt durch die Jalousien ins Zimmer. Iwata wird bewusst: So ist es, wenn man verliebt ist.

Die Tür geht auf, und Kaffeegeruch weht herein.

»Aufwachen, Faulpelz.«

Die Stimme ist nicht echt. Wie aus sehr großer Ferne.

Die Schritte sind nicht echt.

Die Tassen fallen zu Boden, und ein schwarzer Fleck breitet sich auf dem Teppich aus.

Iwata weiß, warum.

Sie kann das Gleichgewicht nicht halten. Sie kann nicht einmal gehen. Ihre Beine sind gebrochen, die Knochen liegen bloß.

»Keine Sahne, kein Zucker. Nur einen Tropfen Honig für meine Honigbiene.«

Ihre Worte kommen glucksend aus dem Mund. Sie hat Wasser in der Lunge.

Iwata schreit.

Obwohl Iwata erst nachmittags erwachte, fühlte er sich erschöpft, als hätte er kaum geschlafen. In den vergangenen zwei Tagen hatte er wenig gegessen, verspürte aber auch keinen Appetit. Zum Frühstück gab es Halstabletten und ein Glas Leitungswasser. Iwata blickte auf den Zettel mit der Adresse, den Kelly Lund ihm gegeben hatte, und bestellte ein Taxi. So müde, wie er war, fühlte er sich heute nicht in der Lage, Auto zu fahren.

Während er auf das Taxi wartete, spielte er nochmal das Video der Überwachungskameras aus den Park Residences über das Fernsehgerät ab. Die grobkörnigen Filmaufnahmen auf dem in sechs Abschnitte aufgeteilten Schirm wirkten wie ein Comicstrip.

Das Band setzte am 12. Februar 2011 um 23:59 Uhr ein und endete am 14. Februar um 23:59 Uhr. Mit Ausnahme des zeitungslesenden Portiers in der Lobby herrschte zu Anfang auf den aus verschiedenen Blickwinkeln im gesamten Gebäude aufgenommenen Videos Ruhe.

Als Iwata weiter vorspulte, nahm die Betriebsamkeit im Gebäude zu. Bei der Datumsanzeige 14. Februar, 02:11 Uhr drückte er die Play-Taste. Es war wieder ruhig, der Portier saß an seinem Tresen.

Eine Minute später öffnete sich das Tor des Parkhauses, das auf dem Minibildschirm rechts unten zu sehen war. Ein Mann auf einem Fahrrad segelt herein. Den Kopf hält er gesenkt, als er das Fahrrad in einem toten Winkel abstellt. Seelenruhig geht er zum Aufzug und drückt den Knopf für die oberste Etage. Die Arme hängen an den Seiten, den Kopf hat er weiterhin gesenkt. Während er nach oben fährt, bewegt sich der Mann nicht. Die Aufzugtüren gleiten zur Seite, der Mann tritt heraus. Dann nichts.

Iwata spulte vor bis 02:31 Uhr. Die Aufzugtüren auf der

obersten Etage öffnen sich, und der Mann betritt wieder die Kabine. Sein Auftreten ist unverändert. Er scheint ruhig. Unten im Parkhaus angekommen geht er ohne Eile zu seinem Fahrrad und verschwindet. Danach nichts mehr, erst drei Stunden später, als die ersten Bewohner das Haus verlassen.

Das Band war zu Ende.

Stirnrunzelnd sah Iwata auf den schwarzen Bildschirm. Er spulte zum Anfang zurück, wenige Stunden vor Mina Fongs Tod, und schaute zu, wie sich der Vormittag entfaltete. Mehrmals sah er sich die Sequenz an, machte sich Notizen über jeden einzelnen Bewohner bis Akashis Ankunft um 08:06 Uhr. Es fiel ihm nichts Ungewöhnliches auf. Beim vierten Mal ließ er das Band bis zum Ende laufen.

Akashi kam zu Fuß. Er war groß, hatte trotz leicht gebückter Haltung einen lässigen Gang. Iwata sah ihn hier zum ersten Mal. Akashis Schädel war kahlrasiert, das Gesicht das eines gestandenen Mannes, kompetent, ein bisschen wie der Schauspieler Ahn Sung-ki. Maskulin, regelmäßige Züge, ein angenehmer Anblick. Ein Gesicht, das für Qualitäts-Whiskey und teure Schweizer Uhren stand.

Akashi schüttelte seinen Schirm aus und zeigte dem Portier mit einem gewinnenden Lächeln seine Dienstmarke. Er betrat den Aufzug und blätterte während der Fahrt in einigen Papieren. Fasziniert schaute Iwata zu. Er verfolgte seine Fußspuren jetzt schon so lange, dass er sich kaum mehr etwas anderes vorstellen konnte. Umso merkwürdiger, dass er jetzt sah, wie diese Fußspuren entstanden waren.

Um 08:07 Uhr stieg Akashi auf Mina Fongs Etage aus und verschwand aus dem Blickfeld. Iwata drückte die Vorspultaste. Der Timer zeigte 08:50 Uhr, als Akashi wieder im Aufzug erschien. Diesmal telefonierte er. Im Erdgeschoss dankte er dem Portier, verließ das Haus durch den Haupteingang, blieb stehen und sah zum Himmel. Er redete mit sich selbst, vielleicht verfluchte er den Regen.

Wieder drückte Iwata die Vorspultaste und startete die Aufzeichnung erneut um 16:22 Uhr mit Akashis Rückkehr. Der Nachtportier winkte ihn durch. Akashi bedankte sich freundlich, während er seine Tasche umhängte, die offensichtlich sehr schwer war. Diesmal hatte er keinen Schirm dabei. Er fuhr wieder in die oberste Etage und stieg um 16:24 Uhr aus dem Aufzug.

Iwata spulte weiter. Um 17:11 Uhr betrat Akashi wieder den Fahrstuhl. Mit einem Fuß blockierte er die Türen, da er sich in einem Gespräch befand; zu sehen war Mina Fong in dem Ausschnitt allerdings nicht. Er lächelte, nickte und blinzelte wegen der letzten, blendenden Sonnenstrahlen. Iwata konnte zwar nicht verstehen, was Akashi sagte, aber er sprach offenbar sehr gut Englisch. Nach nicht mal einer Minute verbeugte er sich, und die Türen schlossen sich.

Er war der Letzte, der Mina Fong lebend gesehen hatte.

»Worüber haben Sie mit ihr gesprochen, Kommissar?«, fragte Iwata.

Während der Fahrt ins Erdgeschoss betrachtete Akashi seine Fingernägel, und das Lächeln auf seinem Gesicht verblasste allmählich. In der Lobby winkte er dem Portier zum Abschied und verschwand. Für immer.

Iwata schloss die Augen und versuchte, sich noch einmal über die Zeitabfolge klar zu werden.

»Drei Stunden später haben Sie sich umgebracht«, flüsterte er.

Iwata spielte auch diese letzte Szene mehrmals ab und schüttelte den Kopf. Der absurde Gedanke kam ihm, das Video könne manipuliert worden sein. Das war nahezu unmöglich, doch Iwata spürte auch so, dass hier irgendetwas faul war.

Eine halbe Stunde später schlängelte sich Iwatas Taxi durch den Bezirk Sham Shui Po. Dies war das andere Hongkong, und je tiefer sie eindrangen, umso heruntergekommener wurde es. Schmutzige Metallfensterläden und fliegende Händler. Zerrissene rußverschmierte Markisen und schmuddelige Restaurants. Aus ramponierten Lastwagen wurden Tierkadaver und Kisten entladen. An den Hauswänden schimmelten und rosteten Neonschilder in den schillerndsten Farben vor sich hin. Aus den offenen Fenstern stickiger Wäschereien kroch Dampf.

Vor einem verfallenden Wohnhaus stieg Iwata aus. Die Hauswände waren kreuz und quer durchlöchert von ausgedienten Klimaanlagen. Fernseher dröhnten, Wasserkessel pfiffen, Bewohner stritten sich. Im Hausflur stank es nach Urin, und die Kakerlaken im Halbdunkel ergriffen vor Iwata die Flucht.

*Kakerlaken. Kakerlaken. Tötet die Kakerlaken.*

Iwata dachte an die tote Familie. An den humpelnden Ezawa. Iwata hatte ihn aufgespürt. Und jetzt war auch er tot. Alle ausgemerzt.

Der Wind wehte, das Gras bog sich.

Als Iwata endlich die sechzehnte Etage erreicht hatte, zitterten seine Beine, und er bekam kaum noch Luft. Er klopfte an Susan Cheungs Wohnungstür, von drinnen hörte er Schluchzen. Eine schmale blasse Frau in einer zu großen Weste öffnete ihm. Ihr Alter war schwer zu schätzen, ihr Gesichtsausdruck war dagegen eindeutig. Sie hielt eine Zigarette in der einen, einen angebissenen Apfel in der anderen Hand und betrachtete Iwata erschöpft.

»Polizei?«

»Nein.«

»Nicht?«

»Das heißt, ja, aber …«

»Ich habe diesen Monat schon bezahlt.«

Sie knallte die Tür zu.

»Es geht um Jennifer«, rief er.

Mindestens zehn Sekunden vergingen, ehe sich die Tür wieder einen Spaltbreit öffnete. Ein Auge schielte hervor.

»Welche Jennifer?«

»Jennifer Fong.«

Cheung kaute auf der Unterlippe.

»Reden Sie.«

»Ich bin Kosuke Iwata von der Polizei Tokio. Soweit ich weiß, war Jennifer eine Freundin von Ihnen.«

»Und?«

»Wer immer Mina Fong getötet hat, könnte möglicherweise auch für den Tod von Jennifer verantwortlich gewesen sein.«

Cheung biss herzhaft in den Apfel und öffnete die Tür etwas weiter.

»Jennifer Fong hat sich umgebracht«, sagte sie mit vollem Mund.

»Und wenn nicht?«

Cheung zog an ihrer Zigarette und zuckte mit den Schultern.

»Okay, Mann aus Tokio. Sie haben zehn Minuten. Ich bin müde.«

Iwata betrat eine verwahrloste Einzimmerwohnung. Auf dem Boden hockte ein weinender kleiner Junge. Eine ältere Frau saß regungslos in einem Sessel, gab besänftigende Laute von sich und schaute aus dem Fenster.

Der Junge hörte auf zu weinen und sah Iwata verwundert an. Seine Oberlippe war mit Rotz verklebt, und er hatte tiefrote Ringe um die Augen. Berge ungewaschener Kleidung türmten sich auf dem Boden, wacklige Tellerstapel in der kleinen Spüle. In einem Faltschrank neben einer Matratze hingen aufgereiht rote und schwarze Kleider.

Cheung stellte Iwata einen Stuhl hin und ließ sich im

Schneidersitz auf der Matratze nieder. Sie rauchte und aß ihren Apfel langsam und bedächtig.

»Stellen Sie Ihre Fragen, Polizist. Die Uhr läuft.«

»Waren Sie eng befreundet mit Jennifer?«

»Ich habe Jen geliebt. Sie hat mich geliebt.«

»War sie 2005 mit jemandem zusammen?«

»Ja.«

Der Junge verlor das Interesse an Iwata und kroch auf den Schoß der Großmutter. Er fing an, sein Haar zu zwirbeln.

»Mit wem?«

»Genaueres weiß ich nicht. Ich habe sie nur ein, zwei Mal mit einem älteren Mann gesehen. Sie hat ihn mir vorgestellt, aber wir haben nie darüber gesprochen.«

»War er Japaner?«

»Ja.«

»Wie heißt er?«

»Ikuo. Ich erinnere mich, weil ich den Namen so merkwürdig fand. Er passte überhaupt nicht zu ihm.«

Iwata verzog keine Miene, doch seine Brust verengte sich, sein Herz fing an zu rasen. Ihm fiel der Eintrag in Tsunemasa Kaneshiros Terminkalender ein.

*Treffen mit I.*

»Wieso merkwürdig? Glauben Sie, dass es nicht sein richtiger Name war?«

»Er passte einfach nicht zu ihm. Der Mann war sehr einschüchternd. Er hat nur ein einziges Mal mit mir gesprochen, als Jen uns vorstellte. Es war, als würde er durch mich hindurchsehen. In meinem Beruf begegne ich vielen Arschlöchern oder einsamen Männern, die sich aufplustern. Aber Ikuo war eine besondere Marke.«

»War er groß?«

»Ja, ein Riese, aber mehr noch, er strahlte so eine Härte aus.

Jen hat es entweder nichts ausgemacht, oder sie wollte es nicht wahrhaben.«

»Können Sie ihn beschreiben?«

Cheung schnalzte mit der Zunge, als hätte ihre Mutter sie aufgefordert, die Kleider vom Boden aufzuheben.

»Wie gesagt, groß. Markante Augenbrauen. Wenig Haare auf dem Kopf. Große Augen, als hätte er eine Ewigkeit nicht geschlafen. Es fällt mir schwer, mich genau an sein Äußeres zu erinnern. Im Gedächtnis geblieben ist mir seine Miene. Völlig abwesend.«

Iwata holte den Zeitungsausschnitt über Igarashi hervor, gab sich aber keinen falschen Hoffnungen hin.

»Nein. Der ist es ganz sicher nicht. Scheint mir eher ein Büchermensch zu sein, viel zu nett.«

»Haben Sie Jen in den Monaten vor ihrem Tod häufiger gesehen? Kelly Lund und Neil Markham haben beide gesagt, sie sei in der Zeit abgetaucht gewesen.«

Cheungs Handy piepte. Sie klappte es auf, blickte mürrisch auf das Display und klappte es wieder zu.

»Stimmt, in der Zeit habe ich sie nicht oft gesehen. Aber das lag wahrscheinlich an mir genauso wie an ihr. Und was Kelly Lund angeht, ehrlich, ich glaube nicht, dass sie Jen wirklich gekannt hat. Jedenfalls hätte Jen sich ihr gegenüber nie geöffnet.«

»Warum nicht?«

»Nur meine Meinung. Kelly ist ein liebes Mädchen. Durch und durch. Schon immer. Solcher Reinheit sollte man misstrauen. Ich würde ihren Worten nicht viel Gewicht geben.«

Iwata sah sie neugierig an.

»Kelly war der Ansicht, Jen hätte sich niemals einen älteren Freund zugelegt. Es wäre nicht Jens Stil.«

Cheung drückte ihre Zigarette auf einem Plastik-Kinderteller aus.

»Wie gesagt, sie redet viel Blech.«

»Wissen Sie noch, wann Sie Jen das letzte Mal gesehen haben?«

»Da redete sie gerade mit Charlie Choi. Ganz großer Dealer in der Nachtclubszene hier.«

»Wo war das?«

»Genau weiß ich es nicht mehr. Er beliefert ein paar Hotels in der Portland Street und im Bezirk Wan Chai. Es muss irgendwo da gewesen sein. Jedenfalls fand ich es merkwürdig, dass Jen mit so einem Kerl zu tun hat. Andererseits war sie ja mit dem Japaner zusammen, Ikuo, also habe ich mir nicht allzu viel dabei gedacht. Vielleicht kannte sie Charlie von irgendwo her und wollte sich eine Prise Schnee abholen.«

»Wie kam sie Ihnen vor? Verängstigt? Nervös?«

»Glücklich. Als hätte sie Freude am Leben.«

Cheungs Handy piepte erneut. Fluchend stand sie auf und durchsuchte ihren Kleiderschrank. Sie roch an einem rosa Cocktailkleid und hängte es heraus.

»Sie müssen jetzt gehen, Mister Tokio. Die Arbeit ruft.«

»Wo finde ich Charlie Choi?«

»Fünftausend sind ein fairer Preis.«

»Sie sagten, Sie haben Jen geliebt.«

»Richtig. Aber sie ist tot, und ich nicht. Fünftausend. Glauben Sie, solche Sachen gibt es umsonst?« Susan Cheung zeigte auf das schlafende Kind im Schoß der Großmutter.

»So viel habe ich nicht dabei.«

»Ich begleite Sie zum nächsten Geldautomaten. Ich muss sowieso Zigaretten kaufen.«

»Woran erkenne ich ihn?«

»Charlie? Glauben Sie mir, den übersieht man nicht.«

22. KAPITEL

# Unglücksfall

Iwata bahnte sich einen Weg durch die fliegenden Händler und Clubpromoter, bis er unmittelbar auf die Lebensader des Szeneviertels von Lan Kwai Fong stieß. Es war elf Uhr abends. Überall entlang der schmalen verdreckten Straßen standen Gerüste, die im rosa Neonlicht glühten. Von Zement graue Pfützen, aufgetürmte Mülltüten, die wie übergroße Brombeeren glänzten, und an jedem freien Fleck zwischen den Baustellen und Bars Werbung für Bier und Zigaretten.

Er vernahm schmatzende Schritte hinter sich, und als er sich umdrehte, sah er einen knapp einen Meter zwanzig großen Mann in Lederjacke mit ausgestreckter Hand auf sich zukommen.

»Englisch?«

Iwata nickte.

»Charlie Choi?«

Der Mann breitete die Arme aus, *the one and only*. Choi hatte ein einnehmendes Lächeln, regelmäßige Gesichtszüge, ein gepflegtes Äußeres, kunstvoll zerzaustes Haar. Kleidung ohne Markenlogos, aber eindeutig teuer.

Er führte ihn zu einer Bar an einer Ecke, deren Türsteher ehrerbietig nickte. Die Wände waren mit schwarzem Kunstfell ausgeschlagen, die Inneneinrichtung im geschmacklosen Look einer nächtlichen Safari. Choi ging zielstrebig auf die VIP-Nische im hinteren Teil zu. Der Tisch bestand aus einem Massai-Schild aus Holz, die Sitze waren mit Zebrafell bespannt, an der

Wand hingen Fotos in Marulaholzrahmen von Choi mit diversen Celebrities. Eine Kellnerin im Tarzan-Lendenschurz erschien und begrüßte sie, als wäre es für sie das reinste Vergnügen, die beiden Männer zu bedienen.

»Charlie! Was darf es sein?«

»Whiskey?«, schlug er vor.

Iwata nickte.

»Für den Gentleman einen Whiskey, für mich nur ein Glas San Pellegrino. Ich bin im Dienst.«

Tarzanette zwinkerte ihm zu und überließ die Herren sich selbst.

Charlie Choi lächelte immer noch, doch Iwata spürte, dass ihm nicht ganz wohl bei der Sache war.

»Sie sind also Japaner.«

»Ja, stimmt.«

»Und Susie ist eine Freundin von Ihnen?«

»Ich war mit Jennifer befreundet, aber durch sie habe ich Susie kennengelernt.«

Choi nickte, als der Name Jennifer fiel, aber es war unverkennbar, dass er ihm nichts sagte.

»Das erste Mal in Lan Kwai Fong?«

»Ja, das erste Mal.«

»Na dann.« Er machte eine ausladende Geste. »Willkommen in meinem Büro. Hehler, Händler, Nutten, Raver, Dealer, Gangster – alle hier versammelt, Mann. Die *shitterati*.«

Die Getränke kamen, und Choi schaute zu, wie Iwata seinen Whiskey in einem Zug austrank.

»Worauf sind Sie scharf? Upper? Downer?«

Iwata holte das Foto aus Jennifers Jahrbuch und zeigte auf das junge, lächelnde Gesicht.

»Scheiße«, zischte Choi und sah über die Schulter. »Polizei?«

»Rein privat. Ich bezahle Sie.«

»So was verkaufe ich nicht.«

Iwata spannte die Kiefermuskeln an und beugte sich etwas vor. »Sehen Sie sich ihr Gesicht an. Sie kennen es.«

Choi warf einen zaghaften Blick auf das Bild.

»Vielleicht, ja. Weiß nicht, Mann. Ich komme mit vielen Leuten zusammen.«

Iwata legte einen zehntausend Hongkong-Dollar-Schein auf die Rechnung, die Tarzanette gebracht hatte.

»Mir wäre es lieber, wenn Sie das Geld annehmen, Charlie. Aber wir haben noch andere Mittel.«

»Schon gut. Schon gut.« Choi schielte auf das Geld. »Ich glaube, ich habe sie ein, zwei Mal gesehen. Aber mehr weiß ich auch nicht. Ich kenne nicht mal ihren Namen.«

»Aber der Name Ikuo sagt Ihnen was, oder?«

Choi nickte, plötzlich interessiert.

»Das war ihr Freund? Ja, an den erinnere ich mich. Der war total schräg. Ich habe mich schon gewundert, dass sich nie mal einer nach ihm erkundigt hat. Und jetzt kommen Sie.«

Iwata holte den Zeitungsausschnitt mit Igarashis Foto hervor.

»Er?«

Choi schüttelte den Kopf.

»Ähnliche Figur, aber der ist es nicht. Er sagte, er sei Geschäftsmann. Aber das habe ich ihm nicht abgenommen. In meinen Augen sah der eher wie ein Gangster aus. Groß, gemein, schuftig. Ein Yakuza-Typ, vielleicht auf der Flucht. Jedenfalls konnte man an seiner Fresse ablesen, dass er viel Scheiße erlebt hat. Er trug normale Kleidung, Anzug und Slipper. Aber so einer ist kein Schreibtischtyp mit regelmäßigem Gehalt, nie und immer.«

»Sonst noch was?«

»Ja. Wenn ich so darüber nachdenke. Er hatte eine Narbe auf der Handfläche. Fühlte sich komisch an.«

»Was für eine Narbe?«

»Ich weiß nicht, Mann. Eine Narbe eben. Vielleicht von einer Verbrennung.«

Iwata überlegte.

»Wann haben Sie ihn das letzte Mal gesehen?«

»Scheiße, wenn ich das wüsste. Mindestens fünf Jahre her. Er war allein. Daran erinnere ich mich noch.«

»Und was hat er bei Ihnen gekauft?«

»LSD. Er wollte immer nur Trips schmeißen. Sanftere Sachen interessierten den nicht.«

»Wie haben Sie sich kennengelernt? Ist er einfach auf Sie zugekommen?«

Choi schnaubte.

»Können Sie vergessen, Mann. So mache ich keine Geschäfte. Einer wie ich hebt sich von der Masse ab, kapiert. Nein, nein. Um sich mit Charlie Choi einzulassen, braucht man eine Empfehlung.«

Iwata winkte Tarzanette und bestellte noch einen Whiskey.

»Und woher hatte er die?«

»Keine Ahnung, Mann. Das weiß ich nie. So wie Sie jetzt auch hier mit mir sitzen. Ich tippe mal, dass er meine Connection in Tokio gekannt hat.«

»Und wer ist Ihre Connection in Tokio?«

»Hören Sie, Freundchen. So etwas merke ich mir nicht. Darum geht es ja gerade.«

Der Whiskey kam, und Iwata widerstand der Versuchung, ihn wieder in einem Zug auszutrinken.

»Wo finde ich ihn?«

Charlie Choi nippte an seinem Wässerchen, um seine Verärgerung zu verbergen.

»Halten Sie mich für blöd? Denken Sie, ich führe ein Adressbuch mit allen Namen und Adressen? So läuft das nicht.«

»Hören Sie, Charlie. Ihr Geschäftsmodell interessiert mich nicht.«

»Wo ist das Problem?«

»Mein Problem? Ich bin auf der Suche nach Ikuo. Und Sie können mir dabei helfen.«

»Wie schon gesagt, das habe ich nicht im Angebot.«

Iwata beugte sich vor und sprach mit kaum verhohlenem Zorn.

»Soll ich Ihnen Fotos von toten Kindern zeigen? Denn darum geht es hier, Charlie. Oder möchten Sie doch lieber, dass ich Ihnen drohe? So oder so, Sie werden mir schon sagen, was Sie wissen. Eher gehe ich hier nicht weg.«

Choi kaute am Daumennagel und dachte über Iwatas Worte nach.

»Kinder?«

»Darüber kann ich nicht mit Ihnen sprechen. Aber wenn Ihre Connection in Tokio weiß, wo Ikuo sich aufhält, dann sollten Sie mir das sagen.«

»Falls es überhaupt sein richtiger Name ist.«

»Falls es überhaupt sein richtiger Name ist«, wiederholte Iwata.

Eine Gruppe junger Frauen kam herein und rief Chois Namen. Er grinste reflexartig. Als sie wieder weg waren, redete er weiter.

»Also gut. Sie finden meine Connection auf 2Chan. Das ist ein Textboard. Sein Username ist Coco La Croix. Posten Sie eine Nachricht, und er meldet sich bei Ihnen oder nicht. Mehr kann ich nicht tun.«

Choi schnappte sich den Geldschein und steckte ihn in seine Innentasche.

»Getränke gehen aufs Haus.« Choi grinste, Transaktion beendet. »Viel Spaß noch in Hongkong.«

Iwata ging. Menschenmassen schoben sich jetzt durch die Straßen, und er musste sich durchkämpfen bis zu seinem Auto. Endlich angekommen schaute er auf die Uhr am Armaturenbrett. Kurz nach Mitternacht, ein Uhr in Tokio. Er scrollte in seinem Telefonverzeichnis bis zu Hatanaka, dem jungen Polizisten, der Asako Ozaki gefunden hatte.

»Wer ist da?«

»Noch so spät auf? Einen runterholen?«

»Wer …?«

»Iwata. Kommissar Iwata.«

Hatanaka stöhnte.

»Was wollen Sie?«

»Sieh an. Sieh an. Sie lernen schnell. Haben Sie was zu schreiben?«

»Schießen Sie los.«

»Notieren Sie sich den Namen Ikuo. Morgen früh schlagen Sie gleich als Erstes diesen Namen nach. Durchforsten alle Archive der Polizei von Tokio. Wo immer der Name auftaucht.«

»Nur diesen Namen? Mehr haben Sie nicht?«

»Nur diesen Namen. Zweitens, nehmen Sie Kontakt mit der Tourismusbehörde in Hongkong auf.«

»Hongkong?«

»Die sollen in den Unterlagen aller Hotels und Verwaltungen von Mietwohnungen für das Jahr 2005 nach einem Mann japanischer Nationalität suchen.«

»Soll ich raten? Nach einem Mann namens Ikuo.«

»Braver Junge.«

Iwata legte auf und ließ den Motor an.

Außer einigen welkenden Topfpflanzen und einem alten Getränkeautomaten war der Empfangsraum im ersten Stock des Cathay Pacific Medical Office leer. Die Fenster auf der einen

Seite gingen auf den Flughafen hinaus, von der anderen Seite sah Iwata die Straße, die zur Discovery Bay führte, dem Ort von Jennifers Kindheit.

Um Punkt 8:30 Uhr flog die Pendeltür auf, und ein junger Pathologe mit einem schmalen grünen Schnellhefter in der Hand begrüßte Iwata. Dr. Wai war noch keine dreißig, schlanker Körperbau, besorgte Miene und eine Brille, die viel zu klein war für sein Gesicht.

»Kommissar? Ich bin Dr. Wai. Wir haben miteinander telefoniert.«

»Ja. Danke, dass Sie sich so kurzfristig Zeit nehmen konnten.«

Dr. Wai blätterte in seinen Unterlagen, während er Iwata in ein kleines Büro führte, das nach Tannenzapfen roch.

»Entschuldigen Sie das Durcheinander, Kommissar. Ich habe das Büro erst kürzlich übernommen und bin noch immer dabei, etwas Ordnung hineinzubringen. Kann ich Ihnen Tee anbieten?«

»Nein, danke.«

Wai setzte seine Brille ab und legte die Seiten aus dem Hefter wie Teile eines Puzzles vor sich.

»Bevor ich anfange, möchte ich doch festhalten, dass das nicht mein Spezialgebiet ist. Zu neunzig Prozent befasse ich mich in meiner Arbeit mit Herzinfarkt während eines Fluges. Aber das hier ...« Wai sah auf die Seiten. »Wie gesagt, nicht mein Spezialgebiet.«

»Okay.«

Der Arzt setzte seine Brille wieder auf.

»Zunächst sollten Sie sich vielleicht den Autopsiebericht meines Vorgängers, Dr. Pang, durchlesen.«

Wai nahm ein Blatt Papier und übergab es Iwata.

*Fong, Jennifer.*

*Untersuchungsgegenstand: weibliche Leiche, kräftig, Alter ca. 18/19, Gewicht 73 kg. Augen normal, dunkelbraune Iris, Pupillen starr und dilatiert. Sklera und Konjunktiva unauffällig, keine Anzeichen einer petechialen Blutung. Ober-, Unterkieferzähne unbeschädigt. Keine Verletzung an Gaumen, Wangen oder Lippen. Keine Missbildungen, Narben oder Amputationen. Kopf normal cephalisch. Nase und Mund unauffällig. Hals und oberer Brustkorb weisen keine Verletzungen auf. Bauchverletzungen siehe unten. Genitalien: gesund, keine Anzeichen von Verletzungen. Knapp 60 cm unterhalb des Kopfes Verletzung durch einen scharfen Gegenstand. Durch Haut und Unterhautgewebe unterhalb der fünften Rippe eingedrungen. Wunde vermutlich ein sauberer Parallelschnitt. Einwirkung durch Schiffsschraube. Todesursache sehr wahrscheinlich Ertrinken, vermutlich Unglücksfall.*

Iwata blickte auf.

»Unglücksfall.«

»Dazu kommen wir noch. Die Diagnose Ertrinken ist heikel. Das lässt sich oft sehr schwer feststellen. Es gibt einige wenige verlässliche Anzeichen für Ertrinken, und von denen hatte Jennifer nur eins, Wasser in der Lunge. Das hier spricht eher für einen Tod durch Synkope. Die Ohnmacht ist ein Zustand völliger Hilflosigkeit.«

Iwata nickte.

»Meinen Sie, sie war schon tot, bevor sie ins Wasser fiel?«

Wai wirkte genervt.

»Ja, ja. Es gibt nie viele Indikatoren bei einem Tod durch Synkope. Im Bericht steht allerdings auch, dass eine hohe Konzentration von Lysergsäurediäthylamid in ihrem Körper gefunden wurde, fast zweihundert Milligramm, doppelt so viel wie bei einem normalen LSD-Trip. Dennoch keine fatale Dosis, nicht annähernd. Das hat sie jedenfalls nicht getötet.«

»Wenn sie also weder ertrunken ist noch an einer Überdosis starb, muss die Verletzung tödlich gewesen sein.«

Wai zögerte, als müsste er noch etwas loswerden, bevor er ihm die Akte gab.

»Ach, gucken Sie lieber selbst.«

Iwata nahm zwei Fotos aus der Akte. Das erste war eine Nahaufnahme von Jennifer Fongs wüst aufgeschlitztem und mit Striemen übersätem Oberkörper. Das zweite Foto war aus größerer Distanz aufgenommen worden. Die untere Hälfte ihres Gesichts war zu sehen, die blasse Haut wie Wachs. Unter der linken Brust, an den Rippen, klaffte eine riesige Wunde.

»Anzeichen von Verwesung?«

»Keine. Fischer haben die Leiche einen Tag nach dem vermutlichen Todeszeitpunkt gefunden. Nur zwei kleine Läsionen durch Wasserfauna. Nichts Auffälliges.«

»Verletzung durch eine Schiffsschraube.« Iwata tippte auf das zweite Foto. »Das soll man auf diesem Foto erkennen, Doktor?«

Wai nahm die Brille ab und rieb sich die Augen.

»Durch eine Schiffsschraube verursachte Verletzungen sehen … nicht so aus.«

Iwata öffnete seine Tasche und kramte hektisch in seinen Unterlagen, bis er die richtigen Fotos gefunden hatte: die zugerichteten Leichname von Tsunemasa Kaneshiro und Yuko Ohba. Die kraterartigen Löcher in ihrem Unterleib waren fast identisch. Schlagartig bestätigte sich Iwatas Ahnung. Er wusste es, noch ehe er fragte.

»Wurde Jennifer Fongs Leiche auch das Herz entnommen?«

Wai nickte.

»Es wird an keiner Stelle im Bericht erwähnt. Es wurde auch nie bei uns im Institut eingeliefert. Alle anderen Organe ja, aber das Herz nicht.«

Iwatas Pulsschlag erhöhte sich. Er starrte auf Jennifers Leiche neben den anderen Opfern. Sie waren unterschiedlich alt und sowohl männlich als auch weiblich. Schwer vorstellbar, wann und wo sie sich begegnet sein könnten. So aufgereiht kamen sie einem wie eine auseinandergebrochene Familie vor. Die Kaneshiros. Die Witwe. Und jetzt Jennifer Fong. Aus irgendeinem Grund hatte der Killer der Schwarzen Sonne sie ausgewählt.

»Sie wurde ermordet«, flüsterte Iwata. »Sie war die Erste.«

Wai schüttelte den Kopf und zeigte auf Jennifers Wunde.

»Schauen Sie, das ist keine Hiebverletzung durch eine Schiffsschraube. Und das hier hat nichts mit der Wasserfauna zu tun. Eine Leiche, die solche Verletzungen durch einen scharfen Gegenstand aufweist, hätte gleich ans gerichtsmedizinische Institut überstellt werden müssen, und es hätte eine polizeiliche Ermittlung geben müssen.«

»Warum wurde sie dann hierhergebracht?«

Wai nahm wieder seine Brille ab und rieb sich die Augen.

»Ich habe keine Ahnung. Alles an diesem Fall ist sonderbar. Dr. Pang wird gewusst haben, dass man mit einem leichten Motorboot unmöglich so weit hinausfahren kann. Damit fängt es schon mal an.«

»Fahren Sie fort«, drängte Iwata ihn.

»Leichenfunde auf dem offenen Meer sind keine absolute Seltenheit. Aber das Opfer wurde südlich von Xidan Island gefunden, das sind beinahe vierzig Kilometer von hier. Das ist kein gemütlicher Tagesausflug.«

»Wie lange, schätzen Sie, braucht man bis dahin?«

»Hängt natürlich von dem Boot ab. Bei einer Durchschnittsgeschwindigkeit von fünfeinhalb Knoten auf offenem Gewässer muss man mit mindestens vier bis fünf Stunden rechnen.«

»Jedenfalls muss es dann ein erfahrener Bootsführer sein.«

Wai zuckte die Achseln.

»Nicht unbedingt. Bei guten Wetterbedingungen und bei Tageslicht könnte das auch ein Skipper. Für dieses Niveau reichen ein paar Fünftageskurse völlig aus.«

»Der Gerichtsmediziner in Tokio kommt bei meinen Morden zu dem Schluss, es könnte ein Schwert oder eine Machete verwendet worden sein. Wenn Sie sich die Ähnlichkeiten auf diesen Fotos ansehen – was meinen Sie?«

Wai seufzte.

»Ich weiß nicht, wie ihr diese Verletzung zugefügt wurde. Jedenfalls nicht mit einem landläufigen Küchenmesser. Aber mit Sicherheit durch einen Menschen und nicht durch eine Schiffsschraube.«

Iwata nickte.

»Reden wir nicht länger um den heißen Brei herum. Warum wurde der Fall nicht als Mord eingestuft? Wollte Dr. Pang sich nicht an das übliche Verfahren halten?«

Wai sah zur Seite. Sein Blick fiel auf ein Foto von seiner Frau und seinem kleinen Kind.

»Ich … ich weiß es nicht. Dr. Pang war ein guter Mann, hoch geachtet auf seinem Gebiet. Er ist kürzlich verstorben.«

»Dann will ich Sie persönlich fragen: Was ist Jennifer Fong zugestoßen?«

»Ich würde nach dem Prinzip der Parsimonie vorgehen, Kommissar. Ich weiß nicht, wie sie dort hingelangt ist, warum sie dort hingebracht wurde, noch, wer ihr so etwas angetan haben könnte. Ich weiß nur, dass jemand sie an Bord seines Bootes gebracht, ihr LSD verabreicht, ihr das Herz entrissen und sie über Bord geworfen hat. Die Erklärung sollte nicht mehr Vermutungen enthalten als nötig.«

»Kannten Sie Dr. Pang persönlich?«

Wai stand auf und schaute aus dem Fenster. Viel gab es nicht zu sehen.

»Er war mein Lehrer.«

»Warum könnte er Berichte gefälscht haben?«

»Er hatte wohl Geldprobleme. Aber diesen Fall als normalen Tod einzuordnen ... Ich kann mir das nur sehr schwer vorstellen. Es ergibt keinen Sinn. Wer würde davon profitieren?«

»Der Mörder.«

Ratlos schüttelte Wai den Kopf. Iwata steckte die Fotos wieder ein und nahm, da Wai ihm den Rücken zukehrte, den Autopsiebericht über Jennifer Fong an sich. Wenn der Pathologe es bemerkt hatte, ließ er sich nichts anmerken. Iwata stand auf.

»Ich habe Ihre Zeit schon viel zu sehr in Anspruch genommen, Dr. Wai. Ich gehe jetzt besser.«

Wai drehte sich um, und sie gaben sich die Hand. Dr. Wais Hand war kühl und weich, und Iwata fragte:

»Sind Handverletzungen beim Segeln eigentlich häufig?«

»Sehr. Es sind sogar die häufigsten Verletzungen. Oft durch Winschen und Klampen verursacht. Die Narben verlaufen gewöhnlich genau diagonal über die Handfläche. Wieso wollen Sie das wissen?«

»Zum Zeitpunkt ihres Todes war Jennifer mit einem Mann zusammen, der so ein Mal an der Hand hatte.«

»Solche Verletzungen heilen selten gut ab. Darauf sollten Sie achten, Kommissar.«

Iwata verabschiedete sich mit einer Verbeugung und ließ den Pathologen mit dem Ausblick auf die nebelverhangene Skyline allein.

Wieder zurück in seinem Mietwagen versuchte Iwata, sich den Mann, der sich Ikuo nannte, vorzustellen. Der Name bedeutete »wohlduftender Mann«, was so abwegig war, dass man nur darüber lachen konnte.

»Wer bist du?«

Viel wusste Iwata nicht über ihn.

Er suchte nach einem großen Mann mit einer imponierenden Gestalt.

Ein Japaner, der sehr wahrscheinlich einen falschen Namen benutzte.

Einer mit Vorliebe für LSD-Trips.

Einer, der segeln konnte.

Genauso gut hätte er auch nach Geistern jagen können.

*Wer immer du bist, du bist mein Mörder.*

23. KAPITEL

# Schachspielen im Dunkeln

Iwata hielt mit seinem Mietwagen auf der Tsing-Ma-Brücke an und meldete sich über sein Smartphone bei 2Chan an. Nach einer ermüdenden Suche auf verschiedenen Webseiten von Restaurants und Nachtclubs fand er schließlich ein Posting von Coco La Croix: *Das unglaubliche Talent DJ Mothra legt auf, geheime location 06/03/11 – Set beginnt um 00:00. Bis dann! C*

Iwata schrieb: *Mein Freund Charlie spricht in höchsten Tönen von Mothra! Voranmeldung möglich? Komme xtra aus Hongkong geflogen!*

Er stieg aus, lehnte sich gegen die Brüstung und schaute aufs Wasser. Am Himmel rasten lose Wolkengebilde dahin, ihre Schatten verdunkelten die grünen Berge. Kleine Lobsterboote tuckerten hinaus aufs Meer.

Aus einer Laune heraus rief er Sakai an.

»Iwata?«

»Hallo Sakai.«

»Ich hätte nicht gedacht, dass ich je wieder von Ihnen höre.«

»Ich muss Ihnen etwas sagen.«

»Wenn es um die Akte geht, die Sie mir geklaut haben, dann will ich erst gar nicht …«

»Mina Fong wurde von der Schwarzen Sonne getötet.«

Sakai verstummte.

»Ich weiß, was Sie jetzt einwenden. Die Markenzeichen der Schwarzen Sonne fehlen. Ich bin trotzdem überzeugt. Er hat auch Fongs Schwester Jennifer getötet. Ich kenne den Autopsiebericht. Er hat ihr Herz entnommen.«

»Warum sollte er so ein Risiko eingehen? Mina ist viel zu prominent. Es würde viel zu viel Aufmerksamkeit auf sich lenken, und …«

»Genau das ist der Grund. Verstehen Sie doch. Der Stalker, der Hund, der Filmstar. Das sollte alles nur ablenken.«

Die Logik kämpfte mit der Wahrheit. Ein Schlag. Und dann der Moment der Erkenntnis.

»… mein Gott«, sagte sie leise. »Keine vierundzwanzig Stunden später hat er die Kaneshiros ermordet.«

»Und die halbe Polizei von Tokio ist am anderen Ende der Stadt und wühlt in Mina Fongs Unterwäsche.«

»Ach du Scheiße. Mina Fong war nur ein Ablenkungsmanöver.«

Iwata sah auf die Uhr.

»Ich muss los, Sakai. Meine Zeit hier ist abgelaufen.«

»Welche Zeit? Wo? Moment …«

»Hat keinen Zweck. Alles, was Sie über mich gesagt haben, stimmt. Ich wollte Sie nur wissen lassen, was ich herausgefunden habe.«

Iwata legte auf und wählte Hatanakas Nummer.

»Wie geht es meinem Pfadfinderengel?« Er musste schmunzeln.

»Ich habe Ihren Mann ausfindig gemacht, Kommissar. Ikuo Uno. Komischer Name. Der Einzige, auf den unsere Suchmaschine sofort anspringt.«

Iwata hielt sich am Brückengeländer fest und atmete tief durch, bevor er fragte: »Und, wo finde ich ihn?«

»Gar nicht mehr. Er ist tot. Ein Gasleck in seiner Wohnung, vor ein paar Jahren. Danach wurde sein Bankkonto aufgelöst und seine Kreditkarten im Ausland benutzt, Südamerika,

Hongkong, Japan. Das muss Ihr Mann sein, oder? Er bedient sich der Identität eines Toten.«

Nachdenklich schüttelte Iwata den Kopf. Es war wie Schachspielen im Dunkeln.

»Hören Sie, Hatanaka. In vierundzwanzig Stunden lande ich in Haneda. Kommen Sie zum Parkhaus und bringen Sie die Ikuo-Uno-Akte mit.«

»Hm. Okay. Soll ich eine Pudelmütze tragen oder so?«

»Sehr witzig. In welchem Hotel hat Ikuo Uno gewohnt?«

»Nirgendwo. Die Tourismusbehörde war so nett und hat die Reservierungsunterlagen aller Hotels der Stadt durchgeguckt. Nada. Aber die Bootsverleihe stehen da nicht drin.«

»Bootsverleihe ...« Iwata schlug sich an die Stirn. »Natürlich.«

»Ich habe mir eine Liste mit den Namen der Verleihfirmen gemacht, die auf der Datenbank der Tourismusbehörde verzeichnet sind. Außer drei habe ich alle erreicht. Keine hat je von einem Ikuo Uno gehört. Die drei, die ich nicht erreichen konnte, heißen Seashore Charters, HK Fun Yachting und Ruby Rentals. Haben Sie das?«

»Sie sind ein Held, Hatanaka!«

Südlich von Silverstrand, auf einem grünen Streifen gegenüber Shelter Island, hielt Iwata seinen Mietwagen an und stieg aus. Sieben Boote unterschiedlicher Größe lagen fest vertäut an einem morschen Anlegesteg. Das Büro von Ruby Rentals bestand aus einem Betonwürfel mit kaputten Fenstern, einige Buchstaben des Firmennamens fehlten.

»Kann ich Ihnen helfen?« Amerikanischer Akzent, südliches Kentucky, vermutete Iwata.

Vor dem Büro stand ein großer Mann mit rötlichen Bartstoppeln und sonnenverbranntem Gesicht. Sein Hawaiihemd war offen, und Schweißrinnsale schlängelten sich über seinen dicken, mit Sommersprossen übersäten Bauch. Iwata zeigte ihm seine Polizeimarke, aber unterließ es geflissentlich, ihn darauf hinzuweisen, dass er damit rechtlich etwa genauso viele Befugnisse hatte wie mit einem Videotheks-Ausweis.

»Ja, vielleicht. Ich ermittle in einem Mordfall und hätte ein paar Fragen. Haben Sie kurz Zeit, Sir?«

Der Mann spuckte einen Flatschen Kautabak aus und zeigte auf das Büro. Drinnen war es schummrig, und es roch nach Schweiß. Land- und Seekarten bedeckten die Wände. Auf einem Laptop lief die Übertragung eines amerikanischen Footballspiels, auf dem Schreibtisch lag eine offene Blechdose mit Kautabak.

»Kommissar Iwata.«

»Hopper.«

Der Mann wies knurrend auf einen der Plastikstühle vor seinem Schreibtisch und stopfte sich eine Prise Kautabak in den Mund.

»Ich suche einen Mann, der vor ein paar Jahren möglicherweise ein Boot bei Ihnen gemietet hat. Bieten Sie auch Boote zur Langzeitmiete an?«

»Wir sind eine der wenigen Charterfirmen in der Stadt, die auch länger vermieten.«

»Wie lange höchstens?«

»Sieben Tage sind das Limit. Die anderen Firmen bieten praktisch alle nur Vermietungen für vierundzwanzig Stunden an.«

»Kann der Kunde den Mietvertrag verlängern?«

»Offiziell nicht.«

»Könnten Sie in Ihrer Kundenkartei bitte nach einem Mann namens Ikuo Uno suchen, einem Japaner.«

Hopper seufzte und ging in ein Hinterzimmer, aus dem er wenige Minuten später mit einem zerknitterten Blatt Papier zurückkehrte.

»Das ist er. Er hatte für drei Wochen die Midnight Viv gechartert und bar bezahlt. Der letzte Mieter 2005. Das Boot ist kein besonders beliebtes Modell. Hier hat er unterschrieben.«

Ruby Rentals Briefbogen war rot und aus billigem Papier, die Unterschrift am unteren Rand schwarzes ausladendes Gekringel.

»Hat Ihr Kunde ausdrücklich die Midnight Viv verlangt?«

»Das weiß ich, ehrlich gesagt, nicht mehr. Aber ich habe ihm gesagt, dass sie nicht einfach ist. Einundzwanzig Meter lang und temperamentvoll. Das war ihm scheißegal.«

»Wie sah er aus?«

»Großer Kerl, kahlrasiert, gebaut wie ein Bodyguard.«

»Hat er jemand mit an Bord genommen?«

»Ich habe jedenfalls niemand gesehen. Wir führen kein Passagierverzeichnis. Solange die Boote bei Rückgabe nicht kaputt sind, stelle ich keine Fragen.«

»Ist Ihnen etwas Ungewöhnliches an dem Boot aufgefallen, als er es zurückbrachte?«

»Nur, wie sauber es war. Normalerweise sehen die Boote anschließend verheerend aus. Aber Ihr Mann hatte es von oben bis unten geputzt. Jetzt ergibt es natürlich Sinn. Sie sind vom Morddezernat, nicht?«

Sein Grinsen offenbarte eine Zahnlücke.

»Darf ich es mir mal ansehen?«

»*Mi casa es su casa*. Die Midnight ist die hochgetakelte Ketsch, die Kuh ganz hinten. Tun Sie mir nur einen Gefallen. Bleiben Sie nicht zu lange, ich will bald abhauen. Es ist was Fettes im Anzug.«

»Was ist im Anzug?«

»Ein Taifun. Heute kommt alles zusammen, die Polizei und ein Sturm am selben Tag.«

Die See war düster. Schaumgekrönte Wellen schlugen gegen

den Steg und hinterließen blinzelnde Augen auf dem toten Holz. Weiter draußen warfen sich Seetaucher im Sturzflug auf ihre Beute. Iwata roch die herbe Luft, es war ein warmer Tag, doch ihn fröstelte.

Am Ende des Stegs kam die Midnight Viv in Sicht. Trotz ihrer grazilen Linien war sie kein junges Küken. Fast unmerklich schaukelte sie in dem sanften Wind.

»Angeln?«

Iwata drehte sich um und sah einen alten Mann mit einem wettergegerbten Gesicht neben Kisten und einem aufgewickelten Seil hocken. Zwischen den Beinen klemmte eine Angelrute, zwischen den Lippen eine Selbstgedrehte. Er wandte den Blick nicht von den Wellen.

»Ich bin bei der Polizei«, gab Iwata zur Antwort. »Leben Sie hier?«

»Keiner lebt hier.«

Mehr sagte der alte Mann nicht. Iwata erklomm die schmale Gangway zur Midnight Viv und stellte sich Jennifer Fong vor. In einem Sommerkleid, aufgeregt, abenteuerlustig.

*Ich liebe das Meer. Das Einzige, was mir nächstes Jahr fehlen wird.*

Iwata verspürte Übelkeit, als er unter Deck ging. Es war sauber und unauffällig: Sitzbank, Spüle, fest montierter Tisch, Küchenzeile, Toilettenkabine, kleines Fernsehgerät, an den Wänden Karten, ein altes Regal, vollgestellt mit noch älteren Liebesromanen.

Hast du ihr gesagt, dass das Boot dir gehört? Ihr was vorgeflunkert vom offenen Meer?

Iwata stellte sich vor, wie Jennifer allein auf dem dunklen Ozean schwamm, menschliches Treibgut.

Hatte sie ein Sommerkleid an? Hatte sie ein Sommerkleid für dich angezogen?

Iwata setzte sich auf eine Pritsche, die unter seinem Gewicht ächzte.

Sie war dein erstes Opfer. Warum hast du sie ausgewählt? Was war so besonders an ihr? Hat sie hier mit dir gelegen? Wolltest du sie haben? Wollte sie dich auch?

Iwata schlug die Decke zurück, weiße Laken. Er roch nichts. Der Autopsiebericht, wenn man ihm glauben konnte, erwähnte keine Genitalverletzungen.

Du warst nicht hinter ihrem Körper her. Du wolltest ihr Herz.

Iwata suchte die Wand um die Matratze herum nach Flecken ab, fand jedoch nichts.

Es war zu eng hier, oder?

Er ging an Deck und blickte in die Sonne, die ab und zu durchbrach, sich dann wieder hinter Wolken versteckte.

Natürlich hast du es hier oben gemacht. Ohne Zeugen.

Hast du sie auf dieses Deck gelegt? Sie mit einem Picknick gelockt?

Du hast Essen und Trinken mitgebracht, gewürzt mit LSD.

Dachte sie, du willst sie küssen?

Wo hast du das Messer versteckt?

Hat sie dabei die Augen zugemacht?

Ja, bei dem Kuss hat sie die Augen zugemacht.

Du hast die Träger ihres Kleids abgestreift.

Und sie lag unter dir.

Zitterte in der Wärme, auf dem unermesslich weiten Meer.

Du hast sie geküsst.

Und während du sie küsst, schlitzt du sie auf.

Du hast das Messer tief in sie hineingestoßen.

Mit einem Schnitt hast du die Hauptadern durchtrennt.

Du bist mit der Hand in sie hineingestoßen.

Und ehe sie bemerkt, dass dies kein Kuss ist, greifst du nach ihrem Herzen.

Du berührst es mit den Fingerspitzen, wie ein Tier in seiner Höhle.

Und du reißt es heraus ans Licht.

Du hältst es über ihr, lässt ihr Blut auf sie hinabregnen.

Hat sie hingeschaut? Hat sie ihr eigenes Herz schlagen sehen, entblößt und ungeschützt?

Hat sie noch erkannt, dass du gar kein Mensch bist?

Und hast du zugeschaut, wie sie im Nichts versinkt, als du sie über Bord geworfen hast?

Iwata kotzte über die Reling.

Er richtete sich auf und taumelte rücklings gegen den Mast. Der Wind drehte sich, und ein Schatten fiel auf ihn. Er sah nach oben. Ein paar Sonnenstrahlen stachen durch das Segel.

Ganz oben.

Merkwürdig.

Zitternd und unter großer Anstrengung erklomm er den Mast. Mehrmals legte er eine Pause ein auf den Sprossen, um zu verschnaufen. Zehn Meter über dem Deck erreichte Iwata die Stelle, die er von unten gesehen hatte. Ein Riss im Segeltuch.

»Was …?«

Der Wind brachte ihn zum Schweigen, als redete er zu viel.

Iwata streckte den Arm aus, das Tuch kitzelte an den Fingerspitzen.

Er beugte sich noch ein paar Zentimeter weiter vor.

Der Wind nahm zu.

Iwata verlor das Gleichgewicht.

Er verlor den Halt.

Ein verzweifeltes Klammern, und er stürzte, wobei er ein Stück Segeltuch abriss.

Der Aufprall war schmerzhaft, und es dauerte eine geschlagene Minute, bis Iwata das Bewusstsein wiedererlangt hatte.

Das Dacron-Segeltuch hatte die Wucht des Sturzes aufgefangen. Keuchend rappelte er sich auf und sah hinauf zu dem zerrissenen Segel.

Von hinten beleuchtet, im Abendlicht, flatterte eine riesige gezackte Sonne.

Dahinter zog ein Sturm auf.

Zehn Uhr. Iwata hatte sich eine Decke um die Schultern geschlungen, auf dem Sofatisch stand eine halbleere Pappschachtel mit angetrockneten Nudeln. Draußen wütete der Sturm. Weil er nichts Besseres zu tun hatte, sah sich Iwata nochmal die Aufnahmen der Überwachungskamera an. Akashi, der vom Aufzug aus mit Mina Fong sprach. Die Sequenz war keine dreißig Sekunden lang.

Iwata spielte sie noch zwei Mal ab.

Immer und immer wieder sah er sich die stumme Sequenz an und schlürfte kalten Mandeltee.

Was stimmt hier nicht, Akashi?

Iwata stand auf, goss sich aus der Hausbar einen Whiskey ein und schluckte eine Halstablette. Es brannte im Hals, und er musste husten, doch danach ging es ihm besser.

Sein Handy auf dem Sofatisch brummte.

Eine Antwort auf 2Chan von Coco La Croix: *Hongkong Fan, du wirst nicht enttäuscht. Location = höchster Punkt in Dogenzaka. Man sieht sich auf dem Dancefloor. Halt nach dem Zylinderhut Ausschau. CLC.*

Iwata hob sein Glas.

»Auf neue Freunde.«

Er schloss die Augen und trank. Wärme entfaltete sich in seiner Brust wie ein erwachender Vogel. Draußen wühlte der Sturm das Meer auf. Die Lichter der Stadt blinkten nur schwach in der Dunkelheit.

*Hast du dich schon mal gefragt, Iwata, ob es unter diesen Städten wohl gute und schlechte gibt?*

Von tiefer Angst erfüllt ging Iwata in seinem Traum bis ans Ende des Stegs, der sich kilometerweit über das ruhige graue Meer erstreckte. Die Midnight Viv war zu klein. An Deck stand eine Gestalt mit dem Rücken zu ihm. Ihre sehr dunkle Haut bauschte sich im Wind. Ihr Hals war sehr schmal, trichterähnlich. Der Bauch grotesk vergrößert. Die Gestalt schien zu schnaufen.

Der alte Fischer rief hinter ihm her.

»Gehen Sie nicht auf das Boot, Kommissar.«

»Ich muss mit dem Mann reden.«

Der Fischer hob den Blick vom Meer, seine Augen waren milchig weiß.

»Ist kein Mann.«

»Was reden Sie da?«

»Ngo gwai. Hungriger Geist.« Der Fischer schüttelte den Kopf. »Verlassen Sie diesen Ort. Gehen Sie, bevor er Sie sieht.«

»Ich kann nicht. Ich weiß, wer er ist.«

Mit gezogener Pistole schritt Iwata die Gangway zum Boot hinauf.

Die dunkle Gestalt drehte sich um.

24. KAPITEL

# Eine hübsche Metapher

Ein grauer Tag zog über Discovery Bay auf. Der Sturm hatte sich in der Nacht gelegt, still hüllte Nebel die Insel ein. Iwata quälte sich vom Sofa und sah aus dem Fenster. Ein Fischer reparierte sein Netz. Eine alte Dame führte ihren Hund aus. Ein Mann schrubbte Vogeldreck von den Markisen des Terrassenrestaurants. Alle abhängig vom Rhythmus der Tiere.

Der Raum war in ein flackerndes Blau aus Licht und Schatten getaucht.

Das angehaltene Video zeigte Akashi im Aufzug, leicht vorgebeugt, ein gefrorenes Lächeln im Gesicht. Sonnenlicht strömte durch den Korridor. Akashis Schatten klebte an der Innenwand der Aufzugkabine.

*Schönheit liegt nicht in den Dingen, sondern in dem Wechselspiel von Licht und Schatten, das sie erzeugen.*

»Dein Schatten. Bei dem Sonnenlicht«, flüsterte Iwata. »Aber Minas Schatten ...«

Iwata lief zu dem Fernseher und drückte sich die Nase an dem Schirm platt.

»Wo ist ihr Schatten, Akashi?!«

Lachend schlug er mit der Faust gegen die Wand. Ein Irrtum war ausgeschlossen. Mina Fong war gar nicht da! Akashi war allein im Aufzug und täuschte die Unterhaltung nur vor.

»War das nur Show? Oder hast du den Verstand verloren?«

Iwata fiel Akashis ausgebrannte Hütte in Chiba wieder ein. Ist der Nebel durch die dünnen Wände gesickert?

Hat er langsam dein Haus durchdrungen und dir in den Tagen vor deinem Tod den Verstand geraubt?

Hast du nur so getan als ob, nur gesagt, was man von dir erwartete?

Das Handy quengelte wie ein Baby. Geistesabwesend ging Iwata ran, während er immer noch Akashi mit seinem gekünstelten Lächeln anstarrte.

»Ja?«

»Mr Iwata? Hier ist Lee. Mrs Fongs Anwalt. Ich hatte gerade Besuch von der Polizei.«

Unwillkürlich sah Iwata aus dem Fenster.

»Und?«

»Sie haben nach Ihnen gefragt. Was Sie hier zu tun hätten. Ich habe ihnen erklärt, dass der Grund unseres Treffens völlig legitim ist, aber sie haben deutlich zu verstehen gegeben, dass Sie mit Ihren Nachforschungen, zu denen Sie offiziell nicht befugt sind, gegen das Gesetz verstoßen. Die Rede war von einem diplomatischen Zwischenfall.«

»Ich bin nicht in offiziellem Auftrag hier. Meine Gesprächspartner haben sich freiwillig mit mir getroffen.«

»Mr Iwata. Ich sage Ihnen das nur, weil ich glaube, dass Sie im Interesse der Familie handeln. Sie haben mich gefragt, wo Sie sich aufhalten. Das musste ich ihnen wahrheitsgemäß beantworten. Das war vor zehn Minuten.«

Die Uhr zeigte 5:50. Noch anderthalb Stunden bis zu seinem Abflug.

»Danke, dass Sie mich gewarnt haben, Mr Lee.«

»Viel Glück, Kommissar. An Ihrer Stelle würde ich nicht mehr hierher zurückkommen.«

Iwata legte auf, holte das Video heraus und packte hektisch seine Tasche. Akten, Fotos, Kleider. Ein schneller Rundgang, durch Jennifers Zimmer zuletzt. Er betrachtete die verstaubten

Gegenstände. Die Stille pulsierte, bevor sie wieder Besitz von den Räumen ergriff. Halb krank und schwer atmend wandte sich Iwata zum Gehen.

Beinahe hätte er es übersehen.

Ein Foto von Jennifer als jungem Mädchen, das im Rahmen des Garderobenspiegels steckte.

Es war ihm vorher schon aufgefallen, aber er hatte es nicht beachtet. Die Jahreszahl war aufgedruckt, *1996*. Jennifers Vater hatte etwas verkrampft einen Arm um die Schulter der Tochter gelegt. Sie posierten vor einer Skyline. Hinter ihnen ein prächtiger Sonnenuntergang. Sie befanden sich in einem kleinen Zimmer mit großen Fenstern. Aber da war noch etwas. Etwas, was Iwata schon einmal gesehen hatte.

Der Fotograf hatte noch teilweise einige andere Touristen, die unverstellten Gesichter hinter Jennifer und ihrem Vater eingefangen. Unter anderem eine Hand, die sich an ein Geländer klammerte.

Am Handgelenk eine goldene Uhr.

Hastig nahm Iwata das Foto, verließ die Wohnung und winkte ein Taxi, das ihn zum Flughafen bringen sollte. Als es losfuhr, sah er die alten Männer im Jachthafen ihre Angelruten für heute präparieren.

Iwata schloss die Augen.

Der See sieht aus wie ein prähistorischer, mit kupfergrünem Wasser gefüllter Krater. Kei und Kosuke sitzen in Unterhose am Ufer, angeln und rauchen billige Zigaretten. Ihre blassen Leiber leuchten blendend weiß in der Sonne. Leere Bierdosen liegen verstreut um ihr kleines schäbiges Lager.

Kosuke bläst Zigarettenrauch in die Luft.

»Scheiße, ist das heiß.«

»Weißt du was.« Kei bewegt nur einen Mundwinkel, damit

er die Zigarette nicht herausnehmen muss. »Ich glaube, das alles hier wird mir fehlen. Ist das nicht verrückt?«

Kosuke wirft seine Angel aus.

»Du hast bis zum Ende durchgehalten. Hätte ich nie von dir gedacht.«

»Jemand musste sich ja um dich unterbelichteten Dussel kümmern.«

Die Angelschnur spannt sich.

Kei springt ins Wasser, holt wie wild die Schnur ein.

Grinsend dreht er sich um, hält einen zappelnden Silberfisch hoch. Er nickt dem aufgespießten Maul zu.

»Eine hübsche Metapher für die vergangenen zehn Jahre.«

»Und sieht auch so aus wie du.«

Kei küsst den Fisch und wirft ihn in den Eimer.

»Wo willst du später hin?«

Kei zuckt mit den Achseln. »Wahrscheinlich Tokio. Nicht jeder hat einen reichen Stiefvater in Amerika.«

»Ich weiß nicht, wie reich er ist.«

»Ich kann mir nicht vorstellen, dass deine Mutter eine arme Kirchenmaus geheiratet hat.«

Iwata zieht die Schultern hoch. Eine Libelle summt zwischen ihnen. »Vielleicht. Du kennst sie so gut wie ich.«

»Warum ist sie zurückgekommen?«

»Was weiß ich.«

»Ich meine, warum ist sie *jetzt* zurückgekommen? Du kennst das doch. Eltern kommen nur zurück, wenn man klein und süß ist.«

»Kei …«

»Neuer Ehemann, neues Haus, neuer Cadillac. Wahrscheinlich hat sie sich gedacht, warum das verloren geglaubte Kind nicht noch gratis obendrauf.«

»Weißt du was? Es ist mir egal.«

»Jetzt komm schon, Iwata-kun. Es ist dir doch nicht egal, warum sie zurückgekommen ist.«

»Ich verlasse diesen Ort. Mehr brauche ich nicht zu wissen.«

»Oh, jetzt verstehe ich. In Wirklichkeit willst du wissen, warum *sie* dich verlassen hat.«

»Kei ...«

»Nein. Ich habe recht. Du weißt, dass ich recht habe. Du willst wissen, warum sie dich verlassen hat. Wie alle anderen Kinder hier in Sakuza. Du wolltest es vom ersten Tag an wissen, als man dich hierher verschleppt hat, als ich meinen Arm um deine Schulter gelegt habe.«

»Komm mir nicht wieder mit diesem Mist.« Kosuke wirft seine Angel aus und watet durchs Wasser.

»Iwata!«, ruft Kei hinter ihm her.

»Du weißt wohl alles, was!?«

Kei läuft ihm nach und packt ihn mit den nassen Händen an den Schultern.

»Ist ja gut, ist ja gut. Kann dir doch egal sein. Und du hast recht. Ich weiß gar nichts. Ich habe ja nicht mal richtige Eltern. Woher soll ich so was also wissen?«

»Ich habe keine Lust mehr zu angeln.«

»Na komm. Trink noch ein Bier mit mir.«

Tropfen rinnen über ihren Rücken. Der Matsch zwischen ihren Zehen gleicht warmer Marmelade. Grillen zirpen, das Sommerende naht.

»Komm schon, Iwata. Willst du dich ertränken?«

»Du bist ein scheinheiliges Arschloch.« Kosuke blinzelt in die Sonne. »Aber ich habe Durst.«

Kei klopft ihm auf die Schulter. Sie kehren zu dem sandigen Ufer zurück und öffnen ihre letzten Bierdosen. Kosuke lässt den Schaum über das Kinn laufen und aufs Knie tropfen.

»Weißt du was?« Kei kratzt sich am Nabel. »Es hat Spaß gemacht. Teilweise.

»Was? Heute?«

»Und die restliche Zeit.«

Sie sehen sich verlegen an.

»Teilweise«, sagt Kosuke mit gequältem Lächeln. »Ja.«

Das ferne Dröhnen der Staumauer vermochte nicht, den Vogelgesang hinter ihnen zu übertönen.

»Also nach Amerika?«

»*Land of the free.*« Iwata hebt die Bierdose.

»Wenn ich genug Geld zusammenkratzen kann, besuche ich dich in ein, zwei Jahren. Wir ziehen das volle Programm durch. Drive-In-Kinos, Cheeseburger, dicke Titten, das ganze Scheiß-Programm.«

»Den amerikanischen Traum.«

Kei zerknüllt seine Dose und wringt die letzten Tropfen heraus.

»Glaubst du, dass es in Kalifornien auch Yakitori gibt?«, fragt er, halb entrückt, das Gesicht vom silbrigen Wasser erleuchtet.

»Ich weiß nicht«, sagt Kosuke. »Aber so was wie unseren Fuchsbau gibt es da bestimmt nicht.«

Kei lacht über ihre kleine Welt. Ohne es zu bemerken, waren sie Könige geworden.

Kosukes Leine spannt sich, und er holt hektisch ein. Der Fisch ist viel kleiner, beinahe wertlos, doch er wirft ihn in den Eimer.

»He, Iwata-kun.« Kei lacht schüchtern. »Ich habe was für dich.«

»Was redest du da?«

Kei legt seine Angelrute beiseite und fasst in seinen Beutel. Er holt einen tragbaren Plattenspieler heraus und stellt ihn auf einen Holzscheit zwischen ihnen.

»Gehört der nicht dem Waisenhaus?«

»Drück auf Start, Blödmann.«

Kosuke beäugt ihn misstrauisch und drückt die Start-Taste. Bläser, melancholisch, aber forsch – jetzt Streicher – traurig, aber lebhaft –, und er spürt ein Glücksgefühl, weil er seinen Lieblingssong hört.

*Die Lichter der Stadt leuchten so schön.*
*Ich bin glücklich mit Dir.*
*Bitte, ich möchte sie hören.*
*Yokohama, Blue Light Yokohama.*
*Die Worte der Liebe von Dir.*

Kosuke wendet sich seinem Freund zu.

»Scheiße, ich liebe diesen Song. Wo hast du die Platte her?«

»Aus Tokio. Mach halblang. Es ist nichts Besonderes.«

»An dem Tag, als Uesugi mit dir zum Arzt gegangen ist?«

Keis Miene verfinstert sich für einen Moment, doch er schüttelt die Erinnerung ab und wirft sich auf Kosuke. Er packt ihn an der Taille und tanzt mit ihm am sandigen Ufer. Es ist ein schlichter Walzer, und er fängt an, Uesugi nachzumachen, legt die Hand auf Kosukes Kopf, zitiert ihn oder jemand anders – Plato, Christus oder Tschechow.

Uesugi wird jetzt zu dem Kastanienmädchen, und sie tanzen nicht mehr so ungestüm.

»Ich habe eine Idee«, sagte Kei.

Er taucht die Finger in den Fischeimer und malt seine Lippen mit dem Fischblut grellrot an. Auf die Augenbrauen trägt er Schlamm auf, und die Wimpern formt er mit Wasser zu schwarzen Stacheln.

Kosuke ist das Lachen vergangen.

Kei tritt in seinen Schatten. Seine Lippen öffnen sich.

Sein Atem riecht nach Blut.

Kosuke dreht sich zum glitzernden Wasser um. Keis Finger umfassen ihn, gleiten zwischen die Rippen, als wären es Klaviertasten.

Er küsst Kosuke auf den Nacken.

»Was machst du da?«, fragt Kosuke, schließt die Augen und zittert.

Ein Kuss auf die Schulter.

Wassertropfen laufen ihm den Rücken herab.

*Ich gehe und gehe, schaukle*
*wie ein Boot in Deinen Armen.*
*Ich höre Deine Schritte.*
*Gib mir noch einen zärtlichen Kuss.*
*Der Geruch Deiner Lieblingszigaretten.*
*Yokohama, Blue Light Yokohama.*
*Das wird immer unsere Welt bleiben.*

Kei gleitet mit der Hand in Kosukes Hose, greift nach seinem Penis. Er schlingt einen Arm um Kosukes Brust, wie ein Sicherheitsgurt auf einer Achterbahn, und fängt an, ihn zu masturbieren.

»Nein.« Kosukes Stimme ist belegt und heiser. »Kei.«

Kei singt den Song *Blue Light Yokohama* mit.

»Gib mir noch einen zärtlichen Kuss. Ich gehe und gehe, schaukle wie ein Boot in deinen Armen.« Er reibt schneller, und Kosuke kann nichts mehr sagen, nur die Augen schließen. Er ist ein Junge, der am Abgrund steht, der Strudel tief unten. Er ist ein Junge, der heimlich Nonnen beim Baden im See beobachtet. Er ist ein Junge, der dem Kastanienmädchen durchs Fenster beim Ankleiden zusieht.

»Niemand liebt uns«, flüstert Kei. »Nur ich. Ich liebe uns. Ich liebe dich.«

Kosuke stockt der Atem, und sein Samen kräuselt sich im Wasser. Sonnenlicht fällt auf ihn, perlmuttartige Fetzen, lebendig wie Fischschuppen.

Zitternd öffnet Kosuke die Augen und sieht Keis schmutzige Finger ihn begrapschen. Er sieht den violetten Saft der toten Fische im Eimer. Angst und Wut überkommen ihn, und wieder ist er der kleine Junge, der in einem Busbahnhof allein auf einer Bank sitzt. Er schnellt herum.

Für Kei, ängstlich lächelnd, kommt der Schlag auf den Mund unerwartet. Er sinkt auf die Knie, Tränen treten ihm in die Augen. Er hält sich den Kiefer, Blut sickert zwischen den Fingern hervor.

»Feigling«, lallt er, und Kosuke rennt weg. Das Sprechen schmerzt, doch er fährt fort: »Unsere Triumphe schweben zwischen Himmel und Erde, wie Wolken, Sonnenpavillons gleich!«

Er lacht, aus seinem Mund tropft Blut.

»Du bist ein verdammter Feigling, Iwata!«

Kei hebt die Schallplatte auf und schleudert sie in Kosukes Richtung.

»Der kannst du nicht entkommen!«

*Das wird immer unsere Welt bleiben.*

25. KAPITEL

# Hundert Herzen müssten brennen

Iwata stieg aus dem Flugzeug und schaute zum Himmel. Es war wärmer als bei seiner Abreise vor einer Woche, doch der Himmel in Japan war immer noch grau und wenig verheißungsvoll. Auf dem Weg durch das Flughafengebäude rechnete er fast damit, dass sich eine Hand auf seine Schulter legte, doch die Passkontrolle verlief ohne Zwischenfall.

Hatanaka stand mit verschränkten Armen auf dem Parkplatz. Er hatte sein Haar schwarz gefärbt. Ohne Uniform sah er aus wie ein ungeduldiger Jugendlicher, der auf seinen Vater wartete.

»Haben Sie die Akte?«

Hatanaka übergab ihm eine gefaltete Zeitung, in der sich die Akte befand.

»Braver Junge. Begleiten Sie mich ein Stück.«

»Werde ich meine Stelle verlieren, wenn ich Ihnen helfe, Kommissar?«

»Sie sind jung, Sie kommen schon wieder auf die Beine. Und jetzt zur Akte. Das Wesentliche in Kürze, bitte.«

»Ikuo Uno war eher ein kleiner Fisch, hauptsächlich im Glücksspiel, aber er hat seine Fühler auch zur Yakuza ausgestreckt. Seit über fünf Jahren war er aktenkundig, aber für eine Verhaftung hat es nie gereicht.«

»Wer war für ihn zuständig?«

»Akashi, Leiter der Mordkommission. Der jetzt tot ist. Kennen Sie ihn?«

Iwata schüttelte zynisch lächelnd den Kopf.

»Ja und nein. Wie man es nimmt.«

»Ich habe mal recherchiert. Online gibt es nicht viel über seinen Selbstmord, nichts Ausführliches. Nur einen einzigen Zeitungsartikel. Der geschätzte und verdienstvolle Kommissar Akashi stürzt sich von der Regenbogenbrücke in den Tod. Sein Leben lang hat er für Gerechtigkeit gekämpft, aber nach seiner Scheidung wurde er von Depressionen geplagt. Bla bla bla. Ich habe Ihnen den Artikel ausgedruckt. Er liegt in der Akte.«

Iwata stieg in sein Auto, warf die Akte aufs Armaturenbrett und kurbelte das Fenster herunter.

»Ich brauche noch etwas von Ihnen, Hatanaka.«

»Was das angeht. Meinen Vorgesetzten und Kollegen bleibt nicht verborgen, dass ich viel Zeit mit anderen Dingen verbringe. Das wird allmählich zu einem Problem für mich.«

Iwata winkte ab.

»Wollen Sie die nächsten zehn Jahre Tatorte bewachen, oder wollen Sie Polizeiarbeit machen? Hören Sie, Sie kümmern sich hin und wieder um meine schmutzige Wäsche, und ich greife Ihnen mit einem Empfehlungsschreiben unter die Arme. Ein Empfehlungsschreiben von dem Leiter einer Mordkommission zählt nicht wenig in dieser Welt. Und jetzt notieren Sie.«

Seufzend holte Hatanaka sein Handy heraus.

»Los.«

»Coco La Croix. Das ist der Username eines Drogenhändlers auf 2Chan.«

»Coco ...?«

»La Croix. Finden Sie heraus, wer dahintersteckt und wo er sich aufhält. Wann haben Sie heute Feierabend?«

»Um neun.«

»Gut. Wenn Sie fertig sind, hängen Sie sich an ihn ran, und

sagen Sie mir, was er so treibt. Heute Abend jedenfalls steuert er einen Club in Dogenzaka an. Alles klar?«

Iwata startete den Motor.

»Ah! *So* muss sich ein Auto anhören.«

Iwata parkte das Auto hinter dem Haus Misakimachi Moroiso 6082. Das Geräusch der Wellen und der wechselnde Wind vereinigten sich mit dem Krächzen der Kormorane. Der Himmel über der Sagami-Bucht war schiefergrau. Verwachsene Bäume hingen über die schwarzen Klippen.

Früher Nachmittag, niemand in Sicht, kein Absperrband mehr vor dem Grundstück. Das Haus sah jetzt wie ein x-beliebiges leer stehendes Haus aus. Die verbarrikadierte Eingangstür ließ sich problemlos aufbrechen. Iwata knipste den Lichtschalter an, doch Strom wurde in diesem Haus nicht mehr benötigt. Er holte seine Taschenlampe hervor und leuchtete den düsteren Flur aus. Nichts rührte sich, außer den auffliegenden dicken Motten. In dem gründlich gereinigten Schlafzimmer im ersten Stock wies außer einem blassen dunklen Fleck auf dem Teppich, dort, wo Frau Ohba das Herz herausgerissen worden war, nichts mehr auf das Verbrechen hin.

Iwata vernahm ein leises Ticken vom Nachttisch. Die goldene Armbanduhr lag dort immer noch. Er drehte sie um. Auf der Rückseite standen eingraviert die Worte:

*Hundert Herzen müssten brennen*

*Dir meine Liebe zu bekennen.*

Iwata holte das Foto aus Jennifer Fongs Schlafzimmer und hielt es neben Ohbas Armbanduhr. Eindeutig, die Uhr auf dem Foto war die Uhr vom Nachttisch.

»Jetzt habe ich dich«, flüsterte Iwata.

Noch einmal überprüfte er die Jahreszahl auf dem Foto, *1996*.

Er zückte sein Notizbuch und lief zurück in den Flur. Aufgeregt suchte er die Urlaubsfotos an der Wand ab, jedoch stimmte kein Datum mit der Jahreszahl auf dem Foto von Jennifer überein.

»Komm schon, komm schon.«

Er überflog die Jahreszahlen in seinem Notizbuch. Der erste Urlaub der Ohbas ging 1973 nach Okinawa, der letzte 2008 nach Hawaii. Iwata hatte die Jahreszahlen nach der Anordnung der Bilder an der Wand notiert, jetzt schrieb er sie in chronologischer Reihenfolge auf eine neue Seite.

»Ein Jahr fehlt.«

1996.

Im Schlafzimmer wühlte er in Schränken und Kartons, fand aber nur Staub und verwaiste Erinnerungsstücke. Er machte weiter in dem kleinen Arbeitszimmer, in dem er sich mit Shindo gestritten hatte. Riss Schubladen auf, pflügte durch Stapel von Papieren.

»Komm schon! Komm schon!«

Unter dem Schreibtisch stieß er auf Kartons, die mit Jahreszahlen versehen waren, schob alle anderen beiseite und riss den Deckel von dem Karton mit der Aufschrift *1995–2000*. Lauter dunkelgrüne Fotoalben. Iwata nahm das von 1996 heraus und setzte sich wie ein aufgeregtes Geburtstagskind im Schneidersitz auf den Boden. Auf dem Etikett stand: *Nagasaki / Goto-Inseln*.

Atemlos vor Spannung schlug er das Album auf. Jedes Foto war sorgfältig mit einer Ortsangabe versehen.

*Der Friedenspark in Nagasaki, Holländisches Viertel, Atombombenmuseum, Brillenbrücke, Kunstmuseum der Präfektur Nagasaki, Katholische Oura Kirche, Katholische Kurosaki Kirche, Michimori-Schrein.*

Hinten steckte ein kleiner brauner Umschlag mit noch mehr Fotos, unbeschriftet, ohne Ortsangaben.

Herr und Frau Ohba besteigen ein kleines Passagierflugzeug.

Frau Ohba reckt durch das Fenster den Daumen in die Höhe.

Herr Ohba schläft mit geöffnetem Mund.

Ein Nationalpark mit hohen Klippen und Vulkankegeln.

Herr und Frau Ohba besteigen eine Seilbahn.

Die Ohbas, leicht gebräunt, vor der Seilbahnkabine.

Das nächste Foto war nahezu identisch mit dem aus Jennifers Zimmer, nur dass der Fotograf hier außer Herrn Ohba noch eine Strähne von Jennifers Haar eingefangen hatte.

Iwata begriff, dass sie in einer Seilbahn standen, irgendwo in der Präfektur Nagasaki. Beim nächsten Foto stockte ihm der Atem.

»Mein Gott.«

Hier waren sie versammelt: Herr und Frau Ohba. Jennifer und ihr Vater. Ein jüngerer Tsunemasa Kaneshiro. Hideo Akashi mit Ende zwanzig. Die Toten, alle beieinander.

»Jetzt habe ich dich«, wiederholte Iwata flüsternd. »Du Scheißkerl.«

Es waren noch andere Personen auf dem Foto, die Iwata nicht kannte. Akashis Freundin oder auch Ehefrau. Ein kleines Mädchen, etwa zehn Jahre alt.

Und eine Frau, die alleine saß. Sie trug schmutzige, für die Jahreszeit unpassende Kleidung und starrte zu Boden. Schließlich das letzte Foto, ein herrliches Panorama der Inseln, ein Sonnenuntergang, der das Meer in ein glitzerndes Rot tauchte.

Iwata raffte die Fotos zusammen und verließ das Haus.

Ein Sturm war aufgezogen, hatte sich endlich dazu entschlossen.

Iwata warf den Umschlag auf den Beifahrersitz, holte das Blaulicht aus dem Kofferraum und befestigte es auf dem Dach. Der Isuzu gewann an Fahrt, die Sirene kreischte lauter. Iwata drückte die Kurzwahl auf seinem Handy.

»Na, mach schon!«

Endlich ging Shindo ran.

»Iwata?«

»War Hideo Akashi verheiratet?«

»Was?«

»Keine Zeit für Erklärungen, Shindo. War er verheiratet oder nicht?«

»Ja. Früher mal. Sie hat ihn verlassen, aber …«

»Hatte sie Sommersprossen? Ungefähr eins sechzig groß?«

»Ja. Was soll das?«

»Shindo. Hören Sie mir zu, und beantworten Sie meine Fragen. Wenn Sie nicht antworten, werden noch mehr Menschen sterben. Akashis Frau, lebt sie noch?«

»Yumi? Ja, sie lebt. Sagen Sie mir doch endlich, worum es geht.«

»Ich weiß jetzt, wie er sie ausgewählt hat, Shindo. Und ich weiß, wo er als Nächstes zuschlagen wird.«

Iwata überfuhr eine rote Ampel, raste auf die Schnellstraße, blaue Lichtstrahlen hinter sich herziehend.

»Und wie?«

»Anscheinend geht alles auf eine Fahrt mit einer Seilbahn zurück, 1996 in Nagasaki. Ich weiß noch nicht, warum, aber die Frau muss Polizeischutz bekommen, und zwar sofort, rund um die Uhr. Wenn nicht, wird er sie in Stücke reißen und alle anderen in ihrem Umfeld. Es sind noch zwei andere Personen in Gefahr, aber die muss ich erst noch identifizieren.«

Shindo seufzte.

»Iwata …«, sagte er.

»Ich weiß, was Sie jetzt sagen wollen, aber ich habe recht.«

»Und wenn nicht?«

»Schicke ich Ihnen mein Kündigungsschreiben per Brieftaube.«

Langes Schweigen am anderen Ende.

»Wenn ich mich darauf einlasse, müssen Sie mir zuvor verraten, was Sie herausgefunden haben.«

»Mina Fongs Schwester wurde von der Schwarzen Sonne ermordet. Und zwar, bevor *wir* das erste Opfer hatten. Und nicht nur das. Ich bin davon überzeugt, dass die Schwarze Sonne auch Mina umgebracht hat.«

»Mina Fong?«

»Es sollte nur ablenken, Shindo. Eine Nebelkerze.«

»Sie sind doch gar nicht mehr mit dem Fall betraut. Sie können sich nicht immerzu einmischen ...«

»Tu ich aber.« Iwata verscheuchte mit der Hupe einen SUV und überholte. »Seit zehn Minuten.«

»Was wollen Sie?«

»Wenn Mina Fong ein weiteres Opfer der Schwarzen Sonne ist, haben Sie bei Ihren Ermittlungen den Falschen verdächtigt, und Masaharu Ezawa war unschuldig. Ganz klar. Sie müssen sich nur das Videomaterial von der Überwachungskamera vor ihrer Wohnung angucken.«

»Leck mich, Iwata.«

»Wie Sie schon sagten, es wird mein Verhalten beurteilt, nicht mein Fallmanagement überprüft. Solange mein Disziplinarverfahren noch nicht läuft, muss der Fall, an dem ich gearbeitet habe, neu aufgerollt werden, und ich werde wieder die Leitung der Ermittlungen übernehmen. Das sieht die Dienstvorschrift vor. Und die Dienstvorschrift ist heilig, Shindo.«

Iwata stellte sich vor, wie der alte Polizist nachdenklich aus dem Fenster mit der nichtssagenden Aussicht blickte.

»Ihr Disziplinarverfahren ist am elften März. In einer Woche. Ist Ihnen das klar?«

»Das ist mir klar.«

Shindo lachte.

»Indianerehre, was?«

»Für solche Witzchen haben wir keine Zeit, Shindo.«

»Okay. Ich ordne den Polizeischutz für Akashis Exfrau an. Und schicke Ihnen gleich ihre Adresse. Aber mehr Leute kann ich Ihnen nicht zuteilen. Sie gelten hier als vorbelastet, Iwata. Mit Ihnen will keiner zusammenarbeiten. Sie sind auf sich allein gestellt. Sehen Sie zu, was Sie tun können, in der Zeit, die Ihnen noch bleibt.«

»Man tut immer, was man kann, Boss.«

»In Ordnung. Sie sind wieder dabei.«

Iwata legte auf und drückte aufs Gaspedal.

Aus dem Augenwinkel sah er die Ikuno-Uno-Akte, die Hatanaka ihm gegeben hatte. Vorne klebte ein Etikett: *Leitender Ermittlungsbeamter – Hideo Akashi.*

Du warst beim Morddezernat. Warum gibst du dich mit so einem Kleinganoven ab?

Und falls Ikuo Uno dein Informant war, musst du gewusst haben, dass sich nach seinem Tod ein Fremder seines Geldes bedient hat. Trotzdem hast du nichts dagegen unternommen.

Er erinnerte sich an Akashis Lächeln in dem Aufzug, eine leere Farce.

Iwata dachte zu schnell nach. Er fuhr zu schnell. Aber beides nicht schnell genug.

*Die Lichter der Stadt leuchten so schön.*

Als er ruckartig ausscherte, um einen Lastwagen zu überholen, flog die Akte vom Armaturenbrett, und der Artikel über Hideo Akashi rutschte heraus. Das Foto war schon älter, wahrscheinlich das Abschlussfoto von der Polizeiakademie. Bürstenhaarschnitt, verhaltenes Lächeln, braungebrannt.

Du verbirgst etwas. Hatte die Schwarze Sonne etwas gegen dich in der Hand?

Akashi lächelte ihn an.

Die Sirene heulte.

Er sah in die Augen des toten Mannes, und eine plötzliche Einsicht erwischte ihn eiskalt.

Die Insel Odaiba, nördlich vom Haneda Airport und gegenüber dem Stadtzentrum von Tokio, war die neue Heimat von Yumi Tachibana und ihrem Mann Yoshi. Im Sommer picknickten sie am Strand, im Winter saßen sie in Cafés, mit Blick über die Bucht, und lasen, Yoshi meistens skandinavische Krimis, Yumi bevorzugte Kurzgeschichten. Montagmorgens jammerten sie regelmäßig, dass sie zur Arbeit »aufs Festland« fahren mussten. Sie liebten die breiten, baumbestandenen Straßen der Insel. Odaiba hatte eine für Tokioter Verhältnisse geringe Bevölkerungsdichte. Man fand leicht einen Parkplatz, die Wartelisten für die Kindergärten waren überschaubar, Spaziergänger, die ihre Hunde ausführten, begrüßten sich. In wenigen Wochen kam das Baby. Die Namen standen seit Langem fest. Yumi und Yoshi Tachibana waren glücklich.

Kosuke Iwatas Blaulicht streifte die Regenbogenbrücke, die nach Odaiba führte. Es war nach sechs Uhr, die Sonne bereits untergegangen. Die Yakatabune-Fähren, glänzendes Schwarz und grelles Pink, pendelten hin und her, und in der Ferne, eingequetscht zwischen Kaufhauspassagen, blinkte das Riesenrad in wechselnden Farben. Auf der unteren Ebene der Brücke verkehrte in Gegenrichtung die eingleisige Yurikamome-Linie. Iwata blickte kurz auf die Stadt hinter sich, rote Warnleuchten auf hohen Gebäuden. In Tokio wurde es niemals dunkel.

Kurz darauf, nachdem er die Regenbogenbrücke überquert hatte, entdeckte Iwata den Kordon. Ein Trupp Polizisten bewachte den Eingang zur Green Gardens Community. Erleichterung machte sich in ihm breit.

»Shindo, alter Saftsack. Hat sein Wort gehalten.«

Er stellte das Auto ab und verschaffte sich einen Überblick. Einige verärgerte Anwohner standen in Gruppen zusammen und diskutieren erregt. Die Anlage war von einem ungeheuer hohen Zaum umgeben, hatte Überwachungskameras und einen hauseigenen Wachschutz. Es war kein leichtes Durchkommen, jetzt schon gar nicht.

Würde die Schwarze Sonne noch aufkreuzen?

Iwata kannte die Antwort.

Er sah die Straße auf und ab, hielt Ausschau nach großen Männern. Es gab hier und da einen, und Iwata suchte in ihren Gesichtern nach einem Anzeichen von Wut, entdeckte aber nur Neugier. Bei der mickrigen Straßenbeleuchtung war ohnehin kaum etwas zu erkennen.

Schon fragte er sich, ob es ein Fehler gewesen war.

Wenn sie den Killer der Schwarzen Sonne durch diese Aktion nun verscheuchten? Sicher tauchte er wieder auf, doch wann? In einem Monat? Einem Jahr? In zehn Jahren?

Iwatas Handy klingelte.

»Ja?«

»Hatanaka hier.«

»Schießen Sie los.«

»Coco La Croix' wirklicher Name ist Masanao Maeds. Chemiestudent, unter anderem. Veranstaltet Clubnächte, verkauft Acid, Ecstasy und einige legale Rauschmittel. Ach so, er betreibt auch noch eine eigene Modewebsite.«

»Gute Arbeit, mein Junge. Wo sind Sie?«

»Universität Tokio. Ich verfolge ihn gerade. Ich glaube, er geht zur U-Bahn. Ich rufe Sie an, wenn er aussteigt.«

Iwata legte auf. Vor dem Tor zur Wohnanlage Green Gardens Community zeigte er den Polizisten seine Dienstmarke und erntete, als er hineinging, Blicke von den Umstehenden. Yumi Tachibanas Haus stand ein paar hundert Meter entfernt. Es war ein eckiger Bau, cremefarbene Wände, braune Fensterläden und eine kleine Garage. Vor dem Hauseingang standen auch Polizisten. Iwata zeigte wieder seine Dienstmarke vor, die von einer Liste abgehakt wurde, und betrat einen langen, mit moderner Kunst behängten Flur.

*Der ist am glücklichsten, er sei ein König oder ein Geringer, dem in seinem Hause Wohl bereitet ist.*

Leise Stimmen geleiteten Iwata nach oben in eine offene Wohnküche, klare geometrische Linien, dunkler Schieferboden, L-förmiges Sofa, Glastisch. In einer Ecke standen üppige Topfpflanzen, ein Bambus und eine Palme. Mit leerem Blick saßen Yumi und Yoshi Tachibana nebeneinander am Tisch und tranken Tee. Iwata dachte an das Paar in Edward Hoppers Gemälde *Nighthawks*.

Sie erhoben sich, als Iwata auf der obersten Treppenstufe erschien.

Yumi war hochschwanger. Sie war älter als auf den Fotos, aber Iwata erkannte sie und die Sommersprossen sofort wieder. Yoshi hatte eine schlanke Figur und ein schmales Gesicht, das hinter einem Bart verborgen war. Er lachte nervös. Iwata verbeugte sich.

»Kommissar Iwata. Ich bearbeite den Fall.«

Yumi war blass im Gesicht, man spürte ihre Erschöpfung.

»Shindo hat uns gesagt, Sie seien einer seiner Besten.« Yumi bot ihm einen Stuhl an.

»Aha. Ich kann nur hoffen, dass ich seinen freundlichen Worten gerecht werde.«

»Worum geht es genau, Kommissar? Wir wissen von nichts.«

»Ich soll eine … Person davon abhalten, sich an Sie heranzumachen.«

»Eine Person. Und was will diese Person von uns?«

»Das versuchen wir erst noch herauszufinden.«

Yumi schnaubte.

»Irgendeine Vorstellung müssen Sie doch haben.«

»Ja. Anscheinend hegt sie einen Groll gegen Sie.«

Yoshi räusperte sich, auch er sah blass und ängstlich aus.

»Wir verstehen das nicht, Kommissar. Wir sind rechtschaffene Menschen, wir haben nichts zu tun mit … was immer das hier bedeuten soll.«

Iwata nickte.

»Natürlich ist das für Sie beide ein Schock. Aber ich muss Sie bitten, sich in Geduld zu üben. Ich kann nicht allzu viel preisgeben. Vieles ist noch unklar.«

»Das ist nicht zu übersehen.«

Yoshi Tachibana spürte die Anspannung und zeigte auf die Küchenzeile.

»Möchten Sie Tee, Kommissar?«

»Bitte.«

Er setzte Wasser auf dem blanken Herd auf und hielt sich, während er darauf wartete, dass es kochte, an der Tresenkante fest. Was für eine groteske Vorstellung musste es für diesen einfachen Mann sein, dass jemand hier in diesen geschützten Raum eindringen und seine Familie zerstören wollte. Tachibana kehrte mit einer teuren Teeschale aus Stein zurück, und Iwata bedankte sich.

»Sie sagen, diese Person würde im Streit mit uns liegen, Kommissar. Was sollen wir denn getan haben? Haben Sie eine Idee?«

Yumi verdrehte die Augen.

»Natürlich weiß er das.«

Iwata hob abwehrend die Hand.

»Dazu kommen wir noch. Zunächst möchte ich, dass Sie meine Fragen beantworten, und danach möchte ich Ihre Frau sprechen. Unter vier Augen.«

»Ich gehe so lange auf den Balkon.« Yumi stand auf. »Ich brauche sowieso frische Luft.«

Sie ließ die beiden Männer allein.

»Sie können sich vorstellen, Kommissar, wie es auf meine Arbeitgeber wirken muss, dass ich in diese Geschichte verwickelt bin. Und Yumi tut der ganze Stress auch nicht gut.«

»Das verstehe ich. Aber ich kann Sie leider nur bitten, sich in Geduld zu üben. Hier sind Sie in Sicherheit.«

»Aber das kann doch nicht ewig so weitergehen. Was ist, wenn sich das alles als ein Missverständnis herausstellt?«

»Dann, Herr Tachibana, wäre ich sehr erleichtert.«

Er schlug auf die Tischplatte.

»Wie lange also? Es kann Monate dauern, bis Sie ihn gefunden haben!«

Iwata beugte sich vor und sagte in scharfem Ton: »Hören Sie. Der Mann ist in der Lage, Ihnen und Ihrer Frau Dinge anzutun, die Sie auch nicht ansatzweise begreifen würden. Vertrauen Sie mir einfach, denn das ist meine Arbeit. Hoffen Sie lieber, dass ich ihn finden werde, bevor er Sie findet.«

Tachibana blinzelte. »Entschuldigen Sie, ich bin nur …«

»Sie brauchen sich nicht zu entschuldigen. Lassen Sie uns lieber anfangen. Ist Ihnen in letzter Zeit etwas Ungewöhnliches aufgefallen?«

»Das habe ich mich auch schon gefragt. Aber nein. Nichts.«

»Denken Sie genau nach. Irgendetwas.«

Tachibana schüttelte den Kopf.

»Mir fällt wirklich nichts ein. Tut mir leid.«

»Jemand, der Ihnen oder Ihrer Frau gefolgt ist. Anrufe von Fremden. Merkwürdige Begegnungen.«

»Nein.«

»Was ist mit Ihrer Arbeit? Und wenn es noch so geringfügig erscheint, es könnte von Bedeutung sein.«

»Leider nicht.«

»Was machen Sie beruflich?«

»Wohnungseinrichtungen. Ich bin Innenarchitekt.«

Iwata holte ein Foto von der schwarzen Sonne aus der Tasche.

»Haben Sie das schon mal gesehen?«

Tachibana schüttelte den Kopf. Es löste absolut nichts in ihm aus. Kein Wiedererkennen.

»Sind Sie ganz sicher?«

»Ja. An so etwas würde ich mich erinnern.«

»Gut, Herr Tachibana. Vielleicht habe ich später noch ein paar Fragen an Sie.«

Iwata stand auf. Yumi saß draußen am Tisch und sah hinüber zur Regenbogenbrücke, an der die Lichter blinkten.

»Setzen Sie sich.«

Iwata ließ sich nieder, und sie suchte seinen Blick.

»Er will uns töten, ja? Deswegen sind Sie hier.«

»Glauben Sie mir, Yumi, so weit wird es nicht kommen.«

»Hat er bereits andere getötet?«

»Ja. Aber da wussten wir noch nicht, wonach wir suchen. Sie haben jetzt nichts mehr zu befürchten.«

Yumi schaute betrübt zur Seite.

»Ich war früher mal mit einem Polizisten verheiratet. Sie erinnern mich an ihn.«

Iwata lächelte und fragte sich, ob er dabei aussah wie Akashi.

»Also gut, Kommissar«, seufzte sie. »Stellen Sie Ihre Fragen.«

Iwata zeigte ihr ein Foto der schwarzen Sonne.

»Haben Sie das schon mal gesehen?«

Sie schüttelte den Kopf.

»Sagen Ihnen diese Bilder was?«

Iwata nahm die Urlaubsfotos der Ohbas von 1996 aus dem braunen Umschlag und breitete sie auf dem Tisch aus. Yumi zuckte zusammen und wandte den Blick ab.

»Yumi?«

»Ja.«

»Erzählen Sie mir alles, was Sie wissen.«

26. KAPITEL

# Wogendes Fleisch

Yumi legte die Fotos wie Tarotkarten fächerförmig hin und schob sie auf dem Tisch hin und her. Eingehend betrachtete sie die verschiedenen Gesichter.

»Es ist endlos lange her«, sagte sie leise.

»Das ist in einer Seilbahn, ja?«, fragte Iwata.

Sie nickte.

»Wo?«

»Die Seilbahn gibt es nicht mehr. Sie war eine kleine Attraktion, ungefähr eine Stunde von Nagasaki entfernt. Die Bahn führte von einem der Inselchen über das Wasser auf das Festland, vorbei am Michimori-Schrein, einen Berg hinauf. Jetzt fällt mir auch der Name ein, es war der Yahazudake.«

»Sie waren mit Ihrem Mann dort. Akashi. Warum?«

»Nur so. Aus Spaß. Es war ein herrlicher Tag. Ich wollte eigentlich gar nicht hinauf, aber Hideo war nicht davon abzubringen. Absolut unnachgiebig.«

Iwata rutschte auf seinem Stuhl nach vorne, in der Brust ein Gefühl, als würde er schweben.

»Ist etwas passiert? Etwas Ungewöhnliches?«

»Mit uns in der Kabine war eine verwirrte Frau. Sie erstach den Seilbahnführer und sprang dann aus der offenen Tür. Sie hat sich umgebracht.«

Iwata zeigte auf die Frau im Hintergrund, mit der für die Jahreszeit unpassenden Kleidung. Yumi nickte.

»An das Jahr 1996 wollten sie sich nicht erinnern.«

»Was haben Sie gesagt?«

»Deswegen haben sie die Fotos versteckt.«

»Wer?«

»Nichts. Bitte, fahren Sie fort. Was ist danach passiert?«

»Hideo, mein ehemaliger Mann, hat versucht, sie zu retten, aber es ist ihm nicht gelungen. Man kann einen Menschen nicht retten, wenn er nicht gerettet werden will. Das habe ich ihm immer wieder gesagt. Der Arme. Es war furchtbar, wirklich furchtbar.«

»Erzählen Sie mir mehr über ihn.«

Sie sah Iwata neugierig an.

»Es hat ihn schwer getroffen. Er war danach ein anderer Mensch. Als wäre die Person, die mit der Seilbahn hinaufgefahren war, nicht dieselbe, die mit ihr hinuntergefahren ist.«

»Inwiefern war Akashi danach ein anderer Mensch?« Iwatas Herz raste.

»Er hat einfach dichtgemacht. Er war wütend, manchmal gewalttätig. Manchmal ist er tagelang nicht nach Hause gekommen. Hat mich bloß angestarrt, mit offenem Mund. Ich dachte, vielleicht guckt er nur in meine Richtung und ist in Gedanken versunken. Aber seine Augen verfolgten mich.«

Iwata trank einen Schluck Tee, um sich zu beruhigen.

»Hat er mit Ihnen über das Erlebnis in der Seilbahn gesprochen?«

»Wir haben nie über solche Dinge gesprochen. Er war einfach nicht der Typ. Nie hat er über seine Kindheit gesprochen, und auch nicht über das Erlebnis in der Seilbahn. Und über unsere Ehe hat er schon gar nicht gesprochen. Er war wie eine Mauer. Nach dem Tag in der Seilbahn war unsere Ehe so gut wie zu Ende.«

»Wann haben Sie sich scheiden lassen?«

»Im Frühjahr 1998.«

»Wie hat er darauf reagiert?«

Yumi sah zu Boden.

»Er schien traurig, aber ich glaube, er hat es verstanden. Er hat sich entschuldigt und gesagt, er würde mich sehr lieben. Ich habe ihn danach nie wiedergesehen. Aber was hat die Seilbahn mit unserer Situation jetzt zu tun? Sie glauben doch, dass es da eine Verbindung gibt.«

»Aus irgendeinem Grund tötet jemand die Leute, die an dem Tag in der Seilbahn waren.«

Sie schloss die Augen.

»Warum?«

»Ich weiß es nicht, Frau Tachibana. Aber heute sind nur noch zwei am Leben. Sie.« Iwata zeigte auf ein kleines Mädchen im Vordergrund. »Und sie.«

Yumi betrachtete das Gesicht.

»Mein Gott, ja. Da war noch ein kleines Mädchen.«

»Wissen Sie, wie sie heißt?«

»Leider nein. Vielleicht habe ich den Namen sogar gehört, aber es ist alles so lange her.«

»Hat Herr Akashi jemals über Selbstmord mit Ihnen gesprochen?«

»Nein. Ich wüsste nicht.«

»Nie? Nie mal erwähnt, dass er nichts hat, wofür es sich zu leben lohnt? Dass er Ihnen oder anderen zur Last fällt? Dass er das Gefühl hat, in einer Falle zu sitzen? Dass er es nicht mehr aushält?«

Sie schüttelte den Kopf.

»Haben Sie mitbekommen, dass er sich von ihm nahestehenden Menschen verabschiedet hat? Hat er Dinge weggegeben, die ihm lieb und teuer waren?«

»Nein. Nichts dergleichen. Bisweilen schien er sich leer zu fühlen. Dann wieder sehr wütend. Mir gegenüber schwankten seine

Gefühle zwischen absoluter Ignoranz und Hass. Wie gesagt, der Zwischenfall in der Seilbahn hat ihm sehr zugesetzt. Aber Selbstmord? Nein, er ist mir nie selbstmordgefährdet erschienen.«

»Was sagen Sie dann dazu, dass Herr Akashi sich umgebracht hat, Frau Tachibana?«

»Was soll diese Frage? Natürlich finde ich das schrecklich. Was hat denn das hiermit zu tun?«

»Lassen Sie mich die Frage anders formulieren. Hätten Sie sich jemals vorstellen können, dass er von der Regenbogenbrücke springt?«

Yumi runzelte die Stirn.

»Ich hatte Hideo sehr lange nicht gesehen.«

Sie atmete schwer aus, hob die Teetasse mit zittriger Hand zum Mund, bevor sie merkte, dass sie leer war.

Iwatas Handy klingelte.

»Entschuldigung.«

Er ging ans andere Ende des Balkons und nahm den Anruf entgegen. Von der Bucht wehte eine kalte Brise herüber. In der Ferne erleuchteten lautlose Blitze die Wolkendecke.

»Hatanaka?«

»Coco La Croix hat gerade den Club Eclipse betreten. Soll ich ihm folgen?«

»Nein. Warten Sie am Ausgang, und passen Sie auf, dass er uns nicht entwischt. Ich bin in einer Viertelstunde da.«

Ein Sturm hatte Dogenzaka fest im Griff. Iwata hetzte vorbei an Stundenhotels und Shot Bars. Hier gab es alles, chinesische Vergnügungspaläste, Pariser Bordelle und babylonische Harems. Rote Laternen baumelten im Wind. Graffiti bedeckten die schmutzigen Wände. Eine Leuchtreklame blinkte ihn an: *Lassen Sie sich verwöhnen: Ausspannen ¥4000 – Ausspannen Plus ¥6000.*

Über ihm ein Baldachin aus schwarzen Kabeln. In allen verfügbaren Lücken und Ecken stapelten sich leere blaue Flaschenkästen. Vertrocknete Topfpflanzen dienten als Aschenbecher. Die Gebäude wurden jetzt höher, die Straßen breiter. Dogenzaka kannte nur den Rhythmus von Licht und Dunkelheit.

Ein paar Häuser weiter entdeckte Iwata den Eingang des Clubs.

Schon hatte sich eine lange Schlange gebildet, junge Frauen duckten sich unter Regenschirmen, Atemwölkchen stiegen auf. Die Türsteher drückten mit dem Finger gegen ihre Ohrhörer, als müssten sie den Premierminister beschützen. Hatanaka stand auf der anderen Straßenseite und hatte die Jacke über den Kopf gezogen. Iwata tippte ihm auf die Schulter.

»Iwata, verdammte Scheiße! Haben Sie mich erschreckt.«

»Ist er noch drin?«

»Ja. Ich niese mir seit einer halben Stunde die Seele aus dem Leib.«

»Ist der Club einstöckig?«

»Ja. Die Türsteher wissen Bescheid. Der Club ist in der dreiundzwanzigsten Etage.«

Iwata sah zu dem Hochhaus, dessen obere Etagen von dunklen Wolken verhüllt waren.

*Die Lichter der Stadt leuchten so schön.*

»Geben Sie mir die Nummer Ihres Abteilungsleiters. Ab Morgen früh gehören Sie zu meinem Team. Für eine Woche. Das wird er mir nicht abschlagen.«

»Wollen Sie mich verarschen?«

»Wollen Sie lieber Pachinko spielen?«

Ein Lächeln breitete sich auf Hatanakas Spiegeleigesicht aus.

»Vielen Dank, Iwata. Ich wollte nur sagen, dass …«

»Heben Sie sich die Lobhudelei für später auf. Ich möchte, dass Sie etwas für mich erledigen. Der Artikel über Akashis

Selbstmord hat mich darauf gebracht. Finden Sie heraus, wo seine Leiche nach dem Sprung von der Brücke hingebracht wurde. Gleich morgen, als Erstes.«

Hatanaka legte den Kopf schief.

»Glauben Sie, es war kein Selbstmord, Iwata?«

»Finden Sie heraus, wo er hingebracht wurde.«

Er sah wieder zu dem silbernen Hochhaus, das wie eine Pfeilspitze in den aschgrauen Himmel ragte. Ihm schwirrte der Kopf.

»Iwata?«

»Ja?«

»Ich habe Sie gefragt, ob ich Sie nach oben begleiten soll?«

»Nein. Gehen Sie nach Hause. Sie brauchen Erholung. Ab Morgen werde ich Sie hart rannehmen.«

Iwata wies sich bei den Türstehern aus und fuhr in die dreiundzwanzigste Etage. Eine mit violettem Neonlicht ausgeleuchtete Edelstahltreppe führte hinab zur Tanzfläche. Eine seltsame Angst überkam ihn. In dem Stroboskoplicht war der Grundriss des Raums nur schwer zu erkennen. Die gesamte hintere Wand nahm eine Glasfront ein, der Ausblick auf die nächtliche Skyline von Tokio wurde von menschlichen Körpern verstellt. Auf einem gigantischen Bildschirm darüber sah man eine Nahaufnahme der DJ-Decks. Schwarze Vinylscheiben drehten sich. Der Schlund eines Strudels. Elektronische Beats wummerten in ein einsetzendes Streichorchester hinein. Die tanzende Menschenmasse bewegte sich wie ein rot, dann grellblau, dann grün schillerndes Tentakel. Niemand suchte hier nach echtem Kontakt. Hier gab es nichts außer stampfenden Füßen und fest zugekniffenen Augen – in die Luft geworfene Arme, zu niemandes Lob.

Iwata schob sich in die Masse hinein wie in eine Welle; nur wogendes Fleisch. Die in Leuchtfarben getauchten Leiber der

Raver zuckten. Die Bässe prasselten nieder wie Artilleriefeuer. Eine roboterhafte Stimme bellte:

»Mothra! Mothra! Mothra!«

Der Raum kreischte, die Menge wogte noch wilder, die Fütterung der Raubtiere.

Iwata entdeckte einen Zylinderhut.

Coco La Croix war ein schlanker Mann mit platinblondem Haar und Tattoos. Er tanzte ungehemmt, mit einem Mann und einer Frau, eine Flasche Champagner machte die Runde.

Iwata kämpfte sich zwischen den Tanzenden hindurch, ging jedoch unwillkürlich an einer Säule in Deckung, als sich der Zylindermann umdrehte.

Coco La Croix wandte sich der hochgewachsenen Gestalt hinter ihm zu, die eine kunstvolle Gesichtsbemalung trug.

*Ich höre Deine Schritte.*

Die Augen waren riesig, perfekte Kreise mit tiefschwarzen Pupillen, wie Felix the Cat. Sie passten nicht zum Rest.

*Der Herr ist mein Licht und mein Heil; vor wem sollte ich mich fürchten.*

Es war keine aufgetragene Maske, wie Iwata jetzt erkannte, sondern eine echte Maske, ein kobaltblauer und pechschwarzer Schädel.

Der Maskenmann beugte sich vor und sagte etwas zu Coco. Coco nickte, nahm seinen Zylinder ab und reichte ihm etwas. Der Maskenmann schnappte es sich, wandte sich ab und winkte Coco zu. Im selben Moment streifte ihn ein Lichtstrahl, für den Bruchteil einer Sekunde, doch Iwata hatte sie deutlich gesehen, die diagonal verlaufende Narbe auf der Handfläche.

Bevor er sich zurückhalten konnte, hatte er den Finger erhoben und zeigte auf ihn.

Er zeigte auf den maskierten Mann.

Ich habe dich gefunden.

Der Mann erstarrte in dem bewegten Meer der Leiber um ihn herum zu einer lebenden Statue.

*Der Herr ist mein Licht und mein Heil, vor wem sollte ich mich fürchten.*

Er drehte sich um.

Er sah zu Iwata.

Dann zeigte er auf sich.

Die gespielte Unschuld: Wer, ich?

Iwata tastete nach seiner Waffe, aber zu spät. Der Mann hatte Coco bereits die Kehle durchgeschnitten und bahnte sich den Weg über den Dancefloor. Das Stroboskoplicht tauchte das spritzende Blut in Neongrün. Mit hochgehaltener Waffe lief Iwata zwischen den Ravern dem Maskenmann hinterher.

»Oh, Gott. Oh, Gott, Oh, Gott.«

Er bekam kaum noch Luft, ein Taucher am Grund des Ozeans, die Sauerstoffflasche fast leer. Jede Faser seines Körpers riet ihm wegzulaufen, doch er nahm die Jagd auf. Der Maskenmann hielt auf den Notausgang im hinteren Teil des Clubraums zu. Für einige Sekunden verlor Iwata ihn aus den Augen. Als er ihn wieder entdeckte, sah er, dass er eine Frau im Würgegriff hielt und sie mit sich zerrte. Sie schlug wild um sich, ein Seehund, der von einem Hai in die Tiefe gerissen wird. Niemand schien etwas zu bemerken.

Iwata konnte jetzt auch die Maske etwas genauer erkennen. Schwarze und türkisfarbene Streifen auf einem Schädel, menschliche Zähne im offenen Mund, riesige schwarze Glasaugen. Er konnte sich keinen Reim darauf machen.

Ein Ellbogen traf ihn versehentlich im Gesicht, und die Waffe fiel ihm aus der Hand. Auf allen vieren suchte er zwischen Füßen und Plastikbechern nach ihr, fand sie schnell wieder, doch die Schwingtüren des Notausgangs bewegten sich bereits kaum mehr. Iwata stieß sie auf und stand in einem dunklen Treppenhaus. Sechs Stockwerke über ihm wurde eine Tür zugeknallt. Mit zitternden Händen holte er sein Handy und drückte Shindos Nummer. Er stieg die Treppe hinauf, und seine Schritte hallten synchron zum Klingelton wider.

»Shindo! Ich bin im Club Eclipse in Dogenzaka. Er ist hier!«

»Immer mit der Ruhe. Wer?«

»Wer wohl?«

»Er?«

»Er hat bereits einen Menschen getötet, und er hat eine Geisel. Er ist auf dem Weg zum Dach. Ich folge ihm.«

»Warten Sie, Iwata …«

Iwata warf ihn aus der Leitung und rannte weiter die Treppe hinauf, drei Stufen auf einmal. Vor der Tür zum Dach verschnaufte er kurz und trat dann hinaus in den Regen.

Kies, Rohre, Ventilatoren. Dampfwolken zischten. Es pfiff ein kalter Wind. Blitze versteckten sich hinter seltsamen Wolkenformationen. Tokios Dächerlandschaft glänzte im Regen. Heftig atmend blickte Iwata sich um. Er wischte sich mit dem Hemdärmel den Schweiß aus den Augen und suchte die Simse ab.

*Zu viele Versteckmöglichkeiten.*

Er vernahm ein Stöhnen und fand die Geisel, sie lag an der Dachkante. Iwata beugte sich über sie und fühlte ihren Puls. Nasenbein und Kiefer waren gebrochen, aber sie lebte noch.

»Bleiben Sie ganz ruhig«, flüsterte er.

Träge hoben sich ihre Augenlider, und ihr Blick glitt über Iwatas Schulter hinweg. Iwata schnippte vor ihrem Gesicht mit den Fingern, aber sie sah ihn nicht an. Sie lallte nur.

»Es wird alles gut, halten Sie durch.«

Mit undeutlicher Stimme sprach sie lauter, und Iwata begriff, dass sie ihn warnen wollte.

*Gib mir noch einen zärtlichen Kuss.*

Ehe er sich umdrehen konnte, trat ihm ein schwerer Stiefel

die Waffe aus der Hand. Iwata glaubte, ein Knacken zu hören, ein Knie traf ihn an der Schläfe, und alles verschwamm.

*Ich höre Deine Schritte.*

Iwata vernahm schwere Schritte und das Knirschen von Kies. Regentropfen benetzten seine Augen, und er blinzelte. Er hatte den Sturz gar nicht mitbekommen und begriff erst jetzt, dass er auf dem Boden lag.

*Ich gehe und gehe, schaukle wie ein kleines Boot in Deinen Armen.*

Weit über ihm erschien der maskierte Mann, ein weiteres Hochhaus am Nachthimmel. Wie ein Kind nach einem Luftballon streckte Iwata die Hand nach seiner Waffe aus. Der Mann trat die Waffe weg und stellte sich über ihn, Iwatas Kopf zwischen den Füßen. Iwata vermochte es nicht, sich auf das Gesicht des Mannes zu konzentrieren, oder was immer es auch war. Er wusste, dass er sterben würde.

So also sah der Tod aus.

*Der Herr ist mein Licht und mein Heil; vor wem sollte ich mich fürchten.*

Der Mann packte Iwata am Mantelkragen und zog ihn hoch. Iwata hörte, wie Nähte aufrissen, seine Hose flappte im Wind. Womöglich stieß ihn der Mann über die Dachkante. Zwischen den Schuhen, unter ihm, Atome im Fluss, die Stadtlandschaft von Tokio.

*Die Lichter der Stadt leuchten so schön.*

Der Mann sagte etwas mit tiefer befremdlicher Stimme.

»Eek.«

Wie ein neugieriger Hund beugte er sich vor. Er roch aus dem Mund nach Erde und Fleisch.

»Hach k'as. Eek.«

»... aber ich habe dich gefunden«, flüsterte Iwata, dem es kaum gelang, bei Bewusstsein zu bleiben.

Der Mann mit der Maske gab seltsame gutturale, krächzende Geräusche von sich.

Iwata merkte, dass er lachte.

Ein dunkles, hohles Lachen.

*Das wird immer unsere Welt bleiben.*

27. KAPITEL

# Die nächste Welt entschädigt für die Gegenwart

Frierend wacht Kosuke auf. Keis Bett ist leer. Seit dem Ereignis am See haben sie nicht mehr miteinander gesprochen. Kosuke würde ihm gerne etwas sagen, doch die richtigen Worte sind wie Fische, die sich nicht mit einer Angel fangen lassen. Er sollte besser weiterschlafen, aber er kann nicht. Geleitet von einer eigentümlichen Angst, die er schon längst vergessen hatte, steht er auf. Er öffnet die Tür und tapst den eiskalten Flur entlang. Er kommt an dem Schlafsaal der Jüngeren vorbei, vernimmt jedoch keinen Laut. Am Ende des Flurs liegt das Zimmer von Schwester Mary Josephine. Sie hat ein scharfes Gehör, und Kosuke schleicht sich auf Zehenspitzen vorbei.

Das Atrium ist wie eine eisige Höhle, in die kein Mondlicht fällt. Die Holzdielen sind so kalt, dass er seine Füße nicht mehr spürt. Er steigt die knarrende Treppe hinauf und wendet sich nach links zur Krankenstation. Durch eine Schwingtür gelangt er auf eine verglaste Verbindungsbrücke, auf der einen Seite Wald und Berge, auf der anderen der Innenhof. In der Mitte des Innenhofs ein defekter, von Topfpflanzen umgebener Brunnen. Gedämpfte Stimmen dringen an sein Ohr, und Kosuke duckt sich.

»Nein. Du kennst die Regeln. Und jetzt gib mir, was du mir schuldest.«

Er späht hinunter. Kei steht mit dem Rücken zu Uesugi,

der nackt ist. Uesugi schwitzt, sein Haar ist klatschnass, sein Atem in der Kälte sichtbar. Sein Penis steht aufrecht, und er zittert.

»Komm schon, mein Junge …« Er legt die Hand auf Keis Schulter, Kei schlägt sie weg.

»Erst im nächsten Monat wieder. Und jetzt gib mir endlich mein verdammtes Geld.«

Uesugi sinkt zurück auf den Brunnenrand und holt einen Umschlag aus seiner Jacke. Kei reißt ihm den Umschlag aus der Hand und steckt ihn in seine Gesäßtasche. Der ältere Mann, auf ganzer Linie besiegt, knöpft sich widerstrebend die Hose zu. Er sieht zu Kei, der sich unbefangen anzieht. »Hast du es so eilig wegzukommen?«, sagt er mit wutverzerrter Miene.

»Mir ist kalt.«

»Früher hast du dich danach immer gerne unterhalten.«

Kei lächelt höflich, als hätte man ihm gerade einen schlechten Witz erzählt. Außer sich packt Uesugi den Jungen am Arm. Doch Kei rammt ihm das Knie in den Bauch, und der Mann geht keuchend zu Boden. Kei zieht sich weiter an, und Uesugi fängt an zu weinen.

»Du weißt doch, dass ich dich liebe, mein Junge.«

»Nein, Uesugi. Du liebst gar nichts.«

»Du hast mir immer am meisten von allen bedeutet.«

»Ja, ja, ich weiß, ich bin ein ganz besonderer Junge.«

»Du behandelst mich, als wäre ich kein Mensch.«

Kei lacht verächtlich, ein Lachen, das Kosuke nur zu gut kennt.

»Weil du nichtswürdiger bist als ein Mensch.« Kei tätschelt Uesugi den Kopf. »Heute war das letzte Mal. Das nächste Mal will ich Geld ohne Gegenleistung. Und wenn du mich hinhältst, dann gehe ich mit meiner Geschichte zur Zeitung. Hast du das kapiert, alter Mann?«

Kei stiehlt sich davon in das unbestimmte Blau der Schatten.

Kosuke fühlt sich, als hätte man ihm einen Schlag in die Magengrube verpasst. Er empfindet tiefe Abscheu und einen großen Verlust. Er sieht zu Uesugi hinab, der allein ist, einsam, hoffnungslos.

Uesugi blickt zum Himmel, seine Augen schimmern wie kalte Gestade. Er sagt leise: »Ich komme mir vor wie einer, der allein auf einem Fest zurückgeblieben ist, die Lichter sind erloschen, die Blumen verwelkt.«

Iwata wachte in schweißnassen Laken auf. Er befand sich in einer tristen Einzimmerwohnung. Zusammengekauert saß Sakai auf einem Sessel am Fenster. Sie rauchte und sah hinaus in den Nieselregen. Die Morgendämmerung hüllte sich in ein Enteneiblau. Sakai trug eine ausgebeulte graue Strickjacke und Socken. Ihre Beine waren nackt.

»Schlecht geträumt?«, fragte sie, ohne den Kopf zu wenden.

Iwata setzte sich auf und legte die Hand an den Hinterkopf. Er zuckte zusammen.

»Nicht den Verband anfassen. Der Typ hat Sie ganz schön vermöbelt.«

Er stöhnte, als er seine dick bandagierte rechte Hand sah. Es fühlte sich an, als wäre ein Zug darübergerollt.

»Wo bin ich?«

»Jedenfalls nicht unter den Toten.«

»Wie spät ist es?«

»Fast fünf.«

»Was machen Sie hier, Sakai?«

»Ich wohne hier, Quatschkopf.«

»Was mache ich dann hier?«

»Alles vollbluten. Und im Schlaf reden. In Ihren Träumen sind Sie gesprächiger als im Leben.«

»Was habe ich denn gesagt?«

Sie lachte.

»Keine Sorge. Nichts Kompromittierendes. Ging immer nur um Leuchttürme.«

Iwata schaute sich um. Die Wohnung hätte wer weiß wem gehören können. Unordentlich. Ungeliebt. Für die Einsamkeit geschaffen. Der Ventilator wirbelte warme Luft im dunklen Zimmer umher. Die wenigen Möbel passten nicht zusammen. Auf einem Klapptisch lagen Kassetten, ein Diktaphon, Mahnungen von Versicherungen und Werbepost. In der ganzen Wohnung keine Bilder, kein Nippes. Auf dem Nachttisch stapelten sich Fallakten und Verhörprotokolle. Die Kleider, die im Schrank hingen, sahen teuer aus, die Unterwäsche dagegen, hauptsächlich auf dem Boden verstreut, war billigste Supermarktware.

»Hübsch hier.«

»*Home sweet home.*« Sakai blies Zigarettenrauch aus.

Sie musterten sich einen Moment, und Iwata suchte zu ergründen, was er für sie empfand. Von Anfang an war er sich unsicher gewesen, und für sie galt vermutlich das Gleiche.

Ohne Eyeliner sah sie erheblich jünger aus. Er versuchte, sie sich als Heranwachsende vorzustellen, hatte jedoch kein Bild vor Augen. Sie sich als kleines Mädchen vorzustellen gelang ihm schon gar nicht. Iwatas Gedanken schweiften ab, zu einem nüchternen grellen Raum, dann zu Hana Kaneshiro, allein, auf einem Stahltisch, über ihr die bedrohliche schwarze Sonne.

»Iwata?«

»Hä?«

»Ich rede mit Ihnen. Was ist los?«

»Nichts.«

»Nichts?«

»Ich habe Schmerzen. Aber das ist unwichtig. Viel wichtiger ist, dass ich ihn gefunden habe.«

»Genau. Ich will nur wissen, wie.«

Sakai drückte ihre Zigarette aus und ging zu der ungeputzten Küchenzeile. Sie goss zwei Whiskey ein, tat eine Kopfschmerztablette in jedes Glas und warf noch Eiswürfel hinein.

»Reden Sie ruhig weiter, ich höre zu.«

»Die Schwarze Sonne hat sich als Informant der Polizei Tokio in Hongkong ausgegeben. Er ist dort gewesen, um Minas Schwester Jennifer zu töten. Er hat LSD bei einem lokalen Dealer gekauft, und durch ihn habe ich Coco La Croix ausfindig gemacht. Es war reiner Zufall, dass die Schwarze Sonne gestern Abend da war.«

»Scheiße, verdammte. Ihr erster echter Glückstreffer.«

»Ja, Glück gehabt. So komme ich mir jedenfalls vor.«

»Und er ist spurlos verschwunden«, bemerkte Sakai achselzuckend. »Sie sind der Einzige, der ihn gesehen hat, aber Sie haben bei Ihrem Anruf keine Beschreibung durchgegeben. Die Polizei hat das Haus umstellt, doch nichts gefunden. Keine brauchbaren Videoaufzeichnungen aus den Überwachungskameras, und beobachtet hat auch keiner was. Fujimura kocht vor Wut.«

Sie gab Iwata das Glas und stellte die Whiskeyflasche auf den Boden. Sie setzte sich auf die Bettkante, sah ihn jedoch nicht an.

»Was ist mit der Geisel?«, fragte Iwata.

»Die braucht eine plastische Gesichts-OP. Sie konnte ihn nicht richtig erkennen. Sie sagt, er habe eine Maske getragen.«

»Das stimmt. Es war ein Albtraum. Er hätte mich umbringen können. Hätte er mal lieber machen sollen.«

»Der Mord an einem Polizisten erhitzt die Gemüter. Vielleicht hat er gedacht, es reicht.«

»Irgendwas stört mich daran, Sakai.«

»Beleidigt, weil er Sie nicht umgebracht hat? Sähe Ihnen ähnlich.«

»Er hat keine Angst vor uns und auch keine Skrupel zu töten. In meinen Augen ergibt das einfach keinen Sinn.«

»Tja. Nun haben Sie sich schon so ins Zeug gelegt und sind immer noch am Leben«, sagte sie lachend. »Kampai.«

Sie tranken schweigend. Iwata tat alles weh, ihm brummte der Schädel.

»Und?« Sakai trank ihren Whiskey und verzog den Mund. »Was jetzt?«

»Ich weiß es nicht.«

»Iwata, die ganze Abteilung eins dreht durch. Innerhalb weniger Stunden ist es Ihnen gelungen, einen Fall neu aufzudröseln und einen anderen madigzumachen. Wegen Ihnen wurde die halbe Stadt abgeriegelt. Die Pressemeute hat schon die Messer gewetzt, und der Justizminister ist auf hundertachtzig. Noch eine Woche und Sie werden gefeuert, unter Umständen sogar angeklagt.«

»Aber ich habe ihn gefunden, Sakai. Ich habe die Schwarze Sonne gefunden.«

»Ich weiß. Deswegen möchte ich Sie nochmal fragen, Iwata. Was jetzt?«

Er reckte das Kinn vor.

»Yumi Tachibanas Haus steht unter Polizeischutz. Aber der wird nach meinem Disziplinarverfahren nicht verlängert. Ich glaube, bei ihr wird die Schwarze Sonne als Nächstes zuschlagen. Aber wenn Sie fragen: Was jetzt? Dann muss ich sagen: Ich weiß es nicht.«

Er schüttelte sein leeres Glas, und Sakai ließ sich von der Bettkante gleiten, um es nachzufüllen. Als sie sich bückte, vermied er den Blick auf ihre Pobacken.

»Eins muss ich Ihnen lassen«, sagte sie leise. »Ich hätte nicht gedacht, dass Sie es schaffen würden. Ich meine, den Mörder zu finden.«

Iwata nickte.

»Ich weiß.«

Gedankenverloren saßen sie nebeneinander und schauten zu, wie sich der Regen die Fensterscheiben hinunterschlängelte. Es vergingen einige Minuten, ehe Sakai wieder etwas sagte.

»Man hat mich aufgefordert, bei der Anhörung gegen Sie auszusagen.«

Iwata schaute zu ihr auf, dann wieder aus dem Fenster. Nachdenklich lutschte er an einem Eiswürfel.

»Und?« Sie sah ihn an.

»Tun Sie das. Es ist gut für Ihre Karriere.«

»Ich habe schon eingewilligt. Das wird Sie kaum überraschen. Sie haben mir nie getraut.«

»Ich traue keinem, Noriko.«

Sie starrte ihn an, verblüfft, dass er sie mit Vornamen anredete. Iwata trank sein Glas aus und legte den Kopf aufs Kissen. Er spürte ihren Blick auf sich ruhen. Unten hörte er leises Sirenengeheul. Die Fenster wurden von einem zarten Pink und Blau überschwemmt.

»Sagen Sie mal, Iwata.«

»Hm.«

»Haben Sie sich schon mal gefragt, warum man Ihnen diesen Job übertragen hat?«

Er hatte keine Antwort darauf. Er war eingeschlafen.

Hirofumi Taba klopft gereizt mit den Füßen auf den Boden und schaut zu dem Kalender über ihm. Das Jahr 2009 ist fast vorüber. Für die meisten Stühle ist Taba zu dick, dieser ist besonders unbequem. Der Mann neben ihm, in seinem Strickpulli, lächelt freundlich. Er sagt nette, beschwichtigende Dinge, aber für ein echtes Gespräch sitzen sie in einem ungünstigen Winkel zueinander. Vermutlich soll er nur die unaufdringliche Stimme des

Mannes wahrnehmen, damit er sich auf das schöne Bild mit der Berglandschaft konzentriert. Taba reckt das Kinn in die Höhe.

»Soll mich das beruhigen?«

»Es ist nur ein Gemälde, das mir gefällt«, erwidert der Mann mit einem feinen Schmunzeln.

Die Landschaft wirkt nicht japanisch, eher amerikanisch oder europäisch. Der Raum ist klein, intim, voller Bücher und Topfpflanzen. Aber er ist viel zu warm.

»Das Ende einer Beziehung kann ein traumatisches Erlebnis sein. Verwirrung und starke, widersprüchliche Emotionen sind daher ganz natürlich.« Zerstreut sieht der Berater aus dem Fenster, als würde er diese Begriffe zum ersten Mal verwenden. »Ich möchte, dass Sie aus der heutigen Sitzung eins mit nach Hause nehmen: Ihre Reaktionen, ganz egal, welche, sind ganz natürlich in Ihrer augenblicklichen Situation. Sie sind völlig normal.«

Taba steht auf.

»Darf ich?«

»Bitte?«

»Das Fenster aufmachen?«

»Ich lasse es immer geschlossen, damit die Klienten den Lärm von draußen nicht hören müssen und sich ...«

»Ihr Klient hat nichts gegen Autohupen. Also. Darf ich?«

»Bitte, nur zu.«

Taba atmet die kühle Luft ein und sieht hinunter auf die Straße. Ob der andere seinen kleinen Ausfall wohl mitbekommen und gedeutet hat? Unten ist eine belebte Kreuzung. Ampeln regeln den abnehmenden Verkehr. Gegenüber auf der anderen Straßenseite steht eine Gruppe Demonstranten mit Protestschildern vor einem Regierungsgebäude. Die Bäume entlang der Straße sind kahl. Es ist ein frischer Morgen.

»Ich weiß, Herr Taba, es ist nicht angenehm, was Ihnen gerade widerfahren ist.« Der Berater hat wieder sein sanftmütiges Lächeln aufgesetzt. »Versuchen Sie, die Erfahrungen dieser Lebensphase als normal anzusehen. Alles, was Sie in dem Zusammenhang fühlen, ist typisch. Sei es Erleichterung, Distanz, Verbitterung, Schuld …«

Taba lässt sich wieder auf seinen Stuhl fallen.

»Warum sollte ich mich schuldig fühlen?«

»Ich wollte Ihnen kein bestimmtes Gefühl unterstellen. Ich will Ihnen nur vermitteln, dass der Trennungsprozess, auch wenn es natürlich entscheidende Auslöser gibt oder Sie sich in manchen Punkten nicht einig waren, selten das Ergebnis eines einzigen Moments oder Ereignisses ist. Auch geht die Trennung selten nur von einer Seite aus. Die Situation hat sich oft über Jahre entwickelt, und es ist wichtig anzuerkennen, dass man verschiedene Phasen im Leben durchmacht.«

»Verschiedene Phasen? Für meine Frau war es also ganz normal, mit meinem Partner herumzuvögeln?«

Der Berater schweigt einen Augenblick. Taba weiß nichts über seine Welt, aber er weiß, wann er einen Anfänger vor sich hat.

»Ich will doch nur unterstreichen, dass es nicht Ihre Schuld ist, Herr Taba.«

»Das weiß ich auch so, verdammt.«

Der Berater zwingt sich zu einem Lächeln und spielt mit seinem Stift.

»Wollen Sie nicht hierherkommen?«

»Mein Abteilungsleiter hat mich dazu verdonnert.«

Taba nimmt sich eine Zigarette. Er bietet dem Berater eine an, wobei er ihm keine Gelegenheit gibt, darauf hinzuweisen, dass Rauchen hier nicht gestattet ist.

»Wie gefällt Ihnen das? Mein Partner geht mit meiner Frau ins Bett, ich rege mich darüber auf, und jetzt werde ich zum

Psychodoktor geschickt. Wer sagt da noch, das Leben hätte keinen Sinn für Humor.«

Der Berater schiebt ihm ein leeres Glas als Aschenbecher hin. Taba starrt lange auf die Zigarettenglut und schüttelt hin und wieder den Kopf. Sein Gegenüber wartet stumm ab.

»Und?«, fragt Taba schließlich. »Wie lange soll das hier dauern?«

»Die Sitzungen dauern eine Stunde.«

»Ich meine, insgesamt.«

»Ich weiß, was Sie meinen. Heilung braucht Zeit.«

Als der Mann davon spricht, dass es gilt, Distanz zu schaffen, und Schuldzuweisungen unsinnig sind, schaltet Taba ab. Seine Gedanken wandern zu seiner Tochter. Er liest gerade ein Buch über die Auswirkungen einer Scheidung auf die Kinder – Verleugnung, Verlassenheit, Wut, Ausagieren, Triangulation, Projektion. Die meisten Begriffe sagen ihm nicht viel, doch das Mädchen wird unweigerlich an der Trennung von Hoshiko zerbrechen. Taba würde ihr das gerne alles ersparen, aber er kann es nicht ungeschehen machen. Das, was Hoshiko und Iwata getan haben.

*Iwata.*

Der Name löst einen üblen Geschmack in seinem Mund aus. Hat sich Iwata je Gedanken über die Auswirkungen auf sein Kind gemacht? Auf Cleo und Nina ganz zu schweigen. Taba war die Familie immer glücklich und perfekt erschienen. Warum hat Iwata das zerstört? Wieso reichte Cleo ihm nicht? Cleo war eine wunderschöne Frau. Bei einem gemeinsamen Abendessen hat er sich gefragt, ob er sie liebt. Doch die Vorstellung, Cleo einen Antrag zu machen, sie etwa zu berühren, war ihm vollkommen fremd. Wie konnte er nur.

Taba wischt sich mit zitternder Hand über die Augenbraue. Obwohl kalte Luft ins Zimmer strömt, schwitzt er. Der Berater redet immer noch, nickt zwischendurch, um bestimmte Dinge zu unterstreichen, wie er es in seiner teuren Ausbildung gelernt hat.

Taba drückt die Zigarette aus. Er suhlt sich im Schmerz, er weiß das, grübelt zu viel, wühlt sinnlos in der Vergangenheit. Iwata würde das niemals tun. Hat Hoshiko diesen Zug an ihm gemocht? Taba kann nicht aufhören, sich Fragen zu stellen, auf die es keine Antworten gibt. Er muss immerzu an Iwata denken. Als wäre Iwata über Nacht wiedergeboren worden, als bestünde er nicht mehr aus Fleisch und Blut, aus Haaren, Sehnen und Muskeln, sondern setzte sich aus Zerrspiegeln zusammen, die ihm jeden eigenen, noch so kleinen Makel vorführten.

Charakterlich und körperlich ist Iwata ihm in jeglicher Hinsicht überlegen. Jede Marotte ist ein wertvolles Gut, mit dem Taba niemals dienen kann. Er hat Iwata oft im Umkleideraum des Polizeireviers in Chōshi gesehen, ihn jedoch nie als Mann wahrgenommen. Er gehörte einfach zur Polizei, so wie die blauen Heftmappen, die Sicherung von Beweismaterial, der schlechte Kaffee aus den Automaten. Hoshiko hat ihn schließlich genötigt, Iwata als Mann zu sehen. Iwata ist kleiner, geschmeidiger, hat einen schnellen entschlossenen Gang. Er ist intelligenter, elegant sogar. Taba ist großgewachsen, geradezu stämmig für einen Japaner, und in der Familie kursieren seit Langem Witze über geheime mongolische Wurzeln. Was hat Hoshiko in Iwata gesehen, das ihm selbst abging? Vielleicht war Taba zu einfältig, zu ruppig. Vielleicht war er nicht warmherzig genug. Vielleicht hat er seiner Frau zu wenig Beachtung geschenkt.

Würde er sich den Tatsachen stellen, müsste Taba zugeben, dass die Dinge viel einfacher liegen: Seine Frau liebt ihn nicht mehr. Mehr noch, wahrscheinlich hasst sie ihn. Es ist ein Akt der Sabotage, was er sogar nachvollziehen kann. Doch warum ausgerechnet mit seinem Partner?

Schon seit langer Zeit scheint Iwata nicht mehr der Alte zu sein. Seit seinem Vaterschaftsurlaub, seit beinahe einem Jahr, wirkt er verschlossen, reizbar und distanziert. Er beantwortet nicht mehr die üblichen Fragen der Kollegen nach Frau und Kind, der Zukunft und witzelt auch nicht mehr mit den anderen über die quengelnden Ehefrauen daheim. Trotzdem hat Taba Iwata als Partner nie infrage gestellt. Er war für ihn eine feste Größe. Zugegeben, sie teilten weder Geheimnisse miteinander, noch hatten sie gemeinsam im Kugelhagel gestanden. Sie waren keine engen Freunde. Aber sie verband doch mehr als nur das rein gesellige Miteinander und das Klagen insgeheim. Iwata hat ihn gedeckt. Iwata hat an seiner Stelle anderen die Fresse eingeschlagen. Iwata hat Witze mit ihm gerissen angesichts des alltäglichen Horrors. Und obwohl sie meist unterschiedlicher Meinung waren, genossen sie durch die Routine jeden Tag eine gewisse Nähe. Der Streifenwagen, die Schreibtische, der Verhörraum. Jeder Bereich ihrer Welt war mit einem gemeinsamen Auftritt von ihnen verbunden, als wären sie eine Doppelbatterie in einem Spielzeug. Bis zu jenem Tag, als Iwata von einem Moment auf den nächsten aufgehört hat, sein Partner zu sein.

Taba denkt an seine Frau.

Er weiß nicht mehr, ob er Hoshiko noch liebt oder nicht, darüber zerbricht er sich schon längst nicht mehr den Kopf. Aber er kann sich auch nicht vorstellen, dass Iwata sie liebt, immerhin ist er mit einer schönen, grünäugigen Amerikanerin verheiratet. Was findet er bloß an einer mageren, mürrischen Frau aus einem kleinen Kaff? Taba ist dennoch erstaunt, dass er kaum eifersüchtig ist. Am meisten ärgert er sich darüber, dass Iwata seinen Alltag zerstört hat. Die launigen Bürogespräche. Den Nervenkitzel bei Verhören. Die Genugtuung, wenn ein Fall abgeschlossen ist. Seinen Rhythmus.

Einer von beiden wird nun versetzt, das steht so gut wie fest.

Sehr wahrscheinlich nicht Iwata, er ist der bessere Ermittler. Außerdem hat Taba ihn im Büro mit dem Vorwurf konfrontiert, ihm eine Szene gemacht und ihn sogar geschlagen, wenn auch mit wenig Überzeugungskraft.

»Ich hoffe also sehr, dass Sie gemeinsam mit mir …«

Taba unterbricht den Berater mitten im Satz. »Ich glaube, am meisten verspüre ich den Wunsch nach Rache. Das können Sie ruhig ins Protokoll aufnehmen. Keine Sorge, ich werde ihm nichts antun. Ich meine, meinem Partner oder ihr. Was passiert ist, ist passiert. Ich hoffe nur, dass ihm etwas Schreckliches widerfährt. Verstehen Sie das? Damit ich mich an seinem Elend ergötzen kann. Mehr habe ich Ihnen nicht zu sagen.«

Dumpfe Sprachlosigkeit zwischen ihnen, bis Tabas Handy klingelt. Der Berater protestiert, doch Taba bringt ihn mit erhobenem Finger zum Schweigen.

»Ja, Chef?«

»Taba, wo stecken Sie?«

»In meiner Sitzung.«

»Haben Sie noch nicht gehört?«

»Was?«

»Iwata. Fahren Sie zum Leuchtturm. Jetzt sofort.«

Als Iwatas Name fällt, flammt Tabas Wut erneut auf wie eine Glühbirne. Vielleicht auch, weil sein Chef Morimoto von seiner Demütigung weiß. Vielleicht, weil er erwartet, dass er so weitermacht, als wäre nichts geschehen. Oder weil er erwartet, dass er ihm von seinen Sorgen erzählt. Am liebsten würde er antworten: »Iwata kann mich mal. Hoffentlich liegt er tot auf dem Felsen. Scheiß auf Iwata, scheiß auf die Polizei von Chōshi, scheiß auf die Therapie. Und Sie können mich auch mal.«

Taba holt tief Luft.

»Der Leuchtturm. Ich bin schon unterwegs.«

Gut eine Stunde später stellt er sein Auto auf dem Parkplatz neben dem Inubōsaki-Leuchtturm ab. Absperrbänder umgeben das Gelände, und Polizeibeamte halten die Reporter in Schach. Aus Tokio ist sogar ein Kamerateam angereist. Morimoto steht am Rand und sieht hinunter zu den anbrandenden Wellen. Mit feierlicher Stimme ruft er Taba zu sich.

»Chef?«

»Taba.«

»Was gibt es?«

»Iwata. Sie müssen mit ihm reden.«

»Worüber? Sie kennen doch die Situation. Wir reden nicht miteinander.«

Morimoto zeigt auf den Krankenwagen am Rand der Klippe. Iwata steht dort in eine Decke gehüllt. Sein Mund steht offen, und seine Miene ist ausdruckslos. Taba hat viele Menschen in Schockstarre gesehen. Nie jedoch einen von seinen eigenen Leuten. Es wirkt so, als hätte sich Iwata in einer albernen Verkleidung dort postiert. Die Erkenntnis trifft Taba hart.

»Wo ist Cleo? Das Baby?«

»Sie hat ihm gesagt, sie geht nur kurz spazieren.« Morimoto schüttelt den Kopf und spuckt auf den Boden.

»Spazieren gehen. Na und?«

»Sie muss die Nerven verloren haben. Das Baby war bei ihr.«

Taba dreht sich der Magen um. Er sieht bereits die ganze Szene vor sich, aber das kann nicht sein. Er ist nicht der Klügste, und vielleicht hat er etwas falsch verstanden.

»Was sagen Sie da?«

Es bläst ein starker Wind. Sie schmecken Salz auf der Zunge, sie hören Möwen schreien. Die Zeitungsjournalisten vor den Absperrbändern machen sich Notizen und gieren nach Details. Morgen früh werden Abertausende Menschen Geld hinlegen für Worte, die alle die gleiche Geschichte erzählen: *So was passiert eben.*

Morimoto zeigt auf die Klippen unterhalb des Leuchtturms.

»Sie wissen doch, Taba. Zwei Sorten von Menschen kommen hierher. Und Cleo gehörte nicht zu den Touristen.«

»Oh, Scheiße.«

»Reden Sie mit ihm. Sie beide waren mal befreundet.«

»Ich halte mich einfach an das übliche Verfahren.« Er sieht zu Iwata, den das flackernde Licht des Krankenwagens in Pink und Blau hüllt.

»Verfahren? Was für ein Verfahren? Das Kind war zehn Monate alt.« Morimoto schließt die Augen. »Wir können nur hoffen, dass uns die nächste Welt für die Gegenwart entschädigt.«

Als Iwata die Augen aufschlug, brauchte er eine ganze Zeit, bis ihm klar wurde, wo er sich befand. Auf dem Kissen neben ihm lagen fächerförmig lange Haare.

Cleo?

Aber das Haar war schwarz. Sakai schlief, mit dem Rücken zu ihm. Sie machte keine Geräusche. Sie war vollkommen still. Ohne nachzudenken, legte er die Hand auf ihre nackte Schulter. Die Haut spannte sich, wurde zur Gänsehaut, weich und körnig wie der Meeresgrund. Er zog die Hand zurück. Es war ein Fehler gewesen, sie zu berühren.

Als könnte sie Gedanken lesen, drehte sich Sakai zu ihm um. Ihre Augen flackerten.

»Entschuldigung«, murmelte er.

Sie sah kurz auf seinen Mund und warf die Bettdecke beiseite. Ihre Augen waren dumpf vor Begehren. Iwata biss die Zähne zusammen, als Sakai sich auf seinen geschundenen Schultern abstützte und ihr Bein über ihn schwang.

»Sakai.« Seine Stimme war heiser.

Sie stieß ihm ihre kleinen Brüste ins Gesicht, um ihn zum Schweigen zu bringen, und fasste hinter sich nach seinem Penis.

»Hör auf.«

Sie ließ sich auf ihm nieder, gab keinen Laut von sich, während sie ihn in sich aufnahm. Geschockt blickte Iwata zu ihr auf. Ihr Gesicht war ausdruckslos. Ihr ganzer Körper war mit Blutergüssen übersät, als hätte jemand seine Daumen in eine Statue aus Knete gedrückt. An ihren Beinen ging das Blau in Hellgrün, Gelb und Indigo über. Mit leerem Blick schaute Sakai auf ihn hinunter und fing an, sich in ihrem eigenen Rhythmus auf und ab zu bewegen.

Sie brauchte nicht lange. Iwata spürte, wie sie sich anspannte, dann hustete sie einmal.

Sie stieg von ihm herunter, sein Penis war leicht blutverschmiert und glänzte. Sakai zog wieder die Bettdecke über sich und wandte sich von ihm ab. So blieben sie eine Zeit lang liegen.

28. KAPITEL

# Unregelmäßigkeiten

Iwata wachte in der leeren Wohnung auf. Sakai war nirgendwo zu sehen. Sein Handy klingelte. Mit dröhnendem Kopf rappelte er sich auf und ging ran.

»Hatanaka?«

»Ich habe Sie gefühlte hundert Mal angerufen. Alles okay?«

»Ich kann auf zwei Beinen stehen.«

»Mein Boss hat noch nichts von Ihnen gehört und ist ziemlich stinkig.«

»Vergessen Sie es. Haben Sie herausgefunden, wohin die Leiche gebracht wurde?«

»Hideo Akashi ist am siebzehnten Februar um ein Uhr von der Regenbogenbrücke gesprungen. Zuerst wurde er ins Zentralkrankenhaus Saiseikai gebracht, wo er für tot erklärt wurde, dann zur Identifizierung ins Universitätskrankenhaus Chiba. Den Einlieferungsschein hat ein gewisser Dr. Taniguchi quittiert.«

»Gut. Wo sind Sie jetzt?«

»Im Polizeirevier Setagaya.«

»Ich mache mich auf den Weg.«

Sakai parkte ein paar Kilometer nördlich vom Bahnhof Minowabashi vor einem kleinen Mietshaus zwischen einem Frisör und einem Laden für gebrauchte Elektrogeräte. Als sie die schmale Treppe hinaufstieg, drangen die Geräusche von Fernsehern und Staubsaugern durch die dünnen Türen. Vor Oshinos Wohnungstür blieb sie stehen und klopfte dreimal.

»Wer ist da?«

»Mach auf, Polizei.«

Oshino öffnete ihr. Er trocknete sich das Gesicht mit einem Handtuch ab, Hals und Wangen gerötet vom Rasieren. Er trug ein strahlend weißes Unterhemd, und an den nackten Armen zeichneten sich deutlich seine Muskeln ab.

»Komm rein, Noriko.«

Sie roch Gewürznelken und Seife.

»Guten Morgen, Champ. Entschuldige, dass ich so früh da bin.«

Sie hielt zwei Tüten mit Gebäck und zwei Kaffeebecher hoch. Lächelnd führte Oshino sie in seine kahle Wohnung. Sie warf ihre Jacke aufs Bett, ließ sich im Schneidersitz vor dem Sofatisch nieder und verteilte das Mitgebrachte auf zwei Pappteller.

»Früher warst du mal ein Schleckermaul«, sagte sie. »Das bist du hoffentlich immer noch.«

Oshino setzte sich ihr gegenüber und verschlang ein Croissant.

»Einmal Schleckermaul, immer Schleckermaul.«

»Das ist kindisch.«

Sie schüttete zwei Tüten Zucker in ihren Kaffee, trank einen Schluck und sah Oshino an. Oshino hatte sich seine Gesichtszüge von früher bewahrt, seine Narben traten schön hervor. Ihr gefiel das Muskelspiel, wenn sich seine Miene veränderte, weshalb sie ihn gerne zum Reden brachte.

»Nie verheiratet?«

Oshino schüttelte leicht den Kopf. Er gab die Frage nicht zurück.

»Keine Freundin?«

»Zeitweise.«

»Freund?«

Er lachte, rührte in seinem Kaffee.

»Früher hast du dich an mir nicht sattsehen können«, sagte sie. »Bin ich so schlecht gealtert?«

»Jetzt hör aber auf. Das ganze Boxstudio hat geglotzt, als du reingekommen bist.«

»Nur du nicht. Du kannst mir nicht in die Augen sehen.«

Er blickte auf. Sakai lächelte, doch ihre Stimme klang nicht heiter.

»Es ist nicht so leicht, Noriko.«

»Was ist schon leicht?«

»Dich anzusehen ist wie ein Blick in die Vergangenheit.«

»Aber die Vergangenheit hat doch auch ihr Gutes gehabt. Es sind angenehme Erinnerungen.«

»Bittersüße.« Oshino rührte weiter in seinem Kaffeebecher. »Für mich jedenfalls.«

»Du hast recht. Entschuldige. Ich bin diejenige, die dich sitzen gelassen hat. Und jetzt melde ich mich zurück und mache dir das Leben schwer.«

Er schüttelte den Kopf.

»Ich bin froh, dass du da bist, Noriko. Ich kann mich nur nicht so gut ausdrücken.«

Sie lächelten sich sehnsüchtig an, schließlich räusperte sich Sakai. Oshino verschwand kurz in seinem Schlafzimmer und kam mit einer kleinen Plastikmappe wieder, die er bedächtig auf den Tisch legte.

»Das ist sie, das Mädchen, nach dem du suchst. Aber es findet sich kaum etwas über sie. Keine Geburtsurkunde, keine Schulzeugnisse, nichts bis zum Alter von zwölf. Sie ist ein Geist.«

»Was war mit zwölf?«

»Sieh selbst.«

Sakai öffnete die Plastikmappe und nahm einen kopierten Artikel aus der *Nagasaki Shimbun* heraus.

*12. Juli 1996*

*Gestern Abend wurde in der Seilbahn zum Michimori-Schrein ein Mann von einer dreißigjährigen Frau niedergestochen. Danach sprang die Täterin, Keiko Shimizu, Mutter eines Kindes und ohne festen Wohnsitz, aus der Kabine in den Tod. Das Opfer, Student, 19, arbeitete nur gelegentlich für die Seilbahngesellschaft. Nach vorliegenden Erkenntnissen wurde Hirokazu Ina erstochen, noch während er versuchte, die Frau vom Öffnen der Kabinentür abzuhalten. Die örtliche Polizei schließt eine Beziehungstat oder ein Rachemotiv aus, da Angreiferin und Opfer nicht miteinander bekannt waren.*

*Zum Zeitpunkt der Tat befand sich zufällig auch ein Polizeibeamter außer Dienst, Hideo Akashi aus Tokio, an Bord der Seilbahn. »Ich habe versucht, die junge Frau von dem Sprung abzuhalten, aber sie wirkte sehr verwirrt.« Und er ergänzt: »Ich bin nur froh, dass nicht noch mehr Menschen verletzt wurden.«*

*Der Zwischenfall ist der letzte in einer ganzen Reihe von Rückschlägen, mit denen die Seilbahn zu kämpfen hat. Im Besitz eines lokalen Energieunternehmens leidet die Michimori-Seilbahn seit ihrer Eröffnung Anfang vergangenen Jahres unter rückläufigen Ticketverkäufen und technischen Problemen.*

*Die zwölfjährige Tochter der Frau, Midori Anzai, wurde unter staatliche Obhut gestellt. Keiko Shimizus Vater, Yukitoshi, wohnhaft in Nagasaki, lehnte eine Stellungnahme ab.*

Sakai legte den Artikel zurück in die Mappe.

»Das ist sie.« Oshino klopfte mit dem Finger auf die Kopie. »Ganz sicher.«

»Was ist nach dem Seilbahnunglück mit ihr passiert?«

»Alles sehr rätselhaft. Waisenhäuser, Pflegeeltern in ganz Japan. Und dann nichts. Vielleicht ist sie gestorben. Vielleicht ist ihr was zugestoßen. Vielleicht hat sie den Namen geändert oder ist nach Botswana ausgewandert. Wie auch immer, die Spur verliert sich.«

Sakai schaute aus dem Fenster.

»Wer ist sie?« Oshino trank seinen Kaffee in einem Zug aus. »Midori Anzai?«

»Frag mich lieber nicht.«

»Okay. Verstanden.«

Hinten in der Mappe befand sich noch ein Post-it-Zettel mit einer Adresse.

»Wer ist das?«

»Der Großvater des Mädchens, der in dem Artikel erwähnt wird«, sagte Oshino. »Er lebt noch in Nagasaki.«

Sakai stand auf.

»Vielen Dank, Oshino. Und das meine ich ehrlich.«

Sakai küsste ihn auf die Wange und nahm ihre Jacke.

»Man sieht sich, Champ.«

Oshino sprang auf und brachte sie zur Tür.

»Ich dich auch?«

Sakai lachte und wischte ihm mit dem kleinen Finger Zuckerkrümel von den Lippen.

»Eher nicht.«

An der Tür von Dr. Ken Taniguchis Büro im Universitätskrankenhaus Chiba klopfte es. Iwata und Hatanaka traten ein, Letzterer in einem neuen, aber schlecht sitzenden Anzug, Iwata mit der üblichen Anspannung im Gesicht.

»Dr. Taniguchi? Ich bin Kommissar Iwata vom Polizeirevier Shibuya, Abteilung eins.« Er zeigte ihm seine Dienstmarke. »Das ist Kommissaranwärter Hatanaka.«

Taniguchi, einigermaßen erschrocken über den forschen Ton, wies auf die Stühle vor seinem Schreibtisch.

»Sie haben die Einlieferung von Kommissar Hideo Akashis Leiche abgezeichnet. Ist das richtig?«

»Ja.«

»Wir haben in dem Zusammenhang einige Fragen. Könnten wir bitte die Akte sehen.«

Taniguchi nickte, setzte sich an seinen Computer und sah über den Rand seiner Brille auf den Bildschirm. Er brauchte etwas Zeit, um die richtige Akte zu finden.

»Hier haben wir sie. Hideo Akashi. Selbstmord.«

»Würden Sie mir die bitte ausdrucken.«

Taniguchi kam dem Wunsch nach und überreichte ihnen eine einzelne Seite. Iwata und Hatanaka lasen sie sich durch.

»Sie haben hier unterschrieben, Dr. Taniguchi?«

»Ja.«

»Hier steht aber, dass die medizinische Untersuchung nicht von Ihnen persönlich durchgeführt wurde«, warf Hatanaka ein.

»Ja, richtig.«

Iwata übernahm wieder die Gesprächsführung.

»Sind Sie der leitende Pathologe hier?«

»Ja. Aber die Untersuchung wurde damals von meiner Assistentin durchgeführt. So etwas ist völlig normal.«

»Name?«

»Ayako Wakatsuki. Sie war eine sehr vielversprechende Studentin.«

»War?«

»Immer noch.«

»Ich möchte sie gerne sprechen.«

Taniguchi rutschte auf seinem Stuhl herum und sah die beiden Ermittler an.

»Darf ich fragen, worum es hier eigentlich geht, Kommissar?«, wandte er sich an Iwata.

»Ehrlich gesagt, nein.« Er zeigte auf die Akte. »Gibt es keine Fotos der Leiche?«

»Nein, warum auch?«

»An Akashis Tod war also nichts Ungewöhnliches?«

Taniguchi lehnte sich zurück.

»Meines Wissens nicht.«

Iwata sah zu Hatanaka, der nichts sagte. Der Arzt war eindeutig verunsichert, setzte jedoch eine allzu gleichgültige Miene auf, wie ein unerfahrener Pokerspieler, der ein schwaches Blatt ausspielt.

»Sie lügen, Doktor.«

Taniguchi lachte ungläubig.

»Warum sollte ich?«

Für einen Moment herrschte Stille, und Iwata grinste boshaft.

»Dr. Taniguchi, wenn ich Kommissaranwärter Hatanaka bitte, die Tür abzuschließen, wird er das tun. Haben Sie verstanden, was ich damit sagen will?«

Taniguchi atmete schwer aus, sein Widerstand war gebrochen.

»Wenn Sie hier fertig sind, möchte ich nicht mehr mit der Geschichte behelligt werden. Ist das klar?«

»Reden Sie. Danach sehen wir weiter.«

Taniguchi fuhr sich mit der Hand durchs graue Haar.

»Also gut. Es war Wakatsuki. Sie hat bei der Untersuchung von Akashi einige Unregelmäßigkeiten festgestellt.«

Iwata blieb die Luft weg.

»Fahren Sie fort.«

»Eigentlich sollten Sie mit Wakatsuki reden. Ich bin nicht ganz sicher. Aber der Polizeipräsident Fujimura hat deutlich zu verstehen gegeben, dass er über diese Angelegenheit keine Diskussionen wünscht.«

Iwata und Hatanaka warfen sich einen Blick zu.

»Fujimura«, stieß Iwata hervor. »Sie haben mit Fujimura gesprochen?«

»Höchstpersönlich. Ich habe ihm am Telefon mitgeteilt, dass man möglicherweise eine Autopsie durchführen sollte und die Staatsanwaltschaft unterrichtet werden müsste. Daraufhin ist er sehr wütend geworden. Es sei völlig inakzeptabel, solch einen Wirbel zu veranstalten. Er hat sich klar ausgedrückt. Die Sache sei eine Tragödie, nichts anderes.«

»Und dann?«

»Er fand heraus, dass Wakatsuki die Untersuchung durchgeführt hat. Am nächsten Tag hat er durchgesetzt, dass sie den Fachbereich wechselt. Das ist wirklich schade, denn wie gesagt, sie war eine vielversprechende Studentin.«

»Gut.« Iwata faltete den Untersuchungsbericht über Akashi zusammen und steckte ihn ein. »Und wo ist Ayako Wakatsuki?«

29. KAPITEL

# Ketchup

Ayako Wakatsuki saß im hintersten Teil der Bibliothek der Universität Chiba über ihre Lehrbücher gebeugt. Sie war niedlich, etwas mollig, trug einen kurz geschnittenen Bubikopf und große Reifenohrringe. Als Iwata und Hatanaka auf sie zukamen, blickte sie auf. Zunächst wirkte sie neugierig, dann ängstlich.

Iwata wies sich aus.

»Sind Sie Ayako Wakatsuki?«

Ihr Blick huschte von Iwata zu Hatanaka.

»Warum?«

»Keine Angst. Erinnern Sie sich an den Fall Hideo Akashi?«

Sie sah sich um.

»Können wir uns woanders unterhalten?«

Ayako Wakatsuki führte sie über das Universitätsgelände zwei Straßen weiter zu einem nur halb besetzten Freshness Burger. Obwohl es noch früh am Morgen war, bestellten Hatanaka und Wakatsuki Cheeseburger und Limonade, während Iwata bei Kaffee blieb. Hatanaka, schamrot, bestand darauf zu bezahlen. Sie setzten sich an einen Ecktisch.

»Wir haben nur ein paar Fragen«, sagte Iwata. »Sie haben nichts zu befürchten, Ayako.«

Wakatsuki tupfte sich mit der Serviette den Mund ab.

»Wirklich nicht?«

»Nein.«

»Schon ungefähr eine Stunde nachdem ich die Leiche des Polizisten untersucht hatte, erhielt ich die ersten Drohungen. Es könnten mir schlimme Sachen zustoßen. Das ließe sich arrangieren. Ich wurde verfolgt. Auf dem Weg von meiner Wohnung zum Seminar, sogar zum Haus meiner Mutter. Tag und Nacht. Von Polizisten wohlgemerkt, und alles nur, weil ich meine Arbeit gemacht habe. Verstehen Sie also bitte, dass ich beunruhigt bin.«

Iwata hob abwehrend die Hände.

»Ich weiß, wie sie vorgehen. Sehr gut sogar. Aber Sie müssen uns vertrauen, denn wir sind nicht wie sie.«

»Wer sind Sie dann? Die Guten?«

»Wir ermitteln in einer Mordserie und glauben, dass Akashis Tod damit zu tun hat. Mehr nicht. Wenn Sie mit uns reden, wird niemand davon erfahren. Wir brauchen Ihre Hilfe. Menschenleben hängen davon ab. Von Ihnen, Ayako.«

»Gut. Dann habe ich also nichts zu befürchten«, seufzte Wakatsuki. »Ich habe mir gleich gedacht, dass Sie nicht zu denen gehören, als Sie mich nach Akashi gefragt haben. Die anderen Polizisten haben erst gar keine Fragen gestellt.«

»Das sind Arschlöcher«, platzte Hatanaka heraus. »Wir wollen Sie zu nichts zwingen.«

Sie sah zu Hatanaka, dann wieder zu Iwata.

»Eine Mordserie, sagen Sie. Also ein Serienmörder?«

Er nickte. Und Wakatsuki zog die Nase kraus.

»Na gut. Okay. Ich meine, da kann ich schlecht nein sagen.«

Iwata holte Akashis Totenschein hervor.

»Dr. Taniguchi sagte, Sie hätten Unregelmäßigkeiten entdeckt.« Er entfaltete das Blatt Papier. »Aber hier steht nichts von Unregelmäßigkeiten.«

Wakatsuki trank einen Schluck Limonade.

»Das überrascht mich nicht.« Sie holte ein Notizheft aus ihrer Tasche. »Das sind meine ursprünglichen Aufzeichnungen. Ich notiere mir immer alles zuerst in dieses Heft, bevor ich es ins Reine schreibe. Was man Ihnen gegeben hat, ist das, was

Taniguchi in die Akte aufgenommen hat, nachdem ich gegangen war.«

Sie schaute sich in dem Restaurant um und übergab ihnen die Notizen. Iwata und Hatanaka studierten aufmerksam ihren kurzen hingekritzelten Text. *Schwere maxillofaziale Verletzungen.*

Iwata blickte auf.

»Wie schwer?«

»Schweres Schädel-Hirn-Trauma. Vollkommen zertrümmert.«

»Das heißt, er hatte kein Gesicht mehr.«

»Korrekt.«

Hatanaka runzelte die Stirn.

»Akashi war also schon tot, bevor er ins Wasser fiel?«

Wakatsuki nickte.

»Kommt nicht gerade häufig vor bei dieser Todesart, aber der Schaden kann auch durch Kontakt mit einer Stützstrebe oder einem eisernen Vorsprung an der Brücke entstanden sein.«

»Wie das? Von der Brücke abwärts bis zum Wasser gibt es kein Hindernis.«

»Das nicht. Aber er ist ja auch von dem Pfeiler gesprungen, von ganz oben, nicht von der Straße aus. Das sind über hundert Meter.«

»Nur zur Klarstellung«, sagte Iwata. »Akashi war also nicht mehr zu erkennen.«

Wakatsuki zog einen Stift aus ihrer Tasche und malte ein Gesicht auf eine Serviette. Dann nahm sie die Ketchupflasche und bedeckte das Gesicht vollständig mit Ketchup.

»So ungefähr sah es aus.«

Sie warf den Stift in die Tasche und leckte einen Tropfen Ketchup vom Finger.

Hatanaka wurde rot, Iwata las weiter. *Kleine Schnittwunden am Oberkopf.*

»Was waren das für Wunden?«, fragte Iwata. »Können die von Lebewesen im Wasser herrühren?«

»Unwahrscheinlich. Er hat überhaupt nicht lange im Wasser gelegen. Wenn ich raten dürfte, würde ich sagen, dass er sich kurz zuvor den Schädel rasiert hat. Nur leider nicht vorsichtig genug.«

»Spielen wir mal den Advocatus Diaboli«, sagte Iwata. »Wie unregelmäßig sind diese Unregelmäßigkeiten?«

Wakatsuki schlürfte mit einem Strohhalm ihre Limonade und deutete auf die Notizen.

»Lesen Sie bis zum Ende.«

*Ringfinger der rechten Hand mehrfach gebrochen. Kleine, aber deutliche Ligaturen am Handgelenk.*

»Er wurde festgebunden.«

»Und nach den Abdrücken zu urteilen würde ich sagen, es waren Handschellen«, sagte Wakatsuki.

»Aber warum nur ein Handgelenk?«, fragte Hatanaka. »Akashi war groß und stark, und wenn man ihn festbinden wollte …«

Iwata unterbrach ihn.

»Weil Akashi *an* etwas festgebunden wurde.«

Sie verstummten für einen Moment, als eine Familie mit ihren Frühstückstabletts vorbeiging.

»Dann hatten Sie recht, Iwata. Akashi hat sich nicht umgebracht. Man hat nachgeholfen.«

»Wer hat die Leiche identifiziert?«, fragte Iwata.

»Ein Polizist. Er hieß …« Wakatsuki schloss die Augen. »Suzuki? Ja, ich glaube, er hieß Suzuki.«

Iwata runzelte die Stirn.

»Suzuki? Ein Polizist?«

»Ich bin mir ziemlich sicher. Sie redeten mit ihm, als wäre er Akashis Partner. ›Ein harter Schlag für Sie als sein Partner‹, so in dem Stil. Dabei sah er gar nicht aus wie ein Polizist.«

»Wieso?«

»Der war so betrunken, der konnte sich kaum auf den Beinen halten. Ehrlich, er sah aus wie ein Obdachloser. Dr. Taniguchi müsste seine Adresse haben.«

Wakatsuki sah auf die Uhr.

»Ich muss jetzt gehen. Mein Seminar fängt in einer Dreiviertelstunde an. Meine Notizen können Sie behalten.«

»Noch eine letzte Frage, Ayako. Was, glauben Sie, ist passiert?«

Sie lächelte finster.

»Der gebrochene Finger, das zertrümmerte Gesicht, die Ligaturen. Wenn Sie mich fragen, ob Akashi ermordet wurde, Kommissar, dann würde ich sagen, ja. Daran besteht für mich kein Zweifel. Die Verletzungen an seinem Körper lassen darauf schließen, dass er festgehalten, misshandelt und anschließend, vermutlich nach Todeseintritt, von der Regenbogenbrücke geworfen wurde, um einen Suizid vorzutäuschen.«

Sie überlegte kurz und fuhr dann fort: »Ich will Ihnen nicht in Ihre Arbeit reinreden, aber ich an Ihrer Stelle würde mich fragen, warum Ihr Polizeikollege so scharf darauf war, einen Mord auszuschließen.«

»Danke, dass Sie sich die Zeit für uns genommen haben, Frau Wakatsuki.«

»Viel Glück bei dem Chaos«, sagte sie, und zu Hatanaka gewandt: »Danke für das Essen.«

Als sie hinausging, sah Hatanaka ihr hinterher. Iwata schnippte mit dem Finger.

»Hören Sie zu, Romeo. Sie fahren jetzt zur Regenbogenbrücke und kontaktieren dort die Hafenbehörde. Ich möchte das Videomaterial der Überwachungskameras von Akashis Todestag sehen. Und so viel Material rund um das Datum, wie Sie kriegen können.«

Sie verließen das Restaurant und gingen zurück zum Parkplatz des Krankenhauses.

»Verraten Sie mir eins, Iwata. Warum wollte der Killer der Schwarzen Sonne den Mord an Akashi wie einen Selbstmord aussehen lassen. Falls er überhaupt der Täter ist. Bei den anderen hat er sich diese Mühe doch auch nicht gemacht.«

Schmunzelnd kniff Iwata Hatanaka in die Wange.

»Tja, das ist die große Frage, nicht?«

Hatanaka zuckte mit den Achseln, musste aber ein Lachen unterdrücken.

»Schon mal daran gedacht, dass es überhaupt nichts mit der Schwarzen Sonne zu tun haben könnte?«

Iwata lächelte verschwörerisch.

»Eigentlich fragen Sie sich: Was ist, wenn es einer aus den Reihen der Polizei war?«

»Nein.« Hatanaka trat ein Steinchen ins Gebüsch. »Das will ich mich lieber nicht fragen.«

»Dann sind Sie doch nicht so blöd, wie Sie aussehen. Aber jetzt beantworten *Sie* mir mal eine Frage. Warum verabreden Sie sich nicht mit Wakatsuki?«

Hatanaka sah ihn groß an.

»Schon klar. Sie geben mir den Nachmittag frei, und ich warte draußen vor dem Seminar auf sie.«

»Es war ernst gemeint.«

Der junge Mann schnaubte.

»Iwata, ich kann nicht mit …«

»Nicht mit Frauen?«

»Doch, schon, nur können Frauen …«

»Was?«

»Frauen können nicht mit mir. Kapiert?«

Iwata sah grinsend zum Himmel.

»Ja, ja. Sie finden das natürlich wahnsinnig lustig. Vielen

Dank auch, Iwata. Bei Frauen kann ich nicht landen, aber wenigstens habe ich einen irre coolen, verständnisvollen Boss.«

Iwata hob die Hände.

»Ich mache mich nicht über Sie lustig. Aber ich will Ihnen mal was sagen: Frauen können nicht mit Ihnen, weil Sie sich selbst nicht ausstehen können. Riskieren Sie mal was, und verabreden Sie sich mit dem Mädchen. Vielleicht sagt sie ja. Wer weiß. Und wenn nicht, ändert das auch nichts.«

»Ich kann mich nicht mit ihr verabreden. Soll ich sagen: ›Hey, eigentlich ermittle ich in einem Mordfall, aber ich finde dich so süß, kann ich dich ins Kino einladen?‹ Das können Sie vergessen. Was haben wir schon gemein?«

»Sie interessieren sich doch beide für Leichen. Und sie hat unsere Fragen beantwortet und hatte Spaß daran. Mann, Hatanaka! Sie haben sie immerhin schon zu einem Cheeseburger eingeladen. Laden Sie sie als Nächstes zu einem Bier ein.«

Sie hatten den Parkplatz erreicht.

»Wissen Sie was, Iwata? Hinter Ihrer ruhigen grüblerischen Art verbirgt sich ein ziemlich neugieriger Hund.«

»Deswegen bin ich ein guter Polizist.«

»Alles klar. Wo fahren Sie jetzt hin?«

»Suzuki suchen und Sie zur Hafenbehörde.«

»Ja, verstanden.«

Iwata ließ den Motor an und fuhr aus der Parkbucht. Hatanaka verfolgte den schwarzen Isuzu mit den Augen und sah im Geist Wakatsuki vor sich, wie sie sich den Finger ableckte.

Es konnte noch so wild an seiner Tür klopfen, Ryozo Suzuki schlug die Augen nicht auf. Er betete, dass es aufhörte, aber das würde nicht passieren. Fluchend stemmte er schließlich seinen zerbrechlichen Körper aus dem Bett, das eigentlich keines war, weder Futon noch Matratze, nur eine Ecke mit seinem Kleiderbündel, auf dem er schlief. Der verwahrloste Raum stank so beißend nach Zigarettenqualm und Schweiß, dass man beim Betreten unwillkürlich hustete. Das einzige Fenster war seit Langem kaputt, und das Klebeband hielt die Kälte nicht ab.

Suzuki spuckte auf den Boden und quälte sich in seine Stiefel. »Schon gut, schon gut!«

Er sammelte seine Habseligkeiten ein und öffnete die Tür. Ein abgemagertes Gespenst in schwarzer Kleidung drängte sich an ihm vorbei, schmiss seine Tüten mit Aludosen und Plastikflaschen auf den Boden und schleuderte die Schuhe von den Füßen.

»Die Stunde müsste ich dir extra berechnen«, brummte der Mann. »Mich so lange draußen warten zu lassen! Bin ich ein Schneemann, oder was.«

Von der Tür aus blickte Suzuki über die Straße zu dem Parkplatz gegenüber. Auf einer alten Werbetafel für Motoröl wurde die Zeit angezeigt.

»Können höchstens zehn Minuten gewesen sein, Scheißkerl.«

»Sind trotzdem *meine* zehn Minuten!«

Der alte Mann schrie immer noch, doch Suzuki hatte die Tür bereits hinter sich geschlossen. Er richtete sein schmuddeliges Gepäck neu aus, aber egal wie, der Rücken schmerzte. Als er an einem offenen Küchenfenster vorbeiging, schnappte er eine Nachricht eines lokalen Radiosenders auf.

*Es ist soeben elf Uhr geworden. Was für ein herrlicher Tag bei uns in Taito. Hier noch einmal die Top-Nachrichten. Der Selbstmord eines vierundvierzigjährigen Arbeitslosen auf dem Bahnhof Uguisudani führte heute Morgen zu weitläufigen Absperrungen durch die Polizei. Es ist schon der zweite Selbstmord innerhalb eines Monats auf diesem Bahnhof, und im Stadtteil werden Fragen nach den Kosten der blauen LED-Lichter laut, die dazu beitragen sollen, die Selbstmordrate zu verringern. Ein*

*Sprecher der japanischen Eisenbahngesellschaft war für eine Stellungnahme nicht zu erreichen.*

Suzuki hielt sich an dem Geländer des schmalen Balkons fest und schaute hinunter auf die Straße. Die Gäste in dem Café verzehrten Tartes. Ein Techniker reparierte Telefonleitungen. Ein Lieferwagen mit Wasserflaschen für ein Büro war gerade vorgefahren. An den Kirschbäumen zeigten sich zögerlich die ersten weißen Triebe. Taito, einst Heimat der Beerdigungsunternehmer, Fleischer und Prostituierten, war heute so wie die meisten Stadtteile von Tokio, stand heute für etwas anderes.

Suzuki wurde kurzatmiger. Er klammerte sich an das Geländer, wartete ab, und tatsächlich, wie aufs Stichwort setzte der Husten ein. Als nähme er Glasscherben und heißes Wasser zu sich. Neuerdings endeten diese Anfälle blutig. Suzuki wusste, dass er starb. Sein Leben war nicht gerade erfüllt gewesen. Trotzdem wollte er sich nicht beschweren. Wenigstens konnte ihm das Wetter heute nichts anhaben.

Eine halbe Stunde später breitete er seine blaue Plane an seinem gewohnten Platz aus. Zu dieser Tageszeit, früher Vormittag, waren hier nur Jogger unterwegs und Leute, die ihre Hunde ausführten, die meisten Stammgäste noch nicht aufgetaucht. Das gute Wetter ließ Hoffnung aufkeimen, Sonne machte die Menschen im Allgemeinen freigebiger. Suzuki wusste das, doch heute konnte er die Menschenmassen nicht ertragen. Das Blut in der Kehle war zu dick, der Schmerz in den Gliedmaßen zu stark, die angestaute Kälte in den Knochen durchdringend.

Suzuki verspürte ein außergewöhnliches nagendes Hungergefühl und überlegte, wann er das letzte Mal etwas gegessen hatte. Er holte eine Büchse Linsen aus seinem Gepäck, öffnete sie mit einem Messer und trank das salzige Wasser. Er genehmigte sich ein paar Bissen, bevor er die Büchse wieder schloss und in seinem Beutel versteckte. Mit geschlossenen Augen genoss er den Saft, legte die Hand auf die Lippen. In dem Moment spürte er, wie ein Schatten auf ihn fiel.

»Ryozo Suzuki?«

Ein schlanker Mann in einem zerknitterten Regenmantel stand vor ihm. Auch wenn er in letzter Zeit wohl nicht viel geschlafen hatte, sah er ihn eindringlich an.

»Wer sind Sie?«

Der Mann zeigte ihm seine Dienstmarke, Kosuke, Polizei Tokio.

»Das war ja klar! Ich habe mir gleich gedacht, dass Sie Polizist sind.«

»Ich muss Ihnen ein paar Fragen stellen.« Seine Stimme klang müde.

Suzuki holte eine speckige Geldbörse aus seiner Manteltasche und hielt sie ihm zur Antwort unter die Nase. Sie war leer.

30. KAPITEL

# Der Teufel in Person

Suzuki schlürfte drei Schalen Nudelsuppe und vier Tassen Kaffee hintereinander weg, und Iwata legte noch eine Packung Zigaretten und zehntausend Yen in bar obendrauf. Genüsslich steckte Suzuki sich eine an, und der Rauch kräuselte sich an seinem schmutzigen Gesicht entlang.

»Scheiße, das ist verdammt gutes Zeug.«

»Jetzt reden Sie, Suzuki.«

»Schönheit ist Wahrheit. Schießen Sie los.«

»Warum hat man Sie gebeten, Akashis Leiche zu identifizieren.«

»Ich war sein Partner. Ich dachte, das wüssten Sie.«

»Warum hat man keinen Familienangehörigen gefragt?«

»Er hatte keine Familie.«

»Und Sie fanden das nicht merkwürdig?«

»Was sollte ich daran merkwürdig finden?«

Suzuki schaute zu, wie die Glut den Tabak wegfraß.

»Dass die Polizei von Tokio einen Mann ausfindig macht, der seit zehn Jahren nicht mehr im Dienst ist und in einem Park lebt. Und die ganze Mühe nur, damit er offiziell eine Leiche identifiziert.«

»Der Gedanke ist mir nie gekommen.«

»Hat man Sie dafür bezahlt?«

»Mehr, als Sie mir gegeben haben. Ob merkwürdig oder nicht, Sie kennen ja meine Lebensumstände. Das passt Ihnen nicht? Stellen Sie sich vor, mir auch nicht.«

»Es liegt mir fern, über Sie zu urteilen. Ich will nur wissen, was Akashi zugestoßen ist.«

Suzuki trank den letzten Schluck der Bouillon und wischte sich den Mund an seinem dreckigen Jackenärmel ab.

»Sie vergeuden Ihre Zeit, Iwata. Wie Sie wissen, ist er von der Regenbogenbrücke gesprungen. Warum fragen Sie mich? Ich habe mir nur die Leiche angesehen.«

»Woher wussten Sie, dass es Akashi war?«

»Natürlich war er es. Ich habe ihn sofort erkannt in der Leichenhalle.«

»Woran? Er hatte kein Gesicht mehr.«

»Die Statur, die beschissenen Kleider. Und er trug den Ehering. Es war Akashi, eindeutig. Kein Zweifel.«

»Er trug den Ehering?«

»Seine Exfrau hatte ihm den Ring vor der Trennung zurückgegeben.«

»Yumi.«

Suzuki entblößte die gelben Zähne, als ihm bei der Erinnerung ein Lächeln über das Gesicht huschte.

»Eine Wucht, die Frau.«

»Und wenn Akashi sich gar nicht umgebracht hat?«

Suzuki blickte amüsiert.

»Dann würde ich sagen, volle Fahrt voraus, Kapitän Ahab.«

»Warum?«

»Also, ich hätte nie gedacht, dass Akashi der Selbstmördertyp ist. Andererseits hatte ich ihn jahrelang nicht mehr gesehen. Der Mensch verändert sich. Sehen Sie mich an.«

»Fällt Ihnen jemand ein, der ihm vielleicht den Tod gewünscht hat? Hatte er Angst?«

»Ganz bestimmt gab es viele Leute, die ihm den Tod gewünscht haben. Akashi hat viel Mist gebaut. Aber er hatte keine Angst. Vor niemandem.«

»Wieso nicht?«

Suzuki zuckte die Schultern.

»Nicht nur, dass er keine Angst hatte. Dem konnte auch keiner was vormachen. Akashi war der scharfsinnigste Kerl, dem ich je begegnet bin.«

»Von Anfang an, bitte. Ich möchte alles wissen.«

Suzuki seufzte. Abgemacht.

»Zuerst hat man uns im Polizeirevier Nerima zusammengesteckt. Das ist lange her. Nur so viel: Akashi hatte sofort alles im Griff. Der Kerl war eine Maschine. Die höchste Aufklärungsquote. Innerhalb weniger Jahre wurde er ins Revier Shibuya, Abteilung eins versetzt und durfte sein eigenes Team zusammenstellen.«

»Und Sie gehörten zu den Glücklichen.«

»Neben dem Volldepp Nomura. Ehrlich, diese Wahl hat mich anfangs irritiert. Ein netter Kerl, aber er brauchte für die einfachsten Dinge doppelt so lange wie andere. Entweder zerbrach er sich bis zur Sinnlosigkeit den Kopf, oder er dachte überhaupt nicht nach, und so bewegte sich bei ihm gar nichts. Er war völlig abhängig von Akashi, wie der kleine zurückgebliebene Bruder. Trotzdem, wir haben ihn lieb gewonnen.«

Plötzlich hustete Suzuki Blut, das auf den Tisch spritzte, seine Augen flackerten. Als sich die Atmung wieder normalisiert hatte, wischte er den Schlamassel lässig mit einer Papierserviette auf.

»Sie sollten zum Arzt.«

»Ich bin nicht versichert. Stellen Sie einfach Ihre Fragen.«

»Na gut. Sie haben gesagt, Akashi wurde versetzt.«

»Es war unvergleichlich.« Suzuki bestellte eine Flasche Bier und zündete sich die nächste Zigarette an. »Es folgte das goldene Zeitalter der Polizeiarbeit. Akashi und seine beiden Vertrauten bildeten die Speerspitze. Shibuya lag uns praktisch zu

Füßen. Der Polizeipräsident hat uns geliebt. Die Kollegen haben uns beneidet. Sie nannten uns die drei kleinen Schweinchen. Und wissen Sie was? Mir gefiel der Spitzname.«

»Warum sind Sie dann zum Schluss …?«

»Was? Hier gelandet?«

»Ja.«

Suzuki machte eine saure Miene und sah auf einen Blutfleck im Aschenbecher.

»Was passiert normalerweise mit Glückssträhnen? Irgendwann hören sie auf. Uns verließ das Glück.«

»Erzählen Sie.«

»1994 wurde Akashi mit der Leitung einer Abteilung betraut, die Organisationen infiltrieren sollte. Inoffiziell, trotzdem sehr gut ausgestattet, sie hatten vollkommen freie Hand.«

»Und wer sollte infiltriert werden? Das organisierte Verbrechen?«

Suzuki schüttelte den Kopf.

»Sekten.«

»Warum?«

»Japan lebte damals in Angst. Aum Shinrikyo hatte in Matsumoto und Tokio zwei Giftgasanschläge verübt, und der Polizei von Tokio wurde bewusst, dass sie nicht imstande war, angemessen darauf zu reagieren. Danach habe ich Akashi für einige Jahre aus den Augen verloren. Ich weiß nicht, was mit der Abteilung passiert ist, aber ein paar Sekten sind aufgeflogen und wurden verfolgt.«

»Und dann?«

»Akashi kam wieder in unsere alte Abteilung. Man übertrug uns einen Fall, den niemand haben wollte. Der Typ hatte drei Kinder ermordet und war danach von der Bildfläche verschwunden. Noch nie haben wir uns so in einen Fall reingekniet, und am Ende haben wir den Mörder gefunden, der Typ hieß Matsuu.«

Iwata spürte plötzlich eine Leere in der Brust. Seine erste Unterredung in Shindos Büro fiel ihm wieder ein, die Frage, die Sakai ihm gestellt hatte.

*Was ist mit dem Fall Takara Matsuu?*

»Matsuu?«, wiederholte Iwata.

»Genau der. Wir haben noch jede miese Ratte in Japan geschnappt. Und wir haben jedes Arschloch bezahlt, das bereit war zu plaudern. Zum Schluss haben wir Matsuu auf einem Feld in Chiba in die Enge getrieben. Er versteckte sich dort in einer Hütte. Akashi befahl uns, draußen zu bleiben, und ist reingegangen. Zehn Minuten später kam er mit leeren Händen wieder raus. ›Nicht da‹, sagte er. Danach war Akashi nicht mehr derselbe. Man sah ihm an, dass es ihn wurmte. Zur selben Zeit sackte unsere Aufklärungsquote in den Keller. Wir fingen an, Geschenke anzunehmen. Beteiligten uns an illegalen Kasinos. Schuldeten den falschen Leuten Geld. Leuten, denen es scheißegal ist, ob du eine Dienstmarke hast oder nicht. Und so kam eins zum anderen, wie man so schön sagt.«

»Moment. Nochmal zurück. *Takara* Matsuu?«

»Genau der. Ein Riesenarsch.«

Iwata schüttelte den Kopf.

»Aber gefunden haben sie ihn dann doch. Jedenfalls bevor er vor einigen Wochen erneut untergetaucht ist.«

Suzuki quittierte die Bemerkung mit einem Achselzucken.

»Kann schon sein, ja. Mit dem aktuellen Geschehen bin ich nicht so vertraut.«

»Wie konnte er damit durchkommen? Er hat drei Kinder ermordet? Er hätte gehängt werden müssen.«

»Scheiße, woher soll ich das wissen. Er muss einen ziemlich guten Verteidiger gehabt haben.« Suzuki trank sein Bier aus. »Ist ja nicht so, als ob es in diesem Land keine gäbe. Trotzdem hat Matsuu wahrscheinlich seine Zeit abgesessen und ist nach seiner Freilassung Informant geworden. Leuchtet ein, wenn er vermisst wird. Petzer sind nicht beliebt.«

»Informant? Über wen? Oder was?«

»Das müssen Sie schon selbst herausfinden. Wollen Sie nun wissen, was passiert ist, oder nicht?«

»Klar will ich das wissen.«

»Die Schmiergelder wurden immer fetter. Das Risiko immer größer. Und wir immer reicher. Wir veranstalteten keine filmreifen Razzien mehr. Bei uns ging es jetzt um Wahlbetrug, manipulierte öffentliche Gebote, ganze Projekte haben wir gemanagt. Wir waren so sehr mit der Yakuza verbandelt, dass wir oft wochenlang nicht auf dem Revier erschienen sind. Wir hatten noch keine Yakuza-Tattoos, aber wir wussten auch so, was aus uns geworden war.«

»Und dann?«

»Dann traf es Nomura. Armer Kerl. Eines Tages teilt er Akashi mit, dass er nicht mehr kann. Er will aussteigen. Er hält das Morden nicht mehr aus. Will nicht selbst bei draufgehen. Akashi nimmt ihn in den Arm, flüstert ihm was ins Ohr und bringt ihn zur Tür. Als Nomura ihm den Rücken zukehrt, schlitzt Akashi ihm die Kehle auf.«

Suzuki blickte zur Decke, der Ventilator durchschnitt die ölige Luft.

»Ich glaube, in dem Moment habe ich geschnallt, was los ist. Aber Akashi hatte für alles eine vernünftige Erklärung. Er sagte, es wäre nur eine Frage der Zeit gewesen, bis eine Ethikkommission Nomura drangekriegt hätte. Sie hätten ihn bearbeitet, und wir wären alle am Arsch gewesen. Ich habe geschworen, ihn nicht zu verraten, und wir haben versucht, die Sache runterzukochen für ein paar Monate. Aber Akashi sollte recht behalten. Die Polizei von Tokio hat in den eigenen Reihen aufgeräumt. Eines Morgens wache ich davon auf, dass eine Taschenlampe mir ins Gesicht leuchtet, und ich werde von meinen eigenen Kollegen verhaftet.«

Suzuki bestellte das nächste Bier.

»Wollen Sie meine Geschichte hören, Kommissar? Zuerst Gefängnis, dann Autofabrik, dann der Park.«

Iwata schüttelte den Kopf.

»Sie wollen mir weismachen, dass Hideo Akashi auch ein Mörder war? Sind Sie sich über die Tragweite im Klaren?«

»Ich war mit Nomura zusammen auf der Polizeiakademie und sehe mit eigenen Augen, wie mein Kamerad kaltblütig ermordet wird. Was gibt es da misszuverstehen?«

»Warum wurde Akashi deswegen nicht behelligt?«

»Weil er es als Yakuza-Anschlag inszeniert hat. Es fand sich ein Sündenbock, und wir beide haben als Zeugen ausgesagt. Das war die eine Seite. Für alles andere hat Akashi mir die Schuld in die Schuhe geschoben. Hat die Ethikkommission wahrscheinlich sogar selbst angerufen.«

Suzuki fuhr mit seinem schmutzigen Finger durch ein Aschehäufchen und blies Rauch aus. Iwata sah auf die Uhr und stand auf.

»Ich muss los. Danke für Ihre Zeit. Passen Sie gut auf sich auf, Suzuki.«

Die Tür klingelte, als er sie öffnete.

»Kommissar!«, rief Suzuki hinter ihm her. »Sie glauben doch, dass er gesprungen ist, weil er jemandem entkommen wollte, oder?«

Iwata nickte.

»Dann muss es der Teufel höchstpersönlich gewesen sein.«

»Warum?«

»Weil der Einzige, vor dem sich Akashi in dieser Welt gefürchtet hat, er selbst war.«

Iwata raste durch Tokios graue Verkehrsadern. Er sah auf die Tachouhr. Die Zeit lief ihm davon. Sein Handy klingelte.

»Hatanaka?«

»Ich bin auf der Regenbogenbrücke. Das Büro der Hafenbehörde ist geschlossen. Aber keine Sorge, ich gehe hier nicht eher weg, bis ich das Videomaterial aus den Überwachungskameras in Händen halte.«

»Gute Arbeit, Kollege. Holen Sie jeden aus dem Schlaf, den Sie brauchen können.«

»Haben Sie Suzuki gefunden?«

»Ja. Und er hat nur bestätigt, was wir schon vermutet hatten. Irgendwie ist Akashi der Schlüssel zum Ganzen.«

»Wohin fahren Sie jetzt?«

»Zum Zentralarchiv der Polizei. Ich suche nach einem Takara Matsuu. Bevor Sakai auf den Fall der schwarzen Sonne angesetzt wurde, hat sie in einem Vermisstenfall ermittelt. Dabei ging es um Takara Matsuu.«

»Wollen Sie sie nicht anrufen?«

»Nein. Chefermittler im Fall Matsuu war garantiert Akashi. Jedes Mal, wenn von ihm die Rede ist, macht sie dicht. Irgendwas ist da faul.«

»Okay, Chef. Sobald ich das Videomaterial habe, finden Sie mich auf dem Revier Shibuya.«

»Dann treffen wir uns da.«

Eine Viertelstunde später fuhr Iwata durch den Stadtbezirk Chiyoda. Im Norden sah man die blinkenden Lichter des Kaiserlichen Palastes. Im Osten das Außenministerium, das Parlamentsgebäude und den Hibiya-Park.

Iwata lief die Treppe zum Polizeihauptquartier hinauf und brauchte mehrere Minuten für die Sicherheitsschleuse. Er gab den temporären Tastencode für den Aufzug ein, den man ihm genannt hatte, und fuhr ins vierte Untergeschoss. Die Türen öffneten sich zu einem riesigen fensterlosen Raum, und ein junger Mann in einem makellosen Anzug begrüßte Iwata.

»Guten Abend, Kommissar. Sie brauchen Zugang zum Zentralarchiv?«

»Ja. Ein offener Fall. Es geht um einen Vermissten. Takara Matsuu.«

»Bitte folgen Sie mir.«

Iwata wurde zu einer gepolsterten Sitzecke geführt, wo man ihm Mineralwasser anbot. Der junge Mann kam mit einem Tabletcomputer zurück.

»Hier haben wir ihn, Kommissar. Takara Matsuu. Des Mordes an drei Kindern zwischen fünf und acht Jahren überführt. Verurteilt nach Artikel 199, Absatz 2 des Strafgesetzbuches.«

»Strafmaß?«

»Einweisung in eine psychiatrische Klinik, wo er fünf Jahre verbrachte. Nach seiner Entlassung 2004 wurde er Informant der Polizei.«

»Das ist alles? Fünf Jahre?«

»So steht es hier.« Der Mann legte die Stirn in Falten. »Aber ehrlich gesagt verstehe ich nicht, warum er für den Mord an drei Kindern so eine milde Strafe bekam.«

»Ich vielleicht schon«, sagte Iwata und stand auf. »Danke für Ihre Hilfe.«

31. KAPITEL

# Elefantenwolken

Yukitoshi Shimizu wohnte in einem ärmlichen Viertel von Nagasaki, wo vorwiegend kleine Büroangestellte, Fabrikarbeiter und vom Schicksal gebeutelte Familien lebten. Die Plakatwand auf seinem Haus war weiß; offenbar fand sich kein Interessent, der hier werben wollte.

Früh morgens klopfte Sakai leise an die Tür. Ein kleiner älterer Herr öffnete. Mit klopfendem Herzen zeigte sie ihm ihre Dienstmarke.

»Sind Sie wegen meiner Tochter hier?«, fragte er mit leiser, krächzender Stimme.

»Ja.«

Die winzige Wohnung, wenn auch ordentlich, war nur spärlich eingerichtet und erfüllt von dem feuchten Geruch langjähriger Trauer. Der Alte kochte Tee und trug ihn zitternd auf einem Tablett herein. Sie setzten sich an einen Tisch und tranken schweigend. Shimizus Gesicht glich dem einer verblichenen Statue; ein Mann, der mit dem Nichts vertraut war.

»Es ist schon lange her, dass mich jemand besucht hat.«

»Entschuldigen Sie, wenn ich mich so aufdränge, Herr Shimizu.«

»Nicht doch. Bitte, stellen Sie Ihre Fragen.«

»Vielen Dank. Es sind nicht viele. Wann haben Sie Ihre Tochter Keiko das letzte Mal gesehen?«

»Am 15. Mai 1982. Sie wollte mit ein paar Freundinnen über

das Wochenende einen Campingausflug unternehmen. Von diesem Ausflug ist sie nicht zurückgekehrt.«

»Haben Sie je erfahren, wo sie gewesen ist?«

»Nein. Ein paar Monate nach ihrem Verschwinden kam ein Brief von ihr. Sie sei glücklich. Sie schreibt über die Natur, die Berge, dass sie zu sich selbst finden muss. Ein, zwei Jahre später kam noch ein Brief. Diesmal lag ein Foto dabei.«

»Und abgesehen von den Briefen hat sie nie Kontakt mit Ihnen aufgenommen, Herr Shimizu?«

»Doch, schon. Sie hat mich ein paarmal angerufen, aber nie irgendetwas Zusammenhängendes erzählt. Sie wollte mir nicht sagen, wo sie sich aufhält. Ich habe sie natürlich angefleht, wieder nach Hause zu kommen, aber sie sagte, sie sei glücklich in ihrem neuen Leben, und das war es.«

»›Neues Leben‹? Das waren ihre Worte?«

»Ja.«

»Dann haben Sie erst wieder nach dem Zwischenfall in der Seilbahn von ihr gehört?«

»Das ist richtig. Die Polizei hat mich befragt.«

Sakai lehnte sich zurück. Sie musterte den alten Mann vor ihr. Hatte er womöglich Keiko etwas angetan, sie vielleicht sogar missbraucht? Sie suchte nach Spuren lebenslanger Lügen im Gesicht des Mannes, fand aber nur unendlichen Kummer. Sie betrachtete seinen kleinen Kopf, die Büschel weißer Haare in den Ohren, die pergamentenen, mit Tee benetzten Lippen, die faltigen Augenlider. Yukitoshi Shimizu würde den Rest seines Lebens in schmerzvoller Ungewissheit zubringen.

»Ich muss Sie das fragen, Herr Shimizu. Warum, meinen Sie, hat sie sich in der Seilbahn so verhalten?«

»Ich weiß es nicht. Aber ich muss mir die Schuld geben. Welche Alternative gibt es denn? Ihre Mutter starb, als sie noch sehr jung war. Ich war ihr kein guter Vater.«

Shimizus Augen waren rot unterlaufen. Seine Stimme kam tief aus seiner Brust.

Er trank von seinem Tee, um sich wieder zu fangen, und atmete tief ein und aus.

»Ich habe Keikos Mutter an der Universität kennengelernt. Damals durchlief Japan einen Wandel, und ich glaube, ich stand für etwas Neues. Das hat sie wohl angezogen. Zuerst hielt ich es für einen schlechten Witz, dass sich so eine Frau in mich verliebt. Aber so war es. Wir wachten früh morgens auf und planten den bevorstehenden Tag. Um zehn machen wir dies, um elf holen wir Vanillecreme-Brötchen. Aber gehalten haben wir uns nie daran. Wir blieben einfach in unserem kleinen Zimmer. Japan war dabei, sich zu zerfleischen, und wir haben es verschlafen.«

Shimizu gingen die Worte aus, und sein Lächeln verlor sich. Er schaute in seine Teeschale.

»Haben Sie Kinder, Frau Kommissar?«

Sakai schüttelte den Kopf.

»Vielleicht besser so. Nachts habe ich immer große Angst gespürt. Vor der drohenden Traurigkeit. Der Unausweichlichkeit, dass die Nacht zu Ende geht. Irgendwann ist es halb zwei, und wir sind unseren Träumen ausgesetzt, allein. Die Seminare am nächsten Tag, wieder allein. Mir wurde klar, dass wir nur ab und zu zusammen sein konnten. Dass die Angst niemals verschwinden, dass sie zum Schluss siegen würde. Das Löschen der Nachttischlampe jeden Abend bedeutete nicht nur Dunkelheit, es bedeutete Trennung.«

Shimizu blinzelte.

»Einander kennenlernen heißt, den anderen zu verlieren. Haben Sie das Sprichwort schon mal gehört?«

Sakai nickte.

»So hat es sich jede Nacht angefühlt. Und zum Schluss, im

Krankenhaus, war es nicht anders. Die lebenserhaltenden Apparate für meine Frau abzuschalten war so, als würde ich nach einem langen Arbeitstag die Nachttischlampe ausknipsen. Ich weiß nicht, warum ich in dem Moment daran denken musste. Vielleicht konzentriert sich der Verstand auf die kleinen Details, um sich nicht mit dem gewaltigen Verlust, den man erlitten hat, beschäftigen zu müssen.«

Er legte die gefalteten Hände in den Schoß.

»Sie war so jung. Wahrscheinlich hatte ich danach einfach nicht mehr genug Liebe für Keiko übrig.«

Sakai nickte, wischte mit dem Finger eine Träne weg.

»Das tut mir leid«, sagte sie mit erstickter Stimme.

»Nein. Ich muss mich entschuldigen. Sie sind nicht hergekommen, um sich meine Geschichte anzuhören.«

Sie räusperte sich.

»Wissen Sie, ob Keiko Probleme hatte? Zum Beispiel Feinde?«

Der alte Mann sah zur Decke.

»Ehrlich, ich weiß es nicht. Ich war ihr nie sehr nahe. So viel Zeit ist seitdem vergangen …«

»Warum ist sie weg von zu Hause? Was meinen Sie, Herr Shimizu?«

»Ich weiß es nicht. Vielleicht habe ich meine Frau zu sehr geliebt, um auch meinem Kind die gleiche Zuwendung zukommen zu lassen. Es fällt mir schwer, das zu sagen, aber es ist die Wahrheit. Als sie auf die Welt kam, habe ich außer all meinen Ängsten noch etwas anderes empfunden. Es war wie eine Stimme, die mich warnte, dass ich bei diesem Kind versagen würde. Dann wurde sie geboren, und sie fing an zu weinen, sobald ich sie auf den Arm nahm. Meine Spiele hat sie nie gemocht. Das Einzige, das sie gerne gespielt hat, war das Wolkenspiel. Kennen Sie das? Man guckt in den Himmel und sucht Tiere oder

Prinzessinnen in den Wolkenformationen. Das hat ihr gefallen. Aus irgendeinem Grund haben wir immer Elefanten gefunden. Elefantenwolken hat sie die genannt.«

Erneut verblasste ein schmerzliches Lächeln auf seinem Gesicht.

»Könnte ich wohl mal das Foto sehen, das sie Ihnen geschickt hat?«

Yukitoshi Shimizu nickte und stand auf. Minutenlang hörte Sakai es im Zimmer nebenan rumoren. Offenbar hatte er das Foto tief irgendwo vergraben.

Schließlich kehrte er zurück, sah sich das Bild jedoch nicht an.

Sakai stockte der Atem, als sie das Bild betrachtete.

Keiko war wunderschön und kam ihr bekannt vor. Sie stand in einem Wald, ein Baby im Arm, auf das sie liebevoll herabsah. Sie strich ihm eine Haarsträhne aus dem Gesicht. Schräg einfallendes Sonnenlicht, das mit der Zeit verblasst war.

»Ich weiß nicht einmal, ob es meine Enkelin ist«, sagte er leise.

Sakai suchte nach verwertbaren Details, doch das Foto gab nichts preis, außer dem Datum, Juni 1984.

Schon wollte sie es zurückgeben, als ihr Keikos Handgelenk auffiel. Mit zusammengekniffenen Augen konnte sie ein Tattoo erkennen.

»Dürfte ich mal Ihr Vergrößerungsglas benutzen, Herr Shimizu?«

Shimizu nahm die Lupe von einem Bündel alter Zeitungen und gab sie ihr. Sakai hielt das Glas über Keikos Handgelenk und blinzelte.

Eine eintätowierte schwarze Sonne.

Kosuke träumt von seinem neuen Leben in Amerika. In wenigen Wochen wird er das Waisenhaus verlassen. Er wird Japan verlassen. Seine Mutter kommt ihn abholen, mit einem neuen Vater, einem Amerikaner.

Eine Autotür wird zugeknallt, und Kosuke schlägt die Augen auf.

Es ist eine mondlose Sommernacht, doch Licht erfüllt den Raum. Blau. Pink. Kosuke wirft die Decke um die Schultern und tapst zum Fenster. Draußen erkennt er den Polizisten wieder, der ihn hierhergebracht hat. Er sieht viel älter aus und kleiner in seiner Uniform. Er spricht mit Herrn Uesugi, während hinter ihnen Polizisten Taschenlampen ausgeben. Uesugi gestikuliert wild und schlägt sich ab und zu die Hände an den Kopf. In dem blauen und pinkfarbenen Licht wirkt diese Geste wie ein grässlicher Tanz. Die Nacht ist warm, und der rote Saum der Dämmerung erhebt sich am Horizont.

Kosuke steigt in seine Shorts und Tennisschuhe und läuft so leise wie möglich nach unten. Die Tür in der Eingangshalle ist nur angelehnt, und er vernimmt Stimmen.

»Wie soll ich dabei ruhig bleiben, Tamura? Der Ruf dieser Einrichtung hängt von der Sicherheit der Kinder ab.«

»Das verstehe ich ja, aber Herr Uesugi …«

»Es ist doch nur ein Bär. Ein einzelner Bär! So schwer kann der doch nicht zu finden sein.«

»Das ist ein Gerücht. Viel wahrscheinlicher ist, dass der Junge allein weggegangen ist.«

»Dann suchen Sie ihn gefälligst!«

Als Kosuke Schritte hört, versteckt er sich im Schatten. Uesugi macht die Tür hinter sich zu und lässt sich mit dem Rücken dagegen fallen. Christus sieht auf ihn herab. Gefallene Engel schauen zu. Schwarzweißfotos ehemaliger Schüler, und auf jedem Bild Uesugi vorne vor der Schulklasse, übers ganze Gesicht strahlend.

*Wir sind zusammen, und wir sind fröhlich. Wer die Einsamkeit liebt, ist entweder ein wildes Tier oder ein Gott.*

Mit zitternder Hand streicht sich Uesugi Schweiß von der Stirn. Er betrachtet seine feuchten Handflächen und schüttelt erstaunt den Kopf. Mit einem Taschentuch trocknet er sich den Nacken und die Achseln. Er atmet schwer.

Kosuke tritt aus dem Schatten.

»Warum sind sie hier?«

Uesugi ringt nach Luft und weicht zurück.

»Iwata«, keucht er. »Hast du mich erschreckt.«

»Warum sind sie hier?«

»Mach dir keine Sorgen. Es ist schon spät, geh wieder ins Bett.«

In dem dunkelblauen Dämmerlicht kann Kosuke nur Uesugis Zähne erkennen. Alte Holzstrünke. Die Standuhr tickt. Dann begreift er.

»Wo ist Kei?«

Die Frage gellt durch die Eingangshalle. Uesugis Mund zieht sich zu einer strengen Linie zusammen.

»Geh wieder ins Bett, mein Junge.«

Über ihnen, auf der Galerie, erscheint Mary Josephine. Uesugi sieht zu ihr hinauf, scheint urplötzlich seine Meinung zu ändern und geht weg, seine Schritte hallen in der Dunkelheit.

Als Kosuke die Nonne anschaut, senkt sie den Blick.

Er rennt aus dem Waisenhaus. Er rennt über das Feld, ein in der aufgehenden Sonne silbrig schimmerndes Meer zarter Spinnennetze. Er rennt auf den Wald zu, die Wipfel funkeln im warmen Licht. Er rennt zu dem Strudel, von der Welt vergessen. Aber tief im Innern weiß Kosuke, dass er Kei nicht finden wird. Niemand wird ihn finden.

32. KAPITEL

# Auf der Suche nach der Wahrheit

Fünfzehn Stunden nach ihrer Unterredung mit Yukitoshi Shimizu in Nagasaki lief Sakai tief in den Eingeweiden des Polizeireviers Shibuya einen schummrigen Korridor entlang und blieb vor der Tür mit dem Schild *Yoji Yamada – Abteilung Sekten und religiöse Gruppierungen* stehen.

Über den Namenszug hatte jemand einen Scheißhaufen gezeichnet. Obwohl bereits nach Mitternacht, brannte drinnen noch Licht. Sakai klopfte an und betrat ein großes, chaotisches Büro mit einem Futon in der Mitte. Yamada, in eine Decke gehüllt, die Füße auf dem Schreibtisch, trank Kaffee. Er war ein kleiner, korpulenter Mann Ende dreißig mit einem jungenhaften Gesicht, trotz der schütteren grau melierten Haare. Mit dem dünnen Schnauzer wirkte er wie aus der Zeit gefallen.

Yamada wäre beinahe vom Stuhl gefallen, als er Sakai erblickte.

»Nachteule, was?« Sakai verschränkte die Arme.

»Ich schlafe nicht gut.«

»Sie wissen, wer ich bin?«

»Jeder hier weiß, wer Sie sind.« Er strich sich über die nicht mehr vorhandenen Haare. »Kann ich Ihnen helfen?«

Sie zeigte ihm das Tatortfoto mit dem Symbol der schwarzen Sonne.

»Ich hoffe. Erkennen Sie das wieder?«

Yamada nickte.

»Die Morde der Schwarzen Sonne. Ich habe meine Hilfe bereits angeboten. Sie wurde ignoriert.«

»Sie wissen doch, Iwata ist ein Sturkopf. Aber er braucht Ihre Hilfe.«

»Ganz bestimmt sogar. Ich habe gehört, er soll seinen Hut nehmen. Es spricht sich herum, sogar bis hier unten.«

»Stimmt, er ist erledigt. Aber einige Tage bleiben ihm noch. Und ich habe eine Spur.«

Yamada trank einen Schluck Kaffee und musterte Sakai im Licht der Lampe. Sie war diesen Blick gewohnt.

»Setzen Sie sich«, sagte er.

Sie ließ sich ihm gegenüber auf einem staubigen Drehstuhl nieder.

»Was hat der berüchtigte Kommissar Iwata eigentlich getan?«

»Hier zählt nicht, was er getan hat, sondern, was er nicht tun will.«

»Und das wäre?«

»Kommen Sie, Yamada. Sie wissen doch, was die wollen. Und die wissen, dass Iwata sich nicht unterordnen wird. Dass er sie zur Rede stellen wird, wenn sie Aufklärungen behindern und ihre üblichen Spielchen treiben. Ach so, und er hat Moroto niedergeschlagen. Angeblich.«

Yamada musste sich ein Lachen verkneifen und schüttelte den Kopf. Er betrachtete Sakai. Bleich, schön, entschlossen. Er fragte sich, was sie hierher, in diese Welt, verschlagen hatte.

»Werden Sie den Fall von Iwata übernehmen?«

»Nein. Mir wurde bereits ein anderer Fall übertragen.«

Die eine Seite von Yamadas Schnauzer verzog sich nach oben.

»Sie haben also Ihre Spur auf außerdienstlichem Weg entdeckt. Und trotzdem glauben Sie, es könnte sich lohnen?«

Sakai zeigte auf die Tür hinter sich.

»Draußen läuft ein Serienkiller frei herum, Yamada. Er reißt seinen Opfern das Herz aus der Brust. Mehr habe ich nicht zu bieten.«

»Warum vertrauen Sie mir?«

»Drei Gründe: Erstens, weil Ihnen sonst niemand bei der Polizei vertraut. Sie sind hier eine kleine Nummer. Also in derselben Situation wie Iwata. Zweitens glaube ich, dass in dem vorliegenden Fall eine Sekte eine Rolle spielt. Ihre Kenntnisse könnten die Ermittlungen voranbringen. Die Sache liegt wohl oder übel noch für einige Tage in Iwatas Händen. Ich kann nicht behaupten, dass es Ihrer Karriere förderlich sein wird. Andererseits sitzen Sie bereits im Keller und lesen Bücher.«

Yamada dachte darüber nach. Er zog eine Miene, als hätte er sich an einem brühheißen Getränk die Zunge verbrannt.

»Und der dritte Grund?«

»Wie gesagt, ich habe eine Spur.«

Sakai holte aus ihrer Jackentasche ein Foto und überreichte es ihm. Yamada blickte auf Keiko Shimizu und ihr Tattoo der schwarzen Sonne.

»Haben Sie so etwas schon mal auf der Haut eines Menschen gesehen?«

Yamada schaute genauer hin und nickte.

»Das ist das Symbol der ›Kinder der Schwarzen Sonne‹.« Yamada sah zu ihr auf. »Mein Gott, das ist ja das gleiche Symbol, das der Mörder hinterlassen hat.«

»Was können Sie mir über die Sekte sagen?«

»Eine sehr üble Sekte, die aber seit Langem nicht mehr existiert. Aktiv hauptsächlich von den Sechzigern bis in die Achtziger, in den Neunzigern dann verschwunden. Sie verfügte zwar über einige Mittel, doch die Mitgliederzahl war relativ überschaubar. Wir reden über eine Größenordnung von kaum mehr als zweitausend, zu ihren besten Zeiten. Ein ziemlich typisches

Modell, mit den üblichen Beigaben, geheime Bedeutung, charismatischer Guru, Deutungshoheit und so weiter und so weiter.«

»Und wie sieht das Modell aus?«

»Eine Mixtur aus pseudobuddhistischen Lehren und den apokalyptischen Visionen südamerikanischer Religionen. Eigentlich sehr beschränkt. Und natürlich werden einem diese Elemente erst offenbart, wenn man zum Führungskreis gehört. Körpermarkierungen und Selbstverletzungen allerdings waren sehr verbreitet in dieser Sekte.«

Sakai zeigte auf das Tattoo. »Ich jedenfalls glaube nicht an Märchen. Es gibt eine Verbindung zwischen der Sekte und den Morden. Glauben Sie mir, ich weiß es einfach.«

Sie zog einige Papiere aus ihrer Handtasche und übergab sie Yamada.

»Hier finden Sie etwas über ihre Vorgeschichte und wie sie in den Fall hineinspielt. Lesen Sie.«

Yamada hob den Blick zur Decke.

»Einverstanden. Was brauchen Sie von mir?«

»Zunächst möchte ich wissen, wo diese Sekte ihren Hauptsitz hatte.«

»Einfache Frage. Sie hatte Standorte in Tokio, Sapporo und Osaka. Aber ihr Hauptquartier war ein weitläufiges Gelände in den Bergen bei Gero. Was noch?«

Sakai schloss die Augen. Einen Augenblick lang verspürte sie Übelkeit.

»Gero?«, wiederholte sie leise.

»Ja, was ist damit?«

»… nichts.«

Sie rieb sich die Augen und fing sich wieder.

»Alles in Ordnung, Sakai?«, fragte Yamada.

»Geht schon.«

»Was brauchen Sie noch?«

»Ich möchte, dass Sie sich in drei Stunden mit Iwata am Bahnhof Yoyogi-koen treffen. Können Sie kommen?«

»Sind Sie auch da?«

»Nein. Ich kann nicht mehr weitermachen. Es geht nicht.«

Yamada nickte, ohne zu wissen, warum. Den schmerzhaften Ausdruck in Sakais Gesicht konnte er nur schwer ertragen.

»Warum Iwata?«

Sakai sah auf die beiden nebeneinanderliegenden Fotos mit der schwarzen Sonne.

»Weil er der Einzige ist, der das noch aufhalten kann.«

»Also gut.« Yamada schüttelte den Kopf. »Ich komme.«

»Danke.« Sie lächelte ihn an. Es war ein künstliches Lächeln, aber er fand es hinreißend. »Ach so, noch eine Sache.«

Sie holte einen kleinen Briefumschlag aus ihrer Jackentasche und legte ihn auf den Schreibtisch. Nur ein Wort stand vorne auf dem Umschlag: *Iwata*.

»Was ist das?«, fragte Yamada.

»Nur eine Kassette. Geben Sie sie ihm, wenn Sie aus Gero zurück sind. Aber nicht vorher, okay?«

»Okay.«

Sie stand auf und verbeugte sich. Yamada eilte zu ihr.

»Wo gehen Sie hin?«, fragte er, als sie sich an der Tür gegenüberstanden.

»Mich vorbereiten.«

»Auf was?«

»Was immer da kommen mag.«

Sie biss sich auf die Lippe.

»He, Yamada.«

»Ja?«

»Ich schlafe auch nicht gut.«

Sakai lächelte traurig und klopfte zum Abschied an den Türrahmen.

Um halb vier Uhr ging Yamada über die regennasse Straße zu dem wartenden Isuzu. Kreischende Nachtzüge fuhren gemächlich vorbei, panisch schrillten die Warnglocken vor dem Bahnübergang. In der Ferne hörte man schmatzende Geräusche auf der Autobahn. Yamada ließ sich auf dem Beifahrersitz nieder und stellte eine Plastiktüte zwischen die Füße.

»Wer sind Sie?«

Iwata griff nach seiner Waffe, doch Yamada streckte ihm die Hand entgegen.

»Yoji Yamada, Sekten und religiöse Gruppierungen. Erinnern Sie sich nicht an mich?«

»Wo ist Sakai?«

»Sie kommt nicht mit. Sie hat mich geschickt.«

Yamada holte das Foto von Keiko Shimizus Sonnentattoo hervor.

»Das soll ich Ihnen zeigen, Iwata. Sie hat mich gebeten, mit Ihnen zusammenzuarbeiten. Sie hat eine Spur.«

Beklommenes Schweigen.

»Reden Sie«, sagte Iwata.

»1982 verlässt eine Frau, Keiko Shimizu, ihr Zuhause in Nagasaki, um einen Campingausflug zu unternehmen, und kehrt nicht mehr zurück. Sie schreibt Briefe, ruft zu Hause an, spricht über ihr neues Leben, dass sie zu sich selbst finden muss und dergleichen. 1996 besteigt sie eine Seilbahn, ermordet einen Mann und stürzt sich danach in den Tod.«

»Dieses Symbol, Kommissar Yamada, ist das gleiche Symbol, das der Mörder an seinen Tatorten hinterlassen hat.«

»Außerdem ist es das Symbol der apokalyptischen Sekten. Also kommen Sie, Iwata, klären Sie mich auf. Ich weiß, Sie sind nicht so der Kumpeltyp, aber ich kann für Sie eine große Hilfe sein. Ich verfüge über Fachwissen. Sakai hat mir das Wesentliche mitgeteilt, aber ich muss wissen, was Sache ist.«

Iwata klopfte auf das Steuerrad und nickte unwillig.

»Wenn ich es Ihnen sage, müssen Sie es unbedingt für sich behalten. Klar?«

Yamada hob die Hände.

»Auf mich hört sowieso keiner. Sie eingeschlossen. Schon vergessen?«

»Also gut. Ich vermute, dass der Mörder der Schwarzen Sonne sich an Bord dieser Seilbahn befunden hat.«

Yamada presste die Lippen aufeinander.

»Scheiße.«

»Aus irgendeinem Grund tötet er alle, die an diesem Tag mit der Seilbahn gefahren sind. Keiko ist tot, so viel steht fest. Bleiben noch Yumi Tachibana, die bereits unter Polizeischutz steht, und ein kleines, etwa zehnjähriges Mädchen.«

»Glauben Sie, dass das Baby auf dem Foto das Mädchen aus der Seilbahn ist.«

»Könnte sein. Was wissen Sie über die Sekte?«

»Ihr Symbol ist nahezu identisch mit dem Symbol einer früheren Sekte, die sich die Kinder der Schwarzen Sonne nannte. Ein paar tausend Mitglieder stark. Sie glaubten an das Jüngste Gericht, die bevorstehende Apokalypse, die für sie nicht schnell genug kommen konnte. Also sollte ein bisschen nachgeholfen werden, mit Massenmorden, biologischen Waffen et cetera. Sie lebten in den Bergen von Gero. Unser Killer war sehr wahrscheinlich ein Mitglied der Sekte.«

Iwata sah ihn an.

»Jetzt weiß ich, warum Sakai mich angerufen und mir gesagt hat, ich soll alle meine Unterlagen über den Fall mitbringen.« Er zeigte auf die Sporttasche auf dem Rücksitz.

»Wie gesagt, sie will, dass wir zusammenarbeiten. Und? Was haben wir in der Hand?«

»Nicht viel. Dubiose Ansatzpunkte. Keine nennenswerten

Verdächtigen. Keine echten Beweise. Und einen Haufen Fragen.«

Schweigend schauten sie eine Zeit lang dem Farbwechsel der Ampeln zu.

»Na ja«, sagte Yamada grinsend. »Wenigstens muss ich nicht im Büro hocken.«

»Hat Sakai gesagt, wo sie hinwollte?«

»Nur dass sie sich vorbereiten muss.«

»Worauf?«

Yamada zuckte mit den Schultern und griff nach der Sporttasche auf der Rückbank.

»Ich kann ja so lange lesen während der Fahrt.«

Iwata ließ den Motor an und stieß aus der Parklücke. Yamada nahm die Thermoskanne aus der Plastiktüte und schenkte Kaffee ein.

»Trinken Sie, Iwata. Es wird eine lange Fahrt, und wenn ich mir Sie so angucke, schlafen Sie garantiert gleich am Steuer ein.«

Iwata trank einen Schluck und spuckte den Kaffee wieder aus.

»Was ist das denn für ein Zeug?«

»Yojis kleine Spezialmischung. Echter Kaffee«, sagte Yamada augenzwinkernd.

»Bleiben Sie bei Ihren Sekten.«

Leise schimpfend entriss er ihm den Becher.

Sie ließen Tokio hinter sich, rasten Richtung Norden. Die Straßen waren leer, nur Lieferwagen, die stadteinwärts, und Müllautos, die stadtauswärts fuhren. Tomaten, Farbstifte, Sextoys.

Tokio war unersättlich.

Yamada entfaltete die Karte und gab gelegentlich Anweisungen. Bei eingeschalteter Innenleuchte wühlte er sich durch Iwatas Berge von Notizen und Fotos.

Nach einigen Stunden schaltete er das Licht aus.

»Und?«, sagte Iwata.

»Ich habe mir einen Eindruck verschafft.«

»Was meinen Sie?«

»Wir sind gearscht. Bei Ihrer Herangehensweise an den Fall könnte es für einige Leute in Machtpositionen ganz schön ungemütlich werden. Das muss Ihnen doch klar sein.«

»Das ist mir klar.«

Nachdenklich zupfte Yamada an seinem Schnauzer.

»Hören Sie, Iwata. Ich kenne jemanden, der für eine große Zeitung arbeitet. Warum treffen wir uns nicht mit ihm? Es klingt lächerlich, aber es könnte uns durchaus etwas zustoßen. Dann wäre es doch ganz nett, eine kleine Versicherung zu haben.«

Iwata schüttelte den Kopf.

»Für so was habe ich keine Zeit. Noch eine Woche, und Sie können sprechen, mit wem Sie wollen. Vorerst reicht es mir, wenn Sie mir Ihre Einschätzung zu dem Fall geben.«

Yamada seufzte.

»Wie Sie wollen. Vorweg: Sehr wahrscheinlich gehört Keiko Shimizu zu der Sekte der Schwarzen Sonne. Außerdem glaube ich, dass das kleine Mädchen ihr Kind ist. Wenn sie damals in der Seilbahn zehn oder zwölf war, käme es mit dem Alter hin. Keiko wäre dann in sehr jungen Jahren Mutter geworden, aber Vergewaltigung kommt im Umfeld von Sekten häufig vor.«

»Sagten Sie nicht, die Gruppe hätte nur aus ein paar tausend Leuten bestanden? Hätte da nicht jemand gegen die Vergewaltigung junger Frauen protestiert?«

»Bei ideologisch beeinflussten Menschen sind oft noch Reste einer Moralvorstellung vorhanden, ein dumpfes Gespür, was richtig und was falsch ist. Aber Sie müssen auch bedenken, dass sie ihre Fähigkeit, eigene Entscheidungen zu treffen, weitgehend eingebüßt haben. Dann heißt es ›Es gibt kein Gut oder Böse‹.«

Iwata sah ihn skeptisch an.

»Gehirnwäsche. Ist das Ihr Ernst?«

»Zweifeln Sie daran?«

»Nein, ganz und gar nicht. Aber man muss schon verrückt sein, um auf so was Verrücktes hereinzufallen.«

»Ich spreche hier nicht von Bewusstseinskontrolle à la Star Trek oder so. Sie glauben nicht, wie schnell und effektiv ein gesunder kritischer Verstand beeinflusst werden kann. Wir sind dazu geschaffen, uns anzupassen. Man sagt den Leuten: ›Du bist ein Gott in deinem eigenen Universum. Einem Universum, das du erschaffen hast. Wir lieben dich.‹ Der Fachterminus dafür ist Love Bombing, und viele werden regelrecht abhängig davon.«

»Es ist Schmeichelei.«

Yamada verdrehte die Augen.

»Wir streben nach Anerkennung und Liebe. So sind wir gepolt. Wir sind soziale Wesen. Wenn man sich zwei Wochen lang unter seinen Mitmenschen wie ein Gott fühlen darf und mit Liebe und Aufmerksamkeit überschüttet wird, kann man sich daran gewöhnen. Wird einem das weggenommen, will man es wiederhaben. Man tut alles dafür.«

Iwata schüttelte den Kopf und überholte einen Nachtbus.

»Tut mir leid, aber nur weil ein paar Leute nett zu einem sind, wirft man doch nicht sein ganzes bisheriges Leben und sein Geld weg. Wie ist das möglich?«

Yamada holte ein Brötchen aus seinem Proviant und antwortete mit vollem Mund.

»Manchmal reicht es schon, einem Menschen die nötigen Proteine vorzuenthalten, oder Schlafentzug über einen bestimmten Zeitraum. Man kann jemand sehr schnell gefügig machen. Dass Sie skeptisch sind, ist ganz normal. Aber glauben Sie mir, Menschen lassen sich schnell einfangen.«

Iwata stopfte sich ein halbes Brötchen in den Mund.

»Und wie?«

»Da gibt es verschiedene Möglichkeiten. Workshops und Seminare sind eine sehr verbreitete Methode. Die dauern manchmal mehrere Tage. Es könnte zum Beispiel so ablaufen: Ein Studienabbrecher betritt eine Buchhandlung, kommt ins Gespräch mit einer attraktiven älteren Frau. Sie haben ein gemeinsames Interesse, sagen wir Yoga, und sie lädt ihn zu ihrem Unterricht ein. Dort lernt er andere Leute kennen, ältere, klügere, die Interesse an ihm zeigen. Sie unterstützen ihn in seiner ablehnenden Haltung gegenüber der Gesellschaft, geben noch eine Portion Verschwörungstheorie hinzu. Als er schließlich merkt, dass sie der Sekte XY angehören, denkt er sich: ›Hm, schon ein bisschen verrückt das Ganze, aber die Leute sind ganz und gar nicht verrückt, im Gegenteil, sie sind nett, so schlimm kann es nicht sein.‹ Außerdem ist unser junger Mann schon von sich aus zu diesem Zeitpunkt, nachdem er so viel Mühe und vielleicht auch Geld investiert hat, nicht gewillt, die Gruppe als eine Sekte abzutun. Ich will damit sagen, dass der Junge, der die Buchhandlung betritt, nicht derselbe ist, der sie wieder verlässt. Für die Workshops und Seminare übrigens wird überall geworben, als wären sie ganz normale Veranstaltungen.«

»Und wer geht dort hin?«

»Die Einsamen, die Neugierigen, die Verlorenen, die innerlich Leeren, es gibt kein typisches Profil. In extremen Fällen werden die Teilnehmer solcher Seminare beschimpft und demoralisiert. Man redet ihnen ein, dass es sich nicht lohnt, für etwas zu kämpfen. Das kann Hysterie auslösen. Man stellt sie auf eine Bühne, und sie werden beleidigt. Sie werden geschlagen. Kotztüten werden ausgegeben. Dann sagt man ihnen, dass sie bald erwachen werden. Nachdem sie erniedrigt worden sind, erleben sie Euphorie und Erfüllung. Irgendwann ergibt alles einen Sinn für sie, und sie sind gefügig. ›Schließ dich uns an und werde frei‹, heißt es dann. Wer will nicht frei sein? Manchmal geht es so weit, dass sie ihre Arbeit kündigen, ihre Ehe beenden, ihre Kinder verlassen. Viele haben ihr Leben für diesen neuen Weg aufgegeben. Und sie kommen freiwillig.«

Iwata blickte in den Rückspiegel.

»Menschen auf der Suche nach der Wahrheit?«

»Ist das nicht schon immer die vornehmste Beschäftigung des Menschen gewesen? Aber Sie dürfen nicht vergessen – müssen Sie so schmatzen, Iwata? –, dass sich in all diesen Gruppierungen früher oder später der unanfechtbare Führer offenbart. Er ist charismatisch, betörend, witzig, aggressiv, wie auch immer, er ist die absolute Autorität. Das neue Mitglied erkennt sehr schnell, dass die Bestätigung durch den Sektenführer das Allergrößte überhaupt ist. Und man fängt an, nur dafür zu leben.«

Es war kaum Verkehr auf der Chuo-Schnellstraße. Im Nordosten flimmerte der schwarze Saum des Suwa-Sees.

»Was war das für eine Sekte, die Kinder der Schwarzen Sonne?«

Yamada reichte Iwata wieder einen Becher Kaffee. Statt ihn auszuspucken, verzog er diesmal nur den Mund.

»Grundlage bildete eine typische Mischung aus Mystizismus und Psychogeschwätz, das man aus Selbsthilfegruppen kennt. Auf welcher Prämisse die Sekte nun genau beruht, ist mir entfallen, tragende Säule ist jedenfalls die Idee der letzten Sonne, neben gewissen präkolumbianischen Schöpfungsmythen. Aber statt sich auf den religiösen Ansatz zu beschränken, kommen noch astrologische und therapeutische Aspekte hinzu.«

»Dass ich noch immer diesen Kaffee trinke, nicht zu fassen«, schimpfte Iwata. »Warum Therapie?«

»Warum nicht? Therapie muss doch gefördert werden. Man setzt Vertrauen in Therapie. Eine clevere Idee. Die Mitglieder arbeiteten sich hoch, stiegen von einer Rangstufe zur nächsten auf, und irgendwann wird ihnen die echte und einzige Wahrheit zuteil.«

»Und die war?«

»Die Legende von der bevorstehenden Apokalypse. In diesem Fall der Tod der Sonne und die Herrschaft der Finsternis. Die schwarze Sonne.«

Iwata lachte.

»Nichts erhöht den Einsatz mehr als das nahende Ende der Welt, hab' ich recht?«

»Eine verbreitete Legende in den meisten wichtigen Religionen. Aber man braucht nur dem Guru zu folgen, und man ist gerettet, und alle anderen sind am Arsch.«

»Wer war der Guru der Sekte?«

»Takashi Anzai. Sohn eines japanischen Ölmagnaten. Aufgewachsen im mittelamerikanischen Dschungel. Als Jugendlicher nach Japan zurückgekehrt. Yoga-Klassen in Osaka waren der Auslöser. Seine Klassen wuchsen, mit ihnen auch seine Honorare. Dann ist er auf Seminare umgestiegen. Irgendwann Anfang der Siebziger wollte er noch höher hinaus und gründet eine spirituelle Gruppe. Seine Sekte entstand aus seinem zunehmenden Hass auf den traditionellen Buddhismus. Seiner eigenen Variante fügte er noch ein bisschen präkolumbianische Folklore und Methoden zur Entwicklung übersinnlicher Fähigkeiten hinzu. Die Gruppe von anfangs dreißig, vierzig Leuten war 1977 auf etwa zweihundertfünfzig angewachsen. Bei seiner Verhaftung hatte sie zweitausend Mitglieder. Anzai hatte Land auf den Philippinen, in Ostafrika und Mexiko erworben.«

»Erzählen Sie weiter.«

»Viel mehr ist eigentlich nicht bekannt. Nach seiner Verhaftung hat er sich kaum geäußert. Es wurde nicht viel darüber berichtet, weil Aum Shinrikyo gerade zerschlagen worden war. Die Medien hatten Großkampftag: Anklage, Bankrott und schließlich Todesurteil. Bis dahin galten die Kinder der Schwarzen Sonne eher als Modeerscheinung. Aber auch sie wurden zerschlagen. Was Anzai persönlich betrifft, der hatte zum Zeitpunkt seiner Hinrichtung über dreißig Kinder in die Welt gesetzt. Auf dem Gelände wurden Massengräber entdeckt.«

Iwata dachte darüber nach. Sie fuhren an einem Gartencenter vorbei, der Parkplatz davor war leer. Ein Donut-Laden hatte gerade seine Beleuchtung eingeschaltet. Eine Neonkuh über einem geschlossenen Steakhouse blinkte rot. Yamada rieb sich die Augen.

»Wissen Sie, was ich glaube, Iwata? Wir Polizisten neigen zu einer bestimmten Vorgehensweise. Wir entdecken irgendein Detail, auf ganz natürlichem, organischem Weg. Das Detail bestätigt einen Verdacht. Es ergibt einen Sinn. Es fühlt sich richtig an. Es wird zu unserem Polarstern. Und darum herum bauen wir den Rest.«

»Kann schon sein. Und?«

»Ihr Polarstern ist die schwarze Sonne. Neben den entnommenen Herzen das einzige übereinstimmende Element in diesem Fall.«

»In Mina Fongs Wohnung fehlte es.«

»Aber das war in Ihren Augen sowieso nur ein Ablenkungsmanöver. Abgesehen vom Fall Mina Fong treffen wir auf Schritt und Tritt auf die schwarze Sonne, die uns bis zurück ins Jahr 1996 in die Seilbahnkabine führt.«

»Ja. Und?«

»Und wenn wir nun falschliegen? Wenn es zwischen Keiko, der Sekte und dem Killer gar keine Verbindung gibt? Wenn diese schwarzen Sonnen einfach nur zwei Symbole sind, die sich zufällig ähneln?«

Iwata sah Yamada an.

»Dann haben wir gar nichts.«

Yamada zuckte mit den Schultern.

»Jetzt ist es sowieso zu spät, um umzukehren.«

Sie rasten an einem Schild vorbei: *Gero, 180 km.*

33. KAPITEL

# Gott hat es nicht eilig

Eine fahle Sonne ging über dem Berg Ontake auf. Das einzige Geräusch im Wald machte der Schnee, der weich von den Ästen fiel. Im Osten schimmerten schroffe Felsen in der Dämmerung, darunter duckten sich moosüberwucherte verkümmerte Bäume. Bleiches Gestrüpp klammerte sich an die Hänge. Nebel drückte auf den Boden. Für Farben war es hier zu kalt.

Sie hatten einen Kompass, Yamada ging voraus. Immer wieder warf Iwata einen prüfenden Blick über die Schulter, während sie tote schwarze Felder überquerten. Die beiden froren und wischten sich die laufende Nase ab, bliesen sich in die hohlen Hände. Aus der Ferne konnte man ihre Atemwölkchen für eine kleine Dampflokomotive halten, die durch die Landschaft pflügte.

Nach fast zweistündiger Wanderung fanden sie die gesuchte Straße, die sich einspurig durch den tiefen Wald schlängelte. Der rissige Asphalt, durch den sich mannshoch das Unkraut gefressen hatte, war zwischen den Sträuchern und dem Schnee kaum zu erkennen.

Yamada zog eine alte Karte zurate und nordete sie ein, während sich Iwata an einen Baum lehnte, um zu verschnaufen. Noch immer klingelten ihm die Ohren von dem Schlag, den ihm der Killer der Schwarzen Sonne auf dem Dach des Nachtclubs versetzt hatte. Die Kälte malte mit seinem Atem lächelnde Gesichter in die Luft. Seine gebrochenen Finger schmerzten.

»Alles in Ordnung mit Ihnen?«, fragte Yamada und steckte die zusammengefaltete Karte wieder in ihre Hülle.

Iwata nickte, und sie stapften weiter die Straße entlang, die nach zwanzig Minuten Fußweg in ein Kiefernwäldchen mündete.

Dort stießen sie auf eine fast fünf Meter hohe Betonwand, die aussah wie die Außenmauer eines Gefangenenlagers. Sie war alt und bröckelte bereits an manchen Stellen, doch ohne Leiter konnten sie sie nicht überwinden. Davor türmten sich gewaltige Schneewehen auf. Ein Stück weiter, am Haupteingang versperrten zwei schwere, mit Polizeiband umwickelte Tore den Zutritt.

Iwata und Yamada schritten an der Mauer entlang und erreichten einen Seiteneingang, ein hohes, mit Ketten und Vorhängeschlössern gesichertes Maschendrahttor. Yamada kletterte an dem Tor hoch und leckte sich fluchend das Blut vom Daumen.

»Passen Sie auf, Iwata.« Behutsam fegte er den Schnee von der Oberkante, unter dem Glasscherben zum Vorschein kamen. Iwata verzog das Gesicht und umklammerte den kalten Maschendraht. Mit nur einer Hand zur Absicherung erklomm er das Tor und hievte sich über die Kante, ohne mit dem Glas in Berührung zu kommen. Noch mehr Verletzungen konnte er sich nicht leisten.

Mit einem Sprung landete er auf der Rückseite eines lang gestreckten niedrigen Gebäudes. Eine verrostete und verwitterte Flügeltür stand offen, dahinter befand sich eine Art Kantine. Durch Löcher im Dach tropfte Schmelzwasser, durch Ritzen in den Außenmauern stach das Sonnenlicht. Umgekippte Stühle und Tische, leere Hühnerställe, vertrocknete Kräuterbeete, ein kaputter Eimer, der im Wind hin und her rollte.

Yamada ging voran und wickelte sich ein Taschentuch um den Daumen.

»Haben Sie sich verletzt?«

»Fast vierzehn Jahre bei der Truppe«, lachte er. »Und jetzt meine erste Verwundung im Feld.«

Sie verließen die Kantine und konnten jetzt das ganze Gelände überblicken, es war ein kleiner Themenpark. Ein Weg, an dem auf beiden Seiten mehr als zwei Dutzend Häuser lagen, führte zu einer Kirche am Rand des Areals.

Wortlos trennten sich die beiden, Yamada ging nach rechts, Iwata nach links. Iwata streifte durch ein überwuchertes Baseballfeld und gelangte an eine verschlossene Tür. Das altersschwache verrostete Vorhängeschloss hatte er schnell mit einem Hieb seiner Stablampe aufgebrochen. Er schob die Tür auf und ließ den Strahl der Lampe durch den Raum schweifen. Ein ehemaliges Klassenzimmer. Schleimiges Moos hatte sich der Tafel bemächtigt, die Lektion war längst vergessen. Wellige Kinderzeichnungen von Sonne und Mond an den Wänden. Wo sich keine Pfützen angesammelt hatten, bedeckte Müll den Boden, verteilt im Raum zusammengerückte Schulbänke.

Am hinteren Ende lag ein umgekipptes größeres Pult. Darüber hing eine gerahmte Fotografie, vermutlich von Takashi Anzai. Ein alter Mann, der Mund zu breit für das schmale, mit einem ungleichmäßigen Bart bedeckte Gesicht, die Augen hinter den getönten Gläsern auf irgendein fernes Ideal gerichtet, was ein feines Lächeln hervorrief.

Das Pult enthielt nichts Interessantes. Iwata ging wieder hinaus und steuerte auf das nächste Gebäude zu, kämpfte sich durch das hohe Gestrüpp auf dem Baseballfeld, als er plötzlich ein lautes Geräusch hörte. Instinktiv ging er in Deckung, doch es war nur Yamada, der ein Schloss aufbrach. Das Gebäude war sehr viel größer als das erste. Drinnen standen reihenweise verrostete Stockbetten, in der Mitte lagen Trümmer des eingefallenen Daches.

Der Wind heulte, doch nichts bewegte sich. Iwata durchsuchte Kartons, Spinde und Schränke, fand aber nur persönliche Habseligkeiten, für unnötig erachtete Gebrauchsgegenstände, in der Eile vergessene Dinge. Sie erzählten von Familien, Kindern, alleinstehenden Männern, Witwen, die alle verschwunden waren und nie wiederkehren würden.

Jeder Karton enthielt eine Ausgabe ein und desselben Buches. Takashi Anzai, *Die letztgültige Wahrheit der Schwarzen Sonne.*

Iwata fummelte die feuchten Seiten auseinander und überflog die Einleitung. Sie sprach von dem mutigen Schritt, den der Leser bereits mit dem Öffnen dieses Buches getan habe. Denn damit habe er sich selbst geöffnet, wie es weiter hieß, und sei nun aufgeschlossen für die Erkenntnis, dass er, der Leser, so wie alles in der Welt, der Anziehungskraft der Sonne unterworfen sei. Nicht nur im wortwörtlichen Sinn, sondern auch spirituell und universell. Anders als die herkömmlichen Götter, die auf fantastische theologische Gedankengebäude angewiesen waren, zeigte Anzai einfach auf die Sonne, die bis ans Ende seiner Tage über den Leser wacht, und sagte, *das* ist unser Gott. Seine Botschaft war schlicht: Gott wird bald sterben und die echte Welt zum Vorschein kommen.

*Mein lieber Freund, Du erhältst hiermit eine seltene Gelegenheit, die Du Dir nicht entgehen lassen solltest.*

Iwata schleuderte das Buch in die Ecke und kletterte über den Schutthaufen, was eine kleine Lawine aus Beton und schmutzigem Schnee auslöste. Das nächste Gebäude, das er betrat, lag etwas abseits und war wesentlich kleiner, eher schlampig errichtet, aus schlecht verfugtem Backstein, die Tür aus den Angeln gerissen. Offenbar hatte die Polizei sich mit Gewalt Zugang verschaffen müssen.

Die Decke wies keine Fassungen für Glühbirnen auf, denn Licht war in diesem Raum nicht vorgesehen. An einer Wand standen nebeneinander aufgereiht zehn alte Kühlschränke. Aus den Türen waren Schlitze herausgesägt worden, Durchreichen für Essen und Abfall. Auf dem Boden lagen kaputte Vorhängeschlösser und rostige Ketten.

»Ein Gefängnis«, flüsterte Iwata.

Systematisch durchsuchte er jedes Gebäude, stieß aber nur auf die Ruinen von Anzais untergegangener Zivilisation, zahllose Spuren der Sekte und ihrer Mitglieder. Auf Keiko Shimizu jedoch fand er keine Hinweise.

Es war früher Nachmittag, als Iwata mit seiner Hälfte des Geländes durch war. Er setzte sich auf die Eingangsstufen zur Kirche, betrachtete seine lädierten Finger und rauchte seine letzte Zigarette. Yamada trat aus dem letzten Gebäude auf seiner Seite und hob beide Hände. Kein Glück. Er ließ sich neben Iwata nieder, und sie teilten sich die Zigarette. Yamada wischte sich den Schnee von den Schuhen.

»Das nächste Mal haben wir die passende Kleidung dabei.«

Lachend blies Iwata den Rauch aus, zuckte zusammen, als er einen plötzlichen Schmerz im Kopf verspürte.

»Für einen, der vierzehn Jahre im Keller alles über durchgeknallte Sektengurus gelesen hat, haben Sie ein sonniges Gemüt.«

»Da sehen Sie mal, was große berufliche Zufriedenheit so ausmacht.«

Yamada reichte ihm die Zigarette, Iwata zog ein letztes Mal daran und trat sie aus.

»Ich habe nichts gefunden.«

»Ich auch nicht.« Yamada hielt seinen verletzten Daumen gegen die Sonne. »Bringen wir es hinter uns.«

Die beiden Polizisten schritten zum Hauptportal hinauf, das mit einer dicken Kette versperrt war. Sie gingen um die Kirche herum und fanden einen aufgestemmten Notausgang. Er war von innen mit einer Kette versehen, der Spalt jedoch breit genug, um hindurchzuschlüpfen. Eine morsche, mit einem Teppichläufer ausgelegte Treppe führte in eine düstere Halle. Uringestank und zerbrochene Flaschen machten deutlich, dass die Obdachlosen aus der Gegend in den wärmeren Monaten hier offenbar Schutz suchten. Spinnweben in allen Ecken. Die Wände mit Graffiti und Brandspuren übersät. Iwata richtete den Strahl seiner Taschenlampe auf die dreckigen Kirchenbänke. Tauben flatterten auf. Erschrocken wichen die Männer zurück. Durch Risse in der Decke tropfte Wasser, verirrte Schneeflocken flogen umher, die ein verirrter Sonnenstrahl zum Glitzern brachte. Ein ausgeschlachtetes Klavier war zerhackt und als Brennholz benutzt worden. Die beiden Männer trennten sich erneut, übernahmen je eine Seite der Kirche. Auf halbem Weg rief Yamada: »Schauen Sie mal, Iwata!«

Yamada hielt eine Handvoll Patronenhülsen hoch und zeigte auf die in der Wand hinter ihm verstreuten Einschusslöcher.

»Anscheinend sind sie nicht auf leisen Sohlen gekommen.«

Ein paar Schritte weiter entdeckte Iwata auf dem Boden einen auf dem Kopf liegenden Kassettenrekorder. Er hob ihn auf, entfernte den Staub und stellte ihn auf den kleinen Sockel, von dem er heruntergefallen war. Über dem Sockel hing hinter zerbrochenem Glas ein gerahmtes Bild von Anzai. Aus einer Laune heraus drückte Iwata die Starttaste, und das Band erwachte tatsächlich zum Leben. Eine Stimme, wie er sie noch nie gehört hatte, ertönte. Laut und kräftig, entspannt, musikalisch, aber auch eintönig.

*Brüder und Schwestern. Kaum etwas gelingt uns RICHTIG, wenn wir es in EILE tun. Ein Glas Wein, ein Spaziergang, eine Unterhaltung, ein Anblick, Sex – für ALLE GUTEN DINGE braucht es Zeit. GOTT hat es NICHT eilig. Er nimmt sich Zeit, um ein Baby zu erschaffen, eine Blume, einen Delfin. Er hat es NICHT eilig.*

Lange Pause. Zischen und Fauchen.

*Es sei denn, ER ist wütend.*

Aufgeschreckter, angespannter Applaus.

*Mir sind Gerüchte – GERÜCHTE – in diesem glücklichen Königreich zu Ohren gekommen. Ich habe gehört, ich sei zu alt, um meine Brüder und Schwestern weiter zu führen. Ich habe gehört, unsere Tage seien GEZÄHLT. Ich habe gehört, ihr glaubt, die Unwissenden KÄMEN, UNS ZU HOLEN.*

Iwata ließ das Gerät eingeschaltet und ging zu einer geschlossenen Seitentür. Mit dem Fuß schob er einen Haufen Dreck zur Seite und trat mit Wucht gegen die Klinke.

*Meine lieben Kinder, ich muss euch sagen … die Gerüchte sind wahr.*

Hörbares Luftanhalten.

Iwata betrat ein kleines Büro, das penetrant nach Taubenkot stank. Der Teppichboden war beinahe vollständig mit feuchtem Papier bedeckt und die eine Hälfte des Raums durch einen Brandschaden schwarz verfärbt. Zwei Registraturschränke waren umgekippt, in einer Ecke ein Haufen Aktenordner verbrannt worden.

*Aber FÜRCHTET EUCH NICHT. Denn die Furcht nimmt euch alles, was ich euch gelehrt habe. Habe ich es nicht vorhergesagt? Haben wir nicht immer gewusst, dass diese Zeit ein Ende haben wird? Ja, es stimmt. Die Unwissenden werden KOMMEN. So wie ihr meine Stimme hört, so gewiss werden sie KOMMEN, UNS ZU HOLEN. Jedoch, wer da auch komme, unsere WAHRHEIT werden sie NIEMALS beflecken. Die WAHRHEIT kann man uns nicht nehmen. Nein, meine Kinder. Das wird VATER NICHT zulassen. Wird er es zulassen?*

Die Menge schrie empört.

*Wird ER es zulassen?*

Ein schriller Chor: *NEIN!* Anzai kicherte.

*Sagt Seinen Namen!*

Es kam wie aus einem Mund.

*TEZCATLIPOCA!*

*Sagt Seinen Namen!*

*TEZCATLIPOCA!*

*Recht so, meine Kinder. Herr der Nacht, Herr der Weite. Herr des Windes, Herr der Dunkelheit. Seine Zeit naht. Und niemand kann mir nehmen, was er mir geschenkt hat. Und niemand, im Gegenzug, kann euch nehmen, was ich* EUCH GEGEBEN *habe. Vergesst nicht. Bald wird sich die Sonne verfinstern. Sie wird schwarz werden und auf ewig untergehen, und sie wird ersetzt werden durch* SEINE WAHRE GESTALT. *Die Schwarze Sonne Tezcatlipoca wird über die Welt der Finsternis herrschen. Und die Unwissenden um uns herum werden verschlungen, ihre Herzen* HERAUSGERISSEN, *und* BLIND *werden sie.*

Kreischen.

*Nur Ihr nicht, meine Kinder. Denn* IHR *seid mir gefolgt, eurem demütigen Vater, auf dem Weg des kommenden Lichts. Ihr seid mir gefolgt, der* EINZIGEN *Rettung aus der* DUNKELHEIT.

Tosender Beifall.

*In künftigen Jahren, lange nach mir, wird diese Botschaft klar und deutlich zu hören sein, und neue Menschen werden aus unserem Fleisch erstehen. Ein neues Volk und ein neuer Glaube mit neuen Grundsätzen und neuen Missionen. Ich habe euch viele Brüder und Schwestern gegeben, und mein Wesen wird durch sie weiterleben. Ich werde immer da sein, ich werde euch führen, jetzt und in der kommenden Welt. Doch vergesst eins nicht, meine Kinder …«*

Es folgte ein lang anhaltendes quälendes Schweigen. Die es nicht aushielten, riefen: *Sag es uns! Sag es uns!*

*Gott hat es* NICHT *eilig. Und* IHR *seid Seine Geschöpfe.*

*Verrichtet also eure Aufgaben nicht in Eile. Sollen die Unwissenden kommen. Denkt daran: Die Zeit der Schwarzen Sonne rückt näher. Die Unwissenden und ihr Marionettensystem können euch nur äußerlich etwas anhaben. Fürchtet sie nicht. Akzeptiert sie. Denn die Dunkelheit wird sich ihrer annehmen. Die Dunkelheit wird sie verschlingen. Und ihr werdet FREI sein in der Offenbarung.*

Yamada erschien in der Tür.

»Ich habe seine Stimme noch nie gehört. Ein gewisses Format kann man ihm nicht absprechen.«

»Warum hat er das aufgenommen?«

»Wahrscheinlich, um sicherzustellen, dass sich hier genug Leute der Polizei in den Weg stellen, wenn sie anrückt. Anzai hatte sich längst abgesetzt, bevor die Polizei das Gelände stürmte. Seinen Männern befahl er, bis zum Tod zu kämpfen, und den Frauen und Kindern, sich zu vergiften. Über fünfzig sind seinem Aufruf gefolgt.«

»Und er selbst ist heil davongekommen?«

»Ein Jahr später hat man ihn in Vietnam aufgespürt, wo er als Pfarrer tätig war.«

Yamada deutete auf die Brandspuren.

»Es sieht so aus, als hätten sie versucht, so viel wie möglich zu vernichten.«

»Aber sie haben den falschen Brandbeschleuniger benutzt.« Iwata roch an den Wänden. »Sehen Sie hier die schwarzen Flecken? Das Feuer hat lange gebraucht, bis es sich richtig entzündet hat. Es wurde hier also kein Benzin verwendet. Was immer es war, es wäre leicht zu löschen gewesen.«

»Vielleicht finden wir ja noch Hinweise auf Keiko Shimizu und ihre Tochter.«

Sie fingen mit den Personalakten in den Registraturschränken an. Viele waren erhalten geblieben. Die Informationen reichten von allgemeinen Angaben zur Person bis hin zu Details, Kontostand, Penislänge, Vorstrafenregister, geheime Ängste, Krankenhausaufenthalte, Perversionen, alles wurde vermerkt. Jede Akte enthielt eine Polaroidaufnahme. Jung, alt, männlich, weiblich. Jedes Gesicht gefällig, unterwürfig, hoffnungsvoll.

Willkürlich schlug Iwata eine Akte auf und las laut vor.

»›Herr Junichi Ando, 206:F, gesteht in Gruppensitzungen sexuellen Kontakt zur Schwester.‹ Warum wurde so etwas in die Akte aufgenommen?«

»Als Druckmittel. Aufrichtigkeit als Therapie. Mit solch einer Information erpresste man Sektenmitglieder, damit sie hohe Summen ›spendeten‹. Außerdem wurde dadurch gewährleistet, dass sie die Gruppe nicht verließen, aus Angst vor Anschuldigungen.«

Iwata warf die Akte beiseite und nahm die nächste. Sie arbeiteten den ganzen Nachmittag durch, streckten und reckten zwischendurch ihre vor Kälte steif gewordenen Glieder.

Kurz vor Einbruch der Dunkelheit rief Yamada: »Iwata!«, und blickte mit großen Augen auf. »Ich glaube, hier ist sie.«

»Sicher?«

»1137:H, Keiko Shimizu. Das ist sie.« Er schaute Iwata an. »Sie hatte tatsächlich ein Kind. Oh, Scheiße.«

»Was ist?«

»Der Name des kleinen Mädchens ist Midori Anzai. Sie war wohl die Tochter des Sektenführers. Unverheiratet, laut Akte. Wahrscheinlich war Keiko so etwas wie eine Konkubine. Ein Grund wird nicht angegeben, aber sie muss sich aus dem Lager abgesetzt haben und später ausgestoßen worden sein. Wenige Monate danach kehrt sie zurück und entführt Midori.«

»Warum hat Anzai dem Kind erlaubt, hier zu leben, obwohl er seine Mutter Keiko verstoßen hat?«

»Ich weiß nicht, wie viel Kontakt Anzai als Sektenführer mit dem Kind gehabt hat. In den Camps gab es viele Kinder. Häufig wurden sie sehr früh von ihren Müttern getrennt, zwangsweise, anderen Frauen übergeben, die Namen geändert. Am Ende wusste niemand mehr, welches Kind zu wem gehört. Vielleicht ist das auch Midori passiert. Keiko jedenfalls muss ihre Tochter geliebt haben. Trotz des hohen Risikos ist sie wegen ihr zurückgekehrt.«

Iwata schaute durch die zerstörte Decke in den kalten violetten Himmel. Er erinnerte sich daran, wie er einst gebannt auf die Straße geschaut und auf seine Mutter gewartet hatte. *Sie wird kommen*, hatte Kei gerufen.

»Iwata?«

»Ja?«

»Ich sagte, nach der Entführung haben sich Keiko und Midori allein durchgeschlagen. Die Welt draußen muss für sie ein schrecklicher Ort gewesen sein. Das Sektengelände, wenn auch gespickt mit seinen eigenen Gefahren, war wenigstens vertrautes Terrain. Die Welt draußen dagegen bot ihnen keinerlei Schutz, es gab keine bekannten Gesichter, keine Infrastruktur. Keiko hatte vermutlich schon so viel sexuelle Aggression ertragen müssen, dass sie unempfindlich dagegen geworden war. Vielleicht konnte sie außerhalb der Sekte nur als Prostituierte überleben. Vielleicht musste sich sogar ihr Kind prostituieren. Womöglich führte sie ein Wanderleben, von der Hand in den Mund, bis sie es nicht mehr ausgehalten hat.«

»Sie hätte doch auch nach Nagasaki zu ihrem Vater zurückkehren können.«

»In der Regel haben sich Sektenmitglieder von ihren Familien entfremdet. Die meisten Menschen, die mit Sekten in Berührung kommen, erholen sich ihr ganzes Leben nicht mehr davon. Hat man seinen Verstand erst einmal neu ausgerichtet, lässt er sich nicht mit einem Fingerschnippen wieder in den Normalzustand zurückversetzen. Außerdem, wer weiß, was für eine Beziehung sie zu ihm hatte.«

Iwata sah zu Anzais Bild an der Wand, darunter das Symbol der schwarzen Sonne.

»Geben Sie mir bitte mal das Bild.«

Yamada nahm die gerahmte Fotografie von der Wand und reichte sie ihm. Sie war zur Hälfte verkohlt, aber die linke Seite gut zu erkennen. Takashi Anzai in festlich geschmückter schwarzer Robe, neben ihm ein junger Mann mit ähnlichem Gesichtsausdruck und nicht ganz so kunstvoller Robe.

»Das war sein ältester Sohn«, sagte Yamada. »Dem Vernehmen nach sein Lieblingssohn, Akira.«

Ein muskulöser Arm einer dritten Person lag auf Akiras Schulter. Das Gesicht hatte der Brand zerstört, aber ein Detail war deutlich zu erkennen: Der Unbekannte hielt eine Maske in der Hand. Eine Maske, die Iwata schon einmal gesehen hatte. Er schloss die Augen und rief sich die Worte ins Gedächtnis.

*Hach k'as. Eek.*

»Arschloch.« Iwata zeigte auf das Foto. »Das ist er. Der Mann, der mich in Dogenzaka angegriffen hat, trug diese Maske. Das ist der Mörder.«

»Das muss Anzais Privatschamane gewesen sein. Wir wissen nicht viel über ihn, aber er war wohl so was wie sein Bodyguard und zuverlässiger Diener in einem. Er hätte sein Leben für Anzai hingegeben.«

Iwata taumelte.

»Ich hätte Ihnen die Tür aufmachen sollen.«

»Konzentrieren Sie sich.« Yamada legte die Hand auf seine Schulter. »Was haben Sie jetzt vor?«

Iwata hatte sich wieder gefangen.

»Midori Anzai. Wir müssen sie suchen. Sie ist in größter Gefahr.«

»Dann sollten wir gleich los.«

Iwata und Yamada verließen die Kirche und gingen zurück. Krähen hatten sich auf der Mauer versammelt, dort, wo Yamada sich geschnitten hatte. Sie pickten auf dem blutbefleckten Boden und durchbrachen die eisige Stille mit ihrem Krächzen.

34. KAPITEL

# Kurz davor

Das Isuzu-Coupé raste durch die Vororte von Tokio wie ein schwarzer Pinball. Wolkenkratzer sprossen aus dem Boden. In der Luft hingen dunkle Gewitterwolken, die auf die Skyline drückten. Vom ständigen Durchdrücken des Gaspedals spürte Iwata einen pochenden Schmerz im Fußgelenk, doch mehr konnte er aus dem Auto nicht herausholen.

Das Handy klingelte.

»Hatanaka. Machen Sie schnell. Mein Akku ist bald leer.«

»Ich habe ihn.«

»Was meinen Sie? Wen haben Sie?«

»Sie müssen auf der Stelle herkommen. Videokabine vier. Neunter Stock. Revier Shibuya.«

»Ich bin gleich da. Lassen Sie niemanden sonst hinein. Haben Sie mich verstanden?«

»Ja.«

»Sind Sie ganz sicher, dass Sie ihn haben?«

»Ich schaue gerade direkt in sein Gesicht.«

Iwata fuhr auf den düsteren Parkplatz des Polizeireviers Shibuya, schaltete den Motor aus und verschnaufte einen Moment. Die Uhr auf dem Armaturenbrett zeigte 21:37.

»Haben Sie den Zugangscode zum Zentralsystem, Yamada?«

»Ich habe ihn nie benutzt, aber er müsste funktionieren.« Er zupfte an seinem Schnauzer. »Theoretisch.«

»Kommen Sie von Ihrem Büro aus hinein?«

»Nein. Ich müsste an einen der Arbeitsplätze in Abteilung eins. Hoffentlich fragt mich keiner, was ich da verloren habe.«

»Gehen Sie. Suchen Sie nach Midori Anzai. Finden Sie sie, und bringen Sie sie her.«

»Ich versuche mein Bestes.« Yamada nickte ernst.

»Wenn Sie scheitern, Yoji, wird sie sterben.«

Eine Gruppe Polizisten überquerte lachend den Parkplatz, und erst als sie vorbeigegangen war, stieg Yamada aus, hielt den Kopf gesenkt und steuerte auf die Treppe zum Haupteingang zu. Iwata wartete ein paar Minuten, bevor er die andere Richtung einschlug. Am Aufzug drückte er den Rufknopf und sah über die Schulter. Die Polizisten blickten zu ihm herüber und unterhielten sich miteinander.

Die Türen glitten zur Seite, Iwata trat ein. Der Aushang war immer noch derselbe wie beim ersten Mal, als er diesen Aufzug betreten hatte. Das war Wochen her.

*1. 110 wählen.*

*2. Was: Sagen Sie, was geschehen ist.*
*Raubüberfall – Dorobo Desu*
*Verkehrsunfall – Kotsu Jiku Desu*

*3. Wo: Genaue Bezeichnung der Örtlichkeit*

*4. Wer: Nennen Sie Ihren Namen und Ihre Adresse*

Iwata schloss die Augen. Er wusste, dass er kurz davor war. Aber auch, dass ihm die Zeit davonlief.

Die Türen öffneten sich. Der neunte Stock war das reinste Warenlager, hohe Regale voller blauer Beutel mit Beweismaterial. Auf großen, ebenfalls blauen Plastiktabletts lagen Beweisstücke, die noch bearbeitet wurden, blutbefleckte Stühle, verkohlte Bettlaken und Unterwäsche, die auf Samenspuren und Schamhaare untersucht werden sollten. Alle mussten in Beutel verpackt und etikettiert werden, ein Kuriositätenkabinett der Kriminalistik. Zu beiden Seiten des Flurs befanden sich klimatisierte Labors. Toxikologen und gerichtsmedizinische Ermittler schauten durch Mikroskope und notierten leidenschaftslos Zahlen. Hier wurde am Fließband Beweismaterial zusammengetragen.

Am Ende des Flurs lag die Abteilung für elektronische Beweise. Videokabine vier war eine schalldichte Zelle hinter einem Getränkeautomaten. Hatanaka schielte aufgeregt durch die Jalousie. Als er Iwata sah, öffnete er erleichtert die Tür. Er schloss sie ab, setzte sich vor einen großen Computerschirm und knackte mit seinen Fingerknöcheln. Iwata zog sich einen Stuhl heran.

»Sind Sie bereit, Chef?«

»Spielen Sie es ab.«

Das eingefrorene Bild zeigte den Fußgängerübergang auf der Regenbogenbrücke. Hatanaka wies auf die Datums- und Zeitanzeige: 17. Februar, 00:35 Uhr.

»Und?«

Hatanaka drückte die Return-Taste, und das Video lief weiter. Ein dunkles Fahrzeug hielt auf dem Standstreifen der Brücke an. Es war kein sehr scharfes Bild, aber kein Zweifel, es war Hideo Akashi, der ausstieg. Er sprang über die Absperrung und ging ohne Eile den Fußweg entlang. Er begegnete niemandem. Nach elf Minuten kam er an den ersten Pfeiler. Hier gab es zwei Türen: Hinter der einen verbarg sich der Aufzug, hinter der anderen der technische Wartungsraum. Akashi sah sich um. Er nahm einen Feuerlöscher und brach damit die Tür auf.

»Danach«, sagte Hatanaka, »ist er nicht mehr zu sehen.«

Er drückte auf die Vorspultaste. Das Band raste vorwärts, und man sah einen Mann vom Wachschutz, der die eingeschlagene Tür entdeckt, was hektische Aktivität auslöst, bis schließlich die Polizei eintrifft. Vierundzwanzig Stunden nach Akashis Sprung endeten die Aufzeichnungen.

»Das wissen wir doch längst alles, Hatanaka«, sagte Iwata ungeduldig. »Sie sagten, Sie hätten ihn entdeckt.«

Hatanaka hob den Zeigefinger und drückte die Rückspultaste. Das Videoband schoss zurück zum vierzehnten Februar.

»Siebzig Stunden bevor Akashi von der Brücke springt. Passen Sie auf.«

Dasselbe Fahrzeug erscheint auf der Brücke. Wieder steigt Hideo Akashi aus.

Diesmal ist er nicht allein.

Ein zweiter Mann steigt aus dem Auto.

Er trägt ein schwarzes Kapuzenshirt.

Er ist groß.

»Das ist er. Das ist der Killer der Schwarzen Sonne.«

»Wieso …?«

»Schauen Sie. Er versucht, sein Gesicht zu verbergen, aber ich zoome ihn mal heran.«

»Wer ….«

»Schauen Sie.«

Als der Mann mit der Kapuze für den Bruchteil einer Sekunde nach oben sah, drückte Hatanaka auf Pause.

Und da war er, eindeutig.

Zehn Minuten später klopfte es heftig an die Tür der Videokabine vier. Iwata saß noch immer fassungslos auf seinem Stuhl. Er hatte es mit eigenen Augen sehen müssen. Das Klopfen wurde noch dringlicher.

»Wer ist das?«, flüsterte Hatanaka.

»Hören Sie. Egal, was passiert, geben Sie dieses Videoband nicht aus der Hand. Haben Sie mich verstanden? Ich muss gehen, aber ich melde mich, sobald ich kann. Haben Sie das kapiert?«

»Ja, Chef.«

Iwata zog die Jalousie hoch, und Horibes wütendes Gesicht erschien.

»Was wollen Sie?«

Horibe sah erst Hatanaka und dann Iwata an.

»Was geht hier ab, verdammte Scheiße?«

Iwata stellte sich vor Horibe und versperrte ihm die Sicht.

»Wie Sie wissen, wiederhole ich mich ungern, Horibe. Was wollen Sie?«

»Fujimura möchte Sie sprechen. Ich muss sowieso in die Richtung. Sollen wir zusammen gehen?«

»Gehen Sie voran.«

Iwata hörte, wie die Tür hinter ihm ins Schloss fiel, und folgte Horibe zum Aufzug. Er machte sich auf etwas gefasst, doch Horibe steckte die Hände in die Hosentaschen und sagte nichts. Schweigend fuhren sie hinauf in den zwölften Stock.

In der Abteilung eins herrschte die übliche Geschäftigkeit. Iwata stieg aus, Horibe blieb grinsend zurück. Yamada saß in einer Ecke des Raums, hielt einen Telefonhörer in der Hand, die Augen eisern auf ein Terminal gerichtet. Sie vermieden jeden Blickkontakt. Zügig ging Iwata zu Fujimuras Büro am Ende des Gangs und ignorierte die neugierigen Blicke.

Ohne anzuklopfen trat er ein und setzte sich dem alten Herrn gegenüber. Fujimura verschränkte seine verkrümmten Finger und lächelte, ein kleiner, geschwächter Mann weit über siebzig. Dunkelviolette Flecken hatten sich wie Fossilien auf seinem Schädel verhärtet, und sein grauer Schnauzer bebte unwillkürlich, als er seinen Untergebenen in Augenschein nahm.

»Kosuke Iwata«, sagte er. »Endlich lernen wir uns einmal kennen. Bitte, setzen Sie sich.«

»Danke.«

»Sagen Sie, Kommissar. Wie geht es Ihnen?«

»Gut. Horibe sagte, Sie wollten mich sprechen.«

»Sie möchten gleich zur Sache kommen, das gefällt mir.« Fujimura zeigte auf die Uhr hinter sich. »Schließlich drängt die Zeit.«

Iwata erwiderte nichts darauf.

»Wie ist die Zusammenarbeit mit Kommissaranwärterin Sakai?«

»Wir arbeiten momentan nicht zusammen.«

»Mir ist klar, dass sie Kommissar Moroto unterstellt ist. Aber was hat sie vor?«

»Ich kann Ihnen nicht folgen.«

»Wo treibt sie sich rum, Kommissar Iwata? Sie stempelt morgens nicht ab. Sie kommt nicht zur Arbeit. Sie erledigt ihren Papierkram nicht. Sie macht etwas anderes. Also, was wissen Sie darüber?«

Iwata rutschte auf seinem Stuhl herum.

»Ich verstehe nicht ganz, was Sie von mir wissen wollen. Sakai wird wahrscheinlich nur ihre Arbeit machen.«

»Dann sagen Sie mir, was Sie von ihr halten.«

»Ich respektiere sie sehr. Sie ist eine talentierte Ermittlerin.«

»Durchaus. Und privat? Sind Sie befreundet?«

Ein zittriges Lächeln verbarg sich in Fujimuras Bart. Iwata wippte mit dem Fuß.

»Warum fragen Sie das?«

»Es wird viel geredet in der Abteilung, über Sie, Sakai und Ihren Fall. Das dürfte Sie kaum überraschen.«

»Das kümmert mich nicht.«

»Hm. Gut. Klatsch kümmert mich auch nicht.«

Fujimura musterte Iwata schweigend. Hinter ihm schimmerte die Stadt im Regen.

»Entschuldigen Sie, aber warum haben Sie mich herbestellt?«

»Ich möchte Ihre Meinung wissen.«

»Worüber?«

»Über Sie, von Ihnen persönlich. Kommissar Moroto betrachtet Sie als einen skrupellosen Polizisten. Er behauptet, Sie seien für die Arbeit nicht geeignet. Ihr bevorstehendes Disziplinarverfahren bestätigt das natürlich. Was ist Ihre Meinung?«

»Bei allem Respekt, aber Moroto kann behaupten, was er will. Ich klage jedenfalls keinen Unschuldigen wegen Mordes an, nur weil es mir in den Kram passt.«

»Ich verstehe.«

Mühsam stand Fujimura auf und sah aus dem Fenster auf die Stadt. Iwata fragte sich, ob er dort unten irgendeine Ordnung erkennen konnte. Er sah dieser Tage nur Schatten.

*Zu viele Versteckmöglichkeiten.*

»Mein Problem, Kommissar, ist nicht Moroto und was er über Sie sagt. Mein Problem ist ein anderes. Das Polizeirevier Setagaya beklagt die Zweckentfremdung von Ressourcen. Eine Meldung der chinesischen Behörden über illegale Ermittlungen von der Abteilung eins in Hongkong. Mein Problem, Kommissar, ist, dass wertvolle Finanzmittel für eine dreißigköpfige Truppe verschleudert werden, um eine Hausfrau unter Polizeischutz zu stellen, nur weil sie, wenn ich das richtig verstanden habe, auf irgendeinem alten Foto zu sehen ist.«

Fujimura ließ die Jalousie herunter und wandte sich wieder Iwata zu.

»Sie fragen, warum ich Sie herbestellt habe. Ich will von Ihnen wissen, warum ich mich überhaupt mit Ihrem Disziplinarverfahren beschäftigen soll. Ich will wissen, warum ich Ihnen den Fall, der seltsamerweise immer noch nicht aufgeklärt ist, nicht auf der Stelle entziehen und nicht gleich gegen Sie ermitteln lassen soll. Wie ist Ihre Meinung?«

Iwata lachte.

»Draufgängertum ist nicht meine Sache, Fujimura. Sie hätten mich längst entlassen, wenn Sie es gewollt hätten. So oder so, ich stehe kurz davor, den Mörder zu finden. Wozu Ihre gesamte Abteilung eins nicht in der Lage ist.«

Fujimura lachte röchelnd und ließ sich in seinen Bürostuhl fallen.

»Ich kann verstehen, warum Shindo eine Schwäche für Sie hat. Doch, ehrlich. Leider teile ich sein Vertrauen nicht.«

»Ezawa ist der perfekte Sündenbock im Fall Kaneshiro. Aber es liegen noch zu viele andere Leichen herum, für die es keine Erklärung gibt. Früher oder später wird die Presse Wind davon bekommen. Sie macht uns schon jetzt die Hölle heiß. Stellen Sie sich vor, was passiert, wenn die Schwarze Sonne erneut zuschlägt. Es wäre ein gefundenes Fressen für die Zeitungen, ganz gleich, ob ich entlassen worden bin oder nicht.«

»Wollen Sie mir drohen, Kommissar?«

»Ich bin nur realistisch.«

Fujimura stieß ein knappes, beinahe bewunderndes Lachen aus.

»Kurz davor, ja? Was für Beweise haben Sie denn?«

»Nichts für ungut, aber diese Information werde ich erst nach meinem Disziplinarverfahren herausrücken.«

»Sie widersetzen sich mir?«

»Ich widersetze mich Ihnen ganz entschieden.«

Fujimuras Schnauzer bebte, und sein kleines Gesicht verfärbte sich rosa.

»Nach Kommissar Akashis Tod hatten wir einen Mann weniger, und nur deshalb hat man Sie hierherversetzt. Sie sind zum Abschuss freigegeben. Ihre achtundvierzig Stunden können Sie haben, weil es genauso lange dauern würde, Ihre Entlassung zu erwirken. Aber damit das klar ist, Ihr Disziplinarverfahren werden Sie nicht überleben. Es bedeutet das Ende Ihrer beruflichen Karriere im Vollzugsdienst. Und sobald Sie draußen sind, werde ich Sie strafrechtlich belangen, entweder hier oder in Hongkong.«

»Haben Sie mich deswegen hierherbestellt?«

»Ich wollte es Ihnen persönlich sagen. Von Mann zu Mann.«

Iwata stand auf.

»Dann haben Sie meine Zeit vergeudet.«

An der Tür drehte er sich noch einmal um und sah zu Fujimura, dem mächtigsten Mann in der Abteilung eins. Tod und Leben hielt er in seinen alten, gebrechlichen Händen. Ein Fingerzeig, und Tokio würde strammstehen. Am Ende jedoch war auch er nur ein müder, alter Mann hinter einem Schreibtisch.

Die Tür wurde zugeknallt, und der Polizeipräsident war allein. Er sah zur Uhr, und ein schaudernder Seufzer entfuhr ihm.

»Zeit zu gehen.«

Unter der Regenbogenbrücke, im schmutzig gelben Licht der Hafenanlagen von Shibaura blickte Fujimura abermals über die Schulter. Er wartete schon sehr lange. Er stand an dem gewohnten Platz hinter der Lagerhalle, die von der Straße am weitesten entfernt war. Der Frühling nahte, doch nachts war es noch immer bitterkalt. Der alte Mann starrte auf das unruhige schwarze Wasser, bis ein scharfer Wind ihm Tränen in die Augen trieb.

Aus dem Schatten rostiger Schiffscontainer trat eine Gestalt hervor. Fujimura erkannte sie sofort und versuchte, nicht den Kopf einzuziehen, als die Gestalt, beinahe doppelt so groß wie er, sich vor ihm aufbaute. Der Mann trug eine schwarze Kapuze, sein Gesicht verbarg sich hinter einer Maske. Er ließ seine hellen Augen über die Hafenanlagen schweifen, dann sagte er: »Warum … sind Sie … hier?«

»Es geht um diesen blöden Iwata. Von bestimmten Sachen sollte er lieber die Finger lassen.«

»Sachen …«

Der Mann wiederholte das Wort, als hätte er es gerade gelernt. Die Stimme verstörte Fujimura zutiefst.

»Ja. Zum Beispiel Takara Matsuu. Und nicht nur das. Er sagt, er ist kurz davor, Sie zu überführen.«

»Kurz davor.« Der Mann sah hinauf zur Brücke, die grün leuchtete. »Ja ... kurz davor.«

»Ich wollte Sie nur warnen.«

Der Mann wandte Fujimura den Rücken zu.

»Noch etwas. Iwata und Sakai arbeiten nicht mehr zusammen. Ich glaube, sie ermittelt jetzt auf eigene Faust. Es könnte mit Ihnen zu tun haben.«

»Sakai«, flüsterte der Mann und entschwand aus seinem Blickfeld.

Fujimura keuchte in der Kälte und wartete noch lange, bevor er sicher war, dass er hier nicht mehr gebraucht wurde, und ging dann ebenfalls.

Zum zweiten Mal innerhalb von vierundzwanzig Stunden raste Iwata über die Schnellstraße. Sein ganzer Körper bebte, Angst stieg in ihm auf wie Galle und schnürte ihm die Kehle zu. Wenige Minuten nach seiner Rückkehr in die Videokabine hatte er Shindo angerufen, ihn in den neunten Stock bestellt und ihm das Videomaterial aus der Überwachungskamera an der Regenbogenbrücke vorgespielt. Nachdem Shindo seinen ersten Schock überwunden hatte, versprach er, einen Richter, dem er vertraute, anzurufen; er sollte ihm den Haftbefehl für den Mann ausstellen, den sie verdächtigten, der Mörder der Schwarzen Sonne zu sein.

Auf einmal klingelte Iwatas Handy.

Die Vorwahl auf dem Display kam aus dem Raum Nagano, und er fing schon an, sich für die verspätete Zahlung an die Nakamura-Anstalt zu entschuldigen, wurde jedoch unterbrochen.

»Nein, nein. Es geht um Ihre Frau. Sie ist weg.«

Um Viertel vor drei erreichte Iwata den Stadtrand. Mit quietschenden Reifen nahm er die Kurven, fuhr vorbei an den verfallenen Fabriken und verlassenen Geschäften und schließlich hinauf in die Berge von Nojiri. Am Eingangstor des Instituts erwarteten ihn bereits zwei Schwestern.

»Was ist passiert?«

»Es ist alles gut, Herr Iwata, wir haben sie gefunden.«

Er drängte sich an den beiden Frauen vorbei, rannte durch die nach Desinfektionsmittel riechenden Korridore hinaus in den schummrigen Garten. Die Pappmaché-Flamingos glotzten mit ihren gelben Augen, warfen vor Freude ihre langen rüsselartigen Hälse nach hinten.

*Die Lichter der Stadt leuchten so schön.*

»Cleo!«

Sie lag zusammengesackt auf einer Sonnenliege, unter ihrem geöffneten Bademantel war das Nachthemd rot durchtränkt. Iwata schob das Hemd hoch und betrachtete die Wunde.

*Ich bin glücklich mit Dir. Ach bitte, ich möchte sie hören.*

»Herr Iwata«, versuchte eine Schwester ihn zurückzuhalten, die andere lief, um Hilfe zu holen.

»Herr Iwata, es geht ihr gut!«

*Die Worte der Liebe von Dir.*

Es gab keine Wunde. Nur Cleos blasse, eingefallene Brüste, die schmalen Rippen und eine Botschaft, mit rotem Textmarker, quer über der Brust: *Bis bald, Kommissar.*

Iwata fuhr herum und schnauzte die Schwester an.

»Wer hat das getan?«

Sie schreckte zurück.

»Wir wissen es nicht. Die Tür stand offen, und sie war weg. Wir haben sie gefunden, kurz nachdem wir Sie angerufen hatten.«

Iwata hielt sich den Kopf mit beiden Händen, die verletzten Finger brannten vor Schmerz. Er sah auf seine gebrochene Frau hinab. Die Augen waren halb geöffnet, aus dem Mundwinkel floss Speichel. Als sein Blick auf die Kaiserschnittnarbe fiel, schaute er weg. Er musste sich übergeben, brauchte etwas zu trinken.

Die Schwester legte behutsam die Hand auf seine Schulter.

»Alles in Ordnung?«

»Hatte sie heute Besuch?«

»Ja. Von einem sehr großen Mann. Er hat seinen Namen nicht genannt, nur eine Dienstmarke gezeigt und gesagt, er sei ein Freund von Ihnen.«

Iwata sah zum Himmel und verstand plötzlich.

»Ich weiß, wer es war. Sie haben es getan, damit mir noch weniger Zeit bleibt.«

Er ließ sich auf dem feuchten Rasen neben Cleo nieder, nahm ihre kleine schlaffe Hand und musste sich zwingen, nicht in Tränen auszubrechen. Erschöpfung, Schmerz und Hilflosigkeit, wieder einmal. Nur der Schmerz war für ihn nichts Neues, er war immerzu da, wartete nur darauf, wiederbelebt zu werden.

Cleos Körper schrumpfte allmählich, während sie dahinsiechte. Doch ihr Verstand war immun dagegen. Iwata beneidete sie und nahm ihr übel, dass sie ihm das angetan und sich selbst aufgegeben hatte. Für sie gab es nur noch die Glückseligkeit des Nichts. Die Ekstase der Unterwerfung. Die Vollendung des Abgrunds. Kein Leiden mehr. Keine Opfer mehr. Keine Erklärungen mehr.

Ihm schwamm der Kopf, ein Gefühl, als würde er im Traum fallen. Er kniff die Augen fest zu, aber auch das verursachte Schmerzen. Er quälte sich, suchte verzweifelt einen Grund aufzustehen. Einen Grund, warum er ihnen trotzen sollte. Einen Grund, nicht gleich die SIG zu nehmen und allem ein Ende zu setzen, gleich hier auf dem Rasen. Doch plötzlich nahm ein Bild ihn gefangen, und er hatte das Gefühl, als ergreife eine schmale Hand die seine. Er sah die kleine Hana Kaneshiro und ertastete die Wunde an seinen Rippen. Er brauchte den Schmerz. Er brauchte das alles.

*Dazu sind wir da. Die Polizei.*

»Bringen Sie meine Frau bitte wieder auf ihr Zimmer.«

Iwata verließ das Institut und verbot sich zurückzublicken, als die Schwestern Cleo für den Transport fertig machten. Als er in seinen Isuzu stieg, bemerkte er, dass der Tank fast leer war. Nach zehn Kilometern hielt er an, um zu tanken. Iwata versuchte, seinen Atem unter Kontrolle zu bringen. Er lauschte auf das Brummen der Zapfsäule, während sein altes Auto gierig den Saft schluckte. Es war ein wohliges, vertrautes Geräusch. Er schloss die Augen und spürte, dass er einschlief. In wenigen Sekunden wäre er weg.

Er lief zum Getränkeautomaten und trank hintereinander zwei Energydrinks. Er schlug sich ins Gesicht, startete den Motor, schimpfte, so laut er konnte, mit sich.

»Der ist am glücklichsten, er sei ein König oder ein Geringer, dem in seinem Hause Wohl bereitet ist!«

Er schaltete das Blaulicht ein und wollte gerade das Gaspedal durchtreten, als er auf den Beifahrersitz schielte. Sein Handy klingelte.

»Ja?«, schrie er gegen die Sirene an. »Ich kann Sie nicht verstehen, Shindo!«

»Sakai«, sagte Shindo. Die Stimme versagte ihm. »Es geht um Sakai.«

35. KAPITEL

# Einführungen

Um zehn vor sechs stieg Iwata todmüde aus dem Auto und betrat das Institut für Rechtsmedizin in Bunkyo. Dr. Eguchi stand am Eingang, rauchte einsam eine Zigarette und sah hinauf zu den kahlen Ästen über sich. Sie nickte Iwata zu, sagte aber nichts.

*Ich bin glücklich mit Dir.*

Mehrmals musste Iwata stehen bleiben, um zu verschnaufen. Sein Gleichgewicht war gestört, als er aus dem Aufzug trat.

*Es geht um Sakai.*

Iwata schüttelte den Kopf. Er wollte es nicht wahrhaben. Wie oft hatte er seine stümperhafte Theorie schon bereut. Er hatte bereits dafür geblutet. Er durfte sich nicht noch einmal irren.

*Bitte, ich möchte sie hören. Die Worte der Liebe von Dir.*

Vor ihm tat sich der lange Flur zur Leichenhalle auf. Nur ein Obduktionsraum war beleuchtet, und Iwata atmete einmal tief ein und wieder aus, bevor er eintrat.

*Der Herr ist mein Licht und mein Heil; vor wem sollte ich mich fürchten.*

Sakais Leiche lag auf einem der vier Obduktionstische. Shindo war auf die Knie gesunken und schluchzte. Als er Iwata erblickte, rappelte er sich hoch und ging hinaus.

Selbst im Tod hatte Sakais Gesicht nichts von seiner kühlen Schönheit verloren. Wenn überhaupt, dann trat sie deutlicher hervor, frei von jedem verfälschenden Ausdruck. Schnittwunden und blaue Flecken bezeugten, dass sie sich im Todeskampf gewehrt haben musste. Iwata schloss die Augen und hörte die widerhallenden Schläge des Killers der Schwarzen Sonne, spürte seine rohe Gewalt. Sakai hatte keine Chance gegen ihn gehabt. Benommen schlug er das Laken zur Seite und betrachtete ihren geschundenen Körper. Unter dem Brustkorb klaffte eine Öffnung. Er wusste, dass ihr das Herz entnommen worden war.

»Warum du?«

Er strich ihr das Haar aus dem Gesicht und wollte das Laken schon wieder zurückschlagen, als er bemerkte, dass sie in der linken Hand etwas umklammert hielt. Er zog sich Gummihandschuhe über und öffnete ihre Faust. Es war ein kleines schwarzes Mäppchen. Er wusste, was es enthielt, er hatte auch so ein Mäppchen. Vorsichtig schlug er es auf.

*Sakai, Noriko – Kommissaranwärterin*, stand da.

Das Foto zeigte eine junge Sakai, zaghaft lächelnd, voll trotziger Hoffnung. An den Rändern des Fotos war Blut. X-mal hatte er gesehen, wie sie das Mäppchen mit der Dienstmarke vorgezeigt hatte. Doch nie war ihm der Stempel in einer Ecke des Fotos aufgefallen. Der Stempel des Polizeireviers von Nagasaki. Iwata dachte zurück an ihren ersten gemeinsamen Tag im Auto. Sie hatte Kanazawa gesagt.

*Daher kommen Sie also.*

*Da habe ich nur meine Dienstmarke her.*

Ohne mit der Wimper zu zucken, hatte Sakai ihn belogen.

Er legte ihr das Mäppchen wieder in die Hand, und als er ihre Finger darum schloss, wurde ihm plötzlich alles klar.

Kopfschüttelnd ließ er sich mit dem Rücken gegen die Wand fallen.

Er betrachtete Sakais bleiches Gesicht und empfand traurige Erleichterung.

»Du bist das also«, flüsterte er. Endlich hatte er begriffen. Doch zu spät. »Verzeih mir, Noriko.«

Er verbeugte sich tief vor ihr, fünfundvierzig Grad, und verharrte lange in dieser Stellung. Als er auf den Flur trat, packte Shindo ihn an der Schulter und schlug ihm ins Gesicht. Iwata wurde gegen die Wand geschleudert und spuckte Blut.

»Ein verdammt harter Schlag.«

Shindo stellte sich über ihn. Er hatte rote Augen.

»Waren Sie das?«, sagte er mit brüchiger Stimme.

»Was?«

»Waren Sie das?«

»Sie können mich schlagen, Shindo, aber Sie reden Unsinn.«

»Die verdächtigen Sie.«

»Was?«

»Ihre DNA wurde in Sakais Wohnung gefunden. Man hat Sie beim Verlassen des Hauses beobachtet.«

Iwata fiel das Gespräch in Fujimuras Büro wieder ein.

*Und privat? Sind Sie befreundet?*

»Arschloch.«

»Waren Sie dort?!«

»Ja! Ich war dort. Aber das ist lächerlich. Kapieren Sie das nicht?«

Shindo ging auf und ab.

»Scheiße. Ich darf Ihnen das gar nicht sagen, aber Fujimura drängt darauf, Sie als Verdächtigen im Mordfall Sakai festzunehmen. Sie haben nicht mehr lange.«

Er schlug mit der Faust gegen die Wand, ein lautes Echo rauschte durch den Flur.

»Sie hätten besser auf sie aufpassen sollen.«

»Sie wissen genauso gut wie ich, dass man auf Sakai nicht aufpassen konnte, Shindo.«

Der Ältere lehnte sich an die Wand, seine Wut war verraucht. Er hatte Tränen in den Augen.

»Ich komme mir so alt vor«, sagte er.

Iwata fasste sich an das taube Kinn. »Es war der Mörder der Schwarzen Sonne.«

»Ja, ich weiß«, seufzte Shindo. »Deswegen habe ich mit dem Richter gesprochen. Der Haftbefehl gegen Yoshi Tachibana, um den Sie mich gebeten haben, wird morgen Mittag vollstreckt. Aber wir dürfen uns jetzt keine Fehler mehr leisten, sonst kriegen wir ihn nicht.«

Iwata nickte.

»Sie sind ein guter Mann, Shindo.«

»Nein. Und Sie auch nicht.«

Iwata raffte sich auf. Er klopfte seinem Vorgesetzten auf die Schulter, der abwesend zu Boden blickte. Es gab nichts mehr zu sagen.

Kosuke Iwata trat nach draußen ins Sonnenlicht. Eguchi schnippte Asche in seine Richtung und pfiff wieder die Melodie von *Greensleeves*.

»Sie sollten sich ausruhen, Kommissar. Ich will Sie hier nicht im Leichensack wiedersehen.«

Iwata war zu müde, um etwas zu erwidern. Langsam fuhr er nach Hause und wäre mehrmals beinahe am Steuer eingeschlafen. In seiner Wohnung angekommen ließ er sich auf seinen Futon fallen und wurde sofort vom Schlaf übermannt.

Iwata zog die Vorhänge beiseite und sah hinaus in einen gesichtslosen frostigen Morgen. Der Himmel war grau und hatte einen blassgelben Streifen, dort, wo er auf den Horizont traf. Er kochte Kaffee und legte Glenn Goulds Einspielung der Goldberg Variationen auf, hörte die Aria da capo. Dann spülte er seine Tasse aus und verließ die Wohnung.

Kurz nach eins hielten zwei Streifenwagen vor dem Eingang der Green Gardens Community. Iwata, Hatanaka und Yamada sowie drei Polizisten in Uniform stiegen aus und gingen zu Tachibanas Haus. Nachbarn waren keine zu sehen. Ein erschöpfter Yoshi Tachibana öffnete ihnen. Er war Besuche von der Polizei gewohnt, doch diesmal war es anders. Das erkannte er sofort.

»Was soll das?«

Einer der Uniformierten nahm ihn in den Polizeigriff und drückte ihn gegen die Tür. Ein anderer legte ihm Handschellen an und packte ihn am Nacken.

»Was machen Sie da?«

Iwata zeigte ihm den Haftbefehl und sprach betont langsam und mit lauter Stimme.

»Yoshi Tachibana, ich verhafte Sie nach Artikel 199, Strafgesetzbuch wegen mehrfachen Mordes. Sie sind jetzt nicht zur Aussage verpflichtet, aber alles, was Sie sagen, kann vor Gericht gegen Sie verwendet werden. Ich möchte Ihnen daher zur Vorsicht raten. Haben Sie mich verstanden?«

Tachibana erbleichte.

»Was soll das, Iwata. Was soll der Scheiß?«

Mit einer Handbewegung bedeutete Iwata, Tachibana zu dem wartenden Auto zu bringen. Yumi war an die Haustür gekommen.

»Wo ist mein Mann?«

Bevor sie einen hysterischen Anfall bekommen konnte, schob Yamada sie zurück in den Hausflur und machte die Tür zu.

Hatanaka bot Iwata eine Zigarette an und stellte sich mit dem Rücken zum Wind, um sie anzuzünden. »Wie, glauben Sie, wird sie reagieren?«

»Nicht gut«, antwortete Iwata.

Sie sahen dem sich entfernenden Streifenwagen hinterher. Tachibana saß geschockt auf der Rückbank.

»Was jetzt? Was brauchen Sie?«

Iwata schüttelte den Kopf. »Heute ist mein letzter Tag, Hatanaka. Meine Zeit ist um. Aus und vorbei. Sie können nach Hause gehen.«

Enttäuscht sah der Jüngere zu Boden.

Iwata klopfte ihm auf die Schulter.

»Kopf hoch, Junge. Sie haben gute Arbeit geleistet. Das meine ich ernst. Ich bitte Shindo, ein gutes Wort für Sie einzulegen. Mein beschmutzter Name wird hoffentlich nicht auf Ihren abfärben.«

Hatanaka schüttelte den Kopf.

»Es war mir eine Ehre, mit Ihnen zusammenzuarbeiten, Kommissar.«

Sie gaben sich zum Abschied die Hand, und Iwata wandte sich ab.

Nach wenigen Schritten rief Hatanaka hinter ihm her:

»Chef!«

»Ja?«

»Ihre Vollmacht endet doch erst um Mitternacht, oder?«

»Und?«

»Gegenüber dem Bahnhof Odaibakaihinkoen ist ein Café. Ich warte da, falls Sie mich brauchen. Nur so, für den Fall ...«

»Hatanaka ...«

»Rufen Sie einfach an, falls sich irgendwas ergibt. Das Leben schlägt manchmal Haken.«

Iwata nickte, und Hatanaka lächelte.

Es waren keine uniformierten Polizisten zu sehen, und oberflächlich betrachtet war wieder Normalität in die Green Gardens Community eingekehrt. Als Iwata zurück zu seinem Isuzu ging, versuchte er angestrengt, nicht hinauf zu den Hausdächern zu blicken. Es gab zwar keine Anzeichen, aber die Scharfschützeneinheit der Spezialtruppe Tokushu Sakusen hatte dort Posten bezogen. Er stieg in sein Auto, justierte den Rückspiegel, um zu sehen, ob sich auf den Dächern irgendetwas bewegte, was den Killer der Schwarzen Sonne verscheuchen könnte.

Ihm fiel nichts auf.

Du bist am Zug.

Shindo saß auf der Rückbank, kaute Fingernägel und gab sich unerschrocken.

»Wie viele haben wir da oben?«, fragte er.

»Ich glaube, elf. Sie haben jeden Zugang zum Haus unter Kontrolle. Nummer sechs ist der designierte Schütze.«

»Ich sehe niemanden.«

»Das ist der Sinn der Sache, Shindo.«

»Wenn wir uns geirrt haben, kann ich nur hoffen, dass Sie noch über andere Talente verfügen, denn mit der Polizeiarbeit wäre es für Sie dann aus und vorbei.«

Iwata lachte.

»Was haben Sie dem Richter gesagt?«

»Genau das, worauf wir uns geeinigt haben. Dass Yoshi Tachibana die Familie Kaneshiro getötet hat, damit das Vivus-Bauprojekt in Setagaya nicht scheitert. Als freier Architekt in finanziellen Schwierigkeiten hingen seine berufliche Karriere und das Überleben seiner Frau und des ungeborenen Kindes davon ab. Die Familie Kaneshiro war das einzige Hindernis. Seine Tat ließ er wie einen rituellen Mord aussehen, um jeden Verdacht von sich abzulenken.«

Iwata nickte.

»Danach musste er Ohbas Frau töten. Herr Ohba hatte das Projekt ursprünglich genehmigt, doch Kaneshiros Anwalt konnte einen richterlichen Beschluss dagegen erwirken. Nach Herrn Ohbas Tod fand sich die Erlaubnis in Frau Ohbas Arbeitszimmer. Yoshi konnte sich keine Zeugen leisten, also musste er Frau Ohba ebenfalls töten. Nachdem die Familie aus dem Weg geräumt und Ohbas Genehmigung wie durch ein Wunder wieder aufgetaucht war, konnte Yoshi seine Verträge mit Vivus verlängern.«

»Diese Geschichte wird schnell an Glaubwürdigkeit verlieren, Shindo«, meinte Iwata.

»Stimmt. Der Richter hat jedoch gefragt, inwieweit Akashi in diesen Fall involviert war. Es hat ihn beschäftigt, dass ursprünglich Akashi die Ermittlungen geleitet hat, bevor sie Ihnen übertragen wurden.«

»Wie haben Sie ihm das erklärt?«

»Ich habe gesagt, Akashi hätte unter Depressionen und Stress gelitten. Yumi ist das einzig Gute in seinem Leben gewesen, obwohl sie sich getrennt haben. Und ein Mann wie Hideo Akashi, der nichts mehr zu verlieren gehabt hätte, wäre lieber tot gewesen, als gegen den neuen Mann seiner Exfrau zu ermitteln. Mit Yoshis Verhaftung hätte er ihr Leben ruiniert. Von dem Kind, das sie erwarten, ganz zu schweigen.«

Iwata ließ den Motor an.

»Das klingt nach einer Räuberpistole.«

»Der Richter hat sie heute abgesegnet. Ob wir morgen deswegen in den Knast gehen, steht auf einem anderen Blatt.«

Iwata behielt Tachibanas Haustür im Auge. Nichts rührte sich. Shindo suchte den ersten Stock ab. Der Mörder der Schwarzen Sonne konnte hinter einem der Fenster stehen – oder war tausende Kilometer von hier entfernt.

»Glauben Sie, dass er unser kleines Schmierentheater gesehen hat?«

»Ich glaube, dass er uns beobachtet«, antwortete Iwata.

»Und Yamada soll hierbleiben?«

»Es war Yamadas Idee. Es sieht natürlicher aus, meinte er, wenn wir uns an die übliche Vorgehensweise halten. Andernfalls könnte der Killer der Schwarzen Sonne Verdacht schöpfen.«

»Na gut. Wir fahren besser zurück zur Polizeiwache, ehe sich Yoshi noch in die Hose macht.«

»Ich werde es ihm erklären. Sie kümmern sich um den Anwalt.«

Als Iwata zur Hauptwache in Shibuya losfuhr, warf er noch einen letzten Blick zur Tür.

Hoffentlich beißt er an. Bitte, lieber Gott.

Eine große, maskierte Gestalt kauerte sich nieder in den Unrat des Abwasserkanals und hielt eine Fackel vor sich. Der Mann redete mit sich selbst, während er den dunklen Tunnel absuchte. In der anderen Hand hatte er einen Sack, in dem es strampelte und aus dem entsetzte angstvolle Schreie kamen.

»Oh Meister, oh Herr, oh Herr des Neuen, oh Nacht, oh Dunkelheit – was soll ich für Dich tun?«

Die Flamme flackerte in der Dunkelheit, zu seinen Füßen flossen die Ausscheidungen. Mit der linken Hand umklammerte er das Obsidianmesser. Seine Zunge schnellte zwischen den uralten vergilbten Zähnen der Schamanenmaske vor und zurück. Sein steifer Penis stieß gegen sein schmutziges Gewand.

»Es tut mir leid, es tut mir leid, ma'taali 'teeni', ma 'taali 'teeni'. Bald, bald, bald, bald, bald.«

Der Schamane bebte vor Erwartung, zitterte vor Schreck.

»Da bist du ja. Ja, ja, ja.« Er hielt die Flamme dicht an die schleimig feuchten Ziegel. An der Wand sah er ein Kreidezeichen und kletterte die rostigen Sprossen hinauf.

»Denn ich bin blind, ich bin taub, ich bin schwach im Geist; und in Exkrementen, im Schmutz habe ich mein Leben verbracht ... vielleicht hältst du mich fälschlich für einen anderen, vielleicht suchest du einen anderen statt meiner.«

Der Schamane hatte die oberste Sprosse erreicht, hielt inne, um Luft zu holen, als wollte er in tiefes Wasser springen, und steckte dann den Haken in den Gullydeckel. In wenigen Sekunden hatte er den Deckel entfernt.

»Titlacauan – wir sind seine Sklaven. Ipalnemoani – der, durch den wir leben. Necoc Yaotl – Feind beider Seiten. Du bist der Herr der Finsternis. Der Herr der Nacht. Tezcatlipoca, oh mein Herr, ich werde dich nähren. Oh Herr, ich werde dich nähren. Erlaube mir, dir zu dienen, erlaube mir, dich zu nähren. Erlaube mir, die Erde zu reinigen für deine Wiederkehr. Ich bitte dich, verdunkle nicht die Himmel. Ich werde dich belohnen, Herr.«

Der Schamane kletterte ans Tageslicht und stand direkt unter dem Balkon der Tachibanas.

Zweihundert Meter entfernt, auf dem Dach eines Mietlagers, meldete Scharfschütze Nummer sechs die Bewegung. Er beschrieb die Gestalt, die Waffe und den genauen Standort des Schamanen, als dieser aus dem Kanal kroch. Als er das Abflussrohr erklomm, erwachte das Funkgerät von Nummer sechs zum Leben.

»Sechs, hören Sie mich?«

»Ich höre.«

»Zielobjekt bestätigt. Schuss freigegeben.«

Wie immer sah der Scharfschütze auf die Uhr.

Todeszeitpunkt 14:46 Uhr.

Er schob das Fadenkreuz seiner M24 über die Umrisse des Schamanen und zwinkerte dem Tod zu. Mit absoluter Präzision fixierte er den Kopf. In der nächsten Sekunde würde er von einem Projektil durchbohrt, und das Zielobjekt wäre tot. Als Nummer sechs den Abzug spannte, vernahm er auf einmal ein metallisches Rütteln.

Dann riss ihm ein gewaltiges Aufbäumen den Boden unter den Füßen weg, und die Erde erwachte brüllend zum Leben.

Auf allen Funkkanälen dröhnte es.

»Erdbeben! Erdbeben!«

Nummer sechs versuchte aufzustehen, unmöglich. Ein Beben dieser Stärke hatte er noch nicht erlebt. Metallgerüste über ihm fielen in sich zusammen. Er sah zur anderen Straßenseite.

Das Zielobjekt war weg.

Nur ein Einschussloch im Beton, ein Meter neben dem Abflussrohr. Nummer sechs kramte sein Funkgerät hervor und versuchte, eine Nachricht durchzugeben.

»Todesschuss negativ«, keuchte er. »Wiederhole, Todesschuss negativ.«

Niemand hörte ihn mehr. Splitterndes Holz. Kreischendes Metall. Der Boden öffnete sich. Das Gerüst über ihm stürzte ein. Er blickte auf und sah, dass es sich aus den Verankerungen löste.

Zeitpunkt des Todes.

Nach den längsten sechs Minuten, die je ein Mensch erlebt hatte, ließ das Tōhoku-Erdbeben endlich nach. Iwata kroch unter seinem Schreibtisch hervor. Es gab kein Licht, und das Notstromaggregat hatte versagt. Sein Büro im Polizeirevier war ein Chaos aus Papieren und umgekippten Möbeln.

Iwata, einer der wenigen, die nicht in Schockstarre verharrten, nahm sich das nächste Telefon und wählte Yamadas Nummer. Das Netz war zusammengebrochen. Er wählte die Nummer der Tachibanas, dasselbe Ergebnis.

»Scheiße!«

Er lief zu Shindos Büro, sprang über umgekippte Stühle, schubste Leute aus dem Weg und trat die Tür auf.

»Shindo! Der Plan ist misslungen. Der Scharfschütze hat den Schuss verfehlt. Der Killer ist jetzt im Haus!«

Shindo lag unter einem umgestürzten Aktenschrank und stöhnte.

»Ich glaube, ich habe mir den Arm gebrochen.«

Iwata eilte die Fluchttreppe hinunter in die Tiefgarage.

36. KAPITEL

# Zusammen allein

Iwata preschte aus der Garage und würgte den Motor ab. Es war, als wäre er in ein Kriegsgebiet geraten. Die Straße in der Mitte aufgerissen, die Luft dick vor Staub, Brandgeruch stieg ihm in die Nase. Schwarze Rauchwolken am Himmel. Betonbrocken, groß wie Kühlschränke, stürzten herab. Telegrafenmasten waren eingeknickt, Fenster zerborsten.

Als Iwata ausstieg, versank sein Fuß in flüssigem Asphalt. Er kletterte auf die Motorhaube und schaute sich um. Keine Ampel funktionierte. Keine Autos fuhren. Aus Angst vor Nachbeben verließen alle in Eile ihre Fahrzeuge.

Tokio ein einziges Chaos.

Zehn Kilometer waren es von hier zum Haus der Tachibanas, normalerweise bei guten Verkehrsverhältnissen eine viertelstündige Autofahrt. Doch an Autofahren war im Moment nicht zu denken. Zu Fuß bräuchte er zwei Stunden. Er wählte Yumis Nummer, doch das Mobilnetz war überlastet.

»Mist!«

Er hatte Yoshi Tachibana die Finte persönlich erklären wollen. Die Scharfschützen hätten Yumi und ihr ungeborenes Kind geschützt. Doch mit höherer Gewalt hatte Iwata nicht gerechnet. Jetzt würde der Mörder der Schwarzen Sonne sie alle abschlachten, und er konnte nichts dagegen unternehmen.

Iwata legte brüllend die Hände an den Kopf.

Als ihm nichts mehr einfiel, sackte er auf dem Boden zusammen.

Ein Mann in grauem Overall rannte über die Straße zu einem Geschäft. Auf dem Rücken hatte er ein aufgesticktes Firmenzeichen, einen Schlangenkopf über dem blauen Kreuz der finnischen Flagge, darunter stand: *Rattlesnake Motors.*

Iwata rappelte sich auf und lief hinter dem Mann her. Vor dem Eingang zu seinem Geschäft packte er ihn an der Schulter, drehte ihn herum und hielt ihm seine Dienstmarke unter die Nase.

»Ein Motorrad, schnell.«

Der Mann blickte ihn unverständlich an, und Iwata schüttelte ihn.

»Ein Motorrad! Sofort!«

»Wir führen nur Ersatzteile. Wir reparieren ausschließlich …«

Iwata zeigte auf das Oldtimer-Motorrad im Fenster. Auf einem Schild stand: *1980 Triumph Bonneville – ¥800 000.*

»Ist der Tank voll?«

»Für Probefahrten reicht es, aber …«

Iwata hatte die Maschine bereits vom Podest auf die Straße geschoben. Er stellte den Killschalter ein, drehte den Schlüssel herum und drückte den Startknopf. Zweimal drehte er vorsichtig den Gasgriff, damit Benzin in die Zylinder floss, und das Motorrad machte einen Sprung nach vorn und gewann schnell an Fahrt. Nach wenigen Sekunden brauste Iwata durch das erdbebenerschütterte Tokio. Obwohl das Triumph-Motorrad nicht einmal zweihundert Kilo wog, war die Energie der Maschine unglaublich. Iwata konnte die Straßen riechen, die Abgase und den dichten Staub in der Luft. Keine Windschutzscheibe behinderte die Sicht auf die gebeutelte Stadt.

Iwata flog vorbei an brennenden und verwüsteten Häusern, fühlte sich mit allem unmittelbar verbunden. Tokio war von einer dumpfen Stille erfüllt, ein Kind, das vor seinen wütenden

Eltern kauert. Und Iwata raste zum Killer der Schwarzen Sonne, vielleicht sogar in den Tod, spürte nur eine leise Erleichterung. Vielleicht war es gerade dieses Gefühl, dass das Ende nahte, das seine Sinne schärfte. Als die Regenbogenbrücke in Sicht kam, war er bereit.

Als Iwata die Green Gardens Community erreichte, hatte die Triumph-Maschine angefangen zu spucken und zu stottern. Odaiba loderte. Eine Decke aus dickem schwarzen Rauch drückte auf das Viertel. Metall knirschte, die Menschen hockten mit ausdruckslosen Gesichtern auf den Straßen, Alarmanlagen schrillten.

Mit gezogener Waffe betrat Iwata den Haupteingang. Es war kurz nach drei, zwanzig Minuten nachdem der Scharfschütze seinen Schuss abgegeben hatte. Er suchte die Hausdächer ab. Das Lagerhaus gegenüber, wo die Scharfschützeneinheit postiert gewesen war, gab es nicht mehr. Iwata brauchte einen Moment, bis er begriff, dass nur noch Schutt, Staub und Rauch übrig geblieben waren. Nichts rührte sich. Nur Yamada und ein Polizist befanden sich im Haus.

Zu seiner Verwunderung war die Haustür immer noch zu. Er schloss kurz die Augen, um einen klaren Kopf zu bekommen.

*Der Herr ist mein Licht und mein Heil; vor wem sollte ich mich fürchten?*

Der Türgriff gab geräuschlos nach. Kaum hatte er den düsteren Hausflur betreten, strömte ihm sofort der Geruch von Copalharz in die Nase. Ihm drehte sich der Magen um, und seine Knie wurden weich.

*Du bist ein verdammter Feigling, Iwata. Dem kannst du nicht entkommen.*

*Denn mein Vater und meine Mutter verlassen mich, aber der Herr nimmt mich au…*

Iwata musste sich zwingen, die Treppe hinaufzusteigen.

*Herr, weise mir Deinen Weg und leite mich auf richtiger Bahn um meiner Feinde willen. Gib mich nicht in den Willen meiner Feinde, denn es stehen falsche Zeugen gegen mich und tun mir Unrecht ohne Scheu.*

Iwata hörte einen Schrei, und er beschleunigte seinen Schritt. Die SIG wog schwer wie ein Amboss.

*Ich glaube aber doch, dass ich sehen werde das Gute des Herrn im Lande der Lebendigen.*

Iwata wischte sich den Schweiß aus den Augen und versuchte, in dem Staubdunst etwas zu erkennen. Er beugte sich vor und kroch die restlichen Stufen hinauf. Auf der letzten reckte er den Kopf.

Wieder ein Schrei und ein undefinierbares Geräusch.

Iwata sah auf und erblickte einen Truthahn, der auf dem Teppich herumstolzierte. Zwei andere Vögel waren bereits geschlachtet worden, ihre dunklen Augen schimmerten wie wertlose Steine. Im ganzen Zimmer verspritztes Blut und verstreute schwarze Federn.

Zitternd richtete er sich auf. Vielleicht hatte er selbst vor Schreck aufgeschrien. Er lauschte, doch es war wieder still in der Wohnung. Außer dem Copalharz roch er jetzt auch Schießpulver. Er folgte dem Geruch und fand Yamada auf dem Fußboden vor der Küchenzeile. Seine Augen waren geschlossen, und Blut floss aus einer klaffenden Wunde am Hinterkopf. Iwata tastete seinen Körper ab, fand aber keine anderen Wunden. Er hielt Yamada den Finger unter die Nase und spürte noch schwache Atmung, doch für Erleichterung war keine Zeit. Der andere Polizist war wie ein Stück Vieh ausgeweidet worden, die Gedärme quollen wie rosa Schlangen aus dem Bauch. Die Augen blickten leer, der Gesichtsausdruck war leicht bekümmert. Die Balkontür neben der Leiche stand sperrangelweit offen.

Die Angst verschleierte seinen Blick, Schweiß lief ihm an den Beinen hinunter. Alle Sinne schrien auf vor Angst, reine menschliche Angst, ihr Gestank, ihre Intensität, ihre Kraft. Jede Faser seines Körpers bebte.

*Harre des Herrn! Sei getrost und unverzagt und harre des Herrn!*

Iwata hörte ein Zischen. Das Badezimmer war leer, doch die Dusche lief. Ein Urinstrom floss aus dem Bad in den Flur und weiter ins Schlafzimmer. Iwata kroch darauf zu, flüsterte Worte, ohne zu wissen, warum.

*Die Lichter der Stadt leuchten so schön ... Ich bin glücklich mit Dir ... Bitte, ich möchte sie hören ... die Worte der Liebe von Dir ...*

Die Schlafzimmertür war geschlossen. Er wischte sich Tränen aus den Augen, als er davorstand. Sein Herz schlug verzweifelt wie ein sterbender Vogel.

*Lasset uns nicht fürchten den Bären.*

Iwata warf sich mit der Schulter gegen die Tür, schrie auf vor Schmerz und verlor das Gleichgewicht. Links nahm er eine Bewegung im Zimmer wahr – die Schädelmaske, darüber die hocherhobene schimmernde schwarze Klinge. Iwata schoss zweimal und begriff, dass er den Wandspiegel getroffen hatte. Der Schamane sprang schon auf ihn zu. Ein Riese, nackt und rußbedeckt. Das Klappern der künstlichen Knochen begleitete jede seiner Bewegungen, Truthahnfedern schmückten seine Brust, und von der schwarzen Klinge tropfte Blut.

Er bewegte sich auf eine unheimliche, unnatürliche Art und Weise, wie in einem Film, der erst zu schnell und dann zu langsam abgespielt wird.

Iwata schoss dreimal.

Daneben.

Daneben.

Treffer.

Der Schamane brüllte, zuckte und verlor das Gleichgewicht. Er fiel der Länge nach auf die Matratze, rollte über das Bett und landete auf der anderen Seite. Iwata zielte mit der Pistole auf die Matratze und schoss blind.

Stille. Pochend. Atemlos.

Umgeben von Kerzen und Federn lag Yumi alle viere von sich gestreckt regungslos auf dem Boden. Den Blick hatte sie aufs Bett gerichtet. Iwata kroch zu ihr. Ihre nackte Haut war mit Blut beschmiert, aber Wunden waren keine zu sehen. Auf den Kugelbauch war das Symbol der schwarzen Sonne gemalt. Yumis Gesicht war ausdruckslos.

»Yumi. Ich bin es. Alles in Ordnung?«

Er berührte sie an der Schulter. Ihr Gesicht zuckte, und sie fing an zu weinen. Um sie herum lagen verstreut kleine Pillen.

»Sie sind auf einem Trip, Yumi. Keine Sorge. Sie dürfen sich nur nicht bewegen.«

Iwata kam nur mühsam auf die Beine, Schweiß lief ihm übers Gesicht, brannte ihm in den Augen. Seine Hand zitterte, er rang nach Luft.

»Hideo Akashi«, raffte er seine ganze Autorität zusammen. »Ich verhafte Sie wegen Mordes. Das Haus ist umstellt. Geben Sie uns Ihre Waffe, und es wird Ihnen nichts geschehen.«

Hinterm Bett erklang tiefes Lachen.

»Akashi.« Der Schamane sprach das Wort aus, als würde er einen schlechten Witz wiederholen.

Iwata hatte nicht gezählt, wie oft er geschossen hatte.

Wie viele Schüsse konnte man mit der SIG abfeuern? Sieben? Neun?

Iwata riss sich zusammen und spähte hinter das Bett.

»Kommen Sie heraus, Akashi.«

Die Obsidianklinge schwirrte auf sein Gesicht zu. Nach Luft

ringend kippte er rücklings aufs Bett, das Messer traf ihn mit dem Griff am Solarplexus. Außer Atem ließ er die Waffe fallen. Akashi stand jetzt aufrecht und hatte ein anderes Messer in der Hand. Doch als er einen Schritt nach vorne machte, rief jemand plötzlich von unten:

»Iwata!? Sind Sie da?«

»Hier oben! Er ist hier!«

Polternde Schritte auf der Treppe.

Hideo Akashi schlug das Fenster mit dem Ellbogen ein und stürzte sich hinaus. Iwata rappelte sich hoch, griff sich die Waffe und lief zum Fenster. Akashi hielt den Kopf gesenkt und rannte mit großen Sätzen davon. Iwata stieß sich wieder vom Fenster ab.

»Sie bleiben hier, Yumi. Sie sind in Sicherheit.«

Als er die Haustür aufriss, lief er Hatanaka in die Arme. Der junge Mann wurde gegen die Wand gestoßen und blies seine Wangen auf.

»Verdammt, Iwata! Ich hätte Ihnen beinahe in den Kopf geschossen.«

»Yumi lebt noch.« Iwata schob sich an ihm vorbei. »Haben Sie einen Krankenwagen gerufen?«

»Schon erledigt. Aber das könnte dauern. Wo wollen Sie hin?«

»Die Sache zu Ende bringen.«

Iwata bestieg das Triumph-Motorrad und hatte in wenigen Sekunden Höchstgeschwindigkeit erreicht. Er wusste, wohin der Killer der Schwarzen Sonne wollte.

Hideo Akashi hetzte den Weg entlang, der zur Regenbogenbrücke führte. Hundert Meter hinter ihm sprang Iwata von seinem Motorrad und nahm die Verfolgung auf. Sie befanden sich nun beide auf dem überdachten Fußgängersteg mit seinem hüfthohen Geländer, zweiundfünfzig Meter über der Bucht von Tokio.

Iwata konnte Akashi weiter vorne gerade noch erkennen, immer noch hielt er den Kopf gesenkt. Er ruderte mit den Armen, Tempo aufnehmend. Die Anstrengung schien ihm nichts anzuhaben. Der Steg wurde schmaler, war jetzt kaum zwei, drei Meter breit und beidseitig von Metallgittern umschlossen. Gelegentlich donnerten Autos vorbei, zum Greifen nahe. Jedes Mal schepperten die Gitter ohrenbetäubend. Iwata wehte eine schwache Meeresbrise entgegen. Dicke Rauchwolken verdunkelten die Stadt. Es war, als hingen sie bewegungslos in der Luft.

Zusammen. Allein.

Der Rauch löste sich allmählich auf, und Iwata kniff die Augen zusammen. Er sah Akashi nicht mehr.

»Sind Sie da?«

Er musste da sein. Wo sollte er sonst sein?

Zielstrebig ging Iwata weiter, bis er ein seltsames, allmählich anschwellendes Geräusch wahrnahm – wie ein durstiger Riese, der zu schnell schluckte. Ein mit Gemurmel unterlegtes Krachen.

Uhg. Uhg. Ugh.

Er geriet ins Straucheln, hielt sich mit der Hand am Geländer fest. Er empfand keine Schmerzen mehr – ein schlechtes Zeichen. Sein Atem kam jetzt stoßweise, und er begriff, dass der Schlag gegen den Solarplexus mehr angerichtet hatte, als ihn nur kurz außer Gefecht zu setzen. Ihm war schwindlig, seine Pistole fühlte sich unendlich schwer an.

Er befand sich jetzt in einem kleinen Raum. Irgendwie kam er ihm bekannt vor.

*Soll ich dir mal was zeigen?*

»Kei?«

*Willst du nun oder nicht?*

Er schloss die Augen und sah seinen Freund Kei, der nach unten zeigte.

Das Auge des Strudels blinzelte zu ihnen hinauf.

Und Iwata wusste, wo er stand.

Auf dem ersten Pfeiler der Brücke.

Die Tür zum technischen Wartungsraum flog auf, und Akashi stand vor ihm, der Schamane, der Killer der Schwarzen Sonne, die grinsende Totenkopfmaske. Iwata schoss aus nächster Nähe.

Und schoss daneben.

Klick. Klick. Klick.

Akashi trat vor, als wollte er ihn umarmen. Die Hand auf Iwatas Schulter, ein dumpfer Aufprall, dann ein Geräusch, als würde Gras ausgerissen.

Bevor Iwata überhaupt etwas registrierte, schlug er Akashi mit der Pistole ins Gesicht. Etwas anderes blieb ihm nicht übrig. Dann lag er auf dem Boden, spuckte Blut.

Er hörte das Geräusch seiner Wimpern.

Klimper. Klimper. Klimper.

Oder explodierte etwas in der Ferne? Ein Klimpern. Oder benutzte Cleo das Schneidebrettchen?

*Tschack. Tschack. Tschack.*

Iwata atmete dreimal kurz ein und wieder aus.

Dann zweimal.

Dann regelmäßig.

Hoch über ihm kam Hideo Akashi in Sicht. Er drehte sich im Kreis, wie Wasser, das einem Abfluss zuströmt. Das Gesicht geschwärzt. Die Augen so weiß. Er bewegte sich anmutig, wie ein Raubtier, das seine Beute umkreist.

Iwata spürte, wie sich seine Lippen bewegten.

*Die Lichter der Stadt leuchten so schön. Gib mir noch einen zärtlichen Kuss.*

Akashi ging in die Hocke und hielt sein Ohr an Iwatas Mund.

»Was sagen Sie?«

*Ich gehe und gehe, schaukle wie ein Boot in Deinen Armen.*

»Was sagen Sie da?«

*Ich höre Deine Schritte. Blue Light Yokohama.*

Iwata hustete und spuckte Blut, dann hörte er sein eigenes Lachen. Akashi zog ihm das Messer aus dem Bauch. Iwata spürte nichts, keinen Schmerz. Vernahm nur ein Geräusch, Luft, die eingeatmet und ausgestoßen wurde. Akashi hielt ihm ein modernes Jagdmesser ins Gesicht, das Blut tropfte auf seine Lippen. Iwata hatte einen metallischen salzigen Geschmack auf der Zunge. Er wusste, warum. Das Kupfer sollte Nervensignale übertragen. Es würde neunzig Minuten dauern, seinen Körper zu erschaffen.

Aber er spürte nichts.

*Lasset uns nicht fürchten den Bären.*

Akashi drückte Iwata das Messer an die Wange.

»Sie lachen?«

»Sie sind einfach nur verrückt«, brachte Iwata nur mit Mühe hervor.

Akashis Gesicht verzerrte sich vor Wut.

»Sie sind doch nur ein Produkt Ihrer Zeit, Kommissar. Sie bieten der Welt Unterhaltung, urteilen über den natürlichen Lauf der Dinge, bestrafen die Starken und beschützen die Schwachen.«

Akashi fuchtelte wild mit dem blutigen Messer.

»Sie sind ein unwürdiger Mensch und trampeln auf etwas herum, das Sie nicht verstehen. Diese Welt ist dazu bestimmt, in Dunkelheit zu versinken, wenn wir ihren Schöpfer nicht nähren. Und Sie wollen sich Ihm widersetzen? Zum Wohl der Belanglosen?«

»Es sind Menschen, Akashi. Menschen.«

Angewidert spuckte Akashi aus.

»Die Familie. Die alte Frau. Das Mädchen. Alle. Sie alle waren dazu bestimmt zu sterben, und ich bin der Tod, ich bin die Nahrung.«

»Von Ihnen bestimmt. Potentielle Zeugen, Akashi. Mehr nicht.«

»Ungläubiger.«

Akashi stellte sich auf das Geländer, lächelte ehrerbietig angesichts der verdunkelten Skyline.

»Sehen Sie sich das an. Dieses Gebilde, das sie Stadt nennen. Eine Absurdität. Sie wird bald sterben.«

*Kennen Sie die Redensart, dass Tokio sich aus Millionen Städten zusammensetzt? Haben Sie sich schon mal gefragt, ob es unter diesen Städten wohl gute und schlechte gibt?*

»Schauen Sie, was passiert, wenn die lebendigen Fundamente zornig werden. Die Welt tut sich auf, wenn sie nicht ernährt wird – Tezcatlipoca schreit nach dem Blut der Schuldigen. Sie konnten mich nicht daran hindern, ihn zu füttern. Es ist Ihnen nicht gelungen. Und wenn Sie die Kraft hätten, in sich hineinzuhorchen, würden Sie das Göttliche meiner Arbeit erkennen.«

»Arbeit? So nennen Sie das?«

Iwata schloss die Augen. Eigentlich sollte er das lieber nicht tun, aber egal.

»Schon bald wird die Welt den Neuen Weg beschreiten. Und vielleicht wird man eines Tages anerkennen, was ich getan habe. Die Opfer, die ich gebracht habe. Eines Tages wird man von Hideo Akashi sprechen als von dem, der den Weg geebnet hat.«

Akashi griff nach seiner Schamanenmaske, stellte die Lederriemen ein und setzte sie auf. Die eine Hälfte war kaputt, das linke Auge zu sehen.

»Aber ich habe ihre Trippelschrittchen satt.« Akashi hob

Iwatas Kinn an, so dass der Adamsapfel hervortrat. »Hach k'as. Eek.«

Iwata sah Kei vor sich, der mit ausgebreiteten Armen auf dem Mauersims balancierte.

*Wenn ich genug Geld zusammenkratzen kann, besuche ich dich in ein, zwei Jahren.*

Ein gewaltiger Erdstoß riss sie auseinander.

Eisenteile ächzten, dann setzte ein brüllendes Nachbeben ein, schleuderte Akashi gegen die Metalltür des Wartungsraums.

Die Regenbogenbrücke war ein Tier, das sich mit aller Macht von seinen Fußfesseln befreite.

Schwere Schritte waren zu hören.

»Iwata!«

Akashi fuhr mit dem Kopf herum. Hatanaka. Doch es war zu spät.

Der harte Stoß mit der Schulter traf Akashi unvorbereitet und zermalmte ihm die Nase. Er taumelte rückwärts gegen das Metallgeländer und kippte hintenüber. Hatanakas Hand schoss vor und erwischte sein Bein, Akashis Gewicht riss ihn von den Füßen.

»Iwata! Hilfe!«

Hatanakas Stimme schien unendlich weit entfernt.

Iwata wollte sie nicht mehr hören.

Er sah Kei, der an einem warmen Nachmittag seine Angel auswirft. Er sah das Kastanienmädchen in ihrem geheimen Garten. Er sah Hana Kaneshiro auf dem Untersuchungstisch, die Lippen weiß. Er sah die Enkelin des Polizisten, im blauen Schein des Bildschirms. Er sah die auf dem Wasser treibende Jennifer Fong. Er sah Cleo an ihrem Tisch sitzen und sich Plattenhüllen anschauen.

Und dann sah er ihn. Den Leuchtturm.

Er sah Cleo im Sonnenuntergang an der Klippe.

Er sah das Baby unten zerschmettert an den Felsen liegen.

*Ein Tropfen Honig für meine Honigbiene.*

Obwohl Iwata stark blutete, robbte er sich bis zu Hatanakas Füßen vor. Durch das Geländer sah er Akashi über dem Abgrund baumeln. Seine Augen waren schwarz, der Blick leer, und er schrie zum Himmel.

»Ma 'taali 'teeni'! Ma 'taali 'teeni'!«

Hatanaka trat gegen Iwatas Schulter.

»Ich kann ihn nicht länger halten!«

Iwata streckte die Arme aus und fesselte Akashis Fußgelenk mit Handschellen an das Metallgeländer. Hatanaka ließ los und knallte dumpf gegen die Leiter. Die beiden Polizisten keuchten und starrten sich an.

»Oh, Scheiße«, entfuhr es Hatanaka, als er Iwatas tiefe Bauchwunde bemerkte.

Iwata schloss die Augen, während Hatanaka über Funk Hilfe anforderte. Zuerst den medizinischen Notdienst. Dann gab er die Festnahme von Hideo Akashi durch.

Iwata bekam erst wieder etwas mit, als er in einen Krankenwagen gehoben wurde. Er schaute hinauf zu den Hochhäusern und spürte Regentropfen auf dem Gesicht. Zaghaft kehrten die Einwohner Tokios zurück auf die Straßen. Er wusste nicht, wie es jetzt weiterging, aber er hatte seine Arbeit getan. Kosuke Iwata durfte sterben.

Die grauen Wolken hoch über ihm sahen aus wie ruhelose Elefanten.

37. KAPITEL

# Ein Reh hört den Schuss

Auf der vierten Seite der *Mainichi Shimbun*, versteckt zwischen den Berichten über die Auswirkungen des Tōhoku-Erdbebens, fand sich folgender Artikel:

*Killer der Schwarzen Sonne verhaftet und Korruption bei der Polizei von Tokio aufgedeckt*

*Von Tetsuya Suda*

*Eine knappe Stunde nach dem schrecklichen Erdbeben gelang Ermittlern der Abteilung eins der Polizei von Tokio die spektakuläre Verhaftung eines ehemaligen Hauptkommissars. Hideo Akashi, 48, der sich angeblich vergangenen Monat umgebracht hatte, wird mehrfacher Mord sowie versuchter Mord an einer hochschwangeren Hausfrau aus Daiba vorgeworfen (siehe Seite 3).*

*Während die Beamten für die Ergreifung des mutmaßlichen sogenannten »Schlächters der Schwarzen Sonne« nicht genug gelobt werden können, sollte die Aufklärung der makabren Taten nicht über das im Zuge der Ermittlungen aufgedeckte Ausmaß der Korruption in den Reihen unseres Polizeiapparates hinwegtäuschen.*

*Nach Bekanntwerden der Vorwürfe – Beweisfälschung, Misshandlung, Zweckentfremdung von Geldmitteln, ja sogar geheime Absprachen mit Yakuza-Gruppen – hat im Morddezernat von Shibuya, Abteilung eins, die Nationale Polizeibehörde das Kommando übernommen. Polizeipräsident Uwatoko Fujimura, 72, werden diverse Vergehen vorgeworfen. Er wurde zuletzt Freitagnachmittag von seiner Frau gesehen und soll sich Gerüchten zufolge das Leben genommen haben. Auch mehrere leitende Mitarbeiter der Abteilung eins sind angeklagt, und gegen eine Vielzahl jüngerer Kommissaranwärter wird ermittelt. Während die Details noch im Dunkeln liegen, geht aus Unterlagen, die uns von einer anonymen Quelle zugespielt wurden, hervor, dass anscheinend ganze Fälle konstruiert wurden, um höhere staatliche Zuwendungen zu bekommen. Mutmaßlich wurden großzügige Bestechungsgelder von Yakuza-Gruppen angenommen und sogar kreative Buchführung betrieben, um die Kosten von Ermittlungen zu schönen.*

*Die erst kürzlich zur Staatsanwältin ernannte Mikine Murata will auch Mitglieder der Aufsichtsbehörde für die Finanzausstattung der Polizei befragen. Laufende Ermittlungen möchte sie nicht kommentieren, Montagmorgen jedoch sagte sie: »Dank des beherzten Vorgehens einiger weniger Polizeibeamter des Reviers Shibuya erhält die Arbeit der Tokioter Polizei endlich die dringend benötigte Aufmerksamkeit. Mir ist klar geworden, und auch der Öffentlichkeit wird es bald klar werden, dass sich unser Polizeiapparat radikal verändern muss. Korruption ist inakzeptabel, ganz besonders aber in den Institutionen, auf die wir angewiesen sind, damit wir genau vor solcher Korruption geschützt werden, Verbrechen bekämpft und nicht zuletzt unsere Gesetze eingehalten werden.«*

*Die* Mainichi Shimbun *schließt sich dieser Meinung an, übt jedoch gleichzeitig Kritik an dem gegenwärtigen Polizeisystem. Dieses System erlaubt es Personen mit geringer praktischer Erfahrung, Positionen mit erheblicher Verantwortung zu bekleiden. »Karrierepolizisten«, die häufig von Polizeikadern unter den Hochschulabgängern je nach Reichtum und Ansehen ihrer Familien handverlesen werden, können, ohne eine einzige Festnahme oder die geringsten Erfahrungen in der Er-*

*mittlungsarbeit vorweisen zu können, in hohe Machtpositionen aufsteigen. Wenn sich diese bereits auf unlautere Weise rekrutierten Berufsanfänger in einem korrupten Umfeld bewegen – wie können wir da von zukünftigen Generationen erwarten, sich von dieser Habgier frei zu machen?*

*Die Karriereleiter bei der Polizei scheint sich nur geringfügig von den bekannten Hierarchien in den Yakuza-Gangs zu unterscheiden. Die Beweise sind eindeutig und unwiderlegbar, die Korruption hat das Polizeirevier Shibuya nicht zersetzt, im Gegenteil, es war der Klebstoff, der es zusammengehalten hat.*

*Der neue Premierminister hat versprochen, alles zu unternehmen, um sicherzustellen, dass Tokio auch weiterhin nicht nur über den größten städtischen Polizeiapparat verfügt, sondern auch über den saubersten und besten. Die Redaktion der* Mainichi Shimbun *begrüßt dies ausdrücklich. Dennoch bleiben wir skeptisch, ob sich mit guten Überzeugungen allein ein Wandel in der Kultur und in der Einstellung der Institutionen erreichen lässt. Staatsanwältin Murata hat in diesem Zusammenhang von »radikal« gesprochen. Wir glauben, dass tatsächlich eine radikale Wende in allen Rängen der Polizeibehörde einkehren muss.*

Iwata ließ die Zeitung auf den Schoß sinken und richtete sich stöhnend im Bett auf, als im Fernsehen ein Beitrag über die Korruption bei der Polizei und die Inkompetenz der Behörden kam. Er drehte die Lautstärke auf und nahm sich einen Apfel. Horibe, Tatsuno, Moroto und noch andere Kollegen wurden in Mannschaftswagen verfrachtet. Alle versuchten vergebens, ihre Gesichter vor den Fotografen zu verbergen. Mit vollem Mund winkte Iwata dem Bildschirm zu.

»Schönen Tag noch.«

Schnitt zu dem kürzlich entlassenen Staatsanwalt Shiratori, der von Journalisten und Kameraleuten bedrängt wird, als er in sein Auto einsteigen will. Statt Tränen oder Verbeugungen gab sich der alte Mann kämpferisch.

*»Haben Sie etwas zu sagen, Herr Shiratori?«*

*»Die Vorwürfe gegen mich werden sich als haltlos erweisen. Die Zukunft wird zeigen, dass die ganze Sache eine einzige groteske Hexenjagd ist. Und mal ehrlich, was für eine erschreckende und üble Verschwendung von Ressourcen angesichts der schlimmen Naturkatastrophe, die unser Land heimgesucht hat. Aber ich bin ein alter Mann mit langer Berufserfahrung. Diejenigen, die wirklich darunter leiden, sind die jungen tapferen Polizisten, die diese Stadt beschützen. Polizisten, die gerade jetzt mehr denn je gebraucht werden. Ja, es stimmt, einige haben Fehler gemacht. Aber sie deswegen alle ins Gefängnis zu sperren ist so, als würde man sein Fenster einschlagen, weil ein kleiner Kratzer drauf ist.«*

Iwata lachte, obwohl sein Bauch höllisch weh tat. Sein Körper fühlte sich fremd an, mit künstlichem Material zusammengeflickt, nur durch Schmerztabletten in Schach gehalten.

Es war sein fünfter Tag im JSDF-Zentralkrankenhaus, aber bereits zweiundsiebzig Stunden nach Einlieferung hatte sich sein Zustand stabilisiert. Bis zur vollständigen Genesung war es noch ein langer Weg, doch nach Ansicht der Ärzte war er mehr oder weniger über den Berg.

Auf dem Schirm erschien nun eine provisorische Mannschaft der Abteilung eins vor dem einsamen, leeren Haus der Kaneshiros, das als einziges stehen geblieben war. Die Polizisten vollführten die Saikeirie-Verbeugung, in einem Winkel von siebzig Grad, wobei die Augen mitleidig auf den matschigen Boden gerichtet waren. Vor der Haustür hatte jemand Blumen abgelegt. Iwata schaltete um, doch alle anderen Kanäle brachten Berichte über die Folgen des Erdbebens und des Tsunamis. Mit jedem Tag wuchs die Zahl der Toten und Vermissten.

Iwata machte den Fernseher aus und schaute aus dem Fenster. Im Westen erblickte er den grünen Setagaya-Park. Der Regen würde die Menschen heute von einem Spaziergang abhalten, dafür freuten sich die Bäume und Blumen. Vereinzelte Wolken zogen ohne Eile vorüber. Sein Blick fiel auf Yumi Tachibanas Blumenstrauß auf der Fensterbank. Schon fing er an zu verblühen.

Das Telefon klingelte.

»Kos? Ich bin's, Dave. Wie geht es dir?«

»Ganz okay.«

»Typisch Kosuke Iwata. Einsilbig wie eh und je. Also nochmal, wie geht es dir?«

»Die Ärzte meinen, ich behalte einige hübsche Narben zurück. Abgesehen davon geht es mir gut. Jetzt sei nicht gleich beleidigt.«

»Ich wollte dir einen Obstkorb schicken, aber versuch mal, in diesen Zeiten in diesem Land einen Obstkorb aufzutreiben.«

»In diesem Land besucht man seine Freunde, die eine Messerattacke überlebt haben, eigentlich persönlich. Oder willst du dir die Zugfahrkarte sparen?«

Kurzes Lachen, ehe Schultz ernst fortfuhr: »Hör zu, Kos. Diese ganze Geschichte ist einfach verrückt. Dein Name ist in der Presse bis jetzt noch nicht aufgetaucht, das Erdbeben ist offenbar ... Also, was ich sagen will: Wenn du mal für eine Weile abtauchen willst – meine Leute nehmen dich gerne auf.«

»Macht euch keine Umstände, ich komme schon zurecht. Mein Beliebtheitsgrad steigt auf absehbare Zeit sicher nicht, aber Drohungen habe ich bis jetzt auch noch keine erhalten.«

»Wann kommst du raus?«

Iwata fuhr mit dem Finger über das Apfelgehäuse auf dem Nachttisch. Es verfärbte sich bereits.

»In ein paar Tagen. Wenn ich wiederhergestellt bin, komme ich dich besuchen. Es wird mir guttun, eine Zeit lang aus Tokio rauszukommen.«

»Ja, mach das. Übrigens, kannst du dich noch an Emi erinnern? Emi Hayashi?«

»Klar. Sie schreibt das psychologische Gutachten über Hideo Akashi.«

»Ihre Studenten spielen im Seminar gern Hannibal Lecter, die Szene mit der Zunge. Emi wäre nicht Emi, wenn sie das nicht mit einem Lachen wegstecken würde. Jedenfalls hat sie mich neulich gefragt, wie es dir geht. Melde dich mal bei ihr, wenn du in der Stadt bist. Ich glaube, sie mag dich. Die muss übergeschnappt sein.«

»Und das aus dem Mund eines übergewichtigen Geschiedenen.«

»Eins zu Null für dich.«

Iwata fragte sich, warum sie all die Jahre Freunde geblieben waren. Aber vielleicht gab es ja gar keinen bestimmten Grund. Vielleicht akzeptierten sie einfach ihre Freundschaft aufgrund der vielen Narben, die die Veränderungen im Laufe der Jahre hinterlassen hatten, als eine Konstante. Nach so langer Zeit wollten sie sich nur noch darauf verlassen, dass sich der andere nicht veränderte.

»Na gut, ich muss los. Lass dich nicht unterkriegen.«

»Bis dann, Dave.«

Iwata beendete das Gespräch und lehnte sich zurück.

Er hatte eine Weile gedöst, als es an der Tür klopfte. Eine freundlich lächelnde Krankenschwester kam herein.

»Sie sehen heute schon viel besser aus, Herr Iwata.«

»Und Ihre Nase wird immer länger.«

Die Schwester lachte und hielt ein Päckchen hoch.

»Das ist eben für Sie abgegeben worden. Von Kommissar

Yamada. Er will Sie morgen besuchen. Er war anscheinend in großer Eile.«

Iwata schmunzelte.

»Urplötzlich führt er sich auf wie ein echter Polizist.«

Die Schwester schloss die Tür, und Iwata untersuchte das Päckchen. Keine Briefmarken, keine Aufschriften. Er öffnete es und fand einen Walkman und einen kleinen gelben Umschlag, auf dem sein Name stand. Als er den Umschlag aufmachte, fielen eine Halskette mit einem fein gearbeiteten Schmetterlingsanhänger und eine Kassette heraus, auf der eine Adresse notiert war.

»Merkwürdig.«

Iwata nahm den Ohrhörer, legte die Kassette ein und drückte den Startknopf.

*Iwata. Ich bin es, Sakai. Wenn Sie sich das anhören, bin ich wahrscheinlich tot. Ich wollte Sie anrufen, aber wir beide sind nicht so der gefühlsbetonte Typ, deswegen … Also, ich wollte mich dafür entschuldigen, dass ich Sie belogen habe. Dass ich nicht gesagt habe, wer ich bin. Früher oder später hätten Sie es sowieso herausgefunden. Ich habe nicht absichtlich gelogen, andererseits habe ich mein ganzes Leben nichts anderes gemacht. Das erkenne ich jetzt.*

Langes Schweigen folgte. Tiefes Ausatmen.

*Er ist hinter mir her. So wie er hinter meiner Mutter her war, in der Seilbahn. Das müssen Sie wissen, Iwata. Er war hinter ihr her, um sie zu töten. Er wollte ihr Herz. Aber sie ist ihm zuvorgekommen. Deswegen hat er mich entführt. Er hat mich großgezogen. Hat mir Lügen aufgetischt. Er hat mich geliebt. Manchmal. Manchmal hat er mich geschlagen. Und vergewaltigt, als ich älter war. Er hat mich auf die besten Schulen geschickt. Mir die schönsten Kleider gekauft. Papas Liebling für den Teufel persönlich. Und ich kam mir die ganze Zeit vor, als wäre ich in einem Traum gefangen. Aus Hass konnte ich ihn kaum ansehen, trotzdem habe ich ihn geliebt. Ich wollte, dass er stolz auf mich ist. Ich verstehe meine eigene Version dieser Geschichte nicht ganz. Wahrscheinlich habe ich ganze Jahre ausgeblendet. Seine Lügen sind mit der Zeit zu meinen eigenen geworden und haben die Wirklichkeit vernebelt.*

Ihre Stimme wurde brüchig.

*Und dann habe ich Sie kennengelernt. Zusammen sind wir in das Haus mit dem Symbol gegangen. Akashis Symbol.* Ihr *verdammtes Symbol – Die Kinder der … Ich fing an zu zittern. Ich hatte Angst, Sie könnten es bemerken. In dem Moment wurde es mir klar. Ich steckte so tief drin in einer Höhle, dass ich mich an nichts von früher erinnert habe. Das Gesicht meiner Mutter. Die Umgebung. Die Sekte. Die Straße, als wir wegliefen … Ich brauchte Klarheit. Ich bat einen Freund um Hilfe. Natürlich wusste ich, wer ich wirklich war. Aber ich brauchte jemanden, der diese Kiste für mich aufschließt. Und er hat mich an die Wahrheit herangeführt. Zu meinem Großvater. Zu den Antworten, die ich gebraucht habe. Ich habe die Puzzleteile zusammengesetzt und bin aus meiner Höhle hervorgekrochen.*

Iwata hörte, wie sie sich eine Zigarette anzündete und Rauch ausblies.

*Falls Sie noch nicht nach ihr geforscht haben: Sie werden feststellen, dass es über meine Mutter, Keiko Shimizu, so gut wie keine Dokumente gibt. Denn sie wurden beschützt, Iwata. Sie sollte als Zeugin des Staatsanwalts aussagen. Die Anklageschriften waren schon aufgesetzt. Die Kinder der Schwarzen Sonne wollten es nicht so weit kommen lassen. Deswegen ist sie weggelaufen. Und jetzt laufe ich auch weg. Weil er mich verfolgt … Akashi wird kommen. Er gibt erst Ruhe, wenn er mich gefunden hat. Ich begreife jetzt, dass er mich aufgezogen hat, um mich wie ein Schwein abzuschlachten. Er hat mich ermutigt, zur Polizei zu gehen, und mich in all den Jahren benutzt. »Versteck das für mich. Sag aus, wir hätten zu dem und dem Zeitpunkt in der und der Bar was getrunken. Guck weg, Noriko.« Und ich habe es getan. Alles nur für ihn. Und ich habe Karriere bei der Polizei gemacht. Was für eine Lüge. Was für ein vergeudetes Leben.*

Wieder langes Schweigen, bis Sakai ihre Zigarette ausdrückte.

*Ich weiß nicht, ob er allein ist oder ob er noch zu den Kindern der Schwarzen Sonne gehört. Aber Sie müssen wissen, Iwata, dass dieser Mann nicht zu stoppen ist. Erst wenn er tot ist. Wenn Sie Akashi über den Weg laufen, versuchen Sie nicht, ihn festzunehmen. Töten Sie ihn. Glauben Sie mir, es ist das Einzige, was Sie tun können.*

Sakai atmete aus, ein Schmetterling im Wind.

*He, Iwata. Sollten Sie heil aus der Sache rauskommen, dann tun Sie mir einen Gefallen. Stellen Sie etwas anderes mit Ihrem Leben an. Sie haben was Besseres verdient. Steigen Sie aus dem Polizeidienst aus. Und was ich über Sie gesagt habe, von wegen Sie hätten nichts zu bieten … Das war Unsinn. Sie sind ein guter Mensch. Sie sind nicht hässlich. Und Sie reden auch nicht zu viel. Suchen Sie sich jemanden. Eine gute Seele. Schaffen Sie sich ein Kind an. Und lassen Sie sich noch etwas von mir sagen, Iwata. Etwas, was ich selbst nie umsetzen konnte. Diese Haltung, »die Welt kann mich mal«, bringt einen nicht weiter. Sie schon gar nicht.*

Sie lachte kurz auf, schniefte.

*Schon gut, schon gut. Ich bin fertig. Die Adresse meines Großvaters steht auf der Rückseite der Kassette. Da soll meine Asche hin. Das Komische ist, ich habe überhaupt keine Angst. Jedenfalls jetzt noch nicht. Ach so, Iwata. Doch noch etwas …*

*Denken Sie danach nicht mehr an mich, okay? Keine Lilien oder irgendwelchen anderen Mist. Sorgen Sie gut für sich, mein Freund. Bleiben Sie anständig.*

Iwata sah aus dem Fenster und weinte. Er wischte sich mit der Faust die Tränen von den Wangen und küsste Sakais Schmetterling. Zum ersten Mal seit Langem ging ihm nichts Besonderes durch den Kopf, als er die Augen zumachte.

Viel Zeit war vergangen. Es war dunkel. Eine Silhouette vor dem Fenster. Silbrig schimmernde Bäche liefen die Glasscheibe hinab.

»Wer ist da?«, sagte Iwata mit schwacher Stimme.

Shindo trat aus dem Schatten und setzte sich auf einen Stuhl in der Zimmerecke.

»Sie sehen aus wie der Tod.«

»Danke für das Kompliment. Eigentlich geht es mir so weit gut. Und selbst?«

»Ich bin erschöpft. Wir sind nur noch halb so viele Leute in der Abteilung wie vorher, wie Sie sich denken können. Ich habe heute Morgen mit dem Justizminister gesprochen.«

»Mit dem verdammten Satsuki Eda?«

Shindo schmunzelte.

»Er ist ganz zufrieden, trotz allem. Die Haushaltskürzungen sind aufgeschoben. Offenbar stellen wir kein Problem mehr dar.«

»Sondern?«

»Ein Wahlkampfthema«, antwortete er lachend.

»Sie machen Ihren Job gut, Shindo. Wenn die da oben nur ein bisschen Grips haben, übertragen sie Ihnen die Leitung der Abteilung eins.«

Shindo wandte sich zum Fenster um. Sein Gesicht in der Scheibe sah durch die dunklen Regentropfen gesprenkelt aus.

»Schon gehört? Man hat Akashis Wunderhöhle entdeckt. Ein Seecontainer in den Hafenanlagen von Shibaura, da hat er gehaust.«

»Ich kann mir vorstellen, dass unsere Kollegen auf ein paar interessante Sachen gestoßen sind.«

»Gestohlene Beweisstücke, zum einen. Aber auch Dreck. Jede Menge Dreck. Zeug von Yakuza-Verbündeten, Fujimura, Moroto und all den anderen. Diese Murata ist ganz aus dem Häuschen.«

Iwata nickte.

»Ich habe es in den Nachrichten gesehen. Was ist mit Akashi?«

»Irgendein Richter wird ihn schon für unzurechnungsfähig erklären. Dabei ist der Scheißkerl äußerst akribisch vorgegangen. Yamada hat es überprüft, und es wird immer deutlicher, dass Akashi die Sache seit Jahren geplant hatte. Von allen Zahlungskräftigen hat er Geld erpresst, um seinen kleinen Kreuzzug zu finanzieren. Alle möglichen Leute tauchen auf seiner Gehaltsliste auf, klein und groß, reicht bis Hongkong. Und natürlich gestohlene Identitäten.«

»Ikuo Uno«, warf Iwata ein.

»Und noch eine, Idane, wahrscheinlich das I aus Kaneshiros Terminkalender. Das Merkwürdige ist, dass die meisten Identitäten mit denen von vermissten Personen übereinstimmen.«

Iwata musste lachen.

»Dieses Arschloch.«

»Er hat eine Win-win-Situation geschaffen. Der Mord an Mina Fong hat nicht nur landesweit für Ablenkung gesorgt, er hat damit auch Geld gemacht, das Fujimura abgreifen konnte, womit Akashi ihn wiederum in der Tasche hatte.«

»Fujimura und alle anderen.«

Ein Schatten huschte über Shindos Gesicht.

»Nur für den Fall, dass Ihnen jemals der Gedanke gekommen sein sollte, Iwata: Ich habe nie …«

»Der Gedanke ist mir nie gekommen.«

Sie verfielen in Schweigen, nicht gewohnt, sich auszutauschen, es sei denn über Mord und Totschlag. Sanft klopfte der Regen an die Fensterscheibe.

»Es macht mich wirklich verrückt«, sagte Shindo, »dass ich die ganze Zeit nichts bemerkt habe.«

Die beiden Männer starrten hinaus in den Regen, als könnte er den Schmutz der Welt hinwegspülen.

Shindo sah zu Boden.

»Und Sakai? Wer war sie?«

Iwata zuckte mit den Schultern.

»Eine, die vor der Vergangenheit davongelaufen ist.«

»War sie eingeweiht?«

»Sehen Sie die Kassette auf dem Nachttisch? Hören Sie mal rein. Es ist alles drauf, was Sie wissen müssen.«

Shindo stieß einen zittrigen Seufzer aus.

»Glauben Sie, dass sie gewusst hat, was passieren wird?«

»Ich glaube, sie war darauf gefasst. Am Ende ist sie gegen ihn angetreten.«

Shindo schüttelte den Kopf.

»Ich habe sie gekannt, seit sie zweiundzwanzig war. Sie hat nie jemanden an sich herangelassen, ihr wahres Gesicht gezeigt.« Er errötete. »Einmal habe ich sie gefragt, ob sie und ich …, aber sie sagte, sie liebt jemand anders. Wenn ich jetzt so zurückdenke, wie sie *ihn* angesehen hat, die Ehrfurcht in ihren Augen. Ich weiß nicht. Und er, er hat sie einfach übersehen, Iwata, sie nie auch nur eines Blickes gewürdigt. Scheiße, ich habe Akashi seit Jahren gekannt, und dann …«

»Es ist vorbei, Shindo. Warum in der Vergangenheit wühlen. Mehr gibt es dazu nicht zu sagen.«

Sie saßen in der warmen, dunklen Stille des Krankenhauszimmers und resümierten die Gewinne und Verluste. Iwata fühlte sich unendlich müde.

Shindo sah das Aquarell an der Wand, das einen Wald darstellte. Er wies auf den Hirsch im Vordergrund, der vornehm den Kopf erhoben hatte, den Horizont im Blick.

»Als Kind hat mich mein Vater einmal auf die Jagd mitgenommen. Wir versteckten uns in einem Gebüsch und warteten Stunden um Stunden. Endlich kam ein Reh vorbei, und mein Vater schoss. Aber das Reh rannte davon, als hätte die Kugel ihr Ziel verfehlt. Ich weinte und schrie: ›Du hast danebengeschossen!‹ Aber mein Vater schüttelte nur den Kopf und zeigte auf die Blutflecken am Boden. Wir folgten der Blutspur, ich weiß nicht mehr, wie lange. Wir überquerten unzählige Felder. Ich hatte keine Ahnung gehabt, wie viel Blut so ein Körper verlieren kann. Schließlich fanden wir den Kadaver, und mein alter Herr erklärte mir: ›Ein Reh hört den Schuss und rennt davon. Als Letztes meldet das Gehirn: Weglaufen! Und der Körper gehorcht, obwohl das Tier eigentlich schon tot ist.‹«

Shindo sah für einen Moment auf die abgekauten Nägel seiner gelben Finger. »Manchmal fällt mir dieses Reh wieder ein. Und dann denke ich, dass wir Menschen gar nicht so verschieden sind. Laufen über Felder, obwohl wir längst tot sind. Unfähig, uns zu verändern.«

Peinlich berührt angesichts seiner Grübeleien stand Shindo auf.

»Na gut«, sagte er lachend. »Ich gehe besser. Sie brauchen Ihre Ruhe.«

Als er die Tür aufmachte, rief Iwata: »He, Shindo. Tun Sie mir einen Gefallen? Dieser junge Kollege aus Setagaya – Hatanaka –, ich schulde ihm noch was. Schlagen Sie ihn für die Stelle als stellvertretenden Kommissar vor. Er wird Ihnen gute Dienste leisten.«

»Mache ich.«

»Noch etwas. Ich weiß, dass Yamada für mich eingesprungen ist. Ich möchte, dass er die Stelle ganz übernimmt. Beide gehören in die Abteilung eins.«

»Okay. Aber was ist mit Ihnen? Wann kommen Sie zurück?«

»Ich komme nicht zurück. Ich kündige.«

Shindo blies die Backen auf und kratzte sich am Hinterkopf.

»Was haben Sie vor?«

»Das weiß ich noch nicht.«

»Es geht mich nichts an, aber es geht mich was an. Haben Sie verstanden?«

Iwata lachte, dann verzog er vor Schmerz das Gesicht.

Zögernd trat Shindo in den Flur und sagte über die Schulter blickend: »Wissen Sie, was komisch ist? Einen Tag bevor Sie bei uns angefangen haben, kam Fujimura zu mir ins Büro und sagte, sie hätten einen Ersatzmann für Akashi eingestellt. Einen Dilettanten mit ein paar Jahren Erfahrung in irgendeinem Provinznest. Ich habe natürlich protestiert. Es hätte zehn andere Bewerber auf Ihre Stelle gegeben. Aber Fujimura sagte, er wolle lieber ein Landei – niedrige Gehaltsstufe, niedriger IQ. Jetzt ist er weg vom Fenster, und es wird sich einiges ändern. Mich eingeschlossen.«

»In einem Punkt hat er recht«, sagte Iwata mit heiserer Stimme. »Das Gehalt ist miserabel.«

Shindo lachte.

Dann wurde er wieder ernst. Es war ein Abschied.

»Ich werde mich nicht dafür bedanken, dass Sie Ihre Arbeit gemacht haben.«

»Sie haben mir vertraut. Das ist mehr wert.«

Shindo klopfte auf den Türrahmen und ging.

Im Aufzug überlegte er, ob sie sich die Hand hätten geben sollen.

38. KAPITEL

# Der neue Weg

Tokios Oberster Gerichtshof ist ein in Beton gegossenes Dalí-Gemälde. An einem herrlichen Frühlingsmorgen werfen die ungewöhnlichen Formen lange Schatten. Im Saal Nummer eins saß Kosuke Iwata vor drei Richtern – Eins, Zwei, Drei. Ihre Roben waren tintenblau, ihre Krawatten blendend weiß. Die riesigen Gemälde hinter ihnen stellten Götter und frühgeschichtliche Ereignisse dar. Über ihnen prangte eine goldene Inschrift mit dem kaiserlichen Siegel, der Chrysantheme, *Im Namen des Kaisers*.

In den Reihen hinter Iwata hatten Vertreter der Nationalen Polizeibehörde, der städtischen Polizei von Tokio und der Justiz mit ernsten Mienen und Handys in der Hand Platz genommen. Sie entwickelten Strategien und erarbeiteten offizielle Argumentationslinien.

Die drei Richter waren unterschiedlichen Alters und Geschlechts, doch alle drei trugen denselben Gesichtsausdruck zur Schau, in ihren Augen lag dieselbe Erwartung, als wären sie aus demselben Holz geschnitzt.

Iwata räusperte sich und beugte sich über das Mikrofon.

»Das ist richtig, Herr Vorsitzender. Wir mussten nach dem Parsimonie-Prinzip vorgehen, also nach der einfachsten Erklärung suchen.«

»Würden Sie uns das freundlicherweise erklären, Kommissar Iwata.«

»Mit anderen Worten, mit Hideo Akashi stimmte etwas von

Anfang an nicht. Er hatte alle relevanten Fälle unter sich – Mina Fongs Stalker, Ikuo Uno, die Takara-Matsuu-Morde und infolgedessen auch die Akten der vermissten Personen. Aber irgendwie ergab das keinen Sinn. Bis zu der Nummer im Aufzug …«

Richterin drei hob die Hand.

»Sie meinen das Überwachungsvideo aus dem Haus von Mina Fong.«

»Richtig, Frau Vorsitzende. Mir wurde klar, dass Akashi sie als Letzter lebend gesehen hatte. Aber angeblich war er ja zu dem Zeitpunkt schon tot. Wie konnte er also etwas damit zu tun haben? Die Antwort war ganz einfach. Er lebte noch. Akashi hat Mina bei seinem ersten Besuch in ihrer Wohnung getötet. Das Täuschungsmanöver hat die Zeitebenen durcheinandergebracht und ihm ein wasserdichtes Alibi verschafft. Nicht dass er jemals ernsthaft verdächtigt worden wäre. Aber dadurch konnte er sich quasi in aller Öffentlichkeit verstecken. Wer kehrt schon maskiert an einen Tatort zurück, nachdem er jemanden getötet hat? Und wer würde erst recht den großen Hideo Akashi verdächtigen?«

Die drei Richter sahen sich verstohlen an. Hinter Iwata erhob sich ein Murmeln.

Richter zwei, der Älteste, räusperte sich.

»Deswegen haben Sie zu dem Zeitpunkt Ihre Ermittlungen auf den leitenden Hauptkommissar Akashi konzentriert.«

»Richtig, Herr Vorsitzender. Es hat sich herausgestellt, dass ein Obdachloser, ein ehemaliger Kollege von Hauptkommissar Akashi namens Ryozo Suzuki, gebeten worden war, die Leiche offiziell zu identifizieren. Eine Leiche ohne Gesicht. Eine Leiche, die die passende Größe aufwies, mit kürzlich geschorenem Schädel und gebrochenen Fingern, damit Akashis Ring passte. Eine Leiche, die meiner Ansicht nach die von Takara

Matsuu war, einem Kindermörder, nach dem kein Mensch fragen würde.«

Richter eins hüstelte und nahm seine Brille ab.

»Kommissar. Aber Sie haben zu keinem Zeitpunkt Bedenken gegenüber Ihrem Vorgesetzten geäußert oder um Unterstützung gebeten. Das war möglicherweise nicht die klügste Vorgehensweise, oder?«

»Mit Verlaub, es war die einzig richtige Vorgehensweise. Ich dachte mir, dass der Mörder einen Informanten im Polizeiapparat hatte. Dazu war alles zu perfekt. Er war uns immer einen Schritt voraus. Was nicht weiter erstaunlich ist angesichts der Schweinereien, die Akashi gegen jeden in der Hand hatte.«

Richter zwei hob die Hand.

»Sie sprechen über einen Gegenstand laufender Ermittlungen, Kommissar. Ich verbitte mir solch eine saloppe Redeweise.«

Iwata lächelte dünn.

»Verzeihung, Herr Vorsitzender. Ich wollte nur darauf hinaus, dass das Ausmaß der Korruption – der mutmaßlichen Korruption – in der Abteilung eins so groß war, dass es keine sichere Stelle mehr gab, an die ich mich hätte wenden können. Nur weil ich diese Dinge für mich behielt, konnte ich sicher sein, dass meine ... Improvisation mit Yoshi Tachibana auch funktionieren würde.«

Richter eins schnalzte mit der Zunge.

»Das ist eine interessante Wortwahl, Herr Kommissar. Wollen Sie damit im Nachhinein anerkennen, welchen Schaden Ihr kleiner Trick möglicherweise angerichtet hat? Nicht nur in finanzieller Hinsicht für die Polizei von Tokio, sondern für das öffentliche Vertrauen in die japanischen Strafverfolgungsbehörden allgemein. Ehrlich gesagt ist es mir schleierhaft, warum diese Improvisation, wie Sie es so ungeniert nennen, keine Rolle bei der Untersuchung der Staatsanwältin Murata spielt.«

Iwata verbeugte sich.

»Verzeihung, Herr Vorsitzender. Ich übernehme die volle Verantwortung für mein Verhalten und habe daher Hauptkommissar Shindo vergangene Woche bereits meinen Rücktritt angekündigt.«

Die Richter sahen sich an.

»Darüber findet sich in unseren Unterlagen nichts.«

Shindo, oben auf der Galerie, vermied jeden Blickkontakt.

»Hauptkommissar Shindo hat womöglich gehofft, ich würde im Polizeidienst bleiben. Mein Entschluss ist jedoch endgültig.«

Richterin drei nickte.

»Also gut, Herr Kommissar. Fahren wir fort. Wann waren Sie von Akashis Schuld überzeugt?«

»Das Filmmaterial aus den Überwachungskameras an der Regenbogenbrücke hat meinen Verdacht bestätigt. Akashi und Matsuu waren zwei Tage vor Akashis angeblichem Selbstmord auf der Brücke. Er hat Matsuu getötet, seinen Schädel rasiert und ihm, nachdem er tot war, die Verletzungen im Gesicht zugefügt. Das gab Akashi zwei Tage Zeit, um seinen Plan auszuführen. Dann tauschte er mit der Leiche die Kleider, band sich an den leblosen Körper und sprang.«

Nummer eins meldete sich.

»Zugegeben, Hideo Akashis Geistesverfassung könnte sich ein wenig verändert haben. Doch Ihnen und auch den vorliegenden Beweisen zufolge handelt es sich um eine Person, die zu minutiöser Planung imstande ist. Eine Person, die imstande ist, sich über lange Zeit den Behörden zu entziehen, ob nun mit Hilfe des Apparates oder nicht. Wie erklären Sie sich diesen Widerspruch? Einerseits ein sorgfältiger Stratege, andererseits ein gestörter Mensch, der einen lebensgefährlichen Sprung aus fünfzig Metern Höhe wagt.«

Iwata blätterte in den Seiten vor ihm.

»Wenn Sie gestatten, Herr Vorsitzender, würde ich gerne aus dem psychologischen Gutachten von Dr. Hayashi zitieren.«

Richter eins nickte.

»Bei dem Probanden bestehen klare Anzeichen einer dissoziativen Identitätsstörung. Hauptpersönlichkeit ist ›der Schamane‹, die er vermutlich nach dem Sprung von der Regenbogenbrücke angenommen hat. Die Person Hideo Akashi hörte damit auf zu existieren. Der Proband sieht sich als die lebende Verkörperung der Zerstörung der ›alten Welt‹, und sein Daseinszweck besteht einzig darin, den Weg für eine ›neue Wirklichkeit‹ zu ebnen. Jedoch verweigert er jegliche Diskussion über seine Ansichten, die neue Welt betreffend, und verschließt sich, wenn er dazu gedrängt wird. Allerdings bekennt er sich zu seinem Glauben an die Sekte der sogenannten Kinder der Schwarzen Sonne und zu ihrer kriminellen Vertreterschaft. Er sieht sich als ein Mönchskrieger, als glühender ›Mörderapostel‹, der bereit ist, auf ein Wort seines Gurus Takashi Anzai Verbrechen zu begehen. Der Proband räumt eine extrem enge Bindung zu ihm ein, eine Vater-Sohn- beziehungsweise Führer-Anhänger-Dynamik. Zwar gehen bei dem Probanden Realität und Fantasie häufig und nahtlos ineinander über, dennoch halte ich es in jedem Fall für geboten zu untersuchen, ob sich die Sekte möglicherweise neu gegründet hat. Akashis Überzeugung von der Ankunft einer neuen Welt sollte man als durchaus plausibel betrachten. Wenn man ihm Glauben schenkt, wird die Schwarze Sonne aufgehen. An jedem Tatort hat er seine Signatur hinterlassen, und zwar das Symbol der schwarzen Sonne, die für das Ende des Alten und den Anbruch des Neuen steht. Obwohl er über eine stabile psychologische Konstitution und eine unglaublich hohe Bildung verfügt, ist Hideo Akashi ein akribischer und hochgefährlicher Mensch. Und aufgrund der vielen Gespräche, die ich mit ihm geführt habe, gibt es für mich keinen Zweifel, dass er, falls er freigelassen wird, wieder tötet. Denn mental ist er so flexibel, dass er sich nach Vollendung seines Kreuzzugs eine neue Rechtfertigung sucht. Hideo Akashi stellt für mich einen der komplexesten und gefährlichsten Kriminellen in der japanischen Geschichte dar. Ich empfehle eine Inhaftierung in eine streng gesicherte psychiatrische Einrichtung auf unbestimmte Zeit.«

Iwata legte die Blätter hin und fuhr fort.

»Um auf Ihre Frage zurückzukommen, Herr Vorsitzender, dass Menschen, die sich schutzlos aus großen Höhen herabstürzen, trotzdem überleben, ist durchaus keine Seltenheit. Akashi war sich des Risikos sehr wohl bewusst. Ebenso wird er gewusst haben, dass er danach völlig freie Hand hatte, um seinen Auftrag zu erfüllen. Wenn wir Dr. Hayashis Analyse folgen, hat er es als eine Art Prüfung betrachtet. Eine Feuertaufe sozusagen. In der Bucht wieder an Land zu kriechen könnte für Akashi auch gut eine Bestätigung für das Göttliche seiner Arbeit gewesen sein.«

»Was ist mit Kommissaranwärterin Sakai, beziehungsweise Midori Anzai, um sie beim richtigen Namen zu nennen?«

Iwata stellte sich vor, wie Sakai ängstlich die Hand der Mutter umklammert, als sie die Seilbahnkabine betritt. Er stellte sich vor, wie Keiko die Fahrgäste mit dem Messer bedroht und sich ihr Blick auf Akashi heftet. *Komm mir nicht zu nahe.* Er stellte sich vor, wie Akashi das kleine Mädchen hochhebt und die Kabine verlässt.

*Ich werde mich ab jetzt um dich kümmern.*

Iwata seufzte.

»Kommissaranwärterin Sakai war eine begabte und motivierte Ermittlerin. Ohne sie würde Akashi immer noch frei herumlaufen, und sehr wahrscheinlich wären noch mehr Menschen gestorben. Ich habe mich sehr gefreut, als ich erfuhr, dass

Hauptkommissar Shindo sie im Nachhinein zur Beförderung zum Kommissar vorgeschlagen hat und ihr posthum die höchste Auszeichnung verleiht.«

Richter zwei schnaubte und sah zu Shindo.

Dieser hatte sich aufgerichtet und hielt dem Blick stand.

»Der Oberste Gerichtshof ist nicht zusammengekommen, um über Fragen der beruflichen Anerkennung zu befinden.«

»Ihre Frage hatte allgemeinen Charakter, Herr Vorsitzender.«

»Dann will ich mich klarer ausdrücken. Glauben Sie, dass Noriko Sakai im Zusammenhang mit dem Fujimura-Skandal frei von Schuld ist?«

Länger als den Anwesenden lieb war, starrte Iwata ihn an.

»Herr Vorsitzender, wenn Sie nach der moralischen Schuld fragen, dann bin ich der festen Überzeugung, dass Noriko Sakai unschuldig ist. Nach meiner eigenen bescheidenen Erfahrung im Polizeidienst kann ich sagen, dass ich bisher mit keinem anständigeren Kollegen zusammengearbeitet habe.«

Richterin drei hob die Hand. Sie hatte genug gehört, ordnete ihre Papiere und sah zur Uhr. Sie warf Nummer zwei einen Blick zu. Zwei schüttelte den Kopf. Und auch Nummer eins schüttelte den Kopf.

Sie zuckte mit den Schultern.

»Gut, Kommissar Iwata. Sie sind entlassen.«

Die Hände in den Taschen vergraben schlenderte Iwata den Flur entlang, vorbei an Marmorskulpturen von längst verstorbenen Richtern und Staatsanwälten. Seine Schritte hallten auf dem Speckstein wider. Er sah Sakai vor sich, wie sie heißen Kakao trank und in einer Akte blätterte.

*Offenbar suchen wir nach einem Riesen.*

Er stellte sich vor, wie sie per Funk durchgegeben hatte: *Mutmaßlicher Täter festgenommen, Fall abgeschlossen.* Er vernahm ihr ansteckendes Lachen, das echte Lachen, das sie vor anderen verbarg und das niemand, der es je gehört hatte, vergaß.

Iwata seufzte. Auf einmal vernahm er Schritte, Highheels. Er drehte sich um und sah eine große Frau mittleren Alters in einem malvenfarbenen Kostüm auf sich zukommen. Sie trug goldene Ohrringe und grinste breit.

»Iwata!«

Als sie vor ihm stand, verbeugten sie sich voreinander, Iwata tiefer als sie.

»Sie wissen, wer ich bin?«, fragte sie.

»Sie sind die Staatsanwältin.«

»Und obendrein keine sehr tüchtige. Ich begleite Sie nach draußen, Herr Kommissar.«

»Über kurz oder lang darf man mich nicht mehr so anreden.«

Murata lachte herzlich. Sie hatte sich nicht die Mühe gemacht, ihre Augenfalten mit Make-up zu kaschieren, und das Haar hatte sie zu einem einfachen Pferdeschwanz zusammengebunden. Sie hatte etwas Angenehmes, doch zugleich Einschüchterndes an sich.

»Ihre Arbeit kann nicht genug gewürdigt werden, Iwata. Ich möchte mich für Ihren Mut und Ihre Entschlossenheit bedanken. Tokio ist dank Ihnen heute ein besserer Ort.«

»Ich bitte Sie …«

Murata unterbrach ihn und legte ihm die Hand auf die Schulter.

»Nein. Ich akzeptiere keine Bescheidenheit. Schon gar nicht an so einem Tag wie heute. Ich wollte Ihnen nur meinen Dank aussprechen.«

»Sehr freundlich.«

Sie lächelte, und sie setzten ihren Weg fort.

»Soweit ich weiß, hat Shindo Ihre Kündigung angenommen.«

»Ja.«

»Und ich weiß auch, dass Sie ein störrischer Mensch sind.«

»So sagt man.«

Sie hatten den Haupteingang erreicht, und Murata gab ihm ihre Visitenkarte.

»Sie sollen wissen, dass ich gute Leute wie Sie in dieser Stadt gebrauchen kann. Nicht nur ich, Tokio braucht Sie.«

Er schüttelte lächelnd den Kopf.

»Die Stadt kommt auch ohne mich zurecht.« Iwata sprang die Treppenstufen hinunter. »Danke nochmal.«

»Alles Gute, Kommissar«, rief sie.

»Ebenfalls.«

Draußen, in einem hellen Leinenhemd und mit Sonnenbrille, stand Yoji Yamada an den schwarzen Isuzu gelehnt. Er faltete seine Zeitung zusammen, damit die Schlagzeilen – Betrug, Korruption, Polizistenmorde in fettgedruckten Großbuchstaben – nicht zu sehen waren.

»Ein Polizist, der nicht in Handschellen ist. Ein seltener Anblick heutzutage in dieser Stadt.«

»Ich quittiere den Dienst. Und Sie? Gehen Sie auf eine Kreuzfahrt?«

Yamadas Lächeln verblasste.

»Hören Sie, Iwata. Ich habe ein bisschen nachgeforscht. Schon mal von Theta gehört?«

»Die sind doch Dauerthema auf den Meinungsseiten in allen Zeitungen. Neue Religion oder Sekte, nach dem Muster.«

»Letzteres, davon können Sie ausgehen. Wie dem auch sei. Sie erinnern sich an Akira Anzai?«

»Ja. Takashi Anzais ältester Sohn.«

»Genau der. Ich habe mal bei der Finanzaufsicht nachgefragt. Dort gilt Akira Anzai offiziell als der neue Führer von Theta. Die Theta-Leute sind äußerlich unauffällig, friedliche und fromme Gläubige. Sie haben sogar ein imposantes Hilfsprogramm für Erdbebenopfer auf die Beine gestellt. Aber ich habe da so meine Bedenken, wenn man sich ihre Steuererklärungen ansieht. Theta ist auf Wachstumskurs. Sie haben doch auch das Foto von ihm auf dem Sektengelände gesehen.«

»Und?«

»Ich finde, wir sollten Theta überwachen. Dazu brauchen wir einen Gerichtsbeschluss, aber den würden wir bestimmt bekommen. Sie sagten, Akashi hätte ausdrücklich von einem neuen Weg gesprochen. Die Kinder der Schwarzen Sonne glauben an einen neuen Weg, einen Neuanfang, an eine neue Erscheinung. Was, wenn es da einen Zusammenhang gibt?«

Iwata stieg ins Auto und kurbelte das Fenster hinunter.

»Worauf wollen Sie hinaus, Yamada?«

»Vielleicht ist Akashi doch nicht der einsame Wolf und ebnet der neuen Gruppe, oder was immer sich hinter der ganzen PR von Theta versteckt, den Weg? Vielleicht ist er gar nicht so verrückt, wie er sich gibt.«

»Sie können mir glauben. Der Mann ist verrückt.«

»Kann ja sein, aber dann beantworten Sie mir eine Frage. Sehen seine Morde nicht danach aus, als wollte er etwas zu Ende bringen? Als wollte er die Vergangenheit scharf von der Zukunft trennen? Könnte es nicht sein, dass Akashi sich dem neuen Weg anschließen will und deswegen jeden beseitigt, der von seiner Vergangenheit weiß? Dass er …«

Iwata gab ihm Muratas Visitenkarte.

»Yoji, ich bin draußen.« Er tätschelte seinen Arm. »Tokio hat jetzt Sie.«

39. KAPITEL

# Blue Light Yokohama

Kurz nach Tagesanbruch packte Iwata seine Sachen. In nicht einmal einer Viertelstunde hatte er all seine Habseligkeiten im Auto verstaut. Er klappte den Kofferraum zu und schaute ein letztes Mal hoch zu dem Fenster seiner Wohnung. Er hatte sich nie zu Hause gefühlt in Motoyoyogicho. Als er den Motor anließ, empfand er nichts, gar nichts, es war, als verließe er ein mittelmäßiges Hotel.

Iwata fuhr auf stillen Nebenstraßen nach Shibuya. Tokio baute seine zerstörten Viertel wieder auf, wie immer. Durch die Windschutzscheibe flimmerten von einem gigantischen LED-Schirm über einem Kaufhaus die Nachrichten. Eine berühmte junge Schauspielerin gab ihre Hochzeit mit dem Mitglied einer Nachwuchsband bekannt. Ein beliebter Komiker entschuldigte sich beim Publikum für seine Steuervergehen. Japan hatte eine neue Nummer eins auf der Hitliste. Die Sendung endete mit dem Slogan einer Versicherung: *Japan, wie es sein sollte.*

Am Südeingang des Bahnhofs Shibuya hatten sich die ersten Straßenhändler eingefunden, scherzten miteinander, rauchten und tranken Kaffee.

Iwata fuhr die Meguro-Straße entlang und hörte Radio.

*Sechs Monate nach der Installation speziell angefertigter LED-Leuchten über den Bahnsteigen der Yamanote-Linie bewerten Politiker und Bahnmanager die Idee als Erfolg. Obwohl 2011 die Zahl von dreißigtausend Selbstmorden bereits über-*

*schritten wurde. Für Hiroshi Namba, Direktor des gemeinnützigen Vereins für Suizidprävention, ist diese Zahl nicht überraschend.*

Man hörte eine sanfte männliche Stimme.

*Die Situation ist sehr ernst. Natürlich hoffe ich, dass diese blauen Strahler helfen. Aber es ist ein Tropfen auf den heißen Stein. Die Schienensuizide machen im Jahr etwa vier bis sechs Prozent aus. Jede positive Maßnahme ist willkommen, doch viel dringender brauchen wir eine dauerhafte Unterstützung. Auf der Straße, zu Hause, am Arbeitsplatz. Häufig sind die Menschen mit vielen Problemen konfrontiert. Arbeitslosigkeit führt zu Schulden, Schulden führen zu Depressionen, Depressionen führen zu Selbstmordgedanken. Es gibt kein Patentrezept, aber wir brauchen insgesamt eine viel größere gesellschaftliche Unterstützung – nicht nur ein paar blaue Lichter.*

Zurück zum Nachrichtensprecher.

*Vor vier Jahren veröffentlichte die Regierung ihre ›Informationsschrift Suizid‹ und setzte Mittel in Höhe von 12,4 Milliarden Yen zur Suizidprävention ein. Für 2017 erwartete man erste positive Ergebnisse, doch bereits jetzt, nach vier Jahren, wird deutlich, dass Japan noch einen weiten Weg vor sich hat. Die blauen LED-Strahler werden uns wohl noch lange Zeit erhalten bleiben. Sumiko Shimosaka berichtet für Sie aus ….*

Iwata schaltete das Radio aus.

Vor dem Mietlager Matsumoto lud er seine abgestellten Kartons ins Auto. Als er fertig war, ging er zu der Durchreiche in der Mauer und bestellte einen Imbissteller mit Gemüse und Garnelen-Teigtaschen.

»Sie sind ja wieder da«, sagte der alte Koch grinsend. »Ein Mann, der seine Versprechen hält.«

Kauend beobachtete Iwata das Treiben auf der Hauptstraße. Man sollte nicht meinen, dass Japan erst vor wenigen Tagen Furchtbares erlitten hatte. Am Ende der Straße stand zaghaft eine Reihe Kirschbäume in bescheidener Blüte.

Kurz vor Mittag zahlte Iwata noch ausstehende Rechnungen der Nakamura-Anstalt für Cleo und die bis Ende des Jahres anfallenden Kosten. Dann fragte er, ob er etwas spenden dürfe. Erstaunt willigte die Schwester ein. Doch als Iwata auf die neben seinem Auto gestapelten Pappkartons zeigte, schien die Schwester ratlos.

»Ich verstehe nicht.«

»Meine Frau hatte in Kalifornien einen Plattenladen. Ich möchte ihre Platten der Anstalt schenken. Und es würde mich freuen, wenn sie sie ab und zu hören könnte.«

Die Schwester nickte verlegen.

»Selbstverständlich.«

Iwata füllte ein Formular aus und lieh sich einen der besseren Rollstühle des Instituts. Er fand Cleo an ihrem gewohnten Platz im Garten. Behutsam setzte er sie in den Stuhl, wobei er darauf achtete, ihre schwachen Muskeln nicht zu verletzen. Im Auto klappte er den Beifahrersitz nach hinten und bettete ihren Kopf auf ein erhöhtes Kissen.

Die Fahrt nach Chōshi dauerte lange, und sie hielten häufig an, weil Cleo sich übergeben musste. Kurz vor Sonnenuntergang kamen sie an. Trotz der zahlreichen Erdbebenschäden fiel Iwata auf, wie wenig sich die Stadt verändert hatte, seit sie hier gewohnt hatten. Es war immer noch eine biedere Kleinstadt, die von Sojaproduktion und Fischfang lebte. Während der Fahrt entlang des Tone dachte er an die Vergangenheit. Nach seiner Polizeiausbildung im Ausland war nur Chōshi bereit gewesen, ihn wieder einzustellen. Cleo war ihm wenige Monate später gefolgt. Zuerst hatte sie sich über die Stadt lustig gemacht, in der sie nichts anderes sah als die Kulisse ihres neuen Lebens. Doch dann hatte sie die Küste entdeckt, zum Leuchtturm hinaufgeschaut und gelächelt.

*Zuhause.*

Jetzt hatte Cleo die Augen geschlossen, bei diesem Licht vielleicht nur vorübergehend, sie war müde von der langen Fahrt. Iwata fiel auf, dass er sich zwar ihr Lächeln noch lebhaft vorstellen konnte, ihre Stimme jedoch nicht mehr im Ohr hatte. Er erinnerte sich an ihre Klangfarbe. An ihren singenden Tonfall zwischen Schwärmerei und Verspieltheit. Doch er war zu lange ohne ihre Stimme ausgekommen, ohne ein einziges Wort aus ihrem Mund. Es war unvermeidlich, dass sie ihm mit der Zeit verloren gehen würde.

Der Leuchtturm von Inubōsaki kam in Sicht, sein Licht durchbohrte den Goldsaum des Sonnenuntergangs.

Iwata hielt im Schatten des Turms an und wandte sich Cleo zu, die wegen der plötzlichen Stille aufgewacht war. Er klappte den Rollstuhl auseinander und setzte sie hinein. Als er den Stuhl zum Leuchtturm drehte, fing sie an, sich zu winden und laut zu wimmern. Ungerührt schob Iwata sie zu einer Bank. Das Meer seufzte.

Es herrschte jenes perfekte Licht, wie es sich nur früh morgens oder in der abendlichen Dämmerung einstellt. Es war ein wunderschönes, goldenes, fast überirdisch strahlendes Licht, das nahezu endlos lange Schatten erzeugte. Es schien unmöglich, dass dieser Augenblick jemals wiederkehrte.

Iwata küsste Cleo auf die Wange, und sie blinzelte. Früher hatte ihr ein eigener Geruch angehaftet, heute war es der Limonenduft von Erfrischungstüchern. Er ging in die Hocke, sah sie an, konnte aber keinen Ausdruck in ihrem Gesicht feststellen. Er vermisste ihre konzentrierte Miene. Selbst beim Zeitungslesen hatte sie herrschaftlich ausgesehen. Oder wenn sie Wimperntusche aufgetragen und mit den Lippen ein O geformt hatte. Lippen, die er gerne küssen würde.

»Na gut«, sagte Iwata. »Genug.«

Er ging bis zum Rand der Klippe und warf Blumen hinunter. Er zählte bis drei und zwang sich hinunterzuschauen.

Endlich sah er sie.

Es waren nur Felsen.

Er ging zurück zu seiner Frau, kniete vor ihr und nahm ihre Hände.

»Ich muss dir etwas sagen, Cleo. Ich träume immer wieder von dir und dem Baby, dass ihr in die Tiefe fallt. Ich kann diesen Traum nicht mehr ertragen. Es geht einfach nicht.«

Er senkte den Kopf.

»Ich liebe dich immer noch sehr. Ich liebe auch Nina immer noch. Ich werde euch beide immer lieben. Mehr als das Leben. Aber ich muss von vorne anfangen. Verstehst du das? Wenn ich das nicht tue, sitze ich auf Dauer hier fest. Ich hoffe, du verzeihst mir. Das und alles andere. Es tut mir sehr leid. Wirklich.«

Cleo schloss die Augen. Sie sah müde aus. Iwata setzte sich auf den Boden, lehnte sich an sie und betrachtete den Sonnenuntergang.

Über ihnen erhob sich der Leuchtturm.

Ein kühler Morgen westlich von Miyama. Blaues Licht kroch über die Berge am Horizont. Iwata hielt den Wagen an. Er wusste nicht, wie spät es war, aber egal. Er hatte sich an den Zustand der Erschöpfung gewöhnt. Die Straße ging über in ein verwildertes Feld, das zu einem tiefen Tal hin abfiel. Um ihn herum erstreckten sich Hügel wie grüne Pyramiden. Ein Fluss durchschnitt sie, der in dem Licht silbrig schimmerte.

Iwata stieg aus und nahm eine Tasche mit. Er ging hinab zu dem Fluss und folgte ihm, bis er zu einem alten, vertrauten Wäldchen kam. Er kroch zwischen den Bäumen hindurch und erreichte das Feld, nach dem er gesucht hatte. Etwas hatte sich verändert. Keine hohen Tore, keine Mauern, keine Kirche. Das Waisenhaus Sakuza gab es nicht mehr, nur ein paar Fundamente im Gras waren übrig geblieben. Zwischen den bröckelnden Ziegeln wuchsen Glockenblumen. Sakuza war weg, wie so vieles andere.

Iwata überquerte das Feld und betrat den dichten Wald dahinter. Er suchte das Geräusch. Das Geräusch aus seinen Träumen. Die Sonne stach durch das Blätterdach. Vögel zwitscherten. Leises Insektenbrummen. Er ging an dem Grat entlang, spürte die felsige Kante aus der Erinnerung auf. Die Form der Steine, der satte Geruch der Blätter, das Geräusch des Wassers entfachten Bilder in ihm, Anklänge an die Kindheit, die Iwata sich nicht erklären konnte. Er konnte sie nicht festhalten.

Plötzlich entdeckte er den Stein. Eine lebhafte Erinnerung an Kei, wie er auf den Stein klettert, eine Pose einnimmt und Uesugis Predigt nachmacht. Da war der Baum, an den er sich vor vielen Jahren lachend gelehnt hatte. Ihm fielen wieder die Worte ein.

»Lasset uns nicht fürchten den Bären«, flüsterte er.

Aus der Zeit vor dem Waisenhaus hatte Iwata nur Erinnerungsfetzen. Seine Mutter, die Parfum aufträgt. Er, ausgesetzt auf dem Busbahnhof. Die erste U-Bahn-Fahrt in Tokio. Ein gutes, starkes Bild. Er liebte die etwas heruntergekommene Yamanote-Linie, die sich hoch über die Stadt erhebt und deren Gleise unmittelbar an Schlafzimmerfenstern vorbeiführen. Die Straßen verwandelten sich in Bühnen; verschwommen, dennoch irgendwie scharf, wahrgenommen durch die melancholischen Augen eines Kindes. Iwata war an einem Leben vorbeigerast, das ihm nie vergönnt gewesen war, ein Leben, das er selbst nie gelebt hatte. Doch ein Zuhause war Tokio nie gewesen. Damals nicht, heute nicht. Iwata sah sich im Wald um. Wenn es überhaupt je ein Zuhause gegeben hatte, dann hier.

Der Grat war schmaler geworden, und Iwata musste sich an Ästen festhalten. Die Sonne warf weiße Flecken auf den goldbraunen Teppich unter ihm. Mit einem Mal hörte er das Geräusch. Den Strudel. Ein Donnern, unterlegt von einem Gemurmel.

Ug. Ug. Ug.

Iwata folgte ihm. Die Temperatur fiel spürbar. Das Ende des Grats war so schmal, dass er gerade noch stehen konnte. Ein einsamer, kahler Felsvorsprung. Iwata holte Luft und schaute hinunter.

Das drehende, schimmernde Auge des Strudels blinzelte zu ihm herauf.

Er machte die Tasche auf und holte die Blue-Light-Yokohama-LP heraus, die Kei ihm vor vielen Jahren geschenkt hatte.

Er fuhr mit dem Finger über die verblassten Sticker auf dem Cover. *25. Dezember 1968. Evergreen Standard. Number One Bestseller.*

Zuerst warf er das Cover hinunter, und Ayumi Ishidas betörendes Lächeln wurde in die Tiefe gerissen.

Dann war sie weg.

Er zerbrach die Schallplatte überm Knie und warf auch sie hinunter. Schwarze Scherben schimmerten für einen Moment auf, dann verschwanden sie.

»Ich liebe dich auch«, sagte Iwata leise. Dann ging er.

Der Strudel drehte sich.

Er dreht sich.

Er lächelt.

40. KAPITEL

# Sonnenpavillons

An einem sonnigen trägen Nachmittag saß Kosuke Iwata auf der Terrasse der Universität von Kyoto gegenüber dem alten Kampherbaum, trank Eistee und lauschte den Gesprächsfetzen. Die ersten Studenten waren aus den langen Semesterferien zurückgekehrt. Frisbeescheiben schwirrten über den Rasen. Das Seilspringteam hatte sein Training nach draußen verlegt. Studenten saßen im Kreis auf dem warmen Betonboden und spielten Karten. Ein junger Mann rieb seiner Freundin die Schulter mit Sonnenschutzcreme ein. Die Redaktion der Studentenzeitung diskutierte die Titelseite der neuen Ausgabe – der Fukushima-Albtraum, die nach dem Tsunami immer noch vermissten Studenten und der tödliche Unfall einer japanischen Studentin an den Niagarafällen. Aus einer Laune heraus rief er Professor Igarashi an.

»Hallo?«

»Guten Tag, Professor. Ich bin es.«

»Ah, Kommissar. Glückwünsche sind wohl angebracht.«

»Danke. Sind Sie gerade in Kyoto?«

»Nein. Mein Semester fängt kommende Woche an. Warum? Doch nicht schon wieder ein Azteken-Mord?«

Iwata lachte.

»Nein. Obwohl ich Sie gerne etwas fragen wollte, was mich schon lange beschäftigt. Nach unserem ersten Treffen habe ich einen rußigen Fleck entdeckt …«

»Ja?«

»Der Mörder hat am Tatort auch Rußflecken hinterlassen.«

Igarashi lachte.

»Deswegen hatten Sie mich in Verdacht?«

»Der Gedanke war nicht ganz abwegig.«

»Na gut, dafür werden Sie schließlich bezahlt.« Igarashi schien eher belustigt als verärgert. »Meine Verdauungsprobleme, Kommissar. Ich habe Ihnen davon erzählt, in meinem Büro, falls Sie sich erinnern. Die Wirklichkeit ist viel banaler, fürchte ich. Mein Arzt hat mir Kohletabletten verschrieben.«

»Kohletabletten.« Iwata lächelte reuevoll.

»Und wieder ein Rätsel gelöst, was?«

»Jemand hat mir mal gesagt, ich würde oft den Wald vor lauter Bäumen nicht sehen.«

»Wahrscheinlich leisten Sie deshalb so gute Arbeit.«

»Ich werde Sie nicht weiter belästigen, Herr Professor. Versprochen.«

»Aber nicht doch. Sie können sich jederzeit bei mir melden, wenn Sie Fragen haben.«

»Ja, wo wir gerade davon sprechen. Was heißt eigentlich ›ma 'taali 'teeni'‹?«

»Ich glaube, das ist Mayathan. Es ist eine Entschuldigung.«

»Und was heißt ›hach k'as, eek‹?«

»Dreck, Sie Stück Dreck, etwas in der Art.«

Iwata nickte.

»Nochmals vielen Dank für Ihre Hilfe. Machen Sie es gut, Yohei.«

»Kosuke.«

Iwata legte auf, und in der Ferne läutete eine Klingel. Die Studenten nahmen ihre Rucksäcke, bezahlten ihre Rechnungen, verabschiedeten sich.

Bis später.

Bis morgen.

Bis demnächst irgendwann.

In dem kühlen, dämmrigen Gang blieb Iwata vor der Tür mit dem Schild *Psychologie und Semiotik* stehen.

Drinnen war Musik zu hören, die Iwata nicht kannte. Er klopfte zaghaft.

»Herein«, rief eine Frauenstimme.

Er öffnete die Tür, und Emi Hayashi blickte von ihrem Schreibtisch auf.

»Guten Tag«, sagte er.

»Ach, Sie.«

Warmes Sonnenlicht und Schweigen.

»Möchten Sie zu David?«, fragte sie.

Iwata schüttelte den Kopf.

»Oh.« Sie wurde rot und sah auf ihren Schreibtisch. »Kommen Sie. Wir machen einen Spaziergang.«

»Ja. Gerne.«

Iwata und Hayashi schlenderten den Philosophenweg entlang und teilten sich eine Tüte Sonnenblumenkerne. Touristen machten Fotos von dem Fluss neben dem Weg und den ausladenden Bäumen. Hayashi gestikulierte heftig beim Reden.

»Akashi hatte einen Spezialauftrag und sollte sich bei den Kindern der Schwarzen Sonne einschleusen. Er hat sich in der Sekte hochgedient und wurde Takashi Anzais engster Vertrauter und tapferster Soldat. Am Ende steckte er so tief drin, dass er zu ihrem Glauben übergetreten ist. Er nahm den Mythos des Weltuntergangs für bare Münze. Die Zeichen standen aber schon auf Sturm, den offiziellen Status als legale religiöse Gemeinschaft hatte man der Sekte bereits entzogen. Sie war kurz vor dem Bankrott. Akashi erhielt von Anzai persönlich den Auftrag, Keiko und alle, die vor der Staatsanwaltschaft umkippen könnten, ausfindig zu machen.«

»Und jetzt?«

»Er hält an seiner Mission fest und glaubt, dass Anzai wiederauferstehen wird. Nach seiner Überzeugung wird der Gott Tezcatlipoca die Welt zerstören, falls wir keinen Blutzoll zahlen.«

An einem Getränkeautomaten kaufte Iwata zwei Dosen Eiskaffee.

»Wie kann man nur so leben? Im Heute und gleichzeitig in einer vorzeitigen Mythologie?«

Hayashi zog die Mundwinkel nach unten und zuckte mit den Schultern.

»Die Mythologie war schon immer für viele Menschen eine Möglichkeit, sich das Unerklärliche zu erklären.«

»Werden wir jemals erfahren, was bei ihm den Bruch mit der Wirklichkeit ausgelöst hat?«

»Schwer zu sagen. Aber er nimmt schon eine ganze Zeit lang LSD. Keine Droge, von der man leicht abhängig wird, aber er leidet auf jeden Fall unter HPPD, einer dauerhaften Wahrnehmungsstörung durch den Konsum von Halluzinogenen. Im Grund ist man da ständig auf einem Trip. Informationen fluten seine Hirnrinde, Gegenwart und Vergangenheit vermischen sich, die Dinge werden schemenhaft, tauchen auf oder verschwinden. Wahrscheinlich interpretiert Akashi die Wirklichkeit in seinem Sinn, statt sie als eine fixe äußere Welt zu sehen, so wie wir sie als gegeben hinnehmen. Das muss furchtbar sein.«

»Die Wirklichkeit zum Überleben. Die Fantasie zum Leben«, sagte Iwata zu sich selbst.

In der Ferne bellte ein Hund. Iwata sah wieder Akashis Gesicht über sich und spürte, wie sein Brustkorb aufgerissen wurde. Die Erinnerung verursachte kein Unbehagen mehr, er wollte nur die Narben unter der Kleidung berühren.

Sie gingen um eine Gruppe älterer Touristen herum, die eine

Reihe besonders fotogener Kirschbäume umschwärmten. Hayashi zerknüllte die leere Aludose und steckte sie in die Tasche.

»Ich möchte mich bei Ihnen bedanken, Emi«, sagte Iwata. »Ihr Gutachten hat vor Gericht voll eingeschlagen.«

Sie lachte. »Ich bin nur froh, dass man Sie nicht eingesperrt hat.«

Schweigend gingen sie weiter.

»Darf ich Sie etwas Persönliches fragen?« Sie blickte ihn an. »Als Sie ihn geschnappt haben, was haben Sie dabei gefühlt?«

»Ich weiß es nicht mehr. Ich weiß nur noch, dass ich in einem Krankenhauszimmer saß und geheult habe, aus keinem besonderen Grund. Sehr seltsam.«

»Das finde ich ganz und gar nicht seltsam. Wenn ich das sagen darf.«

Sie gingen neben einem plätschernden Bach her. Drei Katzen balancierten auf freiliegenden Baumwurzeln und versuchten, Karpfen zu fangen. Iwata und Hayashi blieben kurz stehen und schauten ihnen zu.

»Kosuke?«, redete sie ihn vorsichtig mit Vornamen an.

»Ja?«

»Alles in Ordnung?«

»Ich denke, ja«, sagte er schulterzuckend. »Ich weiß es nicht so genau.«

»Was haben Sie für Gefühle gegenüber Hideo Akashi?«

Die Katzen gaben die Jagd auf, als sie merkten, dass sie beobachtet wurden.

»So gut wie keine. Eine merkwürdige Nähe. Vielleicht auch nur Mitleid.«

»Die, die am Abgrund stehen, richten selten über die Abgestürzten.«

»Ein altes Sprichwort?«

»Ich habe es gerade erfunden.«

»Sie meinen, Spinner erkennen einander?«

»Sie sind kein Spinner.«

Sie verharrten einen Moment, um nicht von einer der Touristenkameras aufgenommen zu werden, und lächelten sich an. Früher hatte Iwata selbst viel fotografiert. Fotos machen, das hieß Leben, es hieß Kontinuität, es hieß, manche Dinge waren so bedeutend, dass man sie dokumentierte.

»Haben Sie sich schon mal überlegt, dass vielleicht Ihr Job beschissen ist?«, fragte Hayashi.

Iwatas Lachen wirkte künstlich.

»Ich habe sowieso gekündigt.«

Erstaunt sah sie ihn an.

»Und was haben Sie jetzt vor?«

»Irgendwas anderes machen.«

»Das wird Ihnen guttun.«

Sie erreichten eine mit Pflastersteinen befestigte Anhöhe, von der aus es zurück in die Stadt ging. Unter ihnen breitete sich Kyoto aus, schwarze Schatten und Pfirsichlicht.

»Die Lichter der Stadt …«, flüsterte Iwata.

»Was haben Sie gesagt?«

»Nichts. Ein Song, der mir seit einiger Zeit im Kopf herumspukt.«

Eine ältere Dame fegte Blätter von ihrer Eingangstreppe. Ihr Haus stand neben einer alten, ganz mit grünem Moos bedeckten Steinbrücke. Tief hängende Zweige strichen über den Fluss, ihre Blätter färbten das Wasser tannengrün.

Iwata und Hayashi beobachteten Kinder, die zu Obon, dem buddhistischen Feiertag zu Ehren der Toten, Feuerwerkskörper anzündeten. Die Eltern hängten Laternen an ihre Häuser, um die Geister der Ahnen nach Hause zu geleiten. Die Gräber wurden hergerichtet, Familien kamen zusammen, und Essen wurde geopfert. Nach dem Fest setzten die Leute die Laternen aufs

Wasser der Flüsse, die in den Biwa-See mündeten. In den Bergen, die die Stadt umgaben, wurden gigantische Freudenfeuer entfacht. Erst dann brachen die Toten zurück in ihre Welt auf, und die Lebenden durften ihr Leben fortsetzen.

»Emi, wissen Sie noch, wie wir uns kennengelernt haben?«

»Ja.«

»Sie haben mir eine Tasse Kaffee angeboten, aber ich habe abgelehnt.«

»Obendrein recht grob.«

»Darf ich Sie jetzt zu einer Tasse einladen?«

Sie lächelte.

»Sie haben mir doch schon einen Kaffee spendiert.«

»Dann eben zum Essen.«

Emi Hayashi sah auf ihre Mickey-Mouse-Uhr. Der Wind hatte zugenommen, und die Kirschbäume ließen ihre Blätter auf den Philosophenweg fallen. Das Abendrot glühte eindringlich, der Horizont hungerte nach seinem Licht. Iwata schloss für einen Moment die Augen und rief sich ins Gedächtnis, wie Kei ihm eine halbe Orange gereicht hatte.

*Unsere Triumphe schweben zwischen Himmel und Erde, wie Wolken, Sonnenpavillons gleich.*

Iwata blickte auf.

Am Horizont war kaum noch Licht zu sehen.

Die Sonne brannte still in einem Meer der Leere und starb einsam.

## Anmerkungen des Autors

Die Vorgeschichte von
*Schatten der schwarzen Sonne*

Meine Faszination für Japan nahm ihren Anfang mit *Captain Tsubasa*, einer Zeichentrickserie über das Footballtalent Tsubasa Ohzora, der im Schatten des Fujiyama lebt. Für einen sechsjährigen verträumten Jungen wie mich, aufgewachsen in einer Trabantenstadt nahe Madrid, verkörperte er Doktor Dolittle, Robinson Crusoe und Kapitän Nemo in einer Person. Abgesehen von dem fantastischen Geschehen auf dem Spielfeld brachte uns jede Folge die Umgebung etwas näher, seine Freunde, seine erbitterten Konkurrenten, die manchmal schwierige Beziehung zu seinen Eltern, der Mutter, einer besorgten Hausfrau, und dem Vater, einem fröhlichen schnauzbärtigen Kapitän zur See. Am meisten geliebt in dieser Filmwelt habe ich jedoch das Setting. Merkwürdige Frisuren. Roher Fisch. Futuristische Eisenbahnzüge. Gebäude mit klaren Linien. Menschen, die wegen absoluter Nichtigkeiten in Verlegenheit gerieten. Selbst das komische Alphabet sah wie ein Geheimcode aus. Obwohl die Serie spanisch synchronisiert war, konnten sie mich nicht für dumm verkaufen. Ich wusste, dass Captain Tsubasas Welt Tausende von Kilometern weit entfernt lag. Genau deswegen fand ich sie so wunderbar. Jede Folge ein Blick in eine andere Dimension. Die Menschen sahen so aus wie wir und bewegten sich wie wir, nur das Land war mir vollkommen fremd.

Über dieses Land musste ich mehr erfahren. Ich ging in die Bücherei, und die Bibliothekarin brachte mir ein Buch mit Fotos von hohen Gebäuden und großen Brücken. Und wie hätte es anders sein können: Als Erstes schlug ich die Doppelseite mit dem Panoramabild der nächtlich erleuchteten Regenbogenbrücke auf.

»Schau mal, die Farben.« Die Bibliothekarin tippte mit dem Finger auf die Seite. »Die Japaner nutzen Sonnenenergie. Tagsüber speichert die Brücke die Energie, und nachts erstrahlt sie.«

Damit war es um mich geschehen. Die Fotos nahmen mich völlig gefangen, und ich schwor mir, eines Tages diese Brücke zu überqueren.

Kurz darauf ließen sich meine Eltern scheiden, und ich zog mit meiner Mutter nach London. Ich erinnere mich noch daran, wie befremdlich es war, lange Hosen an den Beinen zu spüren. Und wie anders die Zeichentrickfilme! Arbeitslosenschlangen und Spaghetti Hoops in Tomatensoße. Es war das England John Majors und seiner berühmten »Back to basics«-Rede.

Mit Mitte zwanzig war ich immer noch in London und durch einen glücklichen Zufall bei einer Reisezeitschrift untergekommen. Jahrelang verfasste ich Artikel über so exotische Reiseziele wie Cardiff oder Temple Cloud, dann endlich bekam ich meinen ersten großen Auftrag: Japan. Ich konnte mein Glück kaum fassen. Ich las haufenweise Bücher, bereitete mich minutiös vor. Leider hat der Artikel nie das Licht der Welt erblickt, denn die Zeitschrift ging noch während meines Japanaufenthalts pleite. Allerdings war es mir gelungen, das Versprechen einzulösen, das ich mir als kleiner Junge gegeben hatte. Ich stand auf der Regenbogenbrücke, fünfzig Meter über dem Wasser, und schaute in der Kälte auf die funkelnde Stadt. Die Bucht unter mir füllte sich mit Partyschiffen, und in welche Richtung man auch blickte, überall Wolkenkratzer, gekrönt von roten Blinklichtern für die Flugzeuge. Auf der Brücke donnerten Lastwagen vorbei, deren Fahrer mich wahrscheinlich für einen Selbstmörder hielten. Zu meiner Verwunderung spürte ich Tränen in den Augen. Die Stadtlandschaft verschwamm zu silbernen und goldenen Sechsecken, ich schob es auf die Kälte. Aber ich hatte es geschafft, ich stand auf der Regenbogenbrücke.

In dem Moment kam mir der Gedanke, dass Japan, oder besser gesagt meine Vorstellung von Japan, immer schon einen Zufluchtsort dargestellt hatte. Und die Brücke immer schon der physische Ausdruck des Übergangs »von hier nach dort«. Ich war endlich »dort« angekommen.

*Blue Light Yokohama* nahm seinen Anfang mit einem Zeitungsartikel über den Mord an der Familie Miyazawa, auf den ich bei meinem ersten Japanaufenthalt 2010 stieß. Ein ungelöster Fall, der bereits zehn Jahre zurücklag. Ich erinnere mich an ein Foto der Familie, wahrscheinlich aufgenommen während eines Ausflugs. Sie sitzen auf einer Steintreppe. Der Vater, Mikio, trägt ein ozeanblaues Poloshirt und Mokassins, zwei Finger ruhen auf der Schulter seines Sohnes, der eine Stufe tiefer sitzt. Das einzige sichtbare Zeichen von Zuneigung. Yasuko, die Mutter, blickt streng, auch wenn sie sehr sanft lächelt. Beige Bluse, das Haar sorgfältig geflochten, die Hände im Schoß. Sie sieht aus wie eine Lehrerin. Eine gute Lehrerin, aber eine, die keinen Spaß versteht. Niina, niedlich, rosiges Gesicht, ahmt die Haltung der Mutter nach. Rei sitzt breitbeinig da, spielt mit den Fingern und blickt mit offenem Mund in die Kamera. Wie sein Vater trägt er Segelschuhe. Niemand lacht herzlich. Niemand vergibt sich etwas. Ich betrachtete eingehend das Foto und fragte mich, wer eine ganze Familie mit einem Sushi-Messer und einem Kissen umbringt und tags darauf seelenruhig das Haus verlässt.

Ich schnitt das Foto aus und legte es in das Buch, das ich gerade las. Ich habe es bis jetzt nicht wiedergefunden.

Einige Jahre später, an meinem dreißigsten Geburtstag, fuhr ich erneut nach Japan. Es war der 16. April 2014, und ich wohnte in einem etwas altmodischen Hotel am Ufer des Ōta. Im meinem Zimmer hing ein Rauchen-verboten-Schild, und ich konnte nicht schlafen. Ich schaltete den Shoppingsender ein und blätterte in der Zeitung vom Vortag. Dort stieß ich auf einen Artikel.

Mir stockte der Atem. Ich schaute auf das gleiche Foto wie vor Jahren. Die Familie Miyazawa auf den Stufen einer Steintreppe, umgeben von Grün. Vielleicht will ich es so in Erinnerung behalten, doch hatte ich das Gefühl, als riefen sie mir zu: »Hallo, da sind wir wieder.«

Noch in der Nacht fing ich an zu recherchieren, mittlerweile lag der Fall etliche Jahre zurück. Am 30. Dezember 2000 brach ein Mann in das Haus der Miyazawas ein, ermordete die ganze Familie, benutzte anschließend ihren Computer, aß ihre Eiscreme und verbrachte insgesamt elf Stunden in ihrem Haus. Er verließ es am helllichten Tag am 31. Dezember. Es gab kein Motiv, doch hatte der Killer zahlreiche Spuren hinterlassen – neue Kleidungsstücke, eine schicke Tasche, einen Fischerhut, Sandkörner aus der Mojave-Wüste und roten und violetten Fluoreszenzfarbstoff in Pulverform. In den Taschen des Sweaters fanden sich Vogelmist und japanische Zelkovenblätter. Außerdem hatte der Täter sein Blut am Tatort hinterlassen. Eine DNA-Analyse legte mütterlicherseits eine europäische Abstammung nahe, vermutlich aus einem Mittelmeerland. Die Untersuchung der Fäkalienreste auf der Toilette ließ auf einen Vegetarier schließen. Auch die Mordwaffe verblieb im Haus, ein Sashimimesser, das er noch am selben Tag für 3555 Yen, etwa dreißig Euro, erstanden hatte. Auf einem Taschentuch konnten Tröpfchen eines französischen Aftershaves nachgewiesen werden.

Mittlerweile dämmerte der nächste Tag heran, und ich sah mir in meinem Hotelzimmer nochmal die Gesichter auf dem

Foto an. Immer noch lief der Shoppingsender, der gerade ein zeitlich begrenztes Kaufangebot für eine CD-Box anpries. Im Hintergrund sang Ayumi Ishida gequält lächelnd ihr *Blue Light Yokohama*. Auf einer Zeile am unteren Bildschirmrand wurde der Text eingeblendet.

*Die Lichter der Stadt leuchten so schön.*
*Ich bin glücklich mit Dir.*
*Bitte, ich möchte sie hören.*
*Die Worte der Liebe von Dir.*
*Ich gehe und gehe, schaukele wie ein Boot in*
*deinen Armen.*
*Ich höre Deine Schritte.*
*Gib mir noch einen zärtlichen Kuss.*
*Der Duft Deiner Lieblingszigaretten, Yokohama,*
*Blue Light Yokohama.*
*Das wird immer unsere Welt bleiben.*

In den Moment bekam ich ein Gefühl dafür, was das heißt. Zwar war mir vom Kopf her klar, dass der Täter noch nicht gefasst war, aber es traf mich wie ein Schlag: Jahre nach dieser grausigen Tat war der Fall noch immer ungelöst. Ein Ende war nicht in Sicht. Der Mensch, der das getan hatte, lief frei herum. Jemand, der herumreist. Jemand, der sich jung und modisch kleidet. Jemand, der Kontakt mit Vögeln hat. Jemand, der gerne Spinat isst. Jemand, der französisches Aftershave benutzt. Jemand, der in der Nacht des 30. Dezember 2000 durch die Straßen von Setagaya läuft, mit einem Sashimimesser in der Tasche, das er gekauft hat, um eine ganze Familie damit abzuschlachten.

Ich legte mich schlafen, um diesen anonymen Killer zu vergessen, doch musste ich beim Aufwachen gleich wieder an den

Fall denken. Ich bestieg den Shinkansen nach Kyoto und ging im Kopf die zahllosen kuriosen Details durch. Auf meinem bequemen Platz in dem klimatisierten Hochgeschwindigkeitszug las ich mir meine Notizen durch. Während vor dem Fenster in rasenden Aquarellstreifen die Landschaft von Chūgoku vorbeiflog, fiel mir der Text von *Blue Light Yokohama* wieder ein, und ich machte mir folgende Notiz: *Mordfall, vierköpfige Familie, Roman, Blue Light Yokohama.*

Da wusste ich, dass ich einen Roman über den Mord an einer vierköpfigen Familie schreiben musste. Es sollte nicht in erster Linie um die Familie gehen, das wäre zu billig; doch das furchtbare Schicksal, das sie ereilt hatte, ließ mich nicht los. Es mag sich vielleicht reißerisch anhören, aber es gab zu viele gruselige Absonderlichkeiten, die man nicht einfach ignorieren konnte. Zu viele spannende Fragen. Zu viele ungelöste Rätsel. Letztlich wollte ich über Anonymität schreiben. Die quälende Anonymität. Obwohl ich eigentlich nie Kriminalromane schreiben wollte, schien mir die Idee eines japanischen Detektivs reizvoll. Ich fing mit kleinen Versatzstücken an, aber meine Figur hörte sich immer an wie eine Mischung aus Rick Deckard und Philip Marlowe. Ich konnte mich nicht entscheiden, was für ein Mensch er sein sollte, und so machte ich ihn automatisch zu einem harten Kerl.

Ich glaube, es war eine harmlose Zeile in *Japan Today*, die das änderte.

*Ungefähr 246 000 Beamte sind bis heute in der einen oder anderen Weise in den Fall involviert … Vierzig Beamte beschäftigen sich bis auf Weiteres mit dem Fall.*

Daneben ein Foto mit schwarz gekleideten Polizeibeamten, die sich am Jahrestag des Mordes vor dem Haus der Miyazawas in einer Reihe aufgestellt hatten und sich ehrfürchtig verbeugten. Wo ich herkam, baten keine Polizisten um Vergebung.

Ich sah mir ihre Gesichter an und fragte mich, wer sie wohl waren. Ich stellte mir vor, wie sie auf telefonische Hinweise warteten, vierzehn Jahre nach dem Mord. Wie sie auf Bahnhöfen Flyer verteilten. Endlos Theorien erörterten. Jedes Jahr am 30. Dezember ihren Respekt zollten. Mir kam der Gedanke, dass mein Detektiv einer von ihnen sein sollte. Kein Witzbold und auch kein harter Kerl. Er war allein, auf sich gestellt und voller Trauer und würde die Schlachten der Toten schlagen. *Schatten der schwarzen Sonne* wäre nur vordergründig ein Krimi. Im Grunde meines Herzens wollte ich über Menschen schreiben, die von einem Schmerz geplagt sind. Menschen, die etwas verloren hatten. Kommissar Kosuke Iwata war geboren.

Willkommen in dieser Welt.

Nicolás Obregón
London, Juni 2016

## Danksagung

Unendlicher Dank gebührt meinen Eltern Gisèle und Álvaro. Meiner Mutter, die in schwerer Not ein Vorbild an Tapferkeit war. Sie hat mich auch in größter Armut reich beschenkt. Meinem Vater, der mir beigebracht hat, für Gleichheit und Gerechtigkeit einzutreten, und dessen weiser Rat stets ins Schwarze trifft.

In dieses große Wort – Eltern – schließe ich Jack Canavan mit ein, mögen seine Lieder immer Zuhörer finden.

Mein Dank geht an Lela und Mémé, in Erinnerung an ihre Männer; sie haben ihren schweren Kummer mit größter Demut ertragen und die Patchworkfamilie geschaffen, der meine Liebe gilt.

Dank an den schönen Camille, der an mich geglaubt hat, meinen ersten Leser und meinen Kumpel. Dank an die ausgezeichneten Mitarbeiter der Agentur Curtis Brown, namentlich Melissa Pimentel, Richard Pike und natürlich meinen sagenhaften Champion Gordon Wise, den cleversten und witzigsten Verbündeten, den man sich als Autor nur wünschen kann.

Ich habe das große Glück, mit Vera Thielenhaus und den wunderbaren Leuten vom Goldmann Verlag zusammenzuarbeiten. Es ist eine Ehre, in ihrem Verlag in einem so grandiosen Land wie Deutschland zu erscheinen.

Dank an meine Freunde, die mir bei den Mühen der Ebene beigestanden haben, Kielan Thompson, Houman Barekat und Alexis Hercules, Dichterkönige allesamt. An den tapferen Kim,

感谢您的建议. An Benjamin Wood und seinen unschätzbaren Rat. An die Birkbeck-Clique; wohin dich das Leben auch verschlägt, Kingsley bleibt uns erhalten. An meinen Kameraden Chris Simpson; wenn Du mit Deinen Stories erst mal groß rauskommst, kann ich mit Genugtuung feststellen: Was habe ich dir gesagt? Bedanken möchte ich mich auch bei meiner Englischlehrerin Ms Kenney, die mir gezeigt hat, wie man mit Worten zaubern kann.

Zu guter Letzt möchte ich dieser vier Menschen gedenken: Mikio, Yasuko, Niina und Rei Miyazawa. Mögen sie in Frieden ruhen, und möge der Mann, der ihnen das Leben genommen hat, eines Tages seine gerechte Strafe erfahren.